maritim

Das Buch

Sophie, eine kleine langsame Brigg, die durch Captain Jack Aubreys Rang zur Slup erklärt wird, bietet mehr den Anblick einer gemütlichen Taube als eines schneidigen Falken. Doch dieser Eindruck täuscht gewaltig. Ihr Kommandant, der als Handelsstörer die Häfen und den Nachschub der Feinde Englands im Mittelmeer gewaltig unter Druck setzen soll, hält es mit dem Grundsatz seines berühmten Vorbildes Lord Nelson: »Vergeßt die Manöver! Immer drauf auf den Feind!« Die Aufgabe der *Sophie* ist mindestens so wichtig, wie eine Seeschlacht zu gewinnen. Und um so vieles profitabler, daß die Mannschaft darüber die Schinderei des Borddienstes vergißt. Auch Stephen Maturin, zunächst eine veritable Landratte, aber ein Virtuose des Skalpells und am Cello, trägt als Bordmediziner dazu bei, daß die Sophies in tollkühnen Gefechten mit den Feinden immer gewagter Katz und Maus spielen. Daß er ein Geheimnis verbirgt, schmälert seine Beliebtheit nicht.
Der erste Band aus der weltweit erfolgreichen marinehistorischen Serie um den Seehelden Jack Aubrey und seinen Schiffsarzt Dr. Stephen Maturin.

Der Autor

Patrick O'Brian, in der Nähe von London geboren, entwickelte bereits während seiner Kindheit eine starke Beziehung zum Meer. Der Übersetzer von Sartre und Colette arbeitete während des Zweiten Weltkriegs für den britischen Geheimdienst und ließ diese Erfahrung später in sein schriftstellerisches Werk einfließen. 1969 begann er seine maritime Abenteuerserie um Jack Aubrey und den Schiffsarzt Dr. Stephen Maturin und wurde zum internationalen Bestsellerautor für spannende marinehistorische Unterhaltung. Es erschienen 20 Bände, die dem Autor Millionenauflagen in aller Welt bescherten. Im Frühjahr 2000 verstarb der Autor in Dublin.

In unserem Hause sind von Patrick O'Brian bereits erschienen:

Kurs auf Spaniens Küste · Feindliche Segel · Duell vor Sumatra · Geheimauftrag Mauritius · Sturm in der Antarktis · Kanonen auf hoher See · Verfolgung im Nebel · Die Inseln der Paschas · Gefahr im Roten Meer · Manöver um Feuerland · Hafen des Unglücks · Sieg der Feibeuter · Tödliches Riff · Anker vor Australien · Insel der Vulkane · Gefährliche See vor Kap Hoorn · Der Triumph des Kommodore · Der gelbe Admiral · Mission im Mittelmeer · Der Lohn der Navy · Das Gold des Ozeans · Zu unbekannten Ufern

Patrick O'Brian

Kurs auf Spaniens Küste

Roman

Aus dem Englischen von
Jutta Wannenmacher

Ullstein

Besuchen Sie uns im Internet:
www.ullstein-taschenbuch.de

Umwelthinweis:
Dieses Buch wurde auf chlor- und säurefreiem Papier gedruckt.

Neuausgabe im Ullstein Taschenbuch
1. Auflage März 2008
2. Auflage 2009

Titel der englischen Originalausgabe:
Master and Commander (St. Martin's Press, New York)
Umschlaggestaltung: HildenDesign, München/Buch und Werbung Berlin
Titelabbildung: Geoffrey Hunt
Satz: Pinkuin Satz und Datentechnik, Berlin
Gesetzt aus der Cochin Regular
Druck und Bindearbeiten: CPI – Ebner & Spiegel, Ulm
Printed in Germany
ISBN 978-3-548-26817-0

MARIAE LEMBI NOSTRI
DUCI ET MAGISTRAE
DO DEDICO

VORWORT DES AUTORS

Wenn man über die Royal Navy des achtzehnten und frühen neunzehnten Jahrhunderts schreibt, lassen sich Untertreibungen kaum vermeiden; der britischen Kriegsmarine jener Zeit voll gerecht zu werden fällt schwer, denn die Realität ist häufig derart unwahrscheinlich, daß sie jede Fiktion weit in den Schatten stellt. Selbst wenn sich ein Autor der wärmsten und eifrigsten Phantasie befleißigte, könnte er nur schwer die schmächtige Gestalt Kommodore Nelsons vor dem Auge des Lesers wieder heraufbeschwören, wie er von seiner zusammengeschossenen *Captain,* einem Linienschiff mit vierundsiebzig Kanonen, durch die Fensterscheiben ihrer Heckgalerie auf die mit achtzig Kanonen bewaffnete *San Nicolas* springt und sie erobert; wie er gleich darauf über ihr Deck eilt, um die turmhohe *San Josef* von einhundertzwölf Kanonen zu entern … »Worauf ich«, schreibt Nelson, »an Deck eines Spaniers erster Klasse, so extravagant dies scheinen mag, tatsächlich die Degen der besiegten Spanier entgegennehmen konnte. Ich reichte sie an William Fearney weiter, einen meiner Bootsgasten, der sie sich mit der größten Kaltblütigkeit unter den Arm klemmte.«

Die Berichte von Beatson, James und des »Naval Chronicle«, die Admiralitätsakten im Staatsarchiv und die Biographien von Marshall und O'Byrne sind voll anderer Aktionen, die vielleicht nicht ganz so spektakulär waren (schließlich gab es nur *einen* Nelson), aber gewiß nicht weniger mutig – Aktionen, die so nur von wenigen Schriftstellern erfunden und vielleicht von niemandem restlos überzeugend präsentiert werden können. Deshalb bin ich für die Kampfszenen dieses Buches direkt zu den Quellen gegangen. Aus der großen Fülle brillant geschlagener, aber trocken geschilderter Gefechte habe ich einige ausgewählt, die ich besonders bewundere. Wenn ich also eine Schlacht beschreibe, so kann ich jede Kampfhandlung darin mit Logbüchern, offiziellen Depeschen, zeitgenössischen Berichten oder den Memoiren der Beteiligten belegen. Dennoch fühlte ich mich nicht sklavisch an die genaue zeitliche Abfolge gebunden. Dem Marinehistoriker wird beispielsweise auffallen, daß ich Sir James Saumarez' Gefecht in der Straße von Gibraltar auf die Zeit nach der Traubenlese verlegt habe; und er wird bemerken, daß mindestens *ein* Gefecht meiner *Sophie* von einer ganz anderen, allerdings gleich starken Brigg ausgetragen wurde.

Zugegeben, ich habe mir große Freiheiten herausgenommen. Ich habe Dokumente, Briefe und Gedichte ausgewertet, kurz: *j'ai pris mon bien là où je l'ai trouvé,* und habe nach Bedarf für meine Geschichte Namen, Orte und kleinere Ereignisse geändert – allerdings stets im Rahmen der historischen Genauigkeit.

Was ich damit sagen will: Die bewundernswerten Männer jener Zeit, die Cochranes, Byrons, Falconers, Seymours, Boscawens und die vielen weniger bekannten Seeleute, aus deren Charakterzügen ich meine Figuren bis zu einem gewissen Grad zusammengesetzt habe, ehren wir am besten durch die Wiedergabe ihrer eigenen heldenhaften Taten und nicht durch erfundene Kämpfe. Authentizität ist kostbar. Und das Echo ihrer Worte hat bleibenden Wert.

Gleichzeitig danke ich für den Rat und die Unterstützung, die mir von den geduldigen, belesenen Beamten des britischen Staatsarchivs und des Maritimen Nationalmuseums in Greenwich zuteil wurden; ebenso gilt mein Dank dem kommandierenden Offizier der HMS *Victory.* Niemand hätte zuvorkommender und hilfreicher sein können.

ERSTES KAPITEL

DIE SIEGHAFTEN KLÄNGE des ersten Satzes von Locatellis C-Dur-Quartett füllten das Musikzimmer der Gouverneursresidenz von Port Mahón, einen geschmackvoll ausgestatteten, achteckigen Raum mit hohen Halbsäulen. Die italienischen Musiker, von den vielen Reihen vergoldeter Barockstühlchen fast an die Wand gedrückt, geigten sich mit wachsender Intensität dem vorletzten Crescendo und der dramatischen Pause entgegen, nach der sich die ganze Leidenschaft in einem tiefen, befreienden Schlußakkord auflöst. Mit ähnlicher Begeisterung gab sich zumindest ein kleiner Teil der Zuhörer auf den zierlichen goldenen Stühlen der wachsenden Spannung hin. Dies galt besonders für zwei Männer in der dritten Reihe links, die nur zufällig nebeneinander saßen. Der Zuhörer links außen war ein Hüne zwischen zwanzig und dreißig Jahren, der das Stühlchen mit seiner Masse förmlich unter sich begrub, so daß nur hier und da ein wenig vergoldetes Holz hervorschimmerte. Er trug die Ausgehuniform – den blauen Rock mit weißen Aufschlägen, dazu die weiße Weste, Kniehose und Strümpfe – eines Leutnants der Royal Navy; die silberne Medaille für die Teilnahme an der Schlacht von Abukir schmückte seine breite Brust. Sein Unterarm in der hohen weißen Manschette mit Goldknöpfen schlug den Takt, während sich die leuchtendblauen Augen in einem Gesicht, dessen Teint ohne die tiefe Sonnenbräune gewiß die typisch englische hellrosa Farbe gehabt hätte, am Bogen der ersten Geige förmlich festsaugten. Die hohe Note kam, dann die Pause und schließlich die Auflösung. Und mit der Auflösung krachte die Faust des Seemanns wie befreit auf sein rechtes Knie nieder. Mit einem glücklichen Seufzer warf er sich zurück, wobei die Rückenlehne des Stühlchens endgültig unter Marineblau verschwand, und wandte sich mit breitem Lächeln seinem Nachbarn zu. Die Worte »Sehr schön gespielt, Sir, meinen Sie nicht auch?« formten sich schon in seiner Kehle, kamen ihm aber nicht über die Lippen, als er den kalten, ja feindseligen Blick des Mannes gewahrte und ihn flüstern hörte: »Falls Sie wirklich unbedingt den Takt klopfen müssen, Sir, dann flehe ich Sie an, dies doch wenigstens richtig zu tun und nicht immer einen halben Schlag zu früh.«

Jack Aubreys Miene verlor sofort die freundliche, aufgeschlossene Gesprächsbereitschaft des Genießers und drückte verblüffte Feindseligkeit aus. Er gestand sich ein, daß er tatsächlich den Takt geschlagen hatte. Und obwohl das ganz gewiß mit perfekter Akkuratesse geschehen war, stellte sein Benehmen an sich schon einen Fauxpas dar. Röte stieg ihm in die Wangen. Er starrte seinem Nachbarn in die blassen, hellen Augen, holte tief Luft und begann: »Ich denke doch ...« Da brachten ihn die ersten Töne des langsamen Satzes zum Schweigen.

Das grüblerische Cello gab zwei Solophrasen von sich und begann dann seinen Dialog mit der Bratsche. Doch diesmal folgte nur ein Teil von Jack Aubreys Aufmerksamkeit den Melodien, der Rest beschäftigte sich mit dem Mann neben ihm. Ein heimlicher Seitenblick zeigte ihm einen dunklen, bleichen Mikkerling in speckigem schwarzem Gehrock – einen Zivilisten. Sein Alter ließ sich kaum schätzen, denn er hatte nicht nur die Art von Gesicht, die nichts verriet, sondern trug auch eine Perücke, ein struppiges Ding, anscheinend aus Draht gefertigt und ohne jedes Puderstäubchen. Er mochte zwanzig, aber genausogut auch sechzig Jahre alt sein. Trotzdem sind wir wahrscheinlich gleichaltrig, dachte Jack. So ein mieser Bastard – sich derart aufzuspielen. Nach dieser Feststellung widmete er sich wieder ganz der Musik, fand den richtigen Anschluß und folgte nun den Harmonien durch alle Variationen und reizvollen Arabesken bis zu ihrem befriedigenden, logischen Schluß. An seinen Nachbar dachte er erst wieder am Ende des Satzes, und dann vermied er es peinlich, in seine Richtung zu schauen.

Das Menuett mit seinem beharrlichen Rhythmus verführte Jacks Kopf zum Mitwackeln, auch wenn er sich dessen nicht bewußt war. Doch als er spürte, daß sich seine Rechte auf dem behosten Knie wieder selbständig machen wollte und mit Luftsprüngen drohte, klemmte er sie in der Kniekehle fest. Das Menuett war einfallsreich und leicht eingängig, mehr nicht. Aber ihm folgte ein seltsam komplizierter, fast harscher letzter Satz mit einem Motiv, das anscheinend kurz davorstand, etwas von allergrößter Wichtigkeit auszusagen. Die Klangfülle verebbte zum einsamen Flüstern einer Geige, das von den nie ganz verstummten Hintergrundgeräuschen im Raum verschluckt zu werden drohte; ein eruptives Gähnen wurde zu spät erstickt, und Jack blickte sich ärgerlich nach dem Übeltäter um, natürlich einem Infanteristen. Aber dann schloß sich der Rest des Quartetts der Geige an, und alle zusammen arbeiteten sich zu dem Punkt vor, an dem die Aussage formuliert werden sollte. Jack mußte sich sofort wieder in die Melodie einklinken, und als das Cello sein vorhersehbares und absolut notwendiges *Pom, pom-pom-pom, puum* anstimmte, drückte er das Kinn auf die Brust und brummte in schöner Übereinstimmung mit dem Cello: »*Pom, pom-pom-pom, puum.*« Da bohrte sich ein Ellbogen in seine Rippen, und ein wütendes »Pssst!« zischte ihm ins Ohr. Erst jetzt merkte er, daß seine Rechte hoch in der Luft hing und mitdirigierte. Er ließ sie sinken, klappte den Mund zu und starrte auf seine Füße, bis die Musik verstummte. Er hörte die noble Auflösung am Schluß und begriff, daß sie die geradlinige Entwicklung, mit der er gerechnet hatte, weit übertraf, konnte aber keine Freude daran empfinden. Während des anschließenden Beifalls und allgemeinen Stühlerückens sah er sich den Blicken seines Nachbarn ausgesetzt, die mehr Abneigung ausdrückten als Verachtung, etwas wie totalen, abgrundtiefen Abscheu. Keiner von beiden sagte ein Wort. Sie saßen nur steif und verlegen da, sich der unangenehmen Gegenwart des anderen sehr bewußt, während Mrs. Harte, die Gattin des örtlichen Marinebefehlshabers, auf ihrer Harfe eine lange und technisch schwierige Etüde zu Gehör brachte. Jack Aubrey starrte durch die hohen, eleganten Fenster in die Nacht hinaus: In Südsüdost ging gerade der Saturn auf, ein glühender Ball am Himmel von Menorca. Der Leutnant überlegte: Mit dem Ellbogen so absichtsvoll und bösartig angerempelt zu werden, das kam doch einer Ohrfeige gleich? Eine Beleidigung konnte er nicht hinnehmen, das duldete weder sein persönliches Temperament noch seine Offiziersehre. Und welche Beleidigung wäre gravierender als ein Schlag?

Da er seine Wut im Augenblick nicht abreagieren konnte, verwandelte sie sich in Melancholie. Er dachte daran, daß ihm kein Schiff gegeben wurde, sondern nur halbe Versprechungen, die meisten davon längst gebrochen; er erinnerte sich an die vielen gescheiterten Pläne, zu denen ihn bloßes Wunschdenken inspiriert hatte. Er stand tief in der Kreide bei dem Prisenagenten, der seine Geschäfte wahrnahm, schuldete ihm ganze einhundertzwanzig Pfund. Jetzt wurden auch noch die fünfzehn Prozent Zinsen fällig. Dabei betrug sein Monatssold lediglich fünf Pfund und zwölf Shilling. Aubrey dachte an Kameraden – jünger als er, aber erfolgreicher oder nur berechnender –, die als Leutnants eine Kanonenbrigg oder einen Kriegskutter befehligten, falls sie nicht schon zum Kapitänleutnant befördert waren. Und alle scheffelten Prisengeld, erbeuteten Trabakeln in der Adria, Tartanen im Löwengolf, Schebecken und Settien an der spanischen Küste – ganz abgesehen von dem Ruhm, den sie dafür ernteten, und ihren guten Aufstiegschancen.

Anschwellender Beifall verriet ihm, daß Mrs. Hartes Vortrag beendet war; eifrig schlug er die Hände zusammen und verzog den Mund zu einem entzückten Grinsen. Molly Harte knickste lächelnd, fing seinen Blick auf und lächelte wärmer. Er klatschte noch lauter; aber sie erkannte, daß er entweder nicht restlos hingerissen war oder unaufmerksam zugehört hatte, und ihr Wohlwollen für ihn erkaltete merklich. Dennoch nahm sie weiter mit strahlendem Lächeln die Komplimente ihrer Zuhörerschaft entgegen: ein reizender Anblick in blaßblauem Satin mit doppeltem Perlenkollier um den Hals. Erbeutete Perlen von der *Santa Brigida,* wie er nur zu gut wußte.

Jack Aubrey und sein Nachbar im speckigen schwarzen Gehrock erhoben sich beide gleichzeitig und blickten einander an. Jack setzte eine Miene kalten Widerwillens auf – die letzten Reste seiner geheuchelten Begeisterung wurden ihm immer widerlicher, je mehr sie schwanden – und sagte leise, aber drohend: »Mein Name ist Aubrey, Sir. Ich wohne in der ›Crown‹.«

»Und meiner, Sir, ist Maturin. Sie finden mich vormittags in Joselitos Kaffeehaus. Aber jetzt treten Sie bitte zur Seite.«

Plötzlich verspürte Jack den übermächtigen Drang, sein vergoldetes Stühlchen hochzureißen und diesen bleichen Mann damit in den Boden zu rammen. Doch dann machte er ihm mit halbwegs glaubhafter Höflichkeit Platz – ihm blieb auch nichts anderes übrig, falls er nicht umgerannt werden wollte – und drängte sich anschließend durch den dichten Kreis blauer und roter Uniformröcke, nur vereinzelt von zivilem Schwarz unterbrochen, der sich um Mrs. Harte versammelt hatte und aus dem gelegentlich Rufe wie »bezaubernd«, »großartig«, »wundervoll gespielt« laut wurden. Er winkte ihr zum Abschied nur kurz zu und verließ den Raum. Auf dem Weg durchs Vestibül tauschte er einen Gruß mit zwei anderen Marineoffizieren. Der eine, der ihm zurief: »Du siehst ja so trübsinnig aus, Jack!«, war ein früherer Kamerad aus der Offiziersmesse der *Agamemnon,* und der andere, ein hochgewachsener Fähnrich, dem die Wichtigkeit des Ereignisses und die

Maisstärke in seinem Rüschenhemd das Rückgrat steiften, hatte als Kadett zu seiner Wache auf der *Thunderer* gehört. Schließlich machte er noch einen Kratzfuß vor dem Schreiber des Oberbefehlshabers, der seine Verbeugung mit einem Lächeln, hochgezogenen Brauen und vielsagendem Blick erwiderte.

Möchte nur wissen, was diese heimtückische Krähe wieder ausbrütet, dachte Jack und machte sich auf den Weg zum Hafen hinunter. Während er dahinschritt, gab er sich der quälenden Erinnerung an des Schreibers Doppelzüngigkeit hin und an seine eigene beschämende Liebedienerei vor dieser einflußreichen Persönlichkeit. Ein hübscher kleiner, gerade erbeuteter und frisch mit Kupferblech beschlagener französischer Freibeuter war ihm praktisch schon zugesagt worden. Aber dann war in Mahón des Schreibers Bruder aus Gibraltar aufgetaucht – leb wohl, eigenes Kommando. »Küß mich achtern«, sagte Jack laut, dem wieder eingefallen war, mit welch zahmer Verbindlichkeit er die Absage aufgenommen hatte, während ihn der Schreiber mit den Beteuerungen seiner besten Absichten und dem Versprechen künftiger guter Dienste überhäufte. Und zuletzt erinnerte er sich wieder an sein eigenes Benehmen an diesem Abend, insbesondere an seinen Rückzug vor dem kleinen schwarzen Mann, an seine Unfähigkeit, sofort schlagfertig und ebenso vernichtend wie elegant mit einer passenden Erwiderung zu kontern; dieses Versäumnis deprimierte ihn vollends. Er war zutiefst zerfallen mit sich selbst, mit dem Mann in Schwarz und mit der Marine. Und er verabscheute die samtene Wärme der Aprilnacht, den Chor der Nachtigallen im Orangenhain und die aufdringlich funkelnde Masse der Sterne, die scheinbar so tief standen, als wollten sie gleich in die Palmwedel fallen.

Die Crown, wo Jack abgestiegen war, ähnelte in mancher Hinsicht ihrer berühmten Namensvetterin in Portsmouth. Über der Tür hing ein gleich großes, rot-goldenes Wirtshausschild, Überbleibsel einer früheren Besetzung durch die Briten. Die Herberge war 1750 ganz im englischen Stil erbaut worden, ohne jedes Zugeständnis an den mediterranen Geschmack, wenn man von den Keramikfliesen absah. Weiter ging die Gemeinsamkeit allerdings nicht. Der Herbergsvater kam aus Gibraltar und das Gesinde aus Spanien, genauer gesagt von Menorca. Im Haus roch es nach Olivenöl, Sardinen und Rotwein; wer sich hier eine Blakewell-Torte, einen Eccles-Kuchen oder gar einen anständigen Nierenpudding erhoffte, der wurde enttäuscht. Andererseits hätte keine englische Herberge jemals mit einem Kammerkätzchen aufwarten können, das so sehr einem süßen, überreifen Pfirsich glich wie Mercedes. Sie kam in den halbdunklen Flur gehüpft, füllte ihn mit ihrer glühenden Vitalität und rief ihm nach, die Treppe hinauf: »Ein Brief, *teniente,* ich bringen …« Im nächsten Augenblick stand sie vor ihm und lächelte mit unschuldigem Entzücken zu ihm auf. Aber er wußte nur allzu gut, was jeder an ihn adressierte Brief enthalten konnte, und reagierte lediglich mit einem zerstreuten Scherz und einem halbherzigen Griff nach ihrem Busen.

»Und Captain Allen, er fragt nach Ihnen«, berichtete Mercedes.

»Allen, Allen? Zum Teufel, was will der von mir?« Jack kannte Captain Allen als einen ruhigen, älteren Amerikaner aus Englands früheren Kolonien, der loyal geblieben und für sein gesetztes Benehmen bekannt war. »Ach, wahrscheinlich wollte er eine Spende«, sagte er. »Wegen der Beerdigung von Bradby.«

»Traurig, *teniente,* sehr traurig.« Mercedes verschwand den Korridor hinunter. »Armer *teniente*.«

Jack nahm eine Kerze vom Wandtisch und ging in sein Zimmer. Ehe er sich mit dem Brief beschäftigte, warf er zunächst den Uniformrock ab und lockerte seine Halsbinde. Danach betrachtete er mißtrauisch den Umschlag. Er war in einer ihm unbekannten Handschrift adressiert an *Captain* Aubrey, Royal Navy. Stirnrunzelnd brummte Aubrey: »Verdammter Narr«

und drehte ihn um. Der schwarze Schellack war unter dem Aufdruck zerlaufen, deshalb konnte er das Siegel nicht erkennen, obwohl er es schräg ans Licht der Kerze hielt.

»Ich kann's nicht erkennen«, wiederholte er laut. »Aber wenigstens ist es nicht von Old Hunks. Seines hat ein Waffelmuster.« Hunks war sein Agent, sein Gläubiger, sein Menetekel.

Endlich überwand er sich, öffnete den Brief und las:

Im Auftrag Seiner Hochwohlgeboren Lord Keith, Ritter des Bath-Ordens, Admiral der blauen Territorien und Oberkommandierender der Flotten und Geschwader Seiner Majestät im Mittelmeer etc. etc. etc.
Sintemal Captain Samuel Allen von Seiner Majestät Kriegsslup Sophie, *infolge des Todes von Captain James Bradby, auf die* Pallas *versetzt wird ...*
... Werden Sie durch Selbiges instruiert und angewiesen, sich an Bord der Sophie zu *begeben und das Kommando über besagtes Schiff zu übernehmen; außerdem allen Offizieren und Mannschaftsgraden der fraglichen Kriegsslup dies zur Kenntnis zu bringen und sie aufzufordern, Ihnen als ihrem Kommandanten mit allem gebotenen Respekt und Gehorsam auf ihren jeweiligen Stationen zu dienen; während Sie Ihrerseits die Allgemeinen Dienstvorschriften ebenso wie alle Befehle und Direktiven, die Sie von einem vorgesetzten Offizier in Seiner Majestät Diensten erhalten mögen, zu befolgen haben. Vorstehendem haben Sie und alle Ihre Untergebenen zu gehorchen, wobei Sie im Falle der Zuwiderhandlung Gefahr laufen, dafür zur Rechenschaft gezogen zu werden. Hiermit erlangt obiger Befehl Rechtsgültigkeit.*

Ausgefertigt an Bord der Foudroyant,
Auf See, den 1. April 1800.

An den Ehrenwerten John Aubrey, Esq.,
Kommandant Seiner Majestät Slup Sophie
im Geschwader von Admiral Thos. Walker.

Jack Aubreys Augen hatten den Brief im Nu überflogen, aber sein Verstand weigerte sich, den Inhalt zu begreifen oder zu glauben. Mit hochroten Wangen und seltsam abweisender, strenger Miene zwang er sich, noch einmal Zeile für Zeile zu lesen. Beim zweiten Mal ging es schneller, bis zuletzt eine mächtige Welle der Freude in seiner Brust emporstieg, sein Gesicht mit noch dunklerem Rot überzog und seine Kinnlade aufklappen ließ. Laut lachend tippte er sich mit dem Brief an die Stirn, faltete ihn zusammen, entfaltete ihn wieder und las ihn mit gespannter Aufmerksamkeit zum dritten Mal – aus Sorge, er könnte die gedrechselten Formulierungen des dritten Absatzes vergessen haben. Eine eiskalte Sekunde lang drohte der Schreck über das unglückliche Datum ihm den Boden unter den Füßen wegzuziehen, er wähnte diese neue herrliche Welt schon wieder verloren und fürchtete einen grausamen Aprilscherz. Aber dann hielt er den Briefbogen vors Licht, und da war es, trutzig, tröstlich und unumstößlich wie der Felsen von Gibraltar: das Wasserzeichen der Admiralität, der höchst ehrenwerte, wenn auch unklare Anker der Hoffnung. Jetzt konnte Jack Aubrey nicht mehr stillsitzen. Er tigerte im Zimmer umher, warf sich den Rock über, riß ihn wieder herunter, schmunzelte, kicherte und stieß unzusammenhängende Sätze aus wie: »Und da hab ich mir Sorgen gemacht ... Haha! ... So eine schmucke kleine Brigg ... Kenne sie gut ... Hätte mich schon glücklich geschätzt, eine Kranhulk zu kriegen oder die *Vulture* mit der Kleiderkammer ... Hauptsache, irgendein Schiff ... Wundervoller Kupferbeschlag – fast die einzige Slup in der Navy mit Hüttendeck ... Hat zweifellos 'ne bequeme Achterkajüte ... Herrliches Wetter – so warm ... Haha! ... Wenn ich nur genug Leute finde, das ist der Pferdefuß ...« Er merkte plötzlich, daß er völlig ausgehungert und halb verdurstet war, stürzte zum Klingelzug und riß ungeduldig daran. Noch ehe die Glocke ganz verstummt war, steckte er schon den Kopf auf den Korridor und brüllte nach dem Kammermädchen. »Mercy! Mercy! Ach, da bist du ja, mein

Schatz. Was kannst du mir zu essen bringen – *manger, mangiare*? *Pollo*? Kaltes Brathuhn? Und eine Flasche Wein – *vino*. Nein, zwei Flaschen. Und, Mercy, willst du noch etwas für mich tun, ja? Ich möchte, *désirer*, ich bitte dich um einen Gefallen: Näh mir, *cosare*, einen Knopf an.«

»Aber gern, *teniente*«, versicherte Mercedes mit lustig geweiteten Augen und weißen Zähnen, die im Kerzenlicht blitzten.

»Nix *teniente!*« rief Jack und drückte ihren vollen, weichen Leib so fest an sich, daß ihr die Luft wegblieb. »Jetzt *Capitan!* Endlich *Capitano*, hahaha!«

Am nächsten Morgen fuhr er aus erfrischendem Tiefschlaf auf und war sofort hellwach. Noch ehe er die Augen öffnete, erfüllte ihn bereits das freudige Bewußtsein seiner Beförderung.

Natürlich ist sie kein Schiff ersten Ranges, jedenfalls nicht ganz, sagte er sich, aber wer in aller Welt wünscht sich denn ein riesiges, schwerfälliges Linienschiff, das an den Schürzenzipfeln der Flotte hängt? Wo liegt die *Sophie* überhaupt? Ach ja, hinter der Ausrüstungspier, gleich neben der *Rattler*. Nachher laufe ich hinunter und sehe sie mir an – keine Minute ist zu verlieren ... Oder doch nicht – es wäre unfair, ich muß ihnen Zeit zur Vorbereitung lassen. Richtig, als erstes muß ich die Runde machen und mich bei den zuständigen Stellen bedanken, muß mich auch mit Allen treffen – der gute alte Allen ... Muß ihm unbedingt gratulieren.

Aber dann lief er als erstes doch nur über die Straße zum Marineausrüster und belastete seinen jetzt beträchtlich gestiegenen Kredit mit dem Preis für eine wuchtige, schwere, goldbetreßte Epaulette, das äußere Zeichen seines neuen Dienstranges. Er ließ das gute Stück vom Ladendiener sofort auf seiner linken Schulter befestigen und musterte sich dann höchst zufrieden in einem hohen Spiegel, wobei ihm der Verkäufer mit ehrlicher Freude über die Schulter schaute.

Als Jack die Ladentür hinter sich zuzog, gewahrte er auf der anderen Straßenseite, nicht weit vom Kaffeehaus, den Mann im schwarzen Gehrock.

Die Erinnerung an den letzten Abend kehrte zurück, er hastete hinüber und rief schon von weitem: »Mr. – Mr. Maturin, da sind Sie ja, Sir. Ich muß mich tausendmal bei Ihnen entschuldigen. Ich fürchte, gestern abend war ich Ihnen ein lästiger Nachbar. Hoffentlich können Sie mir verzeihen. Aber wir Seeleute kriegen so selten Musik zu hören – wir sind die feine Gesellschaft so wenig gewohnt –, da geht die Begeisterung leicht mit uns durch. Bitte aufrichtig um Vergebung.«

»Aber, mein Bester«, beteuerte der Mann im schwarzen Gehrock, wobei ihm eine unerklärliche Röte in die leichenblassen Wangen schoß, »Sie hatten ja auch allen Grund, sich so mitreißen zu lassen. Ich habe in meinem ganzen Leben kein besseres Quartett gehört – dieses Feuer, dieses Zusammenspiel! Darf ich Sie zu einer Tasse Schokolade oder Kaffee einladen? Sie würden mir eine große Freude machen.«

»Sehr freundlich, Sir, nichts wäre mir lieber. Offen gestanden bin ich heute in einer solchen Hochstimmung, daß ich ganz vergessen habe zu frühstücken. Ich wurde nämlich befördert«, fügte er mit verlegenem Lachen hinzu.

»Tatsächlich? Da gratuliere ich aber von ganzem Herzen. Bitte nach Ihnen ...«

Als der Kellner Maturins ansichtig wurde, hob er den rechten Zeigefinger und bewegte ihn hin und her wie ein aufrechtes Pendel: die entmutigende Geste mediterraner Verneinung. Aber Maturin zuckte nur die Achseln, meinte zu Jack: »Die Post ist dieser Tage ganz schön langsam«, und befahl dem Kellner ungerührt, wobei er ins Katalanische der Einheimischen verfiel: »Bring uns eine Kanne Schokolade, Jep, gut schaumig geschlagen und mit Sahne.«

»Sie beherrschen das Spanische, Sir?« fragte Jack und nahm Platz, wobei er die Rockschöße so auseinanderschlug, daß sein Säbel sichtbar wurde und Marineblau plötzlich den Raum dominierte. »Es muß ein großer Vorteil sein, Spanisch zu können. Ich habe es oft versucht, auch mit Französisch und Italienisch; aber mir will es nie gelingen. Die meisten Leute verstehen mich zwar, aber sie antworten so schnell, daß ich nicht mitkomme. Der Fehler liegt hier oben, fürchte ich.« Damit tippte er sich an die Stirn. »Als Kind ging es mir mit dem Lateinischen genauso. Wie mich mein Hauslehrer dafür geprügelt hat!«

In der Erinnerung lachte er so herzhaft, daß der Kellner, der ihnen die Schokolade brachte, ebenfalls lächelte und bemerkte: »Schöner Tag heute, Captain und der Herr, sehr schöner Tag.«

»Ein ganz erstaunlich schöner Tag.« Mit überströmendem Wohlwollen blickte Jack dem Kellner in sein Frettchengesicht. *»Bello soleil,* gar keine Frage. Aber«, und damit spähte er vorgebeugt durch die obere Fensterscheibe, »wenn mich nicht alles täuscht, kommt bald eine Tramontana auf.«

»Mich wundert, daß Ihnen Fremdsprachen so schwerfallen, Sir«, sagte Mr. Maturin, der zum Wetter nichts beizusteuern wußte. »Denn man sollte doch annehmen, daß ein musikalisches Gehör das Erlernen einer fremden Sprache erleichtert – eines begünstigt logischerweise das andere.«

»Da haben Sie gewiß recht, jedenfalls vom philosophischen Standpunkt aus«, antwortete Jack. »Aber so bin ich nun mal. Außerdem könnte es durchaus sein, daß auch mein musikalisches Gehör nicht gerade berühmt ist, obwohl ich die Musik über alles liebe. Gott weiß, daß es mir manchmal höllisch schwerfällt, mittendrin den richtigen Ton zu treffen.«

»Sie spielen ein Instrument, Sir?«

»Ich kratze ein wenig herum, Sir, ja. Von Zeit zu Zeit quäle ich meine Geige.«

»Ich auch, ich auch! Sooft ich Zeit finde, versuche ich mich auf dem Cello.«

»Ein edles Instrument«, bestätigte Jack. Danach wandte sich ihr Gespräch der Kunst Boccherinis zu, dem besten Kolophonium für den Bogen, dem sauberen Kopieren von Partituren und der rechten Pflege der Saiten; jeder genoß mit großer

Genugtuung die Gesellschaft des anderen, bis die brutale Wanduhr des Cafés, besonders aufdringlich wegen ihres lyraförmigen Pendels, die Stunde schlug. Jack leerte seine Tasse und schob den Stuhl zurück. »Sie werden mich jetzt gewiß entschuldigen. Ich muß eine ganze Reihe offizieller Besuche machen und mich mit meinem Vorgänger treffen. Allerdings hoffe ich, daß Sie mir die Ehre geben – oder mir vielmehr die Freude machen, die große Freude –, mir beim Abendessen Gesellschaft zu leisten?«

»Mit dem größten Vergnügen.« Maturin verbeugte sich.

Schon unter der Tür, schlug Jack vor: »Sagen wir, um drei Uhr in der Crown? Bei der Marine halten wir uns nicht so strikt an die modernen Tischzeiten, und bis abends hätte ich bestimmt einen solchen Wolfshunger, daß ich übler Laune wäre. Deshalb bitte ich um Ihr Verständnis für die frühe Stunde. Wir wollen meinen neuen Schwabber tüchtig begießen, und wenn der Pegel hoch genug steht, können wir ja ein bißchen musizieren, falls es Ihnen recht ist.«

»Haben Sie den Wiedehopf gesehen?« rief Maturin plötzlich.

»Was ist ein Wiedehopf?« Jack blickte sich verwirrt um.

»Ein Vogel. Ein zimtbrauner Vogel mit gestreiften Flügeln. *Upupa epops*. Da, da, über dem Dach!«

»Wo, wo? Welche Peilung?«

»Jetzt ist er weg. Seit ich auf Menorca bin, hoffe ich, einen Wiedehopf zu sehen. Und heute, endlich – noch dazu mitten in der Stadt. Glückliches Mahón, solche Bewohner zu haben! Aber ich bitte um Vergebung, Sie sprachen davon, einen Schwabber zu begießen.«

»Ach so, ja – das ist nur so eine Redensart bei uns in der Marine. Der Schwabber ist dies«, er tätschelte seine neue Epaulette, »und wenn wir sie bekommen, begießen wir sie. Das heißt, wir trinken eine Flasche Wein darauf – oder zwei.«

»Aha.« Höflich neigte Maturin den Kopf. »Also ein Rangabzeichen, ich verstehe. Es schmückt Sie ungemein, das versichere ich Ihnen. Aber mein Bester, haben Sie nicht etwas vergessen? Ich meine die zweite Epaulette.«

»Na ja«, lachte Jack, »ich darf wohl sagen, daß ich die auch noch bekommen werde, wenn's soweit ist. Aber nun – besten Dank für die ausgezeichnete Schokolade und einen angenehmen Tag. Freut mich sehr, daß Sie Ihren Hopf gesehen haben.«

Als erstes mußte Jack beim Chef der Marinebasis Port Mahón vorsprechen, dem dienstältesten Kapitän am Ort. Captain Harte wohnte in einem weitläufigen, geräumigen Haus, das er von einem spanischen Kaufmann namens Martinez gemietet hatte, und seine Diensträume lagen in dem Flügel auf der anderen Seite des Innenhofes. Als Jack den Patio überquerte, hörte er die Kadenzen einer Harfe, wenn auch zu einem Klimpern gedämpft, durch die Fensterläden perlen, die wegen der zunehmenden Hitze bereits geschlossen waren; schon huschten Geckos über die sonnenwarmen Mauern.

Captain Harte war kleinwüchsig und besaß eine gewisse Ähnlichkeit mit Lord St. Vincent, die er nach besten Kräften noch hervorhob, indem er sich gebeugt hielt und seine Untergebenen mit hemmungsloser Grobheit und unerbitterlicher Pedanterie behandelte. Außerdem konnte er Jack nicht leiden, vielleicht weil dieser hochgewachsen war – oder weil er ihn verdächtigte, eine Liebschaft mit seiner Frau zu unterhalten. Wie dem auch war, die beiden Männer verabscheuten einander aus tiefster Seele, und das schon seit langem.

Hartes erste Worte waren: »Na endlich, Mr. Aubrey! Wo zum Teufel haben Sie gesteckt? Ich habe Sie schon gestern nachmittag erwartet – auch Allen hat gestern mit Ihnen gerechnet. Aber zu meiner Verblüffung mußte ich erfahren, daß er Sie nicht finden konnte. Natürlich gratuliere ich Ihnen«, sagte er ohne jedes Lächeln, »aber bei Gott, Sie haben eine seltsame Methode, Ihr neues Kommando anzutreten. Bestimmt ist Allen inzwischen zwanzig Meilen von Menorca entfernt und hat alle tüchtigen Seeleute von der *Sophie* mitgenommen, ganz zu schweigen von seinen Offizieren. Und was die

Logbücher, Musterrollen und Inventarlisten betrifft, so mußten wir die recht und schlecht ohne Sie abschließen. Höchst irregulär. Alles höchst irregulär.«

»Die *Pallas* ist schon ausgelaufen, Sir?« rief Jack entsetzt.

»Um Mitternacht, Sir«, bestätigte Captain Harte schadenfroh. »Die Erfordernisse des Dienstes richten sich eben nicht nach unseren Vergnügungen, Mr. Aubrey. So war ich gezwungen, die noch im Hafen anfallenden Geschäfte für Sie zu erledigen.«

»Ich habe erst gestern abend von meiner Beförderung erfahren – vielmehr erst heute morgen, zwischen eins und zwei.«

»In der Tat? Wie erstaunlich. Da bin ich aber sehr verwundert. Der Brief ist jedenfalls rechtzeitig an Sie abgegangen. Die Schuld liegt zweifellos bei den Leuten in Ihrer Herberge. Auf Ausländer kann man sich eben nicht verlassen. Natürlich wünsche ich Ihnen viel Glück mit Ihrem neuen Schiff, aber wie Sie es ohne Leute jemals aus dem Hafen bringen wollen, ist mir ein Rätsel, muß ich gestehen. Allen hat seinen Leutnant mitgenommen, seinen Bordarzt und die tüchtigeren Fähnriche. Und ich kann Ihnen bestimmt keinen einzigen Mann abgeben, jedenfalls keinen mit zwei gesunden Armen und Beinen.«

»Na ja, Sir«, sagte Jack, »dann muß ich eben das Beste daraus machen.« Allens Verhalten war ihm nur zu verständlich: Natürlich wechselte jeder Offizier, dem die Chance dazu geboten wurde, gerne von einer kleinen, langsamen alten Brigg auf eine so glückhafte Fregatte wie die *Pallas* über. Und von alters her war es Brauch, daß ein Kommandant bei der Versetzung seinen Bootssteurer samt Crew und gewisse Gefolgsleute mitnehmen durfte; falls man ihm dabei nicht streng auf die Finger sah, nützte er das natürlich schamlos aus, indem er den Kreis beträchtlich erweiterte.

»Ich kann Ihnen höchstens einen Kaplan überlassen.« Damit streute Harte genüßlich Salz in die Wunde.

»Kann er aufentern, reffen und Ruder gehen?« Jack war fest

entschlossen, sich nicht provozieren zu lassen. »Andernfalls würde ich lieber auf ihn verzichten.«

»Dann leben Sie wohl, Mr. Aubrey. Ihre Befehle lasse ich Ihnen am Nachmittag zukommen.«

»Guten Tag, Sir. Mrs. Harte ist doch hoffentlich zu Hause? Ich muß ihr noch meine Aufwartung machen und ihr gratulieren – ihr danken für den Genuß, den sie uns gestern abend bereitet hat.«

»Waren Sie denn auch beim Gouverneur«, fragte Captain Harte, obwohl er es ganz genau wußte; sein schmutziger kleiner Trick mit dem verzögerten Brief beruhte schließlich auf diesem Wissen. »Tja, wenn Sie dort nicht den Lebemann gespielt hätten, wären Sie rechtzeitig an Bord Ihrer Slup gewesen, wie es sich für einen Kommandanten geziemt hätte. Mein Gott, was sind das für haarsträubende Unsitten, wenn ein junger Bursche sich lieber mit italienischen Fiedlern und Eunuchen abgibt, als pünktlich sein erstes Schiff zu übernehmen!«

Der sonnige Tag kam Jack nicht mehr ganz so heiter vor, als er diagonal über den Patio schritt, um Mrs. Harte seinen Besuch abzustatten. Trotzdem war ihm ziemlich heiß in seinem Uniformrock, weshalb er schnell dem Schatten zustrebte und im Sturmschritt die Treppe erklomm, wobei die schwere Epaulette ungewohnt, aber angenehm auf seiner Schulter wippte. Ein Leutnant, den er nicht kannte, und der steife Fähnrich vom letzten Abend waren ihm zuvorgekommen, denn in Port Mahón galt es allgemein als schick, Mrs. Harte einen Morgenbesuch abzustatten. Sie saß höchst dekorativ an ihrer Harfe und unterhielt sich mit dem Leutnant; als Jack eintrat, sprang sie auf, reichte ihm beide Hände und rief: »Captain Aubrey, wie schön, Sie zu sehen! Meinen allerherzlichsten Glückwunsch! Kommen Sie, wir müssen den Schwabber begießen. Parker, haben Sie die Güte zu klingeln.«

»Ich gratuliere ebenfalls«, sagte der Leutnant, erfreut durch den bloßen Anblick der Epaulette, nach der es ihn so sehr gelüstete. Der Fähnrich trat verlegen von einem Fuß auf den anderen, im Zweifel darüber, ob er in so vornehmer Gesellschaft überhaupt das Wort ergreifen durfte; dann, als Mrs. Harte gerade die Herren einander vorzustellen begann, platzte er überlaut heraus: »Gratuliere, Sir« – und wurde puterrot.

»Mr. Stapleton, Dritter Offizier auf der *Guerrier*«, fuhr Mrs. Harte mit einem Wink ihrer Hand fort. »Und Mr. Burnet von der *Isis*. Carmen, bring uns Madeira.« Sie war eine temperamentvolle, attraktive Frau; ohne wirklich hübsch oder gar schön zu sein, erweckte sie doch diesen Eindruck, allein durch ihre elegante Haltung. Sie verachtete den Gnom, mit dem sie verheiratet war und der vor ihr kroch; aufs Harfenspiel war sie verfallen, um sich seiner wenigstens zeitweise zu entledigen. Aber die Musik allein schien ihr als Ausweg nicht zu genügen, denn sie schenkte sich nun ein großes Glas Wein ein und leerte es mit einer Routine, die von langer Praxis zeugte.

Wenig später verabschiedete sich Mr. Stapleton, und nach fünfminütigem Gespräch über das Wetter – zauberhaft, selbst mittags nicht zu heiß, kühlende Brise, der Nordwind zwar ein bißchen lästig, aber gesund, fast schon Sommer im April, ganz im Gegensatz zum verregneten Frühling Englands, warmes Wetter immer angenehmer als kaltes – bat Mrs. Harte: »Mr. Burnet, ob ich Sie wohl um einen kleinen Dienst ersuchen dürfte? Ich habe gestern beim Gouverneur mein Ridikül vergessen.«

»Wie reizend du gespielt hast, Molly«, sagte Jack, sobald sich die Tür hinter dem Fähnrich geschlossen hatte.

»Jack, ich bin sehr froh, daß du endlich ein Schiff bekommen hast.«

»Ich auch. Nie im Leben war ich glücklicher. Noch gestern fühlte ich mich derart unnütz und deprimiert, daß ich mich am liebsten erhängt hätte, aber dann kam ich in die Crown zurück und fand dieses Schreiben vor. Ist es nicht großartig?«

In ehrfürchtigem Schweigen lasen sie gemeinsam Lord Keiths Brief.

»*Wobei Sie im Falle der Zuwiderhandlung Gefahr laufen, dafür zur Rechenschaft gezogen zu werden*«, zitierte Mrs. Harte. »Jack, ich flehe dich an, nimm keine Neutralen als Prisen. Diese Bark aus Ragusa, die uns der arme Willoughby nach Mahón geschickt hat, wurde nicht als Prise anerkannt, und nun will der Reeder ihn verklagen.«

»Keine Sorge, liebste Molly«, beruhigte Jack sie. »Ich versichere dir, daß ich noch eine ganze Weile nicht zur Jagd auf Prisen kommen werde. Dieser Brief hat mich mit Verspätung erreicht – mit einer verdammt seltsamen Verspätung –, und Allen hat sich mit meinen besten Leuten davongemacht; er wurde mit unchristlicher Hast auf See geschickt, ehe ich ihn sprechen konnte. Und dein Mann macht einen Riesenwirbel um die Dinge, die ich noch zu erledigen habe; er kann mir angeblich keinen einzigen Ersatzmann stellen. Wie es aussieht, könnte ich das Schiff nicht mal auf See bringen. Ich darf wohl sagen, daß wir noch lange im Hafen schmoren werden, ehe wir auch nur den Schwanz einer Prise zu sehen bekommen.«

»Oh, wirklich?« Mrs. Harte errötete vor Empörung.

In diesem Augenblick trat Lady Warren ein, begleitet von ihrem Bruder, einem Hauptmann der Marineinfanterie. »Liebste Anne«, rief Molly Harte ihr entgegen, »komm her und hilf mir, ein ganz entsetzliches Unrecht wiedergutzumachen. Dies ist Captain Aubrey – du kennst ihn doch?«

»Ihr Diener, Madam«, sagte Jack und machte einen besonders tiefen Kratzfuß, denn Lady Warren war immerhin die Frau eines Admirals.

»Ein ausnehmend tapferer, verdienter Offizier«, fuhr Mrs. Harte fort, »außerdem ein anständiger Tory und General Aubreys Sohn. Ihm ist ganz abscheulich mitgespielt worden ...«

Während sich Jack bei Molly Harte aufgehalten hatte, war der Tag draußen immer wärmer geworden, und als er jetzt auf die Straße trat, schlug ihm die Hitze wie aus einem Backofen ins Gesicht. Dennoch war die Luft weder stickig noch drükkend, sondern von so leuchtender Brillanz, daß sie eher anregend wirkte. Jack bog um einige Ecken, bis er die Allee erreicht hatte, die nach Ciudadela führte und dabei den hochgelegenen Platz überquerte, der wie eine Terrasse Aussicht auf die Bucht bot. Er wechselte auf die schattige Seite hinüber, wo die typisch englischen Häuser mit Schiebefenstern, Lamellentüren und gepflasterten Vorplätzen überraschend gut zu ihren Nachbarn paßten, der barocken Jesuitenkirche und einigen spanischen Villen mit abweisend geschlossenen Fensterläden und großen steinernen Familienwappen über den Portalen.

Auf der anderen Straßenseite schlenderte ein Trupp Matrosen vorbei; einige trugen breit gestreifte Hosen, andere einfaches Segelzeug; manche leuchtendrote Westen waren darunter und mehrere simple blaue Jacken; gegen die Sonne schützten sie sich mit einer Vielfalt von Kopfbedeckungen: schwarze, geteerte Hüte, breite Strohsombreros oder nur ein buntes Taschentuch mit Knoten an allen vier Ecken. Aber auf jedem Rücken baumelte ein langer Zopf, und alle strahlten die selbstsichere Unbekümmertheit der Kriegsmarine aus. Es waren Leute von der *Bellerophon*. Jack beobachtete neidisch, wie sie lachend vorbeimarschierten, den Passanten gutmütige Spottworte auf englisch oder spanisch zubrüllend. Als er sich dem Platz näherte, sah er durch das hellgrüne frische Laub die Mastspitzen und Bramrahen der *Généreux* emporwachsen, die am Kai liegend ihre Segel in der grellen Sonne trocknete. Die belebte Straße, die grünen Bäume und der blaue Himmel darüber boten ein Bild, bei dem jedermanns Herz vor Freude gehüpft wäre. Auch Jacks Herz jubilierte, allerdings nicht bis in den letzten Winkel. Ein kleiner Teil blieb erdenschwer, denn darin nistete die Sorge um eine Besatzung. Schon in seinen ersten Tagen bei der Royal Navy hatte er den Fluch des chronischen Personalmangels schmerzhaft am eigenen Leibe zu spüren bekommen: Seine erste ernsthafte Wunde brachte ihm eine Frau mit einem heißen Bügeleisen bei, die ihren Mann nicht der Preßgang überlassen wollte. Aber er hatte nicht damit gerechnet, sich schon so früh, in so krasser Form und ausgerechnet im Mittelmeer mit dieser Crux auseinandersetzen zu müssen.

Dann stand er auf dem Platz mit seinen alten Bäumen und der großen geteilten Freitreppe, die in zwei schwungvollen Bögen zum Kai hinunterführte – einer Treppe, die unter britischen Seeleuten seit hundert Jahren als *Pigtail Steps* bekannt war und die Ursache für manchen gebrochenen Knochen und angeknackten Schädel. Jack ging bis zu der niedrigen Mauer, die beide Treppen oben trennte, und blickte auf die weite, geschützte Bucht hinaus, die sich links bis zum fernen Hafen und rechts an der Hospitalinsel vorbei bis zur engen, vom Fort bewachten Einfahrt erstreckte. Links unter ihm lagen die Kauffahrer: Dutzende, ja wahrscheinlich Hunderte von Feluken, Tartanen, Schebecken, Pinken, Pollaccas, Houaris und Schwammfischerbarken – so gut wie alle mediterranen Takelungsarten waren vertreten und dazu noch einige aus den nördlichen Meeren: See-Tjalken, Katschiffe und Heringslogger. Ihm gegenüber und zu seiner Rechten lagen die Krieger: zwei Linienschiffe, beide mit vierundsiebzig Kanonen; eine schnittige Achtundzwanzig-Kanonen-Fregatte, die *Niobe,* der die Besatzung gerade einen roten Streifen unter dem gewürfelten Band der Stückpforten verpaßte, wohl nach dem Vorbild eines Spaniers, der ihrem Kommandanten gefallen hatte; dazu eine ganze Reihe Truppentransporter und Tender. Und zwischen allen Ankerliegern, dem Kai und der Treppe hasteten unzählige Boote hin und her – Pinassen, Barkassen, Schaluppen, Kutter, Jawls und Gigs, bis hinunter zur kleinen Jolle der Bombarde *Tartarus*, die unter dem enormen Gewicht ihres dicken Zahlmeisters fast versank. Noch weiter rechts strebte der prächtige Kai in weitem Bogen der Werft, dem Versorgungs- und Proviantpier sowie der Quarantäne-Insel zu. Dahinter lagen noch mehr Schiffe. Hoffnungsvoll beugte sich Jack weit vor, um wenigstens einen Blick auf das Objekt seiner Liebe zu erhaschen, aber die *Sophie* war nicht zu sehen. Widerstrebend wandte er sich nach rechts, wo Mr. Williams' Büro lag. Mr. Williams war in Mahón der Repräsentant der höchst respektablen Firma Johnstone & Graham, seines Prisenagenten in Gibraltar. Diese Kanzlei mußte Jack als nächstes aufsuchen, denn es schien ihm lächerlich, klimperndes Gold auf der Schulter, aber keines in der Tasche zu tragen; außerdem brauchte er eilends Bargeld für eine ganze Reihe drängender Verpflichtungen – Kulanzgeschenke, Trinkgelder und ähnliches –, deren er sich unmöglich auf Kredit entledigen konnte.

Mit dem größten Selbstvertrauen, als hätte er persönlich die Schlacht von Abukir gewonnen, betrat er die Kanzlei und wurde ausnehmend höflich empfangen. Als sie das Geschäftliche erledigt hatten, fragte der Agent: »Ich nehme an, Sie haben schon mit Mr. Baldick gesprochen?«

»Dem Ersten Offizier der *Sophie?*«

»Ebendiesem.«

»Aber er ist doch mit Captain Allen ausgelaufen – an Bord der *Pallas*.«

»Da irren Sie, Sir, wenn ich das sagen darf. Er liegt im Hospital.«

»Das überrascht mich.«

Lächelnd zog der Agent die Schultern hoch und hob entschuldigend die gespreizten Hände: Er war im Besitz der Wahrheit und Jack im Irrtum, deshalb mußte er für seine Überlegenheit um Pardon bitten. »Mr. Baldick wurde gestern am späten Nachmittag mit einem leichten Fieber ins Hospital eingeliefert – ins kleine Hospital oben bei den Kapuzinern, nicht in das auf der Insel. Um die Wahrheit zu sagen«, der Agent hielt als Zeichen der Verschwörung die Hand vor den Mund und sprach jetzt leiser, »er konnte den Bordarzt der *Sophie* nicht leiden, und die Aussicht auf eine Reise unter seinen Händen widerstrebte Mr. Baldick. Zweifellos wird er sich, sobald er wiederhergestellt ist, in Gibraltar an Bord zurückmelden. Und nun, Captain«, fuhr der Agent mit gezwungenem

Lächeln und schiefem Blick fort, »möchte ich mir mit Ihrer Erlaubnis die Freiheit herausnehmen, Sie um einen Gefallen zu bitten. Eine Kusine meiner Frau hat einen Sohn, der zur See fahren möchte – er will später einmal Zahlmeister werden. Er ist ein heller Junge mit einer sauberen Handschrift und einem Talent für Zahlen; das weiß ich genau, weil er seit Weihnachten hier im Büro gearbeitet hat. Falls Sie also noch niemanden zu Ihrem Schreiber bestimmt haben, Sir, stünde ich für immer in Ihrer Schuld ...« Das Lächeln fiel dem Agenten schwer, denn er war es nicht gewohnt, einen Gefallen zu erbitten, jedenfalls nicht von einem Marineoffizier, und er fühlte sich beim Gedanken an eine Absage äußerst unbehaglich.

Jack überlegte. »Genaugenommen habe ich für die Stelle noch niemanden vorgesehen. Sie bürgen natürlich für ihn? Also, dann sage ich Ihnen was, Mr. Williams: Sie besorgen mir zusätzlich einen Vollmatrosen, dann nehme ich den Jungen.«

»Ist das Ihr Ernst, Sir?«

»Ja ... Ja, eigentlich schon. Doch, es ist mein Ernst.«

»Also abgemacht.« Der Agent hielt ihm die Rechte hin. »Sie werden es nicht bedauern, Sir, mein Wort darauf.«

»Da bin ich ganz sicher, Mr. Williams. Aber vielleicht sollte ich ihn mir trotzdem mal ansehen.«

David Richards war ein simpler, farbloser Junge – farblos auch im wörtlichen Sinne, bis auf einige violette Pickel –, aber seine nur mühsam unterdrückte Aufregung und sein verzweifeltes Bemühen, Jack zu gefallen, hatten etwas Rührendes.

Jack musterte ihn freundlich. »Mr. Williams behauptet, Sie hätten eine gut leserliche Handschrift, Sir«, sagte er. »Würden Sie gleich mal eine Botschaft für mich niederschreiben? Sie geht an den Segelmeister der *Sophie.* Wie war noch sein Name, Mr. Williams?«

»Marshall, Sir, William Marshall. Ein erstklassiger Navigator, wie man hört.«

»Um so besser.« Jack erinnerte sich an seinen eigenen

Kampf mit den nautischen Tafeln und an die bizarren Standorte, die er bisweilen errechnet hatte. »Also an Mr. William Marshall, Segelmeister auf Seiner Majestät Slup *Sophie:* ›Captain Aubrey empfiehlt sich Mr. Marshall und teilt mit, daß er gegen ein Uhr mittags an Bord zu kommen gedenkt.‹ Das sollte ihm genug Zeit zur Vorbereitung geben. Ja, sehr hübsch geschrieben. Sie sorgen dafür, daß er die Nachricht bekommt?«

»Ich bringe sie sofort persönlich hin, Sir«, rief der Junge eifrig, wobei ihm hektische Röte in die Wangen stieg.

Sapperlot, sagte sich Jack, als er zum Hospital hinaufstieg und das weite, dürre, abweisende Land zu beiden Seiten der belebten See überblickte, Sapperlot, wie gut es doch tut, ab und zu mal den lieben Gott zu spielen.

»Mr. Baldick?« fragte er. »Mein Name ist Aubrey. Da wir beinahe Bordgenossen geworden wären, komme ich vorbei, um mich nach Ihrem Befinden zu erkundigen. Ich hoffe, Sie sind auf dem Wege der Besserung, Sir?«

»Sehr freundlich von Ihnen, Sir.« Leutnant Baldick mochte um die Fünfzig sein; silbrige Bartstoppeln bedeckten den unteren Teil seines blauroten Gesichts, obwohl sein Kopfhaar noch schwarz war. »Überaus freundlich. Danke, Captain, vielen Dank. Freut mich, Ihnen sagen zu können, daß es mir schon viel besser geht, seit ich den Klauen dieses bösartigen Quacksalbers entronnen bin. Würden Sie das glauben, Sir? Ich bin jetzt siebenunddreißig Jahre bei der Marine, neunundzwanzig davon als Offizier, und da will er mich mit einer Wasserkur und mit Fasten behandeln. Wards Pillen und Tropfen taugen angeblich nichts mehr, sollen sogar das reine Gift sein. Und doch hab ich mich das ganze letzte Jahr in Westindien damit kuriert, als wir in zehn Tagen zwei Drittel der Backbordwache durch das gelbe Fieber verloren. Ich schwör's, sie haben mich vorm Fieber gerettet, ganz zu schweigen von Skorbut, Ischias, Rheuma und der verdammten Ruhr. Aber jetzt heißt es plötzlich, sie taugen nichts. Ach, sollen sie doch schwadronieren, diese aufgeblasenen Milchbübchen von der Universität, auf ihrer Approbation ist ja noch nicht mal die Tinte getrocknet! Ich bleibe bei meinen Tropfen.«

Und bei Gevatter Grog, dachte Jack, denn Boswicks Bett stank wie die Rumlast eines Linienschiffs. »Also hat die *Sophie* auch ihren Arzt verloren«, sagte er, »nicht nur die besten Seeleute.«

»Der ist kein großer Verlust, Sir, da kann ich Sie beruhigen. Obwohl die Besatzung nichts auf ihn kommen ließ – sie schworen auf ihn und seine Tinkturen, diese Hornochsen. Waren ganz verzweifelt über sein Abmustern. Wie Sie hier im Mittelmeer einen Ersatz für ihn finden wollen, ist mir schleierhaft. Sind seltene Vögel, diese Quacksalber. Aber egal, was die Leute reden, es ist nicht schade um ihn. Eine Schatulle mit Wards Tropfen tut's genauso, nein, besser. Und der Zimmermann bei Amputationen. Darf ich Ihnen einen Schluck anbieten, Sir?« Jack schüttelte dankend den Kopf. »Was den Rest betrifft, so war Captain A. noch recht bescheiden. Die *Pallas* hatte ja eine fast vollzählige Besatzung, da hat der Kommandant nur seinen Neffen und den Sohn eines Freundes mitgenommen. Und natürlich die Amerikaner, abgesehen von seinem Bootssteurer und seinem Steward. Und seinen Schreiber.«

»Viele Amerikaner?«

»O nein, nicht mehr als ein halbes Dutzend. Alles Landsleute von ihm, aus der Umgebung von Halifax.«

»Na, da bin ich aber erleichtert. Man hat mir gesagt, die Brigg sei so gut wie entvölkert.«

»Wer hat das gesagt?«

»Captain Harte.«

Mr. Baldick preßte die Lippen zusammen und schnaubte verächtlich durch die Nase. Er zögerte, nahm einen Schluck aus seinem Henkelbecher und knurrte: »Ich kenne Captain Harte jetzt gut und gern dreißig Jahre. Es macht ihm großen Spaß, die Leute hereinzulegen. So was hält er für einen guten Witz.« Während sie gemeinsam über Captain Hartes tückischen Humor nachdachten, leerte Mr. Baldick seinen Becher bis zur Neige. »Nein«, sagte er dann und knallte ihn auf den Nachttisch, »wir haben Ihnen genug Leute dagelassen, fast 'ne komplette Crew. Ein oder zwei Dutzend erstklassige Toppgasten, und vom Rest ist bestimmt die Hälfte auf Kriegsschiffen groß geworden, das ist mehr, als man heutzutage von den meisten Kreuzern sagen kann. In der anderen Hälfte sind ein paar heillose Lumpen, aber die gibt's in jeder Crew ... Übrigens, Captain A. hat Ihnen über einen davon eine Notiz hinterlassen, er heißt Isaac Wilson, Leichtmatrose. Wenigstens haben Sie keine verdammten Aufwiegler an Bord. Außerdem sind die Deckoffiziere dageblieben, größtenteils erfahrene Salzbuckel von altem Schrot und Korn. Watt, der Bootsmann, versteht sein Geschäft besser als jeder andere in der Flotte. Und Lamb, der Zimmermann, ist ein ordentlicher, verläßlicher Kerl, höchstens ein bißchen langsam und ängstlich. Auch George Day, der Stückmeister, ist ein guter Mann, wenn er gesund ist; er hat nur die dumme Angewohnheit, ab und zu krank zu werden. Der Zahlmeister Ricketts ist ganz erträglich für seinesgleichen. Die Mastersgehilfen Pullings und der junge Mowett sind brauchbare Wachführer: Pullings hat schon vor Jahren das Leutnantsexamen bestanden, aber nie ein Patent gekriegt. Und von den jungen Herrchen haben wir Ihnen nur zwei dagelassen, Ricketts' Sprößling und Babbington. Holzköpfe alle beide, aber keine Strolche.«

»Und was ist mit dem Master? Er soll ja ein guter Navigator sein.«

»Marshall? Doch, das ist er wohl.« Baldick schnaubte abermals verächtlich; inzwischen mußte er einen Viertelliter Rum intus haben. Wohl deshalb meinte er vertraulich: »Ich weiß ja nicht, was Sie von den warmen Brüdern halten, Sir. Aber ich sage, sie sind unnatürlich.«

»Na ja, da ist was dran, Mr. Baldick.« Jack merkte, daß Mr. Baldick damit noch nicht zufrieden war, und fügte hinzu: »Kann nicht sagen, daß sie mir gefallen – mein Bier ist das nicht. Aber ich muß gestehen, ich sehe es ungern, wenn ein Mann dafür gehenkt wird. Sie sprechen von den Schiffsjungen, nehme ich an?«

Mr. Baldick schüttelte gewichtig den Kopf. »Nein«, antwortete er schließlich. »Nein. Ich meine ja nicht, daß er's praktiziert. Jetzt nicht mehr. Aber nun Schluß damit, ich rede nicht gern schlecht über jemanden hinter seinem Rücken.«

»Zum Nutzen der Navy ...«, begann Jack und beendete den Satz nur mit einer vagen Geste. Bald danach verabschiedete er sich, denn der Kranke war in kalten Schweiß ausgebrochen und delirierte erbärmlich. Die immer noch zunehmende Tramontana peitschte die Palmwedel mit einer Kraft, die zwei Reffs in den Bramsegeln erfordert hätte. Der Himmel strahlte von Kimm zu Kimm in wolkenlosem Blau. Draußen vor dem Hafen hatte sich ein kurzer, steiler Seegang aufgebaut, und die Luft schmeckte scharf nach Salz oder Wein. Jack drückte sich den Hut fester auf den Kopf, nahm einen tiefen Atemzug und sagte laut: »Bei Gott, das Leben ist schön!«

Er hatte sich seine Zeit gut eingeteilt. Als nächstes ging er zur Crown und sorgte dafür, daß sein Abendessen mit Dr. Maturin geziemend üppig ausfallen würde; danach konnte er noch seinen Uniformrock ausbürsten und ein Glas Wein trinken. Seine Bestallung mußte er nicht erst suchen – er hatte sie die ganze Zeit bei sich getragen: Sie stak in seiner Brusttasche und raschelte leise bei jedem seiner Atemzüge.

Als er um Viertel vor eins zum Kai hinunterging, fühlte er sich seltsam eng um die Brust. Und als er im Übersetzboot saß, sagte er nur *»Sophie«* zu dem Fährmann, denn sein Herz schlug heftig, und das Schlucken fiel ihm schwer. Fürchte ich mich etwa? fragte er sich und blickte auf seinen Säbelknauf nieder, ohne zu merken, wie behende das Boot durch den Hafen glitt, zwischen den dicht an dicht liegenden Schiffen hindurch, bis sich *Sophies* Bordwand vor ihnen erhob und der Fährmann mit seinem Bootshaken zu hantieren begann.

Unwillkürlich ließ er den Blick schnell über die Brigg

schweifen und fand die Rahen mit den ordentlich aufgetuchten Segeln schön parallel gebraßt, die Seitenpforte besetzt, den Bootsmann mit blitzender Silberpfeife an den Lippen und die Schiffsjungen mit weißen Handschuhen beim Ausbringen der Jakobsleiter. Dann legte sich sein Boot mit leisem Knarren gegen die Bordwand der Slup, und er kletterte daran empor, begleitet vom gellenden Zwitschern der Bootsmannspfeife. Als sein Fuß das Seitendeck berührte, erklang ein heiserer Befehl, die Seesoldaten klopften ihre Griffe, präsentierten die Musketen, und die Offiziere rissen sich den Hut vom Kopf. Als er das Achterdeck betrat, lüftete Jack den seinen ebenfalls und grüßte die Flagge.

Die Deckoffiziere und Fähnriche in ihren besten Uniformen bildeten auf dem weißgescheuerten Deck eine lockere, blauweiße Gruppe; daneben stand das rote Karree der Seesoldaten. Aller Augen hingen gespannt an dem neuen Kommandanten. Der blickte ernst drein, sogar streng, und nach einer kurzen Pause, in der man den Bootsmann drohend murmeln hörte, befahl er: »Mr. Marshall, stellen Sie mir bitte die Offiziere vor.«

Jeder trat einzeln vor, der Zahlmeister, die Mastersgehilfen, die Fähnriche, der Stückmeister, der Zimmermann und der Bootsmann; alle machten, von der Besatzung kritisch beobachtet, ihre Diener.

Schließlich sagte Jack: »Mein Herren, ich freue mich, Ihre Bekanntschaft zu machen. Mr. Marshall, rufen Sie bitte alle Mann nach achtern. Da wir keinen Ersten haben, werde ich der Besatzung meine Bestallung selbst vorlesen.«

Niemand mußte erst von unten heraufgerufen werden, denn die Neugier hatte alle, sauber geschrubbt und glänzend, an Deck gelockt. Dennoch pfiffen der Bootsmann und seine Gehilfen eine gute halbe Minute lang das Signal *Alle Mann nach achtern* in die Luken hinunter. Dann verstummten die Pfeifen, Jack trat vor den Aufbau des Hüttendecks und zog seine Bestallung heraus. Sowie das Dokument sichtbar wurde, erklang der Befehl *Hüte ab,* und Jack begann mit fester, aber etwas gezwungener und monotoner Stimme zu lesen.

»Im Auftrag Seiner Hochwohlgeboren Lord Keith ...«

Während er die vertrauten Formulierungen wiederholte, die jetzt immens an praktischer Bedeutung gewonnen hatten, kehrte sein Glücksgefühl zurück; es überlagerte den Ernst der Situation, so daß er mit feurigem Schwung schloß: *»Vorstehendem haben Sie und alle Ihre Untergebenen zu gehorchen, wobei Sie im Falle der Zuwiderhandlung Gefahr laufen, dafür zur Rechenschaft gezogen zu werden.«* Damit faltete er das Schreiben wieder zusammen, nickte der Besatzung zu und steckte es ein. »Sehr gut«, sagte er. »Lassen Sie die Männer wegtreten. Und jetzt wollen wir das Schiff inspizieren.«

An der Spitze einer respektvoll schweigenden Prozession sah Jack genau das, was er erwartet hatte: ein zur Inspektion aufgeklartes Schiff, das den Atem anzuhalten schien, damit nichts die Perfektion des wunderschön getrimmten Riggs mit seinen sauber aufgeschossenen Schoten und genau senkrechten Fallen störte. Mit dem Alltagsgesicht der *Sophie* hatte das alles nicht mehr Ähnlichkeit als der steife, schwitzende Bootsmann in seinem Uniformrock, der wie mit der Breitaxt zurechtgehauen wirkte, mit dem gewöhnlichen Unteroffizier, der bei rauher See in Hemdsärmeln auf der Großbramrah balancierte. Und doch ließen sich Gemeinsamkeiten nicht völlig leugnen, und der Schwung der schneeweißen Decksplanken, das warme Funkeln der beiden bronzenen Vierpfünder auf dem Achterdeck, die Präzision der Walzen in der Taulast und die Paradeformation der Töpfe und Pfannen in der Kombüse besaßen alle eine tiefere Bedeutung. Jack hatte selbst schon zu viele schwarze Schafe weiß angestrichen, als daß man ihn leicht täuschen konnte. Er war angetan von dem, was er sah. Er sah und billigte alles, was er sehen sollte, und verschloß klug die Augen vor dem, was er nicht sehen sollte: das Stück Speck, das eine pfiffige Vorschiffskatze hinter einer Pütz hervorzerrte; die Frauen, die, von den Bootsmannsgehilfen in der

Segellast versteckt, neugierig über die Tuchberge schielten; er ignorierte die Ziege hinter dem vorderen Waschbord, die ihn aus ihren teuflischen Pupillenschlitzen herausfordernd anstarrte und das Deck absichtsvoll beschmutzte; ebenso übersah er die undefinierbare, an einen Pudding erinnernde Masse, die jemand in der Panik der letzten Minute hinter die Bugsprietzurring gestopft hatte.

Dabei besaß Jack einen sehr scharfen, professionellen Blick – schließlich fuhr er offiziell seit seinem neunten und tatsächlich seit seinem zwölften Lebensjahr zur See –, und dieser Blick registrierte eine Vielzahl anderer Eindrücke. Der Segelmeister war ganz anders, als er erwartet hatte: ein großer, gutaussehender, tüchtiger Mann mittleren Alters – die Schnapsdrossel Baldick mußte da einiges mißverstanden haben. Den Charakter des Bootsmanns konnte Jack vom Rigg ablesen: vorsichtig, solide, gewissenhaft und traditionell. Zahlmeister und Stückmeister wirkten unauffällig, wobei letzterer offenbar zu krank war, um sich von seiner besten Seite zu zeigen, und sich auf halbem Weg heimlich verdrückte. Die Fähnriche fand Jack brauchbarer als erwartet: auf Briggs und Kuttern waren ihresgleichen oft ein ziemlich jämmerlicher Haufen. Nur dieses Kind namens Babbington ließ man besser in den Kleidern, die es trug, nicht an Land; seine Mutter mußte mit einem Wachstum gerechnet haben, das ausgeblieben war, und allein schon der Hut deckte das Kerlchen so lächerlich zu, daß es das Schiff zum Gespött gemacht hätte.

Jacks Haupteindruck war der einer soliden Betulichkeit. Die *Sophie* wirkte irgendwie altmodisch, als hätte sie ihr Unterwasserschiff lieber mit Nägeln beschlagen als mit Kupferblech und ihre Bordwände lieber geteert als mit Farbe gestrichen. Ihre Besatzung – die eigentlich gar nicht so alt, sondern im Durchschnitt um die Zwanzig war – sah ebenfalls altmodisch aus; einige trugen Kniehosen und Schuhe aus Öltuch, was schon seit Jahrzehnten aus der Mode war. Doch die Männer bewegten sich behende und entspannt, stellte er fest; sie schienen recht neugierig zu sein, aber nicht im geringsten aufsässig, verbittert oder kriecherisch. Jawohl: Die *Sophie* war altmodisch. Zwar liebte er sie schon aufrichtig – hatte sie sofort geliebt, als er mit den Augen zum ersten Mal ihre sanft geschwungenen Deckslinien gestreichelt hatte –, aber sein Verstand sagte ihm, daß sie ein langsames Schiff war, ein altes Schiff und eines, mit dem er kaum sein Glück machen konnte. Unter seinem Vorgänger hatte sie sich in einigen Gefechten achtbar geschlagen, einmal sogar gegen einen französischen Freibeuter aus Toulon, ein Vollschiff von zwanzig Kanonen. Ein andermal hatte sie bei Flaute in der Straße von Gibraltar ihren Konvoi erfolgreich gegen einen Schwarm bewaffneter Galeeren aus Algeciras verteidigt. Aber soweit er feststellen konnte, hatte sie niemals eine Prise von größerem Wert erobert.

Sie standen wieder vor dem Aufbau des seltsamen kleinen Achterkastells, und Jack trat mit eingezogenem Kopf in seine Kajüte. Gebückt ging er zur Truhenbank unter den Fenstern, die das Heck in seiner ganzen Breite einnahmen und einen elegant geschweiften Rahmen für das Panorama des Hafens von Mahón bildeten; wie eine Vedute von Canaletto leuchtete es in der lautlosen Mittagssonne und schien einer anderen Welt anzugehören. Jack setzte sich mit einer vorsichtigen seitlichen Bewegung, merkte, daß er sich ohne Probleme wieder aufrichten konnte – die Kopffreiheit im Sitzen betrug gut vier Spannen –, und sagte: »Das wär's also, Mr. Marshall. Ich kann Ihnen zum Zustand der *Sophie* nur gratulieren. Sehr ordentlich, sehr *shipshape.*« So weit glaubte er gehen zu können, falls er sich eines offiziellen Tons befleißigte, weiter aber nicht. Mehr Lob würden sie von ihm nicht zu hören bekommen, wie er auch keine Rede an die Besatzung halten oder einen Umtrunk ausgeben würde, um seinen Dienstantritt zu feiern. Nichts war ihm mehr zuwider als ein sich anbiedernder Kommandant.

»Danke, Captain«, sagte der Master.

»Ich gehe jetzt an Land, werde aber natürlich an Bord übernachten. Bitte schicken Sie deshalb ein Boot um meine Seekiste und das andere Gepäck. Ich bin in der Crown abgestiegen.«

Jack blieb noch eine Weile sitzen, um den Komfort seiner Tageskajüte zu genießen. Die sonst üblichen Heckkanonen fehlten darin, denn wegen *Sophies* seltsamer Bauweise hätten sich ihre Mündungen nur sechs Zoll über der Wasseroberfläche befunden. Deshalb standen die beiden sperrigen Vierpfünder an Deck, direkt über seinem Kopf. Trotzdem blieb nur Platz für einen querschiffs aufgestellten Tisch mit Stühlen, einige Wandschränke und die Heckbank. Jack hatte jedoch mehr Lebensraum zur Verfügung, als er je zuvor auf See genossen hatte, und dieses Gefühl wärmte sein Herz. Besonders entzückten ihn die edel eingefaßten, nach innen gewölbten Fenster, die so klar waren, wie Glas nur sein konnte: sieben Scheiben in eleganter Flucht und ein Schmuck für den ganzen Raum.

Noch nie hatte er ein so komfortables Logis sein eigen genannt; es war weitaus bequemer, als er in diesem frühen Stadium seiner Karriere hatte hoffen können. Woher also kam dieses leichte Unbehagen, das trotz aller Begeisterung an ihm nagte wie das *aliquid amari* seiner Schulzeit? Als er an Land zurückkehrte, in seiner eigenen Kommandantengig und gepullt von seinen eigenen Bootsgasten in weißem Leinen und mit Strohhüten, auf deren Bändern der Namenszug *Sophie* eingestickt war, während ein Fähnrich steif neben ihm auf der Heckducht saß und die Pinne bediente, da wurde ihm der Grund für sein Unbehagen endlich klar: Er war nicht länger »einer von uns«, er war jetzt einer von »denen«. Ab sofort verkörperte er die allgegenwärtige, allmächtige Autorität. Als er die Brigg inspiziert hatte, war er in Ehrerbietung eingesponnen gewesen wie in einen Kokon, man hatte ihm einen ganz anderen Respekt entgegengebracht als einem Leutnant.

Er hatte sich gefühlt wie unter einer Glasglocke, abgeschnitten vom Rest der Besatzung. Ihm war nicht entgangen, daß die Männer der *Sophie,* als er von Bord ging, einen kollektiven

Seufzer der Erleichterung ausgestoßen hatten, den er nur zu gut kannte: »Jehova sucht uns nicht länger heim.«

Das war eben der Preis, den er bezahlen mußte, sagte er sich und »Danke, Mr. Babbington« zu dem Kind, als er auf die Kaitreppe sprang.

Das Boot stieß ab und pullte durch den Hafen davon, geleitet von Mr. Babbingtons hohem Stimmchen: »Ruder an, wird's endlich? Schlaf bloß nicht ein, Simmons, du Rumdrossel!«

Es ist der Preis, den ich dafür zahlen muß, wiederholte Jack in Gedanken, und die Sache weiß Gott wert. Als er sich das klargemacht hatte, begann sein Gesicht wieder vor geheimem Glück und mühsam unterdrückter Begeisterung zu glühen. Und doch verriet der zielstrebige Schritt, mit dem er sich zum Rendezvous in die Crown begab – zu einem Rendezvous mit seinesgleichen – sehr viel mehr Entschlossenheit, als sie noch vor kurzem den Schritt des ehemaligen Leutnants Aubrey ausgezeichnet hatte.

ZWEITES KAPITEL

DER RUNDE TISCH in Jacks Zimmer stand in einem Erker, der an der Rückfront der Crown so weit übers Hafenwasser vorsprang, daß sie die Austernschalen mit einer knappen Drehung des Handgelenks durchs Fenster in ihr altes Element zurückbefördern konnten. Von der Tartane, die fünfzig Meter unter ihnen entladen wurde, drang ein vertrautes Duftgemisch zu ihnen herauf: nach Stockholmer Teer, Hanf, Segeltuch und Chian-Terpentin.

»Gestatten Sie, daß ich Ihnen noch eines von diesen Hammelrippchen vorlege, Sir?« fragte Jack.

»Wenn Sie darauf bestehen«, antwortete Stephen Maturin. »Sie sind wirklich vorzüglich.«

»Eine Spezialität der Crown«, fuhr Jack fort. »Obwohl ich darüber eigentlich ungehalten sein müßte, denn ich hatte Entenpastete, Rinderbraten *à la mode* und Schweinskopfsülze bestellt, dazu ganz andere Beilagen. Wahrscheinlich hat mich der Wirt mißverstanden. Weiß der Himmel, was diese Schüssel neben Ihnen enthält, Sülze ist es jedenfalls nicht. *Visage de porco* habe ich gesagt, ein übers andere Mal, und der Kerl hat so eifrig genickt wie ein chinesischer Mandarin. Es ist wirklich ärgerlich, wenn man fünf Gänge bestellt, sie auf spanisch ganz genau erklärt – *cinco platos* – und dann feststellen muß, daß nur drei Gänge aufgetischt werden, wovon zwei sogar falsch sind. Ich bin tief beschämt, daß ich Ihnen nichts Besseres anbieten kann, aber ich versichere Ihnen, es liegt nicht an mangelndem gutem Willen meinerseits.«

»Oh, ich habe seit Tagen nicht mehr so gut gegessen, und dann noch«, mit einer Verbeugung, »in so angenehmer Gesellschaft. Mein Wort darauf!« versicherte Stephen Maturin. »Könnte das Mißverständnis vielleicht darauf beruhen«, fuhr er nach einer Pause fort, »daß Sie die Bestellung in kastilischem Spanisch aufgegeben haben?«

»Wieso?« Jack goß nach, hob sein Glas und blinzelte durch den Rotwein in die Sonne. »Es ist doch nur vernünftig, daß ich mein bestes Spanisch hervorkrame, wenn ich mit Spaniern etwas Wichtiges bespreche.«

»Gewiß. Aber Sie haben wahrscheinlich nicht berücksichtigt, daß Katalanisch das Idiom dieser Inseln ist.«

»Was ist Katalanisch?«

»Die Sprache der Provinz Katalonien natürlich. Man spricht es auf den Inseln und an der ganzen Mittelmeerküste, bis hinunter nach Alicante. Auch in Barcelona und Lérida. Überall in den reicheren Gegenden der Iberischen Halbinsel.«

»Erstaunlich! Davon hatte ich ja keine Ahnung. Eine andere *lingua*, sagen Sie? Obwohl ich annehmen möchte, daß es nur ein anderer Dialekt ist, ein *putain*, wie man in Frankreich sagt.«

»O nein, nichts Derartiges, beileibe nicht. Das Katalanische ist eine Sprache für sich, weit geschliffener und gebildeter, auch literarischer. Und sie steht dem Lateinischen viel näher. Übrigens, Sir, wenn Sie mir gestatten: der französische Ausdruck lautet *patois*.«

»Patois – ganz recht. Ich könnte allerdings schwören, das andere Wort kommt ebenfalls aus dem Französischen. Ich habe es irgendwo aufgeschnappt«, beharrte Jack. »Aber es ziemt sich nicht, Sir, daß ich vor Ihnen mit meinen Sprachkenntnissen prahle. Sagen Sie, klingt das Katalanische anders im Ohr, im ungeschulten Ohr, meine ich?«

»So unterschiedlich wie Italienisch und Portugiesisch. Der Katalane wird den Kastilier nicht verstehen und umgekehrt.

Beide Sprachen klingen völlig anders, die Intonation ist verschieden, auch die Tonart. So wenig verwandt wie Gluck und Mozart. Zum Beispiel heißt dieses ausgezeichnete Gericht neben mir – und ich sehe, daß der Wirt sein Bestes getan hat, um Ihren Befehlen zu gehorchen – auf kastilisch *jabali,* auf katalanisch jedoch *senglar.*«

»Aber ist es wenigstens Schweinefleisch?«

»Sogar Wildschwein. Darf ich Ihnen davon vorlegen?«

»Sehr freundlich. Würden Sie mir bitte noch das Salz reichen? Stimmt, es schmeckt ganz vorzüglich, aber ich hätte es niemals für Schweinefleisch gehalten. Was sind diese schwarzen Stückchen darin, die so gut schmecken?«

»Da bringen Sie mich in Verlegenheit. Im Katalanischen heißen sie *bolets,* aber die englische Bezeichnung weiß ich nicht. Vielleicht haben sie gar keinen Namen, keinen populären, meine ich. Der Biologe wird sie natürlich sofort als *boletus edulis* nach Linné erkennen.«

»Wie ...« Jack musterte Stephen Maturin mit unverhohlener Bewunderung. Er hatte zwei oder drei Pfund Hammelrippchen vertilgt, und das Wildschwein, das nun sehr schön auf dem Schaf saß, genoß jetzt sein ganzes Wohlwollen. »Wie ...« Aber dann wurde ihm bewußt, daß er dabei war, seinen Gast neugierig auszufragen. Deshalb hüstelte er nur verlegen und läutete nach dem Kellner, dem er die geleerten Weinkaraffen zum Nachfüllen gab.

Dennoch blieb Jacks Frage in der Luft hängen, und nur ein höchst frostiger oder krankhaft verschlossener Gesprächspartner hätte sie ignorieren können. »Ich bin hierzulande aufgewachsen«, antwortete deshalb Stephen Maturin. »Meine Jugend verbrachte ich zu einem Teil bei meinem Onkel in Barcelona, zum anderen bei meiner Großmutter auf dem Lande hinter Lérida. Genaugenommen habe ich länger in Spanien gelebt als in Irland. Als ich danach heimkehrte, um die Universität zu besuchen, habe ich meine mathematischen Studien in Katalanisch betrieben, das war für mich natürlicher.«

»Deshalb sprechen Sie es bestimmt wie ein Einheimischer«, sagte Jack. »Was für ein kolossaler Vorzug! Das nenne ich eine sinnvoll verbrachte Kindheit. Wollte nur, ich könnte von mir das gleiche sagen.«

»Aber nicht doch.« Stephen schüttelte den Kopf. »Ich habe meine Jugendzeit weiß Gott nicht sinnvoll genutzt. Zwar eignete ich mir einiges Wissen über die Vögel des Landes an – sein Reichtum an Greifvögeln ist übrigens erstaunlich, Sir – und auch über seine Reptilien; aber nicht über die Insekten, vielleicht mit Ausnahme der Schmetterlinge, und schon gar nicht über die Pflanzen. Nein, da tun sich bei mir ganze Abgründe bestialischen Unwissens auf! Erst nachdem ich einige Jahre in Irland gelebt und mein kleines Werk über die Samenpflanzen der Oberen Ossorei geschrieben hatte, begann ich zu begreifen, wie monströs ich meine Zeit verschwendet hatte. Ganze Landstriche von riesenhafter Ausdehnung, allem Anschein nach völlig unberührt seit Willoughby und Ray, sind dort der Wissenschaft entgangen. Wie Sie sich bestimmt erinnern werden, hatte der spanische König den Schweden Linné zu einem Besuch eingeladen und ihm volle Religionsfreiheit garantiert, doch der Botaniker lehnte ab. Und da lagen all diese unerschlossenen Schätze der Flora vor mir – aber ich ignorierte sie. Man denke, was Pallas, was der gelehrte Solander oder die Gmelins, Vater und Sohn, an meiner Stelle geleistet hätten! Deshalb habe ich jetzt die erste Gelegenheit wahrgenommen und gleich zugestimmt, den alten Mr. Browne zu begleiten. Gewiß, Menorca ist nicht das Festland, aber andererseits hat ein so großes Kalksteinterrain seine eigene faszinierende Flora, ganz zu schweigen von den Phänomenen, die sich aus seiner interessanten Morphologie ergeben.«

»Mr. Brown, der Marineoffizier von der Werft?« rief Jack aus. »Ich kenne ihn gut. Ein glänzender Gesellschafter, singt für sein Leben gern und schreibt auch nette kleine Lieder.«

»Nein. Mein Patient starb auf See, und wir bestatteten ihn oben bei St. Philip. Armer Kerl, war im letzten Stadium der

Schwindsucht. Ich hatte gehofft, ihn noch bis Spanien durchbringen zu können – Luftveränderung wirkt in solchen Fällen manchmal Wunder –, aber als ich mit Mr. Florey die Leiche öffnete, fanden wir eine so große ... Kurz, es stellte sich heraus, daß seine Ärzte – die besten in ganz Dublin – viel zu optimistisch gewesen waren.«

»Sie haben ihn aufgeschnitten?« Jack schob seinen Teller von sich weg.

»Ja. Wir hielten es für das beste, schon um seine Freunde zu beruhigen. Aber ich muß sagen, sie scheinen den Verlust mit erstaunlicher Fassung zu tragen. Schon vor Wochen habe ich an den einzigen Verwandten geschrieben, den ich kenne, einen Gentleman in der Grafschaft Fermanagh. Leider habe ich noch kein Sterbenswörtchen von ihm gehört.«

Eine Pause entstand. Jack füllte die Gläser nach (wie schnell doch Ebbe und Flut darin wechselten) und bemerkte schließlich: »Hätte ich gewußt, daß Sie Chirurg sind, Sir ... Ich hätte wohl kaum der Versuchung widerstehen können, Sie anzuwerben.«

»Chirurgen sind tüchtige Burschen«, meinte Stephen Maturin mit einem Hauch Schärfe. »Und weiß Gott unentbehrlich für uns. Ich darf wohl annehmen, daß es Ihr Erstaunen und Ihre Bewunderung erregt hätte, wie geschickt, schnell und präzise Mr. Florey im hiesigen Hospital Mr. Brownes Bronchien seziert hat. Dennoch habe ich nicht die Ehre, Sir, diesem Berufsstand anzugehören. Ich bin Internist.«

»Bitte um Vergebung, Sir. Was für ein blamabler Irrtum! Trotzdem, Doktor – ich fürchte, ich hätte Sie an Bord geschleppt und unter Deck eingesperrt, bis wir auf hoher See waren. Meine arme *Sophie* hat nämlich keinen Schiffsarzt, und es ist auch ganz unwahrscheinlich, daß ich hier einen auftreibe. Kommen Sie, Doktor, könnten Sie sich nicht doch für die Seefahrt erwärmen? Ein Kriegsschiff ist ein Eldorado für einen Philosophen, besonders im Mittelmeer: Da gibt es Vögel, Fische – ich kann Ihnen die monströsesten, seltensten Fische versprechen – und großartige Naturerscheinungen, Meteore, Prisengeld ... Selbst ein Aristoteles hätte sich gewiß von der Aussicht auf Prisengeld verlocken lassen. Golddublonen, Sir, in weichen Lederbeuteln – etwa von dieser Größe –, und sie liegen so köstlich schwer in der Hand. Zwei davon sind das Höchste, was ein kräftiger Mann tragen kann.«

Jack hatte in scherzendem Ton gesprochen, denn es wäre ihm nie im Traum eingefallen, mit einer ernsthaften Antwort zu rechnen. Doch zu seinem Erstaunen hörte er den Doktor sagen: »Aber ich bin für einen Schiffsarzt in keiner Hinsicht qualifiziert! Gewiß, ich habe in der Anatomie häufig seziert, und auch die geläufigsten chirurgischen Eingriffe sind mir nicht unbekannt. Aber ich weiß nichts über Hygiene an Bord oder über die typischen Krankheiten der Seeleute ...«

»Gütiger Gott«, rief Jack, »verschwenden Sie bloß keine Skrupel an solche Bagatellen! Wenn ich daran denke, was uns sonst an Bord geschickt wird – Feldscher, Barbiere, unbedarfte Lehrlinge, die gerade lange genug in einer Apotheke herumgestolpert sind, um von der Marine ihre Zulassung zu kriegen. Die verstehen nicht das geringste von Chirurgie, geschweige denn von innerer Medizin. Das meiste lernen sie erst unterwegs an den armen Matrosen. Ihre einzige Hoffnung ist es, unter der Besatzung einen Krankenpfleger, einen Schröpfer, einen Warzenbesprecher oder auch nur einen Schlachter zu finden – die Preßgangs liefern uns ja die seltsamsten Typen. Und sobald sich diese Pfuscher erst die geringsten medizinischen Kenntnisse angeeignet haben – schwups! lassen sie sich schon auf eine Fregatte oder ein Linienschiff versetzen. Nein, nein – wir würden uns glücklich schätzen, Sie an Bord zu haben – wirklich überglücklich. Ich flehe Sie an, denken Sie darüber nach, und seien es nur zwei Minuten. Dabei brauche ich Ihnen nicht erst zu versichern«, schloß Jack im Brustton der Überzeugung, »welch große Freude es für mich wäre, Sie als Bordgenossen zu gewinnen.«

Der Kellner öffnete die Tür und ließ einen rotberockten Seesoldaten mit einem Päckchen ein. »Captain Aubrey, Sir?« fragte der Soldat mit lauter Freilandstimme. »Für Sie, mit einer Empfehlung von Captain Harte.« Polternd verschwand er wieder, und Jack meinte zu Stephen Maturin: »Das wird mein Marschbefehl sein.«

»Nehmen Sie nur keine Rücksicht auf mich«, bat Stephen. »Sie wollen ihn bestimmt gleich lesen.« Er griff nach Jacks Geige und zog sich damit in eine Ecke zurück, wo er eine nachdenkliche Melodie spielte – leise, aber immer wieder.

Jacks Befehle lauteten mehr oder weniger wie erwartet: Er sollte in größter Eile seine Ausrüstung und Verproviantierung beenden und einen Konvoi von zwölf anschließend einzeln aufgeführten Handels- und Transportschiffen nach Cagliari geleiten. Dabei hatte er sich größter Schnelligkeit zu befleißigen, durfte aber keineswegs seine Masten, Rahen oder Segel überlasten. Er sollte vor keiner Gefahr zurückschrecken, andererseits aber keinerlei Risiko eingehen. Beigefügt war in einem mit »geheim« bezeichneten Umschlag die Liste der kodierten Signale, mittels derer er Freund von Feind, Gut von Böse unterscheiden konnte: »Das zuerst signalisierende Schiff hat eine rote Flagge am Vortopp zu setzen und eine weiße Flagge mit Wimpel über der Nationalflagge im Großtopp. Zu beantworten ist dieses Signal durch eine weiße Flagge mit Wimpel über der Nationalflagge im Großtopp und eine blaue Flagge im Vortopp. Das Schiff, welches zuerst signalisiert hat, muß daraufhin einen Kanonenschuß nach Luv abgeben, worauf das andere Schiff drei Kanonen in langsamer Folge nach Lee abfeuert.« Schließlich besagte noch eine Notiz, daß ein gewisser Leutnant Dillon als Ersatz für Mr. Baldick auf die *Sophie* abkommandiert war und binnen kurzem mit der *Burford* eintreffen würde.

»Das sind gute Neuigkeiten«, sagte Jack. »Ich bekomme einen großartigen Burschen als Ersten Offizier. Auf der *Sophie* steht mir nur *ein* Offizier zu, müssen Sie wissen, deshalb ist er immens wichtig ... Ich kenne ihn zwar nicht persönlich, bin aber sicher, daß mit ihm eine gute Wahl getroffen wurde. Er hat sich auf der *Dart,* einem von der Navy gecharterten Kriegskutter, hervorragend geschlagen – hat in der Straße von Sizilien drei französische Freibeuter gestellt, einen davon versenkt und einen erbeutet. In der Flotte war dies allgemeiner Gesprächsstoff, aber sein Bericht wurde nie in der *Gazette* abgedruckt und er selbst auch nicht befördert. Höllisches Pech. Ich frage mich, ob dabei alles mit rechten Dingen zuging, denn Dillon hat eigentlich gute Beziehungen. Fitzgerald, der in so etwas immer auf dem laufenden ist, erzählte mir, daß Dillon ein Neffe – oder ein Cousin? – irgendeines Peers ist, dessen Namen ich vergessen habe. Jedenfalls war es sehr tapfer von ihm, und viele sind für weniger belobigt worden. Zum Beispiel ich selbst.«

»Darf ich fragen, wodurch Sie sich ausgezeichnet haben? Ich weiß so wenig über die Marine …«

»Oh, ich bekam einfach ein paar über den Schädel, das erste Mal vor Abukir und dann wieder, als die *Généreux* die alte *Leander* eroberte. Danach wurden reihum Belobigungen ausgesprochen, und da ich der einzige überlebende Leutnant war, fiel auch für mich eine ab. Sie hat weiß Gott lange auf sich warten lassen, war aber hochwillkommen, als sie endlich eintraf, egal, wie verspätet und unverdient. Was halten Sie von einer Kanne Tee? Und dazu vielleicht ein oder zwei Krapfen? Oder bleiben Sie lieber beim Portwein?«

»Tee wäre mir sehr lieb«, antwortete Stephen. »Aber sagen Sie«, er hob wieder die Geige ans Kinn, »sind solche Ereignisse bei der Marine nicht mit hohen Ausgaben verbunden – mit einer Reise nach London, neuen Uniformen, Schwüren und Audienzen?«

»Schwüre? Oh, Sie meinen die Vereidigung. Nein, die betrifft nur Leutnants. Man geht in die Admiralität und bekommt dort ein Formular vorgelesen, irgend etwas über die eigene Untertanenpflicht, die Souveränität des Königs und die totale Ablehnung des Papstes; man fühlt sich sehr wichtig und sagt: ›Das schwöre ich‹, worauf der Federfuchser seinerseits sagt: ›Macht eine halbe Guinee‹, was den Effekt ziemlich verdirbt. Aber das alles betrifft nur patentierte Offiziere – Mediziner werden durch eine Bestallung ernannt. *Ihnen* würde es doch bestimmt nichts ausmachen, einen Eid abzulegen«, schloß Jack lächelnd, merkte dann, daß diese Bemerkung ein wenig taktlos, ein wenig zu persönlich gewesen war, und setzte schnell hinzu: »Ich fuhr einmal mit einem armen Kerl zur See, der den Eid verweigerte, jede Eidesleistung, nur aus Prinzip. Ich mochte ihn nicht sehr, denn er fummelte immer an seinem Gesicht herum. Aus Nervosität, nehme ich an, es hat ihn wohl etwas beruhigt. Sowie man ihn nur ansah, schwups! steckte er einen Finger in den Mund, drückte an seiner Wange herum, zupfte sich am Kinn. Das sind natürlich Bagatellen. Aber wenn man mit einem Sonderling in der Messe eingepfercht leben muß, Tag für Tag, während des ganzen Einsatzes, dann wird so ein Tick lästig. Im Mannschaftslogis oder im Cockpit kann man ihn anbrüllen: ›Laß um Himmels willen die Finger aus dem Gesicht!‹, aber in der Offiziersmesse muß man sich damit abfinden. Wie dem auch sei, der Kerl vergrub sich immer mehr in die Bibel und gewann daraus die Überzeugung, daß er keinen Eid schwören durfte. Und als er dann in diesem albernen Kriegsgerichtsprozeß gegen den armen Bentham als Zeuge aufgerufen wurde, da weigerte er sich – weigerte sich glatt, seine Aussage zu beschwören. Er sagte zu Old Jarvie, das verstoße gegen irgendeinen Vers in der Bibel. Tja, das hätte ihm bei Gambier, bei Saumarez oder einem anderen frommen Vorsitzenden geholfen, aber bestimmt nicht bei Old Jarvie. Er wurde gefeuert. Das tat mir leid für ihn, auch wenn ich ihn nie besonders mochte – offen gesagt, er roch auch noch schlecht –, aber er war ein recht passabler Seemann und ein ehrlicher Kerl. Das meinte ich vorhin, als ich sagte, *Ihnen* würde ein Eid nichts ausmachen – Sie sind kein Fanatiker.«

»Nein, gewiß nicht«, antwortete Stephen. »Ich bin kein Fanatiker. Ich wurde von einem Philosophen erzogen, und davon ist einiges an mir hängengeblieben. Er hätte einen Eid als kindisch abgetan – als überflüssig, falls er freiwillig geleistet wurde, und als eine mit Recht zu scheuende oder zu ignorierende Farce, wenn man dazu gezwungen wurde. Als einen Widerspruch in sich. Schließlich sind heute nur noch wenige Menschen, Ihre Teerjacken eingeschlossen, Schwächlinge genug, um an Earl Godwins Sprüche zu glauben.«

Sie verfielen in Schweigen, während der Tee serviert wurde. »Nehmen Sie Milch, Doktor?« fragte Jack schließlich.

»Ja, bitte.« Stephen war offenbar in Gedanken versunken, seine Augen blickten ins Leere, seine Lippen waren zu einem lautlosen Pfeifen gespitzt.

»Ich wünschte nur ...«, begann Jack.

Aber Stephen unterbrach ihn. »Die Leute sagen, sich zu einer Zwangslage zu bekennen sei schwächlich oder zumindest taktisch unklug«, begann er. »Doch Sie waren so offen zu mir, daß ich gar nicht anders kann, als Ihnen ebenso ehrlich zu antworten. Mit Ihrem Vorschlag, Ihrem Angebot, führen Sie mich ernsthaft in Versuchung. Denn ganz abgesehen von den Komplimenten, die Sie mir freundlicherweise gemacht haben und die ich von ganzem Herzen erwidere, muß ich zugeben, daß ich hier auf Menorca praktisch gestrandet bin. Der Patient, den ich bis zum Herbst betreuen sollte, ist verstorben. Ich habe ihn für einen Mann von Vermögen gehalten – er besaß ein Haus am Merion Square –, aber als Mr. Florey und ich seine Hinterlassenschaft sichteten, bevor wir alles versiegelten, fanden wir nichts von Wert, weder Geld noch Kreditbriefe. Seine Diener hatten sich abgesetzt, was einiges erklären mag. Seine Freunde antworten nicht auf meine Briefe. Der Krieg hat mich von meiner kleinen Rente in Spanien abgeschnitten, und als ich Ihnen vorhin gestand, daß ich schon lange nicht mehr so gut gespeist hätte, war das nicht im übertragenen Sinne gemeint.«

»Oh, wie schockierend, das zu hören!« rief Jack. »Ihre Verlegenheit macht mich zutiefst betroffen. Wenn die – die *res an-*

gusta Sie bedrückt, dann werden Sie mir hoffentlich erlauben ...«

Schon schob er die Hand in die Hosentasche, aber Stephen Maturin wehrte ab: »Nein, nein, nein«, wiederholte er ein halbes dutzendmal, lächelte beruhigend und sagte: »Aber Sie sind wirklich zu gütig.«

»Ich bin zutiefst betroffen, Doktor«, wiederholte Jack, »und schäme mich fast, von Ihrer Zwangslage zu profitieren. Aber meine *Sophie* braucht einen Arzt – Sie haben ja keine Ahnung, was für Hypochonder die meisten Seeleute sind. Sie genießen es, verarztet zu werden. Eine Besatzung ist nur glücklich und zufrieden, wenn sich jemand um sie kümmert, und sei's der gröbste Hilfspfleger. Außerdem wäre es die beste Lösung Ihrer augenblicklichen Probleme. Für einen Mann der Wissenschaft ist die Bezahlung natürlich kläglich – fünf Pfund im Monat, wie ich beschämt zugeben muß. Aber immerhin besteht gute Aussicht auf Prisengeld, und dann gibt es noch zusätzliche Vergünstigungen, zum Beispiel Königin Annes Bonus und einen Zuschlag für jeden Patienten mit Syphilis. Er wird gleich von seinem Sold abgezogen.«

»Ach, mein finanzieller Engpaß bedrückt mich nicht allzu sehr«, meinte Stephen leichthin. »Wenn der unsterbliche Carl von Linné mit nur fünfundzwanzig Pfund fünftausend Meilen weit durch Lappland wandern konnte, dann werde ich doch ... Aber geht es denn bei der Sache selbst mit rechten Dingen zu? Bestimmt müßte ich doch offiziell ernannt werden? Und brauche ich nicht eine Uniform, Instrumente, Arzneien und andere medizinische Ausrüstung?«

»Jetzt, da Sie mich nach diesen Einzelheiten fragen, merke ich überrascht, wie wenig ich darüber weiß«, gestand Jack lächelnd. »Aber solche Kleinigkeiten, liebster Doktor, dürfen uns nicht im Wege stehen. Zwar benötigen Sie eine Bestallung vom Marineamt, da bin ich sicher. Doch genauso sicher ist, daß ich Admiral Warren nur zu fragen brauche, dann stellt er Ihnen sofort eine kommissarische Ernennung aus – mit Freuden. Und was die Uniform betrifft, so gibt es für Schiffsärzte keine besondere; gewöhnlich tragen sie einen dunkelblauen Rock. Bei Instrumenten und so weiter bin ich allerdings überfragt. Ich glaube, das Apothekenamt schickt immer eine Kiste mit medizinischer Ausrüstung an Bord. Aber das weiß bestimmt Florey oder sonst jemand im Hospital. Jedenfalls sollten Sie so schnell wie möglich an Bord gehen – ich meine, sobald Sie können. Kommen Sie am besten schon morgen, dann können wir zusammen zu Mittag essen. Vielleicht machen Sie die erste Reise noch als mein Gast, denn selbst eine kommissarische Ernennung braucht ihre Zeit. Sehr bequem ist es nicht an Bord – eine Brigg bietet wenig Bewegungsfreiheit, müssen Sie wissen –, aber so bekommen Sie wenigstens gleich einen Eindruck vom Leben auf See. Und wenn Ihr Vermieter lästig wird, macht ihn das sofort gefügig … Aber lassen Sie mich Ihnen noch Tee nachgießen … Ich bin sicher, die Seefahrt wird Ihnen zusagen, denn sie ist kolossal philosophisch.«

»Bestimmt«, sagte Stephen. »Was könnte für einen Philosophen, einen Erforscher der menschlichen Natur, ergiebiger sein? An Bord hat er all seine Studienobjekte auf engem Raum beisammen, keiner kann seinem forschenden Blick entgehen; die Gefahren des Krieges, die Risiken des Berufs, die fleischliche Enthaltsamkeit und die gleichförmige Verpflegung verstärken gewiß jede leidenschaftliche Empfindung. Nicht zu vergessen«, schloß er mit einer angedeuteten Verbeugung vor Jack, »das Feuer der Vaterlandsliebe … Ich muß gestehen, daß ich mich in der jüngsten Vergangenheit mehr für die Geheimnisse der Botanik als für meine Mitmenschen interessiert habe. Aber für den forschenden Geist ist so ein Schiff bestimmt ein höchst anschauliches Labor.«

»Ein *formidables* Labor, das garantiere ich Ihnen, Doktor«, versicherte Jack. »Was bin ich doch für ein Glückspilz: Ich kriege Dillon als Ersten und einen Dubliner Internisten als Schiffsarzt für die *Sophie* – übrigens, Sie beide sind natürlich Landsleute. Vielleicht kennen Sie Mr. Dillon sogar?«

Stephen Maturin wurde es kalt ums Herz. »Es gibt so viele Dillons«, meinte er vorsichtig. »Wie lautet sein Vorname?«

Jack vergewisserte sich in seinen Papieren. »James«, sagte er.

»Nein«, antwortete Stephen entschieden. »Kann mich nicht erinnern, jemals einem James Dillon begegnet zu sein.«

»Mr. Marshall, lassen Sie bitte den Zimmermann rufen«, befahl Jack. »Ich erwarte einen Gast, und wir müssen unser möglichstes tun, um es ihm bequem zu machen. Er ist Internist und eine Kapazität auf philosophischem Gebiet.«

»Ein Astronom, Sir?« fragte der Master eifrig.

»Eher ein Botaniker, scheint mir. Aber ich habe die berechtigte Hoffnung, daß er vielleicht als Schiffsarzt bei uns bleibt, wenn wir ihn gut behandeln. Bedenken Sie, wie vorteilhaft das für die Besatzung wäre!«

»In der Tat, Sir. Die Leute sind sehr verstört, seit Dr. Jackson uns verließ und auf die *Pallas* ging. Ein Arzt wäre ein Geschenk des Himmels. Auf dem Flaggschiff und in Gibraltar haben sie einen Doktor, aber sonst gibt es keinen in der ganzen Flotte – nicht daß ich wüßte. An Land berechnen sie eine Guinee pro Konsultation, habe ich gehört.«

»Noch mehr, Mr. Marshall, noch mehr. Sind die Wasserfässer jetzt alle an Bord?«

»Alle voll und verstaut, Sir, bis auf die letzten beiden Fässer.«

»Da sind Sie ja, Mr. Lamb. Sehen Sie sich mal die Schotten in meiner Kajüte an und überlegen Sie, wie man Platz für einen Gast schaffen könnte. Vielleicht läßt sich das Querschott um einige Zoll nach vorne versetzen … Ja, Mr. Babbington, was gibt's?«

»Pardon, Sir, aber die *Burford* ist in Sicht gekommen und läuft gleich ein.«

»Danke. Und jetzt sagen Sie dem Zahlmeister, dem Stückmeister und dem Bootsmann, daß ich sie sprechen möchte.«

Danach vergrub sich der Kommandant der *Sophie* tief in seine Bücher – die Musterrolle, die Vorratslisten für Getränke und Lebensmittel, das Krankenbuch, die Bestandslisten des Stückmeisters, des Bootsmanns und des Zimmermanns, die monatlichen und die vierteljährlichen Aufstellungen für den Verbrauch an Spirituosen, Wein, Kakao, Tee, ganz zu schweigen von Log-, Porto- und Orderbüchern. Weil er schwer und reichlich gespeist hatte und auch sonst nicht sonderlich gut im Rechnen war, verlor Jack bald die Lust und die Übersicht. Am längsten hatte er sich mit Ricketts, dem Zahlmeister, auseinanderzusetzen. Und je gereizter Jack in seiner Verwirrung wurde, desto überzeugter war er, daß ihm Ricketts seine endlosen Zahlenkolonnen und Summen allzu glatt und hastig vorlegte. Die Rechnungen, Quittungen und Bestätigungen, die er unterschreiben sollte, häuften sich vor ihm, und er mußte sich eingestehen, daß er die meisten nicht verstand.

»Mr. Ricketts«, unterbrach er den Zahlmeister mitten in einer langen, glattzüngigen Tirade, die für Jack nicht den geringsten Aussagewert besaß, »hier in der Musterrolle ist unter Nummer 178 ein gewisser Charles Stephen Ricketts aufgeführt.«

»Richtig, Sir. Das ist mein Sohn, Sir.«

»Aha. Ich sehe, daß er am 30. November 1797 anmusterte. Und zwar kam er von der *Tonnant*, Ex-*Princess-Royal*. Aber die Altersangabe fehlt.«

»Tja, lassen Sie mich nachdenken. Charlie muß damals fast zwölf Jahre alt gewesen sein.«

»Er wurde aber als Vollmatrose eingestuft.«

»Tatsächlich? Haha!«

Es war ein ganz gewöhnlicher kleiner Betrug, wie er alle Tage vorkam, trotzdem blieb es ein Betrug, und Jack war nicht zum Lachen zumute.

»Vollmatrose bis zum 20. September 1798«, las er vor, »danach zum Schreiber befördert. Und am 10. November 1799 wurde er sogar zum Fähnrich *befördert*.«

»Jawohl, Sir«, sagte der Zahlmeister schon etwas verlegener. Abgesehen von der kleinen Peinlichkeit, daß ein Elfjähriger als Vollmatrose geführt wurde, hatte Mr. Ricketts' scharfes Ohr sehr wohl Jacks Betonung des Wortes »befördert« und seine auffällige Wiederholung registriert. Das damit übermittelte Warnsignal lautete: »Sie mögen mich für einen schlechten Geschäftsmann halten, aber wenn Sie eines Ihrer Spielchen mit mir treiben, dann kreuze ich ganz schnell Ihren Kurs und beharke Sie mit dem größten Kaliber vom Bug bis zum Heck. Außerdem kann jeder Kommandant Beförderungen widerrufen, die sein Vorgänger ausgesprochen hat, und falls Sie mir schlaflose Nächte bereiten, dann wird Ihr Sprößling ab sofort wieder vor dem Mast fahren, und ich lasse ihm das rosa Fell gerben, mit einem Hieb für jeden Tag, den er Fähnrich war.«

Jack hatte Kopfschmerzen, und seine Augen waren nach dem zu reichlich genossenen Portwein blutunterlaufen, was sich in seinem Blick so unübersehbar als latente Bösartigkeit ausdrückte, daß der Zahlmeister die unausgesprochene Drohung sehr ernst nahm. »Jawohl, Sir«, wiederholte er deshalb geknickt. »Und hier habe ich eine Aufstellung der Werftrechnungen. Möchten Sie die verschiedenen Posten einzeln erläutert haben, Sir?«

»Wenn ich darum bitten darf, Mr. Ricketts.«

So machte Jack zum ersten Mal in verantwortlicher Stellung direkte Bekanntschaft mit der Buchhaltung und stellte fest, daß sie ihn anödete. Selbst ein so kleines Schiff (die *Sophie* brachte es gerade auf hundertfünfzig Tonnen) benötigte eine unglaubliche Menge Ausrüstung und Proviant: viele Fässer mit Butter oder gepökeltem Rind- und Schweinefleisch, alle numeriert und quittiert; große, mittlere und kleine Fässer voll Rum; tonnenweise Schiffszwieback vom Madenbäcker, Trokkensuppen in Paketen mit dem breiten Pfeil darauf, der sie unterschied von den Päckchen mit dem Schwarzpulver in drei verschiedenen Körnungen; Schwämme, Drahtzieher, Lunten und Streichhölzer, Flanellkartuschen, Wergpfropfen und Kugeln (Stangen-, Ketten- und einfache Rundkugeln, Kartätschen sowie Musketen- und Drehbassenmunition); dazu die unzähligen (und so oft unterschlagenen) Dinge, die der Bootsmann brauchte: Jungfern, Blöcke und Scheiben, einfache, doppelte und dreifache Taljen, Racks, Viertelbuchsen, einfache Buchsen, Doppelbuchsen, dicke, halbdicke und dünne Zapfen, Stropps, Belegnägel, Kettenglieder – die Litanei nahm kein Ende. Aber hierbei war Jack schon eher in seinem Element, denn der Unterschied zwischen einer Jungfer und einem Bock war ihm so sonnenklar wie der Unterschied zwischen Tag und Nacht, zwischen Recht und Unrecht – in manchen Fällen sogar viel klarer. Doch inzwischen war sein Kopf, der eher an die Bewältigung konkreter Probleme gewöhnt war, rechtschaffen müde. Sehnsüchtig wanderte sein Blick von den schmuddeligen, mit Eselsohren verunzierten Büchern, die sich auf dem Tisch vor ihm stapelten, durch die Heckfenster hinaus zum klaren Himmel und der funkelnden See. Er strich sich über die Stirn und sagte: »Den Rest nehmen wir uns ein andermal vor, Mr. Ricketts. Mein Gott, was ist das doch für ein verdammter Riesenhaufen Papier! Da wird einem klar, wie unentbehrlich ein Schreiber ist. Und dabei fällt mir ein: Ich habe einen jungen Mann als meinen Schreiber angeheuert – er wird sich heute an Bord melden. Ich verlasse mich darauf, Mr. Ricketts, daß Sie ihn in seine Aufgaben einweisen. Er ist willig und tüchtig, ein Neffe des Prisenagenten Mr. Williams. Ich denke, der *Sophie* kann es nur nützen, wenn wir mit dem Prisenagenten auf gutem Fuß stehen. Meinen Sie nicht auch, Mr. Ricketts?«

Der Zahlmeister stimmte aus tiefstem Herzen zu.

»Jetzt muß ich noch vor der Flaggenparade mit dem Bootsmann zur Werft übersetzen«, fuhr Jack fort und floh an die frische Luft. Als er an Deck trat, kam der junge Richards gerade über die Backbordseite an Bord geklettert, begleitet von einem fast zwei Meter großen Schwarzen. Jack wandte sich an den Zahlmeister: »Hier ist der junge Mann, von dem ich eben sprach, Mr. Ricketts. Und dies ist wohl der Vollmatrose, den Ihr Vater mitgeschickt hat, Mr. Richards? Kräftig genug sieht er ja aus. Wie heißt er?«

»Alfred King, mit Verlaub, Sir.«

»Kannst du Segel beschlagen, reffen und Ruder gehen, King?« fragte Jack.

Der schwarze runde Kopf nickte nachdrücklich, bleckte grinsend weiße Zähne und grunzte zustimmend.

Jack runzelte die Stirn, denn dies war nicht die rechte Art, seinem Kommandanten zu antworten. »Was soll das, Bursche«, fuhr er ihn an, »hast du deine Zunge verschluckt?«

Das Gesicht des Negers wurde plötzlich grau, bedrückt schüttelte er den Kopf. Der neue Schreiber antwortete für ihn: »Er hat keine Zunge mehr, Sir. Die Mauren haben sie ihm abgeschnitten.«

»Oh«, sagte Jack erschrocken, »oh. Na gut, bringen Sie ihn vorne unter; die Kriegsartikel lese ich ihm dann nach und nach vor. Mr. Babbington, führen Sie Mr. Richards nach unten und zeigen Sie ihm das Fähnrichslogis. Und jetzt los, Mr. Watt, wir müssen zur Werft, bevor den faulen Hunden auch das letzte Werkzeug aus der Hand fällt.«

»Na, das ist doch mal ein Neuzugang, der einem das Herz wärmt«, sagte Jack zum Bootsmann, als ihr Kutter hastig durch den Hafen gepullt wurde. »Ich wollte, ich könnte noch ein Dutzend seinesgleichen auftreiben. Aber Sie scheint diese Idee nicht sonderlich zu begeistern, Mr. Watt?«

»Na ja, Sir, ich habe bestimmt nichts gegen einen erfahrenen Mann. Nur zu gern würde ich einige unserer Landlubber eintauschen gegen – obwohl uns nicht mehr viele geblieben sind nach diesem langen Einsatz und nachdem schon alle desertiert sind, die desertieren wollten, zumal man den Rest nur als Leichtmatrosen einstufen kann, nicht als Vollmatrosen ...« Der Bootsmann hatte den Faden verloren und schloß abrupt: »Aber rein zahlenmäßig – nein, Sir. Nicht ein Dutzend.«

»Nicht mal die für den Hafendienst Abgestellten, die uns rückerstattet werden?«

»Halten zu Gnaden, Sir, das waren nur ein halbes Dutzend, und dazu lauter Taugenichtse oder hartgesottene Gauner, die keiner haben wollte. Nein, Sir, auf die Zahl kommt's nicht an. In einer Brigg wie der *Sophie* mit ihren drei Wachen ist es schon ein Kunststück, all die Leute im Zwischendeck unterzubringen. Sicher, sie ist ein schmuckes, bequemes und heimeliges kleines Schiff, aber doch nicht das, was man geräumig nennen könnte.«

Jack antwortete nicht. Mr. Watts Bemerkung bestätigte einige seiner ersten Eindrücke, und er dachte darüber nach, bis der Kutter an der Werft anlegte.

»Captain Aubrey«, rief Mr. Brown, der leitende Werftoffizier jovial, »hier meine Hand! Und meine herzlichsten Glückwünsche! Ihr Besuch freut mich ganz ungemein.«

»Danke, Sir. Meinen aufrichtigsten Dank.« Sie schüttelten einander die Hände. »Es ist das erste Mal, daß ich Sie in Ihrem Reich besuchen komme.«

»Ganz schön groß hier, wie, Sir?« Stolz blickte der Werftoffizier in die Runde. »Die Reeperbahn ist dort drüben und der Segelboden gleich hinter Ihrer alten *Généreux*. Ich wünschte nur, die Mauer um den Holzlagerplatz wäre höher; Sie würden nicht glauben, wie viele vermaledeite Holzdiebe es auf dieser Insel gibt! Sie klettern nachts über die Mauer und stehlen mir die Spieren – oder versuchen es wenigstens. Ich habe sogar den Verdacht, daß manche von ihren Kommandanten dazu angestiftet werden. Aber wie dem auch sei – den nächsten Strolch, den ich dabei erwische, daß er auch nur eine Klampe zu lange anschaut, den kreuzige ich.«

»Ich glaube fast, Mr. Brown, Sie werden erst dann glücklich und zufrieden sein, wenn kein einziges Kriegsschiff mehr im Mittelmeer stationiert ist und Sie ein Jahr lang jeden Tag durch Ihre wohlgefüllte Werft schlendern können, ohne auch nur einen Farbtopf oder einen Belegnagel ausgeben zu müssen.«

»Hören Sie auf mich, junger Mann«, sagte Mr. Brown und legte Jack vertraulich eine Hand auf den Arm, »hören Sie auf einen alten, erfahrenen Verwalter: Ein wirklich tüchtiger Kommandant braucht nichts aus der Werft. Er hilft sich selbst. Mit den Marinebeständen geht er so sorgsam um, daß nie etwas verschwendet wird. Er bezahlt den Unterwasseranstrich aus eigener Tasche; er bekleedet seine Ankertrosse mit doppeltem Segeltuch, fettet und wechselt die Parten, so daß sie *niemals* in der Klüse schamfilen; er pflegt seine Segel besser als seine eigene Haut und setzt niemals die Royals, diesen angeberischen, unnützen, verspielten Tand. Und das Ergebnis? Beförderung, Mr. Aubrey! Denn wie Sie wissen, erstatten wir der Admiralität regelmäßig Bericht, und unsere Berichte finden höherenorts die größte Beachtung. Weshalb wurde Trotter so schnell Vollkapitän? Weil er der sparsamste Kapitänleutnant in der Flotte war. Manche Kommandanten segeln zwei- oder dreimal im Jahr ihre Maststengen ab – Trotter nie. Oder nehmen Sie Ihren geschätzten Vorgänger: Captain Allen ist niemals mit einer dieser verfluchten Bestellisten, so lang wie ein Admiralswimpel, bei mir aufgetaucht. Und sehen Sie sich ihn jetzt an: Er bekam das Kommando über die schönste Fregatte, die man sich wünschen kann. Warum erzähle ich Ihnen das alles, Captain Aubrey? Ich weiß ja, daß Sie nicht einer von diesen verschwenderischen Zum-Teufel-damit-Kommandanten sind, nicht, seitdem Sie Ihre *Généreux* so ordentlich hier abgeliefert haben. Und die *Sophie* ist ja in jeder Hinsicht komplett ausgerüstet, außer vielleicht in puncto Farbe. Auf Kosten der anderen Kommandanten könnte ich zur Not noch ein wenig gelbe Farbe für Sie auftreiben, aber wirklich nur ein wenig.«

»Na ja, Sir, einen oder zwei Farbtöpfe könnte ich schon noch brauchen«, sagte Jack und ließ den Blick wie nebenbei über die Spierenstapel schweifen. »Aber eigentlich wollte ich Sie bitten, mir Ihre Duette auszuleihen. Ich nehme einen Freund auf die nächste Fahrt mit, und er hat sich ausdrücklich gewünscht, Ihr b-Moll-Duett spielen zu dürfen.«

»Oh, die sollen Sie haben, Captain Aubrey«, versicherte Mr. Brown leutselig, »die sollen Sie ganz bestimmt haben. Mrs. Harte schreibt gerade eines davon für Harfe um, aber ich gehe gleich nachher bei ihr vorbei. Wann laufen Sie aus?«

»Sobald ich alles Wasser gebunkert und meinen Konvoi komplett habe.«

»Also morgen abend, wenn auch die *Fanny* eingelaufen ist. Das Wasserbunkern kann ja nicht lange dauern, die *Sophie* nimmt doch nur zehn Tonnen ein. Bis morgen mittag haben Sie die Noten, das verspreche ich Ihnen.«

»Sehr verbunden, Mr. Brown, wirklich sehr verbunden. Also dann gute Nacht – und eine Empfehlung an Mrs. Brown und Miß Fanny.«

»Himmelherrgott«, stöhnte Jack, den das dröhnende Hämmern des Zimmermanns aus seinem kostbaren Schlaf gerissen hatte. Er grub das Gesicht ins Kissen und klammerte sich verzweifelt an die weiche, warme Dunkelheit, denn seine rasenden Gedanken hatten ihn nachts nicht schlafen lassen. Morgens um sechs war er schließlich an Deck gewankt und hatte beim ersten Tageslicht prüfend die Takelage gemustert; so war das Gerücht entstanden, der Kommandant sei schon auf. Und das wiederum war schuld am gottlosen Eifer des Zimmermanns und am unzeitgemäßen Erscheinen eines nervösen Messestewards – der Kommandantensteward hatte auf die *Pallas* gewechselt – mit einem Tablett, auf dem sich die Zutaten für das bei Captain Allen übliche Frühstück befanden: ein Krug Bier, grober Maisbrei und kaltes Fleisch.

Jack konnte nicht wieder einschlafen. Dafür sorgten schon die hallenden Hammerschläge neben seinem Ohr und die heiser geflüsterte Unterhaltung zwischen dem Zimmermann und seinen Gehilfen. Sie bauten natürlich die Kajüte für den Gast um. Ein schmerzhaftes Stechen schoß durch Jacks Kopf.

»Schluß mit dem verdammten Hämmern!« brüllte er, und direkt neben seiner Schulter antwortete es erschrocken: »Aye, aye, Sir.« Füße huschten raschelnd davon.

Jack räusperte sich. Warum war ich gestern nur so geschwätzig? fragte er sich. Ich bin ja heiser wie ein Kolkrabe. Er beschloß, noch eine Weile in der Koje zu bleiben. Und warum habe ich mit Einladungen um mich geworfen? Jetzt habe ich einen Gast, von dem ich überhaupt nichts weiß, und das in einer Brigg, die ich kaum kenne, sinnierte er weiter. Düster vergegenwärtigte er sich wieder einmal, daß man bei einem Bordgenossen gar nicht genug Vorsicht walten lassen konnte: aneinandergekettet wie in einer Ehe – stank wie Fisch nach drei Tagen – trieb einen mit seinen Wünschen zum Wahnsinn – unverträglich wie zwei Skorpione in einem Karton … In einem Karton: Das erinnerte ihn an sein Handbuch der Seemannschaft, das er als Kind so geliebt, über dessen komplizierte Gleichungen er so verbissen gegrübelt hatte.

Man nennt den Winkel YCB, in dem die Rah angebraßt ist, den Trimm des Segels und bezeichnet ihn mit dem Buchstaben b. Er ist der Komplementärwinkel zu DCI. Dann ist CI : ID = rad. : tan. DCI = I:tan. DCI = 1:cotan. b. Also ergibt sich 1:cotan. b = A1:B1: tan. 2 x und A1 cotan. b = B tangent 2, und tan 1x = A : B cot. Diese Gleichung beweist anschaulich den Zusammenhang zwischen Segeltrimm und Abdrift …

»Das leuchtet doch ein, Jacky. Nicht wahr, Liebling?« fragte eine Stimme suggestiv, und eine hochgewachsene junge Frau beugte sich liebevoll über ihn (denn in diesem Stadium seiner Erinnerung war er erst zwölf, ein kräftiger kleiner Junge, und die junonische Queeney überragte ihn wie ein Turm).

»Na ja, nicht ganz, Queeney«, gestand der kleine Jack. »Ehrlich gesagt, ich kapier's nicht.«

»Also gut.« Queeneys Geduld war unerschöpflich. »Dann versuch dich daran zu erinnern, was ein Kotangens ist, und fang noch mal von vorne an. Betrachten wir das Schiff als einen länglichen Karton ...«

Eine Weile betrachtete er die *Sophie* als länglichen Karton. Viel hatte er von ihr noch nicht zu sehen bekommen, aber zwei oder drei grundlegende Dinge waren ihm bereits klar: erstens, daß sie untertakelt war – hoch am Wind mochte sie ganz gut segeln, aber vor dem Wind war sie bestimmt eine lahme Ente; zweitens, daß sein Vorgänger ein ganz anderes Temperament gehabt hatte als er; und drittens, daß die Besatzung mit der Zeit ihrem letzten Kommandanten ähnlich geworden war: einem pragmatischen, vernünftigen, ruhigen, sorgfältigen und völlig defensiven Kommandanten, der niemals die Royals setzte, tapfer kämpfte, wenn er mußte, aber genau das Gegenteil eines Draufgängers war. Könnte man in einen Draufgänger Disziplin einpflanzen, dachte Jack, dann hätten wir den Ozean bald leergefegt. Worauf sich seine Phantasie mit der Höhe des Prisengeldes zu beschäftigen begann, das ihm winkte, falls er den Ozean nur halbwegs leerfegen konnte.

Diese vermaledeite Großrah ist zu dünn, dachte er. Und ob ich wohl ein Paar Zwölfpfünder als Jagdkanonen auftreiben kann? Bestimmt. Aber würden die Planken das Gewicht aushalten? Wie dem auch sei, der längliche Karton läßt sich bestimmt ein bißchen martialischer ausstaffieren, damit er einem echten Kriegsschiff ähnlicher wird.

Während Jacks Kopf arbeitete, wurde es in seiner Kajüte langsam heller. Ein Fischerboot glitt unter *Sophies* Heck vorbei, beladen mit frischem Thunfisch, was es durch den hohlen Ton einer Conchmuschel verkündete. Wie auf Kommando hopste die Sonne über die Zinnen des St.-Philips-Forts – sie *hopste* tatsächlich, so plötzlich trennte sich ihr unterer Rand vom Land; der Morgendunst verzerrte sie zu einer gelben Ellipse, die an eine liegende Zitrone erinnerte. Binnen einer Minute wichen die Schatten der Nacht aus Jacks Kajüte, und über die Deckenbalken tanzten die Lichtreflexe der leicht bewegten See. Ein einzelner Sonnenstrahl, reflektiert von irgendeiner starren Oberfläche auf dem fernen Kai, stach durch ein Kajütfenster und strahlte Jacks Uniformrock mit der funkelnden Epaulette an. Da ging auch hinter seiner Stirn die Sonne auf und zauberte ein breites Grinsen auf sein düsteres Gesicht; er sprang mit einem Satz aus der Koje.

Die Strahlen der aufgehenden Sonne erreichten Dr. Maturin zehn Minuten früher als Jack, denn sein Platz lag um einiges höher. Auch er wälzte sich unwillig herum, weil er schlecht geschlafen hatte. Aber dem blendenden Licht konnte er nicht entkommen. Er öffnete die Augen und blickte sich völlig verwirrt um. Eben noch war er in Irland gewesen, sicher, warm, glücklich und Hand in Hand mit einem Mädchen. Sein schlaftrunkenes Bewußtsein konnte nicht verarbeiten, was er vor sich sah. Immer noch spürte er die Finger der jungen Frau und roch sogar ihren Duft. Benommen tastete er umher: zerdrückte Blüten der Steinnelke, *Dianthus perfragrans*. Damit war der Duft eingeordnet, und die Traumfinger verschwanden. Maturins Gesicht verzerrte sich vor tiefem Leid, seine Augen wurden feucht. Die junge Frau hatte ihm unendlich viel bedeutet und war so eng mit seinem Irlandaufenthalt verknüpft …

Auf diesen Ansturm der Gefühle, der ihn an seiner verwundbarsten Stelle traf, war er überhaupt nicht vorbereitet. Einige Minuten saß er wie betäubt da, blinzelte ins Licht und glaubte, den Schmerz nicht ertragen zu können.

»O Jesus«, murmelte er schließlich, »wieder ein Tag.« Er faßte sich etwas, als er seine eigene Stimme hörte. Steif stand er auf, klopfte sich den weißen Kalkstaub von der Hose, zog den Gehrock aus und schüttelte ihn sauber. Voller Entsetzen bemerkte er, daß ein Stück Fleisch, beim letzten Abendessen heimlich ins Taschentuch gewickelt und eingesteckt, Tuch und Rocktasche durchgefettet hatte. Wie außerordentlich seltsam, dachte er, daß mich eine solche Bagatelle aus der Fassung bringen sollte. Und doch bin ich außer mir. Er setzte sich hin und verzehrte das Hammelkotelett, während er im Geist einige Sedativa Revue passieren ließ, Beruhigungsmittel nach Paracelsus, Cardan und Rhazes. Er saß in der verfallenen Apsis der Damianskapelle hoch über Port Mahón und blickte nordwärts auf den weitläufigen, buchtenreichen Naturhafen hinab. Jenseits davon erstreckte sich die See, eine schier endlose Fläche wechselnder Blautöne, mit wandernden dunkleren Böenstrichen dazwischen. Hier oben in der Ruine hatte er schon vor einigen Tagen Zuflucht gesucht, sofort nachdem sein Vermieter anfing, unangenehm zu werden. Einen Hinauswurf hatte er gar nicht erst abgewartet, denn er war im Augenblick viel zu dünnhäutig, um Streit ertragen zu können.

Sein Blick fiel auf eine Reihe Ameisen, die mit den Krümeln seines Frühstücks davonmarschierten: *Tapinoma erraticum.* In zwei Kolonnen – eine hin, die andere zurück – überquerten sie die Delle seiner umgedrehten Perücke, die jetzt wie ein zerrupftes Vogelnest auf dem Boden lag und doch einst zum elegantesten Kopfschmuck gehört hatte, den man in Stephen's Green sah. Die Ameisen hatten es eilig, mit hochgerecktem Unterleib hasteten sie voran und schubsten langsamere Artgenossen beiseite. Stephens Augen folgten dem flirrenden Strom und stießen dabei auf eine Erdkröte, die ihn beobachtete. Ihre Blicke trafen sich, und Maturin lächelte. Sie war aber auch prachtvoll, diese Kröte, bestimmt zwei Pfund schwer, mit goldglänzenden Augen. Wie konnte sie nur überleben im spärlichen, dürren Gras dieses sonnengedörrten Karsts, der ihr außer mit ein paar weißen Kalkbrocken, einem dieser seltenen, niedrig kriechenden Kapernbüsche und einer Zistrose, deren lateinischer Name Maturin im Augenblick entfallen war, keinerlei Deckung bot? Der Boden war noch dürrer und karger als sonst, denn der Winter 1799/1800 war ungewöhnlich trokken gewesen, auch der März hatte keinen Regen gebracht, und die Hitze war dieses Jahr sehr früh gekommen. Vorsichtig streckte Maturin einen Finger aus und strich der Kröte über die Kehle. Sie blies sich ein wenig auf, zog ihre gekreuzten

Hände etwas zurück, blieb aber sonst still sitzen und hielt seinem Blick stand.

Die Sonne stieg höher. Die Nacht war auch gegen Morgen nicht kalt gewesen, dennoch empfand Maturin die Wärme als wohltuend. Irgendwo in der Nähe mußten schwarze Steinschmätzer brüten, und hoch oben kreiste ein kleiner Raubvogel. In dem Busch, wo Maturin sein Wasser abschlug, hing die abgestreifte Haut einer Schlange, mit Lidern, die noch völlig intakt und überraschend kristallin waren.

»Also, was ist nun von Captain Aubreys Einladung zu halten?« fragte sich Maturin laut. Er sprach in eine lichterfüllte Leere hinein, die der bewohnte Fleck unter ihm, das Karomuster seiner Felder dahinter und der Rahmen aus blaßgrauen, im Dunst verschwimmenden Hügeln noch unermeßlicher machten. »War's nur spontane Euphorie wegen seiner Beförderung? Aber er schien mir ein so angenehmer, einfallsreicher Gefährte zu sein.« Maturin lächelte in der Erinnerung. »Dennoch – was zählt das heute? Wir haben sehr viel gegessen und getrunken, vier Flaschen, wenn nicht sogar fünf. Und noch einen Affront ertrage ich nicht.« Er wälzte das Problem hin und her, verbot sich jedwedes Wunschdenken und kam schließlich zu dem Schluß, daß er – vorausgesetzt, er konnte seinen Rock halbwegs entfetten, wobei ihm der Staub ein aufsaugender oder doch wenigstens kaschierender Helfer war – Mr. Florey im Hospital aufsuchen und ihn ganz allgemein über das Berufsbild des Marinearztes befragen würde. Er wischte die Ameisen von seiner Perücke und stülpte sie über. Dann, als er zur Straße hinunterlief – vorbei an den magentaroten Speerspitzen der Gladiolen im jetzt höheren Gras –, bremste ihn etwas mitten im Schritt: die Erinnerung an jenen unseligen Namen.

Wie hatte er ihn über Nacht so völlig vergessen können? Wie kam es, daß nicht sein erster Gedanke nach dem Erwachen James Dillon gegolten hatte?

Und doch – es muß in Irland an die hundert Dillons geben,

überlegte Maturin. Da bleibt es nicht aus, daß eine ganze Menge davon auch James heißt.

»Christe …«, summte James Dillon leise, während er in dem schwachen Licht, das sich durch den Lukendeckel der Stückpforte Nummer zwölf in den Rumpf der *Burford* stahl, die rotgoldenen Bartstoppeln von seiner Wange schabte. *»Christe eleison. Kyrie …«* Er sang das Kyrie weniger aus Frömmigkeit denn als Beschwörung des Rasiermessers, damit es ihn nicht schnitt; wie so vielen Papisten war ihm nämlich manchmal nach einer kleinen Gotteslästerung. Dann aber ließ ihn das schwierige Plateau unter seiner Nase verstummen, und als er die Oberlippe saubergekratzt hatte, fand er die rechte Tonart nicht wieder. Außerdem war er innerlich viel zu beschäftigt, als daß er sich über eine flüchtige Neume den Kopf hätte zerbrechen können. Denn er mußte sich gleich bei seinem neuen Kommandanten melden, von dem in Zukunft sein Wohlbefinden und sein seelisches Gleichgewicht abhingen, ganz zu schweigen von seinem Ruf, seiner Karriere und seinen Beförderungschancen.

Ein letztes Mal streichelte er die glänzende Glätte seiner Wangen, dann stürzte er in die Messe und brüllte nach einem Seesoldaten. »Bürste mir schnell den Rock ab, Curtis, ja? Meine Seekiste ist schon fertiggepackt, und auch der Knappsack mit den Büchern soll ins Boot. Ist der Kommandant an Deck?«

»O nein, Sir, nicht dran zu denken«, antwortete der Seesoldat. »Gerade wird ihm erst das Frühstück gebracht: zwei harte Eier und ein weiches.«

Das weiche Ei war für Miß Smith und sollte wohl ihre Kräfte nach den Anstrengungen der Nacht wiederherstellen, was Mr. Dillon und der Seesoldat genau wußten. Doch des letzteren vielsagender Blick prallte vom verschlossenen Gesicht seines Vorgesetzten wirkungslos ab. James Dillon preßte lediglich die Lippen fester zusammen, und als er in die überraschende Helligkeit des Achterdecks trat, wurde auf seinem

Gesicht kurz ein Ausdruck blanker Wut sichtbar. Doch dann grüßte er beherrscht den Ersten der *Burford* und den Offizier der Wache.

»Guten Morgen, guten Morgen. Dieser Morgen muß Ihnen doch ganz besonders schön vorkommen«, antworteten sie. »Da drüben liegt sie: gleich hinter der *Généreux*.«

Dillons Blick suchte den belebten Hafen ab. Das Licht fiel fast waagerecht ein, so daß die leicht gekräuselte Wasserfläche ein blendendes Glitzern zurückwarf und alle Masten und Rahen seltsam plastisch wirkten.

»Nein, nein«, sagten seine Kameraden. »Drüben bei der Ausrüstungshulk. Die Feluke hat sie nur verdeckt. Da – können Sie sie jetzt erkennen?«

Er konnte. Vorher hatte er in viel zu großer Höhe gesucht und die *Sophie,* die nicht mehr als eine Kabellänge entfernt sehr tief im Wasser lag, glatt übersehen. Er stützte sich mit beiden Händen auf die Reling und studierte sein neues Schiff voll gespannter Aufmerksamkeit. Nach einer Weile lieh er sich das Teleskop vom Offizier der Wache und untersuchte sie noch einmal gründlich vom Bug bis zum Heck. Dabei blieb sein Blick an einer funkelnden Epaulette hängen, die nur dem Kommandanten gehören konnte. Ihre Besatzung wirkte so tatendurstig wie ein Bienenschwarm vor dem Hochzeitsflug.

Dillon war auf eine kleine Brigg gefaßt gewesen, doch nicht auf einen Zwerg. Die meisten Slups von vierzehn Kanonen verdrängten zweihundert bis zweihundertfünfzig Tonnen. Aber bei der *Sophie* konnten es nicht mehr als hundertfünfzig sein.

»Ihr kleines Hüttendeck finde ich ganz reizend«, sagte der Offizier der Wache. »Es ist die frühere spanische *Vencejo,* nicht wahr? Und daß sie ein bißchen niedrig aussieht – mein Gott, jedes Schiff, das man von einem Vierundsiebziger herab aus der Nähe betrachtet, wirkt niedrig.«

Drei Dinge über die *Sophie* waren allgemein bekannt: erstens, daß sie im Unterschied zu den meisten anderen Briggs achtern einen kleinen Aufbau mit Hüttendeck besaß; zweitens, daß sie früher den Spaniern gehört hatte; und drittens, daß sie sich einer Ulmenpumpe auf dem Vordeck rühmen konnte, eines ausgehöhlten Ulmenstamms, der direkt in die See führte und durch den das Wasser zum Deckwaschen heraufgepumpt wurde – ein unwichtiges Detail, aber auf einem kleinen Schiff so ungewöhnlich, daß es sich jedem Seemann einprägte.

»Ihr Quartier mag ja vielleicht etwas eng sein«, meinte der Erste Offizier. »Aber Sie werden es bestimmt erholsam finden, die Konvois in aller Ruhe kreuz und quer durchs Mittelmeer zu geleiten.«

»Na ja …« James Dillon fand nicht so schnell die passende Entgegnung auf diese vielleicht freundlich gemeinte Bemerkung. »Na ja«, wiederholte er deshalb nur und zuckte resigniert die Achseln. »Sie werden doch ein Boot für mich abstellen, Sir? Ich möchte mich so früh wie möglich drüben an Bord melden.«

»Ein Boot? Hol mich der Henker«, rief der Erste empört. »Als nächstes wird man noch eine Admiralsbarkasse von mir verlangen. Passagiere der *Burford* lassen sich ein Fährboot rufen, Mr. Dillon. Andernfalls können sie schwimmen.« Mit kalter Abneigung starrte er James an, bis ihn ein Kichern des Quartermasters verriet. Mr. Coffin liebte es nämlich zu scherzen, selbst vor dem Frühstück.

»Dillon, Sir. Melde mich mit Ihrer Erlaubnis zum Dienst«, sagte James und nahm den Hut ab, so daß sein Haarschopf in der grellen Sonne feuerrot aufleuchtete.

»Willkommen an Bord, Mr. Dillon.« Jack tippte seinerseits grüßend an den Hut, streckte die Hand aus und musterte seinen neuen Ersten so intensiv, daß seine Miene fast abweisend wirkte. »Sie wären hier jederzeit willkommen, sind es heute aber ganz besonders, denn wir haben einen arbeitsreichen Tag vor uns … He, Ausguck! Regt sich schon was auf der Werft?«

»Alles ruhig, Sir.«

»Der Wind könnte nicht günstiger sein«, sagte Jack und spähte wohl zum hundertsten Mal zu den wenigen weißen

Wölkchen auf, die langsam über den Schönwetterhimmel zogen. »Doch bei dem steigenden Barometer ist ihm nicht zu trauen.«

»Ihr Kaffee ist serviert, Sir«, meldete der Steward.

»Danke, Killick. Was gibt's, Mr. Lamb?«

»Ich habe keine Ringbolzen, die auch nur annähernd groß genug wären, Sir«, beklagte sich der Zimmermann. »Aber ich weiß, auf der Werft liegt ein ganzer Haufen davon. Darf ich darum schicken?«

»Nein, Mr. Lamb. Setzen Sie keinen Fuß in diese Werft, wenn Ihnen Ihr Leben lieb ist. Verdoppeln Sie die vorhandenen Klinkbolzen, dann heizen Sie die Esse an, und schmieden Sie sich die passenden Ringe. Das kostet Sie keine halbe Stunde. Und Sie, Mr. Dillon, trinken vielleicht eine Tasse Kaffee mit mir, sobald Sie sich unten eingerichtet haben. Dann will ich Ihnen erklären, was ich vorhabe.«

James eilte unter Deck, riß sich in seiner dreieckigen Wohnhöhle die Ausgehuniform vom Leibe, zog die Arbeitshose und einen alten blauen Rock an und meldete sich bereits wieder beim Kommandanten, als dieser noch gedankenverloren über seine erste Tasse Kaffee blies.

»Setzen Sie sich, Mr. Dillon«, rief Jack, »setzen Sie sich. Schieben Sie diese Papiere einfach beiseite. Das hier ist ein jämmerliches Gebräu, fürchte ich, aber es löscht wenigstens den Durst. Zucker?«

»Mit Verlaub, Sir ...« Der junge Ricketts steckte den Kopf durch die Tür. »Der Kutter von der *Généreux* legt an und bringt uns die Männer, die zum Hafendienst abgestellt waren.«

»Alles Sophies?«

»Alle bis auf zwei, Sir, die ausgetauscht wurden.«

Mit der Kaffeetasse in der Hand zwängte sich Jack hinter dem Tisch hervor und mit einer Körperdrehung durch die Tür. An den Backbord-Großrüsten eingehakt lag ein Boot voller Männer, die lachend nach oben blickten und ihre früheren Bordgenossen mit groben Witzen, Pfiffen oder Gebrüll empfingen. Der begleitende Fähnrich der *Généreux* salutierte vor Jack und sagte: »Empfehlung von Captain Harte, Sir, und er glaubt, die Leute beim Hafendienst entbehren zu können.«

Gott segne dich, teure Molly, dachte Jack. Laut sagte er: »Übermitteln Sie Captain Harte meine Empfehlung und meinen tiefempfundenen Dank. Und jetzt an Bord mit ihnen.«

Sie boten einen ziemlich traurigen Anblick, während ihre wenigen Habseligkeiten über eine Talje an der Großrah an Bord gehievt wurden. Drei oder vier von ihnen wirkten eindeutig beschränkt, dafür schienen zwei andere jene Ausgekochtheit zu besitzen, die sie ihren Kameraden überlegen machte, aber keinesfalls so sehr, wie sie selbst glaubten. Ein Paar Galgenvögel starrten vor Dreck, und einer hatte es geschafft, seinen Kittel gegen eine rote Tunika einzutauschen, die noch Reste von Lametta aufwies. Doch alle besaßen zwei Hände, um die Leinen zu bedienen, und es hätte schon mit dem Teufel zugehen müssen, wenn der Bootsmann und seine Gehilfen sie nicht zu brauchbaren Trimmern zurechtstutzen konnten.

»An Deck!« meldete sich der Ausguck. »An Deck! Auf der Werft rührt sich was.«

»Danke, Mr. Babbington. Sie können jetzt runterkommen und frühstücken. Sechs Leute, die ich schon abgeschrieben hatte«, erklärte Jack seinem Ersten mit sichtlicher Genugtuung und ging wieder in seine Kajüte. »Sie sind zwar ein jämmerlicher Haufen – wir müssen für sie wohl einen Zuber an Deck aufstellen, wenn wir nicht verlausen und verwanzen wollen –, aber wenigstens können sie uns beim Ankerlichten helfen. Ich hoffe, daß wir spätestens um halb zehn auslaufen.« Jack klopfte aufs Holz des mit Messing beschlagenen Wandschranks und fuhr fort: »Wir werden zwei lange Zwölfer an Bord nehmen, falls ich sie vom Zeugamt kriegen kann, einen vorn und einen achtern. Aber auf jeden Fall will ich diese Brigg auf See bringen, solange die günstige Brise anhält. Mal sehen, was in ihr steckt. Wir haben ein Dutzend Kauffahrer nach Cagliari zu geleiten und laufen noch heute abend aus, falls der Konvoi bis dahin komplett ist. Dann müssen wir unbedingt wissen, wie sie sich benimmt. Ja, Mr. ... Mr. ...?«

»Pullings, Sir, Mastersgehilfe. *Burfords* Langboot legt gerade an, mit Verstärkung für uns.«

»Verstärkung? Wie viele?«

»Achtzehn Mann, Sir.« Und ein paar nichtsnutzige Suffköppe darunter, hätte er nur zu gern hinzugefügt.

»Wissen Sie was davon, Mr. Dillon?« fragte Jack.

»Ich wußte, daß die *Burford* eine Menge Leute von der *Charlotte* übernommen hatte, auch einige von den Truppentransportern, als Rekruten für Mahón. Aber es ist mir neu, daß ein Teil davon für die *Sophie* bestimmt war.«

Und da habe ich schon befürchtet, daß wir entvölkert sind, hätte Jack beinahe gesagt, aber er beließ es bei einem Schmunzeln und fragte sich nur, wer dieses Füllhorn über ihn ausgeschüttet hatte. Dann kam ihm die Erleuchtung: Lady Warren! Er grinste wieder und sagte: »Und jetzt gehe ich hinüber zur Werft, Mr. Dillon. Mr. Head dort ist ein Mann der Tat und wird mir binnen einer halben Stunde sagen, ob ich die Zwölfpfünder bekomme. Falls ja, winke ich mit dem Taschentuch, dann können Sie sofort mit dem Ausbringen der Warptrossen beginnen. Was gibt's, Mr. Richards?«

»Sir«, stammelte der neue Schreiber, »der Zahlmeister sagt, ich soll Ihnen jeden Tag um diese Zeit die Quittungen und Briefe zum Abzeichnen bringen, und auch das Buch mit der Reinschrift.«

»Ganz recht«, sagte Jack milde, »an jedem normalen Tag. Sie werden bald gelernt haben, was ein normaler Tag ist und was nicht.« Er sah auf seine Taschenuhr. »Hier sind die Quittungen für die Neuzugänge. Den Rest legen Sie mir ein andermal vor.«

An Deck bot sich ein Bild wie in Cheapside bei Straßenbauarbeiten: Zwei Trupps hatten unter Anleitung des Zimmermanns und seiner Gehilfen begonnen, die künftigen Standorte der hypothetischen Zwölfpfünder vorzubereiten. Die von der *Burford* neu eingetroffenen Landlubber und Teerjacken standen in gemischten Grüppchen herum, ihr Gepäck neben sich. Einige sahen interessiert dem Fortschritt der Arbeiten zu und gaben ihre Kommentare dazu ab, andere starrten dumpf ins Leere oder himmelwärts, als hätten sie noch nie Wolken gesehen. Ein oder zwei waren sogar bis aufs geheiligte Achterdeck vorgedrungen.

»Was, in Dreiteufelsnamen, soll dieses vermaledeite Chaos?« brüllte Jack. »Mr. Watt, dies ist ein Kriegsschiff und kein Marktkahn! Sie, Sir, sind mir für Ordnung an Bord verantwortlich!«

Die Deckoffiziere der *Sophie* musterten ihren neuen Kommandanten betrübt, aber nur so lange, bis sie die kalte Wut in seinen Augen blitzen sahen; dann setzten sie sich doch in Bewegung, auch wenn einer »so 'n Haufen Leute« murmelte, was Jack durchaus mitbekam.

»Ich gehe jetzt an Land«, fuhr er fort, »und wenn ich zurückkomme, ist hier wieder Ordnung eingekehrt!«

Immer noch zornrot im Gesicht, stieg er nach dem Fähnrich ins Beiboot hinunter. Trauen die mir wirklich zu, daß ich auch nur einen halbwegs brauchbaren Mann an Land zurücklasse, wenn ich ihn noch reinquetschen kann? fragte er sich. Natürlich können sie ihre kostbaren drei Wachen jetzt vergessen. Aber auch so wird es mit den vierzehn Zoll nicht leicht, überlegte er weiter.

Drei Wachen pro Tag zu gehen war eine menschenfreundliche Praxis, die es den Wachgängern erlaubte, von Zeit zu Zeit eine ganze Nacht lang durchzuschlafen; bei zwei Wachen bekamen sie höchstens vier Stunden Schlaf pro Tag. Andererseits bedeutete letzteres, daß die eine Hälfte der Besatzung für ihre Hängematten jeweils den ganzen verfügbaren Platz unter Deck nutzen konnte, weil die andere Hälfte ja oben Dienst tat. Achtzehn und sechs macht vierundzwanzig, rechnete Jack. Dazu fünfzig oder so, macht rund fünfundsiebzig. Und wie viele davon teile ich für die Wachen ein? fragte er sich. Er errechnete eine Zahl, die er mit vierzehn multiplizierte, denn vierzehn Zoll Raum mußten laut Vorschrift für jede Hängematte zur Verfügung stehen. Er bezweifelte stark, daß die *Sophie* auch nur annähernd soviel Platz unter Deck bot, ganz gleich, wie hoch sich ihre Sollstärke belaufen mochte. Er rechnete immer noch, als der Fähnrich »Riemen ein!« rief und das Boot sanft gegen den Werftkai stieß.

»Sie kehren jetzt zum Schiff zurück, Mr. Ricketts«, befahl Jack impulsiv. »Ich werde bestimmt nicht lange brauchen, und wir können so einige Minuten sparen.«

Aber die Verzögerung durch die Neuankömmlinge hatte ihn seinen Zeitvorsprung gekostet. Andere Kommandanten waren ihm zuvorgekommen, und er mußte jetzt warten, bis er an der Reihe war. Mit einem anderen Kapitänleutnant schlenderte er im morgendlichen Sonnenschein auf und ab: mit Middleton, dessen bessere Beziehungen ihm das Kommando über die *Vertueuse* eingebracht hatten, jenen schnittigen französischen Freibeuter, der – falls es auf der Welt gerecht zugegangen wäre – Jack zugestanden hätte. Nachdem sie den neuesten maritimen Klatsch des Mittelmeers ausgetauscht hatten, bekannte Jack, daß er ein Paar Zwölfpfünder holen wollte.

»Glauben Sie, die *Sophie* kann sie tragen?«

»Das hoffe ich. Obwohl ich wegen der Kniestücke meine Bedenken habe. Aber die Vierpfünder sind zu jämmerlich.«

»Hoffentlich behalten Sie recht.« Middleton wiegte bedenklich den Kopf. »Jedenfalls haben Sie sich den besten Tag dafür ausgesucht: Head soll Brown unterstellt werden, und das macht ihn so fuchtig, daß er seine Vorräte verschleudert wie ein Marktweib die letzten Fische.«

Jack hatte von diesem Gerangel zwischen dem Zeugamt und dem Marineamt schon gehört und hätte gern mehr darüber erfahren. Aber in diesem Augenblick kam Captain Halliwell heraus, über das ganze Gesicht grinsend, und Middleton sagte in einem Anfall von Selbstlosigkeit zu Jack: »Gehen Sie vor mir hinein. Ich werde eine Ewigkeit brauchen, um ihm meine Karronaden abzuluchsen.«

»Guten Morgen, Sir«, sagte Jack. »Ich bin Aubrey von der *Sophie* und möchte es mit einem Paar langer Zwölfer versuchen, wenn's recht ist.«

Mr. Head entgegnete, ohne seine saure Miene zu verziehen: »Sie wissen, was die wiegen?«

»So um die dreiunddreißig Zentner, glaube ich.«

»Dreiunddreißig Zentner, drei Pfund und fünfundzwanzig Gramm. Nehmen Sie ein Dutzend, wenn sie die tragen kann.«

Jack blickte Mr. Head scharf an. Nein, der Mann wollte ihn nicht verspotten. »Danke, aber zwei reichen.«

»Sie gehören Ihnen, allerdings auf eigene Verantwortung.« Mr. Head seufzte und kritzelte irgendwelche Hieroglyphen auf einen zerknitterten Zettel. »Geben Sie das dem Lagerverwalter, dann rollt er Ihnen das hübscheste Pärchen heraus, das Sie sich nur wünschen können. Ich hätte auch noch einige Mörser, falls Sie Platz haben.«

»Leider nicht. Ich bin Ihnen sehr zu Dank verpflichtet, Mr. Head«, sagte Jack erleichtert. »Ich wollte nur, im Dienst ginge es immer so verständnisvoll zu.«

»Ich auch, Captain, ich auch!« Jetzt echauffierte sich Mr. Head plötzlich so sehr, daß er dunkelrot wurde. »Es gibt hier einige faltenärschige, hinterhältige Kollegen – flötenblasende, geigenkratzende, trinkgeldgeile, ehrabschneiderische, bestechliche Kollegen –, die würden Sie einen ganzen Monat warten lassen. Aber ich gehöre nicht dazu ... Captain Middleton, Sir: Karronaden für Sie, stimmt's?«

Draußen im Sonnenlicht winkte Jack mit dem Taschentuch zur *Sophie* hinüber und konnte durch das Gewirr der Takelagen sehen, wie sich im Maststopp der Brigg eine Gestalt vorbeugte, um etwas an Deck zu rufen, und dann wie ein Käfer am Halm an einem Backstag hinunterglitt.

Tatkraft mochte zwar Mr. Heads Losungswort sein, aber der Lagerverwalter im Zeugamt schien noch nie davon gehört zu haben. Als er Jack die beiden Zwölfpfünder zeigte, war er noch gutwillig. »Ein Paar, wie man es sich hübscher nicht wünschen kann«, sagte er und streichelte ihre Mündungen, während Jack für sie quittierte. Danach war seine Gutwilligkeit wie weggeblasen: Vor Jack kämen noch mehrere andere Kommandanten dran – er mußte fair bleiben und durfte ihn nicht bevorzugen – die Sechsunddreißiger waren im Weg und mußten erst weggeräumt werden – leider war im Augenblick kein Handlanger entbehrlich …

Die *Sophie* hatte längst an den Ausrüstungskai verholt und lag wartend unter den Ladebäumen. An Bord ging es lauter zu als vorher, lauter als selbst bei der laschen Hafendisziplin üblich, weshalb Jack die Überzeugung gewann, daß es einige seiner Leute bereits geschafft hatten, sich zu betrinken. Erwartungsvolle Gesichter – nicht so viele wie zuvor – spähten übers Schanzkleid und beobachteten den Kommandanten, der am Kai gereizt auf und ab tigerte und abwechselnd auf seine Taschenuhr oder gen Himmel blickte.

»Herrgott«, rief er plötzlich aus und schlug sich vor die Stirn, »was bin ich doch für ein Narr! Ich habe das Ölen vergessen.« Er machte kehrt und rannte zur Lagerhalle, wo der Verwalter und seine Helfer schon die Karren für Middletons Karronaden zu den aufgestapelten Rohren schoben. Jack winkte dem Verwalter. »Werfen Sie doch noch mal einen Blick auf meine Zwölfpfünder«, rief er. »Ich war vorhin so in Eile, daß ich ganz vergessen habe, sie zu ölen.« Mit diesen Worten legte er verstohlen ein Goldstück auf jede Traube, was den scharfen Augen des Lageristen nicht entging. »Wenn mein Stückmeister nicht so krank wäre, hätte er mich bestimmt daran erinnert.«

»Tatsächlich? Jedenfalls vielen Dank, Sir. So ist es von jeher Brauch, und wir wollen die alten Traditionen doch in Ehren halten«, sagte der Verwalter mit immer noch leicht säuerlichem Gesicht, das sich aber schnell aufhellte, als er den Wert der Goldstücke erkannte. »Sie sind in Eile, sagen Sie? Mal sehen, was wir tun können.«

Fünf Minuten später schwebte der vordere Zwölfpfünder, sicher an seinem Auge, an den beiden Schildzapfen und an der Mündung aufgehängt, langsam über *Sophies* Vordeck, bis er einen halben Zoll über seinem vorgesehenen Standplatz hing. Jack und der Zimmermann kauerten davor auf Händen und Knien und lauschten auf die Geräusche, die Planken und Spanten von sich geben würden, sobald der Ladebaum die Kanone an Deck setzte. Jack winkte auffordernd und rief: »Sinnig, sinnig!« Sonst war es auf der *Sophie* totenstill. Die Zuschauer an Deck gaben keinen Mucks von sich, selbst die Eimerträger, die den Zuber füllten, und die Menschenkette, die den Strom der Zwölf-Pfund-Kugeln vom Lager zur Bordwand und von dort in die Kugellast weiterreichte, hielten gespannt inne. Die Kanone berührte die Planken, saß auf. Ein tiefes, aber kein ominöses Knarren ertönte, und die *Sophie* sackte vorne etwas tiefer. »Prächtig.« Jack musterte zufrieden die Kanone, die genau in ihrem Kreidekreis stand. »Und noch eine Menge Luft drum herum, so viel wie auf 'nem Tanzplatz, denke ich.« Er wich einen Schritt zurück. Aus Furcht, er könnte umgetreten werden, kollidierte der Stückmeistersgehilfe in Jacks Rücken mit seinem Hintermann und dieser wiederum mit seinem Nachbarn, wodurch auf dem überfüllten Dreieck des Vorschiffs eine Kettenreaktion wie unter Dominosteinen entstand. Das Ergebnis waren ein verletzter und ein fast über Bord gegangener Schiffsjunge. »Wo ist der Bootsmann?« rief Jack. »Also, Mr. Watt, nun lassen Sie mich mal sehen, wie Sie die Taljen aufriggen. Sie brauchen einen Knebelstropp mit Kausch auf dieser Kranflasche. Wo ist das Broktau?«

»Fast fertig, Sir«, keuchte der schwitzende Bootsmann. »Ich mache den Spleiß selber.«

»Gut.« Jack rannte zum achteren Ladebaum, an dem der zweite Zwölfpfünder über *Sophies* Hüttendeck hing, als wolle er im nächsten Augenblick durch sämtliche Decks krachen und den Schiffsboden durchschlagen. »Scheuchen Sie diese

Männer gefälligst an ihre Arbeit, Mr. Lamb. Wir sind hier nicht auf einem Dorftanzplatz.« Wieder sah er auf seine Uhr. »Mr. Mowett!« Beim Klang seines Namens wurde das bisher unbeschwerte Gesicht eines jungen Mastersgehilfen plötzlich ernst und aufmerksam. »Mr. Mowett, kennen Sie Joselitos Kaffeehaus?«

»Jawohl, Sir.«

»Dann gehen Sie dorthin, und fragen Sie nach Dr. Maturin. Richten Sie ihm meine Grüße aus, und es täte mir außerordentlich leid, daß wir bis zum Mittagessen nicht wieder im Hafen sein werden. Aber ich lasse ihn abends mit einem Boot abholen, wann immer er es wünscht.«

Um die Mittagszeit hatte die *Sophie* den Hafen noch nicht einmal verlassen, sondern wurde gravitätisch durch die vielen Ankerlieger zum freien Fahrwasser gewarpt. Ein kleines Schiff mit großer Besatzung bot den einen Vorzug, daß man damit Manöver ausführen konnte, die kein schwerfälliges Linienschiff geschafft hätte. Jack ließ die Brigg lieber mühsam hinauswarpen, als im Schlepp oder unter Segeln durch die überfüllte Reede zu kreuzen, was die uneingespielte, durch Neuzugänge verunsicherte Besatzung überfordert hätte.

Im freien Fahrwasser ließ er sich als erstes rund um die *Sophie* rudern und studierte sie von allen Seiten. Gleichzeitig überlegte er die Vor- und Nachteile, die es mit sich brächte, wenn er die Frauen von Bord jagen ließe. Während die Männer beim Essen saßen, mußten sie leicht aufzuspüren sein: nicht nur die einheimischen Mädchen, denen es lediglich um ein kleines Abenteuer und ein wenig Taschengeld ging, sondern auch die eingesessenen Hafendirnen. Wenn er das Schiff jetzt gleich durchsuchen ließ und dann noch einmal kurz vor ihrem endgültigen Auslaufen, bekam er wahrscheinlich alle zu fassen. Jack wollte keine Frauen an Bord. Sie machten nur Ärger, besonders bei einem so hohen Anteil an Neuzugängen. Andererseits war ihm eine gewisse Laxheit und Lustlosigkeit unter den Männern nicht entgangen. Daraus sollte kein mürrischer Trotz werden, besonders nicht an diesem Nachmittag. Seeleute, das wußte er nur zu gut, waren so konservativ wie Katzen. Sie ertrugen unglaubliche Anstrengungen und Härten, von Gefahren ganz zu schweigen, aber es mußten die gewohnten Belastungen sein, sonst wurden sie aufsässig.

Tatsächlich, die *Sophie* lag sehr tief im Wasser, war ein bißchen kopflastig und hatte leichte Schlagseite nach Backbord. Dieses ganze Zusatzgewicht wäre unterhalb der Wasserlinie viel besser aufgehoben gewesen, überlegte Jack. Aber er mußte abwarten, wie sich das Schiff handhaben ließ.

»Soll ich die Leute zum Essen schicken, Sir?« fragte James Dillon, als Jack an Bord zurückkehrte.

»Noch nicht, Mr. Dillon. Wir müssen den günstigen Wind nutzen. Sobald wir das Vorland gerundet haben, können sie essen. Die Zwölfer sind gut verzurrt und gesichert?«

»Jawohl, Sir.«

»Dann wollen wir endlich segeln. Riemen ein und alle Mann zum Segelsetzen.«

Der Bootsmann rannte zum Vorschiff und blies das entsprechende Signal auf seiner Trillerpfeife, womit er allgemeines Gerenne und lautes Gebrüll auslöste.

»Die Neulinge unter Deck! Ruhe an Bord!« Noch einmal gab es ein kurzes Durcheinander, dann stand die reguläre Besatzung der *Sophie* abwartend und in gespanntem Schweigen auf ihren gewohnten Manöverstationen. Von der eine Kabellänge entfernten *Généreux* klang eine Stimme herüber, die klar und deutlich feststellte: »Die *Sophie* setzt Segel.«

Vom Seegang leise gewiegt, lag die Brigg vor dem Hafen Mahón und hatte die anderen Schiffe an Steuerbord querab oder achteraus, mit der in der Sonne leuchtenden Stadt dahinter. Die raume Backbordbrise, ein leichter Norder, drückte ihr Heck etwas herum. Jack wartete, und als sie genau richtig lag, rief er: »Toppgasten aufentern!« Die Bootsmannspfeifen wiederholten den Befehl, und sofort waren die Wanten schwarz von Männern, die daran so schnell hinaufkletterten, als hätten sie bequeme Treppen vor sich.

»Legt aus! Losbinden!« Wieder die Trillersignale, dann balancierten die Toppgasten auf den Fußpferden der Rahen nach außen. Sie lösten die Zeisinge – Leinen, mit denen die Segel eng an die Rahen gebunden waren –, hielten das gefaltete Tuch mit beiden Armen fest und warteten.

»Laß fallen!« kam der Befehl und wurde durch das schrille »Piep-piep, Piep-piep« der Trillerpfeifen nach oben weitergegeben. Die großen Tücher sanken von ihren Rahen herab.

»Schoten dicht, Schoten dicht! Hievt, Leute, hievt. Tempo, Tempo, ihr im Vortopp, schlaft nicht ein! Setzt endlich die Bramschoten durch. An die Brassen! Und belegen!«

Ein kleiner Schubs im Rigg ließ die *Sophie* leicht krängen. Ihm folgten weitere Windstöße, jeder energischer als der letzte, bis schließlich ein kraftvolles, stetiges Schieben daraus wurde. Die Brigg nahm Fahrt auf, das Wasser floß murmelnd an ihrer Bordwand ab und begann schließlich munter zu singen. Jack und sein Erster wechselten zufriedene Blicke. Es war nicht schlecht gelaufen, auch wenn das Trimmen des Vorbramsegels etwas länger gedauert hatte; schuld daran war ein kurzer, heftiger Streit auf der Rah gewesen, eine Meinungsverschiedenheit darüber, wer nun ein Neuling war und wer nicht und ob den sechs zurückgekehrten Sophies diese beleidigende Bezeichnung gebührte. Auch waren die Schoten zu ruckartig dichtgeholt worden. Doch alles in allem hatten sie sich nicht blamiert und den Spott der im Hafen zurückbleibenden Besatzungen herausgefordert. Im Durcheinander des Vormittags hatte Jack einige Male genau das befürchtet.

Die *Sophie* breitete ihre Flügel aus. Wenn sie dabei auch mehr an eine gemütliche Taube als an einen schneidigen Falken erinnerte, so bot sie doch insgesamt kein so schlechtes Bild, daß sachkundige Augen mit Mißbilligung auf ihr geruht hätten. Und für die ahnungslosen Landratten war das ständige Kommen und Gehen der Schiffe vor Mahón schon so langweilig geworden, daß sie mit dem glasigen Blick der Gleichgültigkeit über das Auslaufen der *Sophie* hinwegsahen.

»Verzeihen Sie, Sir«, sagte Stephen Maturin zu einem Marineoffizier am Kai und tippte grüßend an seinen Hut, »können Sie mir sagen, welches das Schiff namens *Sophia* ist?«

»Ein Schiff des Königs, Sir?« Der Offizier erwiderte den Gruß. »Ein Kriegsschiff? Ich kenne hier keines dieses Namens. Aber vielleicht meinen Sie die Kanonenslup, Sir? Die Brigg *Sophie?*«

»So wird es sein, Sir. Was Marinedinge betrifft, bin ich von einer erschreckenden Ahnungslosigkeit. Das fragliche Fahrzeug wird von Captain Aubrey kommandiert.«

»Ganz recht, Sir. Das ist die *Sophie,* eine Slup von vierzehn Kanonen. Sie liegt fast direkt vor Ihnen, in der Peilung zu dem kleinen weißen Haus auf der Landzunge.«

»Das Schiff mit den dreieckigen Segeln?«

»Nein, das ist eine Polacca. Mehr nach links und weiter draußen.«

»Der kleine niedrige Frachter mit den zwei Masten?«

»Na ja«, der Offizier lachte, »sie liegt wirklich etwas tief im Wasser. Aber ich versichere Ihnen, daß sie ein Kriegsschiff ist. Und ich glaube sogar, sie setzt gerade die Segel. Richtig, da sind die Marssegel. Schon geschotet. Jetzt brassen sie die Rahen an. Und jetzt nur noch das Vorbramsegel. Was klappt da nicht? Ah, endlich geschafft. Das war nicht gerade ein Ruhmesblatt, aber Ende gut, alles gut. Unsere *Sophie* war noch nie eine der schnellsten. Sehen Sie, jetzt nimmt sie Fahrt auf. Bei diesem Wind können sie die Hafenausfahrt anliegen, ohne auch nur eine Brasse anfassen zu müssen.«

»Sie segelt davon?«

»Richtig. Inzwischen muß sie schon drei Knoten machen, wenn nicht vier.«

»Bin Ihnen sehr zu Dank verpflichtet, Sir.« Stephen lüftete den Hut.

»Ihr Diener, Sir.« Der Offizier lüftete den seinen. Unschlüssig sah er dem davonwankenden Zivilisten nach. Hätte er ihn fragen sollen, ob er sich nicht wohl fühlte? Egal, jetzt war es zu spät. Außerdem schien er sich wieder erholt zu haben.

Stephen hatte bei seinem Spaziergang zum Hafen hinunter feststellen wollen, ob er die *Sophie* zu Fuß erreichen konnte oder ein Boot mieten mußte, um seine Verabredung zum Mittagessen einzuhalten. Sein Besuch bei Mr. Florey hatte ihn davon überzeugt, daß er Jack Aubreys Angebot ernst nehmen konnte, mehr noch: daß es ein äußerst praktisches Angebot war und keinesfalls leichtfertig auszuschlagen. Wie entgegenkommend, wie äußerst entgegenkommend Mr. Florey doch gewesen war: Er hatte ihm eine Einführung in den ärztlichen Dienst der Navy gegeben, hatte ihn zu Mr. Edwardes von der *Centaur* begleitet, der gerade eine interessante Amputation vornahm, hatte ihm Blanes Werk über die typischen Krankheiten der Seeleute geliehen, außerdem Hulmes Büchlein über die *Ursachen des Skorbuts*, Linds *Erste Hilfe* und Northcotes *Marinepraxis* und hatte obendrein versprochen, ihm eine Grundausstattung an Instrumenten und Arzneien zu besorgen, bis Stephen seinen Spesenvorschuß und seine offizielle Seekiste bekam. »Im Hospital liegen Hohlnadeln, Tenakel und Ballonspritzen dutzendweise herum«, hatte Mr. Florey versichert, »ganz zu schweigen von Knochensägen und Küretten.«

All das hatte Stephens letzte Bedenken zerstreut. Und nun bewies ihm das ganze Ausmaß seiner Enttäuschung beim Anblick der *Sophie,* die ihre weißen Segel setzte und schnell über die glitzernde See entschwand, mit schmerzhafter Deutlichkeit, wie sehr er sich auf die neue Stellung, auf ferne Horizonte, auf ein sicheres Einkommen und die nähere Bekanntschaft mit Jack Aubrey gefreut hatte. Der aber hielt nun zügig auf die Quarantäne-Insel zu, hinter der er gleich verschwunden sein würde.

Völlig aus dem Gleichgewicht geraten, wankte Stephen bergan in die Stadt zurück. In letzter Zeit hatte er so viele Enttäuschungen erlebt, daß er glaubte, eine weitere nicht mehr verkraften zu können. Schlimmer noch, er hatte seinen Schutzpanzer abgelegt, hatte seine Schwachstellen entblößt, hatte sich selbst entwaffnet. Vollauf damit beschäftigt, seine letzten Kraftreserven zu mobilisieren, um die alte stoische Unverwundbarkeit zurückzugewinnen, schritt er blicklos an Joselitos Kaffeehaus vorbei und hörte auch nicht, daß Stimmen riefen: »Da ist er! Ruf ihn – lauf ihm nach – mach schnell, dann holst du ihn noch ein!«

An diesem Morgen war er nicht im Kaffeehaus gewesen, weil er vor einer simplen Alternative stand: Er konnte entweder das Frühstück bezahlen oder ein Fährboot zur *Sophie,* aber nicht beides. Deshalb hatte ihn Mowett nicht angetroffen.

Jetzt kam er hinter ihm hergerannt. »Dr. Maturin?« fragte der Junge und blieb wie erstarrt stehen, erschreckt durch des bleichen Mannes eiskalten Reptilienblick. Trotzdem stotterte er die Botschaft hervor und wurde mit einem schon viel menschlicheren Blick belohnt.

»Sehr freundlich«, sagte Stephen. »Um welche Zeit, glauben Sie, wäre es passend?«

»Oh, ich nehme an, gegen sechs Uhr.«

»Dann werde ich um sechs Uhr an der Kaitreppe der Crown sein. Besten Dank für die Geschicklichkeit, mit der Sie mich gefunden haben, Sir.« Sie trennten sich mit einer Verbeugung, und Stephen beschloß, im Hospital vorbeizuschauen, um Mr. Florey seine Hilfe anzubieten. Er hat einen mehrfachen Oberarmbruch zu richten, dachte Stephen. Und es ist schon lange her, seit ich einen Knochen unter meiner Säge habe knirschen hören. Ein Lächeln freudiger Erwartung erhellte sein Gesicht.

Kap Mola lag an Backbord achteraus. Die Windwirbel und Flautenlöcher, verursacht durch die stark gegliederte Nordküste der Insel, machten den Männern nicht länger zu schaffen. Unter Großsegel, Fock, einfach gerefften Marssegeln und

Bramsegeln lief die *Sophie* mit einer gleichmäßigen Tramontana aus Nordost auf Italien zu.

»Bringt sie so hoch an den Wind wie möglich«, befahl Jack. »Was ist das höchste, Mr. Marshall, sechs Strich?«

»Ich glaube nicht, daß sie's schafft, Sir.« Der Segelmeister schüttelte den Kopf. »Bei dem vielen Zusatzgewicht reagiert sie ziemlich träge.«

Jack übernahm das Ruder selbst. Eine letzte Bö von der Insel her legte die Brigg so weit über, daß weißes Wasser durch ihre Lee-Speigatten schoß; sie pflückte Jack den Hut vom Kopf und ließ sein hellblondes Haar nach Südsüdwest auswehen. Der Master sprang dem Hut nach, entriß ihn dem Seemann, der ihn aus den Finknetzen gerettet hatte, wischte die Kokarde sorgsam mit seinem Sacktuch trocken und trat vor Jack hin, ihm den Hut mit beiden Händen offerierend.

»Der alte Lustmolch entwickelt 'ne Schwäche für Goldilocks«, flüsterte Vortoppgast John Lane seinem Freund Thomas Gross zu. Der kniff ein Auge zu und nickte bestätigend, aber ohne Mißbilligung. Es ging ihnen nur um das Phänomen, nicht um eine moralische Bewertung. »Na, hoffentlich läßt er's nicht an uns aus, wenn er bei ihm abblitzt«, erwiderte er.

Jack ließ die *Sophie* etwas abfallen, bis die Bö vorüber war, dann luvte er wieder an, beide Hände fest um die Radspeichen gelegt, damit er das innerste Wesen des Schiffes erspüren konnte. Die leichten Vibrationen im Holz, eine Art summender Fließbewegung, übertrugen sich vom Ruderblatt unten direkt auf seine Handflächen und mischten sich mit den zahllosen anderen Rhythmen, dem Knarren und Brummen in Rumpf und Rigg. Er spürte den scharfen, sauberen Wind auf seiner linken Wange und drehte das Rad um wenige Speichen: Die *Sophie* reagierte schneller und nervöser als erwartet. Höher und höher ging sie an den Wind, während alle nach vorn in den Fockmast starrten. Endlich begann das Vorbramsegel trotz seiner zum Brechen steifen Bulin zu zittern, und Jack fiel um einen Strich ab. »Ost zu Nord, ein halb Nord«, stellte er mit Genugtuung fest. »Diesen Kurs halten«, sagte er zum Rudergänger und gab endlich den langersehnten und hochwillkommenen Befehl, zum Mittagessen wegzutreten.

Er selbst speiste in seiner Kajüte, während die *Sophie*, mit Steuerbordschoten segelnd, die Rahen so hart angebraßt, wie es nur ging, immer weiter in die leere See vorstieß, wo Zwölf-Pfund-Kugeln keinen Schaden anrichten konnten und eine Havarie unbemerkt bleiben würde. Meile auf Meile spulte sie ab, während sich ihr weißes Kielwasser schnurgerade achteraus erstreckte, ein wenig südlicher als West, wie Jack mit einem Blick aus den Heckfenstern zufrieden feststellte. Da mußte eine ruhige, feste Hand das Rad führen, wenn diese Furche so schnurgerade verlief.

Jack aß für sich allein, einen spartanischen Eintopf aus Ziegenfleisch und Kohl. Erst als er jemanden vermißte, dem gegenüber er seinem allzu vollen Herzen hätte Luft machen können, kam ihm zu Bewußtsein, daß dies seine erste formelle Mahlzeit als Kommandant war. Fast hätte er darüber eine scherzhafte Bemerkung zu seinem Steward gemacht (so guter Laune war er), konnte sich aber gerade noch beherrschen. Zuviel Vertraulichkeit ziemte sich nicht.

Mit der Zeit werde ich mich daran gewöhnen, sagte er sich und blickte wieder mit dem Entzücken eines jungen Liebhabers auf die See hinaus.

Die neuen Kanonen waren kein Erfolg. Selbst mit halber Pulverladung hatte das Buggeschütz einen derart starken Rückstoß, daß der Zimmermann nach dem dritten Probeschuß bleich und so erregt an Deck gerannt kam, daß er alle Disziplin vergaß. »Hören Sie bloß auf damit, Sir!« rief er und hielt das Zündloch mit der Hand zu. »Wenn Sie ihre armen Knie sehen könnten, o Gott, o Gott! Und die Plankengänge sind an fünf verschiedenen Stellen geplatzt!« Der Ärmste stürzte zu den Ringbolzen der Broktaue. »Da – wußte ich's doch! Meine Spleiße sind halb aufgerissen, kein Wunder bei diesem mürben alten Tauwerk. Warum hast du mir nichts davon gesagt, Tom?« Vorwurfsvoll starrte er seinen Gehilfen an.

»Hab mich nicht getraut.« Tom ließ den Kopf hängen.

»So geht das nicht, Sir«, beharrte der Zimmermann. »Nicht bei diesem Holz hier. Nicht bei unserem Deck.«

Jack stand kurz vor einem Temperamentsausbruch. Die Szene auf dem überfüllten Vordeck war auch zu lächerlich – mit dem Zimmermann, der ihm scheinbar unterwürfig zwischen den Beinen herumkroch und die Plankenstöße beäugte. Außerdem war das keine Art, mit seinem Kommandanten zu reden. Aber Mr. Lambs verzweifelter Ernst wirkte überzeugend, zumal ihm Jack insgeheim recht gab. Die Gewalt, mit der das schwere Metall zurückstieß und in einem mörderischen Ruck von den Broktauen aufgefangen wurde, war zuviel für die arme *Sophie*. Außerdem machten sich die beiden Zwölfpfünder mit ihrem Zubehör auf dem engen Deck vorn und achtern so breit, daß für die Handhabung des Schiffes kein Platz mehr blieb. Trotzdem war Jack verbittert. Eine Zwölf-Pfund-Kugel konnte noch auf fünfhundert Meter die Bordwand eines Gegners durchschlagen; sie konnte ihn mit einem Hagel tödlicher Splitter eindecken, konnte eine Rah aus der Takelage reißen und überall großen Schaden anrichten. Er nahm sich solch eine Kugel und ließ sie nachdenklich von einer Hand in die andere rollen. Dagegen wirkte eine Vierpfundkugel, egal auf welche Distanz, wie ein Mückenstich.

»Wenn Sie auch noch die Heck-Kanone abfeuern«, fuhr Mr. Lamb mit dem Mut der Verzweiflung fort, »hat Ihr Gast bald keinen trockenen Faden mehr am Leib. Die Plankenstöße halten diese Tortur einfach nicht aus.«

William Jevons, ein Mann aus der Zimmermannsgang, kam von unten herauf und grollte: »Ein Fuß Wasser in der Bilge.« Er sprach so laut, daß man es noch im Masttopp gehört hätte.

Der Zimmermann erhob sich, setzte seinen Hut auf, tippte respektvoll daran und meldete Jack: »Wir haben einen Fuß hoch Wasser in der Bilge, Sir.«

»Schon gut, Mr. Lamb«, sagte Jack besänftigend. »Das pumpen wir auch wieder raus. Mr. Day …« Er wandte sich an den Stückmeister, der für das Abfeuern der Zwölfpfünder an Deck gewankt war (und aus seinem Grab gekrochen wäre, hätte ihn seine Krankheit schon dahingerafft), »Mr. Day, sichern Sie die neuen Kanonen und laschen Sie sie fest. Bootsmann, bemannen Sie die Lenzpumpen.«

Bedauernd tätschelte er das noch warme Rohr des Zwölfpfünders und ging nach achtern. Das eingedrungene Wasser bereitete ihm keine Sorgen. Die *Sophie* arbeitete hart in diesen kurzen, steilen Querseen und hätte allein durch ihre Bewegungen schon eine Menge Wasser gemacht. Aber er grämte sich um seine Zwölfpfünder, grämte sich gewaltig und blickte deshalb noch übelgelaunter zur anstößigen Großrah hinauf.

»Wir müssen gleich die Bramsegel wegnehmen, Mr. Dillon«, knurrte er und griff zur Tafel mit den Kursberechnungen. Das war nur eine gewohnheitsmäßige Geste, denn er wußte genau, wo sie sich befanden. Mit dem sechsten Sinn des erfahrenen Seemanns war er sich ständig der bedrohlich lauernden Küste bewußt, dieses dunklen Streifens unter dem Horizont, gleich hinter seiner rechten Schulter. Sie hatten die ganze Zeit gegen den Wind gekreuzt, und auf der Tafel standen fast gleich lange Schläge verzeichnet – nach Ostnordost die einen, nach Westnordwest die anderen. Fünfmal hatten sie gewendet (die *Sophie* ging nicht so willig durch den Wind, wie er sich's gewünscht hätte) und einmal gehalst. Und sie hatten sieben Knoten Fahrt gemacht. In seinem Kopf spulten sich die Berechnungen ab, und das Ergebnis war sofort da, als er es brauchte. »Bleiben Sie noch eine halbe Stunde auf diesem Kurs. Danach legen Sie sie fast vor den Wind – zwei Strich höher als genau achterlich. Das bringt Sie nach Hause.«

Damit ging er in seine Kajüte und faßte den guten Vorsatz, etwas von dem Papierberg abzutragen, der auf ihn wartete. Abgesehen von den Vorratslisten und den Quittungen lagen da auch das Logbuch der *Sophie,* das ihm Aufschluß über die Vergangenheit des Schiffes geben würde, und die Musterrolle, die das gleiche über die Besatzung verriet. Er blätterte durch die Seiten.

Sonntag, 22. September 1799: Wind NW, N, S; Kurs N40W, Etmal 49 sm; Mittagsposition 37° 59′N 9° 38′ W, Kap. St. Vincent in S27E, 64 sm. Nachmittags steifer, böiger Wind mit Regenschauern, häufiger Segelwechsel; vormittags voller Sturm, um 4 Uhr Großsegel geborgen, um 6 Uhr fremdes Segel im Süden gesichtet; um 8 Uhr Nachlassen des Sturms, Großsegel mit einem Reff wieder gesetzt; um 9 Uhr Kontakt mit dem fremden Schiff: schwedische Brigg in Ballast, nach Barcelona bestimmt. Mittags Flaute, kein Ruder im Schiff.

Dutzende solcher Einträge berichteten von ereignisarmer Tagesroutine oder vom Konvoidienst; eben von dem ganz normalen, nicht weiter spektakulären Alltag, der neunzig Prozent im Leben eines Kriegsschiffes ausmachte – oder mehr.

Besatzung mit verschiedenen Arbeiten beschäftigt, die Kriegsartikel vorgelesen … Konvoi hält Marschformation unter Bramsegeln und zweifach gerefften Marssegeln. Um 6 Uhr Geheimsignale mit zwei Linienschiffen gewechselt, Bestätigung … Vollzeug gesetzt, Besatzung mit Klarschiff beschäftigt … In größeren Abständen gewendet, 3. Reff im Großmarssegel … Leichte Brise, weiter abnehmend … Hängematten geschrubbt. Nach Divisionen gemustert, Kriegsartikel verlesen, Strafvollzug an Joseph Wood, Jno. Lakey, Matt. Johnson und W. Musgrave, je zwölf Peitschenhiebe für Trunkenheit im Dienst … Nachmittags Flaute und Dunst; um 5 Uhr Boote ausgesetzt, um Schiff von der Küste freizupullen; um halb 6 Stromanker geworfen, Kap Mola in S6W, Entfernung 5 sm. Um halb 8 plötzliche Sturmböen, mußten Anker kappen und Segel setzen … Kriegsartikel verlesen und Gottesdienst abgehalten … Strafvollzug an Geo. Sennet, 24 Hiebe wegen Aufsässigkeit, an Fra. Bechell, Robt. Wilkinson und Joseph Wood wegen Trunkenheit …

Von dieser Art gab es viele Einträge: eine Menge Prügelstrafen, doch das war nicht ungewöhnlich; keines der gefürchteten Hundert-Hiebe-Urteile war darunter. Aber auch so paßte dieses Detail nicht zu Jacks erstem Eindruck von einer gewissen Laxheit der Schiffsführung. Er würde auf den Widerspruch achten müssen. Anschließend nahm er sich die Musterrolle vor.

Geo. Williams, Matrose, geboren in Bengalen, freiwillig angemustert in Lissabon am 24. August 1797, desertiert in Lissabon am 27. März 1798; Fortunato Carneglia, Fähnrich, 21 Jahre, geboren in Genua, abgemustert am 1. Juni 1797 auf Befehl von Konteradmiral Nelson; Saml. Willsea, Vollmatrose, geboren auf Long Island, freiwillig angemustert in Porto am 10. Oktober 1797, desertiert am 8. Februar 1799 in Lissabon, vom Beiboot; Patrick Wade, Bauer, 21 Jahre, geboren im County Fermanagh, gepreßt in Porto Ferraio am 20. November 1796, überstellt an Bulldog *am 11. November 1799, auf Befehl von Captain Darley. Richard Sutton, Leutnant, überstellt auf Befehl von Kommodore Nelson am 31. Dezember 1796, ausgetragen als tot am 2. Februar 1798, gefallen im Gefecht mit einem französischen Freibeuter; Richard William Baldick, Leutnant, angemustert am 28. Februar 1798 nach Bestallung durch Earl St. Vincent, abgemustert auf die* Pallas *am 18. April 1800, auf Befehl von Lord Keith.*

In der Spalte »Hinterlassenschaft« stand ein Betrag von acht Pfund und sechs Shilling bei Suttons Namen: Das war die Summe, die zusammengekommen war, als die Habe des Toten am Großmast versteigert wurde. Jack fiel es schwer, sich auf die exakt ausgerichteten Kolonnen mit ihren trockenen Zahlen zu konzentrieren. Die funkelnde See, von dunklerem Blau als der Himmel, und *Sophies* weißes Kielwasser lockten seinen Blick immer wieder zu den Heckfenstern. Schließlich schlug er das Buch zu und gönnte sich den Luxus des Hinausstarrens. Wenn er wollte, konnte er sogar ein Schläfchen machen, fiel ihm ein. Genießerisch blickte er sich in der Kajüte um, die ihm ein Privatleben und einige Bequemlichkeit gestattete, beides die seltensten aller Vergünstigungen auf See. Auch als Leutnant auf der *Leander* und anderen geräumigen Schiffen hatte er natürlich aus den Fenstern der Messe blicken können. Aber niemals allein, niemals ohne Beeinträchtigung durch seine Kameraden oder deren Aktivitäten. Das neue Leben war wunderbar, aber zufällig verlangte es ihn gerade jetzt nach menschlicher Gesellschaft und Betriebsamkeit. Seine innere Unruhe machte ihn zu tatendurstig, als daß er den kostbaren Vorzug der Einsamkeit hätte genießen können. Er begnügte sich mit dem Wissen, daß es ihn gab, und stand wieder an Deck, kaum daß die Glocke vier Glasen geschlagen hatte.

Dillon und der Master diskutierten am Steuerbord-Vierpfünder eine Einzelheit seiner Aufstellung, die nur für sie erkennbar war. Sowie Jack erschien, begaben sie sich, dem alten Brauch entsprechend, nach Backbord hinüber, denn die Steuerbordseite des Achterdecks war dem Kommandanten vorbehalten. Zum ersten Mal profitierte Jack von dieser Tradition, und es überraschte ihn, denn er hatte nicht damit gerechnet. Obwohl er darob einen lächerlichen Anfall von Stolz verspürte, beraubte ihn diese Höflichkeitsgeste jeder Gesellschaft – es sei denn, er riefe James Dillon zu sich. Ein-, zweimal schlenderte er auf und ab und blickte dabei zu den Rahen hoch: Sie waren so hart angebraßt, wie die Groß- und Fockwanten es gestatteten, aber noch weit entfernt vom Idealzustand. Jack nahm sich vor, den Bootsmann Schwichtungsleinen aufriggen zu lassen; sie mochten drei oder vier Grad mehr Höhe bringen.

»Mr. Dillon«, sagte er, »lassen Sie bitte das Rahgroßsegel setzen. Kurs Süd zu West, ein halb Süd.«

»Aye, aye, Sir. Das Großsegel gerefft, Sir?«

»Nein, Mr. Dillon, kein Reff«, entschied Jack lächelnd und nahm seinen Spaziergang wieder auf. Um ihn herum erklangen Befehle, hastige Schritte, das Trillern der Bootsmannspfeifen, aber er registrierte die ganze Aktivität seltsam distanziert; seltsam auch, daß sein Herz so heftig schlug.

Die *Sophie* fiel weich ab. »Recht so, recht so«, rief der Master, und der Rudergänger kam auf. Während sich das Schiff vor den Wind legte, fiel das Gaffelgroß in riesigen wabernden Wolken in sich zusammen, die aber schnell zu einer langen, grauen, steifen Wurst gebändigt wurden. Gleich darauf entfaltete sich das andere Großsegel an seiner Rah und wölbte sich kurze Zeit schlagend und flatternd, bis es gebändigt und von seinen nach achtern durchgesetzten Schoten und Halsen gestrafft wurde. Die *Sophie* machte förmlich einen Satz nach vorn. Bis Dillon: »Belegen!« kommandiert hatte, war sie bereits um zwei Knoten schneller, drückte den Steven so tief ins Wasser und steckte das Heck so hoch in die Luft, als hätte ein Fremder für sie überraschend die Zügel übernommen. Was ja auch zutraf. Dillon stellte einen zweiten Mann ans Rad für den Fall, daß sie in einem plötzlichen Windloch querschlagen wollte. Das Großsegel spannte sich an seiner Rah so straff wie ein Trommelfell.

»Der Segelmacher zu mir«, befahl Jack. »Mr. Henry, können Sie noch eine Tuchbahn an dieses Großsegel nähen, eine mit hohlem Unterliek?«

»Nein, Sir.« Der Segelmacher schien seiner Sache ganz sicher zu sein. »Nicht bei diesem mürben Tuch. Und nicht bei dieser dünnen Rah. Sehen Sie sich nur den fürchterlichen Bauch an, den das Segel jetzt schon hat – steht wie eine Schweineblase, offen gesagt.«

Jack trat zur Reling und starrte in das vorbeiströmende Wasser hinunter, auf den langen Bogen, den es nach der Senke unter dem Leebug wieder nach oben beschrieb. Er grunzte und wandte sich wieder um, spähte zur Großrah hinauf, diesem gut zehn Meter langen Rundholz, das sich von sieben Zoll Durchmesser in der Mitte auf drei Zoll an den beiden Enden verjüngte.

Eher ein Flitzbogen als eine Großrah, dachte er vielleicht zum zwanzigsten Mal, seit sein Blick darauf gefallen war. Aufmerksam studierte er, wie sich der Winddruck auf die Rah auswirkte. Die *Sophie* lief nicht mehr so schnell, deshalb wurde die Belastung kaum noch gemindert. Die Rah bog sich, bis Jack glaubte, das Holz knirschen zu hören. Da die Sophie eine Brigg war, führten ihre Brassen nach vorn; deshalb war die Krümmung an den Enden der Rah am stärksten, was Jack besonders wurmte. Aber auch auf ganzer Länge war sie aus der Geraden gebogen. Die Hände auf dem Rücken, stand er da und wandte keinen Blick von der Spiere. Die anderen auf dem Hüttendeck – Dillon, Marshall, Pullings und der junge Rikketts – wagten nicht zu sprechen, sondern starrten nur abwechselnd das Großsegel und den Kommandanten an. Sie waren nicht die einzigen, die sich fragten, was vorging. Die meisten erfahrenen Leute an Deck schlossen sich dieser doppelten Prüfung an – ein forschender Blick nach oben, dann ein geheimer Seitenblick auf den Kommandanten. Da sie nun vor dem Wind segelten – oder fast vor dem Wind –, sich also in dieselbe Richtung fortbewegten wie dieser, war das Singen in der Takelage so gut wie verstummt. Das langsame, stetige Rollen des Schiffes – keine Dwarssee brachte es mehr zu Hackbewegungen – verursachte nur wenig Geräusch. Hinzu kamen die gemurmelten Bemerkungen der gespannten Männer, so leise, daß sie unverständlich blieben. Nur eine einzelne unvorsichtige Stimme drang bis zum Hüttendeck: »Er segelt uns noch die Spieren ab, wenn er so weitermacht.«

Jack allerdings hörte sie nicht. Er war so in seine Einschätzung der entgegengesetzt wirkenden Kräfte vertieft, daß er die Spannung an Bord überhaupt nicht wahrnahm. Es waren keine mathematischen Berechnungen, die er anstellte, eher gefühlsmäßige: die gespannte Erwartung eines Reiters, der ein fremdes Pferd zwischen den Schenkeln hatte und eine dunkle Hecke auf sich zurasen sah.

Schließlich ging er unter Deck, und nachdem er eine Zeitlang aus den Heckfenstern gestarrt hatte, warf er einen Blick in die Karte. Kap Mola mußte jetzt an Steuerbord voraus liegen und bald in Sicht kommen; durch die Umströmung des

Kaps würde der Wind stärker werden und damit die Belastung im Rigg wachsen. Fast tonlos eine Mozart-Arie pfeifend, dachte er: Wenn ich Erfolg habe und einen Haufen Geld verdiene, sagen wir, mehrere hundert Guineen, dann fahre ich nach dem Zahltag als erstes nach Wien und gehe in die Oper.

James Dillon klopfte an die Tür. »Der Wind nimmt zu, Sir«, sagte er. »Darf ich das Großsegel wegnehmen oder wenigstens reffen?«

»Nein, nein, Mr. Dillon ... Nein.« Jack lächelte, machte sich dann jedoch klar, daß es unfair gewesen wäre, den Ersten mit dieser Verantwortung allein zu lassen, und fügte hinzu: »Ich komme in zwei Minuten an Deck.«

Tatsächlich brauchte er weniger als eine Minute und kam gerade noch zurecht, um das ominöse, reißende Knacken zu hören. »Großschot los!« brüllte er. »Alle Mann an die Geitaue! Gei auf das Groß. Und jetzt fier weg die Rah, fier weg. Schneller, Leute, schneller!«

Sie beeilten sich. Bald lag die Rah an Deck, das Segel wurde abgeschlagen und alles Geschirr festgelascht.

»Tiefe Sprünge an den Kettenschlingen, Sir«, stellte der Zimmermann traurig fest; dies war wirklich ein harter Tag für ihn. »Ich könnte sie schäften, aber sie wird nie mehr so gut wie vorher.«

Jack nickte ausdruckslos. Er ging zur Reling, stellte einen Fuß darauf und hievte sich mit einem Ruck in die unteren Webeleinen. Die *Sophie* hob sich auf einen Wellenkamm, und da war es: Kap Mola, eine dunkle Barriere drei Strich an Steuerbord querab. »Ich glaube, wir sollten diesen Ausguck vergattern«, bemerkte er, als er wieder unten war. »Setzen Sie bitte Kurs auf den Hafen ab, Mr. Dillon. Unter Gaffelgroß und allem Tuch, das sie tragen kann. Wir haben keine Minute zu verlieren.«

Fünfundvierzig Minuten später machte die *Sophie* an ihrer Muringboje fest, und noch bevor sie ihre Restfahrt verloren hatte, klatschte schon der Kutter ins Wasser. Die gesprungene

Rah ging über Bord, der Kutter nahm sie in Schlepp und zog sie wie einen langen Schwanz hastig zur Werft.

»Seht ihn euch an, den größten Schinder der Flotte«, murmelte der Buggast, als Jack, drei Stufen auf einmal nehmend, die Kaitreppe hinaufsprang. »Setzt zum ersten Mal den Fuß auf die arme *Sophie* und bringt sie als halbes Wrack zurück, mit gesprungenen Rahen und lädierten Planken, die halbe Besatzung muß um ihr Leben pumpen, und den lieben langen Tag läßt er uns nicht mal 'ne Pause zum Pfeifenrauchen. Jetzt rennt er grinsend die Treppe rauf, als stünde oben König George persönlich, um ihn dafür zum Ritter zu schlagen.«

»Und so wenig Zeit zum Essen, daß kein Schwein satt werden kann«, murrte einer in der Mitte des Kutters.

»Ruhe im Boot!« rief Mr. Babbington mit aller Autorität, die er aufbringen konnte.

»Mr. Brown«, sagte Jack mit ernstem Blick, »Sie könnten mir einen Riesengefallen tun. Zu meinem großen Leidwesen ist unsere Großrah hoffnungslos gesplittert, aber ich muß trotzdem noch heute abend auslaufen – die *Fanny* ist inzwischen eingetroffen. Deshalb bitte ich Sie, die defekte Rah abzuschreiben und mir dafür eine neue auszugeben. Nicht doch, mein Bester, machen Sie kein so entsetztes Gesicht«, damit nahm er Mr. Brown am Arm und führte ihn zum Kutter, »ich bringe Ihnen dafür die Zwölfpfünder zurück, weil ich fürchte, die *Sophie* wäre damit überlastet.«

»Ich helfe Ihnen von Herzen gern«, versicherte Mr. Brown und inspizierte den tiefen Sprung in der Rah, die man ihm aus dem Kutter stumm entgegenhielt. »Doch leider habe ich keine einzige Spiere in der Werft, die klein genug für Sie wäre.«

»Aber mein Lieber, Sie vergessen die *Généreux!* Sie hatte drei Fockbramrahen in Reserve und zusätzlich einen Haufen anderer Spieren. Und Sie sind doch gewiß der erste, der versteht, daß ich einen moralischen Anspruch auf eine davon habe.«

»Na ja, Sie können es ja mal mit einer Spiere der *Généreux* versuchen. Wir lassen sie gleich aus der Last hieven, um sie zu begutachten.«

»Meine Männer schaffen das auch allein, Sir. Ich weiß noch genau, wo die Reservespieren liegen. Mr. Babbington, nehmen Sie vier Leute und kommen Sie mit. Hurtig, Mann, hurtig.«

»Aber denken Sie daran, es ist nur zur Probe, Captain Aubrey«, rief Mr. Brown warnend. »Ich halte ein Auge auf Sie und Ihre Männer.«

»Na, das nenne ich mal eine gute Rah«, sagte Mr. Lamb am Schanzkleid der *Sophie* und musterte die Spiere im Wasser liebevoll. »Nirgends ein Astloch oder ein Wirbel. Typisch französische Wertarbeit: vierzehn Meter schnurgerade gewachsenes Holz. Daran können Sie ein Großsegel setzen, das seinen Namen verdient, Sir.«

»Sicher, sicher«, sagte Jack ungeduldig. »Ist die Trosse ums Ankerspill gelegt?«

»Trosse ist klar«, kam nach einer kleinen Pause die Antwort.

»Dann hievt!«

Die Trosse war im Schwerpunkt der Rah befestigt und danach an ihr entlang sechsmal festgebändselt worden, bis sie fast an der Steuerbordnock nach oben führte, hinauf zu einem Block im Großmasttopp der *Sophie*. Von dort lief sie wieder hinunter zu einem zweiten Block an Deck und schließlich zum Ankerspill. In dem Maß, wie sich nun das Ankerspill drehte, hob sich die Rah aus dem Wasser, erst schräg, dann in immer größerem Winkel, bis sie schließlich senkrecht stand und vorsichtig durch Wanten und Stagen nach oben gefädelt werden konnte.

»Kappt das äußere Bändsel«, befahl Jack.

Die erste Lasching fiel, und die Rah neigte sich ein wenig, jetzt von der zweiten Lasching gehalten. In dem Maß, wie die nächsten Bändsel gekappt wurden, sank die Rah in die Waagrechte und hing schließlich ordentlich an ihrem Platz.

»Die paßt auf keinen Fall, Captain Aubrey«, rief Mr. Brown von der Werftpier durch sein Sprachrohr herüber, die Stille des Abends störend. »Sie ist viel zu groß und wird mit Sicherheit von oben kommen. Sie müßten beide Endstücke absägen und noch das dritte Viertel bis zur Hälfte.«

Wie ein überdimensionaler Waagebalken hing die Rah am Großmast und sah wirklich viel zu lang aus.

»Steckt die Läufer an«, befahl Jack. »Nein, weiter innen, auf halbem Weg zum zweiten Viertel. Und jetzt fiert die Trosse, fiert weg, fiert weg.« Die Rah sank an Deck herab, und der Zimmermann eilte um sein Werkzeug. »Und Sie, Mr. Watt«, sagte Jack zum Bootsmann, »riggen mir jetzt die Brassenschenkel auf, ja?«

Der Bootsmann öffnete schon den Mund zum Protest, besann sich aber eines Besseren und machte sich an seine Arbeit.

Überall, wo es mit rechten Dingen zuging, wurden die Brassenschenkel erst nach den Leitwagen, nach den Nockpferden, nach den Toppnanten aufgeriggt, und keines davon jemals, bevor das Nockband, das sie alle hielt, am Ende der Rah angebracht war. Der Zimmermann kam mit Säge und Meßlatte.

»Haben Sie einen Hobel dabei, Mr. Lamb?« fragte Jack. »Macht nichts, Ihr Gehilfe holt Ihnen einen. Jetzt entfernen Sie die Halter für die Leesegelspieren, und passen Sie das Nockband weiter innen an, Mr. Lamb. Hier.«

Verblüfft starrte Lamb ihn an, bis er begriff, was der Kommandant beabsichtigte; dann hobelte er die Endstücke der Rah vorsichtig dünner und schälte Span um Span ab, bis das frische weiße Holz einen Durchmesser hatte, der einem Half-Penny-Krapfen entsprach.

»Das reicht«, sagte Jack. »Hievt sie wieder nach oben, und braßt sie im rechten Winkel zum Kai an. Mr. Dillon, ich muß an Land. Schaffen Sie die Kanonen zurück ins Zeugamt, und segeln Sie im Fahrwasser auf und ab, bis ich wiederkomme. Wir müssen noch vor dem Abendschuß auslaufen. Ach ja, Mr. Dillon, und schaffen Sie mir die Frauen von Bord.«

»Alle, Sir?«

»Alle ohne Trauschein. Alle Dirnen. Im Hafen sind Dirnen kolossal, aber auf See ein Übel.« Er erinnerte sich an etwas, rannte in seine Kajüte zurück und kam gleich darauf wieder, einen Briefumschlag in seine Tasche stopfend. »Noch einmal zur Werft«, rief er und sprang ins Boot.

»Sie werden noch froh sein, auf meinen Rat gehört zu haben«, sagte Mr. Brown, der ihn an der Treppe erwartet hatte. »Beim ersten Windstoß wäre diese Rah bestimmt von oben gekommen.«

»Kann ich jetzt die Duette haben, Sir?« fragte Jack mit einem Anflug von Ungeduld. »Ich bin gerade dabei, den Freund abzuholen, von dem ich sprach – einen begnadeten Musiker, Sir. Wenn wir wieder in Mahón sind, müssen Sie ihn unbedingt kennenlernen und mir gestatten, ihn Mrs. Brown vorzustellen.«

»Mit Freuden – es wäre mir eine Ehre«, antwortete Mr. Brown.

»Jetzt zur Treppe der Crown, und pullt wie die Teufel«, befahl Jack seinen Bootsgasten, nachdem er mit den Notenblättern zurückgekehrt war. Er keuchte, denn wie viele Seeleute hatte er Übergewicht und geriet an Land leicht ins Schwitzen. Als sie sich den Landungsstufen näherten, schielte er im Zwielicht auf seine Taschenuhr. »Noch sechs Minuten Reserve«, sagte er. »Ach, da sind Sie ja schon, Doktor. Ich hoffe sehr, Sie können mir vergeben, daß ich Sie heute mittag versetzt habe. Shannahan, Bussell, ihr beide kommt mit mir. Die anderen bleiben an Bord. Mr. Ricketts, Sie warten mit dem Boot in zwanzig Meter Entfernung vom Kai, damit keiner Ihrer Leute auf dumme Gedanken kommt. Würden Sie mich in die Stadt begleiten, Sir? Ich hatte noch keine Zeit, etwas zu bestellen, nicht mal einen Hammel, einen Schinken oder ein paar Flaschen Wein. Deshalb fürchte ich, wir müssen uns mit Pökelfleisch, Grütze und Zwieback begnügen und mit dünnem Grog zum Nachspülen. Alles andere muß bis Cagliari warten, dort können wir unseren Proviant ergänzen. Sollen meine Leute Ihr Gepäck zum Boot bringen? Übrigens«, fuhr er fort, als sie mit den beiden Matrosen im Schlepptau durch die Stadt hasteten, »bevor ich's vergesse: Es ist Brauch, sich bei Dienstantritt einen Vorschuß geben zu lassen. Ich nahm an, daß Sie da keine Ausnahme machen wollen, deshalb habe ich Ihnen ein paar Guineen mitgebracht.« Er zog den Umschlag aus der Tasche.

»Welch menschenfreundliche Regelung«, sagte Stephen erfreut. »Wird oft davon Gebrauch gemacht?«

»Ständig«, antwortete Jack. »Es ist allgemeiner Usus bei uns in der Marine.«

»In diesem Fall«, Stephen steckte den Umschlag ein, »will ich mich nicht ausschließen. Nur keine Extratouren. Ich bin Ihnen sehr verbunden. Könnte ich wirklich einen Ihrer Männer ausleihen? Ein Violoncello ist ein sehr unhandliches Gepäckstück. Was den Rest betrifft, so habe ich nur eine kleine Kiste und einige Bücher.«

»Also, dann treffen wir uns um Viertel nach sieben wieder an der Treppe«, entschied Jack. »Und ich bitte Sie, Doktor, geizen Sie mit jeder Minute, denn wir sind sehr in Eile. Shannahan, du gehst mit dem Doktor und schaffst schleunigst sein Gepäck an Bord. Bussell, du kommst mit mir.«

Als die Turmuhr die erste Viertelstunde schlug, gab Jack schon die nächsten Anweisungen. »Verstaut die Kiste im Vorschiff. Mr. Ricketts, Sie setzen sich obenauf. Doktor, Sie nehmen hier Platz und halten Ihr Cello gut fest. Kolossal. Und jetzt klar bei Riemen. Ruder an!«

Als sie die *Sophie* erreichten, hievten sie Stephen mit seiner Habe an der Bordwand hoch – auf Backbordseite, um jedes Zeremoniell zu vermeiden. Außerdem hegten sie von Landratten eine so schlechte Meinung, daß sie ihn niemals hätten allein hochklettern lassen, nicht einmal an *Sophies* extrem niedrigem Freibord. Jack führte Stephen in die Kajüte. »Vorsicht, ziehen Sie den Kopf ein«, warnte er. »Das kleine Kabinett dort drüben gehört Ihnen. Machen Sie es sich gemütlich, so gut es geht, und entschuldigen Sie bitte den Mangel an Förmlichkeit. Aber ich muß wieder an Deck.«

»Alles klar, Mr. Dillon?« fragte er oben.

»Alles klar, Sir. Die zwölf Handelsschiffe haben signalisiert, daß sie klar zum Auslaufen sind.«

»Sehr gut. Dann antworten Sie ihnen bitte mit einem Kanonenschuß, und setzen Sie Segel. Falls uns dieser aufgedröselte Brisenschwanz erhalten bleibt, dann kommen wir wohl noch unter Bramsegeln aus dem Hafen. Und sobald wir die Windabdeckung durch das Kap hinter uns haben, können wir anständig Luv machen. Also zuerst die Segel. Danach wird es Zeit für die Wacheinteilung. War ein langer Tag, was, Mr. Dillon?«

»Ein sehr langer Tag, Sir.«

»Manchmal dachte ich, er ginge nie zu Ende.«

DRITTES KAPITEL

GEGEN ZWEI GLASEN der Morgenwache strebte die *Sophie* vor einem raum achterlichen Wind stetig nach Osten, ziemlich genau auf dem neununddreißigsten Breitengrad segelnd. Unter Bramsegeln krängte sie nicht mehr als zwei Grad und hätte sogar die Royalsegel setzen können, falls das ungeordnete Rudel Handelsschiffe in ihrem Lee nicht beschlossen hätte, bis zum Morgen vorsichtig dahinzukriechen, vielleicht aus Angst, es könne andernfalls über die Breite stolpern. Der Himmel war gleichmäßig grau und hatte sich noch nicht entschieden, ob er später mit klarem Blau oder mit einer hohen, geschlossenen Wolkendecke aufwarten wollte. Doch über dem Wasser lag schon ein irisierendes Licht, das den kommenden Tag ankündigte und von den großen gewölbten Flächen der Toppsegel reflektiert wurde, die wie Perlmutt schimmerten.

»Guten Morgen«, sagte Jack zu dem Seesoldaten vor seiner Tür.

»Guten Morgen, Sir.« Der Wachtposten nahm Haltung an.

»Guten Morgen, Mr. Dillon.«

»Guten Morgen, Sir.« Grüßend tippte der Erste an seinen Hutrand.

Mit einem Rundblick orientierte sich Jack über das Wetter, den Stand der Segel und die Chancen auf einen schönen Vormittag.

Nach dem dumpfen Mief in seiner Kajüte sog er die frische

Luft tief in die Lungen. Dann trat er an die Reling, die um diese Tageszeit noch nicht mit zusammengerollten Hängematten vollgepackt war, und musterte seine Schützlinge. Sie waren alle noch da und nicht allzu weit verstreut. Was er zunächst für eine ferne Hecklaterne oder ein ungewöhnlich helles Topplicht gehalten hatte, war der gute alte Saturn, der so tief am Horizont stand, daß es aussah, als hätte er sich im Rigg verfangen. Zu Luv sah Jack einen Schwarm Möwen, der noch verschlafen über einem aufgewühlten Fleck in der See zeterte – da hatten die Vögel wohl Sardinen, Anchovis oder diese grätenreichen kleinen Makrelen entdeckt. Beim Knarren der hölzernen Blöcke, beim Anblick der leise arbeitenden Leinen und Segel, der leichten Schräglage des rollenden Decks und der ordentlich aufgereihten Kanonen weitete sich Jacks Herz vor Freude, bis er fast das Gleichgewicht verloren hätte.

»Mr. Dillon ...« Er mußte sich beherrschen, sonst hätte er seinem Ersten die Hand geschüttelt. »Mr. Dillon, nach dem Frühstück wollen wir die Besatzung mustern und entscheiden, wie wir sie in Wachen aufteilen und unterbringen.«

»Jawohl, Sir. Im Moment geht noch alles durcheinander, und die Neulinge wissen nicht, wohin.«

»Wenigstens haben wir genügend Leute. Wir könnten sogar mit beiden Seiten gleichzeitig feuern, was kein Linienschiff von sich behaupten kann. Obwohl ich befürchte, daß uns von der *Burford* nur der Bodensatz geschickt wurde. Mir scheint, der Anteil an Knastbrüdern darunter ist ungewöhnlich hoch. Von der *Charlotte* sind wohl keine Leute dabei, wie?«

»Doch, Sir, einer – der Bursche mit der Glatze und dem roten Halstuch. Auf der *Charlotte* war er Toppgast im Fockmast. Er kommt mir immer noch ganz benommen vor.«

»Traurig, traurig.« Jack schüttelte bedauernd den Kopf.

»Ja, sehr«, antwortete James Dillon geistesabwesend, denn er sah wieder den verheerenden Feuersturm vor sich, der sich in der Flaute seinen eigenen Wind schuf und das Linienschiff mit achthundert Mann Besatzung von der Wasserlinie bis zum

Flaggenknopf in Flammen hüllte. »Noch aus einer Meile Entfernung konnte man das Feuer wüten hören«, erinnerte er sich. »Manchmal riß ein ganzes Flammenbündel ab und flog aus eigener Kraft hoch in die Luft, knatternd und wabernd wie eine riesige Flagge. Der Morgen damals war so schön wie der heute, die Uhrzeit nur ein bißchen später.«

»Sie waren dabei, wenn ich mich recht erinnere. Wissen Sie denn etwas über die Brandursache? Es ging das Gerücht, ein Italiener in Napoleons Diensten hätte heimlich eine Höllenmaschine an Bord geschmuggelt.«

»Nein, Sir. Irgendein Narr war schuld, der Heu im Zwischendeck stauen ließ, dicht neben dem Zuber mit den Lunten. Das Heu entzündete sich, eine Stichflamme stieg auf und hüllte sofort das Großsegel ein. Alles ging so schnell, daß sie nicht mal an die Geitaue kamen.«

»Konnten Sie überhaupt jemanden retten?«

»Nur wenige. Wir haben zwei Seesoldaten aus dem Wasser gezogen und einen Artilleristen vom Achterdeck, aber der war schon bis zur Unkenntlichkeit verbrannt. Insgesamt wurden nur etwas mehr als hundert Mann gerettet. Wir hätten noch viele bergen können, aber die Rettungsboote hielten sich zurück. Eine elende Schande.«

»Die Crews dachten bestimmt an die *Boyne.*«

»Ja. Auf der *Charlotte* gingen die Kanonen von selbst los, als die Hitze sie erreichte, außerdem rechneten alle damit, daß das Pulvermagazin jeden Moment in die Luft fliegen würde. Aber trotzdem ... Alle Offiziere, mit denen ich später sprach, berichteten übereinstimmend, daß die Leute durch nichts zu bewegen waren, näher heranzupullen. Bei meiner Besatzung war es genauso. Ich kommandierte einen von der Marine gecharterten Kriegskutter, die *Dart* ...«

»Ja, ja, ich weiß.« Jack lächelte bedeutsam.

»Wir standen drei oder vier Meilen in Lee und mußten die Riemen ausbringen, um den Kutter näher heranzupullen. Nichts konnte die Leute dazu bringen, sich härter ins Zeug zu legen, nicht mal der Bootsmann mit dem Tampen. Bis dahin hatte kein Mann, kein Junge jemals gekniffen, auch nicht, wenn wir im Feuer lagen. Sie waren ein so draufgängerischer Haufen, wie man sich's nur wünschen konnte – beim Entern, beim Angriff auf eine Küstenbatterie, egal, bei was. Und die Kanonen der *Charlotte* waren natürlich nicht auf uns gerichtet – sie schossen nur wild in die Luft. Aber da war nichts zu machen, die Kutterbesatzung benahm sich ganz seltsam, völlig anders als im Gefecht oder bei Sturm nachts vor einer Leeküste. Und wenn eine Crew zur Verweigerung entschlossen ist, gibt es nicht viel, was man dagegen tun könnte.«

»Nein«, bestätigte Jack, »Kampfgeist läßt sich nicht erzwingen.« In Gedanken an seine Unterhaltung mit Stephen Maturin schloß er: »Das wäre ein Widerspruch in sich.« Er hätte noch hinzufügen können, daß eine in ihrer Routine gestörte Besatzung, des gewohnten Schlafs und ihrer willigen Dirnen beraubt, ebenfalls keine schlagkräftige Truppe war. Aber er wußte, daß jede an Deck eines nur vierundzwanzig Meter langen Schiffes gefallene Bemerkung die Wirkung einer öffentlichen Stellungnahme hatte. Außerdem standen der Rudergänger an seinem Rad und der Quartermaster am Kompaßhaus nur eine Armlänge entfernt. Letzterer drehte gerade das Stundenglas um, und als die ersten Sandkörnchen ihre mühsame Reise zurück in die gerade geleerte Hälfte begannen, rief er mit leiser Nachtwachenstimme: »George«, worauf der Seesoldat nach vorn abknickte, um auf der Schiffsglocke drei Glasen zu schlagen.

Inzwischen hatte der Himmel die letzten Zweifel beseitigt: Von Nord nach Süd spannte er sich in klarem Blau über die See, nur im Westen lauerte noch ein Rest dunstigen Violetts.

Jack ging zur Luvreling, schwang sich in die Wanten und enterte auf. Das könnte der Würde eines Kommandanten abträglich sein, dachte er, während er unter der mächtig ausladenden Marssaling innehielt, um sich zu vergewissern, daß genügend Platz zwischen den durchgesetzten Schwichtungsleinen und der Rah blieb. Vielleicht sollte ich besser durchs Soldatenloch kriechen, überlegte er weiter. Seit es diese Plattformen im Topp der Untermasten gab, machten es sich die Seeleute zur Ehrensache, sie auf einem gefährlichen Umweg zu erklimmen, und zwar über die Püttingswanten, an denen sie wie Käfer mit dem Rücken nach unten hingen, bis sie den Rand der Salingsplattform erreicht hatten. Zum Soldatenloch dagegen führten die Webeleinen wie bequeme Leitern von Deck herauf. Dennoch wurde es nur von Landlubbern und den Scharfschützen benutzt, die hier ihre Gefechtsstation hatten. Oder von allgemeinen Respektspersonen. Als Jack hindurchkroch, jagte er dem Ausguckposten einen solchen Schrecken ein, daß diesem ein spitzer Aufschrei entfuhr.

»Ich dachte schon, der Klabautermann kommt«, murmelte er auf polnisch.

»Wie heißt du?« fragte Jack.

»Jackruski, Sir, halten zu Gnaden, danke«, antwortete der Pole.

»Halt die Augen offen, Jackruski«, mahnte Jack und kletterte behende an der Marsstenge weiter hinauf. Als er den Marstopp erreicht hatte, hakte er einen Arm um die Wanten und ließ sich bequem auf der Quersaling nieder. In seiner Jugend hatte er hier oben zur Strafe viele Stunden zubringen müssen; anfangs war er noch so klein gewesen, daß er bequem auf dem Mittelteil der Saling sitzen, die Arme auf die achtere Spreize stützen und einschlafen konnte, fest verkeilt trotz der wilden Kreise, die sein luftiger Sitz beschrieb. Damals hatte er immer und überall schlafen können, war ständig hungrig, müde oder beides gewesen. Wie gefährlich ihm die Höhe des Marstopps vorgekommen war! Aber natürlich war er auf der alten *Theseus* auch viel höher gewesen, an die fünfzig Meter über Deck. Und er schien über den halben Himmel zu peitschen. Einmal, als er da oben seine Strafe abgesessen hatte, war ihm übel geworden, doch der Wind hatte das Erbrochene fein zerstäubt. Jetzt dagegen fühlte er sich in dieser Höhe ganz behaglich. Sechsundzwanzig Meter minus Kiel, Bodenwrangen und Kielschwein, das machte etwa vierundzwanzig Meter, was seine Sicht auf zehn oder elf Seemeilen ausdehnte. Er blickte nach Luv – völlig leerer Horizont, kein fremdes Segel, nicht die geringste Unterbrechung der glatten Kimm. Das Bramsegel über ihm schien plötzlich in Gold getaucht zu sein: Zwei Strich an Steuerbord voraus lugte der blendendhelle Sonnenrand in einer Orgie aus Licht und Farben über den Horizont. Eine Minute lang wurde nur Jack von der Sonne beschienen, als wolle sie ihn vor allen anderen auszeichnen; dann trafen die Strahlen auf das Marssegel, glitten daran hinab, erreichten die Piek des Gaffelgroßsegels und schließlich das Deck, das sie vom Bug bis zum Heck mit Licht überfluteten. Tränen der Ergriffenheit füllten Jacks Augen, blendeten ihn und rollten über seine Wangen, wo die dicken Tropfen von der warmen, goldenen Brise nach Lee verweht wurden.

Gebückt spähte er unter dem Bramsegel durch und suchte die ihm anvertrauten Handelsschiffe: zwei Pinken, zwei Schnauen, ein Ostseeschoner und der Rest Schaluppen. Alle waren sie noch da, und das am weitesten zurückliegende Schiff setzte gerade mehr Tuch. Die Sonne wärmte bereits, und Jack fühlte sich angenehm faul und schläfrig werden.

»Das kann ja wohl nicht angehen«, murmelte er. Unten wartete eine Menge Arbeit auf ihn. Er schneuzte sich und griff unwillkürlich nach dem Luvbackstag, den Blick immer noch auf den mit Langholz beladenen Schoner gerichtet. Seine Hand schloß sich so selbstverständlich um das Stag, als sei es die vertraute Klinke seiner Haustür, und er ließ sich daran hinabgleiten, bis er sanft an Deck landete, in Gedanken bei seinen Stückmannschaften, denen er je einen Neuling zuteilen wollte.

Vier Glasen. Mowett warf die Logleine aus, wartete, bis die rote Markierung auf Höhe des Heckspiegels war, und rief: »Umdrehen!« Achtundzwanzig Sekunden später rief der Quartermaster: »Stopp!«, ihre kleinste Sanduhr dicht vor den Augen. Mowett bekniff die Leine fast genau am dritten Knoten und ging zum Kompaßhaus, wo er »drei Knoten« an die Tafel schrieb. Der Quartermaster hastete zur großen Sanduhr, drehte sie um und rief, diesmal mit voller Lautstärke: »George!« Der Seesoldat machte einen Schritt nach vorn und schlug gellend die Glocke an: vier Glasen.

Im nächsten Augenblick brach ein Höllenspektakel los. Jedenfalls empfand es der erwachende Stephen Maturin als Höllenspektakel, denn er hörte zum ersten Mal in seinem Leben das ohrenmarternde Zwitschern der Pfeifen, unterbrochen von scheinbar willkürlichen Pausen. Es war das Signal *Überall zurrt Hängematten!*, geblasen vom Bootsmann und seinen Gehilfen. Hastiges Getrappel von allen Seiten, dann hörte Stephen eine mächtig einschüchternde Baßstimme brüllen: »Alle Mann, alle Mann! Reise, Reise, hackt ab das Blei vom Arsch! Auf, auf – ich hab ein scharfes Messer und ein gutes Gewissen.« Es folgten drei dumpfe Schläge, als ein Trio schlaftrunkener Landratten tatsächlich abgeschnitten wurde und mitsamt den Hängematten auf die Planken krachte. Stephen hörte Flüche, Gelächter, das Klatschen des Tampens, mit dem der Bootsmannsgehilfe einem begriffsstutzigen Wirrkopf Beine machte, und schließlich etwas wie eine Stampede, als fünfzig oder sechzig Mann durch die Niedergänge an Deck gerannt kamen, um ihre Hängemattenrollen in den Finknetzen an der Reling zu verstauen.

Vorn hatte die Fockmastcrew die quietschende Ulmenpumpe in Gang gesetzt, und während die Vordecksleute das Vorschiff mit dem frisch heraufgepumpten Seewasser wuschen, schrubbte die Großtoppgang die Steuerbordseite des Achterdecks und die Achterdecksgang den ganzen Rest. Sie scheuerten die Planken mit ihren »Gesangbüchern« – hellen, weichen Sandsteinziegeln –, bis das Wasser wie verdünnte Milch ablief, von den zerriebenen Holz- und Wergfasern weiß gefärbt. Die Schiffsjungen und Freiwächter – Leute, die nur tagsüber Dienst taten – pumpten das über Nacht eingedrungene Wasser aus den Bilgen, und die Crew des Stückmeisters polierte die vierzehn Vierpfünder. Aber keine dieser vielfältigen Aktivitäten wirkte auf Stephen so alarmierend wie das Getrappel der rennenden Füße.

Ist das ein Notfall? fragte er sich und kletterte eilends, aber vorsichtig aus seiner Schwingkoje. Ein Gefecht? Ein Brand? Ein riesiges Leck? Sind sie zu beschäftigt, um mich zu warnen – haben sie mich vielleicht ganz vergessen? ging es ihm durch den Kopf. So schnell er konnte, stieg er in seine Kniehose und richtete sich hastig auf. Dabei stieß er derart heftig gegen einen Decksbalken, daß er taumelte und, beide Hände auf den schmerzenden Kopf gepreßt, gegen einen Wandschrank sank. Zu allem Überfluß hörte er noch eine Stimme. Jemand sprach ihn an.

»Was haben Sie gesagt?« fragte Stephen durch den Nebel seiner Schmerzen.

»Ich fragte: ›Haben Sie sich den Kopf gestoßen, Sir?‹«

»Ja.« Stephen musterte seine Hände. Erstaunlicherweise troff nichts rot herab. Nein, nirgends die geringste Blutspur.

»Daran sind nur diese alten Balken schuld, Sir.« Die Stimme redete so überdeutlich und belehrend auf ihn ein, wie man auf See nur mit Landlubbern und an Land nur mit Dorftrotteln sprach. »Sie sollten sich vor ihnen in acht nehmen. Denn – sie – sind – sehr – niedrig.« Der blanke Haß in Stephens Blick brachte dem Steward seine Stellung immerhin so weit zu Bewußtsein, daß ihm wieder einfiel, weshalb er gekommen war. »Wären Ihnen ein oder zwei Koteletts zum Frühstück recht, Sir?« fragte er. »Oder möchten Sie lieber ein saftiges Steak? Wir haben ganz köstliche Steaks, Sir, weil wir in Mahón einen Bullen geschlachtet haben.«

»Da sind Sie ja, Doktor!« rief der eintretende Jack. »Einen wunderschönen guten Morgen! Sie haben doch hoffentlich prächtig geschlafen?«

»Sehr gut, danke. Diese hängenden Kojen sind eine immens praktische Erfindung, stelle ich fest.«

»Was möchten Sie zum Frühstück? Ich konnte den gebratenen Speck aus der Offiziersmesse bis aufs Achterdeck riechen, da ist mir das Wasser im Mund zusammengelaufen. Was halten Sie von Eiern mit Schinken und einem Beefsteak danach? Und natürlich Kaffee?«

»Sie erraten meine geheimsten Wünsche«, rief Stephen emphatisch, der in puncto Ernährung viel nachzuholen hatte. »Und vielleicht noch ein paar Zwiebeln dazu, als Vorbeugung gegen Skorbut?« Sein Appetit wurde so stark, daß er gebratene Zwiebeln zu riechen meinte und krampfhaft schlucken mußte. »Aber was geht bloß da draußen vor?«

Das Geheul und Getrampel, das ihn an wilde Tiere erinnerte, hatte erneut begonnen.

»Die Männer werden zum Frühstück gerufen«, antwortete Jack leichthin. »Beeil dich mit dem Schinken, Killick. Und mit dem Kaffee. Ich bin am Verhungern.«

»Wie herrlich ich doch geschlafen habe«, wunderte sich Stephen. »So abgrundtief, so erholsam und kräftigend – keines der üblichen Anästhetika, keine Opiumtinktur könnte solch einen Schlaf bewirken. Aber ich muß mich für mein Aussehen schämen. Ich lag so lange in der Koje, daß ich noch gar nicht Toilette machen oder mich rasieren konnte – während Sie so schmuck aussehen wie ein Bräutigam. Entschuldigen Sie mich einen Moment.«

»Es war ein Marinearzt, ein Chirurg aus Haslar«, fuhr er bei seiner Rückkehr übergangslos fort, »der diese modernen kurzen Schnüre zum Abbinden einer Arterie eingeführt hat. Ich mußte gerade an ihn denken, als ich mit dem Rasiermesser über meine äußere Halsschlagader fuhr. Bei schlechtem Wetter haben Sie an Bord bestimmt eine Unmenge scheußlicher Schnittwunden, nicht wahr?«

»Wieso? Nein, nicht daß ich wüßte.« Jack überlegte. »Es ist wahrscheinlich eine Frage der Gewöhnung. Kaffee? Wovon wir eine Unmenge kriegen, das sind diese geplatzten Bäuche – wie heißt noch der medizinische Fachausdruck? – und Syphilis.«

»Hernia oder Leistenbruch. Das überrascht mich.«

»Richtig, Leistenbrüche. Die sind sehr häufig. Ich fürchte, die Hälfte der Freiwächter hat diese brüchigen Bäuche, deshalb teilen wir ihnen ja auch die leichteren Aufgaben zu.«

»Na ja, wenn man die spezifische Arbeit der Matrosen bedenkt, sind Leistenbrüche vielleicht gar nicht so überraschend. Und auch nicht die Syphilis, bei der Art ihrer Freizeitgestaltung. Ich weiß noch, daß ich in Mahón ganze Matrosentrupps gesehen habe, die, aufs glücklichste angeheitert, mit syphilitischen Schlampen getanzt und gezecht haben. Es waren Männer von der *Audacious,* wenn ich mich recht erinnere, und von der *Phaeton.* Von der *Sophie* waren allerdings keine dabei.«

»Nein, die Sophies waren an Land ein ruhiger Haufen. Sie hatten gar keinen Grund – und kein Geld – zum Feiern. Keine Prisen – folglich auch kein Prisengeld. Nur vom Prisengeld kann der Seemann an Land ein Faß aufmachen, denn von seinem Sold sieht er jämmerlich wenig. Was würden Sie als nächstes zu einem Beefsteak sagen und zu einer frischen Kanne Kaffee?«

»Dazu sage ich herzlich gern ja.«

»Ich hoffe, Ihnen beim Mittagessen meinen Ersten Offizier vorstellen zu können. Scheint ein guter Seemann und rechter Gentleman zu sein, der Bursche. Wir beide haben einen arbeitsreichen Morgen vor uns: Wir müssen die Crew mustern und die Arbeit verteilen – die Wachen zusammenstellen. Außerdem muß ich einen Steward für Sie finden. Und auch einen für mich sowie einen tüchtigen Bootsführer. Als Koch nehme ich am besten den aus der Messe.«

»Mr. Dillon, jetzt wollen wir die Besatzung mustern, wenn's beliebt«, sagte Jack.

»Mr. Watt«, sagte James Dillon, »alle Mann zur Musterung an Deck.«

Der Bootsmann ließ die Pfeife zwitschern, seine Gehilfen stürzten, »Alle Mann!« brüllend, unter Deck, und alsbald füllte sich der Platz zwischen Großmast und Vorschiff mit Menschen. Selbst der Koch war angetreten, wischte sich die Hände an der Schürze ab und steckte sie dann zusammengeknäult unter sein Hemd. Die Leute wirkten etwas unsicher, als sie sich in zwei Wachen auf der Backbordseite drängten, mit den schäbigen, übellaunigen Neulingen ziemlich verloren dazwischen.

»Alle Mann zur Musterung angetreten, Sir«, meldete James Dillon und lüftete respektvoll den Hut.

»Sehr schön, Mr. Dillon«, antwortete Jack. »Weitermachen.«

Nach einem auffordernden Rippenstoß vom Zahlmeister reichte der neue Schreiber dem Ersten Offizier die Musterrolle, und dieser rief den ersten Namen auf: »Charles Stallard.«

»Hier, Sir«, rief Charles Stallard, Vollmatrose, mit zwanzig Jahren am 6. Mai 1795 auf der *Sophie* als Freiwilliger von der *St. Fiorenzo* angemustert. Kein Eintrag unter »Disziplinarverstöße« keiner unter »Geschlechtskrankheiten« oder unter »Krankentage«; und er hatte zehn Pfund von seinem Sold nach Hause geschickt. Offenbar ein wertvoller Mann. Stallard wurde auf die Steuerbordseite gewiesen.

»Thomas Murphy.«

»Hier, Sir«, sagte Thomas Murphy, tippte grüßend mit dem abgewinkelten Zeigefinger an die Stirn und ging hinüber zu Stallard. Die nächsten taten es ihm nach, bis James Dillon zu Assei und Assou kam, beide ohne Vornamen, beide in Bengalen geboren. Welch launischer Wind hatte dieses Matrosenpaar auf die *Sophie* verschlagen? Vor dem Wegtreten führten alle beide, trotz vieler Dienstjahre in der Royal Navy, mit einer schnellen Verbeugung die gefalteten Hände erst an die Stirn und dann zum Herzen.

»John Codlin. William Witsover. Thomas Jones. Francis Lacanfra. Joseph Bussell. Abraham Vilheim. James Courser. Peter Petersen. John Smith. Guiseppe Laleso. William Cozens. Lewis Dupont. Andrew Karouski. Richard Henry ...« So ging es weiter. Nur der kranke Stückmeister und ein gewisser Isaac Wilson meldeten sich nicht. Schließlich endete die Liste mit den Neuzugängen und den Schiffsjungen – alles in allem neunundachtzig Seelen, Offiziere, Matrosen und Seesoldaten eingeschlossen.

Es folgte die Verlesung der Kriegsartikel, ein Ritual, das häufig den Gottesdienst begleitete und in den Köpfen so eng mit ihm assoziiert wurde, daß die meisten Gesichter unwillkürlich in ehrfürchtiger Leere erstarrten, als es hieß: »Zwecks Aufrechterhaltung von Zucht und Ordnung in der Marine Seiner Majestät, in ihren Linienschiffen und anderen Einheiten, auf welchen dank der Gnade des Allmächtigen der Wohlstand, die Sicherheit und die Stärke des Königsreichs beruhen, wird kraft des Königs Allerhöchster Souveränität, mit dem Rat und der Zustimmung des Ober- und des Unterhauses, versammelt in diesem gegenwärtigen Parlament und von ihm dazu ermächtigt, hiermit verfügt, daß ab diesem 25. Dezember 1749 die nachstehenden Paragraphen und Befehle sowohl in Kriegs- als auch in Friedenszeiten gehorsam zu befolgen und durchzusetzen sind mittels der anschließend im einzelnen aufgeführten Maßnahmen ...«

Die steinernen Mienen belebten sich auch nicht, als es weiterging: »Alle Flaggoffiziere und anderen Personen in Seiner Majestät Schiffen und Seestreitkräften oder diesen angehörend, die sich schuldig machen der Gotteslästerung durch Fluchen oder der Beleidigung anderer durch Schimpfworte und Verwünschungen, der Verfehlung durch Trunkenheit, Unsauberkeit oder anstößiges Benehmen jeder Art, unterliegen der Bestrafung durch ein Kriegsgericht.« Selbst die ständige Wiederholung der Drohung »wird mit dem Tode bestraft« wurde stoisch hingenommen: »Jeder Flaggoffizier, Kapitän oder Kommandant der Kriegsmarine, der es unterläßt, seine ihm unterstellten Offiziere und Mannschaften zur Tapferkeit im Kampf anzuhalten, wird mit dem Tode bestraft ... Jeder Angehörige der Kriegsmarine, der in verräterischer Absicht oder aus Feigheit sich ergibt, zum Feinde überläuft oder um Gnade ersucht und durch ein Kriegsgericht dessen schuldig befunden ist, wird mit dem Tode bestraft ... Jeder, der im Gefecht feige flieht oder sich untätig zurückhält, wird mit dem Tode bestraft ... jeder, der aus Feigheit, Nachlässigkeit oder Gleichgültigkeit es unterläßt, einen geschlagenen oder fliehenden Feind, Piraten oder Rebell zu verfolgen, wird mit dem Tode bestraft ... jeder Offizier, Matrose, Soldat oder andere Angehörige der Kriegsmarine, der einen Vorgesetzten schlägt, gegen ihn die Hand erhebt, eine Waffe zieht, ihn mit einem anderen Werkzeug bedroht oder all dies nur androht, wird mit dem Tode bestraft ... Jeder Angehörige der Kriegsmarine, der die widernatürliche und verabscheuungswürdige Sünde der Unzucht oder Sodomie mit Mensch oder Tier begeht, wird mit dem Tode bestraft ...«

Der Tod dräute in fast jedem Satz. Selbst wenn einer den Sinn der Worte nicht begriff, so hörte er doch ständig den mächtigen Paukenschlag des tödlichen Rächers dröhnen, und die Besatzung reagierte darauf mit heimlicher Genugtuung. Dies waren sie gewohnt, dies bekamen sie an jedem ersten Sonntag im Monat und bei besonderen Anlässen zu hören. Es beruhigte die Gemüter.

Als die Freiwache unter Deck entlassen wurde, wirkten die Männer weitaus zufriedener.

»Gut denn«, sagte Jack und blickte sich um. »Machen Sie das Signal dreiundzwanzig, und feuern Sie zwei Kanonen nach Lee ab. Mr. Marshall, wir setzen Groß- und Fockstagsegel, und sobald Sie sehen, daß diese Pinke zum Konvoi aufschließt, setzen Sie auch die Royals. Mr. Watt, lassen Sie den Segelmacher und seine Leute sofort mit der Arbeit am Rahgroßsegel anfangen und schicken Sie die Neulinge einzeln nach achtern. Wo ist mein Schreiber? Mr. Dillon, wir nehmen uns jetzt diese Wachrollen vor. Dr. Maturin, erlauben Sie, daß ich Ihnen meine Offiziere vorstelle ...«

Zum ersten Mal standen Stephen und James einander gegenüber, doch Stephen hatte den feuerroten Zopf mit dem schwarzen Band schon vorher erkannt und sich gewappnet. Dennoch war der Schock des Wiedersehens so stark, daß er unwillkürlich eine Miene kältester Reserviertheit und mühsam unterdrückter Feindseligkeit aufsetzte. James Dillon erschrak viel mehr über das Treffen. Bei der Hetze und dem großen Arbeitspensum der letzten vierundzwanzig Stunden war ihm der Name des neuen Schiffsarztes entgangen. Dennoch ließ er sich keine besondere Gefühlsaufwallung anmerken, nur sein Gesicht wechselte etwas die Farbe.

»Ich frage mich«, sagte Jack nach der Vorstellung zu Stephen, »ob Sie es unterhaltsam fänden, sich das Schiff anzusehen, während Mr. Dillon und ich uns an die Arbeit machen. Oder möchten Sie lieber in der Kajüte bleiben?«

»Nichts würde mir mehr Freude bereiten, als das Schiff zu besichtigen«, murmelte Stephen. »Ein so elegantes Konglomerat verschiedener ...« Der Rest blieb in der Luft hängen.

»Mr. Mowett, Sie zeigen Dr. Maturin freundlicherweise alles, was er zu sehen wünscht. Führen Sie ihn auch auf die Marssaling, von dort hat man eine herrliche Aussicht. Das bißchen Höhe macht Ihnen doch nichts aus, mein Bester?«

»O nein ...« Ziellos blickte Stephen sich um. »Es macht mir bestimmt nichts aus.«

James Mowett hatte einen röhrenförmigen Torso und mochte knapp zwanzig Jahre zählen; er trug eine Hose aus altem Segeltuch und einen gestreiften Guernseypullover, so grob gestrickt, daß er an den Pelz einer Raupe erinnerte. An einem Bändsel um seinen Hals hing ein Marlspieker, denn er hatte eigentlich beim Anfertigen des neuen Großsegels helfen wollen. Mit einem prüfenden Blick suchte er Klarheit darüber, was für einen Mann er in Stephen vor sich hatte, dann verbeugte er sich vor ihm mit der beiläufigen Grazie und dem freundlichen Respekt, die vielen Seeleuten angeboren scheinen, und fragte: »Also, Sir, wo möchten Sie beginnen? Wollen wir zuerst in den Masttopp steigen? Von dort oben können Sie das ganze Ausmaß des Decks überblicken.«

Das ganze Ausmaß des Decks umfaßte rund zehn Meter nach achtern und sechzehn nach vorn und war in voller Länge auch von dort überschaubar, wo sie jetzt standen. Trotzdem sagte Stephen: »Dann lassen Sie uns unbedingt hinaufsteigen. Gehen Sie voran, ich werde Ihre Bewegungen nachahmen, so gut ich's vermag.«

Nachdenklich beobachtete er, wie der junge Mowett in die Webeleinen sprang, und zog sich dann, in Gedanken ganz woanders, langsam zu ihm hinauf. James Dillon und er hatten den United Irishmen angehört, einem Geheimbund, der in den vergangenen neun Jahren öffentlich Gleichberechtigung für Presbyterianer, Dissidenten und Katholiken gefordert hatte, vor allem aber eine eigene irische Regierung durch gewählte Volksvertreter. Der Bund hatte sich zu einer bewaffneten Vereinigung äußerst entschlossener Rebellen entwickelt – und war bald darauf zu einem besiegten, gejagten Häuflein zusammengeschrumpft. Der irische Aufstand wurde niedergeschlagen, begleitet von den üblichen Greueln, und trotz des von den Engländern gewährten Generalpardons blieb das Leben der wichtigeren Anführer weiterhin bedroht. Viele von ihnen waren verraten worden – gleich zu Beginn Lord Edward Fitzgerald selbst –, und viele andere hielten sich noch verborgen, mißtrauten sogar ihren eigenen Familien. Die Ereignisse hatten die Gesellschaft und die Nation aufs schrecklichste gespalten. Stephen Maturin fürchtete nicht den gewöhnlichen Verrat, wie er auch nicht um sein Leben bangte, denn es besaß keinen allzu großen Wert für ihn. Aber er hatte unter den Verdächtigungen, Bösartigkeiten und haßerfüllten Exzessen, die eine gescheiterte Revolte mit sich bringt, so sehr gelitten, daß er nicht noch eine Enttäuschung, noch eine feindselige, rachsüchtige Konfrontation, noch eine zu Ablehnung oder Schlimmerem erkaltete Freundschaft ertragen konnte. Innerhalb der United Irishmen hatte es schon immer heftigen Richtungsstreit gegeben, und jetzt, da der Bund zerschlagen war, ließ sich ohne täglichen Kontakt von keinem der wenigen Überlebenden sagen, wo er stand.

Mochte Stephen auch weder um seine Haut noch um sich selbst fürchten, so ließ ihn doch sein kletternder Körper bald, nämlich auf halber Höhe der Wanten, aus eigenem Antrieb wissen, daß er sich im Stadium wachsenden Entsetzens befand. Eine Höhe von zwölf Metern mag nicht besonders eindrucksvoll sein, aber wenn die eigenen Füße lediglich auf einer schwankenden Leiter aus dünnen, biegsamen Tauen stehen, wirkt dieser Standort beängstigend hoch, luftig und gefährlich.

Als Stephen drei Viertel des Aufstiegs bewältigt hatte, zeigte der Ruf »Belegen!« an, daß die Stagsegel gesetzt und nach achtern geschotet waren. Sie füllten sich, und die *Sophie* legte sich ein oder zwei Grad weiter nach Lee über. Dies traf zufällig mit einer leewärtigen Rollbewegung zusammen, deshalb verschwand die Reling langsam unter Stephens abwärts gerichtetem Blick, und die blanke See trat an ihre Stelle, eine weite Fläche glitzernden Wassers sehr tief unten, direkt unter seinen Füßen. Sein Griff um die Webeleinen verkrampfte sich, und an einen weiteren Aufstieg war nicht mehr zu denken. Arme und Beine gespreizt, hing er wie gekreuzigt in den Wanten, während die entgegengesetzten Effekte der Schwerkraft, der Zentrifugalkraft, der blinden Panik und des klarsichtigen Überlebenswillens auf seinen reglos erstarrten Körper einwirkten. Das eine Mal wurde er nach vorn gepreßt, so daß sich das gewürfelte Geflecht der Wanten und Webeleinen in seine Brust drückte, das andere Mal schwang er nach rückwärts ins Leere, bis er, flatternd wie ein Hemd auf der Leine, nach hinten durchhing.

Ein Schatten glitt links von ihm am Backstag herab. Zwei Hände schlossen sich sanft um seine Fußknöchel, und Mowetts heitere junge Stimme sagte: »Jetzt, Sir, bei der Aufwärtsbewegung. Packen Sie die Wanten – das sind die senkrechten Leinen –, und schauen Sie nach oben. Los geht's.« Stephens rechter Fuß wurde fest auf die nächste Tausprosse gesetzt, sein linker folgte. Und nach einem letzten scheußlichen Rückwärtsschwung, bei dem er die Augen schloß und den Atem anhielt, empfing das Soldatenloch den zweiten Besucher an diesem Tag. Mowett hatte sich behende über die Püttingswanten nach oben gehangelt und stand schon auf der Marssaling, um Stephen auf die Plattform zu helfen. »Das ist der Großtopp, Sir.« Mowett bemühte sich, Stephens Entsetzen zu übersehen. »Und die andere Plattform dort vorn ist natürlich der Vortopp.«

»Ich weiß die Freundlichkeit, mit der Sie mir geholfen haben, sehr zu schätzen«, sagte Stephen. »Vielen Dank.«

»Aber nicht doch, Sir«, rief Mowett aus. »Ich bitte Sie ... Sehen Sie unter uns das Großstagsegel, das wir gerade gesetzt haben? Und da vorn ist das Fockstagsegel. Das bekommen Sie nur auf einem Kriegsschiff zu sehen, sonst nirgends.«

»Diese Dreiecke? Warum nennt man sie Stagsegel?« fragte Stephen, noch immer geistesabwesend.

»Na ja, Sir, weil sie an den Stagen gesetzt werden und wie Vorhänge an ihren Stahlringen auf und nieder gleiten; diese Ringe nennen wir Legel. Früher hatten wir Grummetstropps aus Tauwerk, aber letztes Jahr, als wir vor Cádiz lagen, haben wir Legel an die Segel genäht, damit geht es viel besser. Die Stage sind diese dicken Taue, die schräg nach vorn führen, bis ganz hinunter.«

»Und sie sind dazu da, die Stagsegel zu tragen – verstehe.«

»Na ja, Sir, sie tragen zwar Segel, aber ihre wichtigste Aufgabe ist es, die Masten abzustützen. Diese hier verhindern, daß die Masten nach hinten umfallen, wenn das Schiff stampft.«

»Die Masten brauchen also Stützen?« Stephen machte einen vorsichtigen Schritt und tätschelte erst den flachen Topp des Untermasts und dann den abgerundeten Fuß der Maststenge: zwei starke, parallele Holzsäulen von gut drei Fuß Gesamtdurchmesser, die Lücke dazwischen mitgerechnet. »Das hätte ich nicht gedacht.«

»Jesus, Sir, sonst würden sie ja über Bord gehen, wenn das Schiff im Seegang arbeitet. Die Wanten stützen die Masten seitlich ab, und die Achterstagen – diese hier, Sir – verhindern das Vornüberfallen.«

»Aha, verstehe. Sagen Sie mir«, Stephen wollte den jungen Mann um jeden Preis am Reden halten, »sagen Sie mir, welchen Zweck hat unsere Plattform, und warum ist der Mast an dieser Stelle doppelt? Und wozu dient dieser Hammer?«

»Die Marssaling meinen Sie, Sir? Na ja, abgesehen vom Halt für das Rigg und wenn Teile nach oben gehievt werden müssen, ist sie im Nahgefecht ein guter Platz für die Scharfschützen; sie können von hier aus das feindliche Deck unter Feuer nehmen oder Stinktöpfe und Granaten hinunterwerfen. Und die Püttingeisen hier am Rand halten die Jungfern der Toppwanten – unsere Plattform mit ihren drei Metern Breite gibt ihnen einen besseren Spreizwinkel. Das gleiche gilt für weiter oben. Dort ist die Dwarssaling, und die spreizt die Toppwanten. Können Sie sie erkennen, Sir? Da oben, wo der Ausguck sitzt, über der Bramrah.«

»Dieses Gewirr von Tauen und Hölzern läßt sich wohl nicht ohne seemännisches Kauderwelsch erklären, nehme ich an? Nein, das ist wahrscheinlich unmöglich.«

»Kauderwelsch? Ich glaube nicht, Sir, aber ich könnte es ja versuchen.«

»Nein, lieber nicht. Ich kann mir denken, daß die Dinge überhaupt nur unter diesen Bezeichnungen bekannt sind und andere Ausdrücke dafür gar nicht existieren.«

Die Marssaling trug an ihrem Rand eiserne Gabeln für die Netze, in denen zusammengerollte Hängematten als Kugelfang verstaut wurden, wenn das Schiff gefechtsklar machte. Stephen setzte sich zwischen zwei davon, hakte um jede einen Arm und ließ die Beine baumeln. Sich an stabilem Eisen festzuhalten und massives Holz unter dem Gesäß zu spüren beruhigte ihn etwas. Die Sonne stand mittlerweile schon recht hoch und zeichnete ein klares Muster aus Licht und scharf umrissenen Schatten unten aufs Deck: geometrische Linien und Winkel, nur unterbrochen von der formlosen Masse des Rahgroßsegels, das der Segelmeister und seine Leute auf dem Vorschiff ausgebreitet hatten.

»Nehmen wir doch mal diesen Mast«, sagte Stephen und deutete mit dem Kopf nach vorn, denn Mowett schien ihm aus Sorge, er könnte den Gast langweilen oder unziemlich belehren, allzu wortkarg zu sein. »Vielleicht benennen Sie mir einfach die wichtigsten Dinge daran, von unten angefangen.«

»Das ist der Fockmast, Sir. Den unteren Teil nennen wir Untermast oder einfach Fockmast. Er ist sechzehn Meter hoch und steht auf dem Kielschwein. Seitlich halten ihn die Wanten – drei Paar auf jeder Seite – und vorn das Vorstag, das bis zum Bugspriet führt. Das zweite Stag parallel dazu ist ein Preventer für den Fall, daß das Fockstag bricht. Etwa am ersten Drittel des Fockmasts sitzt der Mastkragen für das Großstag; es führt von dort zu uns herauf und stützt den Großmast ab.«

»Das also ist ein Großstag«, sagte Stephen und beäugte es mäßig interessiert. »Den Ausdruck habe ich schon gehört. Ein mächtig dickes Tau, muß ich sagen.«

»Zehn Zoll Umfang, Sir«, sagte Mowett stolz. »Und das Preventerstag hat sieben. Dann kommt die Fockrah, aber vielleicht sollte ich zuerst die Masten beschreiben, ehe ich zu den Rahen übergehe. Sehen Sie den Fockmars, die gleiche Plattform wie unsere hier? Er ruht auf den Längs- und Quersalingen, wo Untermast und Marsstenge sich ein Stück überlappen, genau wie hier bei uns. Die Marsstenge ist diese zweite, dünnere Spiere, die bis ganz nach oben reicht. Wir hieven sie von unten herauf und befestigen sie am Untermast – ähnlich wie ein Seesoldat das Bajonett auf seiner Muskete. Sie gleitet durch die Saling nach oben, und wenn sie in der richtigen Höhe ist, so daß die beiden Löcher fluchten, dann rammen wir ein Schloßholz hindurch, und zwar mit diesem Hammer hier. Zuletzt singen wir aus: ›Laß laufen!‹ und …« Mowetts Erklärungen sprudelten eifrig weiter.

Castlereagh könnte von der einen Mastspitze hängen und Fitzgibbon von der anderen, dachte Stephen, aber ohne allzuviel revolutionäre Begeisterung.

»… und dies ist wiederum am Bugspriet verstagt: Wenn Sie sich etwas vorbeugen, können Sie hinter der Marsstenge eine Ecke des Vorstenge-Stagsegels sehen, Sir.«

Mowetts Stimme bildete den angenehmen Hintergrund, vor dem Stephen Ordnung in seine Gedanken zu bringen suchte. Dann merkte er, daß eine erwartungsvolle Pause eingetreten war, und hatte gerade noch die Worte »vorbeugen« und »Marsstenge« im Ohr.

»Ganz recht«, sagte er. »Und wie hoch ist wohl diese Marsstenge?«

»Zwölf Meter, Sir, genauso hoch wie unsere. Und dort, dicht über dem Fockmars, sehen Sie den Mastkragen für das Großstengestag, das die Stenge über unseren Köpfen abstützt. Darüber kommt die Bramsaling, wo der andere Ausguckposten sitzt, und danach die Bramstenge. Sie wird genauso hinaufgehievt und befestigt wie die Marsstenge, aber natürlich ist sie leichter, und ihre Wanten sind dünner. Unten wird sie am Klüverbaum verstagt – sehen Sie die Spiere, die über den Bugspriet hinausragt? Sie ist acht Meter lang – die Bramstenge meine ich, nicht den Klüverbaum. *Der* mißt achteinhalb Meter.«

»Es ist eine Freude, jemandem zuzuhören, der seinen Beruf so gut beherrscht«, sagte Stephen. »Sie drücken sich sehr exakt aus, Sir.«

»Oh, hoffentlich sind auch die Prüfer dieser Meinung, Sir«, rief Mowett aus. »Wenn wir nämlich das nächste Mal Gibraltar anlaufen, will ich mich noch einmal zum Leutnantsexamen melden. In der Prüfungskommission sitzen drei Kapitäne, und beim letzten Mal wollte der eine Schinder von mir wissen, wie viele Faden man für eine Groß-Hahnepot braucht und wie lang ein Jungfernblock ist. Heute könnte ich's ihm sagen: Man braucht fünfzig Faden einer Dreiviertelzoll-Leine, was ich nie gedacht hätte, und der Jungfernblock ist vierzehn Zoll lang. Ich glaube, jetzt könnte ich ihm alle Maße an Bord nennen, die jemals festgehalten wurden, ausgenommen die unserer neuen Großrah. Aber die will ich nachher gleich ausmessen, noch vor dem Abendessen. Möchten Sie noch mehr Zahlen hören, Sir?«

»Bin ganz versessen darauf.«

»Also, Sir, *Sophies* Kiel ist zwanzig Meter lang, und sie geht dreidreiviertel Meter tief. Das Batteriedeck ist sechsundzwanzig Meter lang und der Bugspriet elfeindrittel. Die Höhe der Masten habe ich Ihnen schon genannt – bis auf den Großmast, und der ist achtzehneinhalb Meter hoch. Die Marsrah über uns ist zehneinhalb Meter lang und die Bramrah darüber knapp acht Meter. Falls wir ganz oben noch eine Royalrah setzen, so mißt diese fünfeinviertel Meter. Und die Leesegelbäume – aber vielleicht sollte ich Ihnen erst die Rahen erklären, nicht wahr, Sir?«

»Das sollten Sie wohl.«

»Die Rahen sind wirklich ganz einfach.«

»Freut mich zu hören.«

»Also, am Bugspriet sitzt quer die Blinderah mit ihrem aufgetuchten Segel. Was den Fockmast betrifft, so haben wir ganz unten die Fockrah, und das große, viereckige Segel daran ist die Fock. Darüber kommt die Vormarsrah, dann die Vorbramrah und schließlich die kleine Vorroyalrah mit ihrem untergeschlagenen Royalsegel. Beim Großmast ist es ganz ähnlich, nur daß die neue Großrah noch kein Segel trägt; hätte sie eines, würde es Großrahsegel heißen, denn bei diesem Rigg gibt es zwei verschiedene Großsegel: ein querstehendes, viereckiges Segel, das an der Rah gefahren wird, und das Gaffelsegel dort hinter uns. Das ist ein Schratsegel mit einer Gaffel oben und einem Baum unten. Dieser Großbaum ist vierzehneinviertel Meter lang und hat einen Durchmesser von fünfundzwanzig Zentimetern.«

»Was, tatsächlich so viel?« Wie dumm von mir, dachte Stephen, daß ich vorgegeben habe, James Dillon nicht zu kennen. Das war kindisch gewesen und die simpelste, gefährlichste aller denkbaren Reaktionen.

»Schließlich gehören zu den Rahsegeln noch die Leesegel, Sir. Die setzen wir nur bei leichtem achterlichem Wind. Sie schließen ans stehende Liek des Rahsegels an und verbreitern es nach außen. Befestigt werden sie an Leesegelspieren, die durch Bügel oder sogenannte Brillen an der jeweiligen Rah hinausgeschoben werden. Von hier aus können Sie sie ganz deutlich sehen ...«

»Was war das?«

»Der Bootsmann hat mit seiner Pfeife das Signal zum Segelsetzen gegeben, Sir. Es werden wohl die Royals sein. Bitte kommen Sie hier herüber, Sir, sonst rempeln die Toppgasten Sie um.«

Stephen konnte gerade noch beiseite rutschen, bevor eine Meute junger Männer prustend über den Marsrand quoll und in den Stengewanten höherkletterte.

»Jetzt, Sir, werden Sie sehen, wie sie das Royalsegel losmachen, sobald der Befehl dazu kommt. Unten werden die Deckshände dann zuerst die Leeschot dichtholen, das geht ganz leicht, weil der Wind das Segel auf ihre Seite drückt. Danach kommt die Außenschot oder die Hals dran mit Durchsetzen. Sobald die Toppgasten von der Rah runter sind, wird unten an den Fallen geholt, und schon steigt die Rah nach oben. Hier, durch diesen Block mit dem weißen Fleck laufen die Schoten. Und das da sind die Fallen.«

Im nächsten Augenblick füllten sich die Royals mit Wind, die *Sophie* legte sich noch stärker über, und das Singen der Brise im Rigg wurde um einige Töne höher. Die Toppgasten kamen wieder herabgeklettert, jetzt mit etwas mehr Bedacht. Die Schiffsglocke schickte fünf Doppelschläge zu ihnen herauf.

»Sagen Sie mir doch«, bat Stephen, der sich anschickte, den Toppgasten zu folgen, »was ist eigentlich eine Brigg?«

»Die *Sophie* ist eine Brigg, Sir. Obwohl wir sie Slup nennen, Kriegs- oder Kanonenslup.«

»Danke. Und was ist eine ... Da, da ist schon wieder dieses Geheul!«

»War nur der Bootsmann, Sir. Das Rahgroßsegel ist fertig, und er befiehlt seinen Leuten, es an der Rah anzuschlagen.« Mowett deklamierte:

»Hurtig ist der Bootsmann und überall an Deck,
brüllt lauter als der Sturm zu einem guten Zweck.
Wer da nicht hart mit anpackt, dem gerbt er gleich das Fell,
so wird der Feigling mutig, der Tücht'ge rasend schnell.«

»Ja, der Rohrstock scheint bei ihm recht locker zu sitzen. Mich wundert, daß sie sich's gefallen lassen. Und Sie, Sir, sind also ein Dichter.« Stephens Selbstvertrauen wuchs, er glaubte, die Situation jetzt im Griff zu haben.

Geschmeichelt lachte Mowett auf und sagte: »Bei der Schräglage ist der Abstieg auf dieser Seite leichter, Sir. Erlauben Sie – ich steige jetzt an Ihnen vorbei und halte mich dicht unter Ihnen. Angeblich ist man dabei gut beraten, wenn man gar nicht hinunterschaut. Langsam, Sir, immer hübsch langsam. Ein Fuß nach dem anderen. Na bitte, da wären wir. Alles heil und gesund.«

»Guter Gott«, Stephen wischte sich die schweißnassen Hände ab, »ich bin doch froh, wieder unten zu sein.« Sein Blick wanderte in die Toppen und wieder zurück an Deck. Daß ich so ängstlich wäre, hätte ich nicht erwartet, dachte er. Laut aber sagte er: »Wollen wir uns jetzt unter Deck umsehen?«

»Vielleicht finden wir ja unter den Neuzugängen einen Koch für mich«, sagte Jack. »Wobei mir einfällt: Hoffentlich machen Sie mir die Freude, beim Abendessen mein Gast zu sein?«

»Mit Vergnügen.« James Dillon verbeugte sich, soweit der Tisch dies zuließ. Sie saßen mit dem Schreiber in der Achterkajüte und hatten die Musterrolle, die Vorratsliste, das Signalbuch und verschiedene Lieferscheine vor sich ausgebreitet.

»Achten Sie auf Ihr Tintenfaß, Mr. Richards«, warnte Jack, als sich die *Sophie* in einer Bö wie mutwillig überlegte. »Korken Sie's lieber zu, und behalten Sie das Tintenhorn in der Hand. Mr. Ricketts, rufen Sie jetzt die neuen Männer herein.«

Im Vergleich zur regulären Besatzung waren sie ein buntgescheckter Haufen. Aber die Sophies fühlten sich ja auch an Bord zu Hause und trugen die vom alten Ricketts ausgegebenen Kleider, die wenigstens entfernt einer Uniform ähnelten. Und sie waren in den letzten Jahren halbwegs gut verpflegt worden – hatten sich zumindest mengenmäßig die Bäuche füllen können. Die Neulinge stammten bis auf drei Quotaleute aus dem Binnenland und waren meist vom Gerichtsbüttel rekrutiert. Sieben Hitzköpfe aus Westmeath waren in Liverpool bei einer Schlägerei aufgegriffen worden und wußten so wenig vom Lauf der Welt (sie waren nur zum Erntedankfest in die Stadt gekommen), daß sie, vor die Wahl zwischen einem feuchten Kerkerloch und dem Kriegsdienst bei der Marine gestellt, sich für letztere entschieden, weil sie die Navy für gesünder hielten. Dann gab es noch einen Imker mit traurigem Mondgesicht und Rauschebart, dessen Bienen alle eingegangen waren, und einen arbeitslosen Dachdecker. Einige ledige, zahlungsunwillige Väter waren darunter, zwei halbverhungerte Schneider und ein friedlicher Dorfnarr. Die Abgerissensten hatten schon auf den Wohnschiffen Kleidung erhalten, doch die anderen besaßen nur ihre fadenscheinige Arbeitskluft oder alte Mäntel aus zweiter Hand; ein Bauer trug sogar noch seinen Kittel. Die drei Ausnahmen waren Matrosen mittleren Alters; der eine nannte sich Christian Pram, war Däne und früher Zweiter Steuermann auf einem Levantefahrer gewesen, und die beiden anderen waren griechische Schwammtaucher, hießen angeblich Apollo und Turbid und waren unter obskuren Begleitumständen zur Navy gestoßen.

»Prächtig, prächtig.« Jack rieb sich zufrieden die Hände. »Ich glaube, Pram können wir gleich zum Quartermaster befördern – wir haben ja einen zuwenig –, und die Schwammbrüder machen wir zu Vollmatrosen, sobald sie nur ein bißchen Englisch verstehen. Der Rest sind alles Landlubber, da müssen wir abwarten. Also, Mr. Richards, sobald Sie fertig sind, sagen Sie Mr. Marshall, daß ich ihn sprechen möchte.«

»Damit stehen uns genau fünfzig Mann für die Wacheinteilung zur Verfügung, Sir.« James Dillon blickte von seinen Berechnungen auf.

»Acht fürs Vorschiff, acht für den Fockmast ... Ah, Mr. Marshall, setzen Sie sich zu uns, und helfen Sie uns mit Ihrer Menschenkenntnis. Wir müssen die Wachen einteilen und den Leuten ihre Quartiere zuweisen – alles noch vor dem Essen. Also laßt uns keine Minute verlieren.«

»Und hier, Sir, ist unser Logis«, sagte Mowett, mit seiner Laterne die Fähnrichsmesse ausleuchtend. »Bitte ziehen Sie den Kopf ein. Und stören Sie sich nicht an dem Gestank: Der kommt wahrscheinlich von dem Kleinen hier, von Babbington.«

»Das tut er nicht!« Der Kadett schoß so empört in die Höhe, daß sein Buch zu Boden fiel. »Du bist gemein, Mowett«, zischte er wütend.

»Eigentlich haben wir es hier noch relativ komfortabel, Sir«, fuhr Mowett ungerührt fort. »Wie Sie sehen, fällt durch die Gräting von oben etwas Tageslicht, und wenn die Lukendeckel offenstehen, kommt sogar ein bißchen Frischluft herein. Ich weiß noch, wie im Fähnrichslogis der alten *Namur* immer die Kerzen ausgingen, weil die Luft so dick war. Dabei hatten wir nicht mal so ein Stinktier wie den kleinen Babbington unter uns.«

»Kann ich mir gut vorstellen.« Stephen setzte sich und spähte in die Schatten. »Und wie viele Männer wohnen hier?«

»Im Augenblick nur drei, Sir. Uns fehlen zwei Kadetten.

Aber die Schiffsjungen sind eine Pest. Sie hatten ihre Hängematten früher vor der Brotlast aufgeriggt, zusammen mit dem Stückmeister. Seit der so krank geworden ist, kommen sie hierher, vergreifen sich an unseren Mahlzeiten und ruinieren mit ihren Fettfingern unsere Bücher.«

»Sie studieren Trigonometrie, Sir?« fragte Stephen, dessen Augen sich inzwischen an das Halbdunkel gewöhnt und ein tintenfleckiges Dreieck ausgemacht hatten.

»Jawohl, Sir, das tue ich«, antwortete Babbington. »Und fast hätte ich auch die Lösung gefunden.« (Wenn dieser blöde Ochse nicht hereingestolpert wäre, setzte er insgeheim hinzu.)

»Tief in Gedanken liegt in seinem Leinenbett
mit Sinus und Tangente kämpfend der Kadett.
Er rechnet hin und her, bis ihm die Sinne schwinden,
und kann doch, weil gestört, die Lösung niemals finden.«

Das war wieder Mowett. »Mit Verlaub, Sir«, fuhr er fort, »auf diese Verse bin ich ziemlich stolz.«

»Mit Recht, Sir, mit Recht«, antwortete Stephen und betrachtete die kleinen Boote, die das Dreieck einrahmten. »Aber bitte sagen Sie mir doch, welches Fahrzeug bezeichnen Sie in Ihrer Sprache als Schiff?«

»Als Vollschiff? Nur wenn es drei rahgetakelte Masten hat«, klärte man ihn bereitwillig auf. »Und einen richtigen Bugspriet, Sir. Die Masten müssen aus drei Teilen bestehen – aus Untermast, Mars- und Bramstenge. Eine Schebecke zum Beispiel würde man nie als Vollschiff bezeichnen.«

»Ach, tatsächlich?«

»O nein, Sir«, riefen sie eifrig, »auch keinen Schoner oder Lugger. Obwohl sie ein paar Rahsegel haben können und auch so etwas wie einen Bugspriet. Aber das ist alles nur Halbzeug.«

»Ich werd's mir merken.« Vorsichtig richtete Stephen sich zu seiner ganzen Größe auf. »Ich nehme an, man kann sich an das Leben hier drin gewöhnen«, seufzte er. »Aber anfangs muß es einem sehr eng vorkommen.«

»Nicht doch, Sir«, protestierte Mowett und fuhr fort:

»Verachtet nicht des Fähnrichs enges Loch,
denn ihm entspringen Helden noch und noch.
So trist es scheint, mit Ehrfurcht tretet ein,
denn manchem Admiral wird's erste Heimstatt sein.«

»Hören Sie nicht auf ihn, Sir«, rief Babbington besorgt, »er wollte Sie ganz bestimmt nicht kritisieren. Es ist nur sein alberner Dichterspleen – lächerlich!«

»Schon gut, schon gut«, wiegelte Stephen ab. »Besichtigen wir jetzt noch den Rest des – des Fahrzeugs.«

Sie gingen nach vorn, vorbei an einem weiteren Wachtposten. Stephen tastete sich durch das Dunkel zwischen zwei Grätings und stolperte dabei über etwas Weiches, das klirrend beiseite wich und aufschrie: »Hast du deine Augen im Hinterkopf, du besoffener Heuschreck?«

»Halt ja dein freches Maul, Wilson«, sagte Mowett, und zu Stephen: »Das ist bloß ein Delinquent, achten Sie nicht auf ihn. Er hat Fußfesseln an.«

»Weshalb liegt er in Ketten?«

»Wegen Beleidigung.« Mowetts knappe Antwort verriet eine gewisse Genugtuung.

»Also, das ist endlich mal ein großer Raum«, rief Stephen im Weitergehen. »Obzwar ziemlich niedrig. Ich nehme an, hier wohnen die Unteroffiziere?«

»Nein, Sir. Hier essen und schlafen die Leute.«

»Die ein Stockwerk tiefer keinen Platz gefunden haben?«

»O nein, Sir, alle. Unter uns sind nur noch die Lagerräume mit einem kleinen Halbdeck, dem Orlop.«

»Und wie viele Menschen leben hier drin?«

»Siebenundsiebzig, die Seesoldaten mitgezählt.«

»Aber so viele können hier niemals schlafen! Das ist physisch einfach unmöglich.«

»Mit Verlaub, Sir, sie können. Jeder Mann hat vierzehn Zoll für seine Hängematte, die längsschiffs aufgehängt wird. Das sind sechsunddreißig Zentimeter, und der Rumpf ist mittschiffs acht Meter breit. Damit bleibt Platz für zweiundzwanzig Hängematten. Sehen Sie, hier oben stehen die Zahlen.«

»Auf vierzehn Zoll Breite kann doch kein Mensch schlafen!«

»Nicht sehr bequem, nein, Sir. Aber auf achtundzwanzig Zoll schon. Denken Sie daran, auf einem Zwei-Wachen-Schiff ist immer die eine Hälfte der Leute an Deck. Damit bleiben ihre Plätze hier unten frei.«

»Selbst dann müssen sie gegen ihre Nachbarn stoßen.«

»Na ja, Sir, es ist ziemlich eng, zugegeben. Aber sie liegen wenigstens warm und trocken. Wie Sie sehen, sind es vier Querreihen: vom achteren Schott bis zu diesem Decksbalken und weiter bis zum nächsten; dann bis zu jenem mit der Laterne dran – und die vierte bis zum vorderen Schott. Dahinter liegen die Kammern des Zimmermanns und des Bootsmanns. Die vorderste Reihe und die Hälfte der zweiten gehört den Seesoldaten. Dann kommen die Matrosen – dreieinhalb Reihen im ganzen. Mit durchschnittlich zwanzig Hängematten pro Reihe bringen wir sie alle unter, auch wenn der Mastfuß etwas stört.«

»Aber das muß ja ein einziger Teppich aus Körpern sein, selbst wenn nur die Hälfte der Leute hier liegt.«

»Gewiß, Sir.«

»Und wo sind die Fenster?«

Mowett schüttelte den Kopf. »Richtige Fenster gibt es hier nicht. Natürlich haben wir die Luken und die Grätings dort oben, obwohl die ja geschlossen oder abgedeckt werden, wenn es bläst.«

»Und das Lazarett«,

»Haben wir auch nicht, Sir, genaugenommen. Kranke riggen ihre Hängematten gleich am vorderen Querschott auf, an

Steuerbord vor der Kombüse. Und für ihre Notdurft haben sie immerhin das Kabuff.«

»Was ist das?«

»Na ja, eigentlich ist es eher ein Verschlag, kein richtiges Häuschen wie auf einer Fregatte oder einem Linienschiff. Aber es dient seinem Zweck.«

»Welchem Zweck?«

»Ich weiß gar nicht, wie ich mich ausdrücken soll, Sir.« Mowett errötete. »Eben das Örtchen.«

»Ein Lokus? Ein Pissoir?«

»Ganz recht, Sir.«

»Und womit behelfen sich die anderen? Haben sie Nachttöpfe?«

»Hilf Himmel, nein, Sir! Die anderen klettern durch die vordere Luke und gehen auf den Abtritt – einen kleinen Sitz zu beiden Seiten des Stevens.«

»Im Freien?«

»Jawohl, Sir.«

»Und was machen sie bei schlechtem Wetter?«

»Gehen trotzdem hin, Sir.«

»Also schlafen hier unten vierzig oder fünfzig Mann gleichzeitig, ohne ein einziges Fenster? Parbleu – falls jemals ein Mann mit Typhus, Pest oder Cholera auch nur den Fuß in diesen Raum setzt, dann helfe Gott euch allen!«

»Amen, Sir«, sagte Mowett, konsterniert durch Stephens Ton absoluter Gewißheit.

»Das ist ein netter Bursche«, sagte Stephen beim Eintritt in die Achterkajüte.

»Mowett? Freut mich zu hören«, antwortete ein hager und abgekämpft aussehender Jack. »Nichts wichtiger als angenehme Bordgenossen … Darf ich Ihnen etwas zu trinken anbieten? Unser Seemannsgetränk, wir nennen es Grog – kennen Sie's? Sehr bekömmlich, jedenfalls auf See.

Simpkin, bring uns Grog! Dieser Mistkerl ist die reinste

Schnecke ... Simpkin! Bring uns endlich den Grog! Die Pest über den vermaledeiten Lahmarsch! Ah, da bist du ja. Das hatte ich nötig«, sagte er, sein geleertes Glas absetzend. »Was für ein elender Vormittag! Jede Wache muß die gleiche Anzahl erfahrener Leute haben, und zwar jeweils auf den verschiedenen Stationen. Das gab endlose Streitereien. Außerdem«, er rutschte etwas näher an Stephens Ohr heran, »außerdem ist mir ein idiotischer Fauxpas unterlaufen ... Ich las die Namen auf der Liste vor – Flaherty, Lynch, Sullivan, Michael Kelly, Joseph Kelly, Sheridan und Aloysius Burke, alle zwangsrekrutiert aus Liverpool –, und dann ritt mich der Teufel. Ich sagte: ›Was, noch mehr von diesen verdammten irischen Papisten? Wenn das so weitergeht, besteht bald die halbe Steuerbordwache aus Iren, die macht dann die Segel mit Rosenkränzen fest.‹ Das war als Scherz gemeint, verstehen Sie? Aber sofort trat diese eisige Stille ein, und ich hätte mich ohrfeigen können. James Dillon ist doch Ire, und er mußte meine Bemerkung natürlich als nationale Herabsetzung empfinden. Dabei lag mir nichts ferner als das. Jeder Chauvinismus ist mir fremd, ich hasse nur einfach die Papisten, das ist alles. Um ihnen das klarzumachen, fügte ich noch ein paar Spitzfindigkeiten gegen den Papst hinzu, aber wahrscheinlich waren die nicht so witzig, wie ich dachte, denn niemand lachte. Keinerlei Reaktion.«

»Hassen Sie Katholiken wirklich so sehr?« fragte Stephen.

»Ja, genau wie den Papierkram. Aber die Papisten sind noch schlimmer – mit ihrer Beichte und so, Sie wissen schon. Außerdem wollten sie unser Parlament in die Luft jagen.« Jack schüttelte den Kopf. »Mein Gott, was haben wir am fünften November alles angestellt! Eine meiner besten Freundinnen – ich kann Ihnen gar nicht sagen, wieviel sie für mich getan hat – war so außer sich, als ihre Mutter einen Papisten heiratete, daß sie sofort ein Studium der Mathematik und des Hebräischen begann. Dabei war sie das hübscheste Mädchen im ganzen Umkreis. Hat mir Navigation beigebracht, heller Kopf, der sie ist. Über die Papisten hat sie mich gründlich aufgeklärt. Das meiste davon hab ich inzwischen vergessen, jedenfalls sind sie ein ganz verderbter Haufen. Man kann ihnen nicht trauen. Denken Sie nur an die Revolte, die sie kürzlich angezettelt haben.«

»Aber, mein Bester, von den United Irishmen waren die meisten Protestanten – und ihre Anführer alle. Wolfe Tone und Napper Tandy waren Protestanten. Die Emmets, die O'Connors, Simon Butler, Hamilton Rowan, Lord Edward Fitzgerald – alles Protestanten. Sinn der ganzen Bewegung war es, protestantische, katholische und presbyterianische Iren unter einer Idee zu vereinen. Die Initiative dazu ging von den Protestanten aus.«

»Tatsächlich? Na ja, Sie merken schon, ich verstehe nicht viel davon – dachte, es wären die Papisten gewesen. Damals war ich in Westindien stationiert. Aber nach dieser Unmenge Papierkram steigt mir die Galle hoch, wenn ich an die Papisten denke. Dann verabscheue ich alle, auch die Protestanten, die Anabaptisten und die Methodisten. Und die Juden. Ist mir verdammt egal, wen ich hasse. Aber was mich wirklich quält: daß ich James Dillon derart auf die Füße getreten habe. Wie ich schon sagte, nichts ist wichtiger als angenehme Bordgenossen. Er macht jetzt eine schwere Zeit durch, muß gleichzeitig die Aufgaben eines Ersten Offiziers und eines Wachführers bewältigen, alles auf einem neuen Schiff – mit unbekannter Besatzung – und einem fremden Kommandanten … Ich hatte mir wirklich fest vorgenommen, ihm verständnisvoll zu begegnen. Ohne ein gutes Verhältnis zwischen den Offizieren gibt es kein glückliches Schiff. Und nur ein glückliches Schiff ist ein kampfstarkes Schiff – zu diesem Punkt sollten Sie mal Nelson hören. Das ist die reine Wahrheit, glauben Sie's mir. Er wird mit uns essen, und ich wäre Ihnen sehr verbunden, wenn Sie für mich … Ah, Mr. Dilion, da sind Sie ja. Leisten Sie uns doch Gesellschaft bei einem Glas Grog.«

Teils aus medizinischen Gründen, teils wegen seiner angeborenen Tiefsinnigkeit war es Stephen schon seit langem zur Gewohnheit geworden, bei Tisch nicht zu reden. Nun beobachtete er, aus dem schützenden Kokon seines Schweigens heraus, James Dillon mit gespannter Aufmerksamkeit. Sein schmaler Kopf hatte immer noch dieselbe stolze Haltung, dasselbe rotblonde Haar und die grünen Augen; auch an seinen hellen Teint und an die kariösen Zähne – inzwischen waren es einige mehr geworden – erinnerte er sich. Ebenso an sein gewandtes Benehmen, das auf ein gutes Elternhaus schließen ließ. Und obwohl er schlank und nur mittelgroß war, schien er das Zimmer zu beherrschen – mehr als der mindestens neunzig Kilo schwere Jack Aubrey. Was dem neuen James Dillon vor allem fehlte, war dieser Ausdruck, als würde er gleich in Gelächter ausbrechen; er sah nicht mehr so aus, als amüsiere er sich ständig über einen heimlichen Witz. Nein, seine schnelle Bereitschaft zu lachen war völlig verschwunden – wie weggewischt. Jetzt hatte er das typisch irische Gesicht, ernst und humorlos. Sein Benehmen war zurückhaltend, aber sehr aufmerksam und höflich – nicht die Spur verprellt oder beleidigt.

Sie verspeisten einen akzeptablen Steinbutt – akzeptabel, sobald erst die mehlige Hülle abgekratzt war –, und danach trug der Steward einen Schinken auf. Dieser Schinken konnte nur von einem Eber stammen, der seit langem an einer entstellenden Krankheit gelitten hatte, ein Schinken für Offiziere, die ihren Proviant aus eigener Tasche bezahlen mußten. Und nur ein Mann, der Erfahrung in morbider Anatomie besaß, hätte ihn appetitlich tranchieren können. Während Jack mit seinen Gastgeberpflichten rang und den Steward als Nichtskönner und Trantüte beschimpfte, wandte sich James mit dem höflichen Lächeln des Tischgenossen an Stephen und erkundigte sich: »Wäre es möglich, daß ich schon das Vergnügen Ihrer Bekanntschaft hatte, Sir? In Dublin vielleicht oder in Naas?«

»Ich fürchte, diese Ehre ist mir noch nie zuteil geworden, Sir. Aber ich werde oft mit einem Vetter gleichen Namens verwechselt. Angeblich sehen wir uns täuschend ähnlich, was mich etwas beunruhigt, wie ich gestehen muß. Denn er sieht übel aus und hat diesen schlauen Zuträgerblick. Und in unserem Land verachtet man einen Zuträger der Obrigkeit mehr als in jedem anderen, stimmt's? Mit Fug und Recht, meiner Meinung nach. Obwohl es in Irland von Zuträgem ja nur so wimmelt.« Dies alles im Plauderton und laut genug, um trotz der Schlachtrufe ihres Gastgebers – »Langsam jetzt und sinnig ... Wenn er doch nicht so teuflisch zäh wäre ... Halt den Knochen fest, Killick, und vergiß deine Daumen« – von seinem Nachbarn verstanden zu werden.

»Da denke ich genau wie Sie«, antwortete Jack, und sein Blick verriet schnelles Begreifen. »Trinken Sie ein Glas Wein mit mir, Sir?«

»Von Herzen gern.«

Sie prosteten einander mit der Mischung aus Schlehensaft, Essig und Bleizucker zu, die man Jack als Wein angedreht hatte, und beschäftigten sich danach, der eine mit beruflichem Interesse, der andere mit beruflichem Stoizismus, mit dem entstellten Schinken.

Der Portwein am Schluß war jedoch respektabel, und als der Tisch abgeräumt war, kam in der Kajüte eine entspanntere Stimmung auf.

»Bitte erzählen Sie uns doch von dem Gefecht, in das Sie mit Ihrer *Dart* verwickelt waren.« Jack füllte Dillons Glas nach. »Ich habe so viele unterschiedliche Berichte darüber gehört ...«

»O ja, das interessiert mich sehr«, sprang Stephen ihm bei. »Tun Sie uns den Gefallen.«

»Ach, das war keine große Sache«, begann James Dillon. »Wir hatten es nur mit einem Haufen widerlicher Piraten zu tun – lediglich ein Scharmützel unter kleinen Schiffen. Ich befehligte vorübergehend einen von der Navy gecharterten leichten Kutter – nur ein Mast mit Gaffelsegel –, eben die *Dart*.« Stephen verbeugte sich dankend. »Sie war mit acht Vierpfündern ganz anständig bewaffnet. Leider hatte ich nur dreizehn Mann und einen Schiffsjungen zu ihrer Bedienung. Wir bekamen Befehl, einen Kurier des Königs mit zehntausend Pfund in Gold nach Malta zu bringen. Und Kapitän Dockray bat mich, seine Frau und deren Schwester mitzunehmen.«

»Ich kenne ihn noch als Ersten Offizier auf der *Thunderer*«, erinnerte sich Jack. »Ein herzensguter Mann.«

»Ja, das war er.« James schüttelte traurig den Kopf. »Tja, wir liefen also mit einem stetigen leichten Südwestwind aus, wendeten einmal siebzehn Meilen westlich von Egadi und segelten danach etwas westlicher als Süd. Nach Sonnenuntergang fing es an zu blasen. Weil ich die Damen an Bord hatte und unterbemannt war, suchte ich Schutz in Lee von Pantelleria. In der Nacht ließen Wind und Seegang nach, und da standen wir nun um halb fünf am nächsten Morgen. Ich rasierte mich gerade, das weiß ich noch, weil ich mich am Kinn schnitt ...«

»Ha!« rief Stephen mit Genugtuung.

»Da meldete der Ausguck ein fremdes Segel, und ich stürzte an Deck.«

»Kann ich mir denken«, lachte Jack.

»Es waren drei französische Freibeuter mit Lateinerrigg. Das Licht reichte gerade, um sie im Glas zu erkennen, ihre Rümpfe standen schon über der Kimm. Die zwei vordersten waren mit je einem langen Sechspfünder und vier Drehbassen am Bug bewaffnet. Ich kannte sie, denn wir waren schon auf der *Euryalus* mit ihnen aneinandergeraten. Damals waren sie uns natürlich davongesegelt.«

»Wie stark waren sie bemannt?«

»Oh, jeder mit vierzig bis fünfzig Leuten, Sir. An den Seiten fuhren sie jeweils ein Dutzend Hakenbüchsen oder Patareros. Ohne Zweifel traf das auch für den dritten Freibeuter zu. Sie hatten schon längere Zeit die Straße von Sizilien unsicher gemacht und gingen immer nach Lampione und Lampedusa, um sich zu verproviantieren. Jetzt standen sie so bei mir in Lee«, er skizzierte die Situation mit Wein auf der Tischplatte, »und der Wind kam etwa von der Karaffe her. Sie konnten höher rangehen und mich aussegeln, deshalb mußte es ihre Taktik sein, mich von beiden Seiten anzugreifen und dann zu entern.«

»Richtig.« Jack nickte.

»Wenn ich alles in Betracht zog – meine Passagiere, den königlichen Kurier, das Gold und die Barbareskenküste voraus –, war es am besten, sie einzeln anzugreifen, solange ich noch die Luvposition hatte und bevor sich die ersten beiden zusammenschließen konnten; der dritte stand noch drei oder vier Meilen entfernt, kreuzte aber mit Vollzeug zu uns auf. Acht meiner Leute waren erfahrene Vollmatrosen, und Kapitän Dockray hatte den Damen seinen Bootssteurer beigegeben, einen tapferen, starken Burschen namens William Brown. Wir machten also gefechtsklar und luden die Kanonen mit Kartätschen. Ich muß sagen, die Damen bewiesen großen Mut, benahmen sich sogar kühner, als mir lieb war. Ich machte ihnen klar, daß ihr Platz jetzt unter Deck war, unten im Laderaum. Aber Mrs. Dockray widersprach: Sie dächte nicht daran, sich von einem halbgaren Jährling, der es noch nicht mal zu einer Epaulette gebracht hätte, herumkommandieren zu lassen, und ob ich etwa erwartete, daß die Frau eines Vollkapitäns, der mir im Dienstalter neun Jahre voraus war, ihr frisch gestärktes Musselinkleid in der Bilge dieser Miesmuschel ruinieren würde? Sie schwor, mich dafür bei meiner Tante anzuschwärzen – bei meiner Base Ellis – beim Ersten Seelord – und mich wegen Feigheit, Unbotmäßigkeit und Unfähigkeit vor ein Kriegsgericht zu bringen. Von Disziplin und Gehorsam verstand sie mindestens so viel wie jeder Seemann, eher noch mehr. ›Komm her, meine Liebe‹, sagte sie zu Miß Jones. ›Du löffelst jetzt das Pulver in die Kartuschen, und ich trage sie in meiner Schürze an Deck.‹ Mittlerweile war die Situation so«, er korrigierte seine Skizze, »daß der nächste Freibeuter auf zwei Kabellängen heran war und in Lee seines Kumpanen stand. Beide hatten während der letzten zehn Minuten mit ihren vorderen Jagdgeschützen auf uns gefeuert.«

»Wie lang ist ein Kabel?« Das war Stephen.

»Rund 185 Meter, Sir«, antwortete James. »Also luvte ich an – der Kutter ging immer sehr schnell über Stag – und nahm

Kurs auf den ersten Franzosen, um ihn mittschiffs zu rammen. Mit dem halben Wind war die Dart in gut einer Minute bei ihm – was ein Glück war, denn sie feuerten aus allen Rohren auf uns. Ich steuerte selbst, bis wir auf Pistolenschußweite heran waren, dann rannte ich mit der Entermannschaft nach vorn und überließ das Ruder dem Schiffsjungen. Dummerweise mißverstand er mich und ließ den Freibeuter zu weit vorausschießen, deshalb rammten wir ihn erst hinter dem Besanmast. Unser Bugspriet kappte seine Backbord-Besanwanten und machte Kleinholz aus seinem Schanzkleid und dem Heckspiegel. Aber statt ihn zu entern, schrammten wir an seinem Heck vorbei. Bei der Kollision ging sein Besanmast über Bord, und wir stürzten an die Kanonen und beharkten ihn mit einer Breitseite. Wir waren nur genug Leute für vier Kanonen, der Kurier und ich bedienten eine davon, und Brown half mit, unsere auszufahren, sobald er seine abgefeuert hatte. Ich luvte an, um in Lee des Gegners durchzugehen und mich vor seinen Bug zu legen, damit er nicht mehr manövrieren konnte. Aber bei der Unmenge Tuch, die sie immer fahren, war die Dart kurze Zeit abgedeckt, während der Feuerwechsel hitzig weiterging. Endlich zogen wir vorbei, bekamen wieder Wind in die Segel und wendeten, so schnell wir konnten, direkt vor den Steven des Franzosen. Wir hatten dabei nur zwei Leute für die Schoten, aber es ging schneller als gedacht, so daß unser Großbaum noch seine Fockrah mitriß. Das Segel kam von oben und blockierte sein vorderes Jagdgeschütz und die Drehbassen. Bis wir abfielen, war unsere Steuerbordbatterie wieder klar, und wir feuerten auf so kurze Distanz, daß die glühenden Wergpfropfen ihre Fock und die Reste des Besans in Brand setzten, die überall an Deck herumlagen. Da strichen sie die Flagge und baten um Gnade.«

»Gut gemacht, gut gemacht!« rief Jack.

»Es war auch höchste Zeit«, fuhr James fort, »denn der andere Freibeuter war schnell herangekommen. Wie durch ein Wunder waren unser Bugspriet und Großbaum intakt geblieben, deshalb warnte ich den Kommandanten des Havaristen, daß ich ihn gnadenlos versenken würde, wenn er unter Notrigg zu seinem Kumpan aufzuschließen versuchte. Ich konnte nämlich keinen einzigen Mann entbehren und hatte auch gar keine Zeit, die Prise zu übernehmen.«

»Nein, natürlich nicht.«

»So näherten wir uns also auf Kollisionskurs dem zweiten Gegner, der mit allem auf uns feuerte, was er hatte. Fünfzig Meter vor ihm fiel ich vier Strich ab, damit unsere Steuerbordkanonen zum Tragen kamen, jagte eine Breitseite in ihn hinein und wendete sofort danach, um ihn mit der anderen Batterie zu bestreichen, vielleicht auf zwanzig Meter Distanz. Die Wirkung der zweiten Breitseite war beachtlich, Sir. Hätte nie gedacht, daß Vierpfünder so viel Schaden anrichten können. Wir feuerten in der Abwärtsbewegung, sogar eine Idee später, als mir richtig erschienen war, und alle vier Kugeln trafen seinen Rumpf unterhalb der Wasserlinie, gerade als er auf einen Wellenkamm stieg. Ich konnte die Treffer sehen, sie saßen alle in einer Linie. Im nächsten Augenblick ließen seine Leute die Kanonen stehen, rannten nur noch kopflos und brüllend herum. Leider war Brown beim Rückstoß der Kanone gestolpert, und der Schlitten zermalmte ihm den Fuß – scheußlich. Ich schickte ihn unter Deck, aber er wollte nichts davon hören – saß einfach da und schoß mit der Muskete weiter, behauptete schließlich jubelnd, der Franzose sei im Sinken begriffen. Und er hatte recht. Die See wusch ihm schon das Deck, er sackte tiefer, immer tiefer und ging mit stehenden Segeln unter.«

»Mein Gott!« stieß Jack hervor.

»Ich hielt also geradewegs auf den dritten Freibeuter zu, während an Deck alle Hände spleißten und nähten, denn unser Rigg war in Fetzen geschossen. Mast und Großbaum waren leider so stark beschädigt – eine Sechs-Pfund-Kugel hatte den Untermast glatt durchschlagen, und der Baum war gesprungen –, daß ich es nicht riskieren konnte, Vollzeug zu setzen. Deshalb konnte uns der dritte glatt davonlaufen, fürchtete ich, und mir blieb nichts anderes übrig, als zu dem ersten Havaristen zurückzukreuzen. Glücklicherweise hatten sie inzwischen mit dem Brand alle Hände voll zu tun, sonst hätten sie sich davonstehlen können. Sechs von seinen Leuten stellten wir an unsere Pumpen, warfen ihre Toten über Bord, legten den Rest in Eisen, nahmen ihn in Schlepp und waren zwei Tage später in Malta – was mich überraschte, denn unsere Segel bestanden nur noch aus Löchern mit ein paar Fäden dazwischen. Und unser Rumpf sah nicht viel besser aus.«

»Haben Sie die Besatzung des gesunkenen Freibeuters geborgen?« fragte Stephen.

»Nein, Sir«, antwortete James.

»Das konnte er nicht«, erläuterte Jack. »Nicht mit dreizehn Mann und einem Jungen. Und nicht bei Korsaren. Übrigens, wie hoch waren Ihre eigenen Verluste?«

»Abgesehen von Browns Fuß und einigen Kratzern hier und da gab es keine Verwundeten. Und keinen einzigen Toten. Ich war selbst darüber erstaunt. Aber schließlich waren wir ja auch nur wenige.«

»Und die gegnerischen Verluste?«

»Dreizehn Tote, Sir, und neunundzwanzig Gefangene.«

»Wie viele gingen mit dem gesunkenen Freibeuter unter?«

»Sechsundfünfzig, Sir.«

»Und der dritte, der entkam?«

»Na ja, die Gefangenen sprachen von achtundvierzig, Sir. Aber der zählte kaum, denn er feuerte nur blindlings ein paar Schüsse auf uns ab, bevor er Fersengeld gab.«

»Alle Achtung, Sir«, sagte Jack. »Da kann ich Ihnen nur von Herzen gratulieren. Wahrlich ein hartes Stück Arbeit.«

»Dem schließe ich mich an.« Stephen verbeugte sich und hob sein Glas. »Ich trinke auf Ihre Ruhmestat, Mr. Dillon.«

»Kommen Sie, meine Herren«, rief Jack, von einer plötzlichen Eingebung inspiriert, »lassen Sie uns auf einen neuen

Erfolg der irischen Waffen trinken – und die Pest über den Papst!«

Stephen lachte auf. »Einverstanden mit dem ersten Teil, darauf trinke ich, sooft Sie wollen. Aber nicht auf den zweiten Teil, obwohl ich ein Voltairianer bin. Der arme Mann hat schon Napoleon am Hals, und das ist Pest genug – bei allem, was recht ist. Außerdem ist er ein hochgelehrter Benediktiner.«

»Dann die Pest über Napoleon!«

»Die Pest über Napoleon!« riefen alle drei und leerten ihre Gläser.

»Sie vergeben mir hoffentlich, wenn ich mich jetzt entschuldige, Sir«, sagte Dillon. »In einer halben Stunde übernehme ich die Wache und möchte vorher noch das Logbuch prüfen. Besten Dank für das vorzügliche Abendessen.«

»Da hat er sich aber tapfer geschlagen, bei Gott«, sagte Jack, als Dillon gegangen war. »Hundertsechsundvierzig gegen vierzehn – oder fünfzehn, wenn man Mrs. Dockray mitrechnet. Ein Bravourstück, wie es Nelson ähnlich gesehen hätte – schnurstracks auf die Hörner genommen – und finito.«

»Sie kennen Lord Nelson, Sir?«

»Ich hatte die Ehre, bei Abukir unter ihm zu kämpfen«, antwortete Jack. »Und ich war zweimal bei ihm zum Dinner geladen.« Geschmeichelt lächelte er in der Erinnerung.

»Hätten Sie die Güte, ihn für mich näher zu beschreiben?«

»Oh, er wäre Ihnen auf Anhieb sympathisch, da bin ich sicher. Klein und schlank, schmächtig sogar, ich könnte ihn mit einer Hand – ohne ihm nahetreten zu wollen – hochheben. Trotzdem spürt man sofort, daß man einen großen Mann vor sich hat. In der Philosophie spricht man doch von elektrischen Teilchen, nicht wahr? Von diesen geladenen Atomen, wenn Sie wissen, was ich meine. Beide Male richtete er das Wort an mich. Beim ersten Mal sagte er: ›Dürfte ich Sie um das Salz bitten?‹ Seither bemühe ich mich immer, dabei seinen Ton zu treffen, was Sie vielleicht schon bemerkt haben. Beim zweiten Mal versuchte ich meinem Tischnachbarn, einem Seesoldaten, unsere Kampftaktik zu erklären – Luvvorteil, Auflösen der Schlachtlinie und so weiter; da beugte sich Nelson mit eigenartigem Lächeln vor und sagte: ›Vergeßt die Manöver – immer drauf auf den Feind!‹ Das höre ich noch wie heute: ›Vergeßt die Manöver, immer drauf!‹ Bei eben diesem Dinner erzählte er uns auch, wie ihm jemand in einer kalten Nacht seinen Wachmantel anbot und er dankend ablehnte; ihm sei warm genug, die Liebe zu König und Vaterland wärme ihm das Herz. Wenn ich das jetzt so wiederhole, klingt es eher peinlich, nicht wahr? Hätte ein anderer das gesagt, würden Sie es als jämmerliches Klischee abtun, als leeres Pathos. Aber von ihm kommend, weckt es ein Feuer in der Brust wie … Na, Mr. Richards, was gibt's nun schon wieder, in Dreiteufelsnamen? Rein oder raus, entscheiden Sie sich! Aber bleiben Sie nicht in der Tür stehen wie ein kaputter Uhrenkuckuck!«

»Sir«, stotterte der arme Schreiber, »Sir, Sie sagten, ich darf Ihnen vor dem Tee die letzten Papiere vorlegen, und Ihr Tee wird gleich serviert.«

»Tja, das sagte ich wohl.« Jack seufzte. »Gott, was für ein vermaledeiter Haufen! Lassen Sie ihn hier, Mr. Richards. Ich kümmere mich darum, spätestens bis Cagliari.«

»Die obersten sind noch von Captain Allen diktiert und waren bloß in Reinschrift zu übertragen.« Der Schreiber dienerte sich rückwärts zur Tür. »Die brauchen Sie nur zu unterschreiben.«

Jack warf einen Blick auf das erste Schriftstück, hielt kurz inne und explodierte: »Da! Da haben Sie's. Genau das meine ich! Typisch für die Navy, wie sie leibt und lebt. Da kommt man endlich mal in patriotische Stimmung, läßt sich vom rechten Kampfgeist beseelen und möchte sich am liebsten gleich mitten ins Gefecht stürzen – und dann muß man so was unterschreiben!« Angewidert schob er Stephen das mit kunstvollen Lettern bedeckte Schreiben hinüber.

An Seine Hochwohlgeboren
Lord Keith, Ritter des Bathordens etc. etc.
Admiral der Blauen Territorien

An Bord Seiner Majestät Slup Sophie
auf See

My Lord,
hiermit ersuche ich Sie ergebenst, eine Kriegsgerichtsverhandlung anberaumen zu wollen gegen Isaac Wilson, Matrose auf der Slup, die zu befehligen ich die Ehre habe, weil er sich schuldig gemacht hat des widernatürlichen Verbrechens der Sodomie mit einer Ziege, in ihrem Stall, am 16. März ds.

Ich habe die Ehre, My Lord, zu verbleiben als
Ihr gehorsamster und untertänigster Diener …

»Eigenartig, wie die Justiz immer auf der Widernatürlichkeit von Sodomie besteht«, bemerkte Stephen. »Dabei kenne ich mindestens zwei Richter, die Päderasten sind. Und erst die Anwälte … Was geschieht jetzt mit Wilson?«

»Oh, er wird gehängt. Sie ziehen ihn zur Rahnock hoch, nachdem sich die Beiboote der ganzen Flotte unten versammelt haben.«

»Das kommt mir etwas übertrieben vor.«

»Ist es auch. Und ein infernalischer Leerlauf – Dutzende von Zeugen müssen aufs Flaggschiff gepullt werden – das kostet uns viele Tage – die *Sophie* wird zum Gespött der Flotte. Warum bloß zeigen die Leute das immer wieder an? Klar, die Ziege muß geschlachtet werden, das ist nur fair – ich werde sie den Kameraden servieren lassen, die ihn verraten haben.«

»Könnten Sie die beiden nicht aussetzen? An der Küste, meine ich. Oder an zwei verschiedenen Küsten, falls Ihnen der moralische Aspekt wichtig ist. Und danach still und leise weitersegeln?«

»Tja«, sagte Jack, dessen Wutanfall verraucht war, »Ihr

Vorschlag hat einiges für sich. Mal sehen. Möchten Sie jetzt eine Tasse Tee? Mit Milch, Sir?«

»Ziegenmilch, Sir?«

»Wie – ach so. Ja, wahrscheinlich.«

»Dann lieber ohne, falls es Ihnen nichts ausmacht. Übrigens, Sie erwähnten doch, daß der Waffenmeister leidend ist. Wäre dies jetzt der rechte Zeitpunkt, nach ihm zu sehen? Vielleicht kann ich etwas für ihn tun. Wo, bitte, ist die Waffenkammer?«

»O ja, richtig, dort würden Sie ihn vermuten. Aber eigentlich wohnt der Stückmeister heutzutage woanders. Killick führt Sie zu ihm«, sagte Jack. »In einer modernen Slup logiert der Stückmeister in der Offiziersmesse.«

In der Messe reckte der Master die Arme und sagte zum Zahlmeister: »Allerhand Ellbogenfreiheit haben wir jetzt, Mr. Ricketts. Aber nur, weil wir unter uns sind.«

»Wie wahr, Mr. Marshall«, antwortete der Purser. »Neuerdings hat sich eine Menge verändert an Bord. Aber wie sich das auswirken wird, läßt sich beim besten Willen noch nicht sagen.«

»Oh, ich glaube, sie werden es verkraften.« Mr. Marshall pickte bedächtig einige Krümel von seiner Weste.

»All diese riskanten Experimente«, fuhr der Zahlmeister mit bedenklicher Miene fort. »Die Großrah. Die Zwölfpfünder. Die Neuzugänge, von denen er angeblich nichts wußte und für die wir keinen Platz haben. Obendrein müssen die Leute auch noch Wache um Wache gehen. Charlie sagt, es gibt allerhand Unruhe.« Er deutete mit dem Kopf aufs Mannschaftslogis.

»Das kann man wohl sagen. Kein Wunder. Wo doch all unsere bewährten Methoden verworfen und die alten Logiergemeinschaften zerrissen werden. Außerdem fürchte ich, wir sind ein bißchen hochnäsig, ganz der junge Dachs mit brandneuer Epaulette. Aber wenn die alten gestandenen Offiziere ihm den Rücken stärken, dann wird's schon klappen. Der Zimmermann hält ja viel von ihm. Watt ebenfalls, und seine

Seemannschaft scheint wirklich in Ordnung zu sein. Auch Mr. Dillon versteht sein Geschäft.«

»Möglich, möglich«, meinte der Zahlmeister, der des Masters Vorlieben seit langem kannte.

»Außerdem«, fuhr Mr. Marshall fort, »wird's unter dem neuen Skipper vielleicht ein bißchen lebhafter zugehen. Den Leuten sollte das behagen, wenn sie sich erst mal dran gewöhnt haben. Auch den Offizieren, da bin ich ganz sicher. Hauptsache, die erfahrenen Offiziere stehen zu ihm, dann geht bestimmt alles glatt.«

»Was?« fragte der Zahlmeister, die Hand hinterm Ohr, denn oben ließ Mr. Dillon die Kanonen ausfahren, und das allgemeine Gepolter, das mit dieser Übung einherging, wurde gelegentlich von einem noch lauteren Krachen übertönt. Eigentlich war es nur diesem überwältigenden Lärm zu verdanken, daß sie sich überhaupt unter vier Augen unterhalten konnten, denn normalerweise gab es auf einem sechsundzwanzig Meter langen Schiff, das einundneunzig Männer beherbergte, keine Möglichkeit zum privaten Gespräch. Schon gar nicht in den Kammern der Deckoffiziere, die durch eine dünne Holzwand oder nur durch Leinwand voneinander und der Messe abgeteilt waren.

»Ich sagte, dann geht schon alles glatt. Wenn die Offiziere zu ihm stehen, meine ich.«

»Vielleicht. Vielleicht auch nicht«, orakelte Mr. Ricketts. »Aber wenn sie *nicht* zu ihm stehen und er sich weiter auf solche Abenteuer versteift – was, wie ich fürchte, in seiner Natur liegt –, dann, ja dann möchte ich wetten, daß er genauso schnell von der alten *Sophie* verschwindet wie Mr. Harvey. Schließlich ist eine Brigg keine Fregatte und schon gar kein Linienschiff. Hier sitzt man eng mit den Leuten zusammen, und die können einem höllisch einheizen oder einen sogar ruinieren – schneller, als man ›piep‹ sagen kann.«

»Mich brauchen Sie nicht daran zu erinnern, daß eine Brigg keine Fregatte ist und schon gar kein Linienschiff, Mr. Ricketts«, sagte der Master pikiert.

»Vielleicht brauche ich das nicht, Mr. Marshall«, antwortete Mr. Rikketts hitzig, »aber wenn Sie erst mal so lange zur See gefahren sind wie ich, mein Bester, dann werden Sie begreifen, daß ein Kommandant sehr viel mehr braucht als nur gute Seemannschaft. Jeder verdammte Janmaat kann ein Schiff durch einen Sturm bringen.« Des Zahlmeisters Ton klang geringschätzig. »Und jede Hausfrau in Hosen kann die Decks sauberhalten und die Leinen aufschießen. Aber es braucht einen hellen Kopf«, wobei er sich an den eigenen tippte, »und einen gestandenen Mann von Format, um ein Kriegsschiff zu kommandieren. Das sind Qualitäten, die man nicht in jedem neuen Besen findet. Und schon gar nicht in jedem jungen Klugscheißer«, fügte er, mehr für sich selbst, hinzu. »Nein, nein, ich weiß nicht … Man muß abwarten.«

VIERTES KAPITEL

DIE TROMMEL SCHLUG ihre dumpfen Wirbel am Niedergang der *Sophie.* Ihr drängendes Grollen wurde fast übertönt vom polternden Getrappel der Männer, die in wirrer Hast an Deck stürzten. Doch die Gesichter verrieten, abgesehen von den verzweifelten Mienen der Neulinge, keinerlei Unruhe. Schließlich war dieser Ruf zum Gefecht nur Exerzieren, ein nachmittägliches Ritual, das die alten Hasen schon zwei- oder dreitausendmal geübt hatten. Jeder rannte auf seine Gefechtsstation, der eine bei der ihm anvertrauten Kanone, der andere bei seinem Belegnagel mit aufgeschossener Leine; die nächsten Handgriffe kannten alle auswendig.

Dennoch hätte niemand den Verlauf der Übung sonderlich beeindruckend nennen können, dazu hatte sich *Sophies* eingespielte Routine zu stark verändert. Die einzelnen Stückmannschaften waren neu zusammengestellt worden; Dutzende nervöser, orientierungsloser Landlubber mußten wie Schafe auf ihre Plätze geschoben oder gezogen werden; und weil die meisten einstweilen nur dazu taugten, unter Aufsicht irgendeine Last zu bewegen, war die Kuhl so überfüllt, daß die Männer einander auf die Füße traten.

Zehn Minuten vergingen, in denen die Besatzung an Oberdeck und auf den Marsen vor Ungeduld kochte. Hinter dem Ruderrad stand Jack und sah gelassen zu, während Dillon Befehle bellte und Deckoffiziere, Fähnriche und Kadetten wütend durcheinanderwieselten, den Blick des Kommandanten im Nacken und verunsichert, weil sie mit ihrer Nervosität alles nur verschlimmerten. Jack hatte ein Tohuwabohu erwartet, aber kein derartiges Chaos. Dennoch behielten seine angeborene Leutseligkeit und sein Entzücken über die – wenn auch unbeholfenen – ersten Regungen der ihm anvertrauten Kampfmaschine die Oberhand über seine berechtigte Empörung.

»Warum machen sie das?« fragte der ahnungslose Stephen neben seinem Ellbogen. »Warum rennen sie so ernsthaft herum?«

»Der Sinn des Ganzen ist, daß jeder Mann genau weiß, wohin er bei Alarm zu gehen hat – im Ernstfall«, antwortete Jack. »Es wäre fatal, wenn sie dann herumstehen und erst überlegen würden. Die Stückmannschaften, sehen Sie dort, sind schon bei ihren Kanonen. Und hier sind Sergeant Quinns Seesoldaten angetreten. Soweit ich sehen kann, ist auch die Vordeckscrew schon vollzählig auf ihren Plätzen, und die Männer in der Kuhl werden es hoffentlich bald sein. Jede Kanone hat ihren Stückführer, mit je einem Mann fürs Auswischen und Entern neben sich. Letztere sind diejenigen mit dem Entermesser im Gürtel, sie schließen sich im Ernstfall der Entermannschaft an. Dazu kommt noch ein Segeltrimmer, der die Kanone verläßt, wenn wir im Gefecht die Rahen umbrassen müssen. Und zuletzt je ein Mann des Löschtrupps, dessen Aufgabe die Feuerbekämpfung ist. Sehen Sie, jetzt meldet Pullings seine Abteilung gefechtsklar an Dillon. Lange sollte es nicht mehr dauern.«

Auch auf dem kleinen Achterdeck war das Gedränge groß. Da standen der Segelmeister am Kompaßhaus, der Quartermaster am Ruder, der Marinesergeant und seine Bewaffneten, der Signalgast, die Kanoniere, James Dillon, der Schreiber und noch einige andere – aber Jack und Stephen gingen auf und ab, als seien sie allein. Jener war isoliert durch die olympische Majestät des Kommandanten, dieser in seine Aura eingesponnen. Für Jack war der Gefechtszustand etwas Natürliches, er kannte ihn seit seiner Kindheit, aber Stephen wurde zum erstenmal damit konfrontiert, was in ihm ein nicht ganz unangenehmes Gefühl der Todesnähe auslöste. Ihm schienen entweder die lauernden, konzentrierten Männer jenseits der unsichtbaren Glaswand tot zu sein, vielleicht auch bloße Ausgeburten seiner Phantasie – oder er selbst war es. Aber falls letzteres zutraf, mußte es ein seltsam halber Tod sein, denn obwohl er dieses Gefühl der Absonderung, der farblosen Schattenexistenz in einer stillen, intimen Totenwelt gewohnt war, leistete ihm nun jemand dabei Gesellschaft. Hörbare Gesellschaft.

»... Ihre Gefechtsstation zum Beispiel wäre unter Deck der Platz, den wir das Cockpit nennen – nicht daß es ein echtes Cockpit wäre, genauso wenig wie unser Foksel ein echtes Vorderkastell ist, ein vorderer Aufbau also; im Cockpit, wie gesagt, mit den zusammengeschobenen Seekisten der Kadetten als Operationstisch und Ihren ausgebreiteten Instrumenten daneben.«

»Ist dort auch mein Logis?«

»Nein, nein, wir werden Sie bequemer unterbringen. Auch wenn Sie auf die Kriegsartikel eingeschworen sind, werden Sie feststellen«, mit einem Lächeln, »daß wir Gelehrsamkeit zu schätzen wissen. Jedenfalls bis zu einem Ausmaß von drei Quadratmetern Privatsphäre und soviel Frischluft auf dem Achterdeck, wie Ihre Lungen fassen können.«

Stephen nickte. »Sagen Sie«, fuhr er fort, »wenn ich unter Marinereglement stünde, könnte der Bursche dort mich auspeitschen lassen?« Mit dem Kopf deutete er auf Mr. Marshall.

»Der Master?« rief Jack baß erstaunt.

»Ja.« Aufmerksam, mit leicht schräg geneigtem Kopf sah Stephen ihn an.

»Aber er ist der Segelmeister!« Wenn Stephen den Bug als Heck bezeichnet hätte oder den Flaggenknopf als Kiel, hätte Jack die Lage sofort durchschaut. Aber daß Stephen die Hierarchie an Bord durcheinanderbrachte, die Position von Kommandant und Master, von patentiertem Offizier und Unteroffizier verwechselte, das kehrte die natürliche Ordnung der Dinge so um, untergrub derart das festgefügte maritime Universum, daß sein Verstand sekundenlang streikte. Dennoch besaß Jack, obwohl als Studiosus und Analytiker des Hexameters kein sonderliches Licht, ein ziemlich schnelles Reaktionsvermögen, und nachdem er zweimal Luft geschnappt hatte, klärte er Stephen auf. »Mein Bester«, begann er, »ich glaube, die Bezeichnungen *Master* und *Kommandant* haben Sie in die Irre geführt, Sie sind auch ziemlich unlogisch, das muß ich zugeben, aber der erstere ist letzterem unterstellt. Irgendwann müssen Sie mir gestatten, Ihnen unsere Dienstgrade zu erläutern. Aber wie dem auch sei, Sie werden niemals ausgepeitscht werden, niemals. *Sie* bestimmt nicht«, wiederholte er und betrachtete Stephen mit einem Blick unverhohlener Zuneigung, zugleich mit einem Anflug von Ehrfurcht vor diesem fabelhaften Mirakel, dieser ahnungslosen Unschuld so gewaltigen Ausmaßes, daß selbst sein weltoffener Geist sie nicht fassen konnte.

James Dillon durchbrach Stephens Glaswand. »Schiff ist gefechtsklar, Sir, wenn's beliebt.« Respektvoll lüftete er seinen Dreispitz.

»Sehr schön, Mr. Dillon«, sagte Jack. »Und jetzt üben wir mit den großen Kanonen.«

Eine Vier-Pfund-Kugel war nicht besonders schwer und konnte auch nicht auf eine halbe Meile Distanz zwei Fuß dikke Eichenplanken durchschlagen; aber sie war doch ein drei Zoll dicker, massiver Gußeisenball und legte pro Sekunde dreihundert Meter zurück; sie zu stoppen mußte eine häßliche Erfahrung sein. Und die Kanone selbst war eine formidable, sechshundert Kilo schwere Maschine mit gut zwei Meter langem Rohr, die auf einer pompösen Eichenlafette stand; nach dem Abfeuern sprang sie so heftig zurück wie ein höchst lebendiges, bockiges Untier.

Von diesen Vierpfündern besaß die *Sophie* vierzehn Stück, sieben auf jeder Seite. Die beiden hintersten Kanonen auf dem Achterdeck waren aus schimmernder Bronze gegossen. Vier Mann bedienten je eines dieser Stücke, unterstützt von einem Jungen, der die Pulversäckchen aus dem Magazin herbeischleppte. Ein Fähnrich oder Mastersgehilfe kommandierte jeweils einen Batterieteil – Pullings zum Beispiel hatte die sechs vorderen, Ricketts die vier in der Kuhl und Babbington die vier achteren zu beaufsichtigen.

»Mr. Babbington, wo ist das Pulverhorn dieser Kanone?« fragte Jack kühl.

»Weiß nicht, Sir«, stotterte der Kadett und errötete. »Es scheint abhanden gekommen zu sein.«

Jack winkte einem Kanonier. »Gehen Sie zu Mr. Day – nein, zu seinem Gehilfen, Mr. Day ist krank – und holen Sie ein neues Pulverhorn.«

Bei seiner Inspektion sprangen ihm keine weiteren gravierenden Mängel ins Auge. Aber während er beide Batterien mehrmals ein- und ausfahren ließ – wobei die Männer bis auf das Abfeuern alle Handgriffe einzeln übten –, wurde sein Gesicht immer länger. Sie waren wirklich extrem langsam. Offenbar hatte man ihnen nur beigebracht, komplette Breitseiten abzufeuern – Einzelfeuer klappte überhaupt nicht. Sie richteten sich mit ihrem Tempo ganz zufrieden nach den Langsamsten und rollten die Kanonen bedächtig jede vor ihre Stückpforte. Das Ganze wirkte hölzern und gekünstelt. Zugegeben, im Konvoidienst bekamen die Männer normalerweise keinen anfeuernden Eindruck vom erschreckenden Kampfpotential ihrer Kanonen, aber trotzdem …

Wenn ich doch wenigstens ein paar Faß verpulvern könnte, dachte Jack wehmütig. Doch er hatte die Zahlen genau im Kopf: Sein Bestand waren insgesamt neunundvierzig Halbfässer mit Schießpulver, sieben weniger, als der *Sophie* zustanden. Einundvierzig davon mit der roten, groben Körnung, sieben weiße mit der aufbereiteten, unzuverlässigen Mischung und ein Faß feingekörntes Pulver für die Zündlöcher. Ein Faß enthielt fünfundvierzig Pfund, und die *Sophie* hätte mit jeder doppelten Breitseite fast ein ganzes verbraucht. Trotzdem könnten wir ein, zwei Salven abfeuern, überlegte Jack. Wer weiß, wie lange die alten Ladungen schon in den Rohren liegen. Außerdem, lockte seine innere Stimme, denk an den herrlichen Geruch.

»Also gut«, sagte er entschlossen. »Mr. Mowett, haben Sie die Güte, in meine Kajüte zu gehen. Dort setzen Sie sich vor die Stutzuhr und notieren genau die Zeit zwischen dem ersten und dem zweiten Abfeuern der einzelnen Kanonen. Mr. Pullings, mit Ihrer Abteilung fangen wir an. Mit Nummer eins. Ruhe vorn und achtern!«

Stille senkte sich über die *Sophie*. Der Wind sang monoton in ihren straffen Luvwanten und kam stetig von zwei Strich achterlicher als querab ein. Die Mannschaft von Nummer eins leckte sich nervös die Lippen. Ihre Kanone befand sich in der gewohnten Ruhestellung, fest an ihr Bord gelascht.

»Macht das Stück los!«*

Sie lösten alle Taue, mit denen die Kanone an der Bordwand befestigt war, und auch die Seitentaljen, deren Läufer je ein Mann festhielt, damit sich die Kanone bei der Schräglage des Decks (die eine Achtertalje erübrigte) nicht selbständig machte. Mit einem leisen Knarren ihrer Räderlafette quittierte die Kanone diese Befreiung.

»Lichtet das Rohr!«

Der Auswischer stieß seine Handspake unter die dicke Auflage der Kanone und hob sie mit einem Ruck etwas an, worauf der Stückführer den Richtkeil bis zur Hälfte in den Spalt schob, bis das Rohr so waagerecht lag wie für Kernschußweite.

»Nehmt den Windpropf ab!«

* Artilleriekommandos nach Bobrik: »Allgemeines Nautisches Wörterbuch mit Facherklärungen«, Leipzig 1848

Sie ließen die Kanone schnell nach innen rollen. Die Taljen bremsten sie ab, als die Mündung einen Fuß von der Stückpforte entfernt war. Der Segeltrimmer riß vorn den passend geschnitzten und bemalten Pfropfen heraus, der die Mündung verstopft hatte.

»Das Stück zu Bord – ausrennen!«

Zwei Männer stürzten sich auf die Seitentaljen und hievten die Räderlafette Hand über Hand an die Bordwand heran, während die beiden anderen die Läuferenden einholten und sie, in sauberen Schnecken aufgeschossen, auf die Planken legten.

»Den Bohrpfriem ins Zündgat!«

Der Stückführer stieß den Dorn ins Zündloch und durchstach damit den Flanellsack der hinten im Rohr liegenden Kartusche, schüttete aus seinem Horn etwas feinkörniges Pulver – das Kraut – ins Zündloch und auf die Pfanne dahinter, wo er es eifrig mit dem Pulverhorn zerrieb. Der Auswischer deckte Zündloch und Pfanne mit dem Plattloth ab, damit der Wind das Pulver nicht verwehte, und der Löschgast warf sich das Horn an seinem Riemen über den Rücken.

»Pointiert!«

Die beiden Männer an den Seiten packten ihre Taljen fester, der Auswischer kniete daneben, den Kopf von der Kanone abgewandt, und blies vorsichtig auf die schon brennende Lunte, die er aus ihrem kleinen Zuber geholt hatte (denn die Kanonen der *Sophie* besaßen weder Schloß noch Zündhütchen); der Pulverjunge stand auf der anderen Seite dicht hinter der Lafette, die nächste Kartusche in einer Lederschachtel bereithaltend. Der Stückführer hielt das schützende Plattloth über dem Zündpulver fest, bückte sich und visierte am Rohr entlang ein imaginäres Ziel an.

»Feuer!«

Das Plattloth wurde senkrecht hochgerissen, damit es kein Pulver vom Zündloch abkratzte, der Stückführer griff nach der brennenden Lunte und stieß sie schnell ins pulvergefüllte

Zündloch. Eine schier endlose Sekunde lang zischte es, dann folgte ein Blitz – und mit dem satten Knall, mit dem reichlich ein Pfund festgestampftes Schießpulver in einem engen Raum explodiert, ging die Kanone los. Alles geschah fast gleichzeitig: Eine grellrote Flamme stach durch den Rauch, Wergfetzen vom Pfropf flogen heraus, die Kanone ruckte unter dem vorgebeugten Oberkörper des Stückführers fast drei Meter weit zurück, mitten unter ihre Mannschaft, und die Broktaue fingen mit einem dumpfen Knall den Rückstoß auf. Schon folgte der nächste Befehl.

»Stopft das Zündgat!« rief Jack und folgte mit Blicken der Schußbahn, während der helle Rauch nach Lee verwehte.

Der Stückführer stieß den Kratzer durchs Zündloch in den Boden der Kanone und drehte ihn einige Male herum; vierhundert Meter in Luv warf die Kugel eine Gischtfeder in der unruhigen See auf, dann noch eine und noch eine, fünfzig Meter weiter, bevor sie endlich versank. Die Crew hakte die Einholtalje fest, damit die Kanone beim Rollen des Schiffes nicht zur Bordwand hin ausbrach.

»Wischer ins Stück!«

Der Auswischer tauchte seinen Wischer aus Schafsfell in den Wassereimer des Löschgasten, zwängte sich in den engen Raum zwischen Mündung und Bordwand, stieß den Wischer von vorn ins Rohr und drehte ihn gewissenhaft einige Male darin herum. Geschwärzt, mit einem glimmenden Fetzen daran, riß er ihn wieder heraus.

»Die Kartusche ins Stück!«

Der Pulverjunge hielt den prallen Flanellsack bereit, der Auswischer steckte ihn vorn ins Rohr und rammte ihn mit seinem Ansetzer bis zum Boden hinein, ihn dort dreimal feststampfend. Der Stückmeister hatte den Dorn im Zündloch, fühlte die Kartusche und rief: »Ist fest!«

»Setzt an Kugel und Pfropf!«

Kugel und Wergpfropfen lagen griffbereit in ihren Netzen und Näpfen, aber ein kurzes Bocken des Schiffes ließ die Kugel quer übers Deck zum vorderen Niedergang rollen, während der Stückführer, der Auswischer und der Pulverjunge ihr besorgt auf ihrem gewundenen Weg nachrannten. Doch schließlich saß sie festgerammt vor der Kartusche, und Jack konnte kommandieren: »Ausrennen – Bohrpfriem ins Zündgatt! – Pointiert! – Feuer! ... Mr. Mowett«, rief er durchs Skylight in die Kajüte hinab, »wie lange hat's gedauert?«

»Drei Minuten und eine dreiviertel, Sir.«

»Oje, oje«, murmelte Jack, der in seiner Not so schnell keine stärkeren Worte fand.

Pullings' ganze Division machte beschämte Schafsgesichter. Die Mannschaft von Kanone Nummer drei hatte sich die Sacktücher gegen das Krachen über die Ohren gebunden, stand mit nackten Oberkörpern da und spuckte schon in die Hände, während Mr. Pullings besorgt zwischen Ansetzern, Wischern und Handspaken herumwieselte.

»Ruhe! Macht das Stück los! – Richtet das Rohr! – Nehmt den Windpfropf ab! Das Stück zum Bord – ausrennen!«

Diesmal dauerte es nicht ganz so lange, nur gut drei Minuten. Aber schließlich hatten sie die Kugel nicht fallen gelassen, und Mr. Pullings hatte bei den Seitentaljen selbst mit angepackt, den Blick geistesabwesend gen Himmel gerichtet zum Zeichen, daß er eigentlich ganz woanders war.

Während Stück auf Stück feuerte, vertiefte sich Jacks Melancholie. Die Intervalle von Kanone Nummer eins und drei waren keine unglücklichen Ausrutscher gewesen, sondern typisch für die durchschnittliche Feuergeschwindigkeit der *Sophie*. Hätten die Waffen noch nach Höhen- und Seitenwinkel gerichtet werden, die Männer also mit Kuhfuß und Handspaken hantieren müssen, wären die Pausen noch länger gewesen. Kanone Nummer fünf schoß überhaupt nicht, weil das Pulver feucht geworden war, die Ladung mußte herausgezogen und das Rohr getrocknet werden: ein Mißgeschick, das auf jedem Schiff passieren konnte, aber zu allem Unglück traf es die Steuerbordbatterie gleich zweimal.

Die *Sophie* hatte in den Wind gedreht und mit den Steuerbordkanonen gefeuert, weil man zartfühlend genug war, nicht ungezielt zwischen die Konvoischiffe zu schießen. Dümpelnd und fast ohne Fahrt lag sie da, während die letzte feuchte Ladung herausgezogen wurde. In dieser Pause glaubte Stephen den Kommandanten ansprechen zu können, ohne einen Fauxpas zu begehen. »Bitte sagen Sie mir doch«, begann er, »warum diese beiden Schiffe dort so eng beieinander liegen. Machen sie Konversation – leisten sie einander Hilfe?« Er deutete über die ordentliche Bastion aus dichtgepackten Hängematten, und Jacks Blick folgte der Richtung, die sein Finger wies. Eine Sekunde lang starrte er ungläubig das letzte Schiff des Konvois an, die norwegische Schnau *Dorthe Engelbrechtsdatter*.

»Alle Mann an die Brassen!« brüllte er dann. »Leeruder! Setzt back die Stagsegel vorn – Beeilung! Geit das Großsegel auf!«

Erst langsam, dann immer schneller drückte der Wind in den backgesetzten Stagsegeln den Bug der *Sophie* herum. Erst kam er raum von Backbord ein, dann genau achterlich und zuletzt drei Strich von Steuerbord achteraus. Auf diesem Kurs nahm sie schnell Fahrt auf. Das anfängliche Durcheinanderhasten hatten Mr. Watt und seine Gehilfen mit ihren wütend gellenden Pfeifen und Befehlen schnell unter Kontrolle gebracht, denn die Sophies waren bessere Segeltrimmer als Artilleristen. Nicht lange, und Jack konnte rufen: »Braßt an das Großsegel! Setzt die Leesegel. Mr. Watt, die Ketten an die Rahen und die Netze aufriggen – ah, ich sehe, Sie sind schon dabei.«

»Aye, aye, Sir«, keuchte der Bootsmann und enterte klirrend auf, beladen mit den Kettenschlingen, die im Gefecht verhinderten, daß die Rahen von oben kamen.

»Mowett, nach oben mit einem Teleskop! Mr. Dillon, Sie nehmen sich unbedingt diesen Ausguck vor, klar? Wenn er dann noch lebt, werden wir ihm morgen das Fell gerben. Mr. Lamb, Sie haben Ihre Leckpfropfen bei der Hand?«

»Alles klar, Sir«, antwortete der Zimmermann lächelnd, denn er wußte, es war nur eine rhetorische Frage gewesen.

»An Deck!« rief Mowett aus dem zum Bersten straffen Rigg. »An Deck! Es ist eine algerische Galeere. Sie haben die Schnau geentert, aber noch nicht erobert. Ich glaube, die Norweger leisten Widerstand in ihren Quartieren.«

»Irgendwas in Luv?«

In der Pause drang vom Norweger spärliches Pistolenfeuer herüber, nur ein schwaches Knattern gegen den Wind.

»Jawohl, Sir«, kam Mowetts Antwort. »Ein Segel. Ein Lateinersegel, genau in Luv. Der Rumpf ist noch unter der Kimm, kann nicht mehr erkennen. Er hält nach Osten, glaube ich.«

Jack nickte und musterte seine beiden Batterien. Ein Hüne schon von Hause aus, schien er nun über sich hinauszuwachsen, doppelt so groß zu sein wie sonst. Seine leuchtendblauen Augen blitzten, ein wie festgefrorenes Lächeln überglänzte sein lebhaft gerötetes Gesicht. Ähnliches schien mit der *Sophie* vorzugehen: Mit ihrem riesigen neuen Rahgroßsegel und den breiten Leesegeln zu beiden Seiten hatte sie ihren Umriß fast verdoppelt und preschte gravitätisch durch die Seen.

»Na, Mr. Dillon«, rief Jack, »das ist mal ein Glücksfall, wie?«

Dem neugierig beobachtenden Stephen entging nicht, daß ein ähnliches Feuer auch James Dillon beseelte – ja, die ganze Besatzung schien von dieser seltsamen Aufwallung ergriffen zu sein. Dicht neben ihm überprüften die Seesoldaten eifrig die Feuersteine ihrer Musketen; einer pustete auf die Schnalle seines Brustriemens und polierte sie, zwischen jedem sorgsam gezielten Luftstoß vergnügt auflachend.

»Jawohl, Sir«, antwortete Dillon. »Es hätte zu keiner besseren Zeit kommen können.«

»Signal an den Konvoi, sie sollen sich zwei Strich nach Backbord verholen und die Segel kürzen. Mr. Richards, haben Sie die Uhrzeit notiert? Nehmen Sie immer sorgfältig die Zeit von allem, was passiert. Du meine Güte, Dillon, was hat sich der Kerl bloß dabei gedacht? Hat er geglaubt, wir sind im Gefecht? Oder blind? Aber das soll uns jetzt nicht kümmern … Wir entern natürlich die Schnau, hoffentlich halten die Norweger noch so lange durch. Ich hasse es, in eine Galeere zu feuern, egal, in welche. Jetzt können wir wohl Pistolen und Entermesser ausgeben. Also, Mr. Marshall«, Jack wandte sich dem Master zu, der auf seiner Gefechtsstation neben dem Ruderrad stand und von nun an für die Handhabung der *Sophie* verantwortlich war, »Sie bringen uns längsseits an diesen verdammten Mohren heran. Setzen Sie auch die unteren Leesegel, falls sie's verträgt.« In diesem Augenblick kam der Stückmeister an Deck getaumelt. »Sieh mal an, Mr. Day«, begrüßte ihn Jack. »Freut mich, Sie bei uns zu haben. Geht es Ihnen besser?«

»Sehr viel besser, Sir, danke«, sagte Mr. Day. »Das verdanke ich diesem Gentleman. Er hat mir geholfen.« Er nickte in Stephens Richtung. »Wollte nur melden, daß ich wieder auf Station bin.«

»Freut mich, freut mich wirklich. Das ist doch ein Glücksfall, Stückmeister, oder?«

»Aber gewiß, Sir … Es hat gewirkt, Doktor, gewirkt wie Jungfrauenspucke, Sir … Ganz gewiß ein Glücksfall, Sir.« Zufrieden ließ der Stückmeister den Blick schweifen, über die See bis zum gut eine Meile entfernten Norweger mit dem Korsaren daneben, über die *Sophie* mit ihren warmgeschossenen, frisch nachgeladenen, ausgefahrenen und feuerbereiten Stükken, über die gespannt wartenden Kanoniere und das gefechtsklare Deck.

»Da exerzieren wir friedlich an den Kanonen«, sagte Jack wie zu sich selbst, »und dieser freche Hund schleicht sich gegen den Wind an, beißt uns in den Schwanz – was ist ihm da bloß eingefallen? Schnappt sich die Schnau und wäre damit auch abgehauen, wenn der gute Doktor uns nicht rechtzeitig zur Vernunft gebracht hätte.«

»So einen Doktor gibt's nicht noch mal, das schwöre ich Ihnen«, versicherte der Stückmeister. »Aber jetzt, Sir, sollte ich wohl ins Magazin hinuntergehen. Wir haben noch nicht genug Pulver umgefüllt. Und ich wette, Sie wollen gleich eine volle Ladung haben, hahaha!«

»Mein Bester«, sagte Jack zu Stephen, dabei in Gedanken die zunehmende Fahrt der *Sophie* und die Entfernung berechnend, die sie noch von der umkämpften Schnau trennte – denn in diesem Stadium verdreifachter Vitalität konnte er ohne weiteres kalkulieren, mit Stephen sprechen und eine Unzahl ständig wechselnder Variablen berücksichtigen, alles zur gleichen Zeit, »mein Bester, wollen Sie nach unten gehen oder lieber an Deck bleiben? Vielleicht fänden Sie es auch unterhaltsam, mit einer Muskete in die Marssaling zu steigen und ein paar von den Schurken abzuknallen?«

»Nein, nein, nein«, beeilte sich Stephen zu versichern, »ich verabscheue Gewalt. Mein Beruf ist das Heilen, nicht das Töten; oder höchstens das Töten in bester Absicht. Bitte lassen Sie mich meinen Platz, meine Station im Cockpit einnehmen.«

»Ich habe gehofft, daß Sie das sagen würden.« Dankbar schüttelte Jack ihm die Hand. »Aber da Sie ein Gast an Bord sind, habe ich nicht gewagt, es Ihnen vorzuschlagen. Es wird die Leute ungemein beruhigen – uns alle, genaugenommen. Mr. Ricketts, führen Sie Dr. Maturin ins Cockpit, und helfen Sie dem Loblolly mit den Seekisten.«

Eine Brigg mit nur drei Meter und zwanzig Zentimeter Rumpftiefe konnte einem Linienschiff in puncto Feuchtigkeit, Stickigkeit und Dunkelheit auf dem untersten Deck nicht das Wasser reichen. Immerhin brachte es die *Sophie* darin so weit, daß Stephen nach einer zweiten Laterne rufen mußte, bevor er seinen mageren Vorrat an Verbänden, Salben, Aderpressen und Tampons ausbreiten und sichten konnte. Er saß da, hielt Northcotes *Marinepraxis* dicht ans Petroleumlicht und las gerade: »Ist die Haut durchtrennt, muß der Gehilfe sie so weit wie möglich auseinanderziehen, dann wird kreisförmig durch Muskelgewebe und Knochen geschnitten«, als Jack ihn besuchen kam. Er trug jetzt weiche Reitstiefel, hatte seinen Säbel umgeschnallt und hielt ein Paar Pistolen in der Hand.

»Darf ich auch den Raum nebenan benutzen?« fragte Stephen und fügte auf lateinisch hinzu, damit der Loblolly ihn nicht verstand: »Es könnte meine Patienten beunruhigen, wenn sie sehen, daß ich die Fachliteratur zu Rate ziehe.«

»Aber gewiß doch, gewiß«, rief Jack aus, ohne sich mit dem Latein lange aufzuhalten. »Alles, was Sie brauchen. Diese beiden Pistolen lasse ich Ihnen hier. Falls wir nahe genug herankommen, werden wir die Schnau natürlich entern, aber man kann ja nie wissen ... Diese Algerier quellen meist über vor Leuten, und einige davon könnten an Bord springen. Sind verdammte Halsabschneider, dieses Pack«, schloß er mit einem herzhaften Auflachen und verschwand im Halbdunkel.

Jack hatte sich unten nur kurz aufgehalten, doch als er wieder an Deck erschien, war drüben eine völlig neue Lage eingetreten. Die Algerier hatten die Schnau in ihre Gewalt gebracht, ließen sie vom Nordwind abfallen und setzten gerade das Besansegel, um sich nach Süden davonzumachen. Die Galeere hielt sich mit einer Schiffslänge Abstand hinter der Steuerbordseite des Norwegers: ohne Fahrt, die vierzehn Langriemen pro Seite reglos im Wasser, den Bug der *Sophie* zugewandt und das riesige Lateinersegel lose aufgegeit, lag sie da, ein langes, niedriges, schmales Fahrzeug, länger als die *Sophie,* aber viel schlanker und schnittiger. Und wie bald erkennbar wurde, auch ein sehr schnelles und kühn geführtes Schiff. Etwas ungemein Lebensbedrohliches, Reptilienhaftes ging von ihm aus. Die Piraten planten eindeutig, die *Sophie* entweder ins Gefecht zu verwickeln oder doch so lange aufzuhalten, bis ihre Prisencrew eine Meile oder mehr leewärts in die Sicherheit der sinkenden Nacht entkommen war.

Während sich die Position der drei Schiffe untereinander unaufhörlich und fließend veränderte, war die Distanz zwischen ihnen auf eine Viertelmeile geschrumpft. Die Schnau entfernte sich jedoch zunehmend schneller von der immer noch mit reglosen Riemen daliegenden Galeere, bis sie eine Kabellänge in ihrem Lee stand.

Ein Rauchwölkchen stieg vom Bug der Galeere auf, etwa in Höhe der Bramsaling pfiff eine Kugel durch *Sophies* Rigg, fast unmittelbar gefolgt vom dumpfen Krachen der Kanone, die sie abgefeuert hatte. »Notieren Sie die Zeit, Mr. Richards«, erinnerte Jack seinen bleichen Schreiber; dessen Blässe war noch leichenhafter geworden, die Augen quollen ihm schier aus dem Kopf. Jack eilte nach vorn, gerade noch rechtzeitig, um auf der Galeere das Aufblitzen der zweiten Kanone zu sehen. Mit dem hellen Klang eines enormen Schmiedehammers prallte die Kugel gegen *Sophies* besten Buganker, verbog eine seiner Flunken und zischte weit achteraus in die See.

»Achtzehnpfünder«, bemerkte Jack zum Bootsmann, der seine Gefechtsstation auf dem Vorschiff eingenommen hatte. »Vielleicht sogar Vierundzwanzigpfünder.« Sehnsüchtig dachte er an seine langen Zwölfer. Die schmale Galeere konnte selbstverständlich keine Breitseite abfeuern, sondern fuhr ihre Kanonen längs der Mitte montiert. Im Fernrohr konnte Jack erkennen, daß die vordere Batterie aus zwei schweren Kalibern, einem leichteren und mehreren Drehbassen bestand. Zwangsläufig würde die *Sophie* während der ganzen Zeit ihrer Annäherung deren verheerendem Feuer ausgesetzt sein. Die Drehbassen schossen jetzt mit hellem, scharfem Knattern.

Jack kehrte aufs Achterdeck zurück. »Ruhe an Deck«, übertönte er das gedämpfte, aufgeregte Gemurmel. »Ruhe! Die Stücke losmachen. Ausrichten. Windpfropf ab. Rennt aus die Stücke. Mr. Dillon, pointieren Sie so weit nach vorn wie möglich. Mr. Babbington, sagen Sie dem Stückmeister, die nächste Ladung sind Kettenkugeln.« Eine Achtzehn-Pfund-Kugel krachte in die Backbordseite der *Sophie,* zwischen den Kanonen eins und drei, und durchschlug den Rumpf mit einem Hagel scharfer Splitter, einige davon zwei Fuß lang. Wie eine Sense fuhr sie durch das überfüllte Deck, mähte einen Seesoldaten um und knallte wirkungslos gegen den Fuß des

Großmasts. Schmerzensschreie verrieten, daß viele Splitter ihre Opfer gefunden hatten. Im nächsten Augenblick hasteten zwei Seeleute vorbei, den gefallenen Soldaten zwischen sich herziehend, der eine breite Blutspur hinterließ.

»Sind diese Kanonen nach vorn pointiert?« rief Jack.

»Alle hart nach vorn, Sir«, kam die Antwort nach einer atemlosen Pause. »Die Steuerbordbatterie zuerst. Einzelfeuer, hoch gezielt. Schießt auf die Masten. Na denn, Mr. Marshall, herum mit ihr.«

Die *Sophie* schlug einen Haken von fünfundvierzig Grad und bot nun das Steuerbord-Achterschiff dem Feind dar, der sofort eine weitere Achtzehn-Pfund-Kugel mittschiffs in ihren Rumpf jagte, dicht über der Wasserlinie. Ihr dröhnender Einschlag überraschte Stephen Maturin, der gerade William Musgraves blutspritzende Oberschenkelarterie abband, so sehr, daß er fast die Schlinge losgelassen hätte. Aber jetzt konnten die Kanonen der *Sophie* ihr Ziel auffassen, und die Steuerbordbatterie feuerte bei zwei Rollbewegungen hintereinander. Die See hinter der Galeere spuckte weiße Fontänen himmelwärts, während Rauch durchs Deck der *Sophie* wirbelte, scharfer, beißender Pulverrauch. Als die siebte Kanone gefeuert hatte, rief Jack: »Und wieder über Stag«, worauf *Sophies* Bugspriet herumschwang und die Backbordbatterie ins Spiel brachte. Die Rauchwolken verwehten nach Lee. Jack sah, wie die Galeere ihre ganze Vorderbatterie auf einmal abfeuerte und mit einem Schlag ihrer vierzehn Langriemen einen Satz vorwärts machte, um *Sophies* Kugeln zu entgehen. Auch die Galeere hatte hoch gezielt und in der Aufwärtsbewegung geschossen; eine ihrer Kugeln zerfetzte das Großstengestag und riß ein schweres Stück Holz aus dem Eselshaupt. Der Klotz prallte von der Saling ab und fiel dem Stückmeister auf den Kopf, gerade als er im Niedergang auftauchte.

»Tempo, Tempo bei den Steuerbordkanonen«, rief Jack. »Ruder mittschiffs.«

Er wollte die Brigg wieder auf Backbordbug legen, denn

falls die Steuerbordbatterie noch einmal feuern konnte, mußte sie die Galeere gerade dann treffen, wenn sie von links nach rechts an ihnen vorbeizog. Kanone Nummer vier brüllte auf, sofort gefolgt von entsetzlichen Schmerzensschreien. In seiner Hast hatte der Auswischer das Rohr nicht gründlich genug geputzt, und als er die neue Ladung festrammte, war sie ihm ins Gesicht geflogen. Die Mannschaft zerrte ihn beiseite, wischte neu aus, lud nach und rannte die Kanone aus. Aber das alles ging zu langsam, die ganze Steuerbordseite war viel zu langsam gewesen. Die Galeere hatte wieder gewendet; mit ihren je vierzehn Riemen, die das Wasser hielten, konnte sie wie ein Kreisel auf der Stelle drehen. Sie schoß mit achterlichem Wind nach Südwesten davon, ihre beiden großen Lateinersegel in der sogenannten Schmetterlingsstellung nach jeder Seite weit ausgespreizt. Die erbeutete Schnau strebte nach Südosten und war schon eine halbe Meile entfernt; ihrer beider Kurse divergierten immer mehr. Die *Sophie* hatte beim Überstaggehen zu lange gebraucht und dabei überraschend viel Raum verloren.

»Einen halben Strich nach Backbord«, befahl Jack, der auf der Leereling stand und scharf nach der Galeere Ausschau hielt. Sie lief fast genau vor der *Sophie* einher, war ihr um rund hundert Meter voraus und vergrößerte ihren Vorsprung schnell. »Setzt die Royal-Leesegel. Mr. Dillon, schaffen Sie bitte eine Kanone aufs Vordeck. Die Ringbotzen von dem Zwölfpfünder sind ja noch da.«

Soweit er sehen konnte, hatte ihr Beschuß auf der Galeere keinen Schaden angerichtet. Hätten sie tiefer – auf den Rumpf – gezielt, wären ihre Kugeln in die dicht mit angeketteten christlichen Sträflingen besetzten Ruderbänke geschlagen. Hoch zu zielen ... Jacks Kopf ruckte zur Seite, sein Hut flog übers Deck: Eine Musketenkugel der Piraten hatte sein Ohr gestreift. Unter seinen tastenden Fingern fühlte es sich völlig taub an und blutete stark. Er sprang von der Reling herunter und legte den Kopf schräg, um das Blut nach Lee abtropfen zu lassen, während er mit der Rechten schützend seine kostbare Epaulette abdeckte. »Killick«, rief er und bückte sich, um die Galeere unter der straffen Wölbung des Großsegelunterlieks beobachten zu können, »bring mir den alten Rock und ein frisches Taschentuch.« Auch während er sich umzog, behielt er die Galeere scharf im Auge. Inzwischen hatte sie ihre Heckkanone zweimal abgefeuert, doch die Schüsse lagen eine Idee zu weit. Herrgott, die können diesen Zwölfpfünder aber flink handhaben, dachte er. Sowie die Royal-Leesegel geschotet waren, wurde die *Sophie* schneller und holte merklich auf. Jack war nicht der einzige, dem es auffiel: Triumphgeheul erscholl auf dem Vorschiff und pflanzte sich zu beiden Seiten in dem Maße nach achtern fort, wie die Kanoniere in der Kuhl davon erfuhren.

»Buggeschütz ist klar, Sir«, meldete James Dillon lächelnd. Aber dann stutzte er, als er das Blut an Jacks Hals und Fingern sah. »Sind Sie verwundet, Sir?«

»Nur ein Kratzer – hat nichts zu bedeuten. Wie beurteilen Sie die Lage?«

»Wir holen auf.« Dillon sprach leise, aber mit mörderischer Vehemenz.

Stephens plötzliches Auftauchen hatte ihn erschreckend aus dem Gleichgewicht geworfen. Obwohl ihm seine zahllosen vordringlichen Pflichten keine zusammenhängenden Gedanken gestatteten, war sein ganzes Bewußtsein – bis auf die zum Funktionieren benötigte oberste Schicht – so quälend von unartikulierter Angst, Bedrängnis und schwarzen Alpträumen erfüllt, daß er mit wilder Gier dem Nahkampf an Deck der Galeere entgegenfieberte.

»Sie schüttet den Wind aus«, sagte Jack. »Sehen Sie sich diesen schlauen Schurken an der Großschot an. Hier, mein Glas.«

»Aber nein, Sir, ganz gewiß nicht.« Mit einem wütenden Knacken schob Dillon das Teleskop wieder zusammen.

»Na«, meinte Jack, »na, ich weiß nicht …« Eine Zwölf-

Pfund-Kugel schlug durch die beiden Bram-Leesegel an Steuerbord, zwei Löcher genau in Linie hinterlassend. Nur anderthalb Meter von ihnen entfernt sauste sie vorbei, ein verschwommener Schatten, der eben die Finknetze streifte. »Wir könnten einen oder zwei von ihren Kanonieren brauchen«, seufzte Jack. »An Ausguck!« brüllte er ins Rigg.

»Sir?« kam die ferne Stimme von oben.

»Was ist mit dem fremden Segel in Luv?«

»Kreuzt auf, Sir, kreuzt auf zur Spitze des Konvois.«

Jack nickte. »Die Stückführer der vorderen Kanonen sollen unser Buggeschütz feuerklar machen. Ich pointiere es selbst.«

»Pring ist tot, Sir. Ein anderer Stückführer?«

»Wie Sie wollen, Mr. Dillon.« Er schritt zum Vorschiff.

»Werden wir sie kriegen, Sir?« fragte ein ergrauter Seemann aus der Entermannschaft mit der gelassenen Freundlichkeit des Abgebrühten.

»Ich hoffe doch, Cundall. Zumindest werden wir ihnen eins auf den Pelz brennen.«

»Dieser Hund«, murmelte er, während er am Visierlinien-Ausgleichsstück entlang nach vorn spähte. Er spürte, wie sich *Sophies* Vorfuß zu heben begann, stieß die Lunte ins Zündloch, hörte es zischen und gleich darauf den markerschütternden Knall und das Quietschen der Lafette beim Rückstoß.

»Hurra, hurra!« brüllten die Leute auf dem Vordeck.

Die Kugel hatte nur ein Loch ins Großsegel der Galeere gerissen, etwa auf halber Höhe, aber es war ihr erster Treffer. Drei weitere Schüsse folgten, und mit einem davon trafen sie klirrend etwas Metallisches im Heck der Galeere.

»Machen Sie weiter, Mr. Dillon.« Jack richtete sich auf. »Reicht mir mein Glas.«

Die Sonne stand schon so tief, daß er mit der freien Hand die Linse beschatten mußte, während er die Schiffsbewegungen ausbalancierte. Er konzentrierte sich ganz auf zwei Gestalten mit roten Turbanen, die sich hinter dem Heckgeschütz der Galeere zu schaffen machten. Eine Musketenkugel schlug in *Sophies* Judasohr, gefolgt von einem wütenden Schwall obszöner Verwünschungen.

»Da hat's John Lakey aber bös erwischt«, sagte jemand leise hinter Jack. »Genau in die Eier.«

Die Kanone neben ihm feuerte abermals, und noch ehe ihr Rauch die Galeere seinen Blicken entzog, war er zu einem Entschluß gelangt. Die Algerier schütteten tatsächlich den Wind aus ihren Segeln und schoteten sie so, daß sie zwar voll aussahen, aber nicht wirklich zogen. Nur deshalb hatte die schwerfällige alte Matrone *Sophie,* mit ihrem verkrusteten Unterwasserschiff mit äußerster Kraft sich fast die Masten absegelnd, zu der schmalen, scharf geschnittenen, tödlichen Galeere aufschließen können. Die Algerier spielten Katz und Maus mit ihm – im Grunde hätten sie jederzeit davonsegeln können. Warum also taten sie's nicht? Weil sie ihn von der Schnau weg nach Lee locken wollten, deshalb. Außerdem wollten sie die Chance nutzen, ihn zu entmasten, ihn nach Belieben mit Kugeln zu beharken (denn die Rudergaleere konnte unabhängig vom Wind manövrieren) und schließlich mit der *Sophie* als zweiter Prise heimzukehren. Auch ins Lee des Konvois wollten sie ihn locken, damit das fremde Schiff in Luv sich auf die wehrlosen Handelsfahrer stürzen und ein halbes Dutzend davon schnappen konnte. Über die linke Schulter warf Jack einen Blick auf den Norweger. Selbst wenn dieser bald halste, konnte er ihn immer noch auf Anliegerkurs einholen, denn er war eine jämmerliche Schnecke – ohne Topp- und Royalsegel – und weitaus langsamer als die *Sophie.* Aber binnen kurzem würde es dunkel werden, dann mußte er ihn aus den Augen verlieren. Das durfte nicht geschehen. Was die Pflicht von ihm verlangte, war klar: wie immer sich für die unangenehmere Alternative zu entscheiden. Und zwar schnell.

»Feuer einstellen«, befahl er, als das Buggeschütz wieder eingefahren war. »Steuerbordbatterie klar zur Breitseite. Sergeant Quinn, vergattern Sie Ihre Musketiere: Wenn wir die Galeere genau querab haben, sollen sie sich deren Hütte hinter den Ruderbänken vornehmen und recht tief zielen. Feuern erst auf Kommando.« Als er sich abwandte, um aufs Achterdeck zurückzulaufen, fing er einen Blick aus James Dillons pulvergeschwärztem Gesicht auf, einen Blick voller Zorn oder gar Schlimmerem, jedenfalls voll erbitterter Feindschaft. »An die Brassen«, rief er, das Problem Dillon auf ruhigere Zeiten vertagend. »Mr. Marshall, Kurs auf die Schnau.«

Er hörte die Besatzung murren – ein Ausdruck allgemeiner Enttäuschung – und schloß: »Ruder hart über. Das sollte ihn ungewappnet erwischen«, murmelte er und fügte für sich selbst hinzu: »Als Andenken an die *Sophie.*«

Er stellte sich dicht hinter den bronzenen Vierpfünder an Steuerbord. Bei so viel Fahrt schwang die *Sophie* schnell herum. Jack lauerte gebückt hinter der Kanone, hielt den Atem an und spähte mit höchster Konzentration über die Mittellinie des glänzenden Rohrs auf den Meeressektor, der draußen vorbeiglitt. Die *Sophie* drehte, drehte ... Die Langriemen drüben begannen hastig zu schlagen, peitschten verzweifelt das Wasser, aber es war zu spät. Einen Sekundenbruchteil, bevor er die Galeere genau querab hatte und als die *Sophie* mitten in einer Abwärtsbewegung war, rief er: »Feuer!« Die Breitseite krachte so präzise wie die eines Linienschiffs, begleitet von jeder Muskete an Bord. Der Rauch hob sich, Jubelrufe klangen auf, denn in der Bordwand der Galeere klaffte jetzt ein großes Loch, und die Mauren rannten in kopflosem Entsetzen durcheinander. Im Glas erkannte Jack, daß ihr Buggeschütz umgestürzt und das Deck daneben mit Toten übersät war. Aber das erhoffte Wunder war nicht eingetreten – er hatte ihr weder das Ruder weggeschossen noch sie verheerend unter der Wasserlinie getroffen. Dennoch hatten sie von der Galeere keinen Ärger mehr zu befürchten, und er wandte seine Aufmerksamkeit jetzt der Schnau zu.

»Also, Doktor«, sagte Jack beim Eintreten ins Lazarett, »wie kommen Sie hier unten zurecht?«

»Recht gut, danke. Hat das Gefecht wieder begonnen?«

»O nein, das war nur ein Schuß vor den Bug der Schnau. Die Galeere verschwindet in Südsüdwest unter der Kimm, und Dillon setzt gerade im Boot über, um die Norweger zu befreien – die Mohren haben ein weißes Hemd hochgezogen und um Gnade gebeten. Die elenden Schufte.«

»Freut mich zu hören. Bei diesem Krach, den die Kanonen machen, kann man wirklich keine ordentliche Naht setzen. Darf ich mir mal Ihr Ohr ansehen?«

»Ach, das war nur ein Streifschuß. Wie geht's Ihren Patienten?«

»Bei vier oder fünf vermag ich Genaueres zu sagen. Der Mann mit dem schrecklich zerrissenen Oberschenkel … Es war angeblich ein Holzsplitter, aber kann das denn stimmen?«

»O ja, gewiß. Wenn ein großer Splitter aus harter, scharfkantiger Eiche durch die Luft fliegt, kann er einen scheußlich zerfetzen. Sie würden staunen, wie oft das passiert.«

»Jedenfalls spricht der Mann erstaunlich gut an. Und den armen Kerl mit dem verbrannten Gesicht habe ich verbunden. Wußten Sie, daß sich sein Rammstock genau zwischen Kopf und Bizeps durchgebohrt und den Nervus ulnaris nur um Haaresbreite verfehlt hat? Den Stückmeister allerdings kann ich hier unten nicht versorgen, nicht bei diesem schlechten Licht.«

»Mr. Day? Was fehlt ihm? Ich dachte, Sie hätten ihn kuriert?«

»Hatte ich auch. Von der schlimmsten selbstverschuldeten Verstopfung, die ich je die Ehre hatte zu sehen, verursacht durch den exzessiven Verzehr von Chinarinde – in Selbstmedikation geschluckter Unmengen von Chinarinde. Aber jetzt hat er einen eingedrückten Schädelbruch, Sir, und ich muß ihn trepanieren. Da liegt er – hören Sie den typischen Stertor? –, und bis zum Morgen hält er wohl durch. Aber gleich nach Sonnenaufgang muß ich ihm mit einer kleinen Säge den Schädel öffnen. Dabei werden Sie das Gehirn Ihres Stückmeisters sehen können, mein Bester«, fügte er mit vielversprechendem Lächeln hinzu, »oder zumindest seine Dura mater.«

»Oje, oje«, murmelte Jack. Tiefe Niedergeschlagenheit senkte sich auf ihn herab – die Antiklimax – solch ein blutiges Scharmützel für so geringen Lohn – zwei wertvolle Männer gefallen – der Stückmeister so gut wie tot – kein Mensch konnte überleben, wenn ihm der Schädel aufgesägt wurde, das stand fest – und auch die anderen würden bestimmt noch sterben – sie starben doch meistens. Hätte dieser verdammte Konvoi nicht wie mit Ketten an ihm gehangen, hätte er die Galeere erbeutet, schließlich kannte auch er alle Tricks. »Was ist denn jetzt wieder los?« explodierte er, als an Deck ein Tumult losbrach.

»Drüben auf'r Schnau räum'n sie ziemlich altmodisch auf«, sagte der Master, als Jack das dämmrige Achterdeck betrat. Mr. Marshall kam aus dem abgelegenen Norden Schottlands – von den Orkneys oder Shetlands –, und sein Akzent wurde bei Streß stärker. »Sieht aus, als hätt'n diese Höllenhunde 'n Ausbruch versucht.«

»Gehen Sie längsseits, Mr. Marshall. Enterer zu mir!«

Auf der *Sophie* wurden die Rahen hart angebraßt, um jeden weiteren Schaden zu vermeiden, das Vorbramsegel wurde back gestellt, und sie glitt zügig an die Bordwand. Jack schwang sich über die zerrissenen Enternetze an Bord, gefolgt von seiner grimmig und blutdürstig dreinblickenden Entermannschaft. Die Planken voller Blut – drei Leichen an Deck – fünf aschfahle Mauren, gegen die Wand der Deckshütte gepreßt und von James Dillon beschützt – der stumme Neger Alfred King davor, ein blutiges Enterbeil in der Faust.

»Schafft diese Gefangenen hinüber«, befahl Jack. »Sperrt sie im Vorschiff ein. Was war hier los, Mr. Dillon?«

»Ich werde nicht ganz klug aus ihm, Sir, aber ich glaube, die Gefangenen haben King unter Deck angegriffen.«

»Stimmt das, King?«

Der Neger stierte immer noch wild um sich, von seinen Kameraden an beiden Armen zurückgehalten; seine gestammelte Antwort war unverständlich.

»War es so, Williams?« fragte Jack.

»Weiß nicht, Sir.« Mit glasigen Augen tippte Williams an seinen Hut.

»War es so, Kelly?«

»Weiß nicht, Sir.« Auch Kelly salutierte, und sein Ausdruck glich dem Williams' aufs Haar.

»Wo ist der Kapitän der Schnau, Mr. Dillon?«

»Sir, die Mauren scheinen alle Norweger über Bord geworfen zu haben.«

»Gütiger Gott!« Jack war entsetzt, obwohl er wußte, daß solche Greueltaten nicht selten vorkamen. Ein wütendes Grollen in seinem Rücken bewies ihm, daß die Neuigkeit bis auf die *Sophie* vorgedrungen war. »Mr. Marshall«, rief er, schon auf dem Weg zur Reling, »Sie bürgen mir für die Sicherheit der Gefangenen, verstanden? Ich dulde keinerlei Ausschreitungen mehr.« Ein Blick übers Deck, ein Blick ins Rigg: erstaunlich wenig Schaden. »Sie bringen die Schnau nach Cagliari, Mr. Dillon«, sagte er leise, denn er war immer noch außer sich über die Bestialität des Ganzen. »Nehmen Sie sich so viele Männer, wie Sie brauchen.«

Ernst, sehr ernst kehrte er auf die *Sophie* zurück. Doch kaum stand er wieder auf seinem eigenen Achterdeck, als sich eine aufsässige kleine Stimme in seinem Inneren meldete: »Ohne ihre Mannschaft ist sie eine Prise, kein gerettetes Schiff, verstehst du?« Ärgerlich befahl er ihr zu schweigen, rief nach dem Bootsmann und begann mit ihm seine Ronde durch die *Sophie,* um die Reihenfolge der dringendsten Reparaturen festzulegen. Für ein so kurzes Gefecht, in dem nicht mehr als fünfzig Schüsse gewechselt worden waren, hatte sie überraschend stark gelitten: ein Beweis, was überlegene Feuerkraft anrichten konnte. Der Zimmermann hing mit zwei Gehilfen in Bootsmannstühlen außen an der Bordwand und versuchte, ein Einschußloch knapp über der Wasserlinie zu stopfen.

»Ich komme nicht richtig heran«, klagte Mr. Lamb auf Jacks entsprechende Frage. »Wir sind schon halb ertrunken, können den Pfropfen aber nicht reinhämmern, nicht auf diesem Bug.«

»Dann werden wir das Schiff für Sie auf den anderen Bug legen, Mr. Lamb. Aber geben Sie mir sofort Bescheid, wenn das Loch gestopft ist.« Durch die zunehmende Dämmerung über der See warf er einen Blick auf die Schnau, die wieder ihren Platz im Konvoi eingenommen hatte. Über Stag zu gehen, das hieß, von ihr wegzulaufen, und diese Schnau war ihm richtiggehend ans Herz gewachsen. »Beladen mit Langholz, guter Stettiner Eiche, mit Stockholmer Teer und vielen Kabellängen Hanftau«, bohrte seine habgierige innere Stimme. »Sie könnte leicht zwei- oder dreitausend Pfund bringen, vielleicht sogar viertausend ...«

»Jawohl, Mr. Watt«, sagte er laut, »wie Sie meinen.« Sie kletterten zur Marssaling hoch und begutachteten das beschädigte Eselshaupt.

»Das war der Klumpen, der dem armen Mr. Day das Licht ausgeblasen hat«, erläuterte der Bootsmann.

»Tatsächlich? Ein verteufelt dicker Brocken. Aber wir wollen die Hoffnung noch nicht aufgeben. Dr. Maturin wird ihn – wird irgendwas Raffiniertes mit seiner Säge anstellen, sobald es wieder hell ist. Er braucht gutes Licht dafür – für dieses medizinische Kunststück, meine ich.«

»Oh, ganz bestimmt, Sir«, rief der Bootsmann begeistert. »Das ist ein sehr geschickter Gentleman, Sir, keine Frage. Die Leute sind höchst beeindruckt. ›Wie freundlich von ihm‹, sagen sie, ›Ned Evans' Bein so glatt abzusägen und John Lakeys Kronjuwelen so sauber anzunähen. Dabei ist er doch eigentlich in Urlaub – ein Gast sozusagen.‹«

»Ja, es ist wirklich anständig von ihm.« Jack nickte. »Sehr anständig, da gebe ich Ihnen recht. Hier werden wir eine Zurring brauchen, Mr. Watt, bis der Zimmermann das Eselshaupt flicken kann. Eine kräftige Leine, so fest gezurrt wie nur möglich. Und möge Gott verhüten, daß wir die Maststengen streichen müssen.«

Sie begutachteten noch ein halbes Dutzend anderer Schäden, dann kletterte Jack wieder hinunter. Kurz hielt er inne, um seine Schäfchen zu zählen – brav segelten sie nach diesem Schrecken jetzt dicht beisammen –, und ging dann in seine Kajüte. Dort ließ er sich auf die Polster der langen Heckbank sinken und merkte überrascht, daß sein Geist schon wieder beim Rechnen war – drei Achtel von dreieinhalbtausend Pfund, wieviel machte das? Denn auf diese Summe schätzte er den Wert der *Dorthe Engelbrechtsdatter*. Drei Achtel (minus eins für den Admiral) wäre sein Anteil am Prisengeld gewesen.

Jacks Kopf war nicht der einzige, in dem gerechnet wurde, beileibe nicht, denn jedem einzelnen Mann in *Sophies* Besatzung stand ein Anteil zu – ein Achtel teilten sich Dillon und der Segelmeister, ein zweites der Arzt (falls die *Sophie* einen offiziellen Schiffsarzt gehabt hätte) mit dem Bootsmann, dem Zimmermann und den Mastersgehilfen; den Fähnrichen, Kadetten, niederen Decksoffizieren und dem Marinesergeanten fiel zusammen ein weiteres Achtel zu, und das letzte Viertel teilte sich der Rest der Besatzung. Es war bewundernswert, wie flüssig in Köpfen, die sonst mit Zahlen ihre liebe Not hatten, dividiert und multipliziert wurde, bis auch der letzte Signalgast seinen Anteil auf den Penny genau ausgerechnet hatte. Jack griff nach einem Stift, um schriftlich eine genaue Rechnung zu erstellen, ließ ihn dann beschämt sinken, schob das Papier von sich weg, zögerte, zog es schließlich wieder an sich heran und schrieb die Zahlenkolonne ganz klein in eine Ecke des Bogens. Doch dann klopfte es, und er stieß das Blatt hastig beiseite. Es war der pitschnasse Zimmermann, der Vollzug meldete und nicht mehr als achtzehn Zoll Wasser in der Bilge. »Was weniger als halb soviel ist, wie ich erwartet habe, als uns dieser Strolch so gemein tief unten traf«, schloß er, zögerte und warf einen seltsam schrägen Seitenblick auf seinen Kommandanten.

»Na, das ist ja kolossal, Mr. Lamb«, antwortete Jack nach einer kleinen Pause.

Aber der Zimmermann machte keine Anstalten, sich zurückzuziehen. Aus seinen Kleidern tropfte es auf den schwarz-weiß gewürfelten Segeltuchbelag, bis sich eine kleine Pfütze ansammelte. Schließlich brach es aus ihm heraus: »Weil, wenn das stimmt mit der Schnau, wenn die armen Norweger wirklich über Bord geworfen worden sind – vielleicht auch noch verwundet – bringt einen in Rage, diese pure Mordlust ... Sie wären doch keine Bedrohung mehr gewesen, unten eingesperrt, bestimmt nicht. Jedenfalls möchten die Decksoffiziere der *Sophie,* daß dieser Gentleman ...« Sein Kopf ruckte in Richtung der Schlafkabine, zu Stephen Maturins temporärem Logis, »daß er von ihrem Anteil was abkriegt. Ist nur fair, sozusagen als Zeichen der – als Anerkennung für seinen Beistand ... Höchst anständig von ihm, das sagen alle.«

»Halten zu Gnaden, Sir«, sagte der eintretende Babbington, »aber die Schnau signalisiert.«

Vom Achterdeck aus sah Jack, daß Dillon ein buntgeschecktes Signal hochgezogen hatte – offenbar alles, was in *Dorthe Engelbrechtsdatters* Signalspind aufzutreiben gewesen war –, das unter anderem verkündete, er hätte die Pest an Bord und wolle gleich auslaufen.

»Klar zur Halse!« befahl Jack. Und als die *Sophie* sich dem Konvoi wieder auf eine Kabellänge genähert hatte, rief er: »Schnau ahoi!«

»Sir«, erscholl Dillons Stimme, schwer verständlich wegen der Distanz, »Sie werden sich freuen zu hören, daß die Norweger alle in Sicherheit sind.«

»Was?«

»Die Norweger – sind – alle – in – Sicherheit!« Der Abstand zwischen beiden Schiffen verringerte sich. »Sie hatten sich in einer Geheimkammer im Vorschiff versteckt. Im Vorschiff!«

»Oh – in ihrem Vorschiff«, hörte man den Quartermaster am Ruder murmeln. Denn eine andächtige Stille hatte sich über die *Sophie* gesenkt, auch noch der letzte Mann spitzte gespannt die Ohren.

»Voll und bei!« rief Jack wütend, als die Toppsegel wegen des Quartermasters Enttäuschung zu killen begannen. »Haltet die Segel voll!«

»Voll und bei, aye, aye, Sir«, bestätigte der Übeltäter.

»Und der norwegische Master bittet darum«, fuhr die ferne Stimme fort, »daß wir ihnen unseren Arzt schicken. Einer seiner Männer hat sich die linke große Zehe gebrochen, als er den Niedergang hinabstürzte.«

»Sagen Sie dem Master von mir«, brüllte Jack in einer Lautstärke, die fast bis Cagliari reichte, und mit einem vor Anstrengung und Frustration hochroten Gesicht, »sagen Sie dem Master, er soll seine Zehe nehmen und sie sich sonstwohin stecken!«

Gereizt und mit saurer Miene stampfte er unter Deck, um achthundertfünfundsiebzig Pfund Sterling ärmer geworden.

Allerdings war Jack Aubrey nicht der Typ, der ein saures Gesicht lange beibehalten konnte. Als er an Bord des Kutters ging, um sich beim Admiral in dessen Flaggschiff auf der Reede von Genua zu melden, hatte er seine gewohnte Gelassenheit längst wiedergefunden. Natürlich setzte er eine geziemend ernste Miene auf, denn ein formeller Besuch bei Lord Keith, Admiral der Blauen Territorien und Marineoberbefehlshaber im Mittelmeer, war beileibe kein Grund zur Heiterkeit. Die Ernsthaftigkeit, mit der er, sauber geschrubbt, rasiert und herausgeputzt, auf der Heckbank saß, steckte seinen Bootsführer und dessen Leute an, so daß sie besonders aufmerksam ruderten, die Blicke züchtig binnenbords gerichtet. Trotzdem wären sie zu früh beim Flaggschiff angekommen, deshalb ließ Jack den Kutter nach einem Blick auf seine Uhr einen Bogen um die *Audacious* schlagen und die Riemen wartend das Wasser halten. Von dieser Stelle hatte er Aussicht auf die ganze Bucht: Fünf britische Linienschiffe und vier Fregatten ankerten zwei bis drei Meilen weit draußen; zwischen ihnen und dem Land lagen ganze Schwärme von Kanonenbooten und Mörserschiffen. Unausgesetzt bombardierten sie, unter ihrem eigenen Pulverrauch fast verschwindend, die ehrwürdige Stadt, die sich am Scheitel der Bucht in schwungvollem Bogen die steilen Hänge hinaufzog, und schickten Bombe nach Bombe in die dichtgedrängten Häuser jenseits der fernen Mole. Auf diese Distanz wirkten die Boote klein und die Häuser, Kirchen und Paläste noch kleiner – wie Spielzeug unter dem klaren, warmen Himmel. Aber das unaufhörliche Dröhnen der Salven und das tiefere Krachen, mit dem die französischen Küstenbatterien darauf antworteten, klangen seltsam nahe, drohend und sehr real.

Die überschüssigen zehn Minuten verstrichen; *Sophies* Kutter näherte sich dem Flaggschiff. Und auf dessen fragenden Anruf: »Boot ahoi?« kam von Jacks Bootsführer die Antwort: *»Sophie!«,* was bedeutete, daß deren Kommandant im Boot saß. In straffer Haltung kletterte Jack an der Bordwand empor, salutierte in Richtung des Achterdecks, schüttelte Flaggkapitän Louis die Hand und wurde zur Kajüte des Admirals geleitet.

Er hatte guten Grund, mit sich zufrieden zu sein: Seinen Konvoi hatte er ohne weitere Verluste in Cagliari abgeliefert und danach einen zweiten nach Livorno hinauf begleitet. Jetzt war er genau zur vorherbestimmten Zeit in Genua eingetroffen – trotz der Flaute bei Monte Christo –, und dennoch war er beachtlich nervös und so auf Lord Keith fixiert, daß er wie ein Karpfen das Maul aufriß, als er in der grandiosen, lichtüberfluteten Staatskajüte nirgends einen Admiral entdeckte, sondern nur eine vollbusige junge Frau, die mit dem Rücken zu den Heckfenstern stand.

»Mein lieber Jacky«, sagte die junge Frau, »wie gut du aussiehst, und so stattlich ausstaffiert. Laß mich deine Halsbinde zurechtrücken – so. Aber Jacky, du bist ja so erschrocken, als wäre ich ein Franzose!«

»Queeney! Meine gute alte Queeney«, rief Jack, drückte sie

an sich und gab ihr einen herzhaften, schmatzenden Kuß auf die Wange.

»Gott verdammt und zugenäht!« brüllte eine wütende schottische Männerstimme. »Was für ein frecher junger Dachs!« Der Admiral war von der Heckgalerie in die Kajüte getreten, ein grauhaariger Hüne mit dem Kopf eines Löwen, dessen Augen wütende Blitze auf Jack abschossen.

»Das ist der junge Mann, von dem ich dir erzählt habe, Admiral.« Queeney tätschelte dem erbleichten Jack noch einmal die schwarze Halsbinde und ließ dabei ihren Ehering funkeln. »Ich hab ihn gebadet und immer zu mir ins Bett genommen, wenn er schlecht geträumt hatte.«

Dies mochte zwar nicht die beste aller Einführungen bei einem frischverheirateten Admiral von fast sechzig Jahren sein, aber sie schien zu wirken. »Oh«, sagte der Admiral, »richtig. Das hatte ich vergessen. Vergeben Sie mir. Ich habe einen Stall voll stürmischer Kapitäne, und manche davon sind die reinsten Wüstlinge …«

»›Manche davon sind die reinsten Wüstlinge‹, sagte er und durchbohrte mich mit seinem stechenden, kalten Blick.« Jack füllte Stephens Glas nach und räkelte sich wieder gemütlich auf der Heckbank. »Dabei war ich felsenfest überzeugt, daß er mich erkannt hatte. Dreimal waren wir uns schon begegnet, und immer war es schlimmer als beim letzten Mal. Zuerst sah ich ihn auf der alten *Reso* am Kap, damals hieß er noch Kapitän Elphinstone. Er kam an Bord – zwei Minuten nachdem mich Kapitän Douglas zum Vorschiff verdammt hatte (ich war damals Kadett), und fuhr mich an: ›Was flennst du kleiner Rotzlöffel so?‹ Und Captain Douglas antwortete: ›Dieser vermaledeite Knirps ist schon ein ausgefuchster Weiberheld. Ich schicke ihn vor den Mast, damit er Mores lernt.‹«

»Lassen die sich denn vor dem Mast leichter lernen?« fragte Stephen.

»Na ja, sie können einem dort leichter den nötigen Respekt

beibringen.« Jack lächelte. »Nämlich indem sie den armen Sünder auf die Gräting binden und ihm mit der neunschwänzigen Katze die Flausen austreiben. Dazu ist es nötig, den Kadett oder Fähnrich vorher zu degradieren, damit er nicht mehr als Offiziersanwärter gilt, sondern als gemeiner Seemann. Und das wird er auch: Er logiert und ißt mit den Matrosen im Vorschiff und kann nicht nur ausgepeitscht, sondern von jedem Ranghöheren schikaniert oder geprügelt werden. Douglas hatte mir zwar oft damit gedroht, aber ich hätte nie gedacht, daß er's wahrmachen würde. Schließlich war er mit meinem Vater befreundet und hatte, wie ich glaubte, eine Schwäche für mich. Das stimmte zwar, aber dennoch machte er Ernst und ließ mich sechs Monate lang vor dem Mast schmoren, bevor er mich zum Fähnrich beförderte. Später war ich ihm dafür dankbar, denn seither weiß ich aus erster Hand, wie's im Vorschiff zugeht, und die Kerle waren eigentlich ganz nett zu mir. Aber als Elphinstone an Bord kam, heulte ich gerade wie ein Schloßhund – hahaha.«

»Warum griff Ihr Kommandant zu dieser harten Strafe?«

»Ach, wegen einem Mädchen, einer hübschen kleinen Schwarzen. Sally hieß sie«, erinnerte sich Jack. »Sie kam mit den anderen Dirnen an Bord, und ich versteckte sie im Kabelgat. Schon vorher waren Kapitän Douglas und ich oft verschiedener Meinung gewesen, meist über Fragen des Gehorsams und das frühe Aufstehen; auch über den nötigen Respekt vor unserem Lehrer (wir hatten damals einen richtigen Schullehrer an Bord, einen alten Trunkenbold namens Pitt) oder über eine verschwundene Schüssel mit Kaldaunen … Zum zweiten Mal sah ich Lord Keith, als ich Fünfter Offizier auf der *Hannibal* war. Unser Erster war damals dieser verdammte Narr Carrol – wenn es etwas gibt, das ich noch mehr hasse als das Landleben, dann ist es, Dienst unter einem aufgeblasenen Laffen tun zu müssen, der keine Ahnung von Seemannschaft hat. Carrol konnte so beleidigend werden, so bewußt verletzend, selbst wegen einer lächerlichen Bagatelle, daß ich ihn eines Tages zum Duell fordern mußte. Und genau das hatte er beabsichtigt. Sofort rannte er zum Kommandanten und behauptete, ich hätte ihn provoziert. Captain Newman sagte, das sei alles Unsinn, trotzdem müsse ich mich entschuldigen. Aber das konnte ich nicht, denn da war nichts, wofür ich mich hätte entschuldigen müssen, ich war nämlich im Recht gewesen, müssen Sie wissen. Und da hing ich nun, hochgezogen vor einem Dutzend Vollkapitänen und zwei Admirälen, und Lord Keith war einer davon.«

»Was war geschehen?«

»Ich wurde offiziell gemaßregelt für Aufsässigkeit. Dann, beim dritten Mal ... Aber ich gehe lieber nicht in Einzelheiten.« Jack schüttelte den Kopf. »Wissen Sie, eigentlich war es mehr als seltsam ...« Ehrlich erstaunt starrte er aus den Heckfenstern. »Es kann eigentlich nicht viele Männer geben, die nicht nur verdammte Narren, sondern auch schlechte Seeleute sind, die aber trotzdem in der Royal Navy Karriere machen – Männer ohne Protektion meine ich natürlich. Trotzdem passierte es mir, daß ich gleich unter zwei von ihnen dienen mußte. Damals glaubte ich, es sei endgültig aus mit mir – degradiert, Karriere beendet, ade, armer Borwick. Ich saß acht Monate an Land, so melancholisch wie dieser Kerl in Shakespeares Drama, fuhr nach London, wenn ich's mir leisten konnte – oft war es nicht –, und lungerte tagelang in diesem verdammten Wartezimmer der Admiralität herum. Ich dachte schon, die See würde mich niemals wiedersehen – Leutnant auf Halbsold für den Rest meines Lebens. Hätte ich nicht meine Geige gehabt und ab und zu ein Pferd für die Fuchsjagd – ich glaube, ich hätte mich aufgehängt. Damals zu Weihnachten habe ich Queeney wohl zuletzt gesehen, bis auf das eine Mal in London.«

»Ist sie eine Tante oder Cousine von Ihnen?«

»Nein, nein, wir sind überhaupt nicht verwandt. Aber wir wuchsen zusammen auf – das heißt, praktisch erzog sie mich. In meiner Erinnerung ist sie seit jeher ein großes Mädchen gewesen, niemals ein Kind wie ich, aber wenn man's recht bedenkt, kann sie höchstens zehn Jahre älter sein. So ein liebes, fürsorgliches Wesen. Sie wohnte auf Damplow, unserem Nachbargut, es lag fast in unserem Park, und nach dem Tod meiner Mutter verbrachte ich dort mindestens soviel Zeit wie zu Hause. Eher mehr«, schloß er nachdenklich, den Blick auf den Tochterkompaß über seinem Kopf gerichtet. »Kennen Sie eigentlich Dr. Johnson, den Lexikon-Johnson?«

»Aber gewiß«, rief Stephen mit eigenartigem Ausdruck. »Den geachtetsten, den liebenswertesten unter unseren Modernen. Ich billige nichts, was er sagt, es sei denn, er spricht von Irland, und doch verehre ich ihn. Für seine Biographie über Savage liebe ich ihn sogar. Und was mehr ist: Er erschien mir kürzlich in dem lebhaftesten Traum, den ich jemals hatte, vor höchstens einer Woche. Wie seltsam, daß Sie ihn ausgerechnet heute erwähnen ...«

»Ja, nicht wahr? Er war ein enger Freund von Queeneys Familie, bis ihre Mutter durchbrannte und einen Italiener heiratete, einen Papisten. Wie Sie sich denken können, war Queeney außer sich vor Wut, weil sie einen Katholiken als Stiefvater bekam. Nicht daß sie ihm jemals begegnet wäre. Aber sie sagte: ›Alles, alles, bloß keinen Papisten. Ich schwöre, daß mir Black Frank tausendmal lieber gewesen wäre.‹ Deshalb verbrannten wir auch im November dreizehn Guy Fawkes, alle in einer Reihe. Das muß 83 oder 84 gewesen sein, nicht lange nach der Schlacht bei den Saintes. Danach lebten sie fast nur noch in Damplow, die Mädchen, meine ich, und eine ältliche Cousine. Ach, meine liebe Queeney ... Habe ich Ihnen nicht schon von ihr erzählt? Sie hat mir Mathematik beigebracht.«

»Ich glaube, das haben Sie. Eine Studentin des Hebräischen, nicht wahr?«

»Ganz recht. Außerdem konnte sie Kegelschnitte und Fünfecke im Handumdrehen berechnen. Die gute Queeney. Und ich dachte schon, sie würde mal eine alte Jungfer werden. Sie war ja ganz hübsch, aber wie sollte sich ein Mann jemals einem Mädchen erklären, das hebräisch sprach? Ich hielt's für einen großen Jammer, denn eine so liebe Frau sollte eigentlich eine prächtige Familie mit einem Haufen Kinder haben. Und nun kommt sie daher und ist mit einem Admiral verheiratet – Ende gut, alles gut ... Trotzdem – er scheint mir uralt zu sein, ist auch ganz grau, wissen Sie, bestimmt schon an die Sechzig. Was halten Sie als Arzt davon – ich meine, wäre es possibel, daß er ...«

»*Possibilissima.*«

»Äh?«

»*Possibile è la cosa, e naturale*«, sang Stephen in heiser krächzenden Tönen, die nichts mit seiner sonst angenehmen Sprechstimme gemein hatten. »*E se Susanna vuol, possibilissima!*« Das kam zwar sehr disharmonisch heraus, war aber immer noch kenntlich als Zitat aus Mozarts Oper *Figaro*.

»Tatsächlich? *Tatsächlich*?« fragte Jack fasziniert. Nach einer grüblerischen Pause fuhr er fort: »Das sollten wir mal als Duo probieren, als Improvisation, meine ich ... Queeney stieß in Livorno zu ihm. Und ich dachte, meine Verdienste seien endlich anerkannt worden, meine im Kampf davongetragenen Wunden«, er lachte herzhaft, »hätten mir die Beförderung eingebracht. Dabei steckt bestimmt die gute Queeney dahinter, da bin ich fast sicher. Aber das Beste habe ich Ihnen ja noch gar nicht erzählt – und das haben wir ganz gewiß ihr zu verdanken: Wir sollen sechs Wochen lang an der französischen und spanischen Küste kreuzen, bis hinunter zum Kap Náo!«

»Oh? Und das ist gut?«

»Ja, sehr gut sogar. Kein Konvoidienst mehr, verstehen Sie? Nicht mehr gefesselt sein an einen tolpatschigen Haufen hinterhältiger Schurken, an diese Krämerseelen, die kreuz und quer übers Meer kriechen. Wir sollen die Franzosen und Spanier angreifen, ihre Handelsschiffahrt, ihre Häfen, ihren Nachschub, verstehen Sie? Lord Keith legte mir dringend ans Herz, ihren Handel zu stören. Er betonte immer wieder: Das ist mindestens so wichtig, wie die eine oder andere Seeschlacht zu gewinnen. Und um vieles profitabler. Der Admiral nahm mich beiseite und klärte mich gründlich über alle Aspekte auf – wirklich ein ungewöhnlich kluger, weitsichtiger Befehlshaber. Natürlich kein Nelson, das behauptet auch niemand, aber gewiß ein Ausnahmemensch. Freut mich, daß Queeney ihn gekriegt hat. Jetzt stehen wir unter keinem anderen Befehl, sondern kreuzen unabhängig – das ist das Beste daran. Kein glatzköpfiger Tintenpisser kann zu mir sagen: ›Jack Aubrey, Sie bringen jetzt schleunigst diese Schweine für die Flotte nach Livorno‹, was es unmöglich macht, auf eine Prise auch nur zu hoffen. Ha – Prisengeld!« Jack schlug sich grinsend auf die Schenkel. Und der Wachtposten vor der Tür, der die ganze Zeit aufmerksam gelauscht hatte, wackelte vergnügt mit dem Kopf und grinste ebenfalls.

»Machen Sie sich wirklich so viel aus Geld?« fragte Stephen.

»Ich liebe es leidenschaftlich«, beteuerte Jack mit Inbrunst. »Schließlich war ich mein Lebtag lang ein armer Schlucker und möchte endlich reich werden.«

»Wie wahr«, murmelte draußen der Wachtposten.

»Auch mein Vater, Gott segne ihn, war arm wie eine Kirchenmaus«, fuhr Jack fort. »Aber dabei so freigebig wie ein Sommerregen. Als ich Kadett war, zahlte er mir fünfzig Pfund Taschengeld im Jahr, das war damals eine Menge Geld für mich – oder wäre es gewesen, wenn er den Heuerbaas hätte überreden können, es mir auch auszuzahlen. Gott, wie habe ich gelitten, damals auf der alten *Reso* – immer diese Messebons, Wäscherechnungen und meine ausgewachsene Uniform … Kein Wunder, daß mir Geld viel bedeutet. Doch ich glaube, wir sollten jetzt aufbrechen – das waren eben zwei Glasen.«

Jack und Stephen waren in die Messe eingeladen, wo sie das Spanferkel kosten sollten, das die Offiziere in Livorno gekauft hatten. James Dillon hieß sie willkommen; auch der Master, der Zahlmeister und Mowett erwarteten sie schon, als sie eintraten. Der Raum lag im Halbdunkel, denn die Messe hatte keine Fenster, nur vorne ein kleines Oberlicht. Obwohl *Sophies* eigenartige Bauweise eine luxuriöse Kommandantenkajüte ermöglichte (richtig luxuriös allerdings nur, wenn man diesem Kommandanten die Beine überm Knie abgesägt hätte), unbeeinträchtigt von den sonst üblichen Heckkanonen, so brachte sie es doch mit sich, daß die Offiziersmesse tiefer lag als die Kuhl, und zwar auf einer Art Halbdeck, was sie fast zu einem Orlop machte.

Anfangs verlief das Dinner recht steif und formell, obwohl sie im Schein einer prächtigen silbernen Hängelampe aus Byzanz speisten, die Dillon auf einer türkischen Galeere erbeutet hatte; auch wurde ein ausnehmend edler Wein serviert, denn der Erste war nach Marinebegriffen wohlhabend, wenn nicht gar reich. Jeder kehrte seine besten Tischsitten hervor und wartete darauf, daß Jack den Ton angab, was sein Vorrecht als Kommandant war. Aber so viel Ehrerbietung und respektvolle Aufmerksamkeit verlangten von ihm, daß er Worte äußerte, die derartiger Referenz auch würdig waren – was ihn als Mann der Tat, der es gewohnt war, sich ganz normal zu unterhalten, ständig unterbrochen zu werden, Widerspruch zu ernten oder einfach überhört zu werden, ziemlich ermüdete. Hier mußte alles, was er sagte, Gewicht besitzen, und unter dieser Last begann sich seine Stimmung bald zu verdüstern. Die Herren Marshall und Ricketts hockten wortkarg da, sagten höchstens danke oder bitte und löffelten ihre Suppe mit einer schrecklichen Zielstrebigkeit. Der junge Mowett blieb selbstverständlich stumm, wie es seiner Jugend zukam. Dillon bemühte sich eifrig, aber vergeblich um ein Tischgespräch, und Stephen Maturin wirkte gedankenverloren.

Erst das Spanferkel rettete das melancholische Fest. Von einem Stolpern des Stewards katapultiert und beschleunigt von einem plötzlichen Rollen der *Sophie,* rutschte es dem Mann von der Servierplatte und flog Mowett in den Schoß. Das anschließende brüllende Gelächter und Durcheinander machte aus den Gästen wieder Alltagsmenschen, und die Entspannung währte lange genug, daß Jack freudig die Gelegenheit ergreifen konnte, auf die er von Anfang an gewartet hatte.

»Na denn, meine Herren«, begann er, nachdem sie auf des Königs Gesundheit getrunken hatten, »ich habe Ihnen eine erfreuliche Mitteilung zu machen, erfreulich für alle. Das heißt, falls Mr. Dillon mir gestattet, an seinem Tisch von Dienstangelegenheiten zu sprechen. Der Admiral schickt uns auf einen unabhängigen Einsatz hinunter zum Kap Náo. Und ich konnte Dr. Maturin dazu überreden, an Bord zu bleiben und uns wieder zusammenzuflicken, falls uns Feindeswut dabei in Stücke reißen sollte.«

»Hurra – gut gemacht – hört, hört – das lob ich mir – formidabel …« Alle riefen freudig durcheinander und dankten Stephen mit so offener Begeisterung, daß dieser ganz gerührt wurde.

»Lord Keith war entzückt, als ich ihm davon berichtete«, fuhr Jack fort. »Sagte, er beneide uns immens … Hat selbst keinen Arzt auf seinem Flaggschiff … Als ich ihm von Mr. Days Gehirn erzählte, war er ganz verblüfft … Rief nach seinem Fernglas und betrachtete unseren Stückmeister, wie er an Deck in der Sonne lag … Schrieb sofort eigenhändig die Bestallung für unseren Doktor aus, was noch nie dagewesen ist. Jedenfalls habe ich von keinem ähnlichen Vorgang gehört, seit ich bei der Marine bin.«

Auch keiner der Anwesenden hatte das. Darauf mußte getrunken werden – drei Flaschen Port, hier der Schlüssel, Killick – ex und hopp, die ganze Runde … Und während Stephen stumm dasaß, den Blick bescheiden aufs Tischtuch gesenkt, standen alle auf, beugten die Köpfe unter den niedrigen Decksbalken und riefen dreimal Hurra.

»Nur ein Umstand behagt mir nicht ganz«, bekannte Stephen, während seine Ernennungsurkunde von Hand zu Hand ging und ehrfürchtig gelesen wurde, »nämlich diese alberne Wiederholung der Bezeichnung Chirurg: ›Ernenne ich hiermit Ihren *Chirurgen* ... Übernehmen Sie alle Obliegenheiten eines *Chirurgen* ... Erhalten Sie soviel Sold und Proviant, wie für einen *Chirurgen* besagter Slup vorgesehen ...‹ Das ist eine falsche Definition«, fuhr Stephen fort. »Und eine falsche Definition ist dem philosophischen Geist ein Ärgernis.«

»Das mag ja sein«, rief James Dillon. »Aber der nautische Geist schwelgt förmlich in falschen Definitionen. Nehmen Sie nur diese Slup, zum Beispiel.«

»Gewiß.« Im Weindunst kniff Stephen die Augen zusammen und versuchte sich an die nautischen Definitionen zu erinnern, die er schon gehört hatte.

»Bekanntlich ist eine Slup ein einmastiges Fahrzeug mit Schratsegeln. Bei der Kriegsmarine aber kann eine Slup rahgetakelt sein und sogar drei Masten haben.«

»Oder nehmen Sie die *Sophie*«, rief der Master eifrig, um ebenfalls ein tröstendes Beispiel beizusteuern. »Mit ihren zwei Masten ist sie eigentlich eine Brigg, Doktor, wußten Sie das?« Er hob zwei Finger, wohl für den Fall, daß eine Landratte nicht bis zwei zählen konnte. »Aber in dem Augenblick, als Captain Aubrey den Fuß an Deck setzte, wurde sie zur Slup. Denn eine Brigg wird nur von einem Leutnant befehligt.«

»Oder nehmen Sie mich«, kam es von Jack. »Man nennt mich zwar Captain, aber in Wirklichkeit bin ich nur Kapitänleutnant.«

»Und das Logis der Leute hier vorn«, der Zahlmeister deutete auf das vordere Schott, »heißt offiziell Kanonendeck, obwohl es niemals eine einzige Kanone gesehen hat. Wir nennen es das Spierendeck, obwohl noch nie eine Spiere darin lag. Manche sprechen zwar ganz korrekt vom Kanonendeck, nennen dafür aber das eigentliche Batteriedeck das Oberdeck. Oder nehmen Sie unsere Brigg, die eigentlich gar keine ist – nicht mit diesem Rahgroßsegel –, sondern eine Art Schnau, ein Zwitter.«

»Nein, nein, Verehrtester«, beteuerte James Dillon, »zerbrechen Sie sich bloß nicht den Kopf über unsere Ausdrücke.

Nominell haben wir Kapitänstewards, die aber in Wirklichkeit unsere Kadetten sind; in der Musterrolle stehen Burschen als Vollmatrosen, die tausend Meilen weit weg noch zur Schule gehen; und wir spinnen täglich Seemannsgarn, obwohl keiner von uns jemals ein Spinnrad anfassen würde. Nein, nein, bezeichnen Sie sich ruhig, wie Sie wollen. Die Marine spricht in Symbolen, und Sie können selbst bestimmen, welchen Sinn Ihre Worte haben sollen, solange Sie nur Ihre Pflicht tun.«

FÜNFTES KAPITEL

DIE REINSCHRIFT des Logbuchs der *Sophie* war von David Richards mit den wunderschönen Lettern eines Kupferstechers abgefaßt, glich aber sonst jedem anderen Logbuch der Marine. In seiner halbgebildeten, strohtrockenen, selbstgerechten Eintönigkeit blieb es sich immer gleich. Das Öffnen von Pökelfaß Nummer 271 wurde darin genauso lapidar registriert wie der Tod des Loblollyboys. Und seine Prosa wurde auch nicht inspirierter, als es die Eroberung der ersten Prise zu vermelden hatte.

Donnerstag, 28. Juni: wechselnde Winde aus SO bis S, Kurs S50W, Etmal 63 sm. Position 42° 32′N, 4° 17′ O, Kap Creus peilt S76°W in 12 sm Entfernung. Wenig Wind, Himmel bewölkt. Um 19.00 erstes Reff in die Bramsegel. Morgens dto. Wetter. Übungsschießen mit den großen Kanonen. Besatzung mit diversen Arbeiten beschäftigt.

Freitag, 29. Juni: Kurs SO. Leichter Wind, klarer Himmel. Übungsschießen. Nachmittags Ankertrosse mit Trensing bekleedet. Morgens windig und bewölkt, drittes Reff ins Großbramsegel, neues Vorbramsegel angeschlagen und weggerefft. Sturm um 04.00, Rahgroßsegel weggenommen, um 08.00 mit Reff wieder gesetzt. Mittags Flaute. Gestorben Henry Gouges, Loblollyboy. Übungsschießen mit den großen Kanonen.

Samstag, 30. Juni: Leichter Wind, nachlassend. Übungsschießen mit den großen Kanonen. Strafvollzug an Jno. Shannahan und Thos.

Yates, zwölf Hiebe für Trunkenheit. Einen Bullen von 530 kg Lebendgewicht geschlachtet. Verbleibender Trinkwasservorrat 3 Tonnen.

Sonntag, 1. Juli: Besatzung nach Divisionen gemustert, Kriegsartikel verlesen, Gottesdienst abgehalten und die sterblichen Überreste von Henry Gouges der See übergeben. Wetter mittags dto.

Unverändert ruhiges Wetter also. Doch abends versank die Sonne glühendrot hinter einer Wolkenbank, die tief am westlichen Horizont dräute. Jedem Seemann an Bord war klar, daß das Wetter nicht länger »dito« bleiben würde.

Die Erfahrenen lungerten auf dem Vordeck herum, kämmten ihre langen Haare und flochten sie einander wieder zu Zöpfen, wobei sie den Landratten freundlich die Wetterlage erklärten: Diese lange Dünung aus Südwest und die seltsam klebrige Hitze kamen von der glasigen, träge atmenden See und dem lastenden Himmel; das furchterregende Aussehen der Sonne kündete ein baldiges Bersten aller Himmelsschleusen an, einen apokalyptischen Wettersturz, kurz: eine saumäßige Nacht.

Die Seeleute hatten reichlich Zeit zum Einschüchtern ihrer ahnungslosen Zuhörer, die schon der unnatürliche Tod des Loblollyboys deprimiert hatte. »Haha, Freunde«, hatte Henry Gouges gerufen, »heute werde ich fünfzig Jahre alt. O mein Gott«, und war stehenden Fußes gestorben, den unberührten Grogbecher noch in der Hand. Sie hatten reichlich Zeit, denn es war Sonntagnachmittag, und der natürliche Lauf der Dinge verlangte es, daß sich um diese Zeit müßige Seeleute mit aufgelöstem Haupthaar auf dem Vordeck versammelten. Einige der Begabteren prunkten mit so langen Zöpfen, daß sie sie hinten in den Gürtel stecken konnten. Jetzt hing dieser Kopfschmuck lose und gekämmt herab, wand sich als nasse Strähnen schlangenartig glatt und dünn, sträubte sich nach dem Trocknen und vor dem Ölen als wilde Mähne und verlieh seinem Besitzer etwas schrecklich Wüstes und Kassandrahaftes, was die bösen Vorahnungen der Neulinge noch verschlimmerte.

Die Matrosen trugen dick auf. Aber auch mit der lebhaftesten Phantasie hätten sie das Ereignis, das schließlich eintrat, nicht übertrieben schildern können. Nach den ersten warnenden Böen am Ende der letzten Hundewache wuchs sich der Südoststurm in der Mittelwache zu einem gewaltig heulenden Orkan aus, so befrachtet mit warmem Regen, daß die Rudergänger die Köpfe unter seinem Trommelfeuer senken und seitlich durch die Mundwinkel atmen mußten, um überhaupt noch Luft zu bekommen. Die Seen bauten sich immer höher auf. Sie erreichten zwar nicht die Höhe der mächtigen Atlantikroller, waren aber steiler und deshalb tückischer. Gischt riß waagerecht von ihren Kämmen ab und peitschte durch *Sophies* Rigg, die immer wieder bekalmt in den Wellentälern liegenblieb, das Unwetter nur mit einem kleinen Sturmklüver abreitend. Dabei benahm sie sich allerdings prächtig: Sie mochte kein Schnellsegler sein und auch nicht gefährlich oder rasant aussehen; aber mit gestrichenen Maststengen, doppelt gesicherten Kanonen, fest verschraubten Luken und mit hundert Seemeilen Raum nach Lee lag sie so bequem und gelassen beigedreht wie eine Eiderente. Sie war auch ein bemerkenswert trockenes Schiff, stellte Jack fest, während sie erneut einen weißmarmorierten Steilhang aus Wasser erklomm, sich den tobenden Kamm der See geschickt unter den Steven packte und geschmeidig ins nächste Wellental hinabglitt. In Ölzeugjacke und gewachster Kalikohose stand Jack an Deck, einen Arm um eine Pardune gehakt, während sein klatschnasses gelbes Haar, das er als Lord Nelsons Verehrer lang und offen trug, auf den Wellenkämmen waagerecht nach Lee auswehte und in den Tälern zusammenfiel, ein natürlicher Windmesser. Er beobachtete aufmerksam, wie sich das Schiff im diffusen Licht des rasenden Mondes regelmäßig und fast träumerisch bewegte. Zu seiner großen Freude fand er seine Vorhersage, daß die *Sophie* ein tüchtiges Hochseeschiff sei, bestätigt und sogar noch übertroffen. »Sie segelt bemerkenswert trocken«, sagte er zu Stephen, der an Deck gekrochen war, weil er lieber an der frischen Luft sterben wollte. Sie hatten ihn an einen Pfosten gebunden, und nun stand er stumm, pitschnaß und erschüttert hinter dem Kommandanten.

»Äh?«

»Sie – segelt – bemerkenswert – trocken.«

Gereizt runzelte Stephen die Stirn, denn dies schien ihm nicht die rechte Zeit für nebensächliche Bemerkungen.

Aber die aufgehende Sonne schluckte den Wind, und gegen halb acht am nächsten Morgen erinnerten nur noch die starke Dünung und eine über dem Löwengolf im Nordwesten liegende Wolkenbank an den nächtlichen Sturm. Der Himmel war von so unglaublich klarem Blau und die Luft so reingewaschen, daß Stephen erkennen konnte, welche Farbe die herabhängenden Füßchen eines Wellenläufers hatten, der zwanzig Meter achteraus über *Sophies* Kielwasser hüpfte. »Ich erinnere mich an die Tatsache eines extrem starken, lähmenden Entsetzens«, sagte er, den Blick immer noch auf den winzigen Sturmvogel gerichtet, »aber das innere Gefühl zu diesem Erlebnis kann ich nicht mehr heraufbeschwören.«

Der Mann am Ruder und der Quartermaster am Kompaßhaus tauschten einen schockierten Blick.

»Darin ähnelt es den Empfindungen einer Wöchnerin nach der Geburt«, fuhr Stephen fort, zwangsläufig noch lauter sprechend, denn er schritt dabei zur Heckreling, um den Wellenläufer nicht aus den Augen zu verlieren. Rudergänger und Quartermaster wandten hastig den Blick voneinander ab: Das war ja schrecklich – jeder konnte den Doktor hören. *Sophies* Chirurg, der Retter des Stückmeisters – Lazarus Day wurde er genannt, seit ihm Stephen bei hellichtem Tag und im Beisein der faszinierten Besatzung den Schädel geöffnet hatte –, wurde zwar hoch geschätzt, aber niemand vermochte zu sagen, wie weit er seine Unschicklichkeiten noch treiben würde. »Ich erinnere mich an einen Augenblick ...«

»Segel in Sicht!« kam zur Erleichterung aller.

»Wo?«

»In Lee. Zwei oder drei Strich achterlicher als querab. Eine Feluke in Not – alle Segel schlagen.«

Die *Sophie* fiel ab, und bald konnte man auch von Deck die ferne Feluke sehen, wie sie im unruhigen Seegang stieg und fiel. Sie machte keinen Versuch, wieder Fahrt aufzunehmen, den Kurs zu ändern oder auch nur beizudrehen, sondern lag steuerlos da, während ihre Segelfetzen im ersterbenden Wind nach Lee auswehten. Auch reagierte sie weder auf das Flaggensignal noch auf einen Anruf der *Sophie.* Niemand stand an der Pinne. Beim Näherkommen konnten die mit Gläsern ausgerüsteten Offiziere das Ruder unkontrolliert schlagen sehen, während die Feluke gierte.

»Da liegt eine Leiche an Deck«, stellte Babbington hämisch fest.

»Keine einfache Sache, bei diesem Seegang ein Boot auszusetzen«, sagte Jack mehr oder weniger zu sich selbst. »Williams, bringen Sie uns längsseits. Mr. Watts, stellen Sie ein paar Mann an die Seite, um sie abzuhalten. Ihre Ansicht dazu, Mr. Marshall?«

»Tja, Sir, ich glaube, sie kommt aus Tanger oder Tétouan, jedenfalls vom westlichen Teil der Küste …«

»Dieser Mann da in dem viereckigen Loch ist an der Pest gestorben.« Mit einem Klicken schob Stephen Maturin sein Teleskop zusammen.

Totenstille folgte dieser Bemerkung, nur der Wind seufzte schwach im Rigg. Der Abstand zwischen den beiden Schiffen verringerte sich schnell, und jetzt war mit bloßem Auge zu erkennen, daß eine reglose Gestalt halb im achteren Niedergang hing, mit vielleicht zwei weiteren Toten darunter. Ein fast nackter Leichnam lag im Leinengewirr neben der Pinne.

»Kurs halten«, sagte Jack. »Doktor, sind Sie ganz sicher? Nehmen Sie mein Glas.«

Stephen blickte kurz hindurch und reichte es zurück. »Daran gibt es nicht den geringsten Zweifel«, antwortete er. »Ich hole meine Tasche, dann steige ich über. Vielleicht sind noch Überlebende an Bord.«

Die Feluke stieß jetzt fast an die Bordwand der *Sophie,* und eine zahme Ginsterkatze, wie sie öfter wegen der Rattenplage auf Schiffen der Barbareskenküste gehalten wurde, hockte auf der Reling, sah gespannt zu ihnen empor und setzte zum Sprung an. Volgardson, ein älterer Schwede und sonst einer der Gutmütigsten, schleuderte einen Schwabber nach ihr, der sie ins Wasser warf; die Männer an der Reling heulten und kreischten, um das possierliche Tier zu verscheuchen.

»Mr. Dillon«, befahl Jack, »holen Sie die Steuerbordschoten dicht und nehmen Sie Fahrt auf.«

Sofort kehrte Leben in die *Sophie* zurück. Bootsmannspfeifen schrillten, Leute rannten auf ihre Plätze, man brüllte und schrie Befehle – und im allgemeinen Chaos rief Stephen: »Ich bestehe auf einem Boot! Ich protestiere ...«

Jack packte ihn am Ellenbogen und schob ihn mit fürsorglicher Gewalt in seine Kajüte. »Werter Herr«, sagte er, »ich fürchte, Sie dürfen weder insistieren noch protestieren. Das wäre Meuterei, müssen Sie wissen, und ich wäre gezwungen, Sie dafür zu hängen. Falls Sie auch nur einen Fuß auf diese Feluke setzen, selbst wenn Sie die Pestkeime nicht mit zurückbringen, müssen wir beim Einlaufen in Mahón die gelbe Flagge setzen. Und Sie wissen, was das bedeutet: nämlich vierzig elende, sterbenslangweilige Tage auf der Quarantäne-Insel und sofortiges Erschießen, wenn Sie sich außerhalb der Palisade blicken lassen. Die halbe Besatzung würde allein schon aus Angst krepieren, ob Sie uns nun die Pest gebracht hätten oder nicht.«

»Sie wollen also dieses Schiff einfach seinem Schicksal überlassen, ihm keine Hilfe leisten?«

»Jawohl.«

»Aber das geht dann auf Ihre Verantwortung, auf Ihr Gewissen!«

»Natürlich.«

Im Logbuch fand dieser Zwischenfall kaum Erwähnung. Wer hätte auch die passenden offiziellen Formulierungen dafür gefunden, daß *Sophies* Chirurg *Sophies* Kommandanten mit beiden Fäusten vor der Nase herumfuchtelte. Also tat das Logbuch die Sache mit einem lakonischen Vermerk ab: *Sprachen mit Feluke, abgedreht um 11.15 Uhr.* Danach ging es schleunigst zu dem erfreulichsten Eintrag seit Jahren über (Captain Allen war ein glückloser Kommandant gewesen: Nicht nur, daß die *Sophie* unter seinem Befehl fast ausschließlich zum Konvoidienst abgestellt worden war – selbst wenn er tatsächlich einmal unabhängig kreuzen durfte, hatte sich die See wie durch Zauberei vor ihm geleert, so daß er keine einzige Prise erbeutet hatte), zu dem erfreulichen Eintrag, der da lautete: *Nachmittags mäßiger Wind und klarer Himmel, Bramstengen gesetzt. Faß No. 113 geöffnet, Pökelfleisch teilweise verfault. Um 19.00 fremdes Segel im Westen gesichtet, Verfolgung aufgenommen.*

Westen hieß in diesem Fall genau in Lee der *Sophie.* Und *Verfolgung* bedeutete, daß sie jeden Fetzen Tuch setzte – auch die Leesegel auf allen drei Etagen, natürlich die Royals und sogar die Bonnets. Denn die Gejagte war als große Polacca identifiziert worden, mit Lateinersegeln an Vor- und Besanmast und mit Rahsegeln am Großmast. Deshalb mußte sie aus Frankreich oder Spanien kommen und einen hohen Wert darstellen – falls die *Sophie* sie einholen konnte. Beim ersten Insichtkommen hatte sie beigedreht gelegen, offenbar um ihren vom Sturm beschädigten Großmast zu reparieren. Aber kaum hatte die *Sophie* ihre Bramsegel getrimmt, legte sich die Polacca schon mit dem Heck vor den Wind und floh mit allem Tuch, das sie in der kurzen Zeit setzen konnte – eine sehr verdächtige Polacca, die sich nicht so leicht überraschen ließ.

In der ersten Viertelstunde legte die *Sophie* mit ihrer starken und in Segeldrill erfahrenen Besatzung zwei Meilen zurück, während die Polacca nur eine schaffte. Aber sobald diese erst alle Segel oben hatte, wurden beide Schiffe fast gleich schnell. Bei dem raumen achterlichen Wind, der ihr riesiges Rahgroßsegel voll zur Wirkung kommen ließ, war die *Sophie* dennoch eine Idee schneller und machte mit Höchstfahrt gut über sieben Knoten, die Polacca dagegen sechs. Aber der Abstand betrug immer noch vier Meilen, und in drei Stunden mußte es stockdunkel sein – der Mond ging erst um halb drei auf. Allerdings hegte man auf der *Sophie* die Hoffnung, eine recht begründete Hoffnung, daß auf der Polacca wieder etwas zu Bruch gehen würde, denn sie hatte gewiß eine schlimme Nacht hinter sich. An der Reling der *Sophie* blieben viele Gläser auf sie gerichtet.

Jack stand vorn am Steuerbord-Judasohr, betete mit ganzer Kraft um schnellere Fahrt und hätte seinen rechten Arm für eine wirkungsvolle Jagdkanone am Bug gegeben. Immer wieder drehte er sich um und prüfte den Stand der Segel oder starrte beschwörend in die hohe Bugsee, die schnell an der glatten schwarzen Bordwand vorbeirauschte. Allmählich gewann er den Eindruck, daß die hinteren Segel in ihrer augenblicklichen Stellung den Vorfuß eine Idee zu tief ins Wasser drückten – daß also der ungeheure Preß der Leinwand ihre Fahrt eher verlangsamte –, und er befahl, das Großroyal wegzunehmen. Noch nie war einer seiner Befehle unwilliger befolgt worden. Aber die Logleine bewies, daß er recht hatte: Von nun an lief die *Sophie* ein bißchen leichter, ein bißchen schneller, und der Hauptangriffspunkt des Windes verlagerte sich etwas nach vorn.

An Steuerbord voraus ging die Sonne unter, der Wind begann auf Nord rückzudrehen und wurde böig, aus dem Himmel hinter ihnen griff die Dunkelheit nach den Schiffen. Die Polacca hatte immer noch einen Vorsprung von einer Dreiviertelmeile und behielt ihren westlichen Kurs bei. Sowie der Wind quer einzukommen begann, setzte sie ihre Stagsegel und das Gaffelgroß. Als Jack prüfend zur Vorroyalrah aufblickte und sie schärfer anbrassen ließ, hatte er ihr Opfer noch gut erkennen können; doch als er dann den Blick senkte, drohte das Zwielicht bereits alles zu verschlucken.

Er ließ die Leesegel wegnehmen und konnte nun ihre erhoffte Beute – oder vielmehr das Gespenst einer Beute, diesen fahlen Schemen, der sich ab und zu auf einen Wellenkamm hob – vom Achterdeck aus etwas besser erkennen. Dort bezog er mit seinem Nachtglas Stellung, starrte in die einbrechende Nacht und gab ab und zu im Gesprächston einen leisen Befehl.

Schwächer wurde der Umriß, immer schwächer, und dann war er plötzlich weg. Spurlos verschwunden, von einem Augenblick auf den anderen. Der Quadrant des Horizonts, wo sich eben noch der undeutliche, aber vielversprechend wippende Fleck gezeigt hatte, war plötzlich leer, nur mehr ein Sektor bewegte See, auf die sich Regulus gemächlich herabsenkte.

»Ausguck!« rief Jack nach oben. »Wo peilt sie?«

Pause, dann: »Nirgends, Sir. Sie ist nicht mehr da.«

In der Tat. Was sollte er jetzt unternehmen? Er wollte nachdenken, und zwar hier oben an Deck, in enger Fühlung mit der Lage, den umspringenden Wind im Gesicht und die schwach glühende Kompaßrose jederzeit im Blick – nachdenken ohne die geringste Störung. Und Konvention wie Disziplin der Marine gestatteten ihm genau dies. Die geheiligte Unverletzlichkeit des Kommandanten (manchmal so absurd, so förderlich dem leeren Pomp) hüllte ihn ein, isolierte ihn von den anderen und erlaubte seinem Geist ungestörtes Umherschweifen. Einmal sah er, wie Dillon hastig Stephen abdrängte, und registrierte die Bewegung, aber in seinem Kopf lief die Suche nach einer Problemlösung ungestört weiter. Die Polacca hatte entweder den Kurs geändert oder würde dies bald tun. Die Frage war nur, wo würde sie auf dem neuen Kurs bei Tagesanbruch stehen? Die Antwort hing von vielen Faktoren ab: War es ein Franzose oder ein Spanier, war er unterwegs nach Hause oder zu einem fernen Hafen, dachte der Skipper raffiniert oder simpel – und vor allem, wie waren ihre Segeleigenschaften? Von letzteren hatte sich Jack schon ein Bild machen können, denn er hatte in den letzten Stunden jede ihrer Bewegungen mit Argusaugen verfolgt. Also baute er seine Überlegungen (falls man den intuitiven Prozeß, der in seinem Kopf ablief, so nennen konnte) auf diesen Gewißheiten auf, schätzte den Rest realistisch ein und gelangte zu einem Entschluß. Die Polacca war über Stag gegangen; sie konnte durchaus mit gestrichenen Segeln liegengeblieben sein, um sich in der Dunkelheit zu verbergen, während die *Sophie* an ihr vorbei nach Norden weiterlief. Auf jeden Fall jedoch würde sie bald wieder alle Segel setzen, hoch am Wind Kurs auf Agde oder Sète nehmen, dabei *Sophies* Kielwasser kreuzen und sich in erster Linie auf die besseren Am-Wind-Eigenschaften ihres Lateinerriggs verlassen, mit dem sie leichter nach Luv und damit in Sicherheit gelangen konnte. Falls dies zutraf, mußte die *Sophie* sogleich wenden und sich unter Arbeitsbesegelung nach Luv vorarbeiten, damit sie die Polacca bei Tagesanbruch in ihrem Lee liegen hatte. Denn wahrscheinlich verließ sich deren Skipper allein auf seine Lateinersegel vorn und achtern – selbst während der Verfolgungsjagd hatte er den beschädigten Großmast mit seinen Rahsegeln geschont.

Jack ging in Mr. Marshalls Kartenraum und überprüfte mit zusammengekniffenen, vom Licht geblendeten Augen dessen Positionsangaben; dann verglich er sie noch einmal mit Dillons Berechnungen und kehrte an Deck zurück, um seine Befehle zu geben.

»Mr. Watt«, sagte er, »wir werden gleich wenden, aber ich verlange, daß das ganze Manöver bei völliger Stille ausgeführt wird. Keine lauten Befehle, keine Bootsmannspfeifen, kein Geschrei.«

»Aye, aye, Sir, kein Geschrei«, sagte der Bootsmann und eilte davon, mit ganz neuer, fremder Befehlsstimme »alle Mann klar zur Wende« krächzend.

Dieser Befehl und vor allem der Ton, in dem er erteilt wurde, erzielten eine ganz besondere Wirkung. So gewiß, als hätte man es ihm gerade wörtlich mitgeteilt, wußte Jack plötzlich, daß die gesamte Besatzung wie ein Mann hinter ihm stand.

Und einen flüchtigen Moment lang hörte er seine innere Stimme warnend flüstern, daß er jetzt besser recht behielte, denn sonst würde ihm dieses unbegrenzte Vertrauen niemals wieder zuteil werden.

»Na denn, Assou«, sagte er zu dem Laskaren am Ruder, und die *Sophie* luvte willig an.

»Hart über das Ruder«, fuhr er leise fort – ein Kommando, das sonst von Horizont zu Horizont widerhallte. Dann: »Fiert die Stagsegelschoten!« Er hörte das hastige Getrappel nackter Füße und das Raspeln der Leinen an den Stagen. Dann hieß es warten, warten, bis der Wind einen Strich achterlicher als von recht voraus einkam. Nun folgte, schon ein wenig lauter, der Befehl: »Großtopp rund!« Die *Sophie* lag jetzt im Wind und trieb etwas achteraus. Aber dann fühlte Jack den Wind seine andere Wange streicheln. »Holt dicht Vorschoten, braßt an Großtopp!« Auf dem Seitendeck rissen schattenhafte Gestalten und wetterharte Vordecksgasten an den Steuerbordbrassen. Die Luvpardunen kamen steif, die *Sophie* lag auf dem neuen Bug und nahm Fahrt auf.

Bald lief sie mit gerefften Bramsegeln hoch am Wind nach Ostnordost, und Jack konnte unter Deck gehen. Er wollte vermeiden, daß aus den Fenstern seiner Achterkajüte Licht auf die See fiel; die Blenden anzubringen lohnte aber nicht, deshalb zog er den Kopf ein und betrat die Offiziersmesse. Zu seiner Überraschung fand er dort Dillon vor (gewiß, Dillon hatte jetzt wachfrei, aber Jack hätte sich an seiner Stelle trotzdem nicht von Deck gerührt), der mit Stephen Schach spielte, während der Zahlmeister ihnen Zitate aus einem Herrenmagazin vorlas, gewürzt mit seinen Kommentaren.

»Lassen Sie sich nicht stören, Gentlemen«, rief Jack beschwichtigend, als alle aufsprangen. »Ich wäre nur eine Weile dankbar für Ihre Gastfreundschaft.«

Sie strengten sich an, um es ihm bequem zu machen – hasteten nach Wein, nach Keksen, der neuesten Navyliste –, aber er blieb trotzdem ein Eindringling; er störte ihre entspannte Geselligkeit, ließ des Zahlmeisters Literaturkritik versiegen und beendete das Schachspiel so abrupt wie ein Blitz aus heiterem Himmel. Stephen wohnte jetzt natürlich hier unten – seine Kammer war ein kleiner Verschlag hinter der Hängelampe – und sah so aus, als sei er voll in die kleine Gemeinschaft integriert. Aus unerfindlichem Grund fühlte Jack sich verletzt, er unterhielt sich noch eine Weile mit ihnen (und merkte selbst, wie gezwungen, wie bemüht höflich seine Stimme klang), ging aber bald wieder an Deck. Sobald sie oben seine hünenhafte Gestalt in der grauen Öffnung des Niedergangs sahen, zogen sich der Master und Jung-Ricketts schweigend auf die Backbordseite zurück, und Jack nahm seine einsame Wanderung zwischen Heckreling und achterem Jungfernblock wieder auf.

Zu Beginn der Mittelwache bezog sich der Himmel, und gegen zwei Uhr morgens ließ ein leichter Schauer seine Tropfen aufs Kompaßhaus prasseln. Der Mond ging auf, ein verzerrter heller Fleck, der sich hinter den Wolken kaum ausmachen ließ. In Jacks Magen wühlte der Hunger, aber er schritt weiter auf und ab, bei jeder Wendung gewohnheitsmäßig nach Lee in die Dunkelheit spähend.

Drei Glasen. Die ruhige Stimme des Korporals meldete alles wohlauf an Bord. Vier Glasen. Es gab so viele Alternativen, so viele überraschende Optionen für die Polacca, sie konnte hundert andere Dinge tun, statt hoch am Wind nach Sète aufzukreuzen …

»Was sehe ich da? Bei Regen nur im Hemd herumzulaufen, das ist doch Irrsinn!« Stephens Stimme laut hinter ihm.

»Ruhe!« zischte Mowett, der Wachführer, dem es nicht gelungen war, Stephen abzufangen.

»Irrsinn. Denken Sie doch an die kalte Nachtluft – an die fallende Nässe – die Fluxion der Säfte. Wenn die Pflicht von Ihnen verlangt, bei Nacht und Regen hier oben herumzulaufen, dann tragen Sie doch um Himmels willen warme Kleidung. Her mit einem wollenen Rock für den Kommandanten! Schon gut, ich hole ihn selber.«

Fünf Glasen, und wieder ein sanfter Regenschauer. Der Rudergänger wurde abgelöst, der anliegende Kurs flüsternd bestätigt, alle Routinemeldungen wiederholt. Sechs Glasen, und die Dunkelheit im Osten wurde dünner. Schweigen lastete nach wie vor über dem ganzen Schiff. Männer schlichen auf Zehenspitzen zu den Brassen, um die Rahen zu trimmen. Kurz vor sieben Glasen räusperte sich der Ausguck fast entschuldigend und rief so gedämpft, daß man es unten gerade noch verstehen konnte: »An Deck … Sir, ich glaube, sie ist da. An Steuerbord querab. Ich glaube …«

Jack stopfte sein Fernglas in die Tasche des Überziehers, den Stephen ihm geholt hatte, rannte bis zur Marssaling hinauf, klemmte sich in den Wanten fest und richtete das Glas auf die Peilung aus, die ihm der gestreckte Arm wies. Die ersten grauen Vorboten der Dämmerung kämpften sich durch abziehende Regenschauer und tiefhängende Wolkenfetzen in Lee. Und da, keine halbe Meile entfernt, lag mit schwach schimmernden Lateinersegeln eine Polacca. Dann zog der Regen wieder den Vorhang zu, aber Jack hatte schon erkannt, daß es sich tatsächlich um *seine* Polacca handelte und daß sie nachts ihre Großbramstenge verloren hatte.

»Sie haben kolossale Augen, Andersen«, sagte er und schlug dem Ausguck anerkennend auf die Schulter.

In die gespannten, stummen Gesichter von Jung-Mowett und der ganzen Achterdeckswache hinein erklärte er mit einem Grinsen, das sich nur schwer unter Kontrolle halten ließ: »Sie liegt genau in Lee von uns. In Süd zu Ost. Jetzt können Sie die *Sophie* beleuchten und ihnen unsere Stärke zeigen. Ich möchte vermeiden, daß sie etwas Dummes versuchen, zum Beispiel eine Kanone abfeuern und vielleicht noch einige unserer Leute verwunden. Lassen Sie mich's wissen, wenn wir längsseits gehen.« Damit zog er sich zurück und rief nach Licht und einem heißen Getränk. Bis in seine Kajüte hinunter hörte er Mowetts Stimme, schrill und abgehackt vor Aufregung über seine ungeheure Verantwortung (er wäre mit Freuden für Jack auch gestorben), während die *Sophie* ihre Flügel ausbreitete und auf die Polacca hinabstieß.

Jack sank gegen die geschwungene Lehne seiner Heckbank und ließ Killicks Version von heißem Kaffee schluckweise in seinen dankbaren Magen rinnen. In dem Maße, wie sich dessen Wärme in seinem ganzen Körper ausbreitete, stieg auch eine große Welle zufriedener, ungetrübter, gelassener Glückseligkeit in ihm auf – einer Glückseligkeit, die jeder andere Kommandant (wenn er sich an seine eigene erste Prise erinnerte) bei der Lektüre des Logbuchs nachempfunden hätte, obwohl es nicht viel Wesens darum machte:

22.30 Uhr gewendet, Untersegel weggenommen, Marssegel gerefft. Morgens bewölkt und regnerisch. Um 04.30 Polacca in S zu O gesichtet, Distanz eine halbe Meile. Dito angesteuert und in Besitz genommen. Name L'Aimable Louise, *beladen mit Getreide und Haushaltswaren für Sète, 200 t, 6 Kanonen und 19 Mann. Mit Prisenoffizier und 8 Mann nach Mahón überstellt.*

»Lassen Sie mich nachschenken«, schlug Jack wohlwollend vor. »Er schmeckt ja doch etwas besser als unser gewohnter Wein, nicht wahr?«

»Gern. O ja, er ist weitaus besser und viel, viel stärker – ein gesunder, belebender Jahrgang«, sagte Stephen Maturin. »Eben ein echter Priorato. Priorato liegt hinter Tarragona.«

»Echt ist er bestimmt. Aber um auf die Prise zurückzukommen: Ich bin vor allem deshalb so froh darüber, weil sie die Männer sozusagen anfüttert. Damit bekomme ich den Rücken etwas freier. Wir haben einen hervorragenden Prisenagenten – er ist mir verpflichtet –, der uns gewiß hundert Guineen Vorschuß zahlen wird. Sechzig oder siebzig davon kann ich unter der Besatzung aufteilen und vom Rest endlich mehr Schießpulver kaufen. Nichts wäre besser für die Stimmung der Crew, als an Land tüchtig zu feiern. Aber dafür müssen sie erst mal Geld bekommen.«

»Werden sie denn nicht desertieren? Sie haben mir oft von Fahnenflucht gesprochen – von der allgegenwärtigen Gefahr der Fahnenflucht.«

»Wenn sie ihr volles Prisengeld zu erwarten haben und mit noch mehr rechnen können, desertieren sie nicht, zumindest nicht in Mahón. Glauben Sie mir, die werden jetzt mit Feuereifer an den großen Kanonen üben – mir ist gewiß nicht entgangen, wie sie darüber gemault haben, daß ich sie so schinden mußte. Aber jetzt begreifen sie den Sinn und Zweck des Ganzen ... Wenn ich Pulver kriege – ich kann es nicht riskieren, noch mehr von unserem Vorrat zu verschwenden –, dann veranstalten wir ein Wettschießen Backbordbatterie gegen Steuerbordbatterie oder Wache gegen Wache und setzen einen hübschen Preis für den Sieger aus. Habgier und Ehrgeiz zusammmen sollten es schließlich schaffen, daß unsere Artillerie mindestens so gefährlich für andere wird wie für uns selbst. Und dann – Gott, bin ich müde – können wir endlich ernsthaft als Handelsstörer in Erscheinung treten. Ich denke dabei an Nachtoperationen dicht unter der Küste ... Aber erst sollte ich Ihnen wohl sagen, welchen Zeitplan ich mir ausgedacht habe: eine Woche bei Kap Crens, dann zurück nach Mahón, um Proviant und Wasser einzunehmen, vor allem Wasser. Dann die Zufahrtswege nach Barcelona und an der Küste – der Küste ...« Er gähnte gewaltig. Zwei schlaflose Nächte und ein halber Liter Priorato aus der *Aimable Louise* machten ihn träge, beschwerten seine Glieder wie eine warme, weiche, unwiderstehliche Decke. »Wo war ich? O ja, bei Barcelona. Dann weiter nach Tarragona und Valencia ... Nur Trinkwasser ist dabei das Problem, das große Problem ...« Mit schweren Lidern blinzelte er ins Licht und geriet ins Dösen. Wie von fern hörte er Stephens Stimme, die sich über die Topographie der spanischen Küste ausließ – Stephen kannte sich dort aus bis hinunter nach Denia, konnte ihm viele interessante Ruinen phönizischen, griechischen, römischen, westgotischen und arabischen Ursprungs zeigen, außerdem waren in den Marschen bei Valencia mit Sicherheit beide Arten von Silberreihern anzutreffen. Zwar hatten die Valencianer einen scheußlichen Dialekt und einen wirklich gemeinen Charakter, aber die begründete Hoffnung auf Flamingos …

Der für die *Aimable Louise* verhängnisvolle Sturm hatte die Schiffahrt im ganzen westlichen Mittelmeer durcheinandergewirbelt und von ihren geplanten Kursen abgebracht. Keine zwei Stunden, nachdem Jack die Prise nach Mahón verabschiedet hatte – ihre erste hübsche, profitable Prise –, sichteten sie zwei weitere Schiffe: als erstes eine Tartane mit Westkurs und dann eine Brigg im Norden, die anscheinend nach Süden lief. Die Brigg war eindeutig die bessere Wahl, deshalb gingen sie auf Abfangkurs zu ihr und behielten sie scharf im Auge: Unter Mars- und Untersegeln zog sie geruhsam ihres Wegs, während die *Sophie* Bram- und Royalsegel setzte und auf Steuerbordbug mit halbem Wind dahinpreschte, dabei so weit überliegend, daß ihre Lee-Speigatten ständig unter Wasser waren. Als sich ihre Kurse annäherten, sahen die Sophies mit Erstaunen, daß die fremde Brigg bis aufs Haar der ihren glich und sogar den gleichen übertrieben steilen Bugspriet hatte.

»Das ist ohne Zweifel eine Brigg«, stellte auch Stephen fest, der an der Reling neben Pullings stand, einem großen, schüchternen Mastersgehilfen.

»Jawohl, Sir, genau wie wir, man würde's nicht glauben, wenn man's nicht gesehen hätte. Möchten Sie durch mein Glas schauen?« Pullings wischte es mit seinem Sacktuch sauber.

»Danke. Ein ausgezeichnetes Glas – und so klar. Aber in einem muß ich Ihnen widersprechen. Dieses Schiff, diese Brigg, ist knallgelb, wir aber sind schwarz, mit einem weißen Streifen.«

»Och, das ist nur Farbe, Sir. Aber sehen Sie sich doch ihr Achterdeck an, es hat diese komische kleine Hütte hinten, genau wie unsere *Sophie* – so was sieht man nicht oft, nicht in diesen Gewässern. Und dann die Steigung des Bugspriets. Nach

Themse-Vermessung hat sie bestimmt die gleiche Tonnage wie wir, vielleicht zehn Tonnen mehr oder weniger. Sie muß vom selben Reißbrett kommen, aus derselben Werft. Aber sie hat drei Reffreihen im Vorbramsegel, daran sieht man, daß sie ein Handelsschiff ist, nicht ein Kriegsschiff wie wir.«

»Werden wir sie aufbringen?«

»Das wäre fast zu schön, um wahr zu sein. Jedenfalls werden wir's versuchen.«

»Die spanische Flagge, Mr. Babbington«, befahl Jack.

Stephen wandte sich um und sah das rot-gelb-rote Tuch an der Gaffelnock auswehen.

»Wir segeln unter falscher Flagge«, flüsterte er. »Ist das nicht höchst illegal?«

»Hä?«

»Ungesetzlich, heimtückisch, moralisch verwerflich?«

»Gott behüte, Sir, das machen wir immer so, jedenfalls auf See. Aber Sie können ganz beruhigt sein, im letzten Moment setzen wir unsere eigene Flagge, noch vor dem ersten Kanonenschuß. Das gehört sich so. Da, sehen Sie – jetzt zieht er den Danebrog hoch, und ich wette mit Ihnen, er ist genausowenig ein Däne wie mein Opa.«

Aber die folgenden Ereignisse widerlegten Thomas Pullings.

»Dänische Prigg *Clomer*, Sir«, sagte ihr Skipper, ein greiser, trunksüchtiger Däne mit hellen, rotgeränderten Augen, und zeigte in Jacks Kajüte seine Schiffspapiere vor. »Kapitän Ole Bugge. Ladung Häute und Pienenwachs aus Dripoli für Parcelona.«

»In Ordnung, Kapitän Bugge.« Jack studierte die Papiere – echte Papiere – sehr genau. »Sie werden mir gewiß vergeben, daß wir Sie angehalten haben – wie Sie wissen, ist das unser Auftrag. Lassen Sie mich Ihnen jetzt ein Glas von diesem Priorato anbieten. Er soll sehr gut sein.«

»Mehr als gut, einfach köstlich!« Der Däne goß den roten Tropfen auf einen Zug hinunter. »Ein köstlicher Wein. Dürfte ich Sie vielleicht noch um unseren Standort bitten, Kapitän?«

»Da sind Sie an die richtige Adresse gekommen, Kapitän, wir haben nämlich den besten Navigator im ganzen Mittelmeer. Killick, ruf Mr. Marshall herein. Mr. Marshall, Kapitän Bu – dieser Herr hier – möchte unseren Standort wissen.«

An Deck beäugten die Sophies und die Clomers einander durchaus wohlwollend über die Reling hinweg, denn es war, als blickten sie in einen Spiegel. Zwar hatten die Sophies *Clomers* große Ähnlichkeit zunächst als Frechheit empfunden, aber das änderte sich, als ihr eigener Signalgast und ihr eigener Bordkamerad Andersen ihre Landsleute über den Wasserstreifen hinweg auf dänisch anpreiten und eine lebhafte Unterhaltung begannen, so fließend, daß alle anderen nur verständnislos, aber bewundernd zuhören konnten.

Jack brachte Kapitän Bugge ausnehmend höflich zur Seitenpforte und ließ noch eine Kiste Priorato ins dänische Beiboot abfieren. Dann beugte er sich übers Schanzkleid und rief ihm nach: »Ich gebe Ihnen Bescheid, wenn wir uns das nächste Mal treffen.«

Der dänische Kapitän hatte seine Brigg noch nicht wieder erreicht, da wurden *Sophies* Rahen schon scharf angebraßt, damit sie auf ihrem neuen Nordnordostkurs möglichst hoch am Wind laufen konnte.

Jack blickte nach oben. »Mr. Watt, sowie wir einen Moment Zeit haben, müssen wir vorn und achtern Püttingstaljen aufriggen. Sie geht nicht so hoch ran, wie ich's mir wünschen würde.«

Was hat er vor? fragte sich die Besatzung, nachdem alle Segel getrimmt und alle Leinen zu Mr. Dillons Zufriedenheit aufgeschossen waren. Und es dauerte nicht lange, bis die Neuigkeit vom Messesteward über den Zahlmeistersteward zum Küchenjungen und damit ins Mannschaftslogis gewandert war – die Neuigkeit, daß der Däne aus Solidarität mit seinem Schwesterschiff *Sophie* und aus Dankbarkeit für die zuvorkommende Behandlung dem Kommandanten berichtet hatte, daß er nicht weit hinter der Kimm einem Franzosen begegnet war, einer tief weggeladenen Slup mit geflicktem Großsegel, die offenbar nach Agde wollte.

Eine Wende folgte der anderen, während die *Sophie* gegen den auffrischenden Wind ankreuzte. Auf ihrem fünften Schlag schob sich ein weißer Splitter in Nordnordost über die Kimm, zu weit entfernt und zu unbeweglich für eine Möwe. Das konnte nur die französische Slup sein. In der ersten halben Stunde wurden dank der Beschreibung, die der Däne von ihrem Rigg gegeben hatte, auch die letzten Zweifel ausgeräumt. Aber sie benahm sich derart seltsam, daß Jack mißtrauisch blieb, auch als sie schon dümpelnd unter *Sophies* ausgefahrenen Kanonen lag und die Boote zwischen den beiden Schiffen hin und her eilten, um die mürrischen Gefangenen an Bord zu holen. Zunächst einmal hatte bei ihr offenbar niemand Ausguck gehalten, weshalb sie ihren Verfolger erst bemerkte, als er schon auf eine Meile herangekommen war. Und selbst dann reagierte der Skipper anscheinend unsicher, ließ sich durch die französische Flagge der *Sophie* zunächst beruhigen, durchschaute endlich die Täuschung und begann zu spät und zu langsam zu fliehen, nur um zehn Minuten später mit einem Wust von Signalen seine Kapitulation anzuzeigen. *Sophies* erstem Warnschuß folgte wildes Gestikulieren bei den Franzosen.

James Dillon wurden die Gründe für dieses seltsame Benehmen sofort klar, als er das Deck betrat, um den Franzosen in Besitz zu nehmen. Die *Citoyen Durand* war mit Schießpulver beladen, so voll beladen, daß es aus den Laderäumen quoll und in geteerten Fässern an Deck stand. Außerdem hatte ihr junger Skipper seine Frau mit an Bord. Sie war hochschwanger mit ihrem ersten Kind, und der nächtliche Sturm, die Verfolgungsjagd und die Angst vor einer Explosion hatten bei ihr verfrühte Wehen ausgelöst. James war mindestens so beherzt wie jeder andere Seemann, aber das pausenlose Stöhnen gleich hinter der Kajütwand und die schrecklich heiseren, tierischen Schreie dazwischen entsetzten ihn, vor allem wegen ihrer

Lautstärke. So kam es, daß er den bleichen, konfusen, verweinten Skipper genauso entgeistert anstarrte wie dieser ihn. Er übergab das Kommando an den kleinen Babbington und eilte auf die *Sophie* zurück, wo er die Lage schilderte. Als er das Wort »Pulver« hörte, erhellte sich Jacks Gesicht. Aber beim Wort »Baby« verdüsterte es sich wieder.

»Ich fürchte, die arme Frau liegt im Sterben«, schloß James.

»Tja, ich weiß nicht ...« Jack zögerte; jetzt, da er wußte, was es mit den fernen, schrecklichen Schreien auf sich hatte, hörte er sie viel deutlicher. »Den Doktor zu mir«, sagte er zu einem Seesoldaten.

Nachdem die aufregende Jagd vorbei war, hatte sich Stephen wieder auf seinen gewohnten Platz bei der Ulmenpumpe begeben, durch deren Rohr er hinunter in die sonnenhellen oberen Schichten des Mittelmeers blicken konnte. Als man ihm sagte, daß auf der Prise eine Frau in den Wehen liege, meinte er nur: »Ach so. Die Töne kamen mir doch gleich bekannt vor.« Worauf er Anstalten machte, an seinen Platz bei der Pumpe zurückzukehren.

»Sie können ihr doch gewiß helfen!« rief Jack.

»Die arme Frau liegt im Sterben«, wiederholte James.

Stephen sah sie mit seinem seltsam ausdruckslosen Blick an. »Ich gehe hinüber«, sagte er dann und verschwand, um seine Arzttasche zu holen.

»Dann ist sie ja in guten Händen«, seufzte Jack. »Sie sagten also, die Decksladung besteht aus Schießpulver?«

»Jawohl, Sir. Der reinste Wahnsinn.«

»Mr. Day – hallo, Mr. Day. Kennen Sie die französischen Pulvermarken, Mr. Day?«

»Wieso – gewiß, Sir. Sie kennzeichnen ihr Pulver fast genau wie wir, nur hat ihre beste Grobkörnung einen weißen Ring um das Rot. Und ihre Halbfässer wiegen nur fünfunddreißig Pfund.«

»Für wie viele davon haben wir Platz, Mr. Day?«

Der Stückmeister überlegte. »Wenn wir die unterste Lage

ganz eng packen, vielleicht für fünf- bis sechsunddreißig Fässer, Sir.«

»Dann veranlassen Sie das, Mr. Day. Der Franzose hat eine Menge angegammeltes Schießpulver geladen – ich kann es selbst von hier aus sehen –, das müssen wir umladen, damit es nicht noch mehr verdirbt. Deshalb sollten Sie besser übersetzen und davon so viele Fässer sicherstellen, wie Sie können. Und ihre Barkasse könnten wir auch gebrauchen. Mr. Dillon, wir dürfen dieses schwimmende Pulvermagazin keinem Fähnrich anvertrauen. Sie werden die Slup nach Mahón bringen müssen, sowie das Pulver hier an Bord ist. Nehmen Sie mit, wen Sie für geeignet halten, und seien Sie so freundlich, Dr. Maturin in der Barkasse zu uns zurückzuschicken – wir brauchen sie dringend. Gott steh uns bei, was für ein entsetzliches Geschrei! Ich bedaure zutiefst, daß ich Ihnen so etwas zumuten muß, Mr. Dillon, aber Sie sehen ja selbst …«

»Gewiß, Sir. Der Skipper der Slup bleibt an Bord, nehme ich an? Es wäre unmenschlich, ihn von seiner Frau zu trennen.«

»Ja, ja, auf jeden Fall. Der arme Kerl. Was für ein – was für eine schöne Bescherung!«

Die kleinen tödlichen Fässer wanderten übers Wasser und verschwanden im Laderaum der *Sophie,* ebenso ein halbes Dutzend melancholischer Franzosen samt ihren Seesäcken oder -kisten. Aber die nach einer Kaperung übliche Feststimmung wollte sich nicht einstellen. Auf der *Sophie* machten alle, selbst die erfahrenen Familienväter, schuldbewußte, besorgte und skeptische Gesichter, denn das schreckliche Gebrüll drüben wollte einfach nicht verstummen. Und als Stephen am Schanzkleid der Slup erschien und herüberrief, daß er an Bord bleiben müsse, fühlte sich Jack zwar schändlich beraubt, kapitulierte aber vor der Macht des Schicksals.

Vor einer achterlichen Brise lief die *Citoyen Durand* zielstrebig durch die Dunkelheit auf Menorca zu. Nun, da die Schreie der

Frau endlich verstummt waren, überließ Dillon das Ruder einem verläßlichen Mann, besuchte kurz die wenigen Wachgänger unten in der Kuhl und ging dann in die Achterkajüte. Stephen wusch sich gerade die Hände, und der völlig zermürbte Ehemann hielt ihm zitternd ein Handtuch hin.

»Ich hoffe …«, begann James.

»Oh, sicher, sicher.« Stephen fuhr zu ihm herum. »Eine völlig normale Geburt, sie dauerte nur ein bißchen lange. Nicht ungewöhnlich beim ersten Mal. Und jetzt, mein Freund«, er wandte sich wieder an den Skipper, »sollten diese Eimer am besten über Bord geworfen werden. Außerdem rate ich Ihnen, sich ein Weilchen hinzulegen. Monsieur ist Vater eines Sohnes geworden«, ergänzte er für Dillon.

»Meinen herzlichsten Glückwunsch«, sagte dieser. »Ich hoffe, Madame wird sich bald wieder erholen.«

»Danke, mein Herr, vielen Dank.« Des Skippers Augen drohten schon wieder überzulaufen. »Bitte, bitte, gießen Sie sich etwas Stärkendes ein – fühlen Sie sich hier ganz wie zu Hause.«

Sie gehorchten, nahmen in bequemen Sesseln Platz und aßen sich durch den Kuchenberg, der für des voreiligen Kleinen Taufe, nächste Woche in Agde, schon in der Kajüte bereitstand. Nebenan war die arme junge Frau endlich eingeschlafen, das runzlige rosa Baby leise schnarchend an ihrer Brust, während der junge Vater ihre Hand hielt. Unter Deck war es jetzt ruhig, wunderbar ruhig und friedlich. Und auch oben war alles still; der achterliche Wind schob die Slup mit stetigen sieben Knoten voran, und statt des präzisen militärischen Gebells hörte man gelegentlich nur ein mildes: »Liegt sie gut, Joe?« Ruhig segelten sie in ihrem schwach erleuchteten Kokon durch die Nacht, gewiegt von einer regelmäßigen Dünung. Die Stille und das langsame, rhythmische Rollen währten so lange, daß sie alle Erdenschwere verloren und sich allein auf der Welt fühlten, vielleicht sogar in einer anderen Welt. Die Männer in der Achterkajüte waren mit ihren Gedanken weit weg, und zumindest

Stephen verlor jedes Gefühl für Bewegung, für das Woher und Wohin, ja sogar für die unmittelbare Gegenwart.

»Erst jetzt«, begann er leise, »haben wir endlich Gelegenheit, uns ungestört zu unterhalten. Ich habe diesen Augenblick schon ungeduldig herbeigesehnt. Aber nun stelle ich fest, daß es eigentlich nicht viel zu sagen gibt.«

»Vielleicht auch gar nichts«, antwortete James. »Ich glaube, wir verstehen einander selbst ohne Worte.«

Das stimmte; es stimmte jedenfalls, was den Kern der Sache betraf. Dennoch verbrachten sie die restlichen Stunden ihrer abgeschirmten Zweisamkeit in entspanntem Gespräch.

»Zum letzten Mal habe ich Sie wohl bei Dr. Emmet gesehen«, sagte James nach langer, nachdenklicher Pause.

»Nein, es war in Rathfarnham, bei Edward Fitzgerald. Ich verließ gerade das Sommerhaus, als Sie mit Kenmare hereinkamen.«

»Rathfarnham? Ach ja, richtig. Jetzt erinnere ich mich. Das war kurz nach der Versammlung des Komitees ... Sie standen Lord Edward recht nahe, glaube ich?«

»Wir sind in Spanien viel zusammengewesen. In Irland sah ich ihn mit der Zeit immer seltener. Er hatte Freunde, die ich weder sympathisch noch vertrauenswürdig fand, und ich war immer zu gemäßigt für ihn, viel zu gemäßigt. Dabei stritt ich damals weiß Gott eifrig für die Menschenrechte im allgemeinen und für eine Republik im besonderen. Erinnern Sie sich noch an den Test?«

»An welchen?«

»An den Test, der beginnt mit: *Bist du ein aufrechter Mann?*«

»Der bin ich.«

»Wie aufrecht?«

»So aufrecht wie ein Binsenreis.«

»Sprich weiter.«

»Aufrecht in Wahrheit, im Vertrauen, in Einheit und in Freiheit.«

»Was hast du da in der Hand?«

»Einen grünen Zweig.«

»Wo ist er gewachsen?«

»In Amerika.«

»Wo hat er geblüht?«

»In Frankreich.«

»Wo wirst du ihn pflanzen?«

»Nein, den Rest hab ich vergessen. Sie haben mich auch nicht mit dem Test geprüft, müssen Sie wissen. Sondern ganz anders.«

»Kann ich mir denken. Mich schon. In jenen Tagen hatte sich mir das Wort *Freiheit* wie mit glühenden Lettern ins Herz gebrannt. Aber schon damals war ich skeptisch, was die *Einheit* betraf – in unserem Bund hatten sich zu viele bunte Vögel versammelt: Priester, Gottgläubige, Atheisten und Presbyterianer; visionäre Republikaner, Utopisten und andere, die einfach nur die Beresfords verabscheuten. Aber Sie und Ihre Freunde waren in erster Linie für die Unabhängigkeit, erinnere ich mich.«

»Für Unabhängigkeit und Reformen. Ich zumindest hatte mit einer Republik nichts im Sinn, und meine Freunde im Komitee schon gar nicht. Solange Irland in diesem Zustand ist, wäre eine Republik keinen Deut besser als eine Demokratie. Dem Geist Irlands widerstrebt eine Republik. Eine *katholische* Republik – wie absurd!«

»Ist das Cognac in dieser Flasche?«

»Ja.«

»Die Antwort auf die letzte Testfrage mußte übrigens lauten: *In die Krone von Großbritannien.* Die Gläser stehen dort hinter Ihnen. Doch, ich weiß genau, daß es in Rathfarnham war«, sinnierte Stephen, »weil ich ihn den ganzen Nachmittag lang zu überreden versuchte, seine aberwitzigen Pläne für den Aufstand fallenzulassen. Sagte ihm, ich sei gegen Gewalt – sei immer gegen Gewalt gewesen –, und selbst wenn dem nicht so wäre, müßte ich mich zurückziehen, falls er mit seinen phantastischen Absichten Ernst machte. Sie würden unser aller Untergang sein – sein eigener, der Pamelas, der unserer gemeinsamen Sache und das Verderben so vieler tapferer, treuer Männer. Er betrachtete mich mit diesem liebevollen, besorgten Blick, als ob ich ihm leid täte, und sagte nur, er müsse sich jetzt mit Ihnen und Kenmare treffen. Er hatte überhaupt nichts begriffen.«

»Haben Sie gehört, wie es Lady Edward – Pamela – danach ergangen ist?«

»Nur daß sie jetzt in Hamburg lebt und die Familie sich um sie kümmert«

»Sie war die schönste Frau, die ich jemals gesehen habe, und die gütigste. Keine war tapferer.«

Aye, dachte Stephen und starrte in sein Cognacglas. »An jenem Nachmittag«, fuhr er fort, »verbrauchte ich soviel geistige Kraft wie noch nie im Leben. Trotzdem scherte mich schon damals keine gemeinsame Sache mehr und auch keine Regierungstheorie. Für eine wirkliche oder eingebildete Unabhängigkeit hätte ich keinen Finger mehr gerührt, gleich für welche Nation. Trotzdem mußte ich mit solcher Leidenschaft sprechen, als sei ich von der gleichen Begeisterung erfüllt wie in den ersten Tagen der Revolution, als wir noch vor Tugendhaftigkeit und Menschenliebe überquollen.«

»Warum? Warum mußten Sie so sprechen?«

»Weil ich ihn davon überzeugen mußte, daß seine Pläne eine verhängnisvolle Narretei waren, daß man sie im Schloß bereits kannte und daß er von Verrätern und Zuträgern umgeben war. Ich argumentierte so sachlich und logisch, wie ich nur konnte, überzeugender, als ich's mir selber zugetraut hätte – aber er begriff überhaupt nichts. Er hörte mir nicht mal richtig zu. ›Schau, da draußen im Lebensbaum sitzt ein Rotkehlchen‹, sagte er mittendrin. Für ihn zählte nur, daß ich ihm widersprach, also verschloß er sich mir. Vielleicht konnte er mir gar nicht folgen. Armer Edward! *Aufrecht wie ein Binsenreis* – und so viele in seiner Umgebung waren krumme Hunde von der schlimmsten Sorte – Reynolds, Corrigan, Davis … Oh, er war bemitleidenswert.«

»Würden Sie wirklich keinen Finger mehr rühren, auch nicht für gemäßigtere Ziele?«

»Nein. Ich war schon bis ins Mark erkaltet, als die Französische Revolution in diesen Blutrausch ausartete. Und was ich dann 1798 auf beiden Seiten erlebte, die bösartige Grausamkeit und Brutalität und die genauso bösartige Beschränktheit, hat mir die Menschen als Kollektiv und jedes hehre Anliegen so verleidet, daß ich heute nicht mal quer durch diese Kajüte gehen würde, wenn ich dafür das Parlament reformieren, den Anschluß an England verhindern oder die Jahrhundertwende beschleunigen könnte. Wohlgemerkt, ich spreche damit natürlich nur für mich selbst, aus meiner eigenen privaten Erkenntnis – aber der Mensch als Teil einer Bewegung oder einer Gruppe ist mir gleichgültig. Er hat für mich nichts Menschliches mehr. Und auch mit Nationen oder Nationalismus will ich nichts mehr zu tun haben. Engagement bringe ich – soweit überhaupt – nur noch für die Menschen als Individuen auf. Meine Bindungen – was immer sie wert sein mögen – gelten einzig und allein Privatpersonen.«

»Patriotismus bedeutet Ihnen nichts?«

»Die Debatte darüber habe ich abgeschlossen, mein Bester. Sie wissen genausogut wie ich, daß Patriotismus eine Worthure ist. Die einen verstehen darunter *right or wrong, my country,* was infam ist, die anderen *my country is always right,* was kindisch ist.«

»Und trotzdem haben Sie Captain Aubrey neulich daran gehindert, ein englisches Hetzlied zu spielen.«

»Oh, ich bin natürlich inkonsequent, besonders in Kleinigkeiten. Wer wäre das nicht? Er war sich der Bedeutung des Liedes gar nicht bewußt, müssen Sie wissen. Hat nie einen Fuß auf irischen Boden gesetzt und war zur Zeit des Aufstands in Westindien.«

»Und ich Gott sei Dank am Kap der Guten Hoffnung. War es schrecklich?«

»Schrecklich? Auch wenn ich mich noch so anstrenge, finde

ich keine Worte, die stark genug wären, Ihnen die Tolpatschigkeit, die Saumseligkeit, das mörderische Durcheinander, kurz die verdammte Dummheit des Ganzen zu beschreiben. Erreicht wurde überhaupt nichts. Der Aufstand hat die irische Unabhängigkeit um hundert Jahre verzögert; er säte Haß und Gewalt; er gebar ein widerliches Gezücht von so verräterischem Ungeziefer wie Major Sirr. Und er lieferte uns außerdem jedem erpresserischen Zuträger unter der Sonne aus.« Stephen überlegte. »Was dieses Hetzlied betrifft, so habe ich ihn daran gehindert, weil ich es einerseits ungern höre und weil andererseits mehrere irische Seeleute in Hörweite waren, kein einziger davon ein Sympathisant Englands. Es wäre ein Jammer, wenn sie ihn dafür hassen würden, obwohl er nicht mal im Traum an eine Beleidigung dachte.«

»Sie sind ihm wohl sehr zugetan?«

»Bin ich das? Ja, vielleicht. Ich würde ihn nicht als engen Freund bezeichnen – dazu kenne ich ihn nicht lange genug –, aber ich hänge sehr an ihm. Tut mir leid, daß es Ihnen anders geht.«

»Mir auch. Ich kam mit den besten Vorsätzen an Bord. Man hatte ihn mir als unberechenbar und grillenhaft geschildert, aber als guten Seemann, und ich war wirklich gewillt, ihn zu mögen. Aber Gefühle lassen sich nicht zwingen.«

»Nein. Trotzdem ist es seltsam; zumindest seltsam für mich, der ich zwischen Ihnen beiden stehe und große Wertschätzung – sogar mehr als Wertschätzung – für Sie beide hege. Gibt es konkrete Fehler, die Sie ihm vorwerfen? Wenn ich erst achtzehn wäre, würde ich Sie fragen: ›Was paßt Ihnen nicht an Jack Aubrey?‹«

»Und ich würde antworten: ›Alles, weil er ein Kommando hat und ich nicht.‹« James lächelte. »Hören Sie, ich kann Ihnen doch nicht ins Gesicht hinein Schlechtes über Ihren Freund erzählen.«

»Oh, er hat sicherlich seine Fehler. Ich weiß, er ist ungeheuer ehrgeizig in seinem Beruf und ungeduldig, wenn etwas nicht nach seinem Kopf geht. Ich wollte nur wissen, was *Sie* an ihm stört. Oder ist es bloß *non amo te, Sabidi*?«

»Vielleicht. Schwer zu sagen. Natürlich kann er ein sehr angenehmer Gesellschafter sein, aber manchmal hat er diese typisch englische, bullige, arrogante Dickfelligkeit an sich ... Eines allerdings stört mich ganz gewaltig – seine hemmungslose Gier nach Prisengeld. Er diszipliniert und exerziert die Besatzung wie ein verhungernder Freibeuter, nicht wie ein Kapitän des Königs. Als wir diese elende Polacca jagten, brachte er es nicht über sich, unter Deck zu gehen, sondern blieb die ganze Nacht oben – man hätte denken können, wir seien hinter einem Linienschiff her, was uns wenigstens Ruhm und Ehre eingebracht hätte. Und unsere *Citoyen Durand* hier war kaum von der *Sophie* freigekommen, da ließ er schon wieder mit den großen Kanonen üben, ballerte mit beiden Breitseiten in die Gegend.«

»Ist ein Freibeuter verabscheuungswürdig? Ich kenne mich in diesen Dingen nicht aus.«

»Tja, ein Freibeuter hat ganz andere Ziele als wir. Er kämpft nicht für sein Land, sondern um Geld. Er ist ein Söldner, und Profit ist sein Lebenszweck.«

»Könnte hinter diesem häufigen Geschützexerzieren auch eine ehrenhaftere Absicht stecken?«

»Oh, gewiß. Es ist sehr wohl denkbar, daß ich ihm gegenüber ungerecht bin – eifersüchtig – kleinlich. Ich bitte um Vergebung, falls ich Sie verärgert habe. Ich gebe bereitwillig zu, daß seine Seemannschaft ausgezeichnet ist.«

»Herrgott James, wir kennen uns doch lange genug, um einander ohne Verärgerung die Meinung sagen zu können. Reichen Sie mir mal die Flasche herüber?«

»Also gut«, fuhr James fort, »falls ich so offen sprechen darf, als säße ich allein in meinem Zimmer, dann will ich Ihnen folgendes sagen: Ich denke, wie er diesen Kriecher Marshall verhätschelt, ist ekelerregend – um kein stärkeres Wort zu gebrauchen.«

»Wie soll ich das verstehen?«

»Wissen Sie Bescheid über den Mann?«

»Was ist mit ihm?«

»Er ist schwul.«

»Das wäre möglich.«

»Ich habe konkrete Beweise dafür, schon seit Cagliari. Die hebe ich mir für den Notfall auf. Marshall liebt Captain Aubrey, kriecht vor ihm wie ein Galeerensklave – würde am liebsten den Boden unter seinen Füßen küssen – hetzt die Leute herum, ärger als der Bootsmann – alles nur für ein Lächeln von ihm.«

Stephen nickte. »Kann sein«, sagte er. »Aber Sie trauen Jack Aubrey doch gewiß nicht zu, daß er die gleichen Vorlieben hat wie Mr. Marshall?«

»Nein. Aber ich bin sicher, er ist sich Marshalls Schwäche für ihn bewußt und nutzt sie aus ... Oh, was rede ich da für gemeines, schmutziges Zeug! Jetzt bin ich zu weit gegangen – vielleicht weil ich betrunken bin. Die Flasche ist ja fast leer.«

Stephen hob die Schultern. »Betrunken sind Sie nicht. Aber im Irrtum, glauben Sie mir. Jack Aubrey ist in mancher Hinsicht naiv. In seinem simplen Weltbild werden Homosexuelle nur Pulverjungen, Chorknaben oder jenen obszönen Kreaturen gefährlich, die man in mediterranen Bordellen findet. Ich habe einen vorsichtigen Versuch gemacht, ihn aufzuklären, aber er schaute nur überlegen drein und antwortete: ›Belehren Sie mich bloß nicht über Laster und Perversitäten: Ich war fast mein ganzes Leben bei der Marine.‹«

»Da fehlt es bei ihm wohl etwas an Penetration?«

»James, ich hoffe doch, das war nicht zweideutig gemeint?«

Der Erste schaute auf seine Uhr. »Ich muß an Deck.« Kurze Zeit später, nachdem er die Ablösung des Rudergängers beaufsichtigt und den anliegenden Kurs überprüft hatte, kam er wieder und brachte einen Schwall kühler Nachtluft mit. Reglos saß er da, bis sie sich im sanften Lampenschein erwärmt hatte. Stephen machte eine neue Flasche auf.

»Ich weiß, manchmal bin ich ungerecht.« James griff nach seinem Glas. »Und überempfindlich. Aber wenn man immer nur von Proleten umgeben ist und ständig ihr dümmliches, ungebildetes Gewäsch hören muß, geht es gelegentlich mit einem durch. Und da man sich in die eine Richtung nicht abreagieren kann, tut man's eben in die andere. Man steht ständig unter Spannung. Sie als Arzt sollten das doch am besten wissen.«

Stephen musterte ihn aufmerksam, schwieg aber.

»Ich bin Katholik, wußten Sie das?« fragte James.

»Nein«, antwortete Stephen. »Natürlich weiß ich, daß einige Mitglieder Ihrer Familie katholisch sind. Aber was Sie betrifft ... Haben Sie nicht erfahren müssen, daß Ihr Glaube Sie in einen Gewissenskonflikt bringt?« fragte er vorsichtig. »Wegen Ihres Diensteides auf den englischen König – und der Todesstrafe ...«

»Nein, nicht im geringsten«, versicherte James. »Was das betrifft, so ist mein Gewissen ganz unbeschwert.«

Das glaubst *du*, mein armer Freund, dachte Stephen und goß Cognac nach, um von seinem Gesichtsausdruck abzulenken.

Zunächst schien der Erste das Thema noch weiterbehandeln zu wollen, doch dann ließ er es sein. Der Rapport zwischen James und Stephen kühlte fast unmerklich ab, und die Unterhaltung wandte sich nun gemeinsamen Freunden und glücklicheren Zeiten zu, die beiden in ferner Vergangenheit zu liegen schienen. Wie viele Leute hatten sie doch gekannt! Wie wichtig, amüsant oder respektabel waren einige doch gewesen! Sie plauderten, bis auch die zweite Cognacflasche geleert war und James wieder an Deck mußte.

Nach einer halben Stunde kehrte er zurück und nahm beim Eintritt den Faden des Gesprächs wieder auf, als sei es nie unterbrochen worden. »Und dann gibt es natürlich noch die leidige Frage der Beförderung. Ich gestehe Ihnen im Vertrauen – bitte behalten Sie's für sich –, daß ich damit gerechnet hatte, nach dieser Sache mit der *Dart* ein eigenes Kommando zu bekommen. So übergangen zu werden ist grausam; es frißt an einem.« Nach einer Pause fragte er: »Wer war das noch, von dem man behauptet, er hätte mit seinem Schwanz mehr erobert als mit seinem Schneid?«

»Selden. Aber in seinem Fall irrt das Gerücht, da bin ich ganz sicher. Meines Wissens hatte er nur gute Beziehungen, mehr nicht. Wohlgemerkt, ich halte mich nicht für besonders prüde – ich sage lediglich, daß dieser Aspekt bei Jack Aubrey keine Rolle spielt.«

»Sei es, wie es wolle. Ich strebe nach Beförderung, das gebe ich ganz offen zu. Wie jedem anderen Seemann ist sie mir sehr wichtig. Aber unter einem auf Prisen versessenen Kommandanten zu dienen ist nicht der schnellste Weg nach oben.«

»Tja, von Marinedingen verstehe ich nichts. Aber ich frage mich, James, ich frage mich, ob ein reicher Mann sich nicht allzuleicht dazu verleiten läßt, das Pekuniäre zu verachten – und damit die wahren Motive zu verkennen –, bloßem Gerede zuviel Bedeutung beizumessen und ...«

»Bei allen Heiligen, Sie bezeichnen mich doch nicht etwa als reichen Mann?«

»Ich bin über Ihre Ländereien geritten.«

»Drei Viertel davon sind Berge, und ein Viertel ist Moor. Selbst wenn alle Pächter ihren Zins zahlen würden, käme doch nicht mehr zusammen als ein paar hundert im Jahr. Höchstens tausend.«

»Mein Herz blutet für Sie. Ich habe übrigens noch nie erlebt, daß jemand zugab, reich zu sein oder geschlafen zu haben. Vielleicht sind der arme Mann und der wache Mann moralisch im Vorteil. Aber wodurch? – Um auf unser Thema zurückzukommen: Aubrey ist doch gewiß als Kommandant so tapfer, wie Sie es sich nur wünschen können? Er wird Sie doch bestimmt in ruhmreiche und vielbeachtete Gefechte führen?«

»Würden Sie für seinen Mut die Hand ins Feuer legen?«

Endlich kommen wir zum wahren Beschwerdegrund, dachte Stephen und sagte: »Das würde ich nicht. Dazu kenne ich ihn nicht gut genug. Aber ich wäre erstaunt, sehr erstaunt, wenn er sich als ängstlich erweisen sollte. Was macht Sie glauben, er könnte es sein?«

»Ich sage ja nicht, daß er's ist. Nichts liegt mir ferner, ohne handfeste Beweise den Mut eines Mannes in Zweifel zu ziehen. Aber wir hätten diese Galeere erbeuten können. Noch zwanzig Minuten, und wir hätten sie geentert und erobert.«

»So? Von diesen Dingen verstehe ich nichts. Außerdem war ich zur fraglichen Zeit nicht an Deck. Aber wie ich es verstand, war es klüger, abzudrehen und den Rest des Konvois zu schützen.«

»Klugheit ist natürlich eine große Tugend«, meinte James.

»Tja ... Beförderung bedeutet Ihnen also eine Menge?«

»Selbstverständlich. Jeder Offizier, der sein Pulver wert ist, sehnt sich danach, endlich seine eigene Flagge über einem Schiff setzen zu können. Aber ich sehe es Ihnen an den Augen an, daß Sie mich für inkonsequent halten. Verstehen Sie bitte meine Position: Ich wünsche mir keine Republik – ich bin für die bewährten, etablierten Institutionen und für Autorität, solange sie nicht in Tyrannei ausartet. Alles, was ich verlange, ist ein unabhängiges Parlament, in dem die verantwortungsbewußten Männer des Königreiches sitzen und das keine Pfründe mehr für Platzhalter und Platzsucher ist. Vorausgesetzt, England könnte dies gewährleisten, wäre ich vollauf zufrieden mit einem Anschluß, vollauf zufrieden mit zwei Königreichen. Ich versichere Ihnen, ich kann den Marinetoast auf den englischen König trinken, ohne daran zu ersticken.«

»Warum löschen Sie die Lampe?«

James lächelte. »Der Morgen dämmert.« Er nickte zu den grauen Kajütfenstern hinüber. »Wollen wir an Deck gehen? Inzwischen sollten wir schon das Hochland von Menorca ausmachen können. Und ich kann Ihnen guten Gewissens versprechen, wenn wir auf die Klippen von Fornell zuhalten, werden Sie ein paar von den Vögeln zu sehen bekommen, die wir Sturmtaucher nennen.«

Trotzdem zögerte er, einen Fuß schon auf der untersten Stufe des Niedergangs, und blickte Stephen voll ins Gesicht. »Ich weiß nicht, welcher Teufel mich geritten hat, daß ich so voller Groll gesprochen habe.« Er fuhr sich mit der Hand über die Stirn und die unglücklichen, verwirrten Augen. »Ich glaube nicht, daß ich mich jemals so gehenließ. Außerdem habe ich mich wohl nicht sehr geschickt ausgedrückt – zu plump, zu ungenau, nicht treffend genug für das, was ich sagen wollte. Hätte ich nur den Mund gehalten. Ehe ich ihn aufmachte, haben wir uns besser verstanden.«

SECHSTES KAPITEL

DER CHIRURG MR. FLOREY war Junggeselle und bewohnte ein großes Haus hoch oben bei der Kirche Santa Maria. Mit der unbeschwerten Großzügigkeit des Unverheirateten hatte er Dr. Maturin angeboten, immer dann bei ihm zu wohnen, wenn die *Sophie* zur Verproviantierung oder Reparatur im Hafen lag.

Er stellte ihm auch ein Zimmer zur Verfügung, wo er sein Gepäck und seine Sammlungen aufbewahren konnte, wenn er auf See war – ein Zimmer, das bereits das Herbarium des Garnisonschirurgen Mr. Cleghorn beherbergte, ein Konglomerat ungezählter, verstaubter Sammelbände.

Das Haus war bezaubernd und wie geschaffen zum Meditieren. Mit der Rückseite klebte es am obersten Rand des Kliffs von Mahón, während es mit seiner Vorderfront in schwindelerregender Höhe über dem Handelskai hing, so hoch, daß aus dem lärmenden Getriebe des Hafens unten ein unpersönliches Hintergrundgeräusch für Stephens Gedanken wurde. Sein Zimmer lag auf der kühleren Nordseite und blickte aufs Meer hinaus. Die Füße in einem Becken mit kaltem Wasser, saß er am offenen Fenster und schrieb an seinem Tagebuch, während draußen Mauersegler (gemeine Fahl- und Alpensegler), schrille Schreie ausstoßend, durch die heiße, flirrende Luft sausten. Tief unter ihm lag die *Sophie*, klein wie ein Spielzeugschiff, am Ausrüstungskai.

»Also ist James Dillon jetzt katholisch«, schrieb er in seiner winzigen, unleserlichen Geheimschrift. »Früher war er das nicht, jedenfalls nicht in dem Sinne, daß der Katholizismus sein Verhalten geprägt oder das Ablegen eines Diensteides für England unerträglich gemacht hätte. Er war überhaupt kein religiöser Mensch. Ist er konvertiert und hat eine Art Erwekkung erlebt? Hoffentlich nicht. Wie viele heimliche Katholiken mögen wohl in Englands Diensten stehen? Ich würde ihn gerne näher befragen, aber das wäre indiskret. Ich erinnere mich an Oberst Despards Bemerkung, daß der englische Bischof Challoner pro Jahr etwa ein dutzendmal Generaldispens erteilt an Katholiken, die gelegentlich nach anglikanischem Ritus die Sakramente empfangen. Oberst T. von den Gordon Riots war ebenfalls katholisch. Bezog sich Despards Bemerkung also nur auf das Heer, nicht auf die Marine? Leider habe ich damals nicht daran gedacht, ihn danach zu fragen. *Quaere:* Ist dieser Gewissenskonflikt der Grund für Dillons Übererregtheit? Ich glaube, ja. Er lebt mit Sicherheit unter einem starken inneren Druck. Mehr noch, er scheint an einem kritischen Lebensabschnitt zu stehen, vor einem kleinen Klimakterium – einem Punkt, an dem seine Entwicklung einen bestimmten Verlauf nehmen wird, bestimmend für den Rest seines Lebens. Oft kommt es mir so vor, daß an solchen Wendepunkten (die wir alle durchmachen) Männer ihren endgültigen Charakter prägen – oder ihr Charakter ihnen aufgeprägt wird. Unbeschwerte Offenheit vorher, und dann – nach einer vielleicht zufälligen Verkettung gewisser Umstände oder wegen einer heimlichen Voreingenommenheit (die Veranlagung sein kann) – bricht eine Wesensveränderung durch, die den Mann auf einen vorgezeichneten Pfad führt, den er nicht mehr verlassen kann, auf dem er weiterschreiten muß, seine Spuren ständig tiefer grabend, bis sein Pfad zum Hohlweg, zum Kanal wird, der ihn an seinen Charakter bindet, an seine Persönlichkeit, ihm alles menschlich Offene raubt und ihn zu einem Produkt dieser starren Charaktereigenschaften macht. James Dillon war ein wunderbar offener Mensch. Jetzt verengt er sich. Es ist seltsam – oder sollte ich sagen: schmerzlich –, wie die heitere Leichtigkeit dahinschwindet, die Fröhlichkeit des Herzens, die natürliche, quicklebendige Freude am Leben. Autorität ist wohl ihr größter Feind – vermeintliche Autorität. Ich kenne nur wenige Männer über Fünfzig, die durch und durch Mensch geblieben sind. Und keiner davon hat längere Zeit Autorität ausgeübt. Die Vollkapitäne in Mahón, auch Admiral Warren, sind alle geschrumpft (geschrumpft im Wesen, nicht im Leibesumfang, leider). Pomp, Völlerei, cholerisches Temperament, zu späte und zu teuer erkaufte Sinnenfreude, etwa mit einer heißblütigen Geliebten, sind die Ursachen. Und doch ist Lord Nelson nach Jack Aubreys Schilderung so direkt, so unverbildet und liebenswert geblieben, wie man es sich nur wünschen kann. Das gilt auch für JA selbst, mit ganz wenigen Ausnahmen. Nur manchmal scheint bei ihm diese bedenkenlose Arroganz der Macht durch. Er hat seine Heiterkeit jedenfalls noch nicht verloren. Aber wie lange wird sie ihm erhalten bleiben? Welche Frau, welches politische Ziel, welche Enttäuschung, Verwundung, Krankheit, Niederlage, welches ungeratene Kind – kurz, welcher unvorhersehbare, unselige Vorfall wird sie ihm rauben? Aber James Dillon macht mir Sorgen: Er ist so munter wie früher – vielleicht sogar noch quecksilbriger –, aber zehn Oktaven tiefer, in einer viel dunkleren Molltonart. Manchmal fürchte ich, daß er sich in einer schwarzen Stunde Schaden zufügen wird. Ich würde viel darum geben, wenn ich ihn zur herzlichen Freundschaft mit Jack Aubrey bewegen könnte. Die beiden sind in vielem so ähnlich, und James hat ein Talent zur Freundschaft. Wenn er begreift, daß er JAs Verhalten mißverstanden hat, wird er sich ihm gewiß öffnen. Aber *kann* er es jemals begreifen, oder wird JA selbst zum Anlaß seiner Unzufriedenheit werden? Falls ja, besteht wenig Hoffnung. Denn dieses Mißvergnügen, dieser innere Zwist muß bei einem (gelegentlich) so humorlosen, ehrversessenen Mann übermächtig sein. Er ist gezwungen, öfter als die meisten Menschen das Unvereinbare zur Deckung zu bringen; und er ist weniger als andere dazu qualifiziert. Auch wenn er das Gegenteil behauptet, weiß er genausogut wie ich, daß er jederzeit Gefahr läuft, eine furchtbare Konfrontation bewältigen zu müssen. Angenommen, er wäre es gewesen, der Wolfe Tone in Lough Swilly ergriffen hätte? Und was, wenn Emmet die Franzosen zu einem erneuten Invasionsversuch überredet? Oder wenn Bonaparte seinen Frieden mit dem Papst macht? Alles wäre möglich. Andererseits ist JD wirklich beweglich wie Quecksilber, und wenn er erst in einer glücklichen Stunde JA so schätzen lernt, wie er es verdient hat, wird er ihm die größte Treue entgegenbringen. Ja, ich würde viel darum geben, die beiden zu Freunden zu machen.«

Seufzend ließ Stephen die Feder sinken. Er legte sie auf dem Deckel eines Glases ab, das eine der schönsten Aspisvipern enthielt, die er jemals gesehen hatte: dick, stumpfnasig und voller Gift ringelte sie sich in ihrem Spiritus, ein Auge mit der geschlitzten Pupille auf ihn gerichtet. Diese Viper war eine Ausbeute der fruchtbaren Tage, die er in Mahón verbracht hatte, nachdem die *Sophie* wieder eingelaufen war, mit ihrer dritten Prise im Kielwasser, einer ansehnlichen spanischen Tartane. Neben dem Glas mit der Viper lagen zwei weitere Früchte von *Sophies* Jagdeifer: eine Taschenuhr und ein Teleskop. Die Uhr zeigte noch zwanzig Minuten bis zur vollen Stunde, deshalb griff er zum Fernrohr und richtete es auf die Brigg. Jawohl, Jack war noch an Bord; unübersehbar in seiner besten Ausgehuniform, diskutierte er mittschiffs mit Dillon und dem Bootsmann über irgendein Detail in der oberen Takelage; alle drei deuteten nach oben und schwankten synchron hin und her wie Tänzer.

Stephen beugte sich über das Balkongitter vor seinem Fenster und suchte mit dem linsenverstärkten Auge den Kai bis zum Scheitelpunkt des Hafens ab. Fast sofort entdeckte er das vertraute rote Gesicht des Matrosen George Pearce, das in ekstatischer Belustigung himmelwärts gerichtet war. Er stand mit einigen Bordgenossen vor der Reihe einstöckiger Spirituosenläden, die bis zu den Gerbereien reichte, und ließ Hüpfsteine über das glatte Wasser springen. Diese Männer gehörten zu den beiden Prisenbesatzungen und hatten an Land bleiben dürfen, während die anderen Sophies noch an Bord waren. Beide Gruppen hatten jedoch bereits Vorschüsse auf ihr Prisengeld erhalten. Und als Stephen jetzt die glitzernden Hüpfsteine genauer betrachtete und die fieberhaft danach tauchenden, nackten Knaben bemerkte, wurde ihm klar, daß diese Matrosen ihren neuen Reichtum auf die schnellste aller denkbaren Arten verschleuderten.

Ein Boot stieß von der *Sophie* ab, neben Jack saß darin der Bootsführer und hielt Jacks Geigenkasten gewissenhaft und mit steifer Würde auf dem Schoß. Stephen lehnte sich zurück, nahm einen Fuß aus dem jetzt lauwarmen Wasser und betrachtete ihn eine Weile aufmerksam, während er über den anatomisch verwandten Aufbau der unteren Gliedmaßen bei den höheren Säugetieren sinnierte – bei Pferden, Schimpansen, bei jenem nomadisierenden afrikanischen Menschenaffen oder bei Monsieur de Buffons Jocko: sportlich und gesellig in der Jugend, dumpf, übellaunig und zurückgezogen im Alter. Was war eigentlich der wahre Zustand des menschlichen Affen? Wer bin ich, dachte er, zu behaupten, daß der muntere junge Orang nicht bloß die Larve des grimmigen alten Einzelgängers ist? Daß das zweite Stadium nicht die natürliche, zwangsläufige Kulmination des ersten darstellt – den artgemäßen Zustand des Menschenaffen, o Jammer?

»Ich denke gerade über den Orang-Utan nach«, sagte er, als die Tür aufflog und Jack, eine Rolle Notenblätter in der Hand, mit der Miene froher Erwartung ins Zimmer trat.

»Oh, gewiß, gewiß«, rief Jack aus. »Das Nachdenken darüber gereicht Ihnen bestimmt zur Ehre. Aber jetzt tun Sie mir den Gefallen und nehmen Sie auch den anderen Fuß aus dem Wasser – was in aller Welt wollten Sie bloß in dieser Schüssel? Und ziehen Sie bitte schnell Ihre Strümpfe an, wir haben keine Minute zu verlieren. Nein, nicht blaue Strümpfe: Wir sind zum Essen eingeladen, und danach gehen wir zu Mrs. Hartes Abendgesellschaft.«

»Muß ich dazu etwa seidene Strümpfe anziehen?«

»Aber sicher. Und bitte beeilen Sie sich, mein Bester. Wir kommen noch zu spät, wenn Sie nicht bald mehr Tuch setzen.«

»Immer sind Sie in Eile.« Pikiert wühlte Stephen in seinem Kleiderschrank. Mit einem trockenen Rascheln glitt eine Montpellierschlange darunter hervor und durchquerte das Zimmer hocherhobenen Kopfes in einer Serie ungewöhnlich eleganter Kurven.

»Oh, oh, oh«, rief Jack und sprang auf einen Stuhl, »eine Schlange!«

»Tun es diese?« fragte Stephen, ein Paar Strümpfe hochhaltend. »Sie haben nur ein kleines Loch.«

»Ist sie giftig?«

»Extrem giftig. Und sie wird gleich auf Sie losgehen, fürchte ich. Sie sind schon so gut wie gebissen. Falls ich die seidenen über meine baumwollenen Strümpfe ziehe, sollte das Loch fast nicht zu sehen sein. Aber dann bekomme ich bei dieser Hitze Schweißfüße. Finden Sie es nicht auch ungewöhnlich heiß heute?«

»Oh, das Biest ist mindestens zwei Faden lang. Und wirklich giftig, sagen Sie? Schwören Sie mir das?«

»Wenn Sie ihr die Hand in den Hals stecken, tief hinein bis zu den hintersten Zähnen, können Sie vielleicht ein bißchen Gift finden. Sonst nicht. *Malpolon monspessulanus* ist völlig harmlos. Ich wollte schon ein Dutzend davon an Bord bringen, wegen der Ratten – ach, wenn ich doch mehr Zeit hätte! Und wenn Reptilien nicht mit diesem albernen, engstirnigen Haß verfolgt würden ... Aber Sie geben auf diesem Stuhl wirklich eine jämmerliche Figur ab.« Ein Kinderlied anstimmend, ging er zu der Schlange hinüber, die – obwohl stocktaub wie jede Natter – ihm vergnügt ins Gesicht sah und sich davontragen ließ.

Als erstes besuchten sie Mr. Brown von der Werft, wo sie nach Begrüßung, Vorstellung und Glückwünschen zu Jacks Erfolg das b-Moll-Quartett von Mozart spielten. Sie forcierten das Tempo mit Fleiß und viel gutem Willen, wobei Miß Brown gefühlvoll, aber zaghaft die Bratsche spielte. Weil sie dieses Stück nicht geprobt, ja sogar noch nie zusammen gespielt hatten, war das Ergebnis extrem holprig. Aber sie musizierten mit immenser Freude an der Sache, während ihr Publikum, die wohlwollend strickende Mrs. Brown und eine weiße Katze, zufrieden dabeisaß und die Darbietung vollauf zu genießen schien.

Jack war überströmend guter Laune, aber aus Respekt vor der Musik hielt er sich während des Quartetts in Zaum. Erst beim anschließenden Mahl – Fasan, glasierte Zunge, Sillabub, Flammeri und Käsekuchen – ging sein Temperament mit ihm durch. Durstig stürzte er zwei oder drei Gläser Schaumwein hinunter, ohne es überhaupt zu merken. Sogleich wurde sein hochrotes Gesicht noch vergnügter, seine Baßstimme noch maskuliner und sein häufiges Lachen noch lauter. Er schilderte der Tischgesellschaft plastisch bis ins Detail, wie Stephen die Schädeldecke des Stückmeisters abgesägt und so perfekt wieder aufgesetzt hatte, daß er danach besser aussah als je zuvor. Und von Zeit zu Zeit wanderten seine strahlend blauen Augen zu Miß Browns Busen, der nach der neuesten Mode dieses Jahres (vergröbert durch die Entfernung von Paris) nur mit einem sehr, sehr durchsichtigen Stückchen Gaze bedeckt war.

Stephen erwachte endlich aus seinen Tagträumen, als Mrs. Browns Miene immer ernster wurde, Miß Brown verlegen auf ihren Teller niederblickte und Mr. Brown, der ebenfalls eine Menge getrunken hatte, eine Anekdote zu erzählen begann, die keinesfalls ein geziemendes Ende finden würde. Mrs. Brown hatte großes Verständnis für Offiziere, die lange Zeit auf See gewesen waren, besonders wenn sie drei Prisen erbeutet und deshalb guten Grund zur Fröhlichkeit hatten; aber bei ihrem Ehemann war sie weniger duldsam, zumal sie seine Geschichten seit langem kannte, fast so lange wie seinen glasigen Blick. »Komm, meine Liebe«, sagte sie deshalb zu ihrer Tochter, »ich denke, wir lassen die Herren jetzt besser allein.«

Molly Hartes Abendgesellschaft war eine große, bunte Veranstaltung, auf der fast alle Offiziere, Geistlichen, Beamten und Kaufleute Mahóns, kurz die Honoratioren Menorcas, erschienen. Es wurden so viele Gäste, daß sie ein Zeltdach über Señor Martinez' Patio spannen ließ, um sie darunter zu bewirten, während die Militärkapelle vom Fort St. Philips in einem Raum, der sonst die Amtsstube des Oberkommandierenden war, für sie aufspielte.

»Erlauben Sie mir, Ihnen meinen Freund – meinen speziellen Freund – und Marinearzt Dr. Maturin vorzustellen«, sagte Jack und führte Stephen zu ihrer Gastgeberin. »Und dies ist Mrs. Harte.«

»Ihr Diener, Madam.« Stephen machte seinen Kratzfuß.

»Ich bin hocherfreut, Sie bei uns zu sehen, Sir«, versicherte Mrs. Harte – fest entschlossen, den Arzt abscheulich zu finden.

»Dr. Maturin, Kapitän Harte«, fuhr Jack fort.

»Freut mich«, antwortete Kapitän Harte, der längst eine heftige Abneigung gegen beide gefaßt hatte, wenn auch aus anderen Gründen. Dabei blickte er über Stephens Scheitel ins Leere und hielt zwei schlaffe Finger dicht vor seinen Hängebauch. Stephen blickte demonstrativ auf sie nieder, ließ sie dort baumeln und neigte seinen Kopf mit einer höflichen Arroganz, die so genau seiner herablassenden Begrüßung entsprach, daß Mrs. Harte ihre Meinung änderte und Dr. Maturin ins Herz schloß. Sie schritten weiter, um Platz für die nächsten Gäste zu machen, denn der Andrang war groß; die Marineoffiziere erschienen alle binnen Sekundenfrist zur festgesetzten Zeit.

»Da ist ja Lucky Jack Aubrey!« rief Bennet von der *Aurore* aus. »Bei meiner Seele, ihr jungen Burschen versteht es, euer

Nest zu polstern. Ich kam ja kaum in den Hafen vor lauter Prisen. Natürlich wünsche ich Ihnen viel Glück damit. Aber lassen Sie draußen noch ein paar Prisen für uns alte Zausels übrig, damit wir im Ruhestand nicht am Hungertuch nagen müssen, ja?«

»Aber nicht doch, Sir!« Jacks gerötetes Gesicht färbte sich noch dunkler, während er protestierend auflachte. »Das war bloß Anfängerglück. Nur zu bald wird es mich verlassen, da bin ich ganz sicher, und dann drehen wir alle wieder Däumchen.«

Ein halbes Dutzend Marineoffiziere, gleichrangig oder dienstälter, umstanden ihn und gratulierten ihm jetzt, die einen etwas traurig, andere neidisch, aber alle mit dieser unverhohlenen Gutmütigkeit, die Stephen bei der Marine schon öfter aufgefallen war. Schließlich driftete die ganze Gruppe zu einem Tisch mit Gläsern und drei enormen Punschbowlen hinüber, während Jack ihnen im breitesten Marinejargon bis ins einzelne berichtete, wie er seine Prisen aufgebracht hatte. Sie lauschten in gebanntem Schweigen, nickten heftig bei bestimmten Stellen und kniffen bei anderen halb die Augen zu. Stephen stellte für sich fest, daß totale Kommunikation zwischen Männern auf einem gewissen Niveau durchaus möglich war. Danach begannen er selbst und seine Aufmerksamkeit umherzuschweifen; mit einem Glas Arrakpunsch in der Hand bezog er schließlich Stellung neben einem Orangenbaum und musterte ganz zufrieden abwechselnd das Gewühl der Uniformen zu seiner Linken und durch das grün flirrende Laub zu seiner Rechten das Arrangement aus Sofas und Sesseln, auf denen die Damen in Erwartung der Eisbecher und Sorbets saßen, die ihre Männer ihnen zu bringen versprochen hatten. Doch auf die Seeleute zu seiner Linken warteten sie vergebens. So seufzten sie nur geduldig und hofften, daß ihre Ehegatten, Brüder, Väter und Liebhaber sich nicht allzu stark betrinken und, vor allem, daß sie keinen Streit anfangen würden.

So verging die Zeit. Ein Wirbel in der allgemeinen Rotation

spülte Jacks Gruppe am Orangenbaum vorbei, und Stephen hörte seinen Freund sagen: »Heute gehen die Wogen hier aber verdammt hoch.«

»Schön und gut«, meinte ein Vollkapitän fast unmittelbar darauf, »aber Ihre Sophies waren an Land früher immer so ein ruhiger, anständiger Haufen. Kaum haben sie ein bißchen Geld in der Tasche, lassen sie die Puppen tanzen wie – na, ich weiß nicht –, jedenfalls wie eine Horde wildgewordener Affen. Meinem Vetter Oakes haben sie die Barkassencrew grausam zusammengeschlagen, mit der absurden Begründung, daß sie jetzt einen Internisten an Bord und deshalb das Recht hätten, *vor* der Barkasse eines Linienschiffes festzumachen, das bloß einen schäbigen Chirurgen hätte. Was für ein hirnverbranntes Argument! Das bißchen Vorschuß hat sie um den Verstand gebracht.«

»Tut mir leid, daß Kapitän Oakes' Bootsgasten verprügelt wurden«, sagte Jack mit ehrlicher Betroffenheit. »Aber ihre Behauptung stimmt. Wir haben jetzt wirklich einen Internisten an Bord – einen Künstler mit der Knochensäge und dem Klistier.« Voller Wohlwollen blickte Jack sich um. »Vor ein paar Minuten war er noch bei mir. Hat meinem Stückmeister den Schädel aufgesägt, das Gehirn rausgeholt, gerichtet und wieder reingestopft – ich konnte gar nicht hinsehen, meine Herren. Dann ließ er sich ein silbernes Kronenstück bringen, hämmerte es dünn und platt, bis es eine kleine Kuppel bildete – verstehen Sie? – oder ein Schüsselchen, packte es drauf, schraubte es fest und nähte den Skalp wieder zu, so sauber wie ein Segelmacher. *Das* nenne ich einen richtigen Internisten – keinen von diesen Pillendrehern und Zauderern. Ah, da ist er ja …«

Mit freundlichem Hallo scharten sie sich um Stephen und drängten ihm ein frisches Glas Punsch auf: Sie hätten ihm alle schon tüchtig zugesprochen, er sei hervorragend, ein köstliches Gebräu, genau das richtige an einem so heißen Tag. Die Stimmen klangen wirr durcheinander, nur Stephen und ein gewisser Kapitän Nevin blieben wortkarg. Dem Arzt fiel Nevins nachdenklicher, nach innen gekehrter Blick auf – ein Ausdruck, den er nur zu gut kannte. Deshalb war er nicht überrascht, als er hinter den Orangenbaum geführt und von Kapitän Nevins ernster Stimme leise und vertraulich darüber informiert wurde, daß dieser große Schwierigkeiten hatte, selbst die leichtesten Gerichte zu verdauen. Kapitän Nevins Dyspepsie stellte die medizinische Fakultät seit Jahren vor ein Rätsel, »schon *seit Jahren,* Sir«, aber bestimmt würde sie vor Stephens überlegenem Wissen kapitulieren. Am besten zählte er jetzt gleich alle Symptome auf, an die er sich erinnern konnte, denn es handelte sich bei ihm um einen ganz seltenen, interessanten Fall, wie ihm Sir John Abel versichert hatte – Stephen kannte doch Sir John? –, aber um ganz offen zu sprechen (ein Senken der Stimme und ein mißtrauischer Rundumblick), es bestanden auch gewisse Schwierigkeiten bei der Ejakulation ... Die Stimme redete weiter, leise und drängend, und Stephen stand mit geneigtem Kopf da, die Hände auf dem Rücken verschränkt, das ernste Gesicht scheinbar aufmerksam lauschend. Er lauschte auch tatsächlich, aber es war Jacks Stimme, die er rufen hörte: »O ja, ja! Natürlich darf auch der Rest meiner Crew an Land – sie stehen bereits Schlange an der Pforte, in ihrer besten Kledage, die Taschen voller Geld, die Augen aus dem Kopf quellend und die Pimmel schon meterlang.« Beim besten Willen hätte Stephen Jacks Worte nicht überhören können, denn dessen volltönende Stimme trug auch nüchtern meilenweit, und zufällig war seine Bemerkung in eine dieser Gesprächspausen geplatzt, die selbst in der animiertesten Gesellschaft vorkommen.

Stephen bedauerte diese Bemerkung; er bedauerte ihre Wirkung auf die Damen rechts vom Orangenbaum, die sich jetzt erhoben und mit indignierten Blicken in Jacks Richtung langsam davondrifteten. Aber am meisten bedauerte er Jacks blaurotes Gesicht, den halbirren Ausdruck seiner blitzenden Augen und sein triumphierendes: »Sie brauchen sich nicht zu beeilen, Ladys – die Kerle werden nicht vor Sonnenuntergang von Bord gelassen.«

Ein absichtsvolles Anschwellen der allgemeinen Unterhaltung unterband jeden weiteren Fauxpas dieser Art. Kapitän Nevin holte gerade Atem für eine Fortsetzung seines Sermons, als Stephen eine leichte Hand auf seinem Arm spürte. Vor ihm stand Mrs. Harte und lächelte Nevin so giftig an, daß er zurückwich und sich zwischen den Punschbowlen verlor.

»Dr. Maturin, bitte begleiten Sie Ihren Freund hinaus«, beschwor ihn Mrs. Harte leise. »Sagen Sie ihm, sein Schiff brennt – oder sonstwas. Aber bringen Sie ihn weg, sonst wird er sich noch ernsthaft schaden.«

Stephen nickte. Mit gesenktem Kopf drängte er sich mitten unter die Gruppe, ergriff Jack beim Ellbogen, verbeugte sich entschuldigend vor jenen, deren Unterhaltung er unterbrach, und sagte leise, aber in einem Befehlston, der keinen Widerspruch duldete: »Los, los, wir haben keine Minute zu verlieren.«

»Je eher wir auf See sind, desto besser«, murmelte Jack Aubrey und starrte sorgenvoll ins morgendliche Zwielicht über dem Kai und Mahón. War das Boot dort drüben seine eigene Barkasse mit dem Rest der Landgänger, oder brachte es eine Nachricht vom wütenden, selbstgerechten Hafenkommandanten, etwa einen Befehl, der *Sophies* unabhängigen Beutezug beenden würde? Er war noch immer leicht benommen nach den Exzessen des vergangenen Abends, aber ein klarer Rest seines Verstandes sagte ihm, daß er sich unmöglich gemacht hatte, daß Disziplinarstrafen gegen ihn verhängt werden konnten, die keiner für ungerecht oder schikanös halten würde, und daß jetzt nichts so verhängnisvoll für ihn wäre wie ein baldiges Zusammentreffen mit Kapitän Harte.

Was sich an schwacher Luftbewegung feststellen ließ, das kam aus Westen, einer hier ungewöhnlichen Richtung, und brachte den feuchten Gestank der Gerbereien mit. Aber es mochte ausreichen, die *Sophie* durch den weitläufigen Hafen und hinaus auf See zu schieben. Auf See, wo ihm sein loses Mundwerk nicht mehr schaden konnte; wo Stephen sich nicht mit den Autoritäten überwerfen konnte; wo dieses teuflische Kind Babbington nicht vor den alten Weibern der Stadt gerettet werden mußte; und vor allem, wo James Dillon sich nicht duellieren konnte. Jack hatte nur gerüchteweise davon gehört, aber es war wohl eines dieser gefährlichen Garnisonsscharmützel nach Tisch gewesen, das ihn leicht seinen Ersten Offizier hätte kosten können. Den besten Offizier, mit dem er je gesegelt war, trotz seiner steifleinernen Unberechenbarkeit.

Das Boot kam hinter dem Heck der *Aurore* hervor: Es war die Barkasse, und sie brachte die Landgänger. Zwei oder drei davon grölten immer noch selig, aber sonst unterschieden sich diese Sophies himmelweit von jenen, die abends an Land gegangen waren. Erstens hatten sie keinen Penny mehr in der Tasche, und zweitens starrten sie mit grauen Gesichtern trübsinnig und schlaff unter sich – jedenfalls jene, die noch gehen konnten. Die anderen wurden in einer Reihe neben die anderen Schnapsleichen gelegt.

Jack fragte: »Haben Sie durchgezählt, Mr. Ricketts?«

»Alle an Bord, Sir«, meldete der Fähnrich müde, »bis auf Jessup, Küchenjunge, der die Hafentreppe runtergefallen ist und sich ein Bein gebrochen hat, und bis auf Sennet, Richards und Chambers vom Fockmast, die mit ein paar Soldaten nach George Town abgehauen sind.«

»Sergeant Quinn?«

Doch von Sergeant Quinn war diesmal keine vernünftige Antwort zu bekommen. Zwar hielt er sich noch gerade, kerzengerade sogar, aber seine einzige Reaktion war ein »Yessir« und ein übertrieben zackiges Salutieren, egal, wer ihn ansprach.

»Alle Seesoldaten bis auf drei sind an Bord, Sir«, raunte James dem Kommandanten zu.

»Danke, Mr. Dillon.« Jack warf noch einen Blick zur Stadt hinüber, wo vor dem dunklen Kliff ein paar Lichter näher zu kommen schienen. »Dann sollten wir Segel setzen, denke ich.«

»Ohne auf das restliche Trinkwasser zu warten, Sir?«

»Wieviel fehlt uns denn noch – zwei Tonnen? Die bunkern wir hier das nächste Mal, wenn wir unsere Streuner abholen. Und jetzt, Mr. Watt, lassen Sie vorn loswerfen. Aber leise, wenn ich bitten darf.«

Leise – weil ihn einerseits sein rasender Kopfschmerz nichts so sehr fürchten ließ wie das Gebrüll und Getrampel der übereifrigen Ankergasten und weil er andererseits mit der *Sophie* so still und heimlich verschwinden wollte wie möglich. Zum Glück lag sie nur an einer Muringtonne, deshalb blieben ihm das laute Ankerhieven, das Stampfen ums Gangspill und das giftige Kreischen der Shantyfiedel erspart. Auch waren die noch einsatzfähigen Deckshände viel zu marode, als daß man ihnen mehr abverlangen konnte als ein lautloses, hastiges Loswerfen der Trosse – diesmal ganz ohne Shanties, *Britons never, never* oder *Hearts of Oak*. Zum Glück hatte er Reparaturen und Verproviantierung (bis auf diesen vermaledeiten Rest Wasser) zuerst erledigen lassen, ehe er selbst oder sonstwer den Fuß an Land gesetzt hatte. Reumütig wie nie zuvor sang Jack innerlich das Hohelied der Tugend, als sich *Sophies* Vorsegel endlich füllten, ihr Bug abfiel und ihr Bugspriet nach Osten, auf die freie See, zu zeigen begann: ein voll ausgerüstetes, voll proviantiertes, seetüchtiges Schiff auf dem Rückweg in die Unabhängigkeit.

Eine Stunde später standen sie in der Meerenge. Die Stadt mit ihren tückischen Ausdünstungen war im Seenebel achteraus versunken, und vor ihnen dehnte sich die weite, funkelnde See. *Sophies* Bugspriet zeigte fast genau auf das gelbe Glühen am Horizont, das den Sonnenaufgang ankündigte, und der auffrischende Wind drehte auf Nord. Einige Opfer der letzten Nacht entwickelten erste Lebenszeichen. In Kürze würde die kalte Dusche aus dem Schlauch sie hochscheuchen, wenn das Deck gewaschen wurde und der Alltag an Bord aufs neue begann.

Eine Atmosphäre säuerlicher Tugendhaftigkeit herrschte an Bord, während die *Sophie* durch Flauten, launische Brisen und Gegenwind mühsam Südwestkurs auf ihre Jagdgründe einschlug. Der Wind benahm sich so pervers, daß die kleine Insel Ayre vor der Ostspitze Menorcas stur am nördlichen Horizont klebenblieb – mal größer, mal kleiner, aber lange nicht abzuschütteln.

Am Donnerstag wurden alle Mann als Zeugen einer Bestrafung an Deck gerufen. Steuerbord- und Backbordwache standen jeweils auf ihrer Seite des Batteriedecks, während Kutter und Barkasse ausgesetzt und nachgeschleppt wurden, damit der Platz reichte. Die Seesoldaten waren mit ihrer gewohnten Präzision achtern von Kanone drei angetreten. Und auf dem kleinen Achterdeck drängten sich die Offiziere.

»Mr. Ricketts, wo ist Ihr Seitendolch?« fragte James Dillon scharf.

»Halten zu Gnaden, Sir, den hab ich vergessen«, stammelte der Fähnrich.

»Legen Sie ihn sofort an, und erscheinen Sie nie mehr nachlässig gekleidet an Deck.«

Davoneilend warf der Junge einen schuldbewußten Seitenblick auf den Kommandanten, las aber aus dessen Stirnrunzeln nur die Bestätigung von Dillons Befehl. Jack ging in dieser Hinsicht völlig mit seinem Ersten konform: Die elenden Sünder, die jetzt ausgepeitscht werden sollten, hatten ein Recht darauf, daß die Zeremonie mit geziemendem Pomp ablief: vor der komplett angetretenen Besatzung, vor ihren Offizieren in goldbetreßter Uniform und mit Degen, begleitet von dumpfem Trommelwirbel.

Der Profoß Henry Andrews führte die Delinquenten nacheinander an Deck: John Harden, Joseph Bussell, Thomas Cross, Timothy Bryant, Isaac Isaacs, Peter Edwards und John Surel, alle schuldig der Trunkenheit im Dienst. Niemand hatte etwas zu ihrer Verteidigung zu sagen, nicht einmal sie selbst.

»Ein Dutzend für jeden«, befahl Jack. »Und wenn's auf dieser Welt gerecht zuginge, müßtest du, Cross, zwei Dutzend kriegen. Ein Mann auf so verantwortungsvollem Posten – Stückmeistersgehilfe –, welche Schande!«

Auf der *Sophie* war es Brauch, die Prügelstrafe am Ankerspill, nicht auf einer Gräting zu vollziehen. Trübsinnig schlurfte einer nach dem anderen nach vorn, streifte sein Hemd ab und legte sich über den abgeflachten Zylinder. Die Bootsmannsgehilfen John Bell und John Morgan banden sie fest, mehr um der Form Genüge zu tun, als um Gegenwehr zu verhindern; dann trat John Bell zurück, die neunschwänzige Katze locker in der Rechten, und sah Jack an. Der nickte.

»Machen Sie weiter«, befahl er.

»Eins«, zählte der Bootsmann feierlich, als die neun geknoteten Riemen durch die Luft zischten und auf den nackten, verkrampften Rücken des Delinquenten klatschten. »Zwei. Drei. Vier …«

So ging es weiter. Wieder einmal registrierte Jack mit kaltem, erfahrenem Blick, wie geschickt der Bootsmannsgehilfe die Knoten der Riemen hauptsächlich aufs Spill knallen ließ, ganz unauffällig und ohne sich anmerken zu lassen, daß er seine Bordgenossen schonte. Soll mir recht sein, sagte sich Jack, aber entweder brechen die Hunde heimlich in die Rumlast ein, oder irgendein Bastard hat einen Schnapsvorrat an Bord geschmuggelt. Wenn ich den erwische, lasse ich eine richtige Gräting aufriggen, und dann ist Schluß mit dem Hokuspokus. So viele Fälle von Trunkenheit waren ungewöhnlich: sieben an einem Tag. Mit den Sauftouren an Land hatte das nichts mehr zu tun, die waren vorbei und vergessen. Auch den an Deck aufgereihten Schnapsleichen war vergeben, das hatte man unter den üblichen Hafenexzessen abgehakt. Nein, dies hier war etwas anderes.

Schon tags zuvor hatte Jack gezögert, das gewohnte nachmittägliche Exerzieren mit den Kanonen zu befehlen, denn zu viele unter den Leuten schienen ihm angetrunken zu sein. Nur zu leicht konnte ein alkoholisierter Narr mit dem Fuß unter eine zurückstoßende Lafette geraten oder sein Gesicht beim Schuß vor eine Mündung halten. Am Ende hatte er die Kanonen nur ausrennen und einfahren lassen, ohne sie abzufeuern.

Jedes Schiff pflegte seine eigenen Traditionen beim Strafvollzug; auf der *Sophie* blieb man unter der Katze stumm. Aber Edwards (einer von den Neulingen) war von der *King's Fisher* abgeworben worden, wo es lauter zuging. Beim ersten Schlag schrie er so gellend auf, daß der junge Bootsmannsgehilfe irritiert innehielt und die nächsten zwei, drei Schläge zu zaghaft ausfielen.

»Nimm dich zusammen, John Bell«, rügte der Bootsmann, nicht weil er Edwards übelwollte – er maß ihn mit ebenso gelassenem, unbeteiligtem Blick wie ein Metzger sein Schlachtvieh –, sondern weil die Arbeit ordentlich getan werden mußte. Fortan gaben die restlichen Hiebe Edwards einigen Grund für sein markerschütterndes Crescendo. Markerschütternd vor allem für John Surel, einen mageren kleinen Gepreßten aus Exeter, der noch nie ausgepeitscht worden war und nun zur Trunkenheit auch noch blamable Wehleidigkeit auf sich lud. Aber ausgepeitscht wurde er, trotz seines jämmerlichen Geheuls und Gebrülls, und zwar besonders schmerzhaft, weil der verunsicherte Bell die Sache schnell hinter sich bringen wollte.

Wie schrecklich barbarisch dies auf einen Zuschauer wirken muß, der es nicht gewohnt ist, sinnierte Stephen. Und wie wenig es den anderen ausmacht. Obwohl dieses Kind dort drüben ziemlich mitgenommen aussieht. Der eingeschüchterte Babbington war tatsächlich etwas blaß um die Nase, als das leidige Geschäft endlich beendet und der stöhnende Surel seinen beschämten Kameraden übergeben war, die ihn schnell unter Deck schafften.

Aber die Blässe und Ängstlichkeit des jungen Herrchens war nicht von langer Dauer. Keine zehn Minuten nachdem der Schwabber alle Spuren der Bestrafung weggewischt hatte, jagte Babbington seinen Kameraden Ricketts fröhlich durch die obere Takelage, während das neue Schreiberlein schwerfällig, aber entzückt hinter ihnen herkletterte.

»Wer albert da oben herum?« fragte Jack, der durch das dünne Tuch des Großbramsegels nur verschwommene Gestalten sah. »Die Schiffsjungen?«

»Die jungen Herren, Euer Ehren«, antwortete der Quartermaster.

»Aha. Dabei fällt mir ein: Sie sollen sich bei mir melden.«

Kurz danach waren Blässe und Angst wieder da, und zwar aus gutem Grund. Die Fähnriche und Kadetten sollten zur Standortbestimmung mittags die Sonnenhöhe messen und die Schiffsposition auf Zettel schreiben, die vom Wachtposten eingesammelt und beim Kommandanten abgeliefert wurden. Der alte Kommandant, Kapitän Allen, war allerdings dafür bekannt gewesen, daß er diese Zettel ungelesen aus dem Fenster warf.

Jack war bisher mit dem Einschleifen der Besatzung zu beschäftigt gewesen, um der Ausbildung seiner Offiziersanwärter viel Aufmerksamkeit widmen zu können. Immerhin hatte er sich die Positionszettel des Vortages angesehen. In verdächtiger Übereinstimmung gaben sie alle die Breite mit 39° 21′ N an, was man gelten lassen konnte; doch genauso einig waren sie sich in der Länge, und auf dieser Position hätte die *Sophie* nur stehen können, wenn sie eine Furche von siebenunddreißig Meilen in den Gebirgszug hinter Valencia gegraben hätte.

»Was fällt Ihnen ein, mir diesen Unsinn zu schicken?« fuhr Jack die versammelten Übeltäter an.

Aber das war natürlich eine rhetorische Frage. Beantwortet wurde sie ebensowenig wie die meisten anderen, die er ihnen an den Kopf warf. Immerhin stimmten die jungen Herren mit ihm darin überein, daß sie nicht zu ihrem Vergnügen an Bord waren, auch nicht um ihr männliches Aussehen zu verschönern, sondern vielmehr zum Zwecke der Berufsausbildung;

daß ihre Berichtsbücher (die sie alsbald holten) weder ordentlich noch ausführlich, noch auf dem neuesten Stand waren und daß die Bordkatze sie leserlicher geschrieben hätte; daß sie in Zukunft Mr. Marshalls Beobachtungen und Berechnungen die höchste Aufmerksamkeit widmen und täglich mit ihm gemeinsam die Karteneintragungen vornehmen würden; und daß niemand zum Offizier oder gar zum Kommandanten taugte (Gott, vergib mir die Lüge, dachte Jack insgeheim), der nicht jederzeit den Standort seines Schiffes auf die Bogenminute – nein, auf dreißig Bogensekunden – genau angeben könne. Schließlich verfügte er, daß sie ihm hinfort ihre ordentlich geführten und sauber geschriebenen Berichtsbücher jeden Sonntag unaufgefordert vorzulegen hatten.

»Ihr könnt doch leserlich schreiben, nehme ich an? Andernfalls müßt ihr bei meinem Schreiber Unterricht nehmen.«

Oh, sie hofften doch, Sir, sie waren sogar dessen sicher. Ganz gewiß würden sie ihr Bestes geben.

Aber Jack schien nicht restlos überzeugt, sondern ersuchte sie, sich auf die Bank dort zu setzen, sich diese Federn und Papiere da vorzunehmen und ihm jenes Buch vom Regal zu bringen, das sich hervorragend dazu eigne, ihnen auszugsweise vorgelesen und diktiert zu werden.

So kam es, daß Stephen in der Stille seines Krankenreviers beim Nachdenken über den Fall des Patienten, dessen Puls so schwach und ungleichmäßig unter seinen Fingern klopfte, stockte und aufhorchte, weil Jacks Stimme unnatürlich langsam, ernst und drohend durch den Windsack zu ihm herabscholl: »Das Achterdeck eines Kriegsschiffes kann mit Fug und Recht als die Charakterschule der Nation bezeichnet werden, jedenfalls für einen großen Teil unserer Jugend. Hier erwirbt sie einen Sinn für Disziplin und wird bis ins Detail unterwiesen im faszinierenden Wissen der Marine. Pünktlichkeit, Sauberkeit, Fleiß und Zuverlässigkeit werden regelmäßig eingeübt. Die Jugend wird gewöhnt an Pflicht, Verantwortung und sogar an Selbstverleugnung, was sich im späteren Leben mit Sicherheit als höchst nützlich erweist. Indem sie gehorchen lernt, lernt sie in der Folge auch befehlen.«

Hört, hört, sagte sich Stephen und wandte dann seine ungeteilte Aufmerksamkeit wieder der armen, ausgezehrten, hasenschartigen Kreatur zu, die vor ihm in der Hängematte lag, einem Quotenmann aus Südengland, jetzt zur Steuerbordwache eingeteilt. »Wie alt bist du ungefähr, Cheslin?« fragte er.

»Ach, das weiß ich selber nicht«, antwortete Cheslin mit einem Anflug von Ungeduld, trotz seiner Apathie. »Ich schätze, so um die Dreißig.« Eine lange Pause. »Ich war fünfzehn, als mein alter Vater starb. Und ich könnte die Ernten bis dahin rückwärts zählen, wenn ich mich anstrenge. Aber ich kann mich nicht anstrengen, Sir.«

»Nein. Hör mir zu, Cheslin: Du wirst sehr krank werden, wenn du weiterhin die Nahrung verweigerst. Ich bestelle dir nachher eine Suppe, die mußt du aufessen.«

»Danke, Sir, vielen Dank. Aber mein Fleisch hat einfach keine Lust mehr. Und die werden sowieso verhindern, daß ich die Suppe kriege.«

»Warum hast du ihnen bloß gesagt, was du bist?«

Cheslin schwieg eine Weile und starrte dumpf vor sich hin. »Weil ich besoffen war, stockbesoffen. Er ist so höllisch stark, ihr Rum. Ich hab einfach nicht damit gerechnet, daß sie mich fix und fertig machen. Obwohl auch die Leute in Carborough und drumherum nichts von mir wissen wollen.«

In diesem Augenblick kam das Signal zum Backen und Banken, und das Logis, der lange Raum hinter der Persenning, die Stephen als Sichtschutz fürs Krankenrevier hatte aufriggen lassen, füllte sich mit dem Tumult hungriger Männer. Immerhin war es ein geordneter Tumult: jede Backschaft aus acht Mann stürzte an den ihr zugewiesenen Platz, die an der Decke hängenden Tische und Bänke wurden herabgelassen, Holzschüsseln mit gepökeltem Schweinefleisch (ein Zeichen dafür, daß Donnerstag war, der Seemanns-Sonntag) und Erbspüree kamen aus der Pantry; und schließlich wurde der Grog, den

Mr. Pullings soeben draußen am Wasserfaß beim Großmast gemixt hatte, andächtig herbeigetragen, wobei jedermann hastig aus dem Weg glitt, damit auch ja kein Tropfen verschüttet wurde.

Zuvorkommend wichen die Leute vor Stephen zurück, öffneten ihm eine Gasse, so daß er durch ein Spalier freundlicher Gesichter und strahlender Augen schritt. Er registrierte, daß einige der sechs, deren Rücken er morgens mit Öl eingerieben hatte, schon wieder bemerkenswert guter Laune waren, besonders der Neger Edwards, dessen weißes Gebiß breit aus dem Zwielicht grinste. Aufmerksame Hände schoben eine Bank vor ihm zur Seite, und ein Schiffsjunge wurde grob um seine Achse gewirbelt und angefahren, daß er dem Doktor nicht den Rücken zuzuwenden hätte, was seien das für Manieren! Alles freundliche Kerls, mit lauter gutmütigen Gesichtern … Und doch brachten sie Cheslin langsam um.

»Ich habe einen ungewöhnlichen Fall im Krankenrevier«, sagte Stephen zu James, als sie in der Messe saßen und ihren Labskaus mit Hilfe eines Glases Portwein verdauten. »Er stirbt an Entkräftung. Oder wird bald sterben, wenn ich seine Lebensgeister nicht wieder wecken kann.«

»Wer ist es?«

»Cheslin. Der mit der Hasenscharte.«

»Ich kenne ihn. Sein Platz ist in der Kuhl – bei der Steuerbordwache. Zu nichts nütze, der Kerl.«

»Ach? Und doch war er seinerzeit von ganz speziellem Nutzen für seine Mitmenschen.«

»Inwiefern?«

»Er war ein Sündenfresser.«

»Herrje!«

»Sie haben Ihren Port verschüttet.«

»Erzählen Sie mir mehr über ihn«, bat James, die Weinflekken wegwischend.

»Tja, es war ganz ähnlich wie in Irland. Wenn jemand starb,

wurde nach Cheslin geschickt. Man legte ein Stück Brot auf die Brust des Verstorbenen, das aß Cheslin auf und nahm damit die Sünden des Toten auf sich. Dann drückte man ihm ein Silberstück in die Hand und jagte ihn aus dem Haus, bespuckte ihn und bewarf ihn mit Steinen, wenn er davonrannte.«

»Und ich dachte, dieser Brauch existiert heutzutage nur noch als Gerücht.«

»Nein, leider nicht. Er ist immer noch ziemlich verbreitet, man spricht nur nicht darüber. Und Seeleute verabscheuen einen Sündenbock anscheinend noch viel vehementer, als die Bevölkerung an Land es tut. Cheslin hat sich dazu bekannt, und sofort haben sich alle gegen ihn gewandt. Seine Backschaft hat ihn ausgestoßen. Niemand will mehr mit ihm sprechen, niemand läßt ihn in seiner Nähe essen oder schlafen. Physisch fehlt ihm nichts, und trotzdem wird er binnen einer Woche sterben, falls ich nichts unternehme.«

»Lassen Sie ihn an der Gangway festbinden und ihm hundert Hiebe verpassen, Doktor«, rief der Zahlmeister aus seiner Kammer, wo er Rechnungen addiert hatte. »Als ich zwischen den Kriegen auf einem Sklavenschiff gefahren bin, hatten wir manchmal so eine Sorte Neger an Bord, Whydaws oder Whydoos nannten wir sie, die starben gleich dutzendweise in der Middle Passage, bloß aus Verzweiflung darüber, daß sie ihre Heimat und ihre Freunde verlassen mußten. Wir konnten viele davon retten, indem wir ihnen jeden Morgen die Pferdepeitsche zu schmecken gaben. Aber es wäre keine Wohltat für niemand, wenn Sie diesen Wurm retten, Doktor. Am Ende werden ihn die Leute doch nur ersticken, erdrosseln oder über Bord werfen. Sie finden sich ja mit allem möglichen ab, diese Matrosen, aber nicht mit einem Jonas. Das ist wie bei 'ner weißen Krähe – die anderen picken sie tot. Oder mit 'nem Albatros. Wenn Sie einen Albatros fangen – mit 'ner Angelleine ist das einfach – und ihm ein rotes Kreuz auf die Brust malen, dann reißen ihn die anderen Albatrosse in Stücke, bevor das Stundenglas umgedreht ist. Unten am Kap haben wir uns oft damit amüsiert. Der Kerl bleibt ein Ausgestoßener, und wenn unser Einsatz fünfzig Jahre dauert. Stimmt's, Mr. Dillon?«

»Stimmt genau«, sagte James. »Weshalb, um Christi willen, ist er nur zur Marine gegangen? Er war doch ein Freiwilliger, kein Gepreßter.«

»Wahrscheinlich wollte er keine weiße Krähe mehr sein«, sagte Stephen. »Aber ich werde keinen Patienten verlieren, nur weil Seeleute abergläubisch sind. Wir müssen ihn verlegen, irgendwohin, wo er außerhalb der Reichweite dieser Teufel ist. Wenn er sich erholt hat, mache ich ihn zu meinem Assistenten, das ist ein isolierter Posten. So isoliert sogar, daß mein augenblicklicher Loblolly ...«

»Bitte tausendmal um Vergebung, Sir!« Hüpfend vor Aufregung kam Babbington in die Messe geplatzt. »Empfehlung vom Kommandanten, Sir, und ob Sie was ungeheuer Philosophisches sehen wollen?«

Nach der düsteren Messe blendete das grelle Licht an Deck so stark, daß Stephen zunächst nichts erkennen konnte. Mit zusammengekniffenen Augen sah er schließlich Old Sponge, den größeren der beiden griechischen Schwammtaucher, beim Steuerbord-Niedergang nackt in einer Wasserpfütze stehen, noch tropfend, mit einem Stück Kupferblech in der Hand, das er ihm triumphierend hinhielt. Links von ihm hatte sich die Wache versammelt und reckte neugierig die Hälse. Den Blick nicht von Stephens Gesicht wendend, drehte der Grieche das Kupferblech langsam um. An seiner Unterseite hing ein kleiner, dunkler Fisch mit einer Saugplatte am Kopf fest an dem Metall.

»Eine *remora*!« rief Stephen mit dem entzückten Staunen aus, das Jack und der Grieche von ihm erwartet hatten. »Ein Neunauge! Schnell, einen Eimer! Vorsichtig, mein guter Sponge, ganz vorsichtig. Oh, was für ein Glück, ein echtes Neunauge zu sehen!«

Die beiden Schwammtaucher hatten bei dieser Flaute an der Bordwand gehangen und den Bewuchs abgekratzt, der *Sophies*

Fahrt so behinderte. In dem klaren Wasser konnte man sehen, wie sie an den Tauen hinabtauchten, die mit Kugeln in Netzen beschwert waren. Ganze zwei Minuten konnten sie jeweils die Luft anhalten, tauchten manchmal sogar unter dem Kiel durch und kamen auf der anderen Seite vergnügt wieder hoch. Dabei hatte Old Sponges erfahrenes Auge diesen schlauen, hinterlistigen Feind entdeckt, der sich unter dem Kielgang festgesaugt hatte. Das Neunauge war so stark, daß es ohne weiteres den Kupferbelag mit abgerissen hatte. Und das war noch gar nichts, erklärten sie Stephen, dieser Fisch konnte sogar das ganze Schiff auf der Stelle halten, selbst im schlimmsten Sturm! Aber jetzt hatten sie ihn erwischt, es hatte sich ausgebremst, vorbei war's mit dem Aas – jetzt würde die *Sophie* dahinfliegen wie ein Schwan. Im ersten Augenblick fühlte sich Stephen versucht, mit ihnen zu argumentieren, an ihren gesunden Menschenverstand zu appellieren, ihnen den neun Zoll langen Fisch und die Kraft seiner bescheidenen Flossen zu erklären. Aber dann war er doch zu klug – und zu glücklich, um der Versuchung nachzugeben, und trug den Eimer, eifersüchtig bewacht, in seine Kammer hinunter, um in Ruhe mit seiner *remora* zu kommunizieren.

Und er nahm es mit der Abgeklärtheit des Philosophen hin, als wenig später von Backbord achteraus eine frische Brise daherkam, Katzenpfötchen aufwarf und das Schiff leicht krängen ließ, bis es mit gut sieben Knoten dahinflog, befreit von der tückischen *remora.* Leicht und stetig machte die *Sophie* gute Fahrt bis Sonnenuntergang, und im letzten Licht rief der Ausguck vom Masttopp: »Land ho! Land an Steuerbord voraus!«

SIEBTES KAPITEL

DAS GESICHTETE LAND war Kap Náo, die südliche Begrenzung ihres Einsatzgebiets. Dunkel, mit unverrückbarer Gewißheit stand es vor dem westlichen Horizont, eine harte Realität an der sonst verschwommenen Kimm.

»Ein exakter Landfall, Mr. Marshall«, lobte Jack, der aus der Takelage geklettert kam, von wo aus er das Kap durch sein Fernglas studiert hatte. »Der Hofastronom hätte es nicht besser machen können.«

»Danke, Sir, vielen Dank«, sagte der Master, der sich tatsächlich große Mühe mit den Mondhöhen gegeben hatte, zusätzlich zu den anderen Beobachtungen, um die Position des Schiffes ganz genau zu ermitteln. »Äußerst schmeichelhaft, Sir … Freut mich, zu Diensten …« Sein Wortschatz reichte nicht aus, deshalb ruckte er nur mit dem Kopf und rang die Hände als Ausdruck seines Gefühlsüberschwangs. Es war schon seltsam, diesen vierschrötigen Riesen mit dem harten Gesicht derart übermannt zu sehen von Emotionen, die einen sanfteren, graziöseren Ausdruck verlangt hätten; mehr als ein Wachgänger tauschte vielsagende Blicke mit seinen Kameraden. Aber Jack ahnte nicht das geringste – er schrieb Mr. Marshalls übergenaue, gewissenhafte Navigation und seinen Diensteifer einem natürlichen Pflichtbewußtsein zu, einem angeborenen nautischen Talent. Außerdem hatte er jetzt nur einen Gedanken im Kopf: wie er die Besatzung bei Nacht an den Kanonen üben lassen würde. Der Abstand zum Land war so groß, daß sie dort nicht gehört werden konnten, auch stand der Wind quer dazu. Obwohl sich die Schießkunst der *Sophie* gewaltig verbessert hatte, fand Jack keine Ruhe, wenn er der absoluten Perfektion nicht täglich einen kleinen Schritt näher kam. »Mr. Dillon«, rief er, »ich möchte, daß die Steuerbordwache bei Dunkelheit mit der Backbordwache um die Wette feuert. Ja, ich weiß«, fügte er hinzu, den Einwand auf dem länger werdenden Gesicht seines Ersten vorwegnehmend. »Aber wenn sie aus dem Licht in die Dunkelheit schießen, sollten selbst die Dümmsten nicht unter ihre Kanone geraten oder über Bord stolpern. Bereiten Sie also als Ziel ein paar Fässer vor, mit Laternen oder Fackeln darauf.«

Seit Stephen zum ersten Mal dem Geschützexerzieren zugesehen hatte (es schien ihm eine halbe Ewigkeit her zu sein), neigte er eher dazu, sich dieses Erlebnis zu ersparen. Er verabscheute das Krachen der Detonationen, den Pulvergestank, die Gefahr ernsthafter Verletzungen und einen von Vögeln leer gefegten Himmel. Deshalb blieb er lieber mit einem Buch unter Deck und spitzte die Ohren in Erwartung eines Unfalls; denn wie leicht konnte etwas passieren, wenn die schweren Stücke über das schräge, heftig bewegte Deck rollten! Doch an diesem Abend war er nach oben gestiegen, nichts ahnend von dem bevorstehenden Höllenlärm, denn er wollte nach vorn zur Ulmenpumpe – zu seiner Ulmenpumpe, deren Deckel seine Verehrer zweimal täglich abnahmen, eigens für ihn –, um den Vorteil des schrägen Lichteinfalls zu nutzen und die oberen Wasserschichten zu studieren.

Jack sagte: »Ach, da sind Sie ja, Doktor. Bestimmt wollen Sie sehen, welche Fortschritte wir gemacht haben. Nicht wahr, es ist doch ein erhebender Anblick, wenn die großen Kanonen feuern? Heute abend exerzieren wir sogar im Dunkeln, das ist noch eindrucksvoller. Herrgott, Sie hätten vor Abukir mit dabeisein sollen! Das zu sehen und zu hören wäre ein unvergeßliches Erlebnis für Sie gewesen.«

Sophies Artillerie hatte sich tatsächlich erstaunlich verbessert, das fiel selbst einem so unmilitärischen Beobachter wie Stephen auf. Jack hatte ein System entwickelt, das nicht nur die Schiffsplanken schonte (die den Schock so vieler auf einmal abgefeuerten Breitseiten kaum überlebt hätten), sondern auch den Ehrgeiz der Crews und die Regelmäßigkeit der Abschüsse förderte. Die leewärtige Kanone der Batterie feuerte als erste, und sowie sie zurückstieß, schoß im selben Augenblick ihre Nachbarin – das ergab eine rollende Salve, bei der auch der letzte Richtschütze ohne Behinderung durch Pulverrauch zielen konnte. All das erläuterte Jack seinem Freund, während der Kutter mit den Fässern an Bord in die Abenddämmerung pullte. »Natürlich«, schloß er, »segeln wir ziemlich nahe vorbei, nur mit so viel Abstand, daß wir drei Salven hintereinander abfeuern können. Oh, wie verlangt es mich nach einer vierten!«

Die Stückmannschaften hatten die Oberkörper entblößt und schwarze Seidentücher um ihre Köpfe gebunden. Sie machten einen hellwachen, selbstsicheren und kompetenten Eindruck. Selbstverständlich waren Preise für jede Crew ausgesetzt, die ein Faß traf, und ein Ehrenpreis für die Wache mit den drei schnellsten Salven und den geringsten Fehlschüssen.

Der Kutter schwamm weit achteraus in Lee – Stephen beobachtete überrascht, wie gemächlich treibende Gegenstände auf See im einen Augenblick dicht beieinander waren und im nächsten, nachdem man den Blick nur kurz abgewandt hatte, meilenweit voneinander entfernt schienen, ohne daß eine Anstrengung oder plötzliche Beschleunigung erkennbar geworden wäre. Das erste Faß tanzte auf den Wellen. Die Brigg ging über Stag und lief zügig, nur unter Bramsegeln, so vor dem Wind zurück, daß sie das Faß mit einer Kabellänge Abstand in Luv passieren würde. »Weiter entfernt hat keinen Sinn«, bemerkte Jack, »wir könnten es nicht hart genug treffen.«

Die Minuten verstrichen. Voraus wurde das Faß immer größer. »Macht die Stücke los!« rief James Dillon. Schon zog der Geruch glimmender Lunten durchs Batteriedeck. »Richtet das Rohr ... Nehmt den Windpfropf ab ... Die Stücke zu Bord – ausrennen ... Bohrpfriem ins Zündgat ... Pointiert ... Feuer!«

Es klang, als schlüge ein riesiger Hammer jede halbe Sekunde dröhnend gegen einen Stein – die Intervalle waren wirklich bewundernswert exakt. Der Wind trieb den Rauch schnell nach vorn, als rollende Wolke wehte er der Brigg voraus. Die Backbordbatterie hatte als erste gefeuert. Die Steuerbordcrews reckten die Hälse und spähten eifersüchtig durch die Stückpforten nach Treffern aus: zu weit gezielt, zehn Meter übers Ziel hinaus, aber in einer sauberen Linie. Die Backbordwache arbeitete mit konzentrierter Wut an ihren Kanonen, wischte die Rohre aus, rammte die neue Ladung hinein, fuhr das Stück wieder aus. Von den glänzenden Rücken troff der Schweiß.

Das Faß schwamm noch nicht querab, als die nächste Salve es zerfetzte. »Zwei Minuten, fünf Sekunden«, stellte Jack schmunzelnd fest. Ohne sich auch nur Zeit zum Jubeln zu nehmen, rackerte die Backbordwache weiter. Die Rohre wurden ausgerannt, der riesige Hammer schlug wieder siebenfach zu, und weiße Fontänen schossen rund um die Trümmer empor. Schwabber und Rammstöcke flogen nur so, die nachgeladenen Kanonen wurden ausgefahren und mit Handspaken oder Keilen so weit nach achtern gerichtet, wie es irgend ging. Aber die Wrackteile schwammen schon zu weit achteraus – eine vierte Salve war einfach nicht mehr ins Ziel zu bringen.

»Macht nichts«, rief Jack. »Das war schon sehr gut: sechs Minuten und zehn Sekunden.«

Die Backbordwache stieß einen kollektiven Seufzer aus. Die Leute hatten es sich in den Kopf gesetzt, noch eine vierte Salve abzufeuern und die Zeit unter sechs Minuten zu drücken, was die Steuerbordwache – wie sie wußten – bestimmt schaffen würde.

Tatsächlich schaffte es die Steuerbordwache in fünf Minuten und siebenundfünfzig Sekunden, aber andererseits traf sie ihr Faß kein einziges Mal. Im Schutz der Dunkelheit fielen daraufhin höhnische Bemerkungen über »skrupellose Knallköpfe, die wild ins Blaue ballern, nur um zu gewinnen, wo doch Pulver achtzehn Pence das Pfund kostet«.

Die Nacht war hereingebrochen, aber das machte an Deck herzlich wenig Unterschied, wie Jack äußerst zufrieden feststellte. Die Brigg luvte an, ging durch den Wind, nahm wieder Fahrt auf und lief in Richtung der flackernden Fackel auf dem dritten Faß. Salve folgte auf Salve, feuerrote Zungen stachen durch den Rauch. Die Pulverjungen flitzten unter Deck, vorbei an den Wachtposten, durch die Filzvorhänge ins Magazin und kehrten mit neuen Kartuschen zurück. Die Stückmannschaften hievten und grunzten, die Lunten glommen. Doch Intervalle und Gesamtzeiten veränderten sich kaum.

»Sechs Minuten und zweiundvierzig Sekunden«, verkündete Jack nach der letzten Salve, die Taschenuhr im Schein der Laterne dicht vor den Augen. »Die Backbordwache hat den Vogel abgeschossen. Gar kein so schlechtes Ergebnis, wie, Mr. Dillon?«

»Viel besser, als ich erwartet habe, Sir.«

»Und nun, mein Lieber«, wandte sich Jack an Stephen, »was würden Sie jetzt von ein paar Takten Musik halten – falls Ihre Ohren nicht stocktaub geworden sind? Möchten Sie sich uns anschließen, Mr. Dillon? Wachführer ist ja wohl Mr. Marshall, denke ich.«

»Danke, Sir, meinen ergebensten Dank. Aber Sie wissen ja, ich bin hoffnungslos unmusikalisch. Es wäre die reinste Verschwendung, Perlen vor die Säue ...«

»Mit der Übung heute abend bin ich wirklich sehr zufrieden«, sagte Jack, während er seine Geige stimmte. »Jetzt kann ich mich ruhigen Gewissens der spanischen Küste nähern – ohne daß ich gleich den Verlust der armen *Sophie* befürchten muß.«

»Freut mich, daß Sie zufrieden sind. Die Matrosen schienen

ihre Kanonen wirklich mit großer Geschicklichkeit zu bedienen. Aber erlauben Sie mir darauf zu bestehen, daß diese Note kein A ist.«

»Wirklich nicht?« fragte Jack verunsichert. »Klingt es so besser?«

Stephen nickte, tippte dreimal mit der Fußspitze den Takt, und dann stürzten sie sich in Mr. Browns Menorca-Divertimento.

»Haben Sie bemerkt, wie ich mich an der Pomp-pomp-*pomp*-Stelle vorbeugte?« fragte Jack.

»Aber gewiß. Das war sehr geistesgegenwärtig, sehr agil. Mir fiel auf, daß Sie weder ans Regal noch an die Laterne stießen. Ich für meinen Teil habe einmal den Schrank gestreift.«

»Der Trick dabei ist wohl, gar nicht darüber nachzudenken. Auch diese Burschen, die an ihren Stücken geschwitzt haben, dachten nicht mehr über die einzelnen Handgriffe nach. Taljen fieren, auswischen, einrammen, das ging alles ganz mechanisch. Ja, ich bin wirklich sehr stolz auf sie, besonders auf die Crews von Nummer drei und Nummer fünf in der Backbordbatterie. Und zu Beginn waren gerade sie die schlimmsten Tölpel, glauben Sie mir.«

»Sie gehen wirklich mit bewundernswertem Ernst an ihre Ertüchtigung.«

»Wieso – ja, sicher. Wir haben keine Minute zu verlieren.«

»Tja ... Und diesen ständigen Zeitdruck empfinden Sie nicht als bedrückend, als enervierend?«

»Herrgott, nein. Er gehört zu unserem Leben wie – wie das Pökelfleisch. In Tidengewässern stehen wir sogar noch mehr unter Druck. Binnen fünf Minuten kann auf See alles mögliche passieren – haha, dazu sollten Sie mal Lord Nelson hören! Was die Artillerie betrifft, so kann eine einzige Breitseite ein Schiff entmasten und damit das Gefecht entscheiden. Niemand vermag zu sagen, ob wir nicht schon in der nächsten Stunde gezwungen sind, eine abzufeuern. Auf See muß man auf alles gefaßt sein.«

Wie wahr... Ein Argusauge, das die Dunkelheit durchdringen konnte, hätte gerade in diesem Moment das Kielwasser der nach Cartagena segelnden spanischen Fregatte *Cacafuego* entdeckt, die mit Sicherheit der *Sophie* begegnet wäre, wenn diese sich nicht eine Viertelstunde damit aufgehalten hätte, die Fackeln auf den Fässern zu löschen. Aber so ging die *Cacafuego* ungesehen eineinhalb Meilen westlich an der *Sophie* vorbei, und kein Schiff ahnte etwas vom anderen. Dasselbe Argusauge hätte noch eine Reihe anderer Fahrzeuge in der Nähe von Kap Náo gesehen, denn der ganze Schiffsverkehr von Almería, Alicante oder Málaga mußte diese Landspitze runden – wie Jack sehr wohl wußte. Das Argusauge hätte insbesondere einen kleinen, nach Valencia bestimmten Konvoi bemerkt, der unter dem Geleitschutz eines Freibeuters segelte. Und es hätte erkannt, daß *Sophies* Kurs, falls er beibehalten wurde, die Brigg in der letzten halben Stunde vor der Morgendämmerung dicht unter Land in Luv an den Konvoi heranbringen würde.

»Sir, Sir«, piepste Babbington in Jacks Ohr.

»Still, mein Liebling«, murmelte sein Kommandant, der im Traum mit einem ganz anderen Geschlecht beschäftigt war. »Hä?«

»Mr. Dillon läßt Ihnen sagen, wir haben Topplichter in Sicht.«

»Ha!« Mit einemmal hellwach, stürzte Jack im Nachthemd hinauf an Deck.

»Guten Morgen, Sir«, sagte James, salutierte im grauen Licht und reichte ihm sein Nachtglas.

»Guten Morgen, Mr. Dillon.« In Erwiderung des Saluts tippte Jack an seine Nachtmütze und hob das Teleskop. »Welche Peilung?«

»Genau querab, Sir.«

»Bei Gott, Sie haben gute Augen.« Jack ließ das Glas sinken, wischte es sauber und spähte noch einmal in den wabernden Morgendunst. »Zwei. Drei. Und noch ein viertes, glaube ich.«

Die *Sophie* lag beigedreht unter einem dunklen Kliff, das backstehende Fockbramsegel gegen den Mast gepreßt und das Großbramsegel beinahe voll, so daß eines das andere ausbalancierte. Der Wind – soweit überhaupt feststellbar – kam in kleinen, unberechenbaren Stößen aus Nordnordwest und brachte den Duft der warmen Hügel mit. Aber in Bälde, wenn die Sonne das Land aufheizte, würde er zweifellos auf Nordost oder sogar Ost drehen.

Jack sprang in die Wanten. »Wir wollen uns die Sache von oben ansehen«, sagte er. »Oh, zur Hölle mit diesen Röcken.«

Es wurde heller; der Morgendunst lichtete sich und enthüllte fünf Fahrzeuge, in unregelmäßiger Reihe oder fast auf einem Haufen segelnd. Alle waren schon mit den Rümpfen über der Kimm, und das nächste stand nicht mehr als eine Viertelmeile querab. Sie hielten fast genau nach Süden, zuerst das Vollschiff *Gloire,* ein schneller Freibeuter aus Toulon, bewaffnet mit zwölf Achtpfündern. Jaume Mateu, ein reicher Kaufmann aus Barcelona, hatte ihn gechartert, um seine beiden Schebecken zu beschützen, die *Pardal* und die *Xaloc,* mit jeweils sechs Kanonen.

Letztere hatte außerdem eine wertvolle (und illegale) Sendung unverzolltes Quecksilber geladen.

Die *Pardal* stand in Lee achteraus vom Freibeuter und fast auf gleicher Höhe mit ihr, aber in dessen Luv und nur vier- oder fünfhundert Meter von der *Sophie* entfernt, segelte die *Santa Lucia,* eine neapolitanische Schnau. Sie war eine Prise der *Gloire* und voll untröstlicher französischer Royalisten, die auf ihrer Reise nach Gibraltar in Gefangenschaft geraten waren. Danach kam als zweite Schebecke die *Xaloc* und ganz zuletzt eine Tartane, die sich dem Konvoi vor Alicante angeschlossen hatte, dankbar für den Schutz vor Barbareskenpiraten, Korsaren aus Menorca und britischen Kreuzern.

Es waren alles kleinere Schiffe; und alle rechneten mit einem

Angriff von See her, weshalb sie sich dicht unter Land hielten (wo sie schnell in den Schutz einer Küstenbatterie flüchten konnten), obwohl das die gefährlichere und mühsamere Route war als der lange Schlag über die offene See. Und falls sie im zunehmenden Licht die *Sophie* überhaupt bemerkt hatten, mußten sie die kleine Brigg, die da dicht unter Land offenbar nach Denia kroch, für harmlos halten.

»Ihre Meinung zu dem Vollschiff?« fragte Jack.

»Die Stückpforten kann ich bei diesem Licht noch nicht zählen. Für eine ihrer Achtzehn-Kanonen-Korvetten scheint sie mir etwas klein zu sein. Aber auf jeden Fall hat sie beachtliche Feuerkraft. Und sie ist der Wachhund.«

»Ja.« Zum gleichen Schluß war Jack gekommen. Sie hielt sich in Luv des Konvois, auch als der Wind wie erwartet umsprang und sie das Kap rundeten. Jacks Verstand begann fieberhaft zu arbeiten und verwertete die ihm zuströmenden Variablen. Dabei sah er sich gleichzeitig als Kommandant jenes Vollschiffs und seiner eigenen Brigg.

»Darf ich einen Vorschlag machen, Sir?«

»Ja«, sagte Jack kurz angebunden, »solange wir keinen Kriegsrat halten – dabei kommt nie was heraus.« Er hatte Dillon in die Takelage mitgenommen, weil ihm diese Anerkennung für das frühe Sichten des Konvois gebührte. Aber im Grunde legte er weder Wert auf Dillons noch auf eines anderen Rat und hoffte nun, daß dieser seinen hektischen Gedankenfluß nicht mit einer neunmalklugen Bemerkung unterbrechen würde. In dieser Lage konnte nur ein einziger entscheiden: *Sophies* Herr und Meister, ihr Kommandant.

»Vielleicht sollte ich klar Schiff zum Gefecht machen lassen, Sir?« fragte James steif, denn er hatte Jacks Andeutung nur zu gut begriffen.

»Sie sehen diese schäbige kleine Schnau zwischen uns und dem Vollschiff?« Jack hatte keine Zeit für verletzte Egos. »Wenn wir unsere Fockrahen vorsichtig vollbrassen, können wir binnen zehn Minuten auf hundert Meter an sie herangekommen sein. Sie wird uns dann vor dem Vollschiff verbergen. Verstehen Sie, was ich meine?«

»Jawohl, Sir.«

»Wenn Sie Kutter und Barkasse voll bemannen, können Sie die Schnau überwältigen, bevor sie weiß, wie ihr geschieht. Beim ersten verdächtigen Geräusch wird das Vollschiff abdrehen, um sie zu schützen. Aber es hat nicht genug Raum zur Wende, es muß halsen. Und wenn Sie dann die Schnau vor den Wind legen, kann ich durch die Lücke stoßen und es während seiner Halse ein- oder zweimal beharken, wobei wir mit etwas Glück auch die eine oder andere Spiere auf der Schebecke dahinter treffen ... An Deck«, rief er gedämpft hinunter. »Ruhe und keinen Mucks! Schickt diese Leute nach unten!« Denn das Gerücht von der Sichtung eines Konvois hatte sich verbreitet, und die Freiwächter drängten nach oben. »Dann hinüber mit der Entermannschaft – dafür nehmen wir am besten unsere Bimbos, die sind tüchtige Raufbolde, und die Spanier fürchten sich vor Schwarzen. Also gut, machen wir klar zum Gefecht, aber heimlich und leise. Alle halten sich geduckt außer Sicht, alle bis auf ein Dutzend. Wir müssen aussehen wie ein Handelsschiff.« Damit schwang er sich über die Kante der Ausgucksplattform, mit dem geblähten Nachthemd kämpfend. »Die Zurrings können gekappt werden, aber sonst keine sichtbaren Vorbereitungen, klar?«

»Die Hängematten, Sir?«

»Richtig, bei Gott.« Jack hielt kurz inne. »Die müssen blitzschnell an Deck geschafft und in die Netze gepackt werden, wenn wir nicht ohne Deckung kämpfen wollen, was verdammt ungemütlich wäre. Aber daß mir keine an Deck kommt, ehe nicht die Enterer abgestoßen haben. Überraschung ist alles.«

Überraschung allenthalben. Stephen war unangenehm überrascht, als er mit dem Ruf »Klar zum Gefecht, Sir, klar zum Gefecht!« aus dem Schlaf und mitten hinein in eine höchst intensive, aber stumme Betriebsamkeit gerissen wurde. Matrosen hasteten durch die fast pechschwarze Dunkelheit – nirgends ein Lichtschimmer – das leise Klirren von heimlich ausgegebenen Handwaffen – Enterer, über das landwärtige Schanzkleid kletternd und zu zweit oder zu dritt in die Boote unten springend – der unaufhörliche Befehl der Bootsmannsgehilfen »Klar zum Gefecht, klar zum Gefecht«, ausgestoßen in gellendem Flüstern – Unteroffiziere, die ihre Teams musterten und die Narren (wovon die *Sophie* ein gerüttelt Maß besaß) mit ihren drängenden Fragen nach dem Was und dem Warum zum Schweigen brachten – Jacks gedämpfte Stimme, die in der Dunkelheit nach Mr. Ricketts und Mr. Babbington rief …

»Sir?«

»Auf meinen Befehl entern Sie beide mit den Toppgasten sofort auf und setzen schleunigst alle Mars- und Bramsegel.«

»Aye, aye, Sir.«

Überraschung allenthalben. Das langsame, wachsende Erstaunen auf der *Santa Lucia,* wo die Wache verschlafen die Brigg anstarrte, die immer näher driftete; wollte sie sich dem Konvoi anschließen? »Das ist dieser Däne, der immer an der Küste auf und ab kriecht«, meinte ein Gewitzter. Und dann die Verblüffung beim Anblick zweier Boote, die hinter der Brigg hervor auf sie zuschossen. Nach der ersten Schrecksekunde taten die Leute auf der *Santa Lucia* ihr Bestes. Sie rannten um ihre Musketen, sie zogen die Entermesser und banden eine Kanone los. Aber jeder der sieben Männer handelte unabhängig von den anderen, und außerdem blieb ihnen weniger als eine Minute Zeit. Als die brüllenden Sophies ihre Boote an den Fock- und Großrüsten festmachten und übers Schanzkleid quollen, wurden sie deshalb nur mit einem Musketenschuß, dem Geknattere einiger Pistolen und halbherzigen Hieben der Entermesser empfangen. Im nächsten Augenblick hatten sich die vier Gelenkigsten ins Rigg geflüchtet, einer rannte nach unten, und zwei lagen tot oder verwundet an Deck.

Dillon trat die Kajüttür auf und starrte den jungen Steuermann über den Lauf seiner schweren Pistole drohend an. »Sie ergeben sich?«

»Oui, monsieur«, stammelte der Junge.

»An Deck mit Ihnen.« Dillons Kopf ruckte Richtung Niedergang. »Murphy, Bussell, Thompson, King – verschalkt die Luken. Los, los, macht schon. Davies, Chambers, Wood – an die Schoten. Andrews, hol die Fock dicht!«

Er selbst sprang ans Steuerrad, stieß einen leblosen Körper beiseite und legte Ruder. Die *Santa Lucia* drehte erst langsam, dann immer williger vom Wind weg. Mit einem Blick über die Schulter sah Dillon, daß sich auf der *Sophie* schon die Bramsegel füllten; Fock, Großstagsegel und Gaffelgroß folgten fast im selben Augenblick. Er duckte sich und spähte unter seiner Fock nach vorn: Das Vollschiff vor ihm begann zu halsen – es drehte vor den Wind und wollte auf dem anderen Bug anluven, um die Prise zu retten. An Bord herrschte fieberhafte Aktivität, ebenso auf den drei anderen Schiffen des Konvois: Männer rannten umher, Geschrei, Pfeifentrillern, Trommelwirbel drangen herüber – aber bei dem schwachen Wind und der geringen Segelfläche geschah alles mit der Langsamkeit einer Pantomime, präzise, vorhersehbar und leise. Jetzt wurden überall Segel gesetzt, aber die Schiffe lagen immer noch reglos im Wasser, und James bekam das seltsame Gefühl, selbst Teil dieses Schweigens zu sein – eines Schweigens, das im nächsten Augenblick von der *Sophie* unterbrochen wurde, die mit fliegenden Fahnen am Backbordbug der Schnau vorbeiglitt und ihnen ein donnerndes Hurra herüberschickte. Sie allein schob eine nennenswerte Bugwelle vor sich her, und mit einer stolzen Aufwallung sah James, daß jedes ihrer Segel bereits geschotet war und optimal zog. Mit unglaublicher Geschwindigkeit strömten die zusammengerollten Hängematten von unten herauf – zwei fielen in der Eile über Bord –, und auf dem Achterdeck reckte sich Jack höher als die Schutznetze, schwenkte seinen Hut und brüllte »Gut gemacht, Sir, sehr gut!« zu ihnen herüber, als sie passierten. Die Enterer jubelten nun ihrerseits den alten Bordkameraden zu, und damit wich die Atmosphäre blutgieriger Mordlust endgültig vom Deck der Schnau. Erneutes Jubelgeschrei der Briten, und diesmal kam ein allgemeines Geheul als Antwort von unten.

Die *Sophie* machte unter Vollzeug fast vier Knoten. Die *Gloire* dagegen hatte kaum Ruderwirkung und bei ihrer Halse noch mehr Fahrt verloren – sie befand sich unaufhaltsam in einer langsamen Drehung, die ihr ungeschütztes Heck *Sophies* Breitseite aussetzen mußte. Die Distanz zwischen beiden Schiffen betrug weniger als eine Viertelmeile und nahm rasch weiter ab. Aber der französische Kommandant war kein Narr. Jack sah, daß sein Besanbramsegel jetzt backgestellt gegen den Mast drückte, daß die Groß- und Fockrahen gebraßt wurden, damit der Wind das Heck nach Lee drücken konnte, weg vom Feind, denn auf das Ruder reagierte sie bei so wenig Fahrt nicht mehr.

»Zu spät, mein Freund, zu spät«, murmelte Jack. Die Lücke zwischen ihnen schloß sich bis auf dreihundert Meter. Dann auf zweihundertfünfzig. »Edwards«, sagte er zum Stückführer der achtersten Kanone, »einen Schuß vor den Bug der Schebecke.«

Tatsächlich durchschlug die Kugel dann sogar deren Fock; erschreckt warf man dort die Fallen los, flugs sanken alle Segel herab, und eine aufgeregte Gestalt rannte zum Heck, um die Flagge erst zu setzen und danach sofort zu streichen. Allerdings blieb Jack keine Zeit, sich um die Schebecke zu kümmern.

»Anluven«, befahl er.

Die *Sophie* ging höher an den Wind, ihre Fock killte kurz und füllte sich sofort wieder. Die *Gloire* bot jetzt den vordersten Kanonen ein gutes Ziel. »Recht so, recht so«, sagte Jack und hörte die ganze Reihe der Stückmannschaften grunzend an ihren Kanonen schuften, damit auch die letzten Richtschützen das Ziel auffassen konnten. Die Leute arbeiteten schweigend, effektiv und in höchster Anspannung. Die Auswischer knieten binnenbords gewandt neben den Stücken und bliesen vorsichtig auf die Lunten in ihren Händen; die Stückführer standen geduckt dahinter und spähten an den Rohren entlang zu dem wehrlosen Heck und Achterschiff der *Gloire* hinüber.

»Feuer!« Jacks Befehl wurde vom Aufbrüllen der Batterie fast verschluckt. Rollende Rauchwolken deckten das Wasser zu, und die *Sophie* erbebte in allen Verbänden. Jack stopfte sich gerade geistesabwesend das Hemd in die Hose, als er sah, daß irgend etwas nicht stimmte – nicht stimmte mit dem Rauch. Ein plötzlicher Aussetzer im Wind, dann eine kleine Brise aus Nordost, und der Rauch strömte plötzlich achteraus davon. Im selben Augenblick kamen *Sophies* Segel back, ihr Bug schwang nach Steuerbord herum.

»An die Brassen!« schrie Marshall und legte Ruder, um die Brigg wieder auf Kurs zu bringen. Sie gehorchte, wenn auch langsam, und die zweite Breitseite krachte. Aber der launische Wind hatte auch das Heck der *Gloire* herumgedrückt, und als sich der Rauch verzog, erwiderte sie das Feuer. In den Sekunden dazwischen hatte Jack Zeit für die Feststellung, daß ihr Achterschiff Schaden gelitten hatte – die Heckfenster und die kleine Galerie waren eingedrückt –, daß sie mit zwölf Kanonen bewaffnet war und unter französischer Flagge fuhr.

Aber die *Sophie* hatte an Schwung verloren, und die *Gloire*, nun wieder auf ihrem ursprünglichen Steuerbordbug, gewann rasch an Fahrt. Beide Schiffe segelten mit dichtgeholten Schoten hoch am launischen Wind auf Parallelkurs, wobei die *Sophie* ein wenig zurücklag. Und die ganze Zeit feuerten beider Kanonen fast ununterbrochen, quoll der Rauch in dichtem Gewölk empor. Salve folgte auf Salve, das Stundenglas wurde umgedreht, die Glocke glaste, der Rauch wirbelte. Der Konvoi blieb achteraus.

Es gab nichts zu sagen, nichts zu veranlassen. Die Stückführer hatten ihre Befehle und führten sie mit verbissener Wut aus, zielten auf den Rumpf, feuerten, so schnell sie konnten. Die Fähnriche rannten hinter ihren Divisionen auf und ab, faßten hier mit an, unterbanden dort jeden Anflug von Verwirrung. Der Nachschub an Kartuschen und Kugeln kam in gleichmäßigem Strom aus dem Magazin. Der Bootsmann und seine Gehilfen tigerten umher, nach Schäden in der Takelage suchend. Auf den Marsen knatterten die Musketen der Scharfschützen. Keiner erlahmte in diesem Kampf, nur Jack stand reglos da und dachte nach. Zu seiner Linken wartete der Schreiber mit Ricketts und zuckte kaum noch, wenn die Kugeln übers Deck pfiffen oder dumpf dröhnend in den Rumpf schlugen. Eine zerriß die vollgepackten Finknetze an der Reling, sauste ein paar Schritte vor Jack vorbei, krachte gegen eine eiserne Stütze und wurde von den Hängematten auf der anderen Bordseite gebremst – Kaliber acht Pfund, konstatierte Jack, als sie auf ihn zurollte.

Der Franzose zielte wie gewöhnlich hoch, auf die Takelage, aber ziemlich unkonzentriert. In der blauen, rauchlosen, friedlichen Welt in Luv beobachtete Jack die Einschlagsfontänen, die bis zu fünfzig Meter vor oder hinter der *Sophie* lagen, meistens aber vor ihr. Vor ihr: Aus dem Aufblitzen im Rauch und aus dem etwas anders klingenden Lärm schloß Jack, daß die *Gloire* davonzog. Das konnte er nicht zulassen.

»Mr. Marshall«, sagte er, nach seinem Sprachrohr greifend, »wir kreuzen ihr Kielwasser dicht am Heck.« Als er den Trichter hob, entstand vorn ein schwerer Tumult, von Geschrei begleitet: eine Kanone, vielleicht zwei, waren umgestürzt. »Feuer einstellen dort vorn«, schrie er mit aller Macht. »Backbordbatterie – Achtung!«

Der Rauch blieb zurück, als die *Sophie* zur Drehung nach Steuerbord ansetzte, um das Kielwasser des Gegners zu kreuzen, damit ihre Backbordbatterie das Heck der *Gloire* unter Feuer nehmen, ihre Kugeln der Länge nach durch den ganzen Rumpf schicken konnte. Aber der Franzose ließ das nicht zu: Wie durch einen Instinkt gewarnt, war er fast gleichzeitig mit *Sophies* Manöver abgefallen. Jack sah ihn an seiner Heckreling stehen, hundertfünfzig Meter entfernt, einen kleinen, zähen, verwitterten Mann, der gebannt achteraus starrte. Jetzt griff er hinter sich nach einer Muskete, stützte beide Ellbogen auf die Heckreling und zielte in aller Ruhe auf Jack. Es war fast ein privates Duell – Jack spürte, wie sich seine Brust- und Gesichtsmuskeln unwillkürlich verkrampften und er den Atem anhielt.

»Setzt die Royals, Mr. Marshall«, befahl er. »Sie zieht uns sonst davon.«

Seit die Kanonen keine Ziele mehr auffassen konnten, war das Feuer verstummt, und in der Stille hörte er den Musketenschuß knallen, so nahe und deutlich wie neben seinem Ohr. Im selben Sekundenbruchteil stieß der Rudergänger Christian Pram einen schrillen Schrei aus und sank am Rad zusammen; im Fallen zog sein Arm, der vom Handgelenk bis zum Ellbogen aufgerissen war, die Speichen mit sich. *Sophies* Bugspriet schoß in den Wind, und obwohl Jack und Marshall sofort ins Rad griffen, war das Manöver ruiniert und ihr Vorteil dahin. Die Backbordbatterie hätte das Ziel nur nach einer weiteren Drehung auffassen können, die noch mehr Fahrt gekostet hätte, und Fahrt durften sie keinesfalls verlieren. Die *Sophie* stand nun schon gut zweihundert Meter achteraus vom Steuerbord-Achterschiff der *Gloire*, und falls sie noch etwas retten wollte, mußte sie schneller werden, mit ihr gleichziehen und den Beschuß wiederaufnehmen. Jack und der Master blickten beide gleichzeitig nach oben. Aber jedes in Frage kommende Segel war gesetzt, und für Leesegel stand der Wind zu vorlich.

Jack starrte wieder nach vorn, wartete auf eine bestimmte Bewegung an Deck der *Gloire*, auf den leichten Knick in ihrem Kielwasser, der die bevorstehende Drehung nach Steuerbord ankündigen würde – damit sie nun ihrerseits an *Sophies* Heck vorbeigehen und sie der Länge nach beharken konnte, bevor sie abfallen und sich um ihren zerstreuten Konvoi kümmern würde. Aber er wartete vergeblich. Die *Gloire* behielt ihren Kurs bei. Bisher war sie selbst ohne Royals etwas schneller gewesen als die *Sophie*, aber nun setzte sie diese Zusatzsegel, zumal der Wind für sie etwas günstiger stand. Während Jack noch mit vor Anstrengung tränenden, gegen die tiefstehende Morgensonne zusammengekniffenen Augen hinstarrte, legte sie sich in einer leichten Bö über, die Seen schossen weiß an ihrem Rumpf vorbei, und ihr Kielwasser wurde länger und länger. Ihr ergrauter Kommandant feuerte immer noch beharrlich die Musketen ab, die ihm ein Helfer nachgeladen reichte, und eine seiner Kugeln zerfetzte auch eine Webeleine zwei Fuß neben Jacks Kopf. Doch sie waren schon fast außer Reichweite, und die unsichtbare Grenze zwischen privatem Duell und unpersönlichem Kampf lag längst hinter ihnen – Jack scherte sich nicht mehr um ihn.

»Mr. Marshall«, sagte er, »bitte fallen Sie so weit ab, daß wir ihr eine Abschiedssalve verpassen können. Mr. Pullings – Mr. Pullings, Feuer frei, sowie Sie das Ziel auffassen können.«

Die *Sophie* drehte zwei, drei Strich von ihrem bisherigen Kurs ab. Die Bugkanone krachte, und in regelmäßigen Intervallen folgte ihr der Rest der Backbordbatterie. Aber leider zu hastig: Die Rohre hatten zwar höchsten Anstellwinkel, aber die Einschläge lagen zwanzig oder sogar dreißig Meter zu kurz. Die *Gloire,* der ihre Sicherheit anscheinend über ihre Ehre ging, segelte immer höher am Wind, ihre Pflicht gegenüber Señor Mateu vergessend und auf jede Rache verzichtend. Als Vollschiff konnte sie höher gehen als die *Sophie,* was sie auch prompt tat, wobei sie das Äußerste aus der günstigen Brise herausholte. Sie floh, floh ganz eindeutig. Von *Sophies* nächster Salve schienen noch zwei Kugeln zu treffen, und eine durchschlug auf jeden Fall ihr Besanbramsegel. Aber bei den divergierenden Kursen wurde das Ziel jede Minute kleiner, und Jacks Hoffnungen schwanden dahin.

Acht Salven später ließ er das Feuer einstellen. Die *Gloire* hatte tüchtig Prügel einstecken müssen und ihr hübsches Äußeres verloren, aber die Sophies hatten ihr Rigg nicht so stark beschädigen können, daß sie manövrierunfähig wurde; keine wichtige Spiere, kein entscheidender Mast war weggeschossen. Und trotz allem hatte Jack den Franzosen nicht dazu bewegen können, daß er umkehrte und die Sache Rahnock an Rahnock mit ihm ausfocht. Nach einem letzten Blick auf den enteilenden Freibeuter kam er zu einem Entschluß.

»Wir nehmen wieder Kurs aufs Kap, Mr. Marshall. Steuern Sie Südsüdwest.«

Die *Sophie* war erstaunlich wenig beschädigt. »Haben Sie irgendwelche Reparaturen, die keine halbe Stunde warten können?« fragte Jack, zerstreut eine lose Schlappgording an einem Nagel belegend.

»Nein, Sir. Der Segelmacher wird zwar eine Weile ziemlich viel zu tun haben, aber die *Gloire* hat ja weder mit Ketten- noch mit Stangenkugeln geschossen und deshalb in unserem Rigg wenig Schaden angerichtet. Mangel an Übung, Sir, eindeutig Mangel an Übung. Nicht wie neulich dieser gemeine kleine Türke, *der* hat uns 'ne viel härtere Nuß zu knacken gegeben.«

»Dann lassen wir jetzt die Besatzung zum Frühstück gehen und verschieben das Knoten und Spleißen auf später. Mr. Lamb, Ihr Schadensbericht?«

»Kein Treffer unterhalb der Wasserlinie, Sir. Vier ganz scheußliche Löcher mittschiffs, und die Stückpforten Nummer zwei und vier sind zu einer einzigen großen zerschossen: Das ist der schlimmste Schaden. Aber nichts im Vergleich zu dem, was sie von uns hat einstecken müssen. Die Hure.« Letzteres nur in den Bart gemurmelt.

Jack ging nach vorne, wo die Kanone umgestürzt war. Eine Kugel der *Gloire* hatte die Bordwand mit den Ringbolzen für die Rückholtalje gerade in dem Moment zerfetzt, als die vierte Kanone im Rückstoß war. Nur einseitig festgelascht, war sie herumgeschleudert worden und hatte ihre ausgefahrene Nachbarin umgerissen. Durch unglaubliches Glück hatten die beiden Männer, die dabei eigentlich hätten zerquetscht werden müssen, zufällig woanders gestanden – der eine hatte sich im Löscheimer Blut vom zerkratzten Gesicht gewaschen, der andere eine neue Lunte geholt –, und das gleiche sagenhafte Glück hatte irgendwie bewirkt, daß die Kanone nicht wie ein mörderischer Rammbock übers ganze Deck gerutscht, sondern nur seitlich umgekippt war.

»Tja, Mr. Day«, sagte Jack, »da haben wir wenigstens in einer Hinsicht Glück gehabt. Lascht die Kanone im Vorschiff provisorisch fest, bis Mr. Lamb neue Ringbolzen angebracht hat.«

Bei der Rückkehr aufs Achterschiff riß er sich den Rock vom Leibe – die Hitze schien ihm plötzlich unerträglich – und ließ den Blick prüfend über den südwestlichen Horizont wandern. Keine Spur von Kap Náo, kein einziges Segel, nur Dunst. Er hatte gar nicht bemerkt, daß die Sonne aufgegangen war, und nun stand sie schon recht hoch – sie mußten eine längere Strecke zurückgelegt haben als gedacht. »Mein Gott, jetzt könnte ich einen Kaffee gebrauchen«, sagte er, abrupt in eine Gegenwart zurückkehrend, in der die Zeit wieder normal ablief und Hunger eine Rolle spielte. »Aber trotzdem muß ich zuerst hinunter.« Dies war die häßliche Seite: der Anblick der Opfer.

»Captain Aubrey«, sagte Stephen und klappte sogleich sein Buch zu, als er Jack ins Lazarett kommen sah, »ich muß mich ernsthaft beschweren.«

»Tut mir leid, das zu hören.« Aufs Schlimmste gefaßt, blickte Jack sich im Halbdunkel um.

»Sie waren an meiner Viper. Ich sage Ihnen, Sir, sie waren an meiner Viper! Keine drei Minuten ist es her, da ging ich in meine Kammer, um ein Buch zu holen, und was mußte ich sehen? Meine Viper auf dem Trockenen – auf dem *Trockenen*, sage ich Ihnen!«

»Berichten Sie mir zuerst über unsere Verluste. Dann kümmere ich mich um Ihre Viper.«

»Pah – ein paar Kratzer, ein Mann mit verletztem Unterarm, ein paar Splitter zu ziehen – nichts Ernstes, lediglich Verbände anzulegen. Im Lazarett liegen nur ein hartnäckiger Tripper mit leichtem Fieber und ein zurückgedrückter Leistenbruch; und natürlicher dieser Unterarm. Aber nun zu meiner Viper …«

»Keine Toten, keine Schwerverwundeten?« rief Jack, dem ein Stein vom Herzen fiel.

»Nein, nein. Jetzt zu meiner Viper.« Stephen hatte die Giftschlange, in Spiritus konserviert, an Bord gebracht. Irgendwann in den letzten Tagen mußte sich ein Verbrecher den Glaskrug gegriffen, den Alkohol ausgetrunken und die Schlange gestrandet und verdorrt zurückgelassen haben.

»Tut mir ehrlich leid für Sie«, sagte Jack. »Aber sollten Sie dem Kerl nicht ein Brechmittel geben? Andernfalls muß er doch gewiß sterben.«

»Eben nicht. Das ist ja das Ärgerliche daran. Dieser dreimal verfluchte Hunne, dieser schottische Straßenräuber, er wird nicht sterben. In dem Glas war allerbester, doppelt gebrannter Weingeist.«

»Tun Sie mir den Gefallen und frühstücken Sie mit mir in der Kajüte. Eine Kanne Kaffee und ein paar knusprige Koteletts auf die Viper, das lindert, das entgiftet ...« Vor lauter Erleichterung wäre Jack fast ein Bonmot gelungen; er hatte es schon auf der Zunge, aber irgendwie entglitt es ihm dann doch. Deshalb begnügte er sich mit einem so herzlichen Auflachen, wie es ihm angesichts von Stephens Verärgerung statthaft erschien, und schloß: »Der verdammte Schurke ist uns glatt davongelaufen. Jetzt müssen wir leider recht mühsam zum Kap zurückkreuzen. Ich frage mich, ich *frage* mich, ob Dillon es geschafft hat, uns wenigstens die Schebecke zu sichern, oder ob sie ebenfalls entkommen ist.«

Diese Neugier teilte er mit dem Rest der Besatzung, ausgenommen Stephen. Aber an diesem Vormittag sollte sie nicht mehr gestillt werden; auch nachdem die Sonne ihren Höchststand überschritten hatte, mußten sie noch eine ganze Weile warten. Gegen Mittag schlief der Wind fast ganz ein, die neu angeschlagenen Segel hingen schlaff, in großen Bäuchen, von ihren Rahen herunter, und die Leute, die das beschädigte Stell flickten, mußten durch eine Persenning geschützt werden. Der Tag war so feucht und heiß, daß ein Luftzug keine Erfrischung brachte und daß Jack trotz aller Ungeduld, seine Enterer aufzunehmen, die Prise zu sichern und an der Küste wieder nordwärts zu segeln, es nicht über sich brachte, die Besatzung an die Langriemen zu befehlen und die Brigg durch die Flaute pullen zu lassen. Die Männer hatten recht zufriedenstellend gekämpft (obwohl die Kanonen für seinen Geschmack immer noch zu langsam feuerten) und waren jetzt fleißig dabei, die von der *Gloire* verursachten Schäden zu reparieren.

»Ich werde sie wenigstens bis zur Hundewache in Ruhe lassen«, nahm er sich vor.

Die Hitze lag drückend über der See. Der Rauch aus dem Kombüsenschornstein zog nicht ab, sondern lastete auf dem Deck, zusammen mit dem Geruch nach Grog und der Riesenportion Pökelfleisch, die zu Mittag vertilgt worden war. Die Glocke glaste in so langen Abständen, daß das hitzige Gefecht am frühen Morgen für Jack einem anderen Zeitalter anzugehören schien, einem anderen Lebensabschnitt oder (hätte das Kissen unter seinem Kopf nicht noch leicht nach Pulver gerochen) der Erfahrung eines Fremden, etwa in einem vor Zeiten gelesenen Buch. Lang ausgestreckt auf seiner Heckbank, sinnierte er träge darüber nach, drehte und wendete die Gedanken im Kopf hin und her, bis er endlich in tiefen Schlaf sank.

Mit einem Ruck erwachte er erfrischt, abgekühlt und sich sofort der Tatsache bewußt, daß die *Sophie* schon eine ganze Weile flotte Fahrt gemacht hatte, vor einer Brise, die sie leicht krängen ließ, so daß seine Füße höher lagen als sein Kopf.

»Ich fürchte, die verdammten Frischlinge haben Sie geweckt«, sagte ein bekümmerter Mr. Marshall und schüttelte ärgerlich den Kopf. »Ich habe sie ins Rigg geschickt, aber es war leider schon zu spät. So ein Geschrei und Hallo – wie eine Horde Affen. Hol sie der Henker!«

Obwohl sonst ein ausnehmend ehrlicher und aufgeschlossener Charakter, erwiderte Jack, ohne nachzudenken: »Oh, ich habe nicht geschlafen.«

An Deck blickte er sogleich zu den Masttoppen hoch, von

wo die Kadetten ängstlich herabspähten, ob ihr Vergehen wohl dem Kommandanten hinterbracht worden war. Als sie seinen Blick auffingen, starrten sie sogleich pflichtbewußt und mit höchst konzentrierten Mienen zum Horizont, wo sich die Schnau in Begleitung einer Schebecke vor dem frischen Ostwind schnell der *Sophie* näherte.

Da ist sie ja. Und er hat sich auch die Schebecke geschnappt. Tüchtiger Bursche – hervorragender Seemann, sagte sich Jack mit einem Gefühl höchster Genugtuung. Sein Herz erwärmte sich für Dillon, denn die zweite Prise hätte sich sehr leicht davonschleichen können, während der Erste die Crew der Schnau kaltstellte. Es mußte ihn sogar außerordentliche Anstrengungen gekostet haben, beide zu erobern, denn die Schebecke hatte sich später bestimmt keinen Deut um ihre übereilte Kapitulation geschert.

»Sehr gute Arbeit, Mr. Dillon«, rief er, als James an Bord der *Sophie* kam, eine Gestalt in zerrissener, unbekannter Uniform vor sich herschiebend. »Hat sie versucht, sich davonzustehlen?«

»*Versucht* hat sie's, Sir«, sagte James. »Erlauben Sie, daß ich Ihnen Kapitän La Hire von der Königlich-Französischen Artillerie präsentiere.« Sie verbeugten sich und wechselten einen Händedruck. La Hire sagte leise und echauffiert: »'alten zu Gnaden«, und Jack erwiderte: »*Domestique, monsieur.*«

»Die Schnau war eine neapolitanische Prise«, berichtete James. »Kapitän La Hire war so freundlich, das Kommando über ihre königstreuen französischen Passagiere und die italienischen Seeleute zu übernehmen und die Prisenbesatzung in Schach zu halten, während wir zur Schebecke pullten, um sie in Besitz zu nehmen. Leider standen die andere Schebecke und die Tartane schon zu weit in Luv, ehe wir unsere Prisen gesichert hatten; so konnten sie an der Küste entlang entkommen und liegen jetzt unter den Kanonen von Almoraíra.«

»Ah so? Dann wollen wir mal einen Blick in diese Bucht werfen, sobald die Gefangenen an Bord gebracht sind. Viele Gefangene, Mr. Dillon?«

»Nur an die zwanzig, Sir, weil die Mannschaft der Schnau ja mit uns verbündet ist. Sie war auf dem Weg nach Gibraltar.«

»Wann wurden die Franzosen überwältigt?«

»Oh, schon vor gut acht Tagen – die Prise gehört mit Fug und Recht uns.«

»Um so besser. Stießen Sie auf heftigen Widerstand?«

»Nein, Sir, es war halb so schlimm. Wir haben zwei Narren von der Prisencrew eins über den Schädel gehauen, und auf der Schebecke gab es ein dummes kleines Handgemenge – ein Mann wurde von einer Pistolenkugel getroffen. Ich hoffe, auch bei Ihnen ging alles glatt, Sir?«

»Ja, gewiß – keine Toten, keine Schwerverwundeten. Der Freibeuter gab zu schnell Fersengeld, als daß er uns großen Schaden hätte zufügen können. Machte vier Knoten gegen unsere drei, selbst ohne die Royals. Wirklich ein extrem schneller Segler.«

Jack hatte den Eindruck, daß ein Schatten über Dillons Gesicht glitt oder sein Ton reservierter wurde. Aber bei der Eile, mit der er die nächsten Aufgaben erledigen mußte – die Prisen überprüfen, die Gefangenen unterbringen –, konnte er sich nicht Rechenschaft darüber ablegen, warum er sich so unangenehm berührt fühlte. Das wurde ihm erst zwei oder drei Stunden später klar, als sich dieser Eindruck bestätigte und indirekt präzisierte.

Sie saßen in Jacks Kajüte, vor sich auf dem Tisch die Karte mit Kap Náo, in dessen drohendem Schatten Kap Almoraíra und Kap Ifach vorsprangen, zwischen sich die Bucht mit dem Dorf Almoraíra. Rechts von ihm saß James, links Stephen und gegenüber Mr. Marshall.

»Und wir dürfen auch nicht vergessen«, sagte Jack gerade, »was der Doktor hier herausgefunden hat: Der Spanier hat ihm berichtet, daß die andere Schebecke eine Ladung Quecksilber an Bord hat, versteckt in harmlosen Mehlsäcken. Also müssen wir sie mit größter Vorsicht behandeln.«

»Oh, natürlich, natürlich«, sagte James Dillon.

Jack warf ihm einen scharfen Blick zu und sah danach sogleich wieder auf die Karte, die von einer Skizze Stephens ergänzt wurde; sie zeigte eine kleine Bucht mit einem Dorf und einem viereckigen Wehrturm an ihrem Scheitel. Eine niedrige Mole ragte zwanzig oder dreißig Meter weit ins Meer hinaus, knickte dann nach links ab und endete nach weiteren fünfzig Metern an einem großen Felsen; so entstand ein Hafen, der gegen Wind aus allen Richtungen bis auf Südwest geschützt war. Ein steiles Kliff zog sich an der Rückseite des Dorfes bis zur nordöstlichen Landspitze der Bucht hin. Auf der anderen Seite reichte ein Sandstrand vom Wehrturm bis zur südwestlichen Huk, hinter der das Terrain abermals hoch und schroff wurde. Denkt der Bursche etwa, daß ich kneife? fragte sich Jack. Daß ich den Freibeuter entkommen ließ, weil ich nichts riskieren und lieber schnell zur Prise zurück wollte?

Der Turm beherrschte mit seiner Batterie die Hafeneinfahrt. Er stand etwa zwanzig Meter südlich vom Dorf und dem Kiesstrand, auf den die Fischerboote gezogen wurden.

»Nun zu diesem Felsen am Kopf der Mole«, sagte Jack laut. »Könnte er gut drei Meter hoch sein?«

»Wahrscheinlich höher. Aber es ist acht oder neun Jahre her, seit ich dort war«, antwortete Stephen. »Deshalb will ich's nicht beschwören. Doch die kleine Kapelle auf seiner Spitze trotzt auch den größten Wellen der Winterstürme.«

»Dann wird er uns bestimmt ausreichend Schutz bieten. Wenn wir die Slup also mit einer Spring auf der Trosse so verankern«, mit dem Finger zog er eine Linie von der Batterie zu dem Felsen und weiter zu ihrem potentiellen Ankerplatz, »sollte sie dort relativ sicher liegen. Sie beschießt pausenlos die Mole und den Turm. Die Boote der Schnau und der Schebekke landen vor des Doktors Grotte«, er deutete auf eine kleine Einbuchtung dicht hinter der Südwesthuk, »dann laufen wir, so schnell wir können, am Strand entlang und greifen den Turm von seiner Rückseite her an. Zwanzig Meter davor schießen wir eine Signalrakete ab, worauf Sie die Kanonen vom Wehrturm wegrichten, aber weiterfeuern, was das Zeug hält.«

»Ich, Sir?« rief James aus.

»Jawohl, Sie, Sir. Denn ich leite den Angriff an Land.« Der Entschiedenheit dieser Anordnung ließ sich nichts entgegensetzen. Nach kurzer Pause ging Jack zu den Einzelheiten über: »Sagen wir, zehn Minuten von der Grotte bis zum Turm, dann ...«

»Rechnen Sie lieber mit zwanzig«, warf Stephen ein. »Korpulente, rotgesichtige Männer wie Sie brechen bei ungewohnter Anstrengung oft überraschend zusammen – Schlagfluß, Kreislaufkollaps ...«

»Wirklich, Doktor, es wäre mir lieb, wenn Sie derlei für sich behielten«, sagte Jack leise. Alle blickten Stephen mit mildem Vorwurf an, und Jack setzte hinzu: »Außerdem bin ich nicht korpulent.«

»Der Kommandant hat eine ungemein stattliche Figur«, fühlte sich Mr. Marshall bemüßigt zu bemerken.

Die Voraussetzungen für den Angriff waren perfekt. Mit dem ersterbenden Ostwind konnte die *Sophie* gerade noch in die Bucht segeln, und später, wenn bei Mondaufgang eine Landbrise aufkam, würde diese sie mit allem, was sie erbeutet hatten, aufs offene Meer schieben. Jack hatte lange vom Masttopp aus sondiert und dabei die zweite Schebecke entdeckt, die mit einer Reihe anderer Fahrzeuge an der Innenseite der Mole festgemacht hatte; hoch auf den Strand gezogen, lagen noch einige Fischerboote vor dem Dorf. Die Schebecke hatte sich einen Platz dicht am Molenkopf gesucht, genau gegenüber der Batterie auf dem Wehrturm, der etwa hundert Meter entfernt auf der anderen Seite des Hafens stand.

Ich mag meine Fehler haben, grollte er, aber ich bin bei Gott nicht feige. Und wenn wir sie nicht herausholen können, werden wir sie an Ort und Stelle abfackeln. Aber sein Groll währte nicht lange. Von Deck der neapolitanischen Schnau aus beobachtete er, wie die *Sophie* bei fast völliger Dunkelheit das Kap Almoraíra rundete und Kurs in die Bucht nahm, während die beiden Prisen mit ihren Booten im Schlepp die Landspitze auf der anderen Seite ansteuerten. Da die Schebecke den Hafen bestimmt gewarnt hatte, konnte die *Sophie* nicht mit einem Überraschungseffekt rechnen und würde vor dem Ankern dem Feuer der Turmbatterie ausgesetzt sein. Überraschend würde nur die Attacke der Bootsmannschaften kommen, denn die Nacht war mittlerweile so dunkel, daß die beiden Prisen ungesehen die Bucht in Richtung auf Stephens Grotte überqueren konnten – »einer der wenigen Plätze, die ich kenne, wo die weißbäuchigen Mauersegler nisten«. Mit der brennenden Sorge des Liebhabers sah Jack die *Sophie* davonziehen, innerlich zerrissen von dem Drang, gleichzeitig auf beiden Schiffen zu sein. Verschiedene Möglichkeiten, die zu einer schrecklichen Katastrophe führen konnten, gingen ihm durch den Kopf: Die Küstenbatterie (ihre Stärke hatte Stephen nicht gekannt) konnte Treffer auf Treffer erzielen, die *Sophies* Rumpf glatt durchschlagen würden – der Wind konnte sie im Stich lassen oder stark auffrischen und direkt auf Land zu wehen, dann reichten die an Bord verbliebenen Leute nicht, um sie aus der Bucht zu pullen – und die Boote konnten versprengt werden. Plötzlich kam ihm sein Plan hirnverbrannt und tollkühn vor. »Ruhe an Deck!« rief er heiser. »Oder wollt ihr halb Spanien wecken?«

Daß er so sehr an seiner Brigg hing, hatte er selbst nicht geahnt. Er wußte genau, wie sie jetzt ihren Ankerplatz ansteuern würde, mit diesem charakteristischen Knarren der Großrah in ihrem Rack, mit dem Flüstern des Wassers am Ruderblatt, das die Echowand des Heckspiegels noch verstärken würde ... Das Queren der Bucht schien ihm unerträglich lange zu dauern.

»Sir«, meldete sich Pullings, »ich glaube, wir haben die Huk jetzt querab.«

Jack blickte durch sein Nachtglas. »Sie haben recht, Mr.

Pullings. Sehen Sie, wie die Lichter des Dorfes eines nach dem anderen verdeckt werden? Ruder nach Backbord, Algren. Mr. Pullings, stellen Sie einen guten Mann in die Fockrüsten. Wir kommen gleich an die Zwanzig-Faden-Linie.« Damit ging er zur Heckreling und rief gedämpft: »Mr. Marshall, wir halten jetzt auf Land zu.«

Die hohe dunkle Mauer des Kliffs, scharf abgegrenzt gegen die durchsichtigere Schwärze des Himmels, kam näher und näher, löschte lautlos den Stern Arkturus aus, dann die ganze Südliche Krone und zuletzt sogar die hochstehende Venus. Dazu erklangen das regelmäßige Klatschen des Lots und die Stimme des Lotgasten, der die Wassertiefen aussang: »Neun Faden – neun Faden – sieben Faden – fünfeinviertel – vierdreiviertel ...«

Voraus nun der kleine, hellere Strand am Fuß der Grotte, begrenzt durch den weißen Saum der Brandung. »Das reicht«, sagte Jack. Das Focksegel stellte sich back wie ein mitdenkendes Wesen, und die Schnau drehte in den Wind. »Mr. Pullings, Ihr Trupp in die Barkasse.« Vierzehn Mann glitten an Jack vorbei und lautlos über die Reling ins leise knarrende Boot; jeder trug eine weiße Armbinde. »Sergeant Quinn.« Mit ihren schwach schimmernden Musketen folgten die Seesoldaten, deren Stiefel schon mehr Lärm verursachten. Irgendwer tastete an Jacks Bauch herum: Kapitän La Hire, der sich freiwillig den Soldaten angeschlossen hatte, suchte seine Rechte für einen letzten Händedruck. »Viel Glück«, sagte er und schüttelte sie.

»*Merci, mon capitaine*«, antwortete Jack an der Reling, und in diesem Augenblick erhellte ein greller Blitz den Nachthimmel, gefolgt vom tiefen Aufbrüllen eines schweren Geschützes.

»Liegt dieser Kutter endlich längsseits?« fragte Jack, dessen Nachtsicht durch den Mündungsblitz ruiniert war.

»Hier, Sir«, sagte die Stimme seines Bootsführers dicht unter ihm. Jack schwang sich über die Reling und ließ sich fallen. »Mr. Ricketts, wo ist die Blendlaterne?«

»Unter meiner Jacke, Sir.«

»Stellen Sie sie ins Heck. Ruder an.«

Wieder röhrte das Geschütz, und fast unisono folgten ihm zwei andere: Sie suchten erst die richtige Distanz. Aber es war ein mächtig tiefes Aufbrüllen für eine Kanone gewesen. Ein Sechsunddreißigpfünder? Mit einem Blick über die Schulter konnte Jack die vier Boote hinter sich erkennen, eine undeutliche, dunklere Kette vor den Umrissen der Schnau und der Schebecke. Unwillkürlich tastete er nach seiner Pistole und dem Säbel. Kaum jemals hatte er solche Nervosität empfunden. Seine ganze Aufmerksamkeit konzentrierte sich im rechten Ohr, das auf *Sophies* bald fällige Breitseite lauschte.

Mit quietschenden Riemen, an denen die Bootsgasten vor Anstrengung grunzten, schoß der Kutter durchs Wasser. »Riemen hoch«, befahl der Bootsführer leise, und in der nächsten Sekunde glitten sie knirschend über Kies. Die Männer sprangen ins Wasser und hatten den Kutter auf den Strand gezogen, noch bevor die Barkasse auslief, gefolgt vom Beiboot der Schnau unter Mowett, der Jolle mit dem Bootsmann und der Barkasse der Schebecke mit Marshall.

Plötzlich wimmelte es auf dem kleinen Strand von Männern.

»Die Leine, Mr. Watt?« fragte Jack.

»Das ist sie«, sagte eine Stimme, als sieben Kanonen dünn und gedämpft hinter dem Kliff krachten.

»Hier, Sir, die Leine.« Der Bootsmann ließ zwei Bunschen einzölliger Leine von seiner Schulter gleiten.

Jack ergriff den Tampen der einen. »Mr. Marshall, nehmen Sie die andere, und dann packt jeder Mann seinen Knoten.« So ordentlich, als träten sie an Deck zur Musterung an, glitt jeder auf seinen Platz. »Alles klar? Drüben auch? Dann los.«

Jack schlug die Richtung zur Landspitze ein, wo sich der Strand unter dem Kliff auf ein paar Fuß Breite verengte; hinter ihm stapfte, sich an der geknoteten Leine festhaltend, seine Hälfte des Landungstrupps. Wilde Erregung quoll in seiner Brust empor und schnürte ihm die Kehle zu: Das Warten war vorbei, dies war *der* Moment. Sie bogen um die Huk und wurden sofort von dem Feuerwerk dahinter geblendet; das Krachen der Salven schien ihnen plötzlich zehnmal so laut. Der Turm feuerte mit drei, vier dunkelroten Flammenzungen tief über dem Boden. Die *Sophie,* deren aufgegeite Bramsegel im himmelweiten Lichtschein klar zu erkennen waren, schoß in dichter Folge rollende Salven ab, die einen Steinhagel aus der Mole rissen und jeden Versuch unterbanden, die Schebecke auf den Strand zu warpen. Soviel Jack aus diesem Blickwinkel erkennen konnte, lag sie genau an der Stelle, die er auf der Karte bezeichnet hatte, mit der dunklen Silhouette des Kapellenfelsens an Backbord querab. Aber der Turm stand weiter weg als erwartet.

Unter seiner rauschhaften Begeisterung spürte er, wie sein Körper sich abmühte, wie langsam ihn die Beine vorantrugen, weil seine Stiefel tief in den weichen Sand einsanken. Ich darf nicht, *darf* nicht hinfallen, dachte er, als er stolperte, und hörte im selben Moment, wie ein Mann aus Marshalls Gruppe stürzte. Seine Augen mit der Hand beschattend, wandte er den Blick mit fast übermenschlicher Anstrengung von den Mündungsblitzen ab und dem Boden vor seinen Füßen zu. So pflügte er immer weiter durch den Sand; das wilde Hämmern seines Herzens füllte seinen Kopf und hinderte ihn am Denken, bis er den Eindruck hatte, daß er nur auf der Stelle trat. Aber dann erreichte er plötzlich festeren Boden und flog förmlich vorwärts, wie um zwanzig Kilo Gewicht erleichtert, rannte weiter, konnte endlich *rennen.* Jetzt hatte er nassen, kompakten Sand unter den Füßen, der das Geräusch seiner Schritte schluckte. Hinter sich hörte er das heisere Keuchen und erleichterte Aufatmen seines Landungstrupps. Endlich schien der niedrige Wehrturm auf sie zuzufliegen, und hinter seinen Zinnen konnte Jack die Spanier fieberhaft an ihren Kanonen arbeiten sehen. Ein Querschläger der *Sophie,* vom Turm abgeprallt, heulte über ihre Köpfe hinweg. Und jetzt trug ein Luftwirbel den erstickenden Pulverqualm zu ihnen herüber.

Wurde es schon Zeit für die Signalraketen? Der Turm war inzwischen sehr nahe, er konnte bereits aufgeregte Stimmen und das Rumpeln der Lafetten hören.

Aber die Spanier waren vollauf damit beschäftigt, *Sophies* Feuer zu erwidern; es ging noch etwas näher heran, noch näher. Unwillkürlich krochen die Angreifer jetzt auf allen vieren, gut zu erkennen im Schein des Artillerieduells und des nachglühenden Himmels.

»Die Raketen, Bonden«, murmelte Jack. »Mr. Watt, die Draggen. Jeder überprüft noch einmal seine Waffen.«

Der Bootsmann knotete die dreiarmigen Draggen an die beiden Leinen, der Bootsführer bohrte die Raketen in den Sand, riß ein Streichholz an und schützte die kleine Flamme mit der Hand. Das leise, metallische Klirren der Waffen ging im Gefechtslärm unter, die keuchenden Lungen beruhigten sich.

»Alles klar?« flüsterte Jack.

»Ist klar«, flüsterten die Subalternoffiziere zurück.

Er bückte sich, die Lunte zischte, und die erste Rakete stieg gen Himmel, wurde zu einem langen roten Schweif mit einem blauen Knall am Ende. »Auf sie!«, brüllte er, sofort übertönt vom begeisterten Geschrei seiner Männer: »Uuaa, uuaa!«

Rennen, *rennen*! Ein Sturz in einen trockenen Graben, Pistolengeknatter, Gestalten, die wie Affen an Lianen zur Zinne hinaufkletterten, dann Schreie, noch mehr Schreie, und schließlich ein Gurgeln. Die Stimme seines Bootsführers in Jacks Ohr: »Her mit der Hand, Kumpel!« Rauher, hautabschürfender Stein und dann endlich die Zinne. Er stand oben auf dem Turm, riß den Säbel aus der Scheide, hielt in der Linken die schußbereite Pistole und blickte sich im Schein einer starken Laterne um, die hinter den Kanonen stand. Aber es gab keine Gegenwehr. Die spanischen Kanoniere flohen – bis auf zwei reglose Gestalten am Boden und einen kniend über seine Wunde Gebeugten –, flankten über die Mauer, ließen sich fallen und rannten dem Dorfe zu.

»Johnson! Johnson!« rief Jack. »Vernagelt die Kanonen!

Sergeant Quinn, Sie feuern weiter mit allem, was Sie haben. Schnell, her mit den Bolzen!«

Kapitän La Hire drosch mit einer Brechstange auf die Schlösser der heißgeschossenen Vierundzwanzigpfünder ein. »Besser alles springen«, keuchte er, »alles springen in die Luft.«

»*Vous savez* sprengen das Pulver?« fragte Jack.

»Eh, *pardi*«, antwortete La Hire mit selbstbewußtem Lächeln.

»Mr. Marshall, Sie verschwinden jetzt schleunigst und besetzen mit unseren Leuten die Mole. Sergeant, die Seesoldaten sichern ihre landwärtige Seite und feuern die ganze Zeit, ob sie etwas sehen oder nicht. Mr. Marshall, Sie drehen die Schebecke zur Hafenausfahrt und klarieren die Segel. Kapitän La Hire und ich, wir sprengen jetzt das Fort in die Luft.«

»Mein Gott«, sagte Jack, »wie ich diese offiziellen Berichte hasse.« Seine Ohren sangen immer noch vom ungeheuren Knall der Explosion (ein zweites Pulvermagazin im Keller unter dem ersten hatte Kapitän La Hires Berechnungen über den Haufen geworfen), und vor seinen Augen schwammen gelbe Reflexe von dem grellen, eine halbe Meile hohen Lichterbaum. Die linke Seite von Kopf und Hals schmerzte ihn ganz scheußlich, seine langen Haare waren dort völlig weggebrannt, Kopfhaut und Gesicht versengt und geprellt. Vor ihm auf dem Tisch lagen vier mißglückte Versuche, die Ereignisse zusammenzufassen; und in Lee der *Sophie* warteten die drei Prisen ungeduldig auf günstigen Wind für Mahón, während weit achteraus über Almoraíra immer noch eine Rauchwolke stand.

»Hören Sie sich mal das an, bitte«, fuhr er fort, »und sagen Sie mir, ob Grammatik und Wortwahl stimmen. Der Anfang lautet wie bei den anderen: ›*An Bord der* Sophie, *auf See. My Lord, ich habe die Ehre, Ihnen mitzuteilen, daß ich in Erfüllung meines Auftrags zum Kap Náo segelte, allwo ich auf einen Konvoi von drei Schiffen traf, den eine französische Korvette von zwölf Kanonen beglei-*

tete.‹ Dann berichte ich über die Eroberung der Schnau und erwähne kurz unser Gefecht mit der *Gloire*, wobei ich ihre Schnelligkeit hervorhebe, und komme schließlich zu dem Landeunternehmen: *›Weil es den Anschein hatte, daß sich die restlichen Schiffe des Konvois unter die Kanonen vom Almoraíra geflüchtet hatten, wurde beschlossen, sie dort herauszuholen, was auch glücklich gelang. Nachdem die Boote die SSW-Spitze der Bay angelaufen hatten, wurde ein viereckiger Wehrturm mit einer Batterie von vier eisernen Vierundzwanzigpfündern um siebenundzwanzig Minuten nach zwei Uhr in die Luft gesprengt. Drei mit Ketten gesicherte Tartanen mußten an der Mole in Brand gesetzt werden, aber die Schebecke wurde herausgeholt und erwies sich als die* Xaloc, *mit einer wertvollen Ladung Quecksilber, versteckt in Mehlsäcken.‹* Ziemlich dürftig, nicht wahr? Aber ich fahre fort: *›Der Eifer und die Tapferkeit von Leutnant Dillon, der Seiner Majestät Slup, die ich die Ehre habe zu befehligen, nach Almoraíra hineinführte und ein ununterbrochenes Feuer auf die Mole und die Batterie aufrechterhielt, verdienen besondere Erwähnung. Auch die anderen Offiziere und Matrosen verhielten sich so vorbildlich, daß es unbilligend wäre, einzelne hervorzuheben. Aber ich muß den Beitrag von Mons. La Hire, Hauptmann der Königlich-Französischen Artillerie, erwähnen, der als Freiwilliger die Lunte zum Pulvermagazin legte und entzündete, wobei er versengt und verletzt wurde. Beigefügt eine Liste unserer Verluste: John Hayter, Seesoldat, gefallen; James Nightingale, Matrose, und Thomas Thompson, Matrose, verwundet. Damit habe ich die Ehre, mich Ihnen zu empfehlen, My Lord, und verbleibe …‹* Und so weiter. Was halten Sie davon?«

»Na ja, es ist um einiges besser als der letzte Entwurf«, antwortete Stephen. »Obwohl ich denke, daß *unbillig* eher zutreffen würde als *unbilligend.*«

»Unbillig, ganz recht. Ich wußte doch, da stimmt etwas nicht: unbillig – genau, das ist es. Man schreibt es ebenfalls mit zwei l, nehme ich an?«

Nach einer außerordentlich geschäftigen Woche lag die *Sophie* schließlich vor San Pedro. In dieser Zeit hatte sie ihre Taktik rapide verbessert: Sie blieb tagsüber unsichtbar hinter der Kimm, während die spanischen Kriegsschiffe die Küste nach ihr absuchten, und hielt nachts wieder auf Land zu, wo sie vor der Morgendämmerung in den kleinen Häfen und unter der Küstenschiffahrt Angst und Schrecken verbreitete. Diese gefährliche, höchst individuelle Taktik verlangte jedesmal gründliche Vorbereitung und forderte ständig das Schicksal heraus, war aber von beachtlichem Erfolg gekrönt. Auch stellte sie große Anforderungen an die Besatzung, denn wenn die *Sophie* weit draußen auf See stand, ließ Jack erbarmungslos an den Kanonen exerzieren, und James drillte die Leute an den Segeln. Der Erste war ein strenger Vorgesetzer. Ob im Gefecht oder nicht, er verlangte ein adrettes Schiff, und die Landungstrupps oder Entermannschaften kehrten ausnahmslos auf ein weißgescheuertes Deck mit funkelnden Messingbeschlägen zurück.

Sie nannten ihn penibel, doch seine Vorliebe für einen glänzenden Anstrich, für perfekt getrimmte Segel und exakt gebraßte Rahen, für aufgeklarte Toppen und ordentlich aufgeschossene Leinen wurde seltsamerweise noch übertroffen von seiner Begeisterung, wenn er das ganze zerbrechliche, makellose Gebilde in eine unmittelbare Konfrontation mit Albions Feinden führen konnte, die sein Kunstwerk binnen Sekunden in Stücke schießen, massakrieren, verbrennen oder versenken mochten. Trotzdem ließ die Besatzung all diese Zumutungen gutwillig über sich ergehen, entwickelte sich zu einer erfahrenen, zähen und ehrgeizigen Crew, die vom ersten Moment, da sie den Fuß auf Feindesland setzte, genau wußte, was von ihr erwartet wurde; und die ebensogut wußte, daß sich die Atmosphäre auf dem Achterdeck verändert hatte: Seit Almoraíra begegnete Dillon dem Kommandanten mit ehrlichem Respekt und besonderer Aufmerksamkeit, und ihr gemeinsames Auf- und Abgehen an Deck und ihre häufigen Besprechungen blieben nicht unbemerkt. Natürlich waren auch die Gespräche in der Offiziersmesse, bei denen der Erste voll des Lobes über den Husarenstreich gegen Almoraíra war, sofort im ganzen Mannschaftslogis verbreitet worden.

»Falls ich noch richtig addieren kann«, sagte Jack und blickte von seinen Papieren auf, »dann haben wir seit Einsatzbeginn das Siebenundzwanzigfache unserer eigenen Tonnage an Schiffen erbeutet, versenkt oder verbrannt. Wären sie alle auf einem Haufen gewesen, hätten sie mit zweiundvierzig Geschützen auf uns feuern können, die Drehbassen mit eingerechnet. Genau das hat der Admiral gemeint, als er sagte, wir sollten den spanischen Nachschub stören. Und wenn«, er lachte herzhaft auf, »wenn wir uns dabei die Taschen mit ein paar tausend Guineen füllen können – um so besser.«

»Darf ich eintreten?« fragte der Zahlmeister im Türrahmen.

»Guten Morgen, Mr. Ricketts. Kommen Sie, kommen Sie näher, und nehmen Sie Platz. Sind das die Zahlen von heute?«

»Jawohl, Sir. Ich fürchte, Sie werden nicht erfreut sein. Das zweite Faß in der unteren Lage ist undicht geworden, und wir müssen an die zweihundert Liter Trinkwasser verloren haben.«

»Dann lassen Sie uns um Regen beten, Mr. Ricketts«, sagte Jack. Aber nachdem der Zahlmeister gegangen war, wandte er sich niedergeschlagen an Stephen. »Alles wäre eitel Wonne, wenn wir nicht dieses elende Problem mit dem Wasser hätten. Das Glück ist mit uns – die Besatzung hält sich tapfer, keiner ist krank –, dieser Einsatz wäre die reinste Freude, wenn ich bloß noch das restliche Wasser in Mahón gebunkert hätte. Trotz scharfer Rationierung verbrauchen wir eine halbe Tonne pro Tag, was kein Wunder ist bei dieser Hitze und den vielen Gefangenen; das Pökelfleisch muß gewässert und der Rum verdünnt werden, auch wenn wir uns in Seewasser waschen.« Er hatte es sich in den Kopf gesetzt, die Zufahrtswege nach Barcelona unsicher zu machen, das vielleicht verkehrsreichste Gebiet des ganzen Mittelmeers; es sollte der Höhepunkt ihres Einsatzes werden. Aber nun mußte er des Wassers wegen nach Menorca zurückkehren und war sich alles andere als sicher, welcher Empfang ihn dort erwarten würde. Und welche neuen Befehle. Sein Einsatz war befristet gewesen, viel Zeit blieb ihm nicht mehr; launische Winde oder launische Vorgesetzte, die er unterwegs traf, konnten ihm leicht den Rest stehlen.

»Falls es nur Wasser ist, was uns fehlt, kann ich Ihnen nicht weit von hier einen Bach zeigen, wo Sie alle Fässer füllen können, die Sie brauchen.«

»Warum haben Sie mir das nicht früher gesagt?« rief Jack, schüttelte Stephen begeistert die Hand und grinste ihn an – kein schöner Anblick, denn die versengte linke Seite seines Gesichts, sein Kopf und Hals leuchteten immer noch bläulichrot wie ein Affenhintern, glänzten fettig von Stephens Heilsalbe und waren gesprenkelt mit nachwachsenden gelben Stoppeln. Zusammen mit seiner tiefbraunen, rasierten rechten Wange verlieh das seinem Gesicht einen verderbten, degenerierten und tückischen Ausdruck.

»Sie haben mich nie gefragt.«

»Unverteidigt? Ohne Küstenbatterie?«

»Kein Haus weit und breit, geschweige denn eine Kanone. Früher war die Gegend bewohnt, denn auf einem Landvorsprung stehen dort die Reste einer römischen Villa, und man erkennt noch den Verlauf einer alten Straße, überwuchert von Bäumen und Gebüsch – Zistrosen und Pistazien. Zweifellos wurde die Quelle benutzt, sie ist sehr ergiebig und hat wahrscheinlich heilende Wirkung. Die Bauern glauben heute noch, daß ihr Wasser gegen Impotenz hilft.«

»Und Sie sind sicher, daß Sie den Ort finden?«

»Ja.« Schweigend starrte Stephen eine Weile unter sich. »Hören Sie«, sagte er schließlich, »würden Sie mir einen Gefallen erweisen?«

»Von Herzen gern.«

»Ein Freund von mir wohnt zwei oder drei Meilen landeinwärts von der Quelle. Ich würde ihn gern besuchen, wenn Sie mich – sagen wir – zwölf Stunden später wieder abholen könnten.«

»Machen wir.« Das war nicht zuviel verlangt. »Machen wir«, wiederholte Jack und unterdrückte ein wissendes Grinsen. »Ich nehme an, Sie wollen die Nacht an Land verbringen. Noch heute abend laufen wir die Stelle an. Und Sie sind ganz sicher, daß uns dort keine Überraschung erwartet?«

»Ganz sicher.«

»Dann schicke ich kurz nach Sonnenaufgang den Kutter, um Sie wieder abholen zu lassen. Was aber, wenn wir daran gehindert werden? Was wird dann aus Ihnen?«

»Dann warte ich am nächsten Morgen zur gleichen Zeit an derselben Stelle – oder am Morgen danach; notfalls auch an einer ganzen Reihe von Tagen. Und jetzt muß ich gehen«, sagte er beim Klang einer Glocke, die sein neuer Loblollyboy läutete zum Zeichen, daß die Sprechstunde begann. »Ich wage es nicht, diesen Burschen mit all den Drogen allein zu lassen.«

Der Sündenfresser hatte einen Haß auf seine Bordkameraden entwickelt und war dabei überrascht worden, wie er die Mehlsuppe der Kranken mit weißer Kreide zubereitete, unter dem Vorwand, daß es ein viel wirksameres, viel unheiligeres Pulver sei. Wenn böser Wille dazu ausgereicht hätte, wäre Stephens Lazarett schon vor Tagen leergefegt gewesen.

Gefolgt von der Barkasse, pullte der Kutter vorsichtig durch die warme Dunkelheit in die Bucht, während Dillon und Sergeant Quinn zu beiden Seiten des bewaldeten Steilufers Wache hielten. Schon zweihundert Meter weit draußen atmeten die Bootsgasten begierig den würzigen Geruch der Pinien ein, gemischt mit dem Duft der Zistrosen: Es war wie der Vorstoß in eine andere Welt.

»Wenn Sie sich etwas mehr nach rechts halten«, sagte Stephen, »vermeiden Sie die Felsen mit den Krebsen.« Trotz der Hitze trug er seinen schwarzen Mantel. Darin eingewickelt, saß er leichenblaß im Heck und starrte mit seltsamer Intensität der engen Bucht entgegen.

Der Bach hatte bei Hochwasser eine kleine Barre gebildet,

wo der Kutter nun auflief. Die Leute sprangen ins Wasser und schoben das Boot darüber, dann trugen zwei von ihnen Stephen an Land. Weit über der Hochwassermarke setzten sie ihn vorsichtig ab, nicht ohne ihn vor all den tückischen Ästen zu warnen, die überall herumlagen; dann hasteten sie zurück, um seinen Mantel zu holen. Der schnell strömende Bach hatte oberhalb des Strandes einen Felstümpel ausgewaschen, und hier füllten die Matrosen ihre Fässer, während die Seesoldaten auf den beiden äußeren Landspitzen Wache hielten.

»Was für ein köstliches Abendessen das war«, bemerkte Dillon neben Stephen auf einem glatten Felsen, der noch die Tageswärme abstrahlte und ihrem Sitzfleisch wohltat.

»Kann mich nicht erinnern, jemals besser gespeist zu haben«, antwortete Stephen. »jedenfalls nicht auf See.« Jack hatte von der *Santa Lucia* einen französischen Koch requiriert, einen königstreuen Freiwilligen, und setzte nun Gewicht an wie ein Freiochse. »Sie haben uns ja auch ausgezeichnet unterhalten.«

»Das war aber ein Verstoß gegen die Etikette. Am Kapitänstisch redet man nur, wenn man angesprochen wird, und dann in zustimmendem Sinne. Das macht die Unterhaltung ziemlich öde, aber so will es der Marinebrauch. Immerhin repräsentiert er den König, wenn man so will. Aber ich kam zu dem Schluß, daß ich für diesmal die Etikette vergessen und eine besondere Anstrengung unternehmen sollte – mich geselliger erweisen als sonst. Ich bin bisher nicht besonders fair zu ihm gewesen, bei Gott nicht«, sagte er mit einem Nicken in Richtung der *Sophie*. »Und es war anständig von ihm, mich einzuladen.«

»Tja, nichts liebt er so sehr wie eine Prise. Aber sein stärkstes Bestreben gilt nicht dem Beutemachen.«

»Richtig. Doch das bemerkt nicht jeder auf den ersten Blick – ich fürchte, da tut er sich selber unrecht. Zum Beispiel glaube ich nicht, daß die Leute ihn richtig einschätzen. Wenn sie nicht durch die Unteroffiziere so eisern in Schach gehalten würden, durch den Bootsmann, den Stückmeister und – wie ich zugeben muß – auch durch diesen alten Bock Marshall, bekäme er wahrscheinlich Ärger mit ihnen. Das kann immer noch passieren – Prisengeld steigt den Leuten zu Kopf. Zuviel davon, und sie schlagen über die Stränge, randalieren oder plündern – Ansätze dazu sind schon vorgekommen. Von Trunkenheit und Randale ist es kein weiter Schritt zur Aufsässigkeit oder sogar zur Meuterei. Gemeutert wird immer auf Schiffen, wo die Disziplin entweder zu streng oder zu lax ist.«

»Ach, Sie irren sich gewiß, wenn Sie glauben, daß die Besatzung ihn nicht durchschaut. Ungebildete Menschen besitzen in diesen Dingen einen sechsten Sinn – haben Sie jemals erlebt, daß ein Dorfgerücht völlig unrecht hatte? Es ist ein Instinkt, der sich mit zunehmender Bildung verflüchtigt, genauso wie die Fähigkeit, Gedichte zu behalten. Ich habe Bauern gekannt, die zwei- oder dreitausend Verse auswendig kannten. Aber wollen Sie im Ernst behaupten, die Disziplin an Bord sei lax? Das überrascht mich, allerdings verstehe ich wenig von nautischen Dingen.«

»Nein, die Disziplin im üblichen Sinne ist bei uns durchaus streng. Ich denke dabei an anderes, an etwas wie die Mittelglieder, mathematisch gesehen. Die Offiziere gehorchen ihrem Kommandanten, weil er seinerseits gehorcht; das hat mit der jeweiligen Person im Grunde nichts zu tun. Und so geht es auch nach unten weiter. Falls er selbst nicht gehorcht, schwächt das die Kommandokette … Du lieber Himmel, was rede ich da für tiefschürfendes Zeug! Es war wohl die Erinnerung an diesen armen, unglücklichen Soldaten in Mahón, die mich zum Moralisieren verleitet hat. Kennen Sie das, daß Sie beim Mittagessen oft so munter sind wie ein Floh – und sich beim Abendessen fragen, warum Gott die Welt überhaupt erschaffen hat?«

»Ich kenne es. Aber was hat der Soldat damit zu tun?«

»Wie gesagt, es war in Mahón. Da geriet ich mit einem Infanterieoffizier in Streit über Prisengeld. Er sagte, die ganze Sache sei unfair. War wohl ziemlich arm, der Junge – und sehr wütend. Aber er behauptete, wir dienten allein aus diesem Grund in der Marine. Ich erwiderte, da sei er im Irrtum, und er zieh mich dafür der Lüge. Wir gingen in diesen Park am Ende des Kais – ich hatte Jevons von der *Implacable* als Sekundanten dabei –, und die ganze Sache war in zwei Gängen vorüber. So ein armer, dummer, ungeschickter Bursche: Er spießte sich praktisch selbst an meinem Degen auf ... Was gibt's, Shannahan?«

»Die Fässer sind voll, Sir.«

»Schlagt die Spunde gut ein, dann rollen wir sie zum Wasser hinunter.«

»Adieu«, sagte Stephen und erhob sich.

»Also trennen sich jetzt unsere Wege?«

»Ja. Ich will über die Hügel, bevor es allzu dunkel wird.«

Aber es hätte schon einer seltsamen Dunkelheit bedurft, um seine Füße daran zu hindern, ihren Weg zu finden. Der Pfad wand sich die Steilküste hinauf, überquerte immer wieder den Bach und zeugte davon, daß hier gelegentlich Menschen gingen: Fischer, um Krebse zu fangen, ein um seine Potenz Besorgter, um im Tümpel zu baden, und andere heimliche Wanderer. An besonders schwierigen Stellen griff Stephen nach Ästen, die schon viele Hände vor ihm blankgewetzt hatten.

Aufwärts, aufwärts, und das Wispern der warmen Nachtluft in den Pinien. Einmal trat er auf einen kahlen Felsen hinaus und sah erstaunlich tief unter sich die Boote mit ihren langen Schleppen halbversunkener Fässer, was ihn an die Laichfäden von Fröschen denken ließ. Danach verlor sich der Pfad erneut zwischen Bäumen, die ihn erst wieder freigaben, als er den von Thymian und kurzem Gras bedeckten, flachen Gipfel des sonst kahlen Landvorsprungs erreichte, der ein Meer von Pinien überragte. Bis auf den violetten Dunst über den fernen Bergen und einen seltsam schwefelgelben Streifen am Himmel war die Landschaft farblos. Aber er sah die weißen Blumen davonhüpfender Kaninchen und die jagend umherschießenden Ziegenmelker, die er erwartet hatte; wie geisterhafte Schemen umkreisten sie seinen Kopf. Neben einem großen Stein mit der Inschrift *Non fui non sum non curo* ließ er sich nieder, worauf die Kaninchen allmählich zurückkamen, näher und naher, bis er sie sogar auf der luvwärtigen Seite des Steins am Thymian knabbern hörte. Hier wollte er bis zur Morgendämmerung verweilen und im Geiste eine Kontinuität herstellen, die ihm entglitten war. Der zu besuchende Freund (obwohl es ihn gab) war nur ein Vorwand gewesen. Stille, Dunkelheit und die vertrauten Gerüche hatte er zusammen mit der Wärme des Landes so nötig gehabt wie die Luft zum Atmen.

»Ich denke, wir können jetzt in die Bucht einlaufen«, sagte Jack. »Es schadet nichts, wenn wir vor der Zeit am Treffpunkt sind, dann kann ich mir noch ein wenig die Beine vertreten. Außerdem möchte ich ihn so früh wie möglich auflesen, es macht mich nervös, ihn allein an Land zu wissen. Manchmal habe ich den Eindruck, daß man ihn nicht sich selbst überlassen kann – und dann wieder bin ich überzeugt, er könnte fast eine ganze Flotte kommandieren.«

Die *Sophie* war draußen auf und ab gesegelt, bis die Mittelwache zu Ende ging und James Dillon den Master ablöste. Den Umstand, daß beide Wachen gleichzeitig an Deck waren, nützte Jack dazu aus, die Slup über Stag gehen zu lassen. Er wischte den Tau von der Heckreling und beugte sich darüber, um in den nachgeschleppten Kutter hinunterzustarren, der sich scharf vom Meeresleuchten der milchwarmen See abzeichnete.

»Dort haben wir das Wasser gebunkert, Sir.« Babbington wies auf den dunklen Strand. »Bei Tag könnten Sie den kleinen Pfad sehen, auf dem der Doktor verschwunden ist.«

An Land ging Jack hinüber, um Pfad und Tümpel zu studieren. Er bewegte sich unsicher, denn so schnell fand er seine Landbeine nicht wieder. Der Boden unter ihm hob und senkte sich wie ein Schiffsdeck. Aber nachdem er im Zwielicht einige Male auf und ab geschlendert war, gewann er seine Standfestigkeit zurück. Er sinnierte über die Beschaffenheit der festen Erde, über die ruckartige Wiederkehr des Lichts – es tagte in einer Reihe unregelmäßiger Schübe –, über Dillons erfreuliche Wesensänderung seit dem Überfall auf Almoraíra und auf die seltsam gegensätzliche Reaktion des Masters, der jetzt manchmal ausgesprochen muffig war. Dillon besaß zu Hause eine Meute Jagdhunde, fünfunddreißig insgesamt, hatte einige großartige Fuchsjagden veranstaltet – die Wälder dort mußten ungewöhnlich schön sein – und die Füchse verdammt kräftig, wenn sie so lange durchhielten ... Jack empfand großen Respekt für einen Mann, der mit der Meute guten Sport leisten konnte. Dillon verstand offenbar eine Menge von der Fuchsjagd und von Pferden; dennoch war es seltsam, daß es ihn so wenig kümmerte, wenn seine Hunde laut wurden, denn das Geläut einer Meute ... Ein Warnschuß von der *Sophie* riß ihn aus seinen angenehmen Träumen. Er fuhr herum und sah noch die Rauchwolke an ihrer Bordwand davontreiben. Eine Reihe Signalflaggen wurde gehißt, aber ohne sein Nachtglas konnte er sie bei diesem Licht nicht entziffern. Die Slup drehte vor den Wind, und als ahnte sie seine Hilflosigkeit, verfiel sie auf das älteste aller optischen Signale: Sie warf die Bramsegel los und ließ die Schoten fliegen, was *Fremde Segel in Sicht* bedeutete. Zur Sicherheit feuerte sie einen zweiten Warnschuß ab.

Jack warf einen Blick auf seine Taschenuhr und einen zweiten, sehnsüchtigen, auf die reglos schweigenden Pinien, sagte: »Leih mir dein Messer, Bonden« und hob einen großen, flachen Stein auf. Dahinein kratzte er das Wort *Regrediar* (irgendein Instinkt verlangte Geheimhaltung von ihm), mit der Uhrzeit und seinen Initialen. Dann steckte er den Stein in einen kleinen Hügel, warf einen letzten hoffnungslosen Blick zum Wald hinüber und sprang in den Kutter.

Sowie er längsseits war, flogen die Rahen herum, die Segel füllten sich, und die *Sophie* strebte hastig aus der Bucht.

»Kriegsschiffe, Sir, so gut wie sicher«, sagte James. »Ich

dachte mir, daß Sie schleunigst freien Raum gewinnen wollen.«

»Sehr richtig, Mr. Dillon. Leihen Sie mir Ihr Glas?«

Vom Masttopp aus konnte er, sobald er erst wieder zu Atem gekommen war, im zunehmenden Licht über der klaren See zwei Schiffe in Luv erkennen. Unter Vollzeug kamen sie schnell von Süden her auf: Kriegsschiffe, darauf hätte er zehn Pfund gewettet. Aber welcher Nationalität – englisch, französisch, spanisch? Dort draußen war der Wind stärker, sie mußten gut zehn Knoten Fahrt machen. Er warf einen Blick über seine linke Schulter auf ihren alten Landeplatz, der jetzt Ostwärts davonglitt. Die *Sophie* würde höllisch zu kämpfen haben, wenn sie die Landspitze runden wollte, ehe die fremden Schiffe heran waren. Aber sie mußte es schaffen, sonst würde sie in der Bucht eingesperrt. Ja, es waren Kriegsschiffe, und sie standen jetzt schon mit den Rümpfen über der Kimm. Obwohl Jack noch nicht ihre Stückpforten zählen konnte, schätzte er, daß es starke Fregatten waren. Wahrscheinlich mit sechsunddreißig Kanonen, aber auf jeden Fall Fregatten.

Falls die *Sophie* das Kap zuerst runden konnte, hatte sie vielleicht noch eine Chance. Und wenn sie sich über das Flach zwischen der Huk und dem Riff davonmachte, mochte sie eine halbe Meile Vorsprung gewinnen, denn dorthin konnte ihr keine tiefgehende Fregatte folgen.

»Wir wollen die Leute jetzt frühstücken lassen, Mr. Dillon«, sagte er, wieder unten. »Und dann machen wir klar zum Gefecht. Falls es tatsächlich zu einem Scharmützel kommen sollte, können wir genausogut mit vollen Bäuchen kämpfen.«

Aber es gab nur wenige Bäuche an Bord der *Sophie*, die sich an diesem strahlenden Morgen genüßlich vollschlugen. Gespannte Erwartung verhinderte, daß Haferbrei und Schiffszwieback glatt rutschten. Und selbst Jacks frisch gerösteter, frisch gemahlener Kaffee verschwendete diesmal sein köstliches Aroma an das Achterdeck, weil die Offiziere dort sehr aufmerksam die jeweiligen Kurse, Geschwindigkeiten und voraussichtlichen Punkte des Zusammentreffens berechneten: zwei Fregatten in Luv, eine feindliche Küste in Lee und die Wahrscheinlichkeit, von der offenen See abgeschnitten zu werden – das reichte, um allen den Appetit zu verderben.

»An Deck!« rief der Ausguck von irgendwo oben in der Pyramide bretthharter Segel. »Die erste Fregatte hat eine Flagge gesetzt, Sir. Den blauen Union Jack.«

»Soso«, antwortete Jack. »Wie nett. Mr. Ricketts, antworten Sie mit der gleichen Flagge.«

Nun richtete sich jedes Glas an Bord der *Sophie* auf den Vorstengetopp der ersten Fregatte, ob dort das Geheimsignal gesetzt wurde. Jedermann konnte einen blauen Union Jack zeigen, aber nur auf einem britischen Kriegsschiff kannte man den Antwortcode. Und da kam sie schon, die rote Flagge im Fockmast, unmittelbar gefolgt von einer weißen Flagge und einem Wimpel am Großmast und dem fernen Knall eines nach Luv abgefeuerten Signalschusses.

Sofort lockerte sich die Spannung an Deck der *Sophie*. »Na gut«, meinte Jack, »machen Sie das Antwortsignal und danach unsere Nummer. Mr. Day, drei Schüsse nach Lee in langsamer Folge.«

»Sie ist die *San Fiorenzo*, Sir«, sagte James, der dem nervösen Kadetten mit dem Signalbuch half, weil seine hübsch kolorierten Seiten in der auffrischenden Brise kaum zu bändigen waren. »Und es verlangt sie nach dem Kommandanten der *Sophie*.«

Hilf Himmel, stöhnte Jack innerlich. Kommandant der *San Fiorenzo* war Sir Harry Neale, ehemals Erster Offizier auf der *Resolution*, als Jack dort ihr jüngster Kadett gewesen war; später war er mit ihm als Kommandant auf der *Success* gefahren. Sir Harry war ein eifriger Verfechter von Pünktlichkeit, Sauberkeit, properer Kleidung und korrekter Hierarchie. Jack aber war unrasiert; die wenigen Haare, die er noch besaß, standen in allen Richtungen von seinem verbrannten Kopf ab. Und Stephens bläuliche Salbe bedeckte die eine Hälfte seines

Gesichts. Aber das ließ sich nun nicht ändern. »Dann luven Sie mal an und halten Sie auf sie zu«, sagte er resigniert und verschwand hastig in seiner Kajüte.

»Da sind Sie ja endlich«, sagte Sir Harry und musterte Jack mit unverhohlenem Abscheu. »Sie haben sich weiß Gott Zeit gelassen, Captain Aubrey.«

Nach der *Sophie* kam ihm die Fregatte riesig vor. Ihre turmhohen Masten hätten auch die eines Linienschiffes erster Klasse sein können; schier ein Hektar weißgescheuerter Decksplanken erstreckte sich auf beiden Seiten. Jack hatte das absurde, aber schmerzliche Gefühl, auf die Hälfte seiner wahren Größe zu schrumpfen und gleichzeitig von einer Position unbeschränkter Autorität auf totale Unterwerfung zurückgestuft zu werden.

»Bitte um Vergebung, Sir«, sagte er hölzern.

»Na, dann kommen Sie mal unter Deck.« Und in der Kajüte: »Hier sehen Sie auch nicht viel besser aus, Aubrey.« Er winkte ihn auf einen Stuhl. »Trotzdem bin ich froh, daß ich Sie getroffen habe. Die *San Fiorenzo* ist mit Gefangenen überfüllt, und ich werde fünfzig davon auf Ihre *Sophie* überstellen.«

»Ich bedaure, Sir, bedaure aufrichtig, daß ich Sie nicht entlasten kann, aber die Slup ist schon jetzt bis zum Schandeck voller Gefangener.«

»*Entlasten*, sagen Sie? Sie werden mich entlasten, Sir, indem Sie meinen Befehlen gehorchen. Ihnen ist ja wohl klar, daß ich hier der dienstältere Kapitän bin, Sir. Zufällig weiß ich sehr genau, wie viele Prisencrews Sie nach Mahón geschickt haben. Die Gefangenen werden ihren Platz einnehmen. Außerdem können Sie sie in wenigen Tagen schon wieder an Land setzen. Ende der Diskussion.«

»Aber was wird aus meinem Auftrag, Sir?«

»Ihr Auftrag interessiert mich weniger als das Wohl unserer Marine. Lassen Sie den Transfer so schnell wie möglich vornehmen, denn ich habe weitere Befehle für Sie. Wir suchen hier nach einem amerikanischen Schiff, der *John B. Christopher.* Sie ist unterwegs von Marseilles nach den Vereinigten Staaten, mit Zwischenstopp in Barcelona, und wir rechnen damit, sie zwischen Mallorca und dem spanischen Festland aufzuspüren. Unter ihren Passagieren befinden sich wahrscheinlich zwei Rebellen, Mitglieder der United Irishmen, einer davon der Papistenpriester Managan und der andere ein Bursche namens Roche, Patrick Roche. Die beiden sind festzunehmen, notfalls mit Gewalt. Wahrscheinlich reisen sie unter französischem Namen und mit französischen Pässen, denn sie beherrschen diese Sprache. Hier ihre Steckbriefe: *Ein mittelgroßer, hagerer Mann von etwa vierzig Jahren, gebräuntes Gesicht und dunkelbraunes Haar, trägt aber eine Perücke; Hakennase, spitzes Kinn, graue Augen und ein großes Muttermal am Mundwinkel.* Das ist der Priester. Der andere ist ein *großer, beleibter Mann von fast einem Meter neunzig, schwarzes Haar, blaue Augen, etwa fünfunddreißig Jahre; an der linken Hand fehlt ihm der kleine Finger, und er hat ein steifes Bein aufgrund einer Verwundung.* Hier, Sie nehmen die Steckbriefe am besten gleich mit.«

»Mr. Dillon, bereiten Sie alles für die Aufnahme von fünfundzwanzig Gefangenen der *San Fiorenzo* und für weitere fünfundzwanzig von der *Amelia* vor«, sagte Jack. »Danach beteiligen wir uns an der Suche nach ein paar Rebellen.«

»Rebellen?« rief James entsetzt.

»Ja«, sagte Jack zerstreut, den Blick auf eine durchhängende Fockbulin gerichtet; er unterbrach sich, um den entsprechenden Befehl zu geben. »Ja. Bitte kümmern Sie sich um diese Schoten, sobald Sie einen Moment Muße haben – von wegen Muße, zum Henker!«

»Fünfzig Mäuler mehr zu füttern«, stöhnte der Zahlmeister. »Was sagen Sie *dazu,* Mr. Marshall? Dreiunddreißig volle Rationen zusätzlich. Wo, um Gottes willen, soll ich sie hernehmen?«

»Wir werden auf schnellstem Wege nach Mahón zurückkehren müssen, Mr. Ricketts, *das* sage ich dazu. Und adieu,

Prisengeld. Fünfzig ist einfach unmöglich, das begreift doch jedes Kind. Ich habe noch nie zwei Offiziere mit so sauren Gesichtern gesehen. Fünfzig!«

»Noch mal fünfzig solcher Strolche«, stöhnte James Sheehan, »und alles Franzosen mit höchst kaiserlichen Ansprüchen. Jesus, Maria und Josef!«

»Und denkt bloß an unseren armen Doktor dort drüben, ganz allein in diesem vermaledeiten Wald – Mann, bestimmt gibt es darin sogar Eulen. Gott verdamme die Marine, sage ich, und die – die *San Fiorenzo* und die *Amelia* dazu.«

»Allein? Das glaubst auch nur du, Kumpel! Aber verdammt soll sie sein, die Marine, genau, wie du sagst.«

In dieser üblen Stimmung segelte die *Sophie* nach Nordwesten, am äußeren oder rechten Rand ihres Suchgebiets entlang. An Backbord querab stand die *Amelia* halb unter der Kimm, und die *San Fiorenzo* suchte noch einmal so weit entfernt, aber näher an der Küste, nach dem Amerikaner, außer Sicht der *Sophie* und in der besten Position, um jede langsame Prise aufzubringen, die zufällig daherkommen mochte. In dieser auseinandergezogenen Dreierformation konnten sie bei dem klaren Wetter insgesamt sechzig Meilen des blauen Mittelmeers überblicken. Sie wurde den ganzen Tag lang beibehalten.

Und es wurde wirklich ein langer Tag, angefüllt mit Arbeit: Das Vorschiffslogis mußte freigeräumt, die Gefangenen untergebracht und bewacht werden (viele kamen von Freibeutern, eine gefährliche Ladung), außerdem hatten sie drei langsame, begriffsstutzige Handelsschiffe angehalten und durchsucht – alle drei unantastbare Neutrale und nur schwer zum Beidrehen zu bewegen; aber auf einem davon hatte man tatsächlich ein vermutlich amerikanisches Vollschiff gesehen, das in einer Entfernung von zwei Tagen nach Luv seine beschädigte Fockstenge repariert hatte. Ständig mußten sie bei dem umspringenden, gefährlich böigen Wind die Segel trimmen, um mit den Fregatten Schritt halten zu können; nur die absolute Bestleistung der *Sophie* konnte verhindern, daß sie zurückblieb und in Ungnade fiel. Noch dazu war sie unterbesetzt: Mowett, Pullings und der alte Alexander, ein zuverlässiger Quartermaster, waren mit fast einem Drittel der besten Leute auf die Prisen abkommandiert worden, weshalb James Dillon und der Master Wache um Wache gehen mußten. Die Gemüter waren gereizt, und die Liste der Übeltäter wurde im Lauf des Tages immer länger.

Hätte gar nicht gedacht, daß Dillon so brutal sein kann, wunderte sich Jack, als sein Erster zum Fockmast hinauf brüllte, wo ein schluchzender Babbington mit seinen wenigen Toppgasten zum dritten Mal das Bram-Leesegel an Backbord zu setzen versuchte. Zwar preschte die Slup mit (für sie) spektakulärer Fahrt dahin, trotzdem war es ein Jammer, daß sie so geprügelt, ihre Besatzung so geschunden werden mußte: ein hoher Preis, der sie vielleicht noch teuer zu stehen kommen würde. Aber wie dem auch war, so ging es eben zu in der Marine, und als Kommandant durfte er dem Ersten dabei nicht in den Rücken fallen. Jacks Gedanken wandten sich wieder seinen vielen Problemen und der Sorge um Stephen zu: Blanker Wahnsinn, diese Herumtreiberei in Feindesland. Außerdem zürnte er sich selbst wegen seines Benehmens an Bord der *San Fiorenzo.* Diesem krassen Mißbrauch von Autorität hätte er mit viel mehr Standfestigkeit begegnen müssen. Nun stand er da, an Händen und Füßen gebunden durch die Dienstvorschriften und die Kriegsartikel der Royal Navy.

Auch die Offiziersanwärter waren ein Problem: Er brauchte mindestens zwei mehr, einen Fähnrich und einen Kadetten. Am besten fragte er Dillon, ob er ihm zwei Jungen nennen konnte – einen Vetter, einen Neffen oder ein Patenkind. Das war eine schmeichelhafte Anerkennung des Kommandanten gegenüber seinem Stellvertreter und durchaus üblich, wenn sie sich gut verstanden. Als Fähnrich brauchte er jemanden mit einiger Erfahrung, am besten einen, den er fast sofort zum Gehilfen des Masters ernennen konnte. Eine Weile erwog er in diesem Zusammenhang seinen Bootsführer, einen guten Seemann und Anführer der Groß-Toppgasten. Dann wieder vergegenwärtigte er sich die jüngeren Leute im Mannschaftslogis. Denn viel, viel lieber hätte er jemanden ausgewählt, der sich auf der Ochsentour nach oben gearbeitet hatte, einen einfachen Matrosen wie den jungen Pullings; so einer war ihm lieber als ein Sprößling aus reicher Familie, die es sich leisten konnte, ihren Nachwuchs auf See zu schicken ... Wenn die Spanier Stephen Maturin an Land erwischten, würden sie ihn als Spion behandeln und erschießen.

Es wurde schon dunkel, als sie mit dem dritten Handelsfahrer fertig waren, und Jack hielt sich kaum mehr auf den Beinen vor Erschöpfung – seine blutunterlaufenen Augen brannten, seine Ohren waren überreizt, und sein Kopf fühlte sich an, als würde um die Schläfen eine Schnur immer enger zugezogen. Sein Tag hatte zwei Stunden vor Morgengrauen begonnen, ein scheußlicher Tag, und die ganze Zeit war er an Deck gewesen. Sowie sein Kopf aufs Kissen sank, schlief er binnen Sekunden ein. Doch in der kurzen Zeit davor hatte er in seinem erlöschenden Bewußtsein noch zwei intuitive Erkenntnisse: die eine, daß mit Stephen Maturin alles gutgehen würde, und die andere, daß mit James Dillon etwas nicht stimmte. »Hätte nie gedacht, daß ihm unser Einsatz hier so wichtig ist; obwohl man ja merkte, daß auch er an Maturin hing. Seltsamer Bursche«, murmelte er, ehe er sich ins Nichts fallen ließ.

Er sank in den tiefen Erschöpfungsschlaf des gesunden, gut genährten, übergewichtigen jungen Mannes – in einen Schlaf, der rote Backen machte. Der aber doch nicht so tief war, daß er nicht nach einigen Stunden stirnrunzelnd und besorgt daraus hochgefahren wäre. Leise, heftig streitende Stimmen drangen durch die Heckfenster an sein Ohr. Im ersten Moment dachte er an einen Bootsangriff, an Enterer in der Nacht. Aber dann wurde sein Kopf klarer, er erkannte die Stimmen als die Dillons und Marshalls und ließ sich zurücksinken. Trotzdem, sagte er sich eine ganze Weile später im Halbschlaf, wieso sind die beiden zu dieser Stunde gleichzeitig auf dem Achterdeck, obwohl sie doch Wache um Wache gehen? Es ist noch nicht acht Glasen. Wie zur Bestätigung schlug die Schiffsglocke dreimal an, und von den verschiedensten Stellen im Rumpf kamen die gedämpften Antwortrufe: *Alles wohlauf an Bord.* Aber das stimmte nicht. Sie segelten nicht wie bisher mit Höchstfahrt unter Vollzeug. Was ging da vor? Jack warf sich den Morgenrock über und stieg an Deck. Die *Sophie* hatte nicht nur Tuch weggenommen, sondern lief jetzt auch einen anderen Kurs, nach Ostnordost.

»Sir«, Dillon trat vor, »dafür übernehme ich die volle Verantwortung. Ich habe den Master übergangen und die Kursänderung befohlen. Denn ich glaube, wir haben ein Schiff an Steuerbord voraus.«

Jack starrte in den silbrigen Dunst – Mondschein und halb bedeckter Himmel. Der Seegang war stärker geworden. Er sah weder ein Schiff noch dessen Licht, aber das hatte nichts zu sagen. Er nahm den Pinkompaß und studierte darauf die Kursänderung. »Wir kommen gleich unter die Küste von Mallorca«, sagte er und gähnte.

»Jawohl, Sir. Deshalb habe ich mir die Freiheit erlaubt, die Segelfläche zu verkleinern.«

Das Ganze war ein ungewöhnlicher Verstoß gegen jede Disziplin. Aber Dillon wußte dies selbst ganz genau, deshalb hatte es keinen Sinn, ihm öffentlich Vorhaltungen zu machen.

»Wer hat im Augenblick die Wache?«

»Ich, Sir«, sagte der Master leise, aber seine Stimme klang ebenso rauh und gepreßt wie die Dillons. Zwischen den beiden bestand eine fühlbare Spannung, die viel stärker war, als eine Meinungsverschiedenheit über das fremde Schiff gerechtfertigt hätte.

»Wer sitzt im Ausguck?«

»Assei, Sir.«

Assei war ein intelligenter, verläßlicher Laskare.

»Assei, ahoi!« rief Jack.

»Hier, Sir«, kam die dünne Stimme von hoch oben.
»Was siehst du?«
»Nichts, Sir. Sterne, sonst nichts.«
Aber schließlich würde er mit unbewaffnetem Auge bei einem schweifenden Rundumblick auch nicht viel mehr erkennen können. Dillon war höchstwahrscheinlich im Recht, andernfalls hätte er kaum zu einer so außergewöhnlichen Maßnahme gegriffen. Trotzdem – dieser Kurs war schon verdammt seltsam.
»Sind Sie sicher, daß Sie das Licht gesehen haben, Mr. Dillon?«
»Ganz sicher, Sir – ganz beruhigt.«
Beruhigt war ein unpassender Ausdruck unter diesen Umständen, und in so harschem Ton gesprochen, klang er noch seltsamer. Jack schwieg eine Weile. Dann ließ er den Kurs um anderthalb Strich nach Norden ändern und schritt wie gewohnt an Deck auf und ab. Bei vier Glasen wurde es im Osten schnell heller, und da lag es tatsächlich: dunkles, festes Land an Steuerbord voraus, noch verschwommen im Dunst, obwohl die hohe Himmelskuppel klar und beinahe schon blau war. Jack ging unter Deck, um sich anzukleiden, und als er sich das Hemd über den Kopf zog, kam der Ruf des Ausgucks: Segel in Sicht.
Das fremde Schiff stieß aus einer bräunlichen Nebelbank hervor, nur knapp zwei Meilen in Lee, und sowie Jack sein Glas trockengewischt hatte, erkannte er die geschiente Fockstenge, an der nur ein gerefftes Bramsegel gesetzt war. Jetzt war alles klar: Dillon hatte natürlich völlig recht gehabt. Dies war ihre gesuchte Beute, obwohl seltsamerweise vom Kurs abgekommen. Sie mußte vor geraumer Zeit bei Dragon Island gewendet haben und schlich nun langsam aufs offene Fahrwasser im Süden zu. In einer guten Stunde konnten sie ihren leidigen Auftrag erfüllt haben, und Jack wußte schon jetzt genau, was er gegen Mittag tun würde.
»Gut gemacht, Mr. Dillon«, rief er, »Wirklich sehr gut. Günstiger hätten wir sie gar nicht erwischen können. Aber so weit im Osten hätte ich niemals mit ihr gerechnet. Zeigen

Sie unsere Farben, und feuern Sie ihr einen Schuß vor den Bug.«

Die *John B. Christopher* zierte sich ein wenig vor dem gierigen Kriegsschiff, das jeden ihrer britischen Seeleute einschüchtern würde (oder jeden, den die Entermannschaft für britisch zu halten beliebte), doch sie hatte nicht die geringste Chance zu entkommen, schon gar nicht mit einem geflickten Fockmast. Also stellte sie nach einem kurzen Durcheinander ihrer Rahen und nach einem halbherzigen Fluchtversuch ihre Bramsegel back, setzte die amerikanische Flagge und wartete auf das Boot der *Sophie*.

»Sie gehen hinüber«, sagte Jack zu Dillon, der immer noch durch sein Fernrohr starrte, als fasziniere ihn irgendein Detail im Rigg des Amerikaners. »Hier spricht niemand, seit der Doktor fort ist, so gut Französisch wie Sie. Und schließlich haben Sie sie an diesem ausgefallenen Ort gefunden – sie ist Ihre Entdeckung. Möchten Sie noch einmal in die Steckbriefe sehen, oder ...«

Jack unterbrach sich. Trunkenheit in der Navy war ihm nicht fremd; er hatte betrunkene Admiräle erlebt, betrunkene Kapitäne und betrunkene zehnjährige Schiffsjungen, war sogar selbst volltrunken in der Schubkarre an Bord gebracht worden – aber er verabscheute Trunkenheit im Dienst, verabscheute sie ganz entschieden, vor allem zu so früher Stunde.

»Vielleicht sollte besser Mr. Marshall hinübergehen«, sagte er kalt, als er Dillon wie betrunken taumeln sah. »Lassen Sie Mr. Marshall rufen.«

»O nein, Sir«, rief Dillon und riß sich zusammen. »Bitte um Vergebung – es war nur ein momentanes ... Bin schon wieder ganz in Ordnung.« Und tatsächlich waren seine Blässe, sein Schweißausbruch, sein starrer Blick verschwunden und hatten einer hektischen Röte Platz gemacht.

»Wenn Sie meinen?« Jack hatte noch Zweifel, aber James Dillon rief bereits eifrig die Crew des Kutters herbei, hastete hin und her, überprüfte ihre Waffen, lud seine eigenen Pistolen und bewies demonstrativ, daß er seine fünf Sinne wieder beieinander hatte. Als der Kutter längsseits lag und schon abstoßen wollte, sagte er noch: »Vielleicht sollte ich doch um diese Steckbriefe bitten, Sir. Dann kann ich unterwegs mein Gedächtnis auffrischen.«

Mit langsam schlagenden Segeln hielt sich die *Sophie* an Backbord in Luv vor der *John B. Christopher*, um beim ersten Zeichen von Widerstand auf sie feuern und sich vor ihren Bug legen zu können. Aber alles ging glatt. Ein paar mehr oder weniger trotzige Spottrufe schollen vom Vorschiff des Amerikaners herüber, und *Sophies* grinsende Stückmannschaften, jederzeit bereit, ihre amerikanischen Vettern ohne das geringste Zögern und ohne jede böse Absicht ins Jenseits zu blasen, hätten ihnen nur zu gerne mit gleicher Münze heimgezahlt. Aber ihr Kommandant unterband jeden Ansatz dazu, denn dies war eine verhaßte Aufgabe und kein Anlaß zu Scherzen. Beim ersten Antwortschrei, der wie »Boston-Bohnen« klang, fuhr er dazwischen: »Ruhe vorn und achtern. Mr. Ricketts, notieren Sie den Namen dieses Mannes.«

Die Zeit verging. In ihren Zubern brannten die Lunten ab, Spirale nach Spirale. Auf dem ganzen Deck ließ die Aufmerksamkeit nach. Ein blendendweißer Tölpel flog über die Masttoppen, und Jack merkte, daß er, seine Pflichten vergessend, wieder besorgt an Stephen dachte. Die Sonne stieg höher, immer höher.

Endlich erschien die Entermannschaft auf dem Seitendeck des Amerikaners und kletterte in den Kutter hinab. Und da kam auch Dillon – allein. Er wechselte noch einige Worte mit dem Skipper und den Passagieren an der Reling. Die Segel der *John B. Christopher* füllten sich wieder – seltsam, den amerikanischen Slang ihrer Offiziere zu hören –, und sie machte sich auf ihren Weg nach Süden. *Sophies* Kutter pullte über das Wasser zwischen den beiden Schiffen.

Auf dem Hinweg hatte sich James noch gefragt, was er tun sollte. Den ganzen Tag über, seit er vom Auftrag des Geschwaders erfahren hatte, war er von einer fatalen Schicksalsergebenheit wie gelähmt gewesen. Und jetzt, nachdem er viele Stunden Zeit zum Grübeln gehabt hatte, war er immer noch zu keinem Entschluß gelangt. Er bewegte sich wie in einem Alptraum, kletterte wie unter Zwang an der Bordwand des Amerikaners empor. Denn natürlich hatte er gewußt, daß er Vater Managan an Bord finden würde. Dabei hatte er sein möglichstes versucht – außer offener Meuterei oder Versenkung der *Sophie* –, um dem Amerikaner aus dem Weg zu gehen: Er hatte den Kurs geändert, hatte Segel wegnehmen lassen, hatte den Master gezwungen, ihm zu gehorchen; trotzdem hatte er gewußt, daß er den Priester finden würde. Nicht gerechnet hatte er allerdings damit, daß dieser ihm mit Denunziation drohen würde, falls er sich nicht blind stellte. Sie hatten einander blitzartig erkannt, wobei ihm der Mann sofort unsympathisch gewesen war, und in dieser allerersten Sekunde hatte er endlich seinen Entschluß gefaßt: Es war ihm völlig unmöglich, den Häscher zu spielen und die beiden festzunehmen. Und dann kam diese Drohung. Obwohl er sich mit absoluter Gewißheit darüber klar war, daß sie ihn unbeeindruckt ließ, entwickelten sich die Ereignisse wie von selbst; die Situation wurde für ihn unerträglich. Er mußte so tun, als prüfe er gründlich alle anderen Pässe, bevor er sich wieder unter Kontrolle hatte. Er hatte gewußt, daß es keinen Ausweg für ihn gab, daß ihn jeder Weg in die Schande führen würde – wofür er sich auch entschied. Aber er hatte nicht geahnt, daß Ehrlosigkeit so schmerzlich sein würde. Dillon war ein stolzer Mann. Vater Managans zufriedenes Feixen traf ihn tödlicher als jede Beleidigung, die er jemals erduldet hatte, und mit dem Schmerz dieser Wunde wuchsen schier unerträgliche Zweifel in ihm.

Der Kutter stieß an die Bordwand der *Sophie.*

»Keine verdächtigen Personen an Bord, Sir«, meldete Dillon.

»Um so besser«, antwortete Jack erleichtert und winkte dem amerikanischen Skipper vergnügt mit seinem Hut zum Abschied. »Neuer Kurs Südwest, Mr. Marshall. Und sichern Sie diese Kanonen wieder, seien Sie so gut.« Aus dem achteren Niedergang wehte ein anregender Duft nach frischem Kaffee zu ihnen herauf. »Dillon, Sie kommen jetzt am besten mit mir frühstücken«, sagte er und ergriff freundschaftlich den Arm seines Ersten. »Sie sehen immer noch leichenblaß aus.«

»Sie müssen mich entschuldigen, Sir«, flüsterte James und machte sich mit einem Blick los, aus dem Jack tiefer Haß entgegenschlug. »Ich bin heute nicht ganz in Ordnung.«

ACHTES KAPITEL

»ICH BIN VÖLLIG RATLOS, bei meiner Ehre. Deshalb schildere ich Ihnen die Situation frank und frei, im Vertrauen auf Ihre Unvoreingenommenheit ... Ich bin völlig ratlos. Ich kann mir ums Verrecken nicht vorstellen, welchen Vorwurf er mir macht ... Daß ich diese Gefangenen, die uns so mißbräuchlich aufgezwungen wurden, auf Dragon Island ausgesetzt habe, kann es nicht sein (obwohl er dies offen mißbilligte), denn der Ärger begann vorher, viel früher am Morgen.«

Stephen hörte mit ernstem Gesicht aufmerksam zu und unterbrach ihn kein einziges Mal. So breitete Jack die Geschichte seiner Beziehung zu James Dillon vor ihm aus, langsam und ausführlich forschte er nach zurückliegenden Details, die er vielleicht übersehen hatte, kehrte dann erst in die Gegenwart zurück und stellte auf diese Weise eine lückenlose Chronologie her: gut, schlecht – dann wieder gut und wieder schlecht – und zuletzt diese drastische Verschlechterung, unerklärlich und verletzend, weil sich zwischen ihnen, abgesehen vom beruflichen Respekt, neuerdings ehrliche Sympathie entwickelt hatte. Hinzu kam Marshalls unberechenbares Benehmen, aber das war von geringerer Bedeutung.

Mit großer Sorgfalt zählte Jack seine Argumente dafür auf, weshalb an Bord Harmonie und Ausgeglichenheit herrschen mußten, wenn aus seinem Schiff eine schlagkräftige Kampfmaschine werden sollte. Er führte positive oder abschreckende Beispiele dafür an, während Stephen lauschte und gelegentlich zustimmte. Aber er konnte sein Hintergrundwissen nicht dazu benutzen, Jacks Schwierigkeiten zu bereinigen, wie er auch seine guten Dienste als Vermittler nicht anbieten konnte, obwohl Jack ein wenig schamlos darauf spekulierte. Denn er war lediglich ein ideeller Gesprächspartner, weil sein denkender Körper dreißig Meilen weit weg im Südwesten lag, getrennt von Jack durch eine Wasserwüste. Und wie wüst war das Wasser und wie rauh die See! Denn nach tagelanger, frustrierender Flaute und anschließendem Starkwind aus Südwest war der Wind in der Nacht auf Ost umgesprungen, und jetzt hatte voller Sturm schon den ganzen Tag hohen Seegang aufgebaut, durch den sich die *Sophie* unter doppelt gerefften Mars- und Hintersegeln kämpfte; die Kreuzseen brachen über ihren Luvbug und durchnäßten den Ausguck auf dem Vordeck, krängten die *Sophie,* während James Dillon, der schief auf dem Achterdeck stand, Zwiesprache mit dem Teufel hielt, und schaukelten Jack in seiner Schwingkoje, während er stumm und verzweifelt die Dunkelheit um Rat befragte.

Er führte ein ungemein hektisches Leben. Und doch ließ es ihm, sobald er am Wachtposten vor seiner Tür vorbei war und in die Einsamkeit seiner Kajüte trat, eine Unmenge Zeit zum Nachdenken. Diese Zeit wurde nicht mit kurzen, unverbindlichen Unterhaltungen vertan, nicht mit politischen Diskussionen oder einsamen Flötenkonzerten. Ich werde mit ihm sprechen, sobald wir ihn aufgelesen haben, nahm Jack sich vor. Ich werde ganz allgemein mit ihm sprechen – über den Trost, den es bedeutet, einen vertrauten Freund an Bord zu haben. Und über diesen einzigartigen Gegensatz im Leben eines Seemanns, dem in einem Augenblick alle seine Bordkameraden im Nacken sitzen, dicht an dicht in der Messe, so daß er kaum Luft holen, geschweige denn ein Tänzchen auf der Geige spielen kann – und der im nächsten Augenblick in die Einsamkeit gestoßen wird, auf Selbstgespräche angewiesen wie ein Einsiedler, isoliert wie noch nie in seinem Leben.

Unter starker Belastung reagierte Jack Aubrey in der Regel auf zweierlei Art: Er wurde entweder aggressiv oder liebeshungrig. Bei Streß verlangte es ihn nach der gewalttätigen Entladung im Kampf oder nach der Entspannung im Liebesakt. Er liebte das Gefecht, und er liebte die Frauen.

Ich kann gut verstehen, daß manche Kommandanten ein Mädchen mit auf See nehmen, überlegte er. Ganz abgesehen vom Vergnügen – was ist es doch für ein Trost, im warmen, lebendigen, liebevollen Fleisch zu versinken ... Frieden. Ich wünschte, ich hätte ein Mädchen hier in der Kajüte, setzte er nach einer Pause hinzu.

Doch dieses Gemütschaos, dieses offen zugegebene Unverständnis blieben strikt auf seine Kajüte, auf seinen Phantasiepartner beschränkt. In seinem Auftreten gestattete sich der Kommandant der *Sophie* kein Zögern, und es hätte schon eines äußerst hellhörigen Beobachters bedurft, um zu bemerken, daß die keimende Freundschaft zwischen seinem Stellvertreter und ihm verdorrt war. Der Master war allerdings solch ein scharfer Beobachter. Obwohl das wahrhaft abstoßende Aussehen seines versengten und gesalbten Idols eine Zeitlang abkühlend auf ihn gewirkt hatte, war er doch wegen Jacks offensichtlicher Vorliebe für James Dillon später in Eifersucht entbrannt, was nun wieder entgegengesetzte Gefühle in ihm auslöste. Darüber hinaus war Mr. Marshall von James Dillon auf eine Weise bedroht worden, die wegen ihrer eindeutigen Wortwahl keinen Zweifel zuließ, weshalb er nun den Kommandanten und seinen Ersten mit schmerzlicher Sorge beobachtete.

»Mr. Marshall«, sagte Jack im Finstern, und der Ärmste fuhr zusammen, als wäre hinter ihm ein Pistolenschuß gefallen, »wann, schätzen Sie, werden wir unseren Landfall machen?«

»In ungefähr zwei Stunden, Sir, wenn der Wind durchsteht.«

»Ja, das dachte ich mir.« Jack warf einen Blick in die Takelage hinauf. »Ich glaube, Sie können jetzt ein Reff ausschütteln. Und falls die Fahrt auch nur im geringsten abnimmt, setzen Sie die Bramsegel – setzen Sie alles Tuch, das Sie haben. Und lassen Sie mich bitte sofort rufen, wenn Land in Sicht kommt, Mr. Marshall.«

Knapp zwei Stunden später stand er wieder an Deck, um die ferne, unregelmäßige Silhouette an Steuerbord voraus zu studieren: Spanien. Der markante Berg, den die Engländer *Eggtop Hill* nannten. Jack peilte ihn genau über ihren besten Buganker, woraus sich ergab, daß die Bucht, in der sie Wasser gebunkert hatten, direkt voraus lag.

»Bei Gott, Sie sind ein erstklassiger Navigator«, sagte er zu Mr. Marshall und ließ sein Glas sinken. »Sie hätten es verdient, Navigator einer ganzen Flotte zu sein.«

Dennoch würden sie noch eine Stunde brauchen, um die Bucht zu erreichen. Nun, da das Ergebnis kurz bevorstand und nicht länger lediglich Theorie war, entdeckte Jack, wie angsterfüllt er doch gewesen war – wieviel ihm ein glücklicher Ausgang bedeutete.

Noch ein halbes dutzendmal ging er nervös an Deck auf und ab. »Schicken Sie mir bitte meinen Bootsführer«, sagte er schließlich und verschwand in seiner Kajüte.

Barret Bonden, Bootsführer und Captain des Großtopps, war ungewöhnlich jung für seinen Posten: ein gutaussehender Mann von offenem, heiterem Wesen, hart, aber nicht brutal, und natürlich ein erstklassiger Seemann, von Kindesbeinen an mit dem Meer vertraut.

»Setzen Sie sich, Bonden«, forderte Jack ihn ein wenig verlegen auf, denn was er ihm anzubieten hatte, waren das Achterdeck und eine Chance auf Beförderung bis zur Spitze der Marinehierarchie. »Ich habe mir überlegt ... Würden Sie gerne zum Fähnrich ernannt werden?«

»Wieso – nein, Sir, auf keinen Fall«, platzte Bonden heraus und grinste mit strahlend weißen Zähnen. »Aber ich danke Ihnen von Herzen für Ihre gute Meinung von mir, Sir.«

»Oh ...«, sagte Jack überrascht. »Und warum nicht?«

»Ich bin dazu nicht gebildet genug, Sir. Mann«, mit einem belustigten Auflachen, »ich kann gerade mal die Wachliste lesen, wenn ich mir die Namen langsam vorbuchstabiere. Und ich bin zu alt, um mich noch groß zu ändern. Außerdem, Sir, was wäre ich für ein Anblick, ausstaffiert wie ein Offizier? Meine alten Kumpels würden sich totlachen und mir nachrufen: ›Ha-ha, der Ochsentourist!‹«

»Viele tüchtige Offiziere haben im Mannschaftsdeck angefangen«, sagte Jack. »Ich bin selbst mal vor dem Mast gefahren«, fügte er hinzu, bedauerte die Bemerkung aber sofort.

»Das weiß ich, Sir«, antwortete Bonden, und wieder leuchtete sein Grinsen durch die halbdunkle Kajüte.

»Woher?«

»Wir haben einen Burschen in der Steuerbordwache, Sir, der war mit Ihnen auf der alten *Reso*, am Kap der Guten Hoffnung.«

Jack wand sich innerlich. O Gott, o Gott, dachte er, und er ist mir nie aufgefallen. Da habe ich all die Dirnen von Bord gejagt, bigott wie Pontius Pilatus, und die Kerls wußten die ganze Zeit ... o Gott, o Gott! Laut sagte er nur mit einer gewissen Förmlichkeit: »Tja, Bonden, dann überlegen Sie noch mal, welche Chance ich Ihnen biete. Es wäre doch ein Jammer, sich selbst im Wege zu stehen.«

»Wenn ich mir einen Vorschlag erlauben dürfte, Sir ...« Bonden hatte sich erhoben und stand nun linkisch da, plötzlich schüchtern und verlegen. »Da wäre meiner Tante Slopers George – George Lucock, Vortoppgast in der Backbordwache. Der ist unheimlich gelehrt und schreibt wie gestochen, so klein, daß man's fast nicht erkennen kann. Er ist auch jünger als ich und viel, viel flinker.«

»Lucock?« fragte Jack skeptisch. »Der ist doch noch ein halbes Kind. Wurde er nicht letzte Woche ausgepeitscht?«

»Jawohl, Sir. Aber das war bloß, weil seine Kanone wieder gewonnen hatte. Da konnte er kein Spielverderber sein und mußte mittrinken, sonst hätte er den Spender beleidigt.«

»Na gut«, sagte Jack und überlegte, ob es nicht bessere Preise gab als eine Flasche Rum (obwohl keiner willkommener war). »Ich werde ihn im Auge behalten.«

Der Nachwuchs fürs Offizierskorps beschäftigte ihn auch noch, als die *Sophie* mühsam in die Bucht kreuzte. »Mr. Babbington«, sagte er, plötzlich in seiner Wanderung innehaltend. »Nehmen Sie die Hände aus den Taschen. Wann haben Sie zum letzten Mal nach Hause geschrieben?«

Mr. Babbington war in einem Alter, in dem jede Frage Schuldbewußtsein auslöst, und die des Kommandanten empfand er als berechtigten Vorwurf. »Das weiß ich nicht, Sir«, antwortete er errötend.

»Dann denken Sie nach, Sir, denken Sie nach.« Jacks leutseliges Gesicht bewölkte sich unwillkürlich. »Von welchem Hafen haben Sie den Brief abgeschickt – von Mahón, Livorno, Genua, Gibraltar? Na ja, wie dem auch sei ...« Auf dem fernen Strand war keine dunkle Gestalt zu erkennen. »Wie dem auch sei. Schreiben Sie jetzt einen ausführlichen Brief, zwei Seiten lang, mindestens. Und legen Sie ihn mir morgen mit Ihren täglichen Standortberechnungen vor. Richten Sie Ihrem Vater eine Empfehlung von mir aus, und sagen Sie ihm, meine Bank ist Hoares.« Wie die meisten Kommandanten streckte Jack nämlich das Taschengeld für die Eltern seiner Kadetten vor. »Hoares«, wiederholte er zerstreut noch einige Male, »mein Bankhaus heißt Hoares.« Ein halb unterdrücktes, gurgelndes Krächzen ließ ihn herumfahren. Da klammerte sich Jung-Ricketts ans Großfall und krümmte sich vor Anstrengung, ein Auflachen zu unterdrücken, was ihm nur schlecht gelang. Doch Jacks kalter, stechender Blick schaffte dies im Nu. Auf die Frage: »Und Sie, Mr. Ricketts, haben Sie kürzlich an Ihre Eltern geschrieben?« konnte er schon »Nein, Sir« antworten, mit einer Stimme, die fast nicht mehr zitterte. »Dann tun Sie gleichermaßen: zwei Seiten in kleiner Schrift – und ohne die übliche Bitte um neue Quadranten, litzenbesetzte Hüte oder Degengurte«, befahl Jack.

Und ein Schutzengel sagte Jung-Ricketts, daß jetzt nicht der rechte Zeitpunkt für einen Widerspruch war, für einen Hinweis, daß sein liebender Vater, sein einziger Elternteil, mit ihm täglichen, sogar stündlichen Kontakt hatte. Tatsächlich war sich jeder an Deck bewußt, unter welcher Anspannung der Kommandant stand. »Goldilocks macht sich fast in die Hose wegen unserem Doktor«, hieß es. »Wahrschau vor Blitz und Donner.« Und als die Hängematten verstaut wurden, schlichen die Matrosen, die ihre in die Finknetze des Steuerbord-Achterdecks stopfen mußten, ängstlich an ihm vorbei; einer, der nach dem Kommandanten, dem Quartermaster und den Treppenstufen schielte, alles zur gleichen Zeit, fiel sogar der Länge nach hin.

Aber Goldilocks war nicht der einzige, der sich um den Doktor sorgte, bei weitem nicht, und als Stephen Maturin endlich gesichtet wurde, wie er aus dem Wald trat und auf die Jolle zuschritt, gab es von der Kuhl bis zum Bug ein kollektives Aufatmen.

»Da ist er!« riefen die Männer an der Reling, jede Disziplin in den Wind schlagend. »Hurra!«

»Was bin ich froh, Sie zu sehen«, rief Jack aus, als Stephen sich an Bord gehangelt hatte, geschoben und gehoben von vielen wohlmeinenden Händen. »Wie geht es Ihnen, mein Lieber? Kommen Sie gleich mit mir frühstücken, ich habe eigens auf Sie gewartet. Wie ist das werte Befinden? Lustig und munter, hoffe ich, kregel und gesund?«

»Danke, es geht mir gut«, antwortete Stephen, der tatsächlich nicht ganz so leichenblaß aussah wie sonst, weil ihn die unverhohlene Herzlichkeit, mit der er empfangen wurde, erröten ließ. »Ich werfe nur noch einen Blick in mein Lazarett, dann teile ich mit größtem Vergnügen den Frühstücksschinken mit Ihnen. Guten Morgen, Mr. Day. Nehmen Sie bitte den Hut ab. Sehr schön, sehr sauber verheilt. Sie gereichen uns zur Ehre, Mr. Day. Aber noch keine Sonne darauf – ich empfehle eine dichte walisische Perücke. Cheslin, einen guten

Morgen auch Ihnen. Ich nehme doch an, Sie haben unsere Patienten anständig gepflegt?«

»Das«, sagte er mit vom Schinken fettigen Lippen, »war ein Punkt, der mich während Ihrer Abwesenheit sehr beschäftigt hat: Würde mein Loblollyboy es den Leuten in ihrer eigenen Münze heimzahlen? Würden sie ihn wieder bis aufs Blut peinigen? Wie schnell konnte er sich eine neue Identität zulegen?«

»Identität?« Jack goß großzügig Kaffee nach. »Ist denn Identität nicht etwas, womit man geboren wird?«

»Mit Identität meine ich so etwas wie einen Filter zwischen dem Menschen und dem Rest seiner Welt: ein Zwischending zwischen seinem Bild von sich selbst und dem Bild anderer von ihm – aber natürlich beeinflussen die beiden einander ständig. Es ist ein Austausch in beiden Richtungen, Sir. An meiner Identität beispielsweise ist nichts Absolutes. Und falls Sie persönlich einige Tage in Spanien leben müßten, würden Sie feststellen, daß sich auch Ihre Identität prompt verändert, weil Sie nach allgemeiner Auffassung ein falscher, grober, brutaler, mörderischer Schurke sind, ein Objekt des Hasses.«

»Ich will gern glauben, daß sie mich dort hassen«, sagte Jack lächelnd. »Und daß sie mich einen Beelzebub nennen. Aber das macht mich doch nicht wirklich zum Beelzebub.«

»Wirklich nicht? Wirklich nicht, he? Doch wie dem auch sein mag, Sie haben die Kaufmannschaft an der Küste in höchstem Maße erzürnt und aufgescheucht. Da gibt es einen reichen Mann namens Mateu, der in schrecklicher Wut gegen Sie entbrannt ist. Das Quecksilber gehörte nämlich ihm, und weil es Schmuggelgut war, konnte er es nicht versichern. Ihm gehörte auch das Schiff, das Sie aus Almoraíra entführt haben; und die Ladung der Tartane, die Sie vor Tortosa verbrannten, war ebenfalls zur Hälfte sein Eigentum. Er steht gut mit dem Ministerium und hat die Beamten dort aus ihrer Gleichgültigkeit aufgerüttelt. Man hat ihm und seinen Freunden erlaubt, ein spanisches Kriegsschiff zu chartern …«

»Nicht *chartern,* mein Bester. Keine Privatperson kann jemals ein Kriegsschiff chartern, ein Schiff des Königs, das geht nicht einmal in Spanien.«

»Oh? Vielleicht habe ich den falschen Ausdruck benutzt, das passiert mir oft in nautischen Dingen. Trotzdem, es ist ein starkes, bewaffnetes Fahrzeug, das nicht nur die Schiffahrt an der Küste beschützen, sondern auch die *Sophie* jagen soll. Denn inzwischen kennt man sie genau, sowohl dem Namen wie dem Aussehen nach. All dies erzählte mir Mateus eigener Vetter, als wir miteinander tanzten …«

»Sie tanzten?« rief Jack so überrascht aus, als hätte Stephen ihm eröffnet, daß sie »ein Baby als kalten Braten verspeist« hätten.

»Aber gewiß tanzte ich. Warum sollte ich denn nicht tanzen, frage ich Sie?«

»Natürlich sollen Sie tanzen – und bestimmt tun Sie es ungewöhnlich elegant, da bin ich ganz sicher. Ich wundere mich nur … Haben Sie wirklich mit einem Mann getanzt?«

»Ja. Ich nehme an, Sie haben Katalonien noch nicht bereist, Sir?«

»Noch nie.«

»Dann darf ich Ihnen sagen, daß es in diesem Landstrich Brauch ist, sich am Sonntag morgen zum Tanz zu versammeln. Gleich nach dem Kirchgang treffen sich dazu Leute jeden Alters. So kam es, daß ich mit Ramon Mateu i Cadafalch auf dem Platz vor der Kathedrale von Tarragona tanzte, wo ich mir die Missa Brevis von Palestrina angehört hatte. Dieser Rundtanz ist etwas Besonderes und wird Sardana genannt. Wenn Sie mir Ihre Geige reichen, spiele ich Ihnen das Motiv der Sardana vor, an die ich gerade denke. Obwohl Sie sich dazu vorstellen müssen, daß ich ein heiser wiehernder Esel bin.« Er spielte.

»Eine reizende kleine Melodie, ganz bestimmt. Etwas im

maurischen Stil, nicht wahr? Aber ich kriege noch jetzt eine Gänsehaut, wenn ich daran denke, wie Sie durchs Land gewandert sind – durch die Häfen – die Städte. Ich hatte eigentlich angenommen, daß Sie sich verborgen halten, daß Sie bei Ihrer Freundin unterschlüpfen, in ihrem Zimmer bleiben wollen ... Damit möchte ich sagen ...«

»Aber ich hatte Ihnen doch versichert, daß ich ohne jedes Problem, ohne einen Moment der Unsicherheit kreuz und quer durchs Land reiten kann, oder?«

»Das hatten Sie. Das hatten Sie.« Jack überlegte eine Weile. »Und deshalb könnten Sie auch, falls Sie sich dazu entschließen, jederzeit erfahren, welche Schiffe und Konvois unterwegs sind, wann sie wo erwartet werden, was sie geladen haben und so weiter. Das gilt sogar für die Galeonen, nehme ich an?«

»Gewiß könnte ich das«, antwortete Stephen, »falls ich den Spion spielen wollte. Wie seltsam und scheinbar unlogisch ist es doch, nicht wahr, daß man mit gutem Recht und ganz selbstverständlich von den Feinden der *Sophie* spricht, daß es aber ohne Zweifel unrecht, unehrenhaft und taktlos wäre, von ihren Opfern zu sprechen?«

»Ja«, sagte Jack und gab die Hoffnung noch nicht auf. »Der Krieg hat eben seine eigenen Gesetze. Aber was erzählen Sie da von einem Kriegsschiff? Was für ein Typ? Mit wie vielen Kanonen? Und wo liegt es?«

»Es heißt *Cacafuego*.«

»*Cacafuego? Cacafuego?* Nie gehört. Na, dann kann es wenigstens kein Linienschiff sein. Wie ist es getakelt?«

Stephen zögerte. »Ich muß gestehen, daß ich danach nicht gefragt habe. Doch wurde mir sein Name mit großer Genugtuung genannt, und daraus schließe ich, daß es eine gewaltige Kampfmaschine ist.«

»Na, dann müssen wir ihm eben aus dem Weg gehen. Und weil sie nun unser Äußeres kennen, sollten wir uns tarnen. Es ist erstaunlich, was ein neuer Anstrich und ein Relingskleid alles bewirken können, oder auch nur eine auffällig geflickte

Fock oder eine geschiente Maststenge – übrigens, man hat Ihnen doch schon berichtet, warum wir gezwungen waren, Sie an Land zurückzulassen?«

»Ich hörte von zwei Fregatten und einem Amerikaner, den Sie geentert haben.«

»Ja, das kam alles höchst ungelegen. Auf dem Amerikaner waren keine irischen Flüchtlinge versteckt – Dillon hat ihn fast eine Stunde lang durchsucht. Mir war das nur recht, denn ich weiß ja von Ihnen, daß die United Irishmen im Grunde anständige Leute sind, viel besser als diese anderen Burschen, deren Bezeichnung ich immer vergesse.«

»United Irishmen? Wie ich es verstanden habe, handelte es sich um Franzosen. Die Leute haben mir erzählt, der Amerikaner sei nach ein paar Franzosen durchsucht worden.«

»Sie gaben sich nur als Franzosen aus. Das heißt, falls sie überhaupt an Bord gewesen wären. Deshalb habe ich Dillon hinübergeschickt, der so gut Französisch spricht. Aber sie waren gar nicht an Bord. Wenn Sie mich fragen, war alles nur heiße Luft. Aber Dillon ist seither ganz verändert und seltsam durcheinander. Wahrscheinlich war er sehr erpicht darauf, sie zu schnappen; oder es hat ihn mächtig enttäuscht, daß unsere Unabhängigkeit beschnitten wurde. Jedenfalls ist er seither wie von Sinnen ... Aber ich will Sie damit nicht langweilen. Haben Sie auch von den Gefangenen gehört?«

»Daß die Fregatten so freundlich waren, Ihnen fünfzig von ihren eigenen Gefangenen zu überlassen?«

»Von wegen freundlich! Es geschah nur zu ihrer eigenen Bequemlichkeit und überhaupt nicht zum Wohl der Marine. Ein ganz schäbiger, schamloser Coup!« Die Erinnerung brachte Jack so in Rage, daß seine Augen hervorquollen. »Aber ich habe sie reingelegt. Sowie wir mit dem Amerikaner fertig waren, suchten wir die *Amelia*, berichteten über unseren Mißerfolg und kündigten an, daß wir uns wieder trennen würden. Ein paar Stunden später, der Wind stand günstig, setzten wir alle Gefangenen auf Dragon Island aus.«

»Bei Mallorca?«

»Richtig.«

»War das nicht riskant? Wird man Sie dafür nicht belangen – vor ein Kriegsgericht stellen?«

Jack verzog das Gesicht und klopfte auf Holz. »Bitte, nehmen Sie dieses gräßliche Wort nie wieder in den Mund. Es nur zur hören verdirbt mir schon den Tag.«

»Aber werden Sie nicht Ärger bekommen?«

»Nicht, wenn ich in Mahón mit einer fetten Prise im Kielwasser einlaufe«, lachte Jack. »Falls uns der Wind nicht im Stich läßt, haben wir gerade noch Zeit, uns vor Barcelona auf die Lauer zu legen. Das habe ich mir schon lange in den Kopf gesetzt, wissen Sie? Zwei- oder dreimal können wir noch zuschlagen, wenn wir schnell sind, dann müssen wir mit allem, was uns vielleicht in die Hände fällt, nach Mahón zurückkreuzen. Noch eine Prisencrew kann ich bei dieser ausgedünnten Besatzung nicht entbehren. Und wir können auch nicht viel länger auf See bleiben, wenn wir nicht unsere Stiefel aufessen wollen.«

»Trotzdem ...«

»Machen Sie kein so besorgtes Gesicht, lieber Doktor. Niemand hat uns befohlen, wo wir sie absetzen sollten, in dieser Hinsicht gab es überhaupt keine Anweisungen. Und natürlich rechne ich das Kopfgeld entsprechend ab. Außerdem bin ich gedeckt: Alle meine Offiziere stimmten offiziell mit mir darin überein, daß uns der Mangel an Wasser und Proviant zu diesem Schritt zwang – Marshall und Ricketts, sogar Dillon, obwohl der jetzt in allem so widerborstig ist und päpstlicher als der Papst.«

Die *Sophie* stank nach frischer Farbe und gebratenen Sardinen. Sie lag bekalmt fünfzehn Meilen vor Kap Tortosa und dümpelte in einer öligen Dünung. Noch eine halbe Stunde nach dem Mittagessen zog der blaue, fettige Fischdunst (die Sardinen stammten von einem Fischer, dessen ganzen Fang sie aufgekauft hatten) übelkeiterregend durch die Decks und durchs Rigg.

Der Bootsmann hing mit zahlreichen Gehilfen in Bootsmannsstühlen außen an der Bordwand und strich gelbe Farbe über das propere Schwarzweiß der Werft. Der Segelmacher und ein Dutzend Leute mit Segelmacherhandschuhen stichelten an einem langen schmalen Persenningstreifen, der als Relingskleid ihr kriegerisches Aussehen kaschieren sollte. Und der Erste pullte in der Jolle rund ums Schiff, um die Wirkung zu studieren. Er saß mit dem Arzt allein im Boot und hielt einen Monolog.

»Alles«, sagte er gerade. »Ich unternahm *alles*, was in meiner Macht stand, um ein Zusammentreffen zu vermeiden. Ich verstieß gegen alle Vorschriften. Ich änderte den Kurs, nahm eigenmächtig Segel weg – undenkbar in der Marine –, erpreßte den Master, bis er stillhielt. Und trotzdem – da lag sie morgens vor uns, zwei Meilen in Lee, auf einer Position, wo sie niemals hätte sein dürfen, wenn alles mit rechten Dingen zugegangen wäre ... Ahoi, Mr. Watt! Noch sechs Zoll tiefer, wenn ich bitten darf, rundherum.«

»Es war ganz gut so. Wenn ein anderer an Bord gegangen wäre, hätte er sie wahrscheinlich geschnappt.«

James schwieg eine Weile. »Er beugte sich über den Tisch«, fuhr er dann fort, »blies mir seinen stinkenden Atem in die Nase und zischte mir mit haßerfüllten gelben Augen diese scheußlichen Dinge ins Gesicht. Wie ich schon sagte, war mein Entschluß längst gefaßt. Doch nun sah es so aus, als hätte ich vor seiner ordinären Drohung gekniffen. Und zwei Minuten später glaubte ich es selber.«

»Aber so war's nicht, das bilden Sie sich nur ein. Es sind krankhafte Phantastereien, die schon an Selbstzerfleischung grenzen. Hüten Sie sich vor diesem Laster, James, ich flehe Sie an. Und was den Rest betrifft – ein Jammer, daß Sie alles so schwernehmen. Was macht es denn für einen Unterschied, auf lange Sicht gesehen?«

»Ein Mann müßte schon halb tot sein, um das nicht schwerzunehmen. Und tot und begraben sein Pflichtgefühl, ganz zu schweigen von … Mr. Watt, das reicht jetzt.«

Stephen saß da und hielt James Dillon im Geist eine Predigt. Hassen Sie nicht Jack Aubrey dafür, wollte er mahnen, trinken Sie nicht soviel, und zerfleischen Sie sich nicht für etwas, das nicht ewig währt. All dies hätte er ihm gern gesagt, aber er befürchtete einen Wutausbruch. Denn trotz seiner äußerlichen Ruhe war James Dillon innerlich überspannt wie eine zu straffe Saite und in einem beklagenswerten Zustand exaltierter Verbitterung. Stephen konnte sich nicht entschließen, zuckte nur die Schulter und hob die flache Hand in einer Geste, die »bah, halb so schlimm« bedeutete; zu sich selbst aber sagte er: Trotzdem werde ich ihn dazu überreden, heute abend ein Schlafmittel zu nehmen – das wenigstens kann ich für ihn tun – und ein bißchen Alraunpulver zur Entspannung. Und im Tagebuch formuliere ich es so: *JD, gezwungen, den Judas zu spielen, entweder mit der Rechten oder mit der Linken, und verbittert über seine Zwangslage, konzentriert seinen ganzen Haß auf den armen JA, was ein bemerkenswertes Beispiel für Übertragung ist. Denn in Wahrheit hat JD gar nichts gegen JA – im Gegenteil …*

»Jedenfalls hoffe ich«, sagte James und pullte zum Schiff zurück, »daß wir nach all dieser schändlichen Drückebergerei bald ins Gefecht kommen. Ein Gefecht kann einen Mann auf wunderbare Weise mit sich selbst ins reine bringen. Und manchmal auch mit seinen Mitmenschen.«

»Was sucht dieser Bursche in beiger Weste auf unserem Achterdeck?«

»Das ist Pram. Der Kommandant verkleidet ihn als dänischen Offizier. Es gehört zu unserer Tarnung. Erinnern Sie sich nicht mehr an die gelbe Weste, die der Skipper der *Clomer* trug? Das ist bei Dänen so Brauch.«

»Hab ich vergessen. Sagen Sie, greift man auf See oft zu solchen Tricks?«

»O ja. So etwas ist eine völlig legale Kriegslist. Oft unterhalten wir den Feind auch mit falschen Signalen – mit allen außer den Notsignalen. Nehmen Sie sich in acht vor der frischen Farbe.«

Und in diesem Augenblick fiel Stephen in die See, geradewegs in den Streifen Wasser, der sich zwischen der Jolle und *Sophies* Bordwand auftat, als sie auseinanderdrifteten. Er versank sofort, kam noch einmal hoch, als beide wieder zusammenstießen, schlug sich den Kopf auf und ging mit einem Gurgeln endgültig unter. Wer von der Besatzung schwimmen konnte, sprang ins Wasser, auch Jack. Die anderen kamen mit Bootshaken, einem Stampfstock, zwei kleinen Draggen und einem Haken mit vielen häßlichen Spitzen an einer Kette gerannt. Aber es waren die beiden Schwammtaucher, die ihn fanden, schon fünf Faden tief (schwere Knochen für seine Größe, kein Fett, Schuhe mit Bleisohlen), und ihn wieder nach oben brachten. Seine Kleidung war noch schwärzer als sonst, sein Gesicht noch bleicher, und er spuckte Gift und Galle, während das Wasser von ihm troff.

Es war kein weltbewegendes Ereignis, aber nützlich, denn es versorgte die Offiziersmesse gerade jetzt mit Gesprächsstoff, da man große Anstrengungen unternehmen mußte, um den Anschein einer harmonischen Gemeinschaft aufrechtzuerhalten. James benahm sich die meiste Zeit schwerfällig, unaufmerksam und wortkarg. Seine Augen waren gerötet von dem vielen Grog, den er trank, aber der Alkohol schien ihn weder aufzuheitern noch zu betäuben. Der Master hockte fast ebenso verschlossen da, nur ab und zu einen heimlichen Blick auf Dillon abschießend. Deshalb diskutierten sie, als alle am Tisch saßen, bis zur Erschöpfung über das Schwimmen – über seine Seltenheit unter Seeleuten, seine Vorteile (Hilfe beim Überleben, Erfrischung in heißem Klima, Ausbringen einer Leine im Notfall), seine Nachteile (Verlängerung des Todeskampfes nach einem Schiffsuntergang oder unbemerktem Überbordfallen; Verstoß gegen die Absichten der Natur: Hätte Gott gewollt, daß Menschen schwimmen, hätte er – et cetera), über den seltsamen Umstand, daß junge Seehunde nicht schwimmen konnten, und über den Nutzen luftgefüllter Schweineblasen beim Erlernen und Ausüben des Schwimmsports.

»Die einzig richtige Technik«, sagte der Zahlmeister wohl zum siebten Mal, »ist es, seine Hände vor der Brust so zu falten, als wollte man beten – und dann«, er kniff die Augen halb zu und legte die Hände akkurat zusammen, »dann stößt man sie *so* von sich!« Diesmal warf er dabei die Flasche um, die erst auf einen Teller mit Wurzeleintopf fiel und dann mitsamt der Soße in Marshalls Schoß.

»Ich hab gewußt, daß das passiert!« schrie der Master, sprang auf und wischte an sich herum. »Und dabei hab ich dich gewarnt: ›Früher oder später wirst du diese vermaledeite Flasche umstoßen‹, hab ich gesagt. Was soll das Gefasel überhaupt, du schwimmst doch wie eine Bleiente! Jetzt hast du meine beste Nankinghose ruiniert.«

»Ich hab's doch nicht absichtlich getan«, sagte der Zahlmeister verärgert, und die Tischrunde versank wieder in barbarisches Schweigen.

In der Tat: Niemand hätte die *Sophie*, wie sie so Schlag um Schlag nach Norden kreuzte, als glückliches Schiff bezeichnen können. Jack saß in seiner gemütlichen kleinen Kajüte, las Steels Navy-Liste und haderte mit der Welt: nicht so sehr deshalb, weil er wieder viel zuviel gegessen hatte, auch nicht wegen der großen Zahl dienstälterer Offiziere auf der Liste, sondern vielmehr, weil er sich der schlechten Stimmung an Bord schmerzlich bewußt war. Er konnte nicht wissen, was der wahre Grund für die rabiate Trübsal war, die Dillon und Marshall befallen hatte; er konnte auch nicht ahnen, daß nur drei Meter entfernt James Dillon mit einer Litanei gegen seine Verzweiflung ankämpfte und um gnädiges Vergessen flehte; daß sich in dem Teil seines Hirns, der nicht vom zunehmend mechanisch geleierten Gebet beansprucht wurde, sein unseliger Konflikt in Haß auf die etablierte Ordnung, auf Autorität im allgemeinen und auf Kommandanten im besonderen verwandelte, Haß auf alle, die nie im Leben mit ihrer Pflicht oder ihrer Ehre in unauflösbaren Widerspruch geraten waren, aber James Dillon ungesehen verdammen würden. Und obwohl Jack wenige Zoll über seinem Kopf die Schritte des Masters auf den Planken knirschen hörte, konnte er sich nicht im entferntesten vorstellen, welch exquisiter emotionaler Aufruhr und welch entsetzliche Angst vor Entdeckung das liebende Herz des armen Mannes bis zum Bersten füllten. Trotzdem wußte Jack ganz genau, daß seine festgefügte, um sich selbst kreisende Welt hoffnungslos aus dem Gleichgewicht geraten war, und fühlte sich vom Gespenst des Mißerfolgs wie von einem Alp niedergedrückt.

Er hatte versagt, hatte nicht erreicht, wozu er aufgebrochen war. Nur zu gerne hätte er Stephen Maturin nach den Gründen für sein Scheitern befragt; nur zu gerne hätte er sich auch über unverfängliche Dinge mit ihm unterhalten und ein bißchen musiziert; aber er wußte, eine Einladung in die Achterkajüte kam einem Befehl gleich, schon allein deshalb, weil es ein unerhörter Affront gewesen wäre, sie abzulehnen. Dies war ihm – für immer unvergeßlich – an jenem Morgen klargeworden, als Dillon sich so überraschend geweigert hatte, mit ihm zu frühstücken. Wo es keine Gleichberechtigung gab, konnte es auch keine entspannte Geselligkeit geben: War ein Mann gezwungen, immer mit »Jawohl, Sir« zu antworten, hatte seine Zustimmung keinen Wert, selbst dann nicht, wenn sie ehrlich gemeint war. All diese Sachverhalte waren Jack vertraut, seit er in der Marine diente; sie lagen offen zutage. Und doch hätte er nie gedacht, daß sie sich so unerbittlich auswirken würden, jedenfalls nicht auf ihn.

Weiter unten im Schiff, im fast leeren Fähnrichslogis, war die Stimmung sogar noch melancholischer. Die beiden Jungen saßen niedergeschlagen da und kämpften mit den Tränen. Seit Mowett und Pullings mit den Prisen davongesegelt waren, hatten Ricketts und Babbington Wache um Wache gehen müssen und jeweils nicht mehr als vier Stunden Schlaf bekommen, was in ihrem chronisch müden Alter, in dem sie der warmen, einlullenden Hängematte als Liebesersatz so sehr bedurften, eine besondere Härte war. Außerdem hatten sie sich beim pflichtgemäßen Schreiben ihrer Briefe über und über mit Tinte bekleckert und waren für den jämmerlichen Anblick, den sie boten, scharf getadelt worden. Noch schlimmer: Babbington, dem nichts Wichtiges eingefallen war, hatte seine zwei Seiten mit Fragen nach Familienmitgliedern und Bekannten, nach Hunden, Pferden, Katzen, Vögeln und sogar nach der großen Standuhr im Flur daheim gefüllt und litt jetzt unter einem akuten Anfall von Heimweh. Außerdem fürchtete er, daß ihm Haare und Zähne ausfallen und daß seine Knochen erweichen würden, daß sich sein ganzer Körper mit Furunkeln und Beulen bedecken würde – als zwangsläufige Folge seines Umgangs mit Huren, wie ihm der ach so lebenserfahrene und altkluge Schreiber Richards eingeredet hatte.

Jung-Ricketts grämte sich aus einem anderen Grund: Sein Vater hatte davon gesprochen, daß er sich auf ein Proviant- oder Transportschiff versetzen lassen wollte, weil es dort sicherer und gemütlicher sei, und der Junge hatte die Aussicht auf Trennung von seinem Erzeuger erstaunlich gefaßt akzeptiert; aber nun sollte es offenbar doch keine Trennung geben, denn sein Vater wollte ihn mitnehmen, ihn aus seiner Umgebung und dem Leben auf der *Sophie* reißen, die er doch so leidenschaftlich liebte. Marshall hatte den vor Erschöpfung taumelnden Jungen nach unten geschickt, und da saß er nun um halb vier Uhr morgens auf seiner Seekiste, vergrub das Gesicht in den Händen und war zu müde, um in seine Hängematte zu kriechen. Tränen quollen zwischen seinen Fingern hervor.

Vor dem Mast, im Mannschaftslogis, war man weit weniger niedergeschlagen, obwohl einige Leute – ihre Zahl war viel größer als üblich – ohne sonderliche Begeisterung dem Donnerstagmorgen entgegensahen, an dem sie ausgepeitscht werden sollten. Die anderen drückten keine speziellen Sorgen, abgesehen vom harten Dienst und den mageren Rationen. Doch die Sophies waren inzwischen eine so eng miteinander verwachsene Gemeinschaft, daß jedermann an Bord die Unstimmigkeiten spürte, die beunruhigender waren als die ständige Gereiztheit der Offiziere – aber die Ursache kannte niemand. Die sonst so gute Laune und Kameradschaftlichkeit litt darunter. Der Trübsinn des Achterdecks sickerte bis ins Vorschiff, erreichte den Ziegenstall und das Waschbord und troff schier aus den Ankerklüsen.

Deshalb war die *Sophie*, als Ganzes betrachtet, nicht in bester Form, als sie sich gegen eine einschlafende Tramontana durch die Nacht quälte. Daran konnte auch der Morgen nichts ändern, der nach der nördlichen Wetterlage (wie so oft in diesen Breiten) aus Südwest heranziehende Nebelschwaden brachte, die als Künder eines strahlend schönen Tages willkommen sein mochten, wenn man nicht gerade ein Schiff in Landnähe bei so schlechter Sicht manövrieren mußte. Aber das alles war gar nichts im Vergleich zu der Bestürzung und gespannten Sorge, vielleicht sogar Furcht, die Stephen empfing, als er bei Sonnenaufgang das Achterdeck betrat.

Trommelwirbel, die das Schiff zur Gefechtsbereitschaft riefen, hatten ihn geweckt. Sofort hatte er sich ins Lazarett begeben, wo er mit Cheslins Hilfe seine Instrumente bereitlegte. Ein freudig erregtes Gesicht aus den oberen Regionen hatte ihm »eine mächtig große Schebecke hinter dem Kap, dicht unter Land« angekündigt, und er hatte dies mit wohlwollendem Nicken quittiert. Nach einer Weile ging er dazu über, sein Amputationsmesser zu schleifen; dann schärfte er seine Lanzetten und schließlich die feinen Zähne seiner Knochensäge, mit einer kleinen Feile, die er eigens dafür in Tortosa gekauft hatte. Die Zeit verging. Statt des munteren Gesichts erschien ein völlig verändertes, leichenblasses, überbrachte eine Empfehlung des Kommandanten und die Aufforderung, an Deck zu erscheinen.

»Guten Morgen, Doktor«, sagte Jack, und Stephen fiel auf, daß sein Lächeln angestrengt wirkte, sein Blick kalt und wachsam. »Es sieht so aus, als hätten wir uns einen Tataren eingefangen.« Mit einem Nicken deutete er übers Wasser auf ein langes, schnittiges, auffallend elegantes Schiff, das sich hellrot von den grauen Klippen dahinter abhob. Für seine Größe (die vierfache der *Sophie*) lag es tief in der See, aber achtern ragte ein Kastell hoch übers Wasser und reichte als Plattform weit über den Heckspiegel hinaus, während ein schnabelartiger Sporn den Vorsteven um rund sieben Meter nach vorn verlängerte. Groß- und Besanmast trugen riesige, gebogene Lateinerrahen, deren Segel jetzt den Südwestwind ausschütteten, damit die *Sophie* herankommen konnte. Sogar die Rahen waren rot gestrichen, wie Stephen selbst auf diese Entfernung erkannte. Ihre Steuerbord-Breitseite, der *Sophie* zugewandt, zeigte nicht weniger als sechzehn Stückpforten, und auf ihren Decks drängte sich eine außergewöhnlich starke Besatzung.

»Eine Schebeckenfregatte mit zweiunddreißig Kanonen«, klärte Jack ihn auf. »Und eindeutig spanisch. Die Blenden über ihren Stückpforten haben uns genarrt – ich hielt sie bis zum letzten Moment für einen Kauffahrer –, außerdem war fast ihre ganze Besatzung unter Deck. Mr. Dillon, schaffen Sie noch mehr Leute außer Sicht, ohne daß es auffällt. Mr. Marshall, drei oder vier Mann, nicht mehr, sollen das Vorbramsegel ausreffen – aber so langsam und ungeschickt wie Handelsmatrosen. Andersen, rufen Sie noch ein paar dänische Befehle, und lassen Sie diese Pütz über die Seite hängen.« Jack wandte sich wieder Stephen zu und sagte leise: »Sehen Sie ihn sich an, den schlauen Fuchs. Hat die Stückpforten erst vor zwei Minuten geöffnet, vorher waren sie unter all dem farbigen Schnitzwerk verborgen. Und obwohl sie darauf verzichteten, am Vormast ihre Breitfock zu setzen – sehen Sie, er trägt daran gewöhnliche Querrahen –, können sie diese Lateinersegel im Handumdrehen wieder dichtholen und uns den Weg versperren. Wir müssen weiter auf sie zuhalten – keine andere Wahl –

und hoffen, daß wir sie täuschen können. Mr. Ricketts, Sie haben die Flaggen zur Hand? Ziehen Sie sofort Ihre Jacke aus, und werfen Sie sie in eine Backskiste. Na bitte, da haben wir's.« Eine Kanone krachte auf dem Achterkastell der Fregatte, der Warnschuß ging dicht am Bug der *Sophie* vorbei, und die spanischen Farben stiegen drüben über den Rauch, gefolgt von der Quarantäneflagge am Fockmast. »Pram, kommen Sie hier herauf, und wedeln Sie aufgeregt mit den Armen, rufen Sie Befehle auf dänisch. Mr. Marshall, wir drehen ungeschickt bei, in einer halben Kabellänge Abstand, nicht näher.«

Dichter und dichter heran. Totenstille an Bord der *Sophie,* Stimmengewirr auf der Schebecke, immer lauter herüberwehend. Jack stand in Hemd und Hose – ohne Uniformrock – hinter Pram und übernahm das Ruder. »Seht euch nur die vielen Leute an«, sagte er halb zu sich selbst, halb zu Stephen. »Das müssen mindestens dreihundert sein. Gleich werden sie uns anpreien. Dann wird Pram antworten, daß wir Dänen sind und von Algier kommen. Und Sie, Sir, werden ihn bitte mit Ihrem Spanisch unterstützen – oder in jeder anderen geeigneten Sprache, je nach Bedarf.«

Der Anruf kam heil und klar über die morgenfrische See: »Welche Brigg?«

»Laut und deutlich, Pram«, befahl Jack leise.

»Clomer!« rief der Quartermaster in beiger Weste, und von den Klippen antwortete ihm das Echo im gleichen trotzigen Ton, wenn auch viel leiser: *»Clomer!«*

»Stellen Sie das Vorbramsegel langsam back, Mr. Marshall«, murmelte Jack. »Aber die Leute sollen an den Brassen bleiben.« Er bewegte kaum die Lippen, denn er wußte nur zu gut, daß die Offiziere der Fregatte ihre Gläser aufs Achterdeck der Brigg gerichtet hielten.

Im selben Maße, wie die *Sophie* an Fahrt verlor, begannen sich die dichtgedrängten Trupps auf der Schebecke, ihre Stückmannschaften, zu verteilen. Einen Moment lang dachte Jack, alles sei überstanden; sein bisher ruhiges Herz begann dumpf zu klopfen. Aber er irrte sich. Ein Boot stieß vom Spanier ab.

»Vielleicht wird sich ein Gefecht doch nicht vermeiden lassen«, sagte er.

»Mr. Dillon, unsere Kanonen haben doppelte Ladungen, nehme ich an?«

»Dreifache, Sir«, sagte James.

Stephen bemerkte, daß der Erste wieder diesen halbirren, aufgekratzten Blick hatte, den er aus früheren Jahren gut an ihm kannte – die fiebrigen Augen eines Fuchses, der gleich etwas total Verrücktes tun würde.

Wind und Strömung schoben die dümpelnde *Sophie* auf die Fregatte zu, deren Crew sich jetzt daranmachte, ihre Lateinertakelage wieder in einen Squarerigger zu verwandeln. In dichten Schwärmen kletterten sie in die Wanten, dabei gelegentlich neugierige Blicke auf die zahme Brigg werfend, die gleich von den Bootsgasten ihrer Barkasse geentert werden sollte.

»Preien Sie den Offizier darin an, Pram«, flüsterte Jack, und Pram schritt zur Reling. Laut rief er etwas entschieden Seemännisches auf dänisch in die Barkasse hinunter, in dem jedoch keine erkennbare Variante von »Algier« vorkam, nur das Wort *Barbareskenküste* in seiner dänischen Form, mehrfach wiederholt.

Der spanische Buggast wollte die Barkasse gerade an den Rüsten festhaken, da rief Stephen mit skandinavischem Akzent, aber in klar verständlichem Spanisch: »Haben Sie einen Arzt an Bord, der sich mit Seuchen auskennt?«

Der Buggast ließ seinen Bootshaken sinken; der Offizier fragte: »Warum?«

»Einige unserer Leute sind seit Algier erkrankt, und wir wissen nicht, woran. Aber wir fürchten das Schlimmste.«

»Ständig machen«, befahl der Offizier seinen Bootsgasten. »Von wo, sagen Sie, kommt Ihre Brigg?«

»Von Algier, Alger, Argel: Dort sind die Männer zuletzt an Land gewesen. Bitte, woran erkennt man die Pest? An Beulen? Schwellungen? Würden Sie sich's mal ansehen? Bitte, Sir, nehmen Sie doch diese Strickleiter.«

»Ständig halten«, wiederholte der Offizier. »Sie sind in Algier an Land gegangen?«

»Ja. Schicken Sie uns einen Arzt?«

»Nein. Gott helfe euch armen Leuten.«

»Haben Sie wenigstens Arznei für uns? Bitte, lassen Sie mich in ihr Boot.«

»Nein.« Der Offizier bekreuzigte sich. »Auf keinen Fall. Bleiben Sie weg von uns, oder wir schießen. Halten Sie auf See hinaus – die See wird Sie heilen. Gott sei mit euch, ihr Ärmsten. Gute Reise.« Er bedeutete dem Buggast, seinen Bootshaken ins Wasser zu werfen, und ließ die Barkasse hastig zurück zur Schebecke pullen.

Das rote Schiff war jetzt so nahe, daß sie sich leicht von Bord zu Bord verständigen konnten. Eine Stimme rief einige dänische Worte zur *Sophie* herüber, und Pram antwortete in derselben Sprache. Anschließend fragte ein hochgewachsener, hagerer Mann auf dem Achterdeck, offensichtlich der Kommandant, ob sie die andere Brigg, ein englisches Kriegsschiff, gesehen hätten? Sie verneinten.

Als die beiden Schiffe auseinanderdrifteten, flüsterte Jack: »Fragt sie nach ihrem Namen.«

»*Cacafuego*«, schallte die Antwort über den breiter werdenden Streifen Wasser. »Gute Reise.«

»Gute Reise auch für Sie.«

»Das also ist besagte Fregatte«, sagte Stephen und musterte die *Cacafuego* genau.

»Eine Schebeckenfregatte«, präzisierte Jack. »Hübsch langsam an den Brassen, Mr. Marshall, wir haben's nicht eilig. Eine Schebeckenfregatte. Ziemlich eigenartig, dieses Rigg, nicht wahr? Ein schnelleres Schiff dürfte sich kaum finden lassen – über Wasser so breit, daß sie eine riesige Wolke Segel tragen kann, aber schmal in der Wasserlinie. Braucht eine tüchtige Besatzung, dreihundert Leute mindestens. Denn wenn sie am Wind segelt, setzt sie die Lateinersegel, verstehen Sie, und bei raumem oder achterlichem Wind fiert sie die Lateinerspieren an Deck ab und schlägt statt dessen Rahsegel an, wie gerade eben. Das ist eine Unmenge Arbeit. Also Rahsegel – das heißt, sie will an der Küste entlang nach Norden. Deshalb halten wir lieber nach Süden – mir ist nicht sonderlich wohl in ihrer Nachbarschaft. Mr. Dillon, wir wollen unten in die Seekarte sehen.«

»Donnerwetter«, sagte er in der Kajüte, sich vergnügt die Hände reibend, »diesmal dachte ich wirklich, sie würden uns den Garaus machen – verbrennen, versenken, hängen und vierteilen. Oh, was für ein Juwel dieser Doktor ist! Wie er ihm mit der Jakobsleiter vor der Nase herumgewedelt und ihn so ernsthaft gebeten hat, an Bord zu kommen! Mein Spanisch hat gerade ausgereicht, ihn zu verstehen. Hahaha! Das Drolligste, was ich je erlebt habe! Meinen Sie nicht auch, he?«

»Wirklich sehr drollig, Sir.«

»›*Que vengan*‹ sagt er ganz kläglich und schwenkt die Leiter. Und die machen große Augen wie 'n Schwarm Nachteulen. Können gar nicht schnell genug abstoßen. *Que vengan!* Hahaha … Du lieber Himmel! Aber Sie scheinen es nicht besonders lustig zu finden.«

»Um die Wahrheit zu sagen, Sir, ich war so verblüfft über unseren Rückzug, daß ich den Spaß kaum mitbekommen habe.«

»Wieso?« fragte Jack lächelnd. »Was haben Sie denn erwartet? Daß wir sie rammen?«

»Ich rechnete damit, daß wir angreifen«, brach es leidenschaftlich aus James hervor. »Ich war überzeugt, daß Sie den Kampf suchten, und war voll freudiger Erwartung.«

»Eine Brigg von vierzehn Kanonen gegen eine Fregatte mit zweiunddreißig? Das ist doch nicht Ihr Ernst?«

»Aber gewiß. Als sie ihre Barkasse wieder einsetzten und die halbe Besatzung in der Takelage beschäftigt war, hätten wir sie mit unserer Breitseite und den leichten Waffen in Stücke schießen können. Und bevor sie sich erholt hätten, wären unsere Enterer bei dieser günstigen Brise schon an Bord gewesen.«

»Ach, kommen Sie! Außerdem wär's ein hinterhältiger Überfall gewesen und nicht gerade ehrenhaft.«

»Vielleicht kann ich nicht genau beurteilen, was ehrenhaft ist und was nicht, Sir«, sagte Dillon. »Ich spreche nur als Mann der Tat, der für England kämpft.«

Mahón: Die *Sophie* feuerte, von ihrem eigenen Pulverqualm eingehüllt, beide Breitseiten als Salut vor der Admiralsflagge auf der *Foudroyant* ab, deren imponierender Umriß zwischen der Freitreppe zum Hafen und dem Ausrüstungskai lag.

Mahón: Die ausgehungerten Freiwächter der *Sophie* stopften sich voll mit Schweinebraten, frischem Weißbrot und Wein, bis sie vor fröhlichem Übermut schier explodierten. Fässer mit nie versiegenden Zapfhähnen, willige Mädchen, die von überall herbeiströmten – auf sie mit Gebrüll hieß die Losung.

Nur Jack saß steif, mit schwitzenden Händen, auf seinem Stuhl und brachte fast kein Wort aus der verdorrten Kehle. Lord Keiths schwarze, silbern gesprenkelte Brauen zogen sich böse zusammen, und darunter hervor schoß er einen kalten, grauen, durchdringenden Blick auf den Kommandanten der *Sophie* ab. »Sie wollen also durch blanke Not dazu gezwungen worden sein?« fragte er.

Es ging um die auf Dragon Island ausgesetzten Gefangenen; tatsächlich hatte dieses Thema das Verhör fast von Beginn an beherrscht.

»Jawohl, Mylord.«

Der Admiral überlegte schweigend. »Hätte ein Mangel an Disziplin Sie dazu bewogen«, sagte er dann langsam, »die Weigerung, Ihre eigene Beurteilung der Lage der eines Vorgesetzten zu unterwerfen, wäre ich gezwungen, sehr ernste Schritte gegen Sie zu unternehmen. Lady Keith hat eine große Schwäche für Sie, Captain Aubrey, das wissen Sie. Auch ich würde es bedauern, wenn Sie Ihrer Karriere schaden würden. Deshalb erlauben Sie mir einige offene Worte ...«

Sowie Jack das düstere Gesicht des Sekretärs sah, hatte er gewußt, daß es unangenehm werden würde; aber dann übertraf das Verhör doch seine schlimmsten Erwartungen. Der Admiral war erschreckend gut informiert. Er kannte alle Einzelheiten seiner Personalakte: offizieller Tadel für unverschämtes Benehmen, Nichtausführung eindeutiger Befehle, Verdacht der Eigenmächtigkeit, Tollkühnheit und sogar Aufsässigkeit, berüchtigt für Trunkenheit und schlechtes Benehmen an Land – und vieles mehr. Der Admiral sah beim besten Willen keine Chance auf eine Beförderung Jack Aubreys zum Vollkapitän, nein, nicht die geringste; obwohl er das nicht allzu schwer nehmen sollte, denn viele Offiziere brachten es nicht einmal bis zum Kapitänleutnant; und Kapitänleutnant sei ja auch schon ein respektabler Dienstrang. Aber konnte man einem Mann ein Linienschiff anvertrauen, der es sich vielleicht einfallen ließ, bei einer Flottenschlacht in Kiellinie nur seinem eigenen Kopf, seiner individuellen Taktik zu folgen? Nein, das war völlig undenkbar, solange kein Wunder geschah. Captain Aubreys augenblickliche Führung ließ jedenfalls eine Menge zu wünschen übrig.

Lord Keiths Ansprache klang fest, objektiv und sehr präzise in Fakten und Wortwahl. Anfangs saß Jack nur beschämt und nervös da und litt stumm; doch als der Lord immer weitersprach, spürte er ein Aufflackern in seinem Herzen oder, ein bißchen tiefer, das Brodeln eines heißen Geysirs der Wut, die ihn zu übermannen drohte. Deshalb senkte er den Kopf, damit man ihm diese Aufwallung nicht an den Augen ansah.

»Andererseits«, fuhr Lord Keith fort, »besitzen Sie eine Eigenschaft, die für einen Kommandanten ungemein wichtig ist: Sie haben Glück. Keiner meiner anderen Kreuzer hat so unter der feindlichen Handelsschiffahrt gewütet wie Sie, keiner hat auch nur halb so viele Prisen erbeutet. Deshalb werde ich Sie nach Ihrer Rückkehr von Alexandria wieder mit einem unabhängigen Einsatz betrauen.«

»Danke, Mylord.«

»Das wird zwar einige Eifersucht erregen, auch ein gewisses Maß an Kritik; aber ein Glückspilz bleibt uns selten lange erhalten – jedenfalls nach meiner Erfahrung –, und wir wollen diesen Vorzug nützen, solange Sie ihn aufweisen.«

Jack bekundete relativ gewandt seine Dankbarkeit für die guten Ratschläge des Admirals, empfahl sich Lady Keith ergebenst – von Herzen ergeben, falls er so sagen durfte – und zog sich zurück. Aber das Feuer in seiner Brust brannte trotz des versprochenen Sondereinsatzes immer noch so heiß, daß er sich die höflichen Abschiedsworte nur mühsam abringen konnte; und als er die Tür hinter sich schloß, machte er ein so wildes Gesicht, daß der Wachtposten sogleich statt seiner bisherigen Miene wissender Ironie die stumme, taube, hölzerne des Stoikers aufsetzte.

Wenn dieser Knirps Harte glaubt, daß er mir gegenüber den gleichen Ton anschlagen kann, sagte sich Jack, als er auf die Straße stürmte und dabei einen ungesehenen Bürger Mahóns grob gegen die Hauswand schleuderte, dann drehe ich ihm die Nase aus dem Gesicht, und zur Hölle mit der ganzen Marine.

»Mercy, meine Teure«, brüllte er beim Eintritt in die Crown, »bring mir ein Glas *vino,* sei ein gutes Mädchen, und ein *copito aguardiente* ... Der Teufel hole alle Admiräle«, schloß er, als der junge, grüne, blumige Wein ihm kühl und lindernd durch die Kehle rann.

»Aber, liebster *capitano*«, mahnte Mercedes, ihm Staub von den Aufschlägen bürstend, »er ist doch so ein goldiger alter Admiral und läßt Sie wieder Prisen kapern, wenn Sie von Alexandria zurück sind.«

Jack bedachte sie mit einem schrägen Blick, knurrte: »Mercy, *querido,* wenn du nur halb soviel über die spanischen Einsätze wüßtest wie über unsere, wie glücklich, *felix*, würdest du mich damit machen«, kippte den feurigen Brandy hinunter und rief nach mehr Wein, diesem ehrlichen, besänftigenden Gesöff.

»Ich habe ein Tantchen«, sagte Mercedes, »das weiß eine Menge.«

»So, so, ein Tantchen hast du, meine Liebe.« Jack küßte sie zerstreut und drückte sich den Hut fester auf seine neue Perücke. »Davon mußt du mir heute abend mehr erzählen. Aber jetzt zu diesem Mickerling.« Doch wie der Zufall es wollte, empfing Kapitän Harte ihn mit ausnehmender Höflichkeit, gratulierte ihm zu dem Handstreich in Almoraíra – »diese Batterie war ein verdammtes Ärgernis, hat die *Pallas* leck geschossen und der *Emerald* die Maststengen abrasiert; hätte schon längst gesprengt werden müssen« – und lud ihn zum Abendessen ein. »Bringen Sie auch Ihren Arzt mit, ja? Meine Frau hat mir eigens aufgetragen, ihn einzuladen.«

»Er kommt bestimmt mit Freuden, wenn er nicht schon vergeben ist. Mrs. Harte ist doch hoffentlich bei guter Gesundheit? Ich muß ihr noch meine Aufwartung machen.«

»Oh, es geht ihr gut, danke bestens. Aber heute vormittag treffen Sie sie nicht an, sie ist mit Oberst Pitt ausgeritten. Wie sie's in dieser Hitze über sich bringt, ist mir ein Rätsel. Übrigens könnten Sie mir einen Gefallen tun.« Worauf Jack ihn nur stumm und erwartungsvoll ansah, ohne sich festzulegen. »Mein Bankier möchte seinen Sohn zur Marine schicken – und Sie brauchen einen Kadetten. Ganz einfach, nicht? Der Vater ist ein höchst respektabler Bursche, hat eine Schulfreundin Mollys geheiratet. Sie werden die beiden heute abend bei uns kennenlernen.«

Kniend, die Augen in Höhe der Tischplatte, beobachtete Stephen, wie die männliche Gottesanbeterin vorsichtig auf das Weibchen zukroch. Sie war ein schönes, kräftiges Exemplar, leuchtend grün, und stand stramm auf ihren vier Hinterbeinen, die beiden Vorderbeine devot hängenlassend. Von Zeit zu Zeit lief ein oszillierendes Zittern über ihren schweren Körper, dann zuckte das braune Männchen jedesmal zurück. Es schlich sich von der Seite her an, parallel zur Tischkante, die langen, gezahnten, räuberischen Vorderbeine anbiedernd ausgestreckt und die Fühler aufmerksam nach vorn gerichtet; selbst bei diesem grellen Licht konnte Stephen das seltsame innere Glühen seiner großen, ovalen Augen erkennen.

Das Weibchen drehte langsam den Kopf um fünfundvierzig Grad, als wollte es ihn betrachten. Ist dies Anerkennung? fragte sich Stephen und hob sein Vergrößerungsglas, damit ihm keine Bewegung ihrer Fühler entging. Einwilligung?

Das braune Männchen hielt es jedenfalls dafür und war mit drei Sprüngen über ihr. Seine Beine umklammerten ihre Flügeldecken, seine Fühler suchten die ihren und begannen sie zu streicheln. Bis auf ein kurzes Vibrieren unter dem ungewohnten Gewicht ließ sich das Weibchen keine Reaktion, keinen Widerstand anmerken. Und nach einer Weile begann die heftige, für Geradflügler typische Begattung. Stephen stellte seine Uhr und notierte die Zeit in einem Buch auf dem Fußboden.

Mehrere Minuten vergingen. Das Männchen veränderte etwas seine Stellung, das Weibchen drehte den dreieckigen Kopf leicht von links nach rechts. Im Glas konnte Stephen erkennen, wie sich ihre seitlichen Beißzangen öffneten und schlossen. Dann kam ein Wirbel von Bewegungen, so blitzschnell, daß er ihnen trotz seiner gespannten Aufmerksamkeit nicht folgen konnte, und dem Männchen wurde der Kopf abgerissen; wie eine winzige Limone klemmte sie ihn unter ihren grünen Gebetsarm. Sie biß hinein, und das Glühen erlosch. Auf ihrem Rücken kopulierte das enthauptete Männchen weiter, jetzt noch heftiger als zuvor, weil der Sitz seiner Hemmungen beseitigt war. »Ah«, machte Stephen zutiefst befriedigt und notierte abermals die Zeit.

Zehn Minuten später riß das Weibchen den langen Brustteil des Männchens in drei Stücke und fraß sie mit bestem Appetit auf, Chitinkrümel unter sich streuend. Das Hinterteil des Männchens kopulierte weiter, fest verankert dank seiner Hinterbeine.

»Da sind Sie ja!« rief Jack. »Ich warte schon eine Viertelstunde auf Sie.«

»Oh«, sagte Stephen und richtete sich auf. »Vergeben Sie mir. Ich weiß, wie wichtig Ihnen Pünktlichkeit ist, deshalb bitte ich inständig um Vergebung. Aber ich mußte meine Uhr zurückstellen, als die Begattung begann.« Langsam und vorsichtig stülpte er eine durchlöcherte Schachtel über die Gottesanbeterin und ihre Mahlzeit. »Bin schon fertig.«

»Nein, das sind Sie nicht. Nicht in diesen infernalischen Halbstiefeln. Warum nur lassen Sie die mit Blei besohlen?«

Zu jeder anderen Zeit hätte er darauf eine äußerst scharfe Antwort erhalten, aber Stephen war klar, daß Jacks Vormittag beim Admiral unangenehm verlaufen sein mußte. Deshalb sagte er lediglich, während er andere Schuhe anzog: »Wußten Sie, daß es keinen Kopf braucht und nicht mal ein Herz, um alles zu sein, was ein Weibchen verlangt?«

»Dabei fällt mir ein«, sagte Jack, »haben Sie irgend etwas, mit dem ich meine neue Perücke befestigen könnte? Mir ist eine blamable Sache passiert, als ich den Platz überquerte. Auf der anderen Seite ging Dillon mit einer Frau am Arm – Gouverneur Walls Schwester, glaube ich –, deshalb erwiderte ich seinen Gruß besonders höflich, und als ich den Hut zog, ging die vermaledeite Perücke mit ab. Darüber können Sie leicht lachen, und es ist ja auch verdammt lächerlich, aber ich hätte fünfzig Pfund dafür gegeben, wenn ich mich gerade vor ihm nicht so blamiert hätte.«

»Hier ist ein Stück Heftpflaster«, sagte Stephen. »Das falten wir jetzt und kleben es Ihnen auf den Kopf. Es tut mir aufrichtig leid, daß zwischen Ihnen und Dillon diese – diese Mißstimmung entstanden ist.«

»Mir auch.« Jack bückte sich, damit Stephen das Pflaster aufdrücken konnte. Und dann setzte er in einem Anfall von

Vertraulichkeit (sie waren an Land, in fremder Umgebung, die Marinehierarchie spielte hier keine große Rolle) hinzu: »In meinem ganzen Leben war ich noch nie so um guten Rat verlegen wie jetzt. Er hat mich praktisch der – es will mir gar nicht über die Lippen – der Feigheit beschuldigt, der Untätigkeit in dieser *Cacafuego*-Sache. Mein erster Impuls war, eine Erklärung von ihm zu verlangen und natürlich Satisfaktion. Aber unsere Position ist so höllisch kompliziert – er würde auf jeden Fall den kürzeren ziehen. Denn wenn ich ihn niederstrecke, tja, dann ist es aus mit ihm. Und umgekehrt, wenn er mich tötet, dann fliegt er aus der Navy, bevor er auch nur piep sagen kann, was auf dasselbe hinausläuft, jedenfalls für ihn.«

»Ja, die Marine ist sein Leben.«

»Und die *Sophie* bliebe in beiden Fällen verwaist zurück ... Verdammt, was ist der Mann doch für ein Narr! Andererseits ist er der beste Erste, den man sich wünschen kann – streng, aber kein Sklaventreiber, und ein guter Seemann; um den Alltagsbetrieb an Bord muß ich mich bei ihm überhaupt nicht kümmern. Deshalb sage ich mir lieber, daß er's nicht so gemeint hat.«

»Ganz bestimmt hat er Ihren Mut nicht in Zweifel gezogen.«

»Hat er das nicht?« Jack sah Stephen aufmerksam ins Gesicht und balancierte dabei seine Perücke auf der offenen Hand. Nach einer Pause fragte er: »Möchten Sie mit mir bei den Hartes zu Abend essen? Ich muß hingehen und wäre froh über Ihre Gesellschaft, wenn Sie nicht schon anderweitig engagiert sind.«

»Abendessen?« rief Stephen überrascht, als sei diese Mahlzeit eben erst erfunden worden. »Abendessen? O ja, ich bin geschmeichelt – entzückt.«

»Sie haben nicht zufällig einen Spiegel hier, oder?«

»Nein. Nein, hab ich nicht. Aber in Mr. Floreys Zimmer hängt einer. Wir können auf dem Weg hinunter dort hineinschauen.«

Bei dem unverhohlenen Behagen, mit dem er seine Ausgehuniform und seine goldene Epaulette angelegt hatte, war Jack nie auf den Gedanken gekommen, sich um sein gutes Aussehen zu sorgen. Aber jetzt meinte er, nachdem er lange und nachdenklich in den Spiegel gestarrt hatte: »Ich bin wohl eher ein abstoßender Anblick, wie?«

»Ja«, sagte Stephen nachdrücklich, »ja, das sind Sie ganz sicher. Sehr sogar.«

Bevor sie in den Hafen einliefen, hatte Jack sich auch die restlichen Haare abgeschnitten und später eine Perücke gekauft, um seine Stoppeln zu bedecken. Aber es gab nichts, womit er sein rotes, verbranntes Gesicht hätte verbergen können, das trotz Stephen Maturins Heilsalbe auch noch unter der Sonne gelitten hatte; oder seine geschwollene Stirn- und Augenpartie, wo die Prellungen jetzt das gelbe Stadium erreicht hatten, mit blauen Ringen außen herum. Alles in allem ähnelte sein linkes Profil stark dem Hinterteil eines Großen Westafrikanischen Mandrills.

Als sie ihre geschäftlichen Angelegenheiten im Hause des Prisenagenten geregelt hatten (höchst zuvorkommend empfangen mit breitem Lächeln und vielen Verbeugungen), begaben sie sich zu ihrer Abendeinladung. Jack überließ Stephen der Betrachtung eines Laubfrosches neben dem Springbrunnen im Patio und wandte sich Molly Harte zu, die ihn im kühlen Empfangszimmer allein erwartete.

»Du liebe Güte, Jack!« rief sie, ihn anstarrend. »Eine Perücke?«

»Nur vorübergehend«, versicherte Jack und schritt mit offenen Armen schnell auf sie zu.

»Sei vorsichtig«, flüsterte sie und glitt hinter einen mit Jaspis und Onyx eingelegten Marmortisch, drei Fuß breit, siebeneinhalb Fuß lang und fast zwei Tonnen schwer, »die Dienerschaft!«

»Heute abend im Sommerhaus?« flüsterte er.

Stumm, aber mit beredtem Gesicht schüttelte sie den Kopf –

»indisponiert« – und setzte leise, klar und vernünftig hinzu: »Laß mich dir etwas über die Leute erzählen, die nachher zum Essen kommen, die Ellis. Sie stammt aus guter Familie, glaube ich, jedenfalls besuchte sie Mrs. Capells Pensionat, genau wie ich. Natürlich ein viel älterer Jahrgang als ich, zu meiner Zeit gehörte sie schon zu den großen Mädchen. Und dann heiratete sie diesen Mr. Ellis aus der Londoner City. Er ist ein gebildeter, wohlerzogener Mann, enorm reich, und verwaltet sehr geschickt unser Vermögen. Ich glaube, Kapitän Harte ist ihm irgendwie besonders verpflichtet. Und ich kenne Laetitia schon mein halbes Leben lang. Also besteht zwischen uns ein doppeltes – wie soll ich sagen? – eine doppelt enge Beziehung. Die Ellis wollen, daß ihr Junge zur Marine geht, deshalb wäre es mir eine große Freude, wenn ...«

»Ich würde alles in meiner Macht Stehende tun, wenn ich dir damit Freude bereiten kann«, versicherte Jack mit Nachdruck. Die Worte *unser Vermögen* hatten ihn tief getroffen.

»Dr. Maturin, ich bin so froh, daß Sie kommen konnten!« rief Mrs. Harte aus und wandte sich zur Tür. »Ich werde Sie nachher mit einer sehr gelehrten Dame bekannt machen.«

»Tatsächlich, Madam? Das freut mich sehr. Sagen Sie bitte, worin ist sie gelehrt?«

»Oh, in allem«, antwortete Mrs. Harte unbeschwert.

Und dies schien auch Laetitias eigene Ansicht von sich selbst zu sein, denn sie legte Stephen sogleich ihren Standpunkt zur Behandlung von Krebs und dem Verhalten der Alliierten dar – Gebet, Liebe und die Heilige Schrift seien in beiden Fällen die beste Therapie. Mrs. Ellis war ein seltsam puppenhaftes kleines Wesen mit starrem Gesicht, zugleich schüchtern und ungemein selbstgerecht, außerdem überraschend jung. Sie sprach langsam, begleitet von eigenartigen Verdrehungen ihres Oberkörpers, und starrte dabei die Brust oder den Ellbogen ihres Gesprächspartners an, weshalb ihre Ausführungen einige Zeit in Anspruch nahmen. Ihr Ehemann, hochgewachsen, mit feucht schimmernden Augen und schwitzenden

Handflächen, hatte X-Beine und das fromme Gesicht eines Evangelisten. Ohne die X-Beine hätte man ihn für einen Butler halten können. Wenn dieser Mann noch lange lebt, sinnierte Stephen, während Laetitia weiterschwatzte, jetzt über Plato, dann wird er ein Geizhals. Aber wahrscheinlich hängt er sich vorher auf. Verstopfung, Hämorrhoiden, Plattfüße.

Sie saßen zu zehnt am Tisch, und Stephen hatte Mrs. Ellis zu seiner Linken. Rechts von ihm saß Miß Wade, ein nichtssagendes, fröhliches Mädchen mit gesundem Appetit, den sie sich auch durch die neueste Mode und die Hitze des schwülen Abends nicht verderben ließ. Danach kamen Jack und Mrs. Harte, die Oberst Pitt zu ihrer Rechten hatte.

Stephen unterhielt sich eifrig mit Miß Wade über die jeweiligen Vorzüge und Unterscheidungsmerkmale von Krebsen beziehungsweise Hummern, als sich die aufdringliche Stimme zu seiner Linken so laut einmischte, daß er sie unmöglich noch länger ignorieren konnte.

»Aber ich verstehe nicht – Sie sind doch ein richtiger Internist, hat man mir erzählt. Wie kommt es dann, daß Sie bei der Marine sind? Wieso dienen Sie in der Marine, obwohl Sie ein guter Doktor sind?«

»Bedürftigkeit, Madam, Bedürftigkeit. Mit Klistieren läßt sich nun mal kein Vermögen verdienen. Und dann natürlich das brennende Verlangen, mein Blut fürs Vaterland hinzugeben.«

»Der Herr beliebt zu scherzen, meine Liebe«, warf Mr. Ellis ein, der ihnen gegenübersaß. »Bei so vielen Prisen ist er ein gemachter Mann, wie wir in der City zu sagen pflegen.« Er nickte Stephen weise zu und lächelte verschwörerisch.

»Oh«, rief Laetitia erschrocken aus, »er ist ein Spaßvogel. Da muß ich mich in acht nehmen! Aber trotzdem, Dr. Maturin, Sie müssen an Bord ja auch die gemeinen Matrosen behandeln, nicht nur die Offiziere. Wie entsetzlich für Sie!«

»Halb so schlimm, Madam.« Stephen musterte sie neugierig, denn für eine so kleine und fromme Frau hatte sie eine Menge

Wein getrunken, und auf ihrem Gesicht begannen jetzt rote Flecken zu glühen. »Mit solchen Patienten mache ich kurzen Prozeß. Rizinusöl heißt gewöhnlich meine Rezeptur.«

»Ganz recht.« Oberst Pitt ergriff zum ersten Mal das Wort. »Auch ich dulde keine Simulanten.«

»Dr. Maturin ist bewundernswert streng«, steuerte Jack bei. »Oft verlangt er von mir, daß ich die Leute auspeitschen lasse, weil das gegen ihre Lethargie hilft und sie gleichzeitig zur Ader läßt. Hundert Hiebe an der Gangway sind die beste Kur, pflegen wir zu sagen.«

»Vorbildliche Disziplin.« Mr. Ellis nickte eifrig.

Stephen fühlte eine ungewohnte Kälte auf den Oberschenkeln, die ihm anzeigte, daß seine Serviette zu Boden gerutscht war. Er bückte sich danach und zählte unten in dem weißen Damastzelt vierundzwanzig Beine: Sechs gehörten dem Tisch und achtzehn seinen Tischgenossen. Miß Wade hatte ihre Schuhe abgestreift, die Frau ihm gegenüber hatte ein kleines, zusammengeknülltes Taschentuch fallen gelassen; Oberst Pitts blankgewichster Stiefel preßte sich auf Mrs. Hartes rechten Fuß, und auf ihrem linken – ziemlich weit entfernt vom anderen – ruhte Jacks fast ebenso großer Schnallenschuh.

Gang folgte auf Gang – reizlose spanische Gerichte, weil auf englische Weise in Wasser gekocht, dazu mittelmäßiger, mit einheimischem Traubensaft gestreckter Wein –, und dann hörte Stephen seine Nachbarin sagen: »Wie ich erfuhr, ist das moralische Niveau auf Ihrem Schiff sehr hoch.«

Aber gerade noch rechtzeitig erhob sich Mrs. Harte und zog sich, leicht hinkend, ins Damenzimmer zurück. Die Herren versammelten sich am Kopf der Tafel, und der trübe Port begann zu kreisen.

Der schwere Wein ließ Mr. Ellis endlich aufblühen. Seine Schüchternheit, seine Hemmungen schmolzen dahin und enthüllten den harten Kern des reichen Mannes, der seine Tischgenossen nun über Disziplin belehrte: Ordnung und Disziplin waren seit alters von entscheidender Bedeutung; die Familie, die *disziplinierte* Familie, war der Eckstein christlicher Zivilisation; kommandierende Offiziere fungierten (wenn er sich so ausdrücken durfte) als Väter ihrer großen Familien, und ihre Liebe drückten sie durch Strenge aus. Ja, durch Strenge. Sein Freund Bentham, Verfasser des Werkes *Über die Rechtmäßigkeit des Zinssatzes* (er hätte verdient, in goldenen Lettern gedruckt zu werden), hatte für Auspeitschungen eine Maschine erfunden. Strenge und Einschüchterung, darauf kam es an. Denn die beiden großen Antriebskräfte der Menschheit, meine Herren, waren Gier und Furcht. Man denke doch bloß an die Französische Revolution, an die schändlichen Aufstände in Irland, ganz zu schweigen – trotzig blickte er in die steinernen Mienen – von den Unannehmlichkeiten vor Spithead und auf der Nore-Reede. All das beruhte auf Gier und mußte durch Furcht beherrscht werden.

Mr. Ellis fühlte sich in Captain Hartes Haus offensichtlich daheim, denn ohne erst fragen zu müssen, schritt er zum Büffett, öffnete eine bleibeschlagene Tür, holte ein Nachtgeschirr heraus und benutzte es stehend, wobei er, über seine Schulter blickend, hinzufügte, daß die niedrigen Bevölkerungsschichten glücklicherweise in demütiger Liebe und Verehrung zur Herrenschicht aufsahen, wenn auch auf ihre bescheidene Weise. Nur Herren von Stand seien dazu geeignet, Offiziere zu werden, das hätte Gott so eingerichtet, sagte er, sich den Hosenlatz zuknöpfend. Nachdem er sich wieder an den Tisch gesetzt hatte, bemerkte er noch wie nebenbei, daß er in einem Hause verkehre, in dem besagtes Geschirr aus Silber bestehe, aus massivem Silber. Die Familie sei ein Gottesgeschenk. Und er trank einen Toast auf die Rute, die Rute in allen ihren Erscheinungsformen. Wer sein Kind liebt, der züchtigt es.

»Sie müssen Donnerstag vormittag zu uns an Bord kommen und zusehen, wie der Bootsmann unsere Delinquenten liebt«, warf Jack ein.

Oberst Pitt, der den Bankier die ganze Zeit dumpf, aber mit unverhüllter Verachtung angestarrt hatte, brach in ein rüdes

Wiehern aus und entschuldigte sich dann unter dem Vorwand dienstlicher Verpflichtungen. Jack wollte es ihm schon gleichtun, als Mr. Ellis ihn noch zu bleiben ersuchte – er bat um ein paar Worte unter Männern.

»Ich nehme einige Geschäftsinteressen für Mrs. Jordan wahr und hatte die Ehre, die große Ehre, dem Herzog von Clarence vorgestellt worden zu sein«, begann er pompös. »Sind Sie ihm jemals begegnet?«

»Ich bin mit Seiner Hoheit bekannt«, sagte Jack, der ein Bordkamerad dieses außergewöhnlich unattraktiven, hitzköpfigen und kaltherzigen, brutalen Hannoveraners gewesen war.

»Ich wagte es, ihm gegenüber unseren Henry zu erwähnen und auch, daß wir hofften, einen Offizier aus ihm zu machen. Darauf riet er uns in seiner großen Güte, ihn zur Marine zu geben. Nun haben meine Frau und ich gründlich darüber nachgedacht und sind zu dem Schluß gekommen, daß wir ein kleineres Schiff einem Linienschiff vorziehen würden, weil die Gesellschaft auf letzteren oft sehr *gemischt* ist, wenn Sie wissen, was ich meine. Meine Frau denkt darin ziemlich eigen – sie ist eine Plantagenet. Außerdem verlangen manche Kommandanten dieser Linienschiffe, daß ihre Kadetten ein Taschengeld von fünfzig Pfund pro Jahr mitbringen.«

»Auch ich bestehe darauf, daß meinen Kadetten von ihren Gönnern mindestens fünfzig garantiert werden«, sagte Jack.

»Oh«, machte Mr. Ellis, schon etwas gedämpfter. »Oh. Aber ich denke doch, daß man die nötige Ausstattung zum großen Teil gebraucht kaufen kann. Nicht daß mir Geld so wichtig wäre – bei Kriegsbeginn sandten wir von der City eine Ergebenheitsadresse an Seine Majestät, daß wir alle mit unserem ganzen Vermögen, ja mit unserem Leben hinter unserem König stünden. Ich störe mich nicht an fünfzig Pfund oder sogar an mehr, solange das Schiff nur vornehm ist. Mrs. Harte, die Schulfreundin meiner Frau, hat uns von Ihnen gesprochen, Sir. Und was noch mehr zählt, Sie sind ein überzeugter Tory, genau wie ich. Außerdem sahen wir gestern Leutnant

Dillon, der – wie ich hörte – Lord Kenmares Neffe ist und ein hübsches kleines Landgut besitzt; er scheint ein rechter Gentleman zu sein. Also, um es kurz zu machen, Sir, wenn Sie meinen Sohn einstellen würden, wäre ich Ihnen sehr verpflichtet. Erlauben Sie mir, noch hinzuzufügen«, sagte er mit gezwungener Jovialität, die ihm sichtlich gegen die Natur ging, »daß Sie diesen kleinen Gefallen bei meinem Insiderwissen und meiner Marktkenntnis gewiß niemals zu bereuen haben. Es soll Ihr Schaden nicht sein, das verspreche ich Ihnen, hihi.«

»Lassen Sie uns jetzt zu den Damen gehen«, schlug Kapitän Harte vor, der tatsächlich für seinen Gast errötet war.

»Am besten ist es, er verbringt einen Monat oder zwei mit uns auf See.« Jack erhob sich. »So kann er herausfinden, ob ihm der Dienst in der Marine gefällt und ob er dafür geeignet ist. Danach sehen wir weiter.«

»Tut mir leid, daß ich Ihnen das zugemutet habe«, sagte er, Stephen am Arm die Hafentreppe hinunterbugsierend, über deren warme Mauern grüne Eidechsen flitzten. »Ich hätte nicht gedacht, daß Molly Harte ein so miserables Essen geben kann – weiß der Himmel, was über sie gekommen ist. Haben Sie diesen Oberst bemerkt?«

»Den in Rot und Gold, mit Stiefeln?«

»Ja. Er war der perfekte Beweis für meine Worte, daß es im Heer zwei Sorten Offiziere gibt – die einen so freundlich und sanftmütig, wie man sich's nur wünschen kann, genau wie mein lieber alter Onkel, und die anderen solch schwerfällige, linkische Grobiane wie dieser Bursche. Ganz anders als bei der Marine. Ich habe das immer wieder festgestellt und kann es trotzdem nicht verstehen. Wie kommen diese beiden Sorten nur miteinander aus? Ich hoffe sehr, daß er Mrs. Harte nicht lästig wird – sie ist manchmal so unbedacht und vertrauensselig – nicht auf der Hut vor Schmarotzern.«

»Der Mann, dessen Namen ich mir nicht merken kann, dieser Bankier – er war ein höchst interessantes Studienobjekt«, sagte Stephen.

»Ach, der.« Jack schien uninteressiert. »Was kann man auch von einem erwarten, der den ganzen Tag dasitzt und nur an Geld denkt? Und trinkfest sind sie auch nie, diese Sorte Leute. Harte muß hoch in seiner Schuld stehen, wenn er ihn in seinem Haus verkehren läßt.«

»Oh, gewiß war er ein langweiliger, oberflächlicher und beschränkter Popanz, aber als Typ fand ich ihn wirklich faszinierend. Der Bourgeois in Reinkultur: der typisch verstopfte, hämorrhoidale Habitus, die X-Beine, die Hängeschultern, die nach außen gerichteten Plattfüße, der übelriechende Atem, die großen, vorquellenden Augen, die milde Selbstzufriedenheit; und dann natürlich die weibische Hartnäckigkeit, mit der er für Autorität und Prügelstrafen stritt, als er betrunken war. Ich wette, er ist fast schon impotent. Das würde auch die rastlose Geschwätzigkeit seiner Frau und ihren Drang zu dominieren erklären, absurderweise begleitet von diesem Kleinmädchengehabe … und ihren Haarausfall – in einem Jahr oder so ist sie bestimmt kahl.«

»Wahrscheinlich wär's ganz gut, wenn jeder impotent wäre«, sagte Jack düster. »Es würde der Welt eine Menge Probleme ersparen.«

»Und nachdem ich nun die Eltern kenne, warte ich gespannt auf ihren Sohn, diese Frucht so seltsam unattraktiver Lenden. Wird er eine riesenwüchsige Jammerfigur sein? Ein kleiner Tyrann? Oder wird die Elastizität der kindlichen Seele …«

»Ach, er ist garantiert die gleiche vermaledeite kleine Landplage wie sie alle. Aber bis zu unserer Rückkehr aus Alexandria wissen wir wenigstens, ob sich was aus ihm machen läßt. Zum Glück haben wir ihn nicht bis zum Ende unseres Einsatzes auf dem Hals.«

»Sprachen Sie eben von Alexandria?«

»Ja.«

»Alexandria in Unterägypten?«

»Ja. Habe ich Ihnen das nicht gesagt? Vor unserem nächsten unabhängigen Einsatz werden wir mit einem Auftrag zu Sir Sidney Smiths Geschwader geschickt. Er hält dort die Franzosen im Auge, müssen Sie wissen.«

»Alexandria!« Stephen blieb mitten auf dem Kai stehen. »Oh, welche Freude! Ich wundere mich, daß Sie nicht sofort, als Sie mich sahen, in Jubel ausgebrochen sind. Was für ein großmütiger, verständnisvoller Admiral – *pater classis* – oh, wie ich diesen würdigen Mann verehre!«

»Wieso? Es ist doch nicht mehr als ein Törn übers Mittelmeer, rund dreitausendsechshundert Meilen im ganzen, noch dazu mit elend wenig Hoffnung auf eine Prise, weder auf dem Hin- noch auf dem Rückweg.«

»Ich hätte nie gedacht, daß Sie so prosaisch sind«, rief Stephen aus. »Pfui! Alexandria ist klassischer Boden.«

»Gewiß, gewiß.« Stephens Begeisterung weckte allmählich Jacks gute Laune und Lebensfreude wieder. »Und mit etwas Glück bekommen wir auch die Berge von Kreta zu sehen, schätze ich. Aber kommen Sie jetzt, wir müssen an Bord. Wenn wir hier noch lange herumstehen, werden wir umgerannt.«

NEUNTES KAPITEL

»*ICH DARF MICH NICHT* *beklagen, das wäre undankbar*«, schrieb Stephen. »*Aber wenn ich bedenke, daß ich über den glühenden Sand Libyens hätte schreiten können, der voller Schlangen ist (wie Goldsmith berichtet), Schlangen von ganz unterschiedlicher Bösartigkeit; daß ich an der Küste von Kanopos hätte wandeln, den Ibis hätte erblicken können und den Flamingo, überhaupt Stelzvögel zu Tausenden und vielleicht sogar ein Krokodil; daß ich an Kretas Nordküste vorbeigerissen wurde, den Berg Ida einen ganzen Tag lang vor Augen; daß in einem bestimmten Augenblick Kythera nur eine halbe Stunde entfernt lag und daß trotz meines Flehens nicht angehalten, nicht ›beigedreht‹ wurde … Und wenn ich mir die Herrlichkeiten vergegenwärtige, an denen unser Kurs in so geringer Entfernung vorbeiführte – die Kykladen, der Peloponnes, das ehrwürdige Athen –, ohne daß eine Abweichung gestattet war, nicht einmal für einen halben Tag – also, dann muß ich mich schon sehr beherrschen, um Jack Aubreys Seele nicht zum Teufel zu wünschen. Andererseits, wenn ich diese Notizen nicht als eine Reihe versäumter Chancen betrachte, sondern als Bericht über erregende Begebenheiten, dann habe ich überreiche Gründe, in rationalen Jubel auszubrechen: über die See Homers (wenn schon nicht Homers Land), den Pelikan, den großen weißen Hai, den die Matrosen mir so gefällig herausfischten; auch über die Seegurken und die* euspongia mollissima *(den Schwamm, mit dem Achilles laut Poggius seinen Helm ausstopfte), die gemeinen Möwen und die Schildkröten …*

Dabei zähle ich diese Wochen zu den friedlichsten meines Lebens. Sie würden auch zu den glücklichsten zählen, müßte ich nicht ständig fürchten, daß JA und JD einander umbringen, auf die denkbar zivilisierteste Art, nämlich bei einem Duell auf der nächsten Landspitze; denn wie es scheint, kann man Ehrenhändel nicht auf See erledigen. JA ist immer noch zutiefst verletzt über eine Bemerkung, die Cacafuego *betreffend – anscheinend wurde sein Mut in Zweifel gezogen, was ihm unerträglich ist und an ihm frißt. Und JD, obwohl inzwischen etwas ruhiger, bleibt total unberechenbar: voll mühsam unterdrückter Wut und Verbitterung, die sich eines Tages Bahn brechen werden; aber ich kann nicht sagen, wann. Mir ist, als säße ich auf einem Pulverfaß in einer vielfrequentierten Schmiede, wo die Funken nur so stieben (mit Funken meine ich die vielen Gelegenheiten zur Beleidigung).«*

Tatsächlich hätte man sich – wäre diese Spannung, diese dräuende Wolke nicht gewesen – keine angenehmere Art vorstellen können, den Spätsommer zu verbringen, als auf einer schnellen Slup über die ganze Länge des Mittelmeers zu segeln. Und die *Sophie* segelte jetzt wirklich schneller, seit Jack den besten Trimm für sie gefunden, die Lasten im Laderaum umgestaut und die Masten mit dem achterlichen Fall verstagt hatte, das von ihren spanischen Erbauern vorgesehen war. Außerdem hatten die beiden Schwammtaucher mit den von ihnen angeleiteten, des Schwimmens kundigen Matrosen jede freie Minute der langen Flaute in griechischen Gewässern (ihrem Heimatrevier) damit zugebracht, das Unterwasserschiff sauberzukratzen. Stephen erinnerte sich an einen warmen Abend, als er bei sinkender Dunkelheit die See beobachtet hatte: Ihre Oberfläche war kaum geriffelt, und doch fand die *Sophie* mit ihren Bramsegeln oben noch so viel Wind, daß sie eine lange, flüsternde Furche ins Wasser graben konnte, eine überirdisch funkelnde, schnurgerade Linie, die noch eine Viertelmeile weit achteraus zu sehen war. Stephen hatte Tage und Nächte von unglaublicher Reinheit erlebt. Nächte, in denen die stetige ionische Brise das Breitgroß sanft wölbte – ohne daß auch nur *eine* Brasse angefaßt werden mußte, viele Wachen lang –, Nächte mit Jack an Deck, in denen sie fiedelten, fiedelten, versunken in ihre Musik, bis der fallende Tau die Saiten verstimmte. Und Tage, die so unendlich schön, so unendlich leer waren, daß man fast nicht zu sprechen wagte.

Es war eine Reise, deren Anfang und Ende aus dem Gedächtnis gerieten – ein Reise, die sich selbst genügte. Und was die praktische Seite anging, so war die *Sophie* jetzt eine gut bemannte Slup, seit alle Prisencrews wieder an Bord zurückgekehrt waren: nicht viel Arbeit, mäßiger Zeitdruck und Tag für Tag der gleiche Dienst; Tag für Tag auch Exerzieren an den großen Kanonen, wobei die Intervalle immer kürzer wurden, bis es die Backbordwache eines Tages auf 16° 31′ Ost schaffte, drei Breitseiten in genau fünf Minuten abzufeuern. Vor allem aber hatten sie außergewöhnlich schönes Wetter und (abgesehen von einer Flautenwoche weit im Osten, kurz nach der Trennung von Sir Sidneys Geschwader) immer günstigen Wind. Alles lief so gut, daß Jack, als sie sich endgültig entschlossen, wegen ihres chronischen Wassermangels nun doch Malta anzulaufen, worauf prompt ein mäßiger Südostwind aufkam, unbehaglich bemerkte: »Das ist einfach zu schön, um wahr zu sein. Ich fürchte, dafür wird uns bald die Rechnung präsentiert.«

Ihm lag besonders viel an einer schnellen Reise, an einer sensationell schnellen Reise, denn nur sie würde Lord Keith von seinem unbeirrbaren Diensteifer überzeugen, von seiner Zuverlässigkeit; in seinem ganzen Leben als Erwachsener war ihm (wenn er's recht bedachte) nichts so sehr in die Knochen gefahren wie die Worte des Admirals über seine geschwundenen Chancen auf Beförderung zum Vollkapitän. Sie waren wohlwollend gemeint und restlos überzeugend gewesen; und sie gingen ihm nicht aus dem Kopf.

»Es überrascht mich, daß Ihnen ein bloßer Titel so viel bedeutet – noch dazu ein ziemlich byzantinischer Titel«, bemerkte Stephen. »Schließlich werden Sie schon jetzt als ›Captain

Aubrey‹ angesprochen, und dabei bliebe es auch nach einer eventuellen Beförderung. Denn soweit ich weiß, redet niemand den entsprechenden Dienstgrad mit ›Vollkapitän Soundso‹ an. Es ist doch nicht etwa eine verbohrte Schwäche für Symmetrie, das Verlangen nach einer zweiten Epaulette?«

»Natürlich liegt mir viel daran, auch an den zusätzlichen achtzehn Pence pro Tag. Aber erlauben Sie mir, darauf hinzuweisen, Sir, daß Sie sich in allem anderen irren. Zur Zeit spricht man mich nur aus Entgegenkommen mit ›Captain‹ an – das heißt, ich bin angewiesen auf die Höflichkeit dieser ganzen Schar elender Knirpse, so, wie man einen Feldscher nur aus Höflichkeit ›Doktor‹ nennt. Wie würde es Ihnen gefallen, falls jeder übellaunige Grobian Sie mit ›Mr. M‹ anreden könnte, bloß weil er unhöflich sein will? Wenn ich dagegen eines Tages befördert werde, dann habe ich vollen Anspruch auf den Titel ›Kapitän‹. Trotzdem würde meine Epaulette zunächst nur von einer Schulter auf die andere wandern. Erst nach drei Dienstjahren als Vollkapitän habe ich das Recht, zwei Epauletten zu tragen. Nein, nein, der Grund, warum es jeden Marineoffizier von klarem Verstand so brennend nach der Beförderung zum Vollkapitän verlangt, ist folgender: Hat man erst diese Hürde genommen, tja, dann ist man ein gemachter Mann. Ich will damit sagen, als Vollkapitän muß man nur lange genug am Leben bleiben, dann wird man eines Tages Admiral.«

»Und das ist der Gipfel allen menschlichen Glücks?«

»Aber natürlich!« Jack starrte Stephen verwundert an. »Leuchtet Ihnen das nicht ein?«

»Doch, doch, gewiß.«

»Und dann«, Jack lächelte bei der Vorstellung, »dann steigt man immer höher auf der Liste, ob man ein Schiff hat oder nicht, alles exakt nach Dienstalter – Konteradmiral der blauen, Konteradmiral der weißen, Konteradmiral der roten Flagge, schließlich Vizeadmiral der blauen Flagge und so weiter, bis ganz oben. Verdienste spielen dabei keine Rolle, denn es wird nicht selektiert. Das gefällt mir so daran. Bis zu dieser Hürde hängt alles von guten Beziehungen ab, vom Glück oder vom Wohlwollen der Vorgesetzten – und die sind meist eine Herde alter Weiber. Man muß vor ihnen liebedienern – jawohl, Sir, nein, Sir, mit Ihrer Erlaubnis, Sir, Ihr ergebenster Diener ... Oh, riechen Sie den Hammelbraten? Sie leisten mir doch beim Essen Gesellschaft, nicht wahr? Ich habe auch den Offizier und den Kadett der Wache eingeladen.«

Der fragliche Offizier war diesmal zufällig Dillon und der Kadett der junge Ellis. Jack hatte gleich anfangs beschlossen, den Bruch nicht zu offensichtlich werden, kein barbarisches, verstocktes Benehmen einreißen zu lassen, und bat deshalb einmal in der Woche den Offizier (und manchmal auch den Kadett oder Fähnrich) der Vormittagswache zum Mittagessen zu sich, unabhängig davon, wer sie waren. Dafür wurde er ebenfalls einmal pro Woche in die Offiziersmesse eingeladen. Dillon hatte diese Regelung kommentarlos akzeptiert. Dem äußeren Anschein nach behandelten sie einander mit perfekter Höflichkeit – eine Praxis, die im Alltag von der ständigen Gegenwart Dritter sehr erleichtert wurde.

Auch jetzt trug Henry Ellis unwissentlich zu ihrem Schutzschild bei. Er hatte sich als ganz gewöhnlicher Junge entpuppt, umgänglich und problemlos. Anfangs extrem ängstlich und bescheiden, war er zunächst von Babbington und Ricketts erbarmungslos zum Narren gehalten worden, aber inzwischen hatte er sich eingefügt, seinen Platz gefunden, und erwies sich höchstens als etwas geschwätzig. Aber nicht am Tisch seines Kommandanten: Stumm und steif saß er da, die rot leuchtenden Hände und Ohren sauber geschrubbt, Ellbogen an die Seiten gepreßt, und vertilgte mit einem Wolfshunger große Bissen Hammelbraten, die er anscheinend unzerkaut schluckte. Jack hatte schon immer eine Vorliebe für junge Menschen gehegt und war außerdem der Ansicht, daß einem Gast an seinem Tisch Aufmerksamkeit gebühre, deshalb lächelte er freundlich, nachdem er Ellis zugetrunken hatte, und sagte:

»Ihr Burschen habt heute morgen im Vortopp ein Gedicht aufgesagt. Ein kapitaler Reim, wie mir schien – etwa von Mr. Mowett? Er hat ja eine poetische Ader.« Womit er richtig geraten hatte. Mowetts Gedicht über das Anschlagen des neuen Großsegels war im ganzen Schiff sehr bewundert worden. Aber zu seinem Unglück hatte ihn das Lob dazu inspiriert, im Rahmen einer allgemeinen Beschreibung folgendes zu reimen:

Weiß wie die Wolken im Sonnenschein
leuchtet ihr Arsch im Wasser so rein.

Dieses Couplet hatte Mr. Mowetts Autorität bei den Jungen auf unabsehbare Zeit völlig untergraben. Und dieses Couplet hatten sie im Vortopp gekräht, in der Hoffnung, ihn noch mehr zu provozieren.

»Bitte, würden Sie das Gedicht für uns aufsagen? Ich bin sicher, auch der Doktor möchte es gerne hören.«

»O ja, unbedingt«, versicherte Stephen.

Der unselige Junge schob einen großen Happen Hammelbraten in die linke Backentasche, wurde krankhaft gelb im Gesicht und nahm seinen ganzen Mut zusammen. Er antwortete: »Jawohl, Sir«, starrte aus den Heckfenstern und begann: *»Weiß wie die Wolken im Sonnenschein …«* Heilige Barmherzigkeit, rette mich, dachte er … *»Weiß wie die Wolken im Sonnenschein / leuchtet ihr …«* Seine Stimme bebte, setzte aus und quiekte schließlich *»ihr Arsch«*, aber den Rest brachte er nicht mehr zustande.

»Mächtig gelungen, der Reim«, rief Jack nach einer winzigen Pause. »Und so erbauend! Dr. Maturin, noch ein Glas Wein?«

Mowett erschien wie aufs Stichwort, nur um weniges verspätet, und sagte: »Bitte um Vergebung für die Unterbrechung, Sir, aber wir haben ein Toppsegel an der Kimm. Drei Strich an Steuerbord voraus.«

Während ihrer glückhaften Reise hatten sie außer einer

Kajk in griechischen Gewässern und einem von Sizilien nach Malta bestimmten Transporter auf hoher See keine nennenswerten Schiffe gesichtet. Sowie der Neuankömmling so nahe heran war, daß seine Marssegel und ein Ansatz der Untersegel von Deck der *Sophie* aus erblickt werden konnten, wurde er deshalb noch aufmerksamer als üblich gemustert. An diesem Vormittag hatten sie die Straße von Sizilien hinter sich gelassen und hielten jetzt nach Westnordwest, mit dem sardischen Kap Teulada siebzig Meilen im Nordosten, woher eine mäßige Brise wehte; nur noch zweihundertfünfzig Meilen trennten sie von Port Mahón. Das fremde Schiff schien nach Westsüdwest oder etwas südlicher zu halten, vielleicht Richtung Gibraltar oder Oran, und peilte von der *Sophie* aus in Nordnordwest. Wenn sie ihre Kurse beibehielten, würden sie sich irgendwann kreuzen, aber noch ließ sich nicht sagen, welches Schiff schneller war.

Ein unbeteiligter Beobachter hätte die *Sophie* leicht krängen gesehen, weil sich die ganze Besatzung an der Steuerbordreling drängte, hätte das erregte Geschnatter auf dem Vorschiff langsam verstummen gehört und hätte vielleicht mit einem Lächeln bemerkt, daß zwei Drittel der Matrosen und Offiziere wie auf Kommando bedenklich die Lippen spitzten, als das ferne Schiff die Bramsegel setzte. Dies sprach nämlich mit einiger Sicherheit dafür, daß sie ein Kriegsschiff vor sich hatten, eine Fregatte, wenn nicht gar ein Linienschiff. Und diese Bramsegel waren nicht gerade seemännisch flink geschotet worden – der Royal Navy hätte das nicht sonderlich gefallen.

»Machen Sie das Geheimsignal, Mr. Pullings. Mr. Marshall, halten Sie etwas von ihr ab. Mr. Day, klar bei Kanone.«

Als kleiner roter Ball stieg die Flagge schnell zum Vortopp empor, entfaltete sich und wehte nach vorn aus, während die weiße Flagge und der Wimpel hoch oben im Großtopp knatterten, gefolgt von dem Kanonenschuß nach Luv.

»Sie setzen die blaue Nationale, Sir«, meldete Pullings, das

Teleskop fest am Auge. »Roter Wimpel im Großtopp. Der Blaue Peter im Vortopp.«

»An die Brassen!« rief Jack. »Neuer Kurs Südwest zu Süd, ein halb Süd«, wies er den Rudergänger an, denn dieses Antwortsignal war überholt, es hatte bis vor sechs Monaten gegolten.

»Setzt die Royals und die Groß- und Mars-Leesegel. Mr. Dillon, bitte lassen Sie mich wissen, was Sie von ihr halten.«

James kletterte auf die obere Saling des Großmasts und richtete sein Glas auf das ferne Schiff aus. Sobald die *Sophie* auf dem neuen Kurs stetig lag und sich stampfend über die lange südliche Dünung hob, kompensierte er ihre Bewegungen mit geschickter Hand und fing den Fremdling im hellen Kreis der Linse ein. Das Mündungsfeuer ihrer Bugkanone blinzelte ihm im Schein der Nachmittagssonne über die See zu. Ja, mit Sicherheit eine Fregatte; ihre Stückpforten konnte er noch nicht zählen, aber sie war zweifellos stark bewaffnet. Und elegant. Auch sie setzte die unteren Leesegel, hatte aber Probleme mit der einen Leesegelspiere.

»Sir«, sagte der Kadett im Großmars, als Dillon an ihm vorbei nach unten kletterte, »Andrews hier glaubt, sie ist die *Dédaigneuse*.«

»Hier, nimm mein Glas.« Dillon reichte Andrews sein Teleskop, das beste an Bord.

»Ja, das ist die *Dédaigneuse*«, sagte der Matrose, ein Mann mittleren Alters, mit einer speckigen roten Weste direkt auf der kupferbraunen Haut. »Man erkennt deutlich ihren übertrieben geschwungenen Bug. Ich war als Gefangener an Bord, drei Wochen und mehr. Sie haben mich damals aus einer Kohlenbrigg geholt.«

»Wie stark ist sie bewaffnet?«

»Sechsundzwanzig Achtzehnpfünder in der Hauptbatterie, Sir, achtzehn lange Achter auf Vor- und Achterschiff und einen langen Zwölfer aus Bronze als Jagdgeschütz im Bug. Ich mußte ihn immer polieren.«

»Es ist natürlich eine Fregatte, Sir«, berichtete James unten an Deck.

»Andrews, ein zuverlässiger Mann, hat sie als die *Dédaigneuse* erkannt. Er war Gefangener an Bord.«

»Na schön.« Jack lächelte. »Wie gut, daß es auf den Abend zugeht.«

Sonnenuntergang in vier Stunden, die kurze Dämmerung dieser Breiten und dazu Neumond, das fügte sich alles günstig. Die *Dédaigneuse* hätte schon zwei Knoten schneller als die *Sophie* sein müssen, um sie abzufangen; das aber hielt Jack für unwahrscheinlich, denn sie war schwer und kein berühmter Schnellsegler wie die *Astrée* oder die *Pomone*. Trotzdem konzentrierte er all seine Kraft darauf, seine geliebte Slup in Höchstfahrt zu bringen. Möglicherweise konnte er in der Nacht doch nicht entkommen – er selbst hatte auf der westindischen Station einmal eine zweiunddreißigstündige Verfolgungsjagd über zweihundert Meilen offener See erlebt –, deshalb zählte jeder Meter. Im Augenblick kam der Wind raum von Backbord ein, was fast der günstigste Winkel war, und sie preschten mit sieben Knoten dahin. Sie schienen sogar in der ersten Viertelstunde gegenüber der Fregatte aufzuholen, so flink und geschickt hatten die vielen geschulten Hände die Zusatzsegel gesetzt.

Wenn das nur von Dauer wäre, dachte Jack und prüfte den Stand der Sonne, die schwach durchs dünne Tuch des Großbramsegels schien. Die heftigen Frühjahrsschauer des westlichen Mittelmeers, später die griechische Sonne und starker Wind hatten der Leinwand so zugesetzt, daß nur mehr die gedoppelten Reffreihen und Lieken kein Licht durchließen. Die ausgeleierten Segel mochten auf Vorwindkursen noch ihren Dienst tun, aber falls sich die *Sophie* mit der fremden Fregatte auf ein Wendeduell einließ, mußte sie den kürzeren ziehen, denn mit diesen Fetzen konnte sie nicht mehr viel Höhe am Wind laufen.

Es war nicht von Dauer. Sobald der schwere Rumpf der

Fregatte den Preß der Zusatzsegel spürte, die sie so leger gesetzt hatte, holte sie auf und begann die *Sophie* abzuhängen. Dies ließ sich zunächst schwer feststellen – schließlich war die Fregatte nur ein ferner, heller, dreigeteilter Fleck am Horizont, unter dem ein dunkler Schatten sichtbar wurde, wenn eines der beiden Schiffe auf einen Wellenkamm stieg; aber nach einer Dreiviertelstunde blieb ihr Rumpf fast die ganze Zeit auch vom Achterdeck aus sichtbar, und Jack ließ das altmodische Sprietoppsegel setzen und einen weiteren halben Strich abdrehen.

An der Heckreling erklärte Mowett gerade Stephen die Funktion dieses Segels, denn die *Sophie* setzte es fliegend, mit einem Stropp zur Nock des Bugspriets, der in einem eisernen Traveller lief, eine für ein Kriegsschiff ungewöhnliche Vorrichtung. Jack stand beim achtersten Vierpfünder an Steuerbord, beobachtete mit Argusaugen jede Bewegung an Bord der Fregatte und schätzte im Geist die Risiken ab, wenn er bei dem auffrischenden Wind auch noch die Bram-Leesegel setzen ließ. Da erhob sich auf dem Vorschiff plötzlich ein wirres Geschrei, aus dem nur der Ruf »Mann über Bord!« zu verstehen war. Fast im selben Moment sah er, wie Henry Ellis von der glatten, schnellen Bugwelle am Rumpf vorbeigerissen wurde, das baß erstaunte Gesicht starrte bleich zu ihnen herauf. Mowett warf ihm sofort ein Fall des leeren Davits zu. Ellis reckte beide Arme nach der fliegenden Leine, sein Kopf geriet unter Wasser – die Hände griffen daneben. Im nächsten Augenblick trieb er schon weit achteraus, ein dunkler, im Kielwasser tanzender Fleck.

Jeder Mann an Bord wandte sich Jack zu, dessen Gesicht zu Stein wurde. Sein Blick flog von dem Jungen zu der mit acht Knoten aufkommenden Fregatte. In zehn Minuten würden sie eine Meile und mehr verlieren: das Chaos der backstehenden Leesegel, die lange Zeit, ehe sie wieder Fahrt aufnehmen konnten – neunzig Menschen in Lebensgefahr. Diese Überlegungen und eine ganze Reihe anderer zuckten fast gleichzeitig durch seinen Kopf: Er spürte die gespannte Intensität der auf ihn gerichteten Blicke, erinnerte sich an Ellis' unsympathische Eltern, vergegenwärtigte sich seinen Status als Gast an Bord und Molly Hartes Fürsprache – alles in der atemlosen Sekunde, bevor er wieder Luft holte.

»Jolle aussetzen«, befahl er heiser. »Wahrschau vorn und achtern. Wahrschau! Mr. Marshall, drehen Sie bei.«

Die *Sophie* schoß in den Wind, die Jolle klatschte ins Wasser. Zu befehlen gab es nur wenig. Die Rahen flogen herum, die eben noch weit ausgebreiteten Segel sanken zusammen, Fallen, Halsen, Geitaue und Schoten rauschten durch ihre Blöcke, ohne daß viele Worte nötig gewesen wären, und selbst noch in seiner kalten, schwarzen Wut spürte Jack Genugtuung über den glatten, kompetenten Ablauf des Manövers.

Quälend langsam kroch die Jolle über die See, um die weite Kurve von *Sophies* Kielwasser zu kreuzen, viel zu langsam. Die Männer starrten übers Dollbord ins Wasser, stocherten mit einem Bootshaken darin herum. Sie schienen kein Ende finden zu wollen. Endlich machten sie kehrt. Als sie ein Viertel des Rückwegs geschafft hatten, sah Jack im Glas alle Bootsgasten wie Dominosteine umfallen: Stroke hatte mit so viel Kraft gepullt, daß sein Riemen gebrochen und er nach hinten gestürzt war.

»Jesus, Maria …«, knirschte Dillon neben Jack.

Die *Sophie* hatte schon wieder Ruderfahrt aufgenommen, als die Jolle längsseits kam und der reglose Junge an Deck gehoben wurde.

»Tot«, sagten sie. »Segel setzen«, sagte Jack.

Wieder wurden die Manöver schnell und fast schweigend ausgeführt. Zu schnell. Denn kaum waren sie auf dem alten Kurs, mit erst halb soviel Fahrt wie zuvor, als ein reißendes Krachen ertönte und die Vorbramrah in ihren Kettenschlingen brach.

Jetzt prasselten die Kommandos. Stephen blickte vom nassen Körper des Jungen zu Jack auf, hörte, wie er Dillon mit einer Serie nautischer Befehle überschüttete und wie dieser sie mit doppelter Lautstärke durch seinen Sprechtrichter an den Bootsmann und an die nach oben hastenden Vortoppgasten weitergab; wie Jack dem Zimmermann und seinen Leuten eine Reihe technischer Anweisungen gab; wie er die nun andersartigen Kräfte berechnete, die auf die Slup einwirkten, und dem Rudergänger einen neuen Kurs nannte; und er sah, wie Jack über die Schulter einen Blick auf die Fregatte warf und sich dann mit konzentrierter Aufmerksamkeit dem Jungen zuwandte.

»Können Sie noch etwas für ihn tun?« fragte er Stephen. »Brauchen Sie Hilfe?«

»Sein Herz schlägt nicht mehr«, antwortete der Arzt. »Aber ich möchte noch etwas versuchen ... Könnte er an den Füßen über Deck aufgehängt werden? Unten ist dazu kein Platz.«

»Shannahan. Thomas. Helft dem Doktor. Nehmt das Schiemannsgarn dort für die Füße und schäkelt den Jungen an die Stengentalje. Danach tut ihr alles, was der Doktor verlangt. Mr. Lamb, diese Fischung ...«

Stephen schickte seinen Assistenten um Lanzetten, Zigarren und den Blasebalg aus der Kombüse. Und als Henry Ellis leblos hoch über Deck hing, Kopf nach unten, Zunge hervorquellend, schwang er ihn zwei-, dreimal hin und her, bis ihm kein Wasser mehr entströmte. »Jetzt haltet ihn fest«, sagte er und ließ ihn hinter den Ohren zur Ader. »Mr. Ricketts, seien Sie so gut, diese Zigarre für mich anzuzünden.« Und wer immer von *Sophies* Besatzung nicht mit der Reparatur der gebrochenen Rah, dem Anschlagen des neuen Segels, dem Hochhieven des Ganzen, dem ständigen Trimmen der Halsen und Schoten und dem heimlichen Ausspähen nach der Fregatte vollauf beschäftigt war, der genoß den unvergeßlichen Anblick, wie Dr. Maturins Zigarrenrauch vom Blasebalg eingesogen und dieser mit dem Stutzen in Ellis' Nase gesteckt wurde – während Cheslin das andere Nasenloch und den Mund zuhielt – und wie der Doktor den beißenden Rauch in die Lungen des Jungen pumpte. Gleichzeitig bewegte er den aufgehängten Körper so, daß die Gedärme das eine Mal aufs Zwerchfell drückten und es dann wieder entlasteten. Ein konvulsivisches Keuchen und Würgen, heftigeres Betätigen des Blasebalgs und noch mehr Rauch, dann ein stärkeres Luftschnappen und schließlich ein Hustenanfall. »Jetzt könnt ihr ihn abschneiden«, wies Stephen seine faszinierten Helfer an. »Der ist eindeutig dazu geboren, gehängt zu werden, nicht zu ertrinken.«

In der Zwischenzeit hatte die Fregatte ein ganzes Stück Seeraum gut gemacht, so daß man ihre Stückpforten jetzt ohne Fernglas zählen konnte: Ein starkes Schiff – ihre Breitseite konnte dreihundert Pfund Eisen in den Gegner jagen, die *Sophie* dagegen nur achtundzwanzig –, aber sie lag tief im Wasser und hatte selbst bei diesem mäßigen Wind schwer zu kämpfen. Die Dünung brach sich weiß unter ihrem Steven und stieg als Gischt über ihre Reling. Trotzdem holte sie gegenüber der *Sophie* deutlich auf. Aber mit dieser Crew, sagte sich Jack, muß er die Royals noch vor der Dunkelheit wegnehmen. Sein eingehendes Studium der *Dédaigneuse* hatte ihn davon überzeugt, daß eine Menge ungeschulter Leute auf ihr fuhren oder sogar die ganze Besatzung aus Neulingen bestand, was auf französischen Schiffen nicht selten vorkam. Vorher versucht er's vielleicht mit ein paar Distanzschüssen, ging es Jack durch den Kopf.

Wieder blickte er nach der Sonne. Sie stand noch immer ziemlich hoch über dem Horizont. Als er mitgezählte hundert Male von der Heckreling zur achtersten Kanone und von der Kanone wieder zur Heckreling marschiert war, schien sie kaum tiefer gesunken zu sein, strahlte immer noch idiotisch heiter zwischen dem geschweiften Unterliek des Großbramsegels und der Marsrah hervor, während die Fregatte eindeutig näher gekommen war.

In der Zwischenzeit ging der Alltagsbetrieb auf der *Sophie* fast von selbst weiter. Zu Beginn der ersten Hundewache wurden die Leute zum Abendessen gepfiffen.

Um zwei Glasen, als Mowett das Logscheit einholte, fragte James Dillon: »Soll ich klar zum Gefecht machen lassen, Sir?« Sein Ton war defensiv, denn er war sich der Reaktion des Kommandanten nicht sicher. Sein Blick ging an Jacks Gesicht vorbei zur *Dédaigneuse*, die unter ihrer gewaltigen Segelpyramide voranstürmte, grell beschienen von der Abendsonne und mit einem weißen Gischtknochen im Maul, der sie noch schneller aussehen ließ.

»O ja, auf jeden Fall. Wir wollen erst noch hören, was Mr. Mowett abgelesen hat, und danach machen wir sofort gefechtsklar.«

»Sieben Knoten und vier Faden, Sir«, meldete Mowett dem Ersten, der sich umwandte, grüßend an den Hut tippte und den Befund an den Kommandanten weitergab.

Die rollenden Trommelwirbel, das dumpfe Poltern vieler nackter Füße auf dem hohl widerhallenden Deck; dann die langwierige Arbeit, um Bonnets an die Bram- und Royalsegel zu heften; das Aufriggen zusätzlicher Backstagen an den Bramstengen (denn Jack war entschlossen, nachts mehr Segel zu setzen); die hundert verschiedenen Variationen an Brassen und Schoten, das häufige Halsen – das alles brauchte seine Zeit. Aber immer noch stand die Sonne am Himmel, immer noch kam die *Dédaigneuse* unaufhaltsam näher. Sie fuhr eindeutig zuviel Tuch in den Toppen und achtern, und doch wirkte alles an ihr so dauerhaft wie aus Stahl gemacht: Nichts brach, nichts flog davon, und sie schlug auch nicht quer (worauf Jack vor allem gehofft hatte), trotz ihres wilden Gierens während der letzten Hundewache, was den Kommandanten an den Rand eines Herzanfalls gebracht haben mußte. Warum holt er nicht das Luv-Geitau ihres Großsegels etwas auf, damit sie's leichter hat? fragte sich Jack. So ein sturer Hund!

Auf der *Sophie* war alles getan, was getan werden mußte, und jetzt preschten die beiden Schiffe schweigend über die in der warmen Abendsonne freundlich blinkende See; immer noch holte die Fregatte stetig auf.

»Mr. Mowett«, rief Jack, in seinem Auf-und Ab-Marschieren innehaltend.

Der junge Mastersgehilfe löste sich aus der Gruppe der Deckoffiziere auf der Backbordseite des Achterdecks, wo sie alle sehr bedenklich zur *Dédaigneuse* hinübergestarrt hatten.

»Mr. Mowett ...« Jack hielt lauschend inne, denn von unten, fast übertönt vom Lied des Schiebewindes und dem Knarren der Takelage, drangen Celloklänge zu ihm herauf. Pflichteifrig und aufmerksam baute sich Mowett vor ihm auf, die Schräglage und die heftigen Bewegungen des Decks unbewußt ausbalancierend. »Mr. Mowett, vielleicht würden Sie mir freundlicherweise Ihr Gedicht über das neue Großsegel vortragen. Ich bin ein großer Freund der Poesie«, fügte Jack hinzu, weil er in Mowetts Gesicht vorsichtige Ablehnung und die Absicht erkannte, alles abzustreiten.

»Nun ja, Sir ...«, antwortete Mowett leise und zögerlich, räusperte sich und fuhr dann mit ganz anderer, entschlossener Stimme fort: »*Das neue Großsegel ...*

Das Groß, von einer starken Bö im Nu zerrissen,
weht grau und schlaff im Wind, ein Fetzen nur.
Fiert ab die Rah, ein neues Groß zu hissen,
schlagt an das Tuch, jungfräulich frisch und pur.
Schmückt es mit Leinen, Grummets und ...«

Das Krachen der Bugkanone auf der *Dédaigneuse* unterbrach Mowett mitten im Vers: der erste Distanzschuß. Von Jack ermuntert, deklamierte Mowett weiter, wenn auch etwas verhaltener. Schuß folgte auf Schuß, aber Einschläge im Wasser waren zunächst nicht zu erkennen. Als der Sonnenunterrand schon den Horizont berührte, fegte jedoch eine Zwölfpfünderkugel nur zwanzig Meter entfernt an Steuerbord über die Wellenkämme, gerade als Mowett zu der unpassenden Stelle kam:

»Erstarrt vor Furcht, seh'n sie das Ende nah'n,
o feige Memmen, schreckt euch eitler Wahn?«

Verlegen brach er ab und fühlte sich bemüßigt zu versichern: »Letzteres, Sir, gilt natürlich nur für die Handelsmarine.«

»Sehr rücksichtsvoll«, meinte Jack. »Aber nun, fürchte ich, muß ich Sie unterbrechen. Bitte sagen Sie dem Zahlmeister, wir brauchen drei seiner größten Bohlen. Die lassen Sie dann aufs Vorschiff schaffen. Mr. Dillon, Mr. Dillon, wir bauen jetzt ein Floß, das eine Hecklaterne und drei oder vier kleinere Lampen tragen kann. Nageln Sie es im Sichtschutz hinter der Breitfock zusammen.«

Um einiges vor der üblichen Zeit ließ Jack die große Hecklaterne der *Sophie* anzünden und stieg selbst in die Achterkajüte hinunter, um sich zu vergewissern, daß die hellen Heckfenster gut nach draußen strahlten. Und als sich das Zwielicht vertiefte, sahen sie auch auf der Fregatte Lichter erscheinen. Mehr noch: Ihre Groß- und Besanroyals wurden gestrichen. Bald stand sie als scharf umrissene, etwas niedrigere Silhouette schwarz vor dem violetten Himmel. Etwa alle drei Minuten spuckte ihre Bugkanone orangerotes Mündungsfeuer, dem nach einigen Sekunden ein schwacher Knall folgte.

Als die Venus an Steuerbord voraus unterging (mit ihrem Verschwinden wurde das Sternenlicht angenehm schwächer), hatte die Fregatte schon seit einer halben Stunde ihr Feuer eingestellt. Nur die Laternen verrieten noch ihre Position, und sie holten gegenüber der *Sophie* anscheinend nicht mehr auf, holten eindeutig nicht mehr auf.

»Hievt das Floß über Bord und schleppt es nach«, befahl Jack. Die sperrige Konstruktion trieb dümpelnd am Rumpf entlang nach achtern, wobei sie die untersten Leesegelspieren und alles, was ihr sonst noch im Wege war, mitzureißen drohte, denn sie trug *Sophies* Reserve-Hecklaterne an einer hohen Stange, die bis zur Heckreling reichte, und etwas tiefer vier kleinere Laternen in einer Reihe.

»Wer ist geschickt und gelenkig genug?« fragte Jack und blickte sich um. »Lucock.«

»Sir?«

»Du kletterst jetzt aufs Floß und zündest darauf jede Laterne an, sowie ihr Gegenstück an Bord ausgeht.«

»Aye, aye, Sir: anzünden, wie sie ausgehen.«

»Nimm diese Blendlaterne mit, und binde dir eine Sorgleine um!« befahl Jack.

Es war eine heikle Operation, denn die See ging hoch, und die Slup warf eine Menge Gischt auf. Auch konnte natürlich jederzeit auf der *Dédaigneuse* ein heller Bursche im Teleskop jene Gestalt erkennen, die sich hinter dem Heck der *Sophie* verdächtig zu schaffen machte. Aber alles ging gut, und Lucock kam schließlich pitschnaß über die Reling aufs verdunkelte Achterdeck geklettert.

»Gut gemacht«, lobte Jack leise. »Werft das Floß los.«

Er spürte, wie die *Sophie* einen kleinen Satz machte, als sie von der bremsenden Last befreit wurde. Das Floß trieb schnell achteraus: eine gelungene Imitation ihrer Lichter, auch wenn es im Seegang zu stark dümpelte. Der Bootsmann hatte mit alten Leinen geschickt ein Karo aufgeriggt, um Fensterrahmen vorzutäuschen.

Ein letzter Blick auf das Floß, dann befahl Jack: »Bram-Leesegel setzen.«

Die Toppgasten verschwanden nach oben. Jeder an Deck lauschte reglos gespannt und tauschte mit seinem Nachbarn besorgte Blicke. Zwar hatte der Wind ein bißchen nachgelassen, aber da war ja noch diese beschädigte Rah. Und überhaupt, der ungeheure Preß der gewaltigen Menge Tuch …

Die Zusatzsegel wurden geschotet, die Preventer dichtgeholt. Das Lied der Takelage klang jetzt um einen Ton heller: Die *Sophie* glitt schneller durch die Seen. Die Toppgasten kehrten an Deck zurück und traten zu ihren gespannt lauschenden Kameraden, ab und zu mit Blicken die achteraus verschwindenden Lichter suchend. Aber nichts ging zu Bruch, und die Nervosität ließ etwas nach. Doch plötzlich fuhren alle herum, denn die *Dédaigneuse* hatte wieder zu feuern begonnen. Ein Schuß, dann noch einer und noch einer. Und schließlich wurde ihre beleuchtete Seitenansicht erkennbar, als sie drehte, um ihre ganze Breitseite abfeuern zu können. Sie boten ein höchst eindrucksvolles Bild, diese lange Reihe greller Mündungsblitze, gefolgt von dumpfem Donnergrollen. Dem Floß allerdings konnten sie nichts anhaben. Leises, zufriedenes Kichern erklang auf *Sophies* Deck. Eine Breitseite nach der anderen verriet, daß die Franzosen richtig in Rage geraten waren – bis die Lichter des Floßes zuletzt doch ausgingen, alle auf einmal.

»Glaubt er, wir sind gesunken?« fragte sich Jack, den Blick auf die ferne Fregatte gerichtet. »Oder hat er den Trick durchschaut? Ist er perplex? Aber daß ich unseren Kurs beibehalte, das erwartet er bestimmt nicht, darauf wette ich.«

Wetten war die eine Sache, aber das ganze Schiff dafür zu riskieren eine andere. Deshalb fanden die aufgehenden Plejaden Jack mit seinem Nachtglas im Großmasttopp sitzend, wo er die Linse stetig von Nordnordwest nach Ostnordost und zurück schwenkte. Auch die Morgendämmerung überraschte ihn noch dort oben und sogar der Sonnenaufgang, obwohl zu diesem Zeitpunkt schon feststand, daß sie der Fregatte entweder endgültig davongesegelt waren oder daß sie bei ihrer Jagd einen völlig neuen Kurs eingeschlagen hatte, östlicher oder westlicher als zuvor.

»Westnordwest scheint mir am wahrscheinlichsten«, murmelte Jack und stieß das Teleskop gegen seine Brust, um es zusammenzuschieben; mit schmalen Augen starrte er im schmerzhaft grellen Licht der Morgensonne zum Horizont. »Jedenfalls hätte *ich* das getan.« Schwerfällig und steif vom langen Sitzen, kletterte er an Deck hinab, stelzte in seine Kajüte, schickte nach dem Master, der ihm den derzeitigen Standort berechnen sollte, und schloß die Augen, um sie einen Moment auszuruhen.

Wie sich herausstellte, standen sie fünfzehn Meilen vom nordafrikanischen Kap Bougaroun entfernt: Sie hatten während der Nacht mehr als hundert Meilen zurückgelegt, viele davon in der falschen Richtung.

»Wir müssen hart anbrassen und so hoch am Wind segeln wie möglich – falls man das überhaupt noch Wind nennen kann.« (Denn er hatte während der ganzen Mittelwache rückgedreht und nachgelassen.)

»Aber auch wenn wir's schaffen – an eine schnelle Reise ist nicht mehr zu denken.« Er lehnte sich zurück und schloß wieder die Augen, wollte noch hinzufügen, was für ein Glück es wäre, daß Afrika in der Nacht nicht um ein halbes Grad nach Norden gewandert war, schlief aber, lächelnd über den unausgesprochenen Gedanken, im nächsten Moment tief und fest ein.

Mr. Marshall äußerte noch einige Vorschläge, die aber kein Echo fanden; da beugte er sich vor und betrachtete den Schläfer eine Weile, hob seine Beine unendlich zart und vorsichtig auf die Heckbank, drückte ihn nach hinten und schob ihm ein Kissen unter den Kopf, rollte die Seekarten zusammen und schlich auf Zehenspitzen davon.

Tatsächlich, mit einer schnellen Reise war es vorbei. Die *Sophie* wollte nach Nordwesten segeln, und der Wind, falls er überhaupt wehte, kam genau *aus* Nordwest. Aber endlose Tage lang tat er nicht einmal das, und zuletzt mußten sie noch zwölf Stunden rudern, um Menorca überhaupt zu erreichen. Mit hängenden Zungen krochen sie halb verdurstet den ganzen langgestreckten Hafen hinauf, denn die Wasserration war während der letzten vier Tage auf einen Viertelliter pro Mann gekürzt worden.

Noch schlimmer: Sie krochen ihn auch wieder hinunter, gezogen vom Kutter und der Barkasse, in denen die Leute übelgelaunt an den schweren Riemen pullten, während der Gestank der Gerbereien sie verfolgte, lastend in der reglosen, schwülen Luft.

»Was für ein trostloser Ort«, sagte Jack, auf Höhe der Quarantäne-Insel zurückblickend.

»Meinen Sie wirklich?« Stephen war mit einem in Segeltuch eingeschlagenen Bein an Bord zurückgekommen, einem ganz frisch amputierten Bein, das ihm Mr. Florey geschenkt hatte. »Für mich hat Mahón durchaus seine Reize.«

»Sie finden ja auch Kröten reizvoll.« Jack wandte sich an Mr. Watt. »Ich dachte, diese Leute sollten sich in die Riemen legen?«

Seine neueste Enttäuschung – oder eher Verärgerung –, eine Bagatelle, aber irritierend, machte ihm noch zu schaffen. Er hatte Evans von der Bombarde *Aetna* in seinem Boot mitgenommen, obwohl dies einen Umweg durch all die Versorger und Transporter des Malta-Konvois bedeutete; und Evans hatte, mit einem Seitenblick auf seine Epaulette, in seiner typisch vorlauten Art gefragt: »Wo haben Sie Ihren Schwabber gekauft?«

»Bei Paunch.«

»Dachte ich mir. Seine Fransen bestehen zu neunzig Prozent aus Messing, wußten Sie das? So gut wie keine echte Vergoldung daran. Die scheuern schnell durch.«

Neid und böser Wille. Jack hatte eine Reihe ähnlicher Bemerkungen zu hören bekommen, alle aus den gleichen jämmerlichen Motiven. Er für seinen Teil hatte es noch nie einem Kameraden verübelt, daß er mit einem Sondereinsatz betraut wurde oder besonderes Glück mit Prisen hatte. Außerdem hatte er in dieser Hinsicht längst nicht soviel pekuniären Erfolg gehabt, wie die Leute glaubten. Mr. Williams hatte ihn mit langem Gesicht empfangen: Ein Teil der Ladung von der *San Carlos* war nicht beschlagnahmt worden, weil er einem Griechen aus Ragusa gehörte, der unter britischer Protektion stand; die Admiralitätsgebühren waren sehr hoch gewesen, und überhaupt, wie die Dinge zur Zeit standen, lohnte es sich kaum noch, die kleineren Prisen zurückzuschicken. Zuletzt hatte die Werft noch ein kindisches Theater wegen der gebrochenen Bramrah veranstaltet – dabei war sie auf höchst legale Weise zu Schaden gekommen. Und vor allem: Molly Harte hatte, abgesehen von einem einzigen Nachmittag, keine Zeit für ihn erübrigen können. Sie weilte zu Besuch bei Lady Warren in Ciudadela: ein seit langem verabredetes Treffen, wie sie sagte. Er hatte nicht damit gerechnet, daß ihre Absage ihn so tief treffen, seine Stimmung so verdüstern würde.

Also eine ganze Reihe von Enttäuschungen. Mercy und ihre Auskünfte waren erfreulich gewesen, aber das war auch schon alles. Lord Keith war zwei Tage zuvor ausgelaufen und hatte sich verwundert darüber geäußert, daß sich Captain Aubrey noch nicht blicken ließ – wie Kapitän Harte Jack sogleich schadenfroh berichtete. Aber Ellis' fürchterliche Eltern waren noch in der Stadt, und er war gezwungen gewesen, zusammen mit Stephen ihre Gastfreundschaft zu erdulden – wobei es ihm zum erstenmal in seinem Leben widerfuhr, daß eine halbe Flasche sauren Weißweins für vier Personen reichen mußte.

Enttäuschungen: Seine Besatzung, übermütig dank einer weiteren Abschlagszahlung auf ihr Prisengeld, hatte sich schlecht benommen; äußerst schlecht, sogar nach liberalsten Hafenmaßstäben. Vier saßen wegen Vergewaltigung im Gefängnis; vier lagen noch in der Ausnüchterungszelle, als die *Sophie* auslief; einer hatte sich das Schlüsselbein und ein Handgelenk gebrochen.

»Sauf- und Raufbolde«, knurrte Jack und musterte seine Besatzung. Tatsächlich boten die meisten Bootsgasten an den Riemen einen abstoßenden Anblick: schmutzig, unrasiert, verdattert, die besten Landgangskleider besudelt und zerrissen. In der Kuhl stank es nach Fusel, kaltem Rauch, ausgespucktem Kautabak, Schweiß und Huren. »Die Peitsche scheint ihnen nicht viel auszumachen. Aber sie werden sich wundern, wenn ich erst diesen stummen Neger zum Bootsmannsgehilfen befördert habe, King heißt er wohl. Und eine richtige Gräting aufriggen lasse. Danach werden sie sich's dreimal überlegen, ehe sie wieder so über die Stränge schlagen.«

Enttäuschungen ... Die Ballen besten Segeltuchs Nummer drei und vier, die er bestellt und aus eigener Tasche bezahlt hatte, waren nicht rechtzeitig geliefert worden. In den Geschäften war das Liektau ausgegangen. Sein Vater hatte brieflich in begeisterten Tönen von einer Wiederverheiratung gesprochen, von den großen Vorteilen einer weiblichen Oberaufsicht im Haushalt, den Annehmlichkeiten des Ehestands in *jeder* Hinsicht und den Verpflichtungen gegenüber der Gesellschaft. Vermögen und Stand seien dagegen von untergeordneter Bedeutung, behauptete General Aubrey, denn eine Ehefrau gewinne gesellschaftlichen Rang durch ihren Mann; Herzensgüte sei das einzige, was zähle. Der Altersunterschied zwischen noch nicht vierundsechzig und Anfang Zwanzig sei *ganz unwichtig*. Die Worte *»ein alter Hengst mit einer jungen –«* waren ausgestrichen worden, dafür deutete ein Pfeil von *»weiblicher Oberaufsicht im Haushalt«* auf die Randbemerkung: *»Genauso wie Dein Erster Offizier, wage ich zu behaupten.«*

Jack blickte zu seinem Ersten hinüber, der auf der anderen Seite des Achterdecks dem jungen Lucock zeigte, wie ein Sextant zu halten und das Bild der Sonne auf die Kimm zu setzen war. Lucocks ganzes Gehabe verriet unterdrücktes, aber intensives Entzücken darüber, daß er dieses Geheimnis zu verstehen begann, und wahrscheinlich auch über die als Auszeichnung empfundene Zuwendung. Bei seinem Anblick bekam Jacks düsterer Kokon den ersten Riß; gleichzeitig beschloß er, südlich um die Insel herum zu segeln und in Ciudadela einen Zwischenstopp einzulegen. Er würde sich mit Molly treffen – wahrscheinlich lag alles nur an einem albernen kleinen Mißverständnis, das sich schnell aufklären ließ. Sie konnten in dem von hohen Mauern umgebenen Garten über der Bucht eine wunderbare Stunde verbringen.

Weit draußen hinter St. Philip zog sich eine dunkle, gerade Linie über die See und kündigte eine auffrischende Brise an, hoffentlich aus West. Nach zwei anstrengenden Stunden bei steigender Hitze erreichten sie verschwitzt den Windstrich, setzten Barkasse und Kutter wieder ein und machten alles klar zum Segeln.

»Sie können innen zwischen Ayre Island durchlaufen«, sagte Jack.

»Südlich herum, Sir?« fragte der Master überrascht, denn der direkte Kurs nach Barcelona führte nördlich um Menorca, und der Wind stand günstig.

»Jawohl, Sir«, sagte Jack kurz angebunden.

»Neuer Kurs Südwest«, wies der Master den Rudergänger an.

»Südwest liegt an«, bestätigte der Mann, als sich die Segel mit sanftem Drängen füllten.

Der Wind kam von der offenen See her, sauber, salzig und herb, und schob das ganze Elend beiseite. Leben kehrte in die Sophie zurück, sie legte sich, Fahrt aufnehmend, leicht über, und als Jack den Arzt von seiner Ulmenpumpe nach achtern kommen sah, sagte er zu ihm: »Mein Gott, es ist doch eine Freude, wieder auf See zu sein. Fühlen Sie sich nicht auch wie ein Dachs im Faß, wenn Sie an Land sind?«

»Ein Dachs im Faß?« Stephen dachte an die Dachse, die ihm schon begegnet waren. »Nein, überhaupt nicht.«

Leise und entspannt begannen sie sich über Dachse zu unterhalten, über Dachse, Ottern und Füchse – über das Aufspüren von Füchsen, ihre Schlauheit, Hinterlist, Ausdauer und über ihr gutes Gedächtnis. Über die Jagd auf Rotwild, auf Wildschweine ... Und während sie plauderten, zog die Slup dicht unter der Küste Menorcas ihres Wegs.

»Ich erinnere mich an ein ausgezeichnetes Wildschweinragout«, sagte Jack, wieder in blendender Laune, »das ich mit Ihnen gegessen habe, als wir zum erstenmal miteinander speisten. Sie mußten mir damals erst erklären, was es war, haha! Erinnern Sie sich?«

»Ja, und wir sprachen damals auch über das Katalanische, was mich auf etwas bringt, das ich Ihnen schon gestern abend erzählen wollte. James Dillon und ich machten einen Spaziergang bis hinter Ulla, um die alten Steindenkmäler zu besichtigen – zweifellos Druidensteine –, und zwei Bauern dort riefen einander etwas zu, über ihre Felder hinweg. Es ging dabei um uns. Ich will Ihnen das Gespräch wörtlich wiedergeben. Erster Bauer: ›Siehst du diese Ketzer so frech über unser Land spazieren? Der Rothaarige stammt bestimmt von Judas Ischariot ab.‹ Zweiter Bauer: ›Wenn Engländer in der Nähe sind, werfen die Mutterschafe tote Lämmer. Es ist immer dasselbe. Mögen ihre Gedärme verfaulen! Wo wollen die bloß hin? Und wo kommen sie her?‹ Erster Bauer: ›Die wollen sich die *navetta* anschauen und die *taula d'en Xatart*. Und sie kommen von dem übermalten Zweimaster, der vor Bep Venturas Lagerhaus liegt. Früh am Dienstag morgen laufen sie aus und kreuzen sechs Wochen vor dem Festland, von Castellon bis hinauf zum Kap Creus. Sie haben mir nur vier Dollars pro Schwein bezahlt. Ja, ihre Gedärme sollen verfaulen.«

»Sehr originell war er nicht, Ihr zweiter Bauer«, meinte Jack nachdenklich. »Aber hier scheint man uns Engländer wirklich nicht besonders zu lieben. Dabei haben wir sie in den letzten hundert Jahren fast ununterbrochen beschützt, müssen Sie wissen.«

»Erstaunlich, nicht wahr?« sagte Stephen Maturin. »Aber ich wollte damit vor allem andeuten, daß unser Erscheinen vor dem spanischen Festland vielleicht nicht ganz so unerwartet kommt, wie Sie glauben. Die Fischer und Schmuggler unterhalten einen regen Handelsverkehr mit Mallorca. Der Tisch des spanischen Gouverneurs ist reich gedeckt mit unseren Fornell-Krebsen, unserer Xambo-Butter und mit Käse aus Mahón.«

»Sicher. Ich hatte Sie schon richtig verstanden und bin sehr dankbar für Ihre aufmerksame …«

Vom grauen Kliff an Steuerbord querab schwebte ein dunkler Schatten über sie hinweg, mit enormer Spannweite und spitzen Flügeln: unheilverkündend wie die Schicksalsgöttin. Stephen grunzte animalisch, riß Jack das Teleskop aus der

Achselhöhle, stieß ihn beiseite und hockte sich vor die Reling, das Glas auf den Handlauf gestützt und fieberhaft fokussierend.

»Ein Bartgeier!« rief er begeistert. »Das ist ein Bartgeier! Noch dazu ein *junger*!«

»Na ja«, sagte Jack sofort und ohne sich eine Sekunde besinnen zu müssen, »vielleicht hat er heute morgen nur vergessen, sich zu rasieren.« Sein rotes Gesicht legte sich in tausend Lachfalten, die blauen Augen wurden zu funkelnden Schlitzen, er krümmte sich wie im Krampf und schlug sich in einem Anfall höchster Belustigung so knallend auf die Schenkel, daß der Rudergänger trotz strengster Disziplin angesteckt wurde und ein ersticktes »Hu-hu-hu« hören ließ, das aber vom Quartermaster sofort unterbunden wurde.

»Manchmal«, sagte James leise, »manchmal kann ich verstehen, daß Sie Ihren Freund so sehr mögen. Er bezieht größeres Vergnügen aus einem schwächeren Geistesblitz als jeder andere, den ich kenne.«

Der Master hatte die Wache; der Zahlmeister stritt weiter vorn mit dem Bootsmann über seine Rechnungen. Jack saß in der Achterkajüte, immer noch glänzend gelaunt, und entwarf in einem Winkel seines Hirns eine neue Verkleidung für die *Sophie,* in einem anderen genoß er die Vorfreude auf sein abendliches Rendezvous mit Molly Harte. Wie überrascht, wie entzückt würde sie sein, ihn in Ciudadela zu sehen! Welches Glück erwartete sie beide! Stephen und James spielten Schach in der Offiziersmesse. James' wütender Angriff, für den er einen Läufer, einen Turm und zwei Springer geopfert hatte, näherte sich seinem fehlgeleiteten Höhepunkt, und während ihres langen, friedlichen Schweigens hatte Stephen sich gefragt, wie er es vermeiden konnte, ihn in drei oder vier Zügen matt zu setzen, ohne ihn allzusehr zu beschämen. Er beschloß, sich mit dem Ziehen so lange Zeit zu lassen (James nahm Niederlagen entsetzlich schwer), bis die Trommel den

Zapfenstreich schlug; in der Zwischenzeit wedelte er nachdenklich mit seiner Königin in der Luft herum, ein Liedchen summend.

»Mir scheint«, James' Worte fielen schwer in die Stille, »mir scheint, uns droht der Frieden.« Stephen spitzte die Lippen und kniff ein Auge zu. Auch er hatte in Mahón Gerüchte über einen bevorstehenden Friedensschluß gehört. »Deshalb bete ich zu Gott, daß wir noch ein anständiges Gefecht erleben, ehe es zu spät ist. Ich bin schon sehr gespannt darauf, wie Sie es aufnehmen werden. Die meisten Männer stellen fest, daß ein Gefecht ganz anders ist, als sie erwartet haben – wie die erste Liebe. Eher enttäuschend, und doch kann man's gar nicht abwarten, das nächste zu erleben ... Ihr Zug übrigens.«

»Ich weiß«, antwortete Stephen scharf. Er warf James einen Blick zu und bemerkte überrascht den Ausdruck nackter, unverhüllter Pein auf dessen Gesicht. Die Zeit übte nicht, wie er erwartet hatte, ihre heilende Wirkung auf Dillon aus, im Gegenteil. Das Gespenst des amerikanischen Schiffs stand für ihn immer noch am Horizont. »Aber würden Sie mir denn nicht zustimmen, daß wir schon einige Gefechte erlebt haben?«

»Diese Scharmützel? Nein, ich dachte an etwas in größerem Rahmen.«

»Nein, Mr. Watt«, sagte der Zahlmeister und hakte den letzten Posten ihrer privaten Aufstellung ab, die ihm und dem Bootsmann garantierte, daß sie dreizehneinhalb Prozent an den Vorräten verdienten, wenn sich ihre beiden Zuständigkeitsbereiche überlappten. »Sagen Sie, was Sie wollen, aber dieser junge Dachs wird es noch schaffen, die *Sophie* am Ende zu verlieren. Schlimmer noch: Er wird uns alle entweder ums Leben oder in Gefangenschaft bringen. Und ich habe wirklich nicht vor, meine letzten Jahre in einem französischen oder spanischen Kerker zu schmachten oder gar sonnengedörrt über meinem eigenen Gestank an die Ruderbank einer algerischen Galeere gekettet zu sein. Ich möchte auch nicht, daß mein Charlie so elend krepiert. Deshalb lasse ich mich versetzen. Zugegeben, unser Beruf hat seine Risiken, und daß er sie eingeht, nehme ich ihm nicht übel. Aber verstehen Sie mich recht, Mr. Watt: daß er die *berufsüblichen* Risiken eingeht, nicht diese. Keine verdammten Hau-ruck-Attacken auf schwerbewaffnete Landbatterien, kein nächtliches Promenieren vor der Küste, als sei sie unser Eigentum. Und kein Wasserbunkern in allen Ecken und Winkeln, nur um noch länger draußen bleiben zu können. Und keine Hetzjagd auf alles, was er sieht, egal, wie groß und stark es ist. Sein Glück zu machen ist eine feine Sache; aber wir dürfen nicht glauben, daß wir's gepachtet haben, Mr. Watt.«

»Sehr richtig, Mr. Ricketts«, antwortete der Bootsmann. »Offen gestanden bin ich mit dieser Herumbolzerei auch nicht einverstanden. Aber Sie liegen weit daneben, wenn Sie glauben, daß er nur sein Glück machen will. Nehmen Sie zum Beispiel diese neue Ankertrosse hier: Besseres Tauwerk werden Sie nirgends finden. Und es hat keinen Marinefaden«, fügte er hinzu, den Tampen mit seinem Marlspieker aufdröselnd. »Hier, sehen Sie selbst. Und warum fehlt der Marinefaden, Mr. Ricketts? Weil diese Trosse nicht aus der Marinewerft kommt, deshalb. Der halsabschneiderische Pfennigfuchser Brown hat sie nie zu Gesicht bekommen, weil Goldilocks sie aus der eigenen Tasche bezahlt hat. Ebenso wie die Farbeimer, auf denen Sie sitzen.«

Du bösartiger, fettgefressener Sohn einer räudigen Hündin, hätte er noch hinzugefügt, wenn er nicht ein so friedliebender, stiller Mann gewesen wäre und wenn nicht die Trommel zur Nachtruhe gerufen hätte.

»Ruft meinen Bootsführer«, sagte Jack nach dem Zapfenstreich. Der Befehl lief durch die Decks – los, George, zum Kommandanten, George, jetzt geht's dir an den Kragen, haha, George kriegt 'ne Abreibung –, und Barret Bonden meldete sich zur Stelle. »Bonden, ich brauche den Kutter. Sorgen Sie dafür, daß die Crew Staat macht: gewaschen, rasiert und ordentlich angezogen, mit Strohhüten, Guernsey-Frocks und Bändern.«

»Aye, aye, Sir«, antwortete Bonden mit unbewegtem Gesicht, aber innerlich vor Neugier brennend. Rasiert? Herausgeputzt? An einem Dienstag? Am Donnerstag und Sonntag trat die Besatzung in ihrem besten Zeug nach Divisionen zur Musterung an. Und nun sollten sie sich am Dienstag rasieren – an einem Dienstag auf See! Er eilte zum Schiffsbarbier, und bis die halbe Kuttercrew so rosig und glatt aussah, wie dessen Kunst es schaffte, zeichnete sich auch des Rätsels Lösung ab. Sie rundeten Kap Dartuch, und an Steuerbord voraus kam Ciudadela in Sicht. Statt nun mit Nordwestkurs stetig weiterzulaufen, hielt die So*phie* auf die Stadt zu und drehte auf fünfzehn Faden Wassertiefe mit backgestelltem Vorbramsegel bei, eine Viertelmeile von der Mole entfernt.

Schnell schritt James die Front der angetretenen Kuttercrew ab. »Wo ist Simmons?« fragte er.

»Krank gemeldet, Sir«, antwortete Bonden und fügte leise hinzu: »Heute ist sein Geburtstag.«

James nickte. Es war nicht sehr klug gewesen, Davies als Ersatz für Simmons zu nehmen; er war zwar gleich groß, und der Strohhut mit dem Band, das den eingestickten Namenszug der *Sophie* trug, stand ihm gut; aber er war ein blauschwarzer Neger und fiel sogleich ins Auge. Allerdings ließ sich das jetzt nicht mehr ändern, denn da kam schon der Kommandant, fein herausstaffiert in seiner Ausgehuniform, mit goldbetreßtem Hut und seinem besten Säbel.

»Ich werde wohl nicht länger als eine Stunde abwesend sein, Mr. Dillon«, sagte Jack mit einer seltsamen Mischung aus steifer Verlegenheit und unterdrückter Erregung. Während der Bootsmann seine Pfeife trillern ließ, stieg er hinunter in den auf Hochglanz geschrubbten Kutter. Und James Dillon erkannte, daß Bonden ein besserer Menschenkenner war: Die

Bootscrew hätte diesmal in allen Farben des Regenbogens schimmern können, ohne daß es Captain Aubrey aufgefallen wäre.

Die Sonne versank an einem Himmel, der nichts Gutes versprach. Die Glocken von Ciudadela stimmten das Angelusläuten an, und auf der *Sophie* glaste es zur letzten Hundewache. Ein fast voller Mond stieg über dem Black Point empor und schwamm in seiner ganzen Pracht am Firmament. Das Signal zum Aufriggen der Hängematten erklang. Wieder wechselte die Wache. Angesteckt von Lucocks neuer Leidenschaft für Navigation, maßen alle Offiziersanwärter die Höhenwinkel der Fixsterne und des aufgehenden Mondes. Dann glaste es achtmal zur Mittelwache. Die Lichter von Ciudadela erloschen eins nach dem anderen.

»Kutter nähert sich, Sir«, meldete endlich der Wachtposten, und zehn Minuten später kletterte Jack an Bord. Sein leichenblasses Gesicht erinnerte im fahlen Mondlicht an einen Totenschädel – der Mund ein schwarzes Loch, die Augen dunkle Höhlen.

»Sie sind noch an Deck, Mr. Dillon?« fragte er mit dem schwachen Versuch eines Lächelns. »Lassen Sie bitte Segel setzen. Das bißchen Seebrise wird uns hinausschieben.« Damit wankte er unsicher in seine Kajüte.

ZEHNTES KAPITEL

MAIMONIDES BERICHTET ÜBER einen Lautenschläger, der, zum Aufspielen bei einem Staatsereignis befohlen, plötzlich feststellen mußte, daß er nicht nur des Stücks nicht mehr, sondern auch keines einzigen seiner Finger in diesem Augenblick mächtig war«, schrieb Stephen. *»Manchmal fürchte ich, daß es mir ähnlich ergehen könnte. Das ist keine irrationale Furcht, denn einst mußte ich einen ganz ähnlichen Verlust ertragen. Als ich, ein Kind noch, nach acht Jahren Abwesenheit nach Aghamore zurückkehrte, besuchte ich Bridie Coolan, und sie sprach mich auf irisch an. Ihre Stimme klang mir zutiefst vertraut (vertrauter als jede andere, denn sie war meine Amme gewesen), ebenso ihr Tonfall und sogar die einzelnen Worte. Trotzdem konnte ich sie nicht verstehen – ihre Worte ergaben für mich keinen Sinn. Ich war sprachlos.*

Dieses Erlebnis kommt mir wieder in den Sinn, weil ich entdecken mußte, daß ich nicht mehr weiß, was meine Freunde empfinden, beabsichtigen oder auch nur sagen wollen. Fest steht, daß Jack in Ciudadela eine ernste Enttäuschung erlebte, die ihn tiefer getroffen hat, als ich's für möglich gehalten hätte, gerade bei ihm. Fest steht auch, daß JD immer noch in höchst unglücklicher Verfassung ist. Aber darüber hinaus weiß ich nichts – keiner von ihnen spricht darüber, und ich durchschaue sie nicht mehr. Dabei ist meine eigene Gereiztheit natürlich keine Hilfe. Ich kämpfe gegen eine stark zunehmende Neigung zu mürrischem Trotz, zu verdrossener Gleichgültigkeit, was natürlich in hohem Grade auch auf den Mangel an Bewegung zurückgeht. Und ich muß gestehen, daß ich beide trotz aller Zuneigung zum Teufel wünsche, mitsamt ihrer überspannten, egozentrischen Ehrpusselei und dem gegenseitigen, verbohrten Aufstacheln zu gewagten Unternehmungen, die sehr leicht einen tödlichen Ausgang nehmen könnten. Tödlich für sie, *was ihr Problem ist; aber auch tödlich für* mich, *ganz zu schweigen vom Rest der Besatzung. Eine abgeschlachtete Crew, ein versenktes Schiff und der Verlust meiner Sammlung – das alles zählt bei ihren Ehrenhändeln keinen Deut. Es verrät eine systematische, haarspalterische, arrogante Negation aller anderen Aspekte menschlicher Existenz, die mich ärgert.*

Wie oft habe ich die beiden nun schon entschlackt, zur Ader gelassen, ihnen Fasten und Schlafmittel verordnet! Beide essen viel zuviel und trinken unmäßig, besonders JD. Manchmal fürchte ich, sie verschließen sich vor mir, weil sie längst ein Duell für den Zeitpunkt vereinbart haben, wenn wir irgendwo an Land gehen, und weil sie genau wissen, daß ich es verhindern würde. Wie sie mir aufs Gemüt drücken, diese beiden! Wenn sie das Deck schrubben, die Segel setzen, die Latrinen putzen müßten, wäre bald Schluß mit diesem Federnspreizen. Ich habe keine Geduld mehr mit ihnen. Für Männer ihres Alters und ihrer Position benehmen sie sich ausgesprochen kindisch. Andererseits wären sie ohne eine gewisse Unreife wohl nicht das, was sie sind – der reife, bedächtige Geist treibt sich weder auf einem Kriegsschiff herum, noch schweift er über die Meere auf der Suche nach Gewalt. Trotz seiner Feinfühligkeit (er spielte seine Variation von Deh vieni *wirklich delikat, kurz bevor wir Ciudadela erreichten) würde JA in vielem eher zum Piraten taugen, wie sie vor hundert Jahren die Karibik unsicher machten. Und trotz seines Scharfsinns läuft JD Gefahr, ein Fanatiker zu werden – ein verspäteter Loyola –, falls er nicht vorher erschlagen oder aufgespießt wird. Immer noch grüble ich über dieses unselige Gespräch …«*

Nach Ciudadela hatte die *Sophie* zum Erstaunen ihrer Besatzung nicht Kurs auf Barcelona genommen, sondern war Westnordwest gelaufen. Bei Tagesanbruch, nachdem Kap Salou in Rufweite des Landes gerundet war, hatte sie einen reich beladenen spanischen Küstenfahrer von gut zweihundert Tonnen aufgebracht, bestückt mit sechs (allerdings stummen) Sechspfündern, hatte ihn so selbstverständlich aufgelesen, als sei das Treffen schon vor Wochen vereinbart und vom spanischen Kapitän auf die Minute pünktlich eingehalten worden.

»Kommerziell ein sehr profitabler Coup«, hatte James gesagt und der im Osten verschwindenden Prise nachgeblickt, die guten Wind für Port Mahón hatte, während sie selbst mühsam kreuzend ihr nördliches Einsatzgebiet ansteuern mußten, eine der belebtesten Schiffahrtsstraßen der bekannten Welt. Aber nicht mit dieser Bemerkung (obwohl ebenfalls unangenehm) hatte das Gespräch begonnen, das Stephen immer noch beschäftigte.

Nein, das kam später, nach dem Mittagessen, als er mit James auf dem Achterdeck stand. Es hatte harmlos genug begonnen, als oberflächlicher Gedankenaustausch über den Unterschied in nationalen Gepflogenheiten – die Spanier nahmen ihr Abendessen sehr spät ein, die Franzosen standen alle, Männer wie Frauen, danach gleichzeitig vom Tisch auf und gingen in den Salon, die Iren blieben beim Wein am Tisch sitzen, bis ein Gast einen Ortswechsel vorschlug; ganz erstaunlich waren die Unterschiede auch beim Duellieren.

»Zweikämpfe sind in England äußerst selten«, bemerkte James.

»Ganz recht«, meinte Stephen. »Als ich zum erstenmal in London war, erfuhr ich zu meinem Erstaunen, daß manche Männer ein ganzes Jahr verstreichen ließen, ohne sich zu duellieren.«

James nickte. »Die Auffassung über Ehre und Beleidigung ist in beiden Königreichen sehr unterschiedlich. Ich habe gegenüber Briten schon Provokationen geäußert, die in Irland unbedingt ein Renkontre verlangt hätten, aber in England ganz ohne Folgen blieben. Wir würden das ungemein ängstlich nennen; oder ist feige das treffendere Wort?« Er zuckte die Schultern und wollte schon fortfahren, als das Oberlicht im Deck aufgeklappt wurde; Jacks Kopf und breite Schultern erschienen im Rahmen. Ich hätte nie geglaubt, daß ein so leutseliger Mann so finster und haßerfüllt dreinblicken kann, dachte Stephen.

»Hatte JD mit Absicht so gesprochen?« schrieb er. »Ich kann es nicht mit Sicherheit sagen, vermute es aber, denn es paßt genau zu den Bemerkungen, die er neuerdings macht: Bemerkungen, die unabsichtlich oder einfach taktlos sein mögen, die aber alle dazu geeignet sind, Vernunft und Vorsicht in ein ungünstiges, sogar verächtliches Licht zu rücken. Früher hätte ich's gewußt, jetzt nicht mehr. Ich weiß nur, daß JA, wenn er bei seinem hitzigen Temperament in Wut gerät – über seine Vorgesetzten, die schwerfällige Marine oder wie jetzt über die Untreue seiner Geliebten –, Erleichterung in der Gewalt sucht, im Gefecht. Und JD, den ganz andere Furien hetzen, reagiert genauso, nur mit einem Unterschied: Während es JA wohl in erster Linie nach dem markerschütternden Lärm des Gefechts verlangt, nach der immensen Herausforderung an Geist und Körper und dem überwältigenden Gefühl, nur für den Augenblick zu leben, gelüstet es JD, fürchte ich, nach mehr.«

Stephen schloß das Tagebuch und starrte den Einband, in Gedanken weit, weit entfernt, so lange an, bis ein Klopfen ihn auf die *Sophie* zurückrief.

»Mr. Ricketts«, sagte er, »was kann ich für Sie tun?«

»Sir«, antwortete der Kadett, »der Kommandant läßt fragen, ob Sie bitte an Deck kommen und sich die Küste ansehen würden.«

»Links vom Rauch, im Süden, das ist der Berg Montjuich mit der großen Burg auf seinem Gipfel; und der Vorsprung zur Rechten ist Barceloneta«, sagte Stephen. »Was sich da hinter der Stadt erhebt, ist der Tibidabo; dort sah ich als Junge meinen ersten Rotfußfalken. Folgt man der Linie vom Tibidabo durch die Kathedrale zum Meer, stößt man auf Santa Creu mit seinem großen Handelshafen; und links davon liegt das Bekken mit den Kriegsschiffen und Kanonenbooten.«

»Sind es viele Kanonenboote?«

»Ich denke, schon. Aber gezählt habe ich sie nie.«

Jack nickte und ließ den Blick aufmerksam durch die Bucht schweifen, um sich jedes Detail einzuprägen. Dann beugte er sich vor und rief: »An Deck! Laßt ihn jetzt hinunter, aber langsam. Babbington, Vorsicht mit der Leine.«

Stephen wurde an seinem luftigen Platz im Masttopp zuerst sechs Zoll angehoben, und dann sank er mit gefalteten Händen, damit er nicht unwillkürlich nach den vorbeigleitenden Tauen, Rahen und Blöcken griff, im gleichen Tempo wie der affenartig behende Babbington, der ihn mit einer Sorgleine ans Luv-Backstag heranholte, sank durch die gähnende Leere hinunter aufs Deck. Dort befreiten sie ihn aus dem Kokon, in dem sie ihn in die Takelage gehievt hatten, denn keiner an Bord hegte auch nur das mindeste Zutrauen zu seinen seemännischen Fähigkeiten.

Zerstreut bedankte er sich und ging unter Deck, wo Tom Simmons von den Gehilfen des Segelmachers in seine Hängematte eingenäht wurde.

»Wir warten nur noch auf die Kugeln, Sir«, sagten sie.

Und wie aufs Stichwort erschien Mr. Day mit einem Netz voller Kanonenkugeln.

»Ich wollte ihm diesen letzten Dienst selbst erweisen«, sagte der Stückmeister und arrangierte das Gewicht mit geübter Hand zu Füßen des jungen Mannes. »Wir waren zusammen auf der *Phoebe*. Schon damals war er nie so recht gesund«, setzte er hinzu.

»Stimmt, Tom war keiner der Stärksten«, bestätigte ein Segelmachergehilfe und zerbiß den Faden mit seinem abgebrochenen Schneidezahn.

Diese Worte und eine gewisse Zurückhaltung im Benehmen waren als Trost für den Arzt gedacht, der einen Patienten verloren hatte. Trotz Stephens hartnäckiger Bemühungen hatte sich Simmons' viertägiges Koma immer weiter vertieft, bis es das letzte Stadium erreichte.

»Sagen Sie mir, Mr. Day«, begann er, als die Segelmacher gegangen waren, »wieviel hat er eigentlich getrunken? Ich habe seine Freunde gefragt, aber die antworten mir nur ausweichend, lügen mich sogar an.«

»Klar tun sie das, Sir, es ist ja verboten. Also, wieviel hat Tom getrunken? Tja, er war ein beliebter Bursche, deshalb würde ich sagen, er bekam ihre ganzen Rationen, vielleicht abzüglich zwei oder drei Schlückchen für eine feuchtere Kehle. Also beinahe einen Liter.«

»Aha, einen Liter. Das ist gewiß eine ganze Menge, aber es überrascht mich, daß ein Mann daran sterben kann. Bei einer Mischung von drei zu eins wären das ungefähr sechs Unzen Rum gewesen – berauschend, aber doch nicht tödlich.«

»Herrje, Doktor ...« Der Stückmeister betrachtete ihn mit mitleidiger Zuneigung. »Das war doch nicht der Grog. Das war der Rum.«

»Ein Liter Rum?« rief Stephen aus. »Purer Rum?«

»Ganz recht, Sir. Jedem Mann stehen pro Tag eine halbe Pinte Rum zu, in zwei Portionen, das macht pro Backschaft etwa einen Liter Rum zum Mittag- und zum Abendessen. Dazu kommt dann das Wasser. Du meine Güte«, leise lachend tätschelte er das leblose Bündel auf den Planken zwischen ihnen, »wenn sie jedesmal nur eine halbe Pinte Zwei-Drittel-Grog bekämen, hätten wir bald eine blutige Meuterei am Hals. Und sie wären im Recht.«

»Eine halbe Pinte reinen Alkohol pro Mann und Tag?« Stephen errötete vor Empörung. »Ein großes Wasserglas voll? Darüber muß ich mit dem Kommandanten sprechen. Ich bestehe darauf, daß das Zeug künftig über Bord gekippt wird.«

»Und somit übergeben wir seinen Leichnam der Tiefe«, sagte Jack und schloß die Bibel.

Tom Simmons' Kameraden hoben das eine Ende der Gräting an; rutschendes Segeltuch scheuerte leise über Holz, es spritzte ein wenig, und eine lange Reihe Luftblasen stieg im klaren Wasser nach oben.

»Und jetzt, Mr. Dillon«, sagte Jack in einem Ton, in dem die Formalität der Bestattungszeremonie nachklang, »können wir mit den Waffen und dem Anstreichen weitermachen.«

Die Slup lag beigedreht gut unter der Kimm von Barcelona, und bis Tom Simmons den Meeresgrund in vierhundert Faden Tiefe erreicht hatte, war sie drauf und dran, sich in eine weißgestrichene Schnau mit schwarzen Aufbauten zu verwandeln, mit einer parallel zum Untermast gespannten, straffen, armdicken Trosse, die einen Schnaumast vortäuschen sollte. Zur gleichen Zeit drehte sich mit schöner Regelmäßigkeit der Schleifstein auf dem Vorschiff und schliff schärfere Schneiden, tödlichere Spitzen in Entermesser und -beile, Piken, Bajonette, Fähnrichsdolche und Offizierssäbel.

An Bord ging es geschäftig zu wie immer, und doch hing ein gewisser Ernst über allem. Es war nur natürlich, daß seine Backschaft oder sogar seine ganze Wache so kurz nach der Bestattung eines Kameraden mit traurigen Gesichtern herumlief (und Tom Simmons war beliebt gewesen, sonst hätte er kein so tödliches Geburtstagsgeschenk bekommen); aber dieser Ernst steckte die ganze Besatzung an, und kein spontanes Shanty erklang auf dem Vorschiff, keiner der üblichen Scherze in der Kuhl. Eine gedämpfte und grüblerische Atmosphäre lag über dem Schiff, keineswegs gereizt oder trotzig, aber ... Stephen hing in seiner Koje (er hatte die ganze Nacht bei dem armen Simmons gewacht) und suchte die richtige Definition ... Aber die Stimmung war – bedrückt? – besorgt? – voll düsterer Vorahnungen? Trotz des fürchterlichen Krachs, den Mr. Day und seine Helfer beim Überholen der Munitionsschapps, beim Entrosten der aberhundert Kugeln und bei ihrem Zurückrollen über hallende Decksplanken veranstalteten, fiel Stephen schließlich in Schlaf, ohne den passenden Ausdruck gefunden zu haben. Er erwachte, weil sein Name gefallen war.

»Dr. Maturin? Nein, jetzt ist Dr. Maturin auf keinen Fall zu sprechen«, sagte die Stimme des Masters in der Offiziersmesse. »Sie können mir eine Nachricht für ihn hinterlassen, ich richte sie ihm beim Mittagessen aus, wenn er dann wach ist.«

»Ich soll ihn aber fragen, welche Arznei gegen ein schlappes Fußpferd hilft«, piepste Ellis verunsichert.

»Wer hat Ihnen das aufgetragen? Ich wette, es war wieder dieser Nichtsnutz Babbington. Schämen Sie sich – so viele Wochen auf See und immer noch so naiv.«

Die eigenartig bedrückte Stimmung hatte also noch nicht das Fähnrichslogis erreicht oder war schon wieder daraus verflogen. Wie abgesondert vom Rest der Besatzung doch die jungen Burschen lebten, sinnierte Stephen. Ihre Fröhlichkeit hing nur selten von den gerade herrschenden Umständen ab. Darüber fiel ihm seine eigene Jugend ein – die intensiv erlebte Gegenwart – das Glück des Augenblicks, nicht das der Erinnerung oder des heimlichen Genusses –, bis die Bootsmannspfeife zum Mittagessen schrillte, worauf sich sein leerer Magen sofort schmerzhaft verkrampfte. Ich habe mich zu einem Marinetier entwickelt, dachte er und schwang die Beine aus der Koje.

Dies waren die fetten Tage des Reisebeginns: Noch stand Weißbrot auf dem Tisch und dazu ein stattlicher Hammelrükken, den Dillon, unter die Decksbalken gebückt, gerade aufschnitt. Er sagte: »Wenn Sie hinaufgehen, Doktor, werden Sie das Schiff wunderbar verwandelt finden. Wir sind keine Brigg mehr, sondern eine Schnau.«

»Mit einem zusätzlichen Mast.« Der Master hielt drei Finger in die Höhe.

»Tatsächlich?« Eifrig reichte Stephen seinen Teller weiter. »Wozu dient er? Der Schnelligkeit, der Seetüchtigkeit oder der Bequemlichkeit?«

»Der Täuschung des Feindes.«

Mit Gesprächen über die Kriegskunst, über die jeweiligen Vorzüge von Mahón- oder Cheshirekäse und über die erstaunliche Tiefe des Mittelmeers so dicht unter Land verging die Mahlzeit. Wieder einmal fiel Stephen die überraschende Gewandtheit auf (zweifellos erworben in vielen Dienstjahren auf See und ererbt von Generationen zusammengepferchter Matrosen), mit der selbst ein so ungehobelter Mann wie der Zahlmeister dazu beitrug, daß die Unterhaltung niemals versiegte, daß sie glatt über Abneigungen und Spannungen hinwegglitt – oft mit Platitüden, aber immer mit genug Verve, um die Mahlzeit nicht nur erträglich, sondern fast angenehm zu gestalten.

»Vorsicht, Doktor«, sagte der Master auf der Treppe und stützte ihn von hinten. »Sie fängt an zu rollen.«

Das stimmte; obwohl das Deck der *Sophie* nur wenig höher lag als die Offiziersmesse, waren die Schiffsbewegungen hier oben viel stärker zu spüren. Stephen schwankte, griff haltsuchend nach einer Relingsstütze und blickte sich erwartungsvoll um.

»Wo ist denn nun diese wunderbare Verwandlung?« rief er aus. »Wo der dritte Mast, der den Feind täuschen soll? Und worin liegt das Vergnügen, worin der Witz, einen Landmenschen zum allgemeinen Gespött zu machen? Bei meiner Ehre, Mr. Witzbold, jeder biersabbernde Dorftrottel wäre taktvoller gewesen! Ist Ihnen nicht klar, daß dieses Treiben höchst verwerflich ist?«

»Oh, oh, Sir«, rief Mr. Marshall, entsetzt über die plötzliche heiße Wut in Stephens Blick, »auf mein Wort … Mr. Dillon, ich flehe Sie an …«

»Lieber Bordkamerad, beruhigen Sie sich.« James führte Stephen zum Großmast und zeigte ihm die armdicke Trosse dahinter, die im Abstand von sechs Zoll parallel dazu nach oben führte. »Lassen Sie mich Ihnen versichern, daß dies fürs Auge eines Seemanns ein dritter Mast ist. Sehr bald werden Sie erleben, daß ein ganz ähnlicher Lappen wie unser altes Gaffelsegel daran gesetzt wird, zusammen mit einem Kreuzsegel an der Rah über unseren Köpfen. Kein Seemann würde uns draußen noch für eine Brigg halten.«

»Na ja«, sagte Stephen, »ich muß Ihnen wohl glauben. Mr. Marshall, vergeben Sie mir meine übereilten Worte.«

»Ach, Sir, da müßten Sie schon ganz anders vom Leder ziehen, um mich zu treffen«, antwortete der Master im Bewußtsein, daß er Stephens Sympathie besaß, was er auch zu schätzen wußte. »Es sieht so aus, als hätten sie unten im Süden Sturm gehabt«, setzte er mit einem Blick über die Reling hinzu.

Von der fernen Küste Afrikas lief ein langer Schwell, den die kleinen Windwellen zwar kaschierten, der sich aber im starken Heben und Senken des Horizonts offenbarte. Stephen konnte sich sehr gut vorstellen, wie die in langen, gleichmäßigen Intervallen anrollenden Seen weißschäumend an den Felsen der katalanischen Küste brachen, wie sie zischend über den Kiesstrand liefen und knirschend, mit gewaltigem Sog, wieder zurückströmten. »Hoffentlich bekommen wir keinen Regen«, sagte er. Denn unzählige Male hatte er im Frühherbst erlebt, wie diese eben noch ruhige See anschwoll, wie starker Südostwind aufkam und aus einem niedrigen, gelblichen Himmel warme Regengüsse auf die Reben prasselten, die gerade reif für die Lese gewesen waren.

»Segel in Sicht!« kam ein Ruf aus dem Masttopp.

Eine mittelgroße Tartane, tief weggeladen, kreuzte zwei Strich an Backbord voraus gegen den frischen Ostwind auf, offenbar aus Barcelona kommend.

»Wie gut, daß sie uns nicht schon vor einer Stunde begegnet ist«, sagte James in Gedanken an ihre Tarnung. »Mr. Pullings, eine Empfehlung an den Kommandanten, und wir haben ein fremdes Segel zwei Strich an Backbord voraus.«

Aber noch bevor er zu Ende gesprochen hatte, erschien Jack an Deck, eine vergessene Schreibfeder in der Hand, einen kalten Glanz in den Augen.

»Seien Sie so freundlich …« Er reichte Stephen die Feder und kletterte behende wie ein Kadett in die Takelage. An Deck herrschte Hochbetrieb: Die Gerätschaften des morgendlichen Reinemachens wurden weggeräumt und die Segel verstohlen auf den neuen Kurs eingestellt, um der Tartane den Fluchtweg zum Land abzuschneiden; Matrosen rannten mit schweren Lasten umher, und nachdem Stephen mit: »Erlauben Sie, Sir!« und: »Aus dem Weg – oh, pardon, Sir!« zwei-, dreimal angerempelt worden war, resignierte er und verschwand in der Kajüte, ließ sich auf Jacks Heckbank nieder und begann, über die Charakteristika einer Gemeinschaft nachzudenken, über ihre Erscheinungsformen, ihre innere Kommunikation und die Tatsache, daß sie sich als Ganzes deutlich unterschied von den Individuen, aus denen sie bestand.

»Ach, hier sind Sie!« rief Jack bei seiner Rückkehr. »Ich fürchte, sie ist nur ein ordinärer Frachtkahn. Ich hatte auf etwas Besseres gehofft.«

»Rechnen Sie damit, sie abzufangen?«

»O ja, das werden wir wohl, selbst wenn sie sofort wenden sollte. Aber ich hatte so sehr auf einen großen Coup gehofft. Ich kann Ihnen gar nicht beschreiben, wie so etwas den Geist belebt – Ihre Blutegel und Aderlässe sind nichts dagegen ... Sagen Sie, wollen wir heute abend ein bißchen musizieren, falls nichts dazwischenkommt?«

»Mit dem größten Vergnügen.« Als Stephen Jack so vor sich sah, konnte er sich zum ersten Mal vorstellen, wie er sein würde, wenn das Feuer seiner Jugend erst erloschen war: beleibt, ergraut und autoritär, wenn nicht sogar herrschsüchtig und vergrämt.

»Also gut.« Jack zögerte, als hätte er noch viel mehr auf dem Herzen. Doch dann drehte er sich um und ging an Deck, ohne noch etwas zu sagen.

Die *Sophie* glitt flott durch die Seen, ohne mehr Segel gesetzt zu haben und ohne jede erkennbare Absicht, zu der Tartane aufzuschließen: eine zielbewußte, nüchterne Handelsschnau, unterwegs nach Barcelona. Eine halbe Stunde später zeigte sich, daß sie anscheinend mit vier Kanonen bewaffnet und knapp an Leuten war (der Koch mußte bei Manövern mit zupacken). Alles in allem wirkte sie ziemlich schlampig und völlig neutral. Aber dann, als die Tartane am südlichen Ende ihres Schlags klar zur Wende machte, setzte die *Sophie* blitzschnell ihre Stag- und Bramsegel und schoß mit überraschend hoher Fahrt auf ihr Opfer zu – so überraschend für die Tartane, daß diese ihr Wendemanöver verpatzte und auf den alten Bug zurückfiel.

Beim Abstand von einer halben Meile pointierte Mr. Day mit einer Kanone (seine liebste Beschäftigung) und setzte ihr einen Schuß vor den Bug. Darauf drehte sie mit abgefierter Rah bei und wartete, bis die *Sophie* längsseits kam und Jack hinüberrief, der Skipper möge an Bord kommen.

»Er bedauert, mein Herr, aber er kann nicht. Er käme mit Freuden, aber der Boden seiner Barkasse ist durchgebrochen«, ließ er Jack durch den Mund einer hübschen jungen Frau sagen, vermutlich seine Angetraute oder deren Äquivalent. »Außerdem ist er nur ein Neutraler aus Ragusa, in Ballast unterwegs zu seinem Heimathafen.« Der dunkelhaarige kleine Mann neben ihr klopfte nachdrücklich auf den Boden des umgedrehten Bootes, der tatsächlich ein Leck aufwies.

»Welche Tartane?« rief Jack.

»*Pola*«, antwortete die junge Frau.

Mit bösem Gesicht stand Jack da und überlegte. Die beiden Schiffe hoben und senkten sich im Seegang, und bei jeder Aufwärtsbewegung tauchte die Küste hinter der Tartane auf. Jacks Laune verschlechterte sich noch, als er im Süden ein vor dem Wind segelndes Fischerboot entdeckte, mit einem weiteren dahinter: scharfäugige Beobachter. Schweigend starrte *Sophies* Besatzung die Frau an, leckte sich die Lippen und schluckte krampfhaft.

Die Tartane fuhr nicht in Ballast, das war eine freche Lüge. Und er bezweifelte auch, daß sie aus Ragusa stammte. Aber *Pola* – war das ihr richtiger Name?

»Setzt den Kutter aus«, befahl er. »Mr. Dillon, wer an Bord spricht Italienisch? John Baptist ist doch Italiener.«

»Und Abram Codpiece, Sir – das ist nur ein Spitzname.«

»Mr. Marshall, gehen Sie mit Baptist und Codpiece hinüber und überprüfen Sie diese Tartane – sehen Sie sich ihre Papiere an – werfen Sie einen Blick in den Laderaum – durchsuchen Sie notfalls auch die Kabinen.«

Der Kutter wurde ausgesetzt und vorsichtig vom frischen Anstrich des Rumpfes abgehalten; schwerbewaffnete Männer ließen sich von der Großrahnock an einer Leine ins Boot hinab und hätten sich lieber den Hals gebrochen als die glänzende neue Farbe zerkratzt.

Sie pullten hinüber und enterten die Tartane; Marshall, Codpiece und John Baptist verschwanden in der Kajüte. Bald hörte man eine Frauenstimme wütend kreischen, dann folgte ein durchdringender Schrei. Die Sophies wurden unruhig und wechselten erregte Blicke.

Marshall kam wieder an Deck. »Was haben Sie mit der Frau angestellt?« rief Jack.

»Hab sie niedergeschlagen, Sir«, antwortete Marshall ungerührt. »Diese Tartane kommt genausowenig aus Ragusa wie ich. Der Skipper radebrecht nur, sagt Codpiece, und kann überhaupt kein richtiges Italienisch. Die Dame hatte einen Satz spanischer Papiere in ihrem Ausschnitt, und der Laderaum ist voller Tuchballen für Genua.«

»Was für eine Gemeinheit, eine Frau so brutal niederzuschlagen«, sagte James laut. »Und mit diesem Grobian müssen wir die Messe teilen.«

»Warten Sie ab, bis Sie verheiratet sind, Mr. Dillon«, sagte der Zahlmeister schmunzelnd.

»Gut gemacht, Mr. Marshall«, lobte Jack. »Sehr gut sogar. Wie viele Leute? Welchen Eindruck machen sie?«

»Acht, Sir, mit den Passagieren: häßliche, aufsässige Strolche.«

»Na, dann schicken Sie sie herüber. Mr. Dillon, eine Prisenbesatzung aus gestandenen Männern, bitte.«

Noch während er sprach, fielen die ersten Regentropfen, und mit dem Regen kam ein Geräusch, das jeden herumfahren ließ, so daß alle Nasen nach Nordost zeigten. Das Geräusch war kein Donner. Es war Artilleriefeuer.

»Beeilung mit den Gefangenen!« rief Jack. »Mr. Marshall, Sie bleiben drüben. Ist es Ihnen unangenehm, auf die Frau aufzupassen?«

»Macht mir nichts aus, Sir«, sagte Marshall.

Fünf Minuten später nahmen sie wieder Fahrt auf und schlängelten sich schräg zum Seegang durch den peitschenden Regen, mit halbem Wind segelnd. Auf diesem Kurs beschrieb der Bugspriet Spiralen wie ein Korkenzieher. Obwohl sie fast sofort die Bramsegel weggenommen hatten, war die Tartane nach einer halben Stunde weit zurückgefallen. Stephen stand an der Heckreling und starrte ins Kielwasser, in Gedanken tausend Meilen weit entfernt; da merkte er, daß ihn jemand leise an den Rockschößen zupfte. Es war Mowett. Lächelnd zeigte er auf Ellis, der auf Händen und Knien vor dem Schanzkleid lag und verzweifelt, aber sorgsam gezielt durch ein kleines viereckiges Loch darin kotzte: das Speigatt.

»Sir, Sir«, mahnte Mowett, »Sie werden naß.«

»Ja«, murmelte Stephen, »vom Regen.«

»Ganz recht, Sir. Möchten Sie nicht lieber unter Deck ins Trockene gehen? Oder soll ich Ihnen eine Öljacke bringen?«

»Nein, nein, nicht nötig. Sehr freundlich. Danke ...« Stephens Geist weilte immer noch anderswo.

Mowett merkte, daß er mit dem ersten Teil seiner Mission abgeblitzt war, und machte sich mit unerschütterlicher Heiterkeit an den zweiten: Stephens zerstreutes Pfeifen zu unterbinden, das den Leuten auf Hütten- und Achterdeck – eigentlich der gesamten Crew – so auf die Nerven ging. »Darf ich Ihnen wieder etwas Nautisches erklären, Sir?« fragte er vorsichtig. »Hören Sie das Artilleriefeuer?«

Stephens gespitzte Lippen glätteten sich. »Gern.«

»Also hier, Sir«, Mowett zeigte über die graue, zischende See zu seiner Rechten in die ungefähre Richtung von Barcelona, »hier haben wir das, was wir eine Leeküste nennen.«

»Tatsächlich?« In Stephens Blick glomm ein gewisses Interesse auf. »Das Phänomen, das Sie so sehr verabscheuen? Es ist nicht nur ein Vorurteil, ein traditioneller Aberglaube?«

»O nein, Sir«, rief Mowett aus und begann zu erklären: die Abdrift nach Lee, den Verlust an Luvraum beim Überstaggehen, das Unvermögen, bei Starkwind zu wenden, die Zwangslage, die sich daraus ergab, wenn ein Schiff bei Sturm und auflandigem Wind zu nahe an die Küste geriet – kurz den ganzen heillosen Schrecken einer solchen Situation.

Seine Ausführungen wurden vom Donner der fernen Kanonen untermalt, der manchmal eine halbe Minute lang ununterbrochen grollte und dann wieder scharf und abgehackt krachte. »Oh, wenn ich doch wüßte, was dort passiert!« rief Mowett, sich selbst unterbrechend. Er stellte sich auf die Zehenspitzen und reckte den Hals.

»Sie haben nichts zu befürchten«, beruhigte ihn Stephen. »Bald wird der Wind aus der gleichen Richtung wehen, aus der die Wellen kommen – um den Michaelitag haben wir das öfter. Wenn man doch nur die Reben mit einem großen Schirm schützen könnte.«

Mowett war nicht der einzige, den das Artilleriefeuer beschäftigte. So*phies* Kommandant und ihr Erster Offizier, beide dürstend nach dem Lärminferno und der befreienden Eruption der Schlacht, standen auf dem Achterdeck, äußerlich nebeneinander, aber innerlich meilenweit voneinander entfernt, und richteten all ihre Sinne nach Nordosten. Ebenso gespannt war fast die gesamte Besatzung der *Sophie*. Und jener der *Felipe V*, eines spanischen Freibeuters von sieben Kanonen, ging es nicht anders.

Er brach durch die dunkle Regenwand, die etwas achterlicher als querab jede Sicht auf die Küste versperrte, und preschte unter Vollzeug in Richtung des Artillerieduells. Beide Schiffe entdeckten einander im selben Augenblick: Die *Felipe* feuerte, setzte ihre Flagge, bekam die Quittung aus *Sophies* Breitseite, erkannte ihren Irrtum, legte hart Ruder und strebte geradewegs nach Barcelona zurück; im stürmischen achterlichen Wind bauchten sich ihre riesigen Lateinersegel, während ihr Rumpf wild über die Seen rollte.

In der nächsten Sekunde drehte auch die *Sophie*. Die Mündungspfropfen ihrer Steuerbordkanonen flogen heraus, gewölbte Hände schützten die zischenden Lunten und das Zündkraut auf den Pfannen.

»Zielt auf ihr Heck!« rief Jack. Handspaken und Keile drehten die Rohre um fünf Grad herum. »In der Aufwärtsbewegung! Feuer frei!« Er ließ das Rad um zwei Speichen aufkommen, und die Kanonen krachten, erst drei, dann vier. Sofort gierte der Freibeuter, als wolle er sie angreifen, aber dann sank sein killendes Besansegel an Deck, sein Lateinersegel füllte sich wieder, und er zog vor dem Wind davon. Eine Kugel hatte den Ruderkopf getroffen, deshalb konnte er achtern kein Segel mehr tragen. Sie versuchten, mit einem Langriemen zu steuern, und machten sich fieberhaft am Besan zu schaffen. Gleichzeitig feuerten ihre beiden Backbordkanonen, und eine Kugel traf die *Sophie* mit eigenartig schepperndem Laut. Aber deren nächste Breitseite, sorgsam gezielt und auf Pistolenschußweite abgefeuert, sowie einige Salven der Musketen erstickten jeden Widerstand. Nur zwölf Minuten nach dem ersten Schuß strich der Freibeuter die Flagge. Auf der *Sophie* brach ein wildes Freudengeheul aus, die Männer schlugen einander auf den Rücken und schüttelten sich lachend die Hände.

Der Regen war in dicken grauen Schleiern nach Westen abgezogen und verhüllte den Hafen, der jetzt schon viel näher gekommen war.

»Nehmen Sie die Prise in Besitz, Mr. Dillon, seien Sie so gut«, sagte Jack und spähte zur Windfahne hoch.

Der Wind raumte, wie in diesem Seegebiet so oft nach dem Regen, und würde bald etwas südlicher als Ost einkommen.

»Irgendwelche Schäden, Mr. Lamb?« fragte Jack den Zimmermann, der seine Meldung machte.

»Gratuliere zu Ihrem Sieg, Sir«, sagte dieser. »Keine ernsten Schäden, Sir, jedenfalls keine strukturellen. Aber dieser Treffer hat die Kombüse verwüstet – das ganze Kupfergeschirr ist durch die Gegend geflogen und der Schornstein abgerissen.«

»Wir sehen es uns gleich an«, versprach Jack. »Mr. Pullings, die vorderen Kanonen sind nicht richtig gesichert ... Was ist das, zum Donnerwetter?« rief er, als sein Blick auf die Stückmannschaften fiel. Sie sahen seltsam, ja sogar erschrekkend aus: schwarz von Kopf bis Fuß. Fürchterliche Erklärungen zuckten durch Jacks Hirn, bis er begriff, daß sie nur über und über mit frischer schwarzer Farbe und Ruß aus dem Kombüsenschornstein bedeckt waren. Und jetzt begannen die vordersten aus lauter Begeisterung auch ihre bisher sauber gebliebenen Kameraden zu beschmieren. »Seid ihr des Teufels?« brüllte Jack mit seiner lautesten Gefechtsstimme. »Schluß mit dem gottverdammten Blödsinn!«

Seine Leute hatten erwartet, daß er nach dem Aufbringen des hübschen Freibeuters bester Laune sein würde; außerdem waren sie es nicht gewohnt, von ihm verflucht zu werden. Deshalb verstummten sie perplex und kommentierten Jacks Ausbruch nur dadurch, daß sie heimlich die Augen rollten oder einander zuzwinkerten.

»An Deck!« rief Lucock aus dem Masttopp. »Kanonenboote laufen von Barcelona aus. Sechs Kanonenboote. Nein, acht – neun – elf – dahinter kommen noch mehr!«

»Barkasse und Jolle aussetzen«, rief Jack. »Mr. Lamb, Sie gehen bitte mit hinüber und bringen das Ruder wieder in Ordnung.«

Bei diesem Seegang war es kein Kinderspiel, die Boote an ihren Taljen mit Hilfe der Rahen auszuschwingen und heil abzufieren. Aber die Männer waren in Hochstimmung und arbeiteten wie die Berserker – als hätte man sie mit Rum abgefüllt, ohne daß ihre Geschicklichkeit darunter litt. Immer wieder brachen sie in gedämpftes Gelächter aus – das jedoch schnell erstickte, als ein Segel in Luv gemeldet wurde, ein fremdes Schiff, das die *Sophie* ins Kreuzfeuer nehmen konnte. Erst die Nachricht, daß es sich um ihre eigene Prise handelte, die erbeutete Tartane, brachte allgemeines Aufatmen.

Die Boote hasteten hin und her; die mürrischen Gefangenen, Hemden oder Jacken mit ihren privaten Schätzen vollgestopft, verschwanden im Gänsemarsch unter Deck; man hörte, wie der Zimmermann und seine Gehilfen drüben mit ihren Äxten eine neue Pinne zurechthieben. Stephen fing den vorbeiflitzenden Ellis ab.

»Wann genau haben Sie aufgehört, sich zu übergeben, Sir?« fragte er ihn. »Fast im selben Augenblick, als die Kanonen feuerten, Sir«, antwortete der Junge, und Stephen nickte. »Wie ich mir's dachte«, sagte er. »Ich habe Sie beobachtet.«

Die erste spanische Kugel warf eine weiße Fontäne auf, fast so hoch wie der Großmast und genau in der Mitte zwischen den beiden Schiffen. Höllisch gezielt für einen Distanzschuß. Und ein verdammt großes Kaliber, dachte Jack.

Die Kanonenboote waren noch über eine Meile entfernt, doch sie kamen überraschend schnell näher, und zwar genau gegen den Wind. Die drei vordersten wurden von je dreißig Ruderriemen angetrieben, und jedes fuhr einen langen Sechsunddreißigpfünder. Deren schwere Kugeln konnten die *Sophie* selbst auf so hohe Distanz glatt durchschlagen.

Jack mußte sich beherrschen, um den Zimmermann nicht zur Eile zu treiben. »Wenn ein Sechsunddreißigpfünder ihm keine Beine macht, schaffe ich's auch nicht«, murmelte er beim Auf- und Abmarschieren. Jedesmal wenn er kehrtmachte, spähte er erst zur Windfahne hinauf und dann zu den Kanonenbooten hinüber. Die sieben vordersten hatten nun alle Maß genommen und feuerten in unregelmäßigen Abständen weiter – meistens zu kurz; aber manche Kugeln heulten auch über *Sophies* Mastspitzen hinweg.

»Mr. Dillon«, rief Jack nach einem halben Dutzend Kehrtwendungen hinüber, während Gischt von einem Einschlag dicht am Heck ihm in den Nacken spritzte, »Mr. Dillon, wir übernehmen den Rest der Gefangenen später. Setzen Sie Segel, sobald Sie können. Oder sollen wir Ihnen eine Schlepptrosse übergeben?«

»Nein danke, Sir. Die Pinne wird in zwei Minuten montiert.«

»In der Zwischenzeit können wir ihnen ja ein paar auf den Pelz pfeffern«, meinte Jack, denn die plötzlich schweigsam gewordenen Sophies begannen etwas besorgt dreinzublicken. »Zumindest wird uns der Rauch ihren Blicken entziehen. Mr. Pullings, Feuer frei für die Backbordkanonen.«

Das Krachen der Abschüsse, das Rumpeln der Lafetten, der Pulverrauch und die hektische Aktivität hoben die allgemeine Stimmung sofort. Lächelnd beobachtete Jack, wie ernsthaft an der Bronzekanone neben ihm alle Mann nach dem Einschlag ihrer Kugel ausspähten. Die Feuererwiderung der *Sophie* löste auf den Kanonenbooten eine fieberhafte Aktivität aus, und nun wurde die bleigraue See im Westen auf breiter Front vom Aufblitzen ihrer Mündungsfeuer erhellt.

Babbington vor ihm deutete eifrig auf die Prise; Jack wirbelte herum und sah, daß Dillon ihm durch den Lärm etwas zurief: Die neue Pinne war montiert.

»Fahrt aufnehmen«, befahl er.

Sophies backgestelltes Fockbramsegel schwang herum und füllte sich mit Wind. Jetzt hing alles von ihrer Geschwindigkeit ab. Unter vollem Tuch und mit allen Vorsegeln zogen sie zunächst mit raumem Wind davon, bevor Jack wieder anluven und nach Nordnordwest halten ließ. Damit geriet die Slup noch einmal näher an die Kanonenboote heran und mußte quer an ihrer ganzen Front vorbeilaufen. Die Backbordbatterie feuerte ununterbrochen, die feindlichen Kugeln warfen rundum Gischtfontänen auf oder heulten über sie hinweg, und einen übermütigen Augenblick lang spielte Jack mit dem Gedanken, sich mitten unter den Feind zu stürzen, denn auf kurze Distanz waren die schwerfälligen Kanonenboote im Nachteil. Aber dann fiel ihm ein, daß er die beiden Prisen bei sich hatte und daß Dillon mit einer gefährlich hohen Anzahl Gefangener klarkommen mußte. Da befahl er, die Rahen hart anzubrassen.

Die Prisen gingen zur gleichen Zeit hoch an den Wind, und nun liefen alle drei Schiffe mit fünf bis sechs Knoten auf die freie See hinaus. Die Kanonenboote verfolgten sie noch eine halbe Stunde, aber als das Tageslicht nachließ und ihre Reichweite überschritten war, drehte eines nach dem anderen ab und kehrte langsam nach Barcelona zurück.

»Das habe ich miserabel gespielt.« Jack ließ den Bogen sinken.

»Sie waren nicht mit dem Herzen dabei«, sagte Stephen. »Es war ja auch ein hektischer Tag – ein ermüdender Tag. Aber er hat sich gelohnt.«

»Wieso – ja, richtig.« Jacks Gesicht erhellte sich etwas. »Gelohnt hat er sich. Ich bin auch außerordentlich zufrieden.« Eine Pause. »Erinnern Sie sich noch an den Burschen namens Pitt«, fragte er dann, »mit dem wir in Mahón speisten.«

»Den Offizier?«

»Ja. Würden Sie ihn gutaussehend nennen – attraktiv?«

»Nein. Nein, gewiß nicht.«

»Freut mich zu hören. Ich weiß Ihr Urteil immer sehr zu schätzen.« Eine längere Pause. »Sagen Sie mir noch eins«, fuhr er danach fort, »ist Ihnen aufgefallen, wie viele Erinnerungen auf einen einstürmen, wenn man melancholisch ist? Als bekäme man Skorbut und die alten Wunden brächen wieder auf. Aber im Grunde habe ich keinen Augenblick vergessen, was Dillon damals zu mir gesagt hat, im Gegenteil: Es liegt mir seither im Magen, und ich mußte die letzten zwei, drei Tage dauernd daran denken. Ich glaube, ich werde doch eine Erklärung von ihm fordern – hätte sie wahrscheinlich längst fordern sollen. In den nächsten paar Tagen ist es unnötig, aber sobald wir im Hafen sind, hole ich es nach.«

»Pom, pom, pom, pom«, brummte Stephen unisono mit seinem Cello und warf Jack einen Blick zu. Dessen volles, überschattetes Gesicht hatte einen überaus ernsten Ausdruck angenommen, und hinter den umwölkten Augen brannte eine tiefe Glut. »Ich komme allmählich zu der Überzeugung, daß Gesetze die Hauptursache allen Unglücks sind. Damit meine ich nicht unbedingt den klassischen Fall, daß man unter dem einen Gesetz geboren ist und einem anderen gehorchen muß – nein, Sir: Unter einem halben Dutzend Gesetzen geboren zu sein und an die fünfzig andere befolgen zu müssen, das ist das Problem. Justitia singt gleichzeitig in so vielen verschiedenen Tonarten, daß ihre Melodien nicht nur aneinander vorbeilaufen, sondern einander sogar widersprechen. Nehmen Sie Ihren Fall: Sie wollen etwas tun, das die Kriegsartikel und – wie Sie mir erklärten – auch die Regeln der Großmut verbieten, das aber Ihre momentane Auffassung über Moral und Ehre von Ihnen verlangt. Buridans Esel starb elendiglich, weil er sich nicht zwischen zwei Futtersäcken entscheiden konnte. Und dann gibt es natürlich noch diese gespaltenen Loyalitäten – ein häufiger Auslöser quälender Konflikte.«

»Ich kann mir beim besten Willen nicht vorstellen, was Sie mit gespaltener Loyalität meinen. Man hat doch nur *einen* König. Und eines Mannes Herz kann nicht im einen Augenblick an diesem Fleck und im nächsten woanders sitzen – falls er kein Schurke ist.«

»Was Sie für einen ausgemachten Unsinn reden«, sagte Stephen. »Jeder weiß doch, daß ein Mann gleichzeitig zwei verschiedenen Frauen ernsthaft zugetan sein kann, auch drei oder vier Frauen – erstaunlich vielen Frauen jedenfalls. Doch von diesen Dingen«, er unterbrach sich, »verstehen Sie mehr als ich. Nein, ich meine Loyalität im weiteren Sinne, einen allgemeineren Konflikt. Den des gradlinigen Amerikaners, zum Beispiel, bevor unsere Beziehungen vergiftet wurden; den des abgeklärten Jakobiners im Jahr 45 oder des katholischen

Priesters im heutigen Frankreich; bei den Franzosen der unterschiedlichsten Hautfarben, im Mutterland und außerhalb – welche Konflikte! Und je ehrlicher der Mann, desto größer die Qual. Aber da liegt der Konflikt wenigstens offen zutage. Mir scheint, daß die größere Verwirrung und Pein aus den weniger offensichtlichen Loyalitätskonflikten erwächst – aus Widersprüchen zwischen den Moral- und den Naturgesetzen, zwischen den bürgerlichen und militärischen Gesetzen, den Ehrbegriffen und Gebräuchen, den Regeln des Alltags, der Höflichkeit, der Galanterie, der Liebeswerbung – ganz zu schweigen von den kirchlichen Geboten für praktizierende Christen: alle sind sie nur selten miteinander vereinbar. Eigentlich sogar nie. Keines befindet sich in harmonischer Übereinstimmung mit dem Rest. Ein Mann muß sich immerwährend zwischen diesen Gesetzen entscheiden, muß das eine wählen und dadurch das andere brechen, muß vielleicht sogar das Gegenteil des von einer anderen Instanz Geforderten tun. Das ist, als wäre jede unserer Saiten nach einer völlig anderen Tonart gestimmt – als wäre der arme Esel nicht nur von zwei, sondern von vierundzwanzig und mehr Futtersäcken umgeben.«

»Sie sind ein Freigeist«, sagte Jack.

»Ich bin Pragmatiker«, erwiderte Stephen. »Kommen Sie, wir trinken jetzt den Wein aus, und dann mische ich Ihnen einen Schlaftrunk nach dem Rezept von Nicholai. Vielleicht sollte ich Sie morgen zur Ader lassen. Das letzte Mal ist schon drei Wochen her.«

»Gut, ich schlucke Ihren Trunk«, sagte Jack. »Aber ich sage Ihnen eins: Morgen räume ich unter diesen Kanonenbooten auf, und dann sind's die Spanier, die zur Ader gelassen werden. Aber ihrer Gesundheit wird das nicht bekommen.«

Zum Waschen gab es auf der *Sophie* nur wenig Süßwasser und Seife schon gar nicht. Die Männer, die sich und ihresgleichen mit schwarzer Farbe beschmiert hatten, behielten einen dunkleren Teint, als ihnen lieb war. Und diejenigen, die sich zur Zeit des Volltreffers in oder bei der Kombüse aufgehalten und sich mit fettigem Ruß von Pfannen und Schornstein besudelt hatten, sahen fast noch grotesker aus, besonders die mit blondem Haar. Sie bekamen dadurch etwas bestialisch Wildes.

»Wirklich respektabel wirken nur die Neger«, bemerkte Jack. »Sie sind doch alle noch an Bord, oder?«

»Davies ist mit Mr. Mowett auf den Freibeuter gegangen, Sir«, sagte James. »Aber der Rest weilt noch unter uns.«

»Wenn wir die in Mahón Zurückgelassenen und die Prisenbesatzungen abziehen – wieviel Mann sind wir dann im Augenblick?«

»Sechsunddreißig, Sir. Wir waren insgesamt vierundfünfzig.«

»Na schön. Das gibt uns mehr Ellbogenfreiheit. Sehen Sie zu, daß die Leute möglichst viel Schlaf bekommen. Ab Mitternacht halten wir aufs Land zu.«

Nach dem Regen war der Sommer wieder zurückgekehrt: mit einer sanften, stetigen Tramontana, mit warmer, klarer Abendluft und phosphoreszierendem Meeresleuchten. Die Lichter von Barcelona blinzelten mit unnatürlichem Glanz zu ihnen herüber, und über dem Zentrum der Stadt schwebte eine leuchtende Wolke. Die an der Hafenzufahrt Wache haltenden Kanonenboote waren vor diesem hellen Hintergrund gut auszumachen, während sie ihrerseits die abgedunkelte *Sophie* nicht erkennen konnten. Aber sie standen weiter draußen als üblich und waren offenbar in Alarmbereitschaft.

»Sobald sie sich auf uns stürzen«, überlegte Jack laut, »setzen wir die Bramsegel und halten auf das orangefarbene Licht dort zu. Dann luven wir im letzten Moment an und brechen zwischen den beiden äußersten am Nordende durch die Reihe.« Sein Herz schlug stark, regelmäßig und nur wenig schneller als gewöhnlich. Stephen hatte ihm zehn Unzen Blut abgezapft, und er glaubte sich seither besser zu fühlen. Jedenfalls funktionierte sein Verstand so klar und scharf, wie er sich's nur wünschen konnte.

Das obere Horn des Mondes lugte über den Horizont. Ein Kanonenboot feuerte mit tiefem, hallendem Laut – wie das Gebell eines einsamen alten Jagdhunds.

»Das Blaufeuer, Mr. Ellis«, sagte Jack, und die blaue Rakete zischte gen Himmel, dazu gedacht, den Feind zu verwirren. Die Antwort der Spanier war eine ganze Reihe von Signalen: farbige Laternen und ein weiterer Kanonenschuß drüben auf der rechten Seite. »Bramsegel«, sagte Jack. »Jeffreys, halten Sie auf das orangefarbene Licht zu.«

Es war eine Freude, die *Sophie* so flott, kompetent, selbstbewußt und heiter dahinpreschen zu sehen. Aber entgegen Jacks Erwartungen stürzten sich die Kanonenboote nicht sofort auf sie. Das eine oder andere drehte fast auf der Stelle und feuerte, aber die Reihe als Ganzes wich zurück. Um sie zu provozieren, fiel die *Sophie* kurz ab und bestrich sie mit einer kompletten Breitseite – die, nach dem fernen Gebrüll zu urteilen, auch einige Wirkung erzielte. Und trotzdem zogen sich die Kanonenboote immer weiter zurück.

»Hol sie der Henker!« rief Jack. »Sie wollen uns reinlocken. Mr. Dillon, das Gaffelgroß und die Stagsegel. Wir nehmen uns den vordersten Burschen vor.«

Die *Sophie* ging schnell über Stag und fiel ab, bis der Wind von querab einkam. So stark krängend, daß das schwarzsamtene Wasser an ihrem Backbord-Bargholz leckte, preschte sie auf das nächste Kanonenboot zu. Aber nun zeigten die anderen, wozu sie fähig waren: In Windeseile drehten sie in geschlossener Formation und hielten ein starkes, konstantes Feuer aufrecht, während das angegriffene Kanonenboot so geschickt seitlich davonruderte, daß das ungeschützte Heck der verfolgenden *Sophie* dem feindlichen Feuer ausgesetzt war. Der Streifschuß eines Sechsunddreißigpfünders ließ ihren ganzen Rumpf erbeben; eine weitere Kugel heulte etwa in Kopfhöhe der Länge nach übers Deck; zwei glatt durchschossene Backstagen fielen auf Babbington, Pullings und den Rudergänger, sie dabei umreißend, und ein schwerer Block krachte aufs Rad, kurz bevor James in die Speichen greifen wollte.

»Wir wenden, Mr. Dillon!« rief Jack, und wenige Sekunden später drehte die *Sophie* durch den Wind.

Die Matrosen an Brassen und Schoten arbeiteten, ohne zu überlegen, mit einer durch lange Übung erworbenen Präzision; trotzdem boten sie, von den zuckenden Blitzen der Mündungsfeuer beleuchtet, den Anblick außer Kontrolle geratener Marionetten. Kurz nach dem Befehl »Werft los und holt dicht!« fielen sechs Schüsse in schneller Folge, und Jack sah die Seesoldaten an der Großschot sich wie abgehackt bewegen – bei jedem Aufblitzen immer zwei, drei Zoll weiter; stets aber trugen ihre Gesichter denselben entschlossenen Ausdruck und verrieten die angespannte Konzentration von Männern, die ihr Bestes gaben.

»Neuer Kurs hoch am Wind, Sir?« fragte James.

»Einen Strich voller«, antwortete Jack, »aber langsam, schön langsam. Mal sehen, ob nicht *wir* sie herauslocken können. Fieren Sie die Großbramrah ein paar Fuß, und lassen Sie den Steuerbord-Toppnant lose kommen – als wäre unser Rigg beschädigt. Mr. Watt, nehmen Sie sich zuerst die Bram-Backstagen vor.«

Und so machten sie kehrt und segelten die eben abgelaufenen Meilen wieder zurück. Auf der *Sophie* wurde dabei fieberhaft geknotet und gespleißt, auf den verfolgenden Kanonenbooten ununterbrochen geschossen, während der abnehmende Mond auf sie alle mit seiner gewohnten Gleichgültigkeit herabschien.

Und doch wirkte die Verfolgung nicht so, als würde sie mit höchster Kraft vorangetrieben. Einige Zeit nachdem James Dillon den Vollzug der dringendsten Reparaturen gemeldet hatte, sagte Jack deshalb: »Ich glaube, wir können diesen plumpen Kähnen den Rückweg abschneiden, wenn wir schnell genug drehen und blitzartig Vollzeug setzen.«

»Alle Mann klar zur Halse«, befahl James, und des Bootsmanns Pfeife schrillte.

Isaac Isaacs rief seinem Kumpel John Lakey voller Genugtuung zu: »Jetzt schneiden wir diesen lahmen Enten den Rückweg ab«, und rannte auf seine Gefechtstation an der Großbram-Bulin.

Und das wäre ihnen auch gelungen, wenn nicht ein Zufallstreffer ihre Vorbramrah zerschossen hätte. Das Bramsegel konnten sie retten, aber die *Sophie* wurde sofort langsamer, und die Kanonenboote zogen davon, immer weiter davon, bis sie hinter ihrer Mole in Sicherheit waren.

»Also, Mr. Ellis«, sagte James, als die Morgendämmerung zu enthüllen begann, wieviel Schaden ihre Takelage in dieser Nacht genommen hatte, »hier bietet sich Ihnen eine ausgezeichnete Chance, sich in Ihrem Beruf zu vervollkommnen. Ich wage zu behaupten, daß es dort oben genug Arbeit gibt, um Sie bis Sonnenuntergang oder länger zu beschäftigen: mit jeder Art von Spleiß und Stek, Schmarting und Marling, die Sie sich nur wünschen können.«

Der Erste war ungewohnt heiterer Laune und summte ein Liedchen, während er überall an Deck herumwuselte.

Die neue Rah mußte an ihren Platz gehievt, das eine oder andere Einschußloch repariert und die Zurring am Bugspriet erneuert werden, denn ein verrückter Querschläger hatte ihn so gestreift, daß die Umkleidung zur Hälfte abgerissen, das Holz selbst aber nicht beschädigt worden war: so etwas hatten selbst die ältesten Salzbuckel noch nicht erlebt, es war ein Wunder, einen Eintrag im Logbuch wert. Den ganzen schönen Tag lang lag die *Sophie* ungestört in der Sonne und versorgte ihre Wunden. An Bord ging es zu wie in einem Bienenkorb: Die Besatzung war fleißig und wachsam, die Atmosphäre knisterte vor Spannung. Jeder wußte, daß sie sehr bald wieder auf Land zuhalten würden, entweder für einen Überfall auf die Küste oder um Schiffe zu erbeuten. Die Stimmung war wankelmütig und leicht beeinflußbar: von der Aussicht auf vierzehn Guineen pro Mann, den Prisenanteil, den man sich für die Beute vom Vortag und vom letzten Dienstag ausgerechnet hatte; vom nach wie vor ernsten Gesicht des Kommandanten; von der felsenfesten Überzeugung an Bord, daß er Geheiminformationen über den spanischen Schiffsverkehr besaß; und von der so plötzlich ausgebrochenen seltsamen Heiterkeit, ja sogar Sorglosigkeit ihres Ersten Offiziers.

Er hatte Michael und Joseph Kelly, Matthew Johnson und John Melsom dabei überrascht, wie sie unter Deck der *Felipe V* plünderten – ein ernstes Vergehen, auf das Kriegsgericht stand (wogegen bei Eigentumsdelikten oberhalb der Luken einer Prise normalerweise ein Auge zugedrückt wurde) und das der Erste sonst besonders verabscheute, weil er es für »vermaledeites Seeräuberunwesen« hielt. Trotzdem hatte er die Übeltäter nicht zur Bestrafung gemeldet. Ihre Kameraden taten es ihnen nach, denn die Sophies waren allesamt verkappte Räuber; hinter Masten, Spieren und Booten hervor verfolgten sie ihn mit mißtrauischen Blicken. All diese Einflüsse zusammen sorgten für eine eigenartig überdrehte Stimmung an Bord, die gleichzeitig gedämpft und hektisch, heiter und schweigsam war und die allgemeine nervöse Spannung verriet.

Da alle so beschäftigt waren, zögerte Stephen, nach vorn zu seiner Ulmenpumpe zu gehen, durch die er täglich die Wunder der Tiefe bestaunte. Sein Verweilen bei der Pumpe war für die Besatzung inzwischen so zur Gewohnheit geworden, daß sie sich mit ihren Reden vor ihm keinerlei Zwang mehr antaten. Aber Stephen spürte die Besorgnis an Bord und teilte sie.

Beim Mittagessen war James in ausgelassenster Stimmung. Leutselig hatte er Pullings und Babbington dazu eingeladen, und deren Anwesenheit, zusammen mit Marshalls Fehlen, verlieh der Mahlzeit etwas festlich Beschwingtes, auch wenn der Zahlmeister mürrisch vor sich hin schwieg. Stephen beobachtete James, der lauthals in den Refrain des von Babbington angestimmten Trinklieds einfiel und danach begeistert auf den Tisch schlug. »Gut gemacht«, rief er. »Und jetzt eine Runde Wein für alle, um die Kehlen zu schmieren. Danach muß ich wieder an Deck, obwohl sich das für einen Gastgeber überhaupt nicht geziemt … Was für eine Wohltat ist es doch, wieder mit richtigen Kriegsschiffen zu kämpfen statt mit diesen verdammten Freibeutern«, bemerkte er etwas zusammenhanglos, als sich die jungen Männer und der Zahlmeister verabschiedet hatten.

»Was sind Sie doch für ein heilloser Romantiker«, sagte Stephen. »Reißen die Kugeln eines Freibeuters etwa nicht die gleichen Löcher wie die eines Kriegsschiffes?«

»Ich und romantisch?« rief James ehrlich empört, und seine grünen Augen begannen wütend zu funkeln.

»Jawohl, mein Bester.« Stephen nahm eine Prise Schnupftabak. »Ich wette, Sie berufen sich als nächstes auf Gott und erzählen mir etwas von höheren Rechten.«

»Aber selbst Sie mit Ihrer Begeisterung für jede Gleichmacherei können doch nicht abstreiten, daß der König unserer Ehre einziger Born ist?«

»Nein, nichts liegt mir ferner«, antwortete Stephen.

»Als ich das letzte Mal daheim war«, fuhr James fort und füllte Stephens Glas nach, »ging ich zum Leichenschmaus für den alten Terence Healy. Er war Pächter bei meinem Großvater gewesen. Dabei sangen wir ein Lied, das mir schon den ganzen Tag im Kopf herumgeht. Aber ich krieg's nicht mehr zusammen.«

»Ein irisches Lied oder ein englisches?«

»Es enthielt auch englische Worte. Eine Strophe ging so:

Oh the wild geese a-flying, a-flying, a-flying,
The wild geese a-swimming upon the grey sea.«

Stephen pfiff leise eine Melodie und begann dann mit seiner mißtönenden Krächzstimme zu singen:

»They will never return, for the white horse has scunnered,
Has scunnered, has scunnered
The white horse has scunnered upon the green lea.«

»Ja, das ist es, das ist es! Ich danke Ihnen!« rief James und verschwand, die Melodie vor sich hin summend, an Deck, um dafür zu sorgen, daß die *Sophie* all ihre Kraft zusammennahm.

Bei Sonnenuntergang segelte sie mit demonstrativen Anzeichen eines endgültigen Abschieds auf die offene See hinaus und nahm Kurs auf Menorca. Aber noch vor dem Morgengrauen drehte sie um und hielt wieder auf Land zu; immer noch kam der Wind für sie günstig aus Nordnordost. Doch er hatte schon einen herbstlich kalten Biß und brachte eine Feuchtigkeit mit, die Stephen an das Pilzesuchen unter fallendem Buchenlaub denken ließ; und über dem Wasser trieben feine Dunstschleier, von denen einige seltsam braun gefärbt waren.

Mit Steuerbordhalsen und Westnordwestkurs hielt die *Sophie* wieder aufs spanische Festland zu. Die Hängematten waren schon in den Finknetzen an der Reling verstaut, der Duft nach Kaffee und brutzelndem Schinken würzte die Luftwirbel an der Luvseite ihres brettharten Gaffelgroßsegels. Fern an Steuerbord voraus verhüllte der braune Nebel immer noch das Tal von Llobregat und die Flußmündung, doch weiter oben an der Küste, bei der verschwommen am Horizont hingelagerten Stadt, hatte die aufsteigende Sonne alles bis auf einige Dunstschwaden weggebrannt, die auch Landspitzen, Inseln oder Sandbänke hätten sein können.

»Ich weiß, ich weiß, diese Kanonenboote wollten uns in irgendeine Falle locken«, sagte Jack. »Ich zermartere mir den Kopf, wie die aussah.«

Aber er war kein geübter Heuchler, und Stephen war sofort überzeugt, daß er die Beschaffenheit dieser Falle nur zu gut kannte oder zumindest eine ziemlich genaue Vorstellung davon hatte.

Die Sonne spielte auf der Wasseroberfläche, bemalte sie mit ständig wechselnden Farbschattierungen, saugte hier neuen weißen Dunst hervor, brannte dort den alten weg und warf faszinierende Schattenmuster des straffen Riggs und der kühn geschwungenen Segel aufs weiße Deck, das unter dem Knirschen der Bimssteine noch weißer geschrubbt wurde. Wie durch Zauberei ließ sie drei Strich an Steuerbord voraus ein blaugraues Kap sich in Luft auflösen und statt dessen ein großes Schiff hervortreten, das dicht unter der Küste nach Süden hielt. Ein Ruf aus dem Ausguck meldete sein Auftauchen, aber trockenen Tones und eher der Form halber, denn als sich die Nebelbank hob, war das Schiff in ganzer Größe schon von Deck aus zu sehen.

»Na also«, sagte Jack und schob sein Teleskop nach langem Rekognoszieren klickend zusammen, »Mr. Dillon, was halten Sie davon?«

»Ich glaube fast, das ist unser alter Freund, Sir«, sagte James.

»Ganz recht. Lassen Sie das Großstenge-Stagsegel setzen, und halten Sie auf ihn zu. Die Schwabber nach achtern, wischt das Deck trocken. Und lassen Sie die Männer sofort frühstükken, Mr. Dillon. Möchten Sie mit dem Doktor und mir eine Tasse Kaffee trinken? Es wäre doch ein Jammer, ihn kalt werden zu lassen.«

»Mit Freuden, Sir.«

Das Frühstück verlief ziemlich schweigsam. Jack meinte: »Sie möchten wohl, daß wir Seidenstrümpfe anziehen, Doktor?«

»Warum Seidenstrümpfe, um alles in der Welt?«

»Oh, es heißt doch, sie erleichtern dem Arzt das Schneiden, wenn jemand verwundet wird.«

»Aha. Ja, gewiß. Ja, tun Sie das, ziehen Sie bitte alle Seidenstrümpfe an, unbedingt.«

Auch ohne Unterhaltung herrschte eine bemerkenswert lokkere, kameradschaftliche Stimmung bei Tisch. Schließlich erhob sich Jack und zog seinen Uniformrock an. »Doch, ja, Sie haben bestimmt recht«, sagte er zu Dillon, als hätten sie die ganze Zeit über die Identität des fremden Schiffs gesprochen.

An Deck zurückgekehrt, fand er sich bestätigt: das Schiff

dort drüben war natürlich die *Cacafuego*. Sie hatte Kurs geändert, auf die *Sophie* zu, und setzte gerade die Leesegel. Im Fernrohr sah er, wie ihr grellroter Rumpf in der Sonne leuchtete.

»Alle Mann nach achtern«, befahl er.

Während sie darauf warteten, daß sich die Besatzung versammelte, sah Stephen, daß sich ständig ein Lächeln auf Jacks Gesicht stehlen wollte; nur mit Mühe konnte er es unterdrükken und eine ernste Miene wahren.

»Leute«, begann er und musterte sie vergnügt, »ihr sollt wissen, das da drüben in Luv ist die *Cacafuego*. Tja – einige von euch waren ziemlich enttäuscht, als wir sie beim letzten Mal so grußlos ziehen ließen. Aber inzwischen ist unsere Artillerie die beste der Flotte, und deshalb liegen die Dinge heute anders. Also machen wir jetzt klar zum Gefecht, Mr. Dillon, seien Sie so gut.«

Zu Beginn seiner kleinen Rede hatte vielleicht die Hälfte der Besatzung mit freudiger Erregung zugehört. Ein Viertel blickte etwas bedenklich drein, und der Rest machte ängstliche, bedrückte Gesichter. Aber die selbstbewußte Fröhlichkeit, die von ihrem Kommandanten und dem Ersten Offizier ausging, änderte – zusammen mit dem spontanen Jubelgeschrei der ersten Besatzungshälfte – dieses Verhältnis auf wundersame Weise zum Besseren. Und als sie die Slup gefechtsklar zu machen begannen, waren höchstens noch vier oder fünf Leute mürrisch; die anderen freuten sich, als ginge es gleich zum Jahrmarkt.

Die *Cacafuego*, momentan unter Rahsegeln, stieß in weitem Bogen auf sie herab, im Bogen, weil sie den Luvvorteil behalten und auf die Seeseite der *Sophie* gelangen wollte. Die Slup segelte immer noch hoch am Wind, was sie bei einer guten halben Meile Abstand der vollen Breitseite der Zweiunddreißigpfünder aussetzte.

»Das Gute an einem Gefecht mit den Spaniern, Mr. Ellis«, sagte Jack und lächelte in das ernste Jungengesicht mit den großen runden Augen, »ist nicht ihre Feigheit, denn feige sind sie wahrhaftig nicht, sondern der Umstand, daß sie niemals, niemals rechtzeitig fertig werden.«

Die *Cacafuego* hatte nun fast die Position erreicht, die sich ihr Kommandant in den Kopf gesetzt hatte. Sie gab einen Schuß ab und hißte die spanische Flagge.

»Die amerikanischen Farben, Mr. Babbington«, sagte Jack. »Das wird ihnen zu denken geben. Notieren Sie die Zeit, Mr. Richards.«

Der Abstand schrumpfte nun in Sekunden-, nicht mehr in Minutenschnelle. *Sophies* Bugspriet zeigte aufs Kielwasser der *Cacafuego*, als wolle sie es kreuzen. Und keine einzige ihrer Kanonen konnte ein Ziel auffassen. An Bord herrschte gespanntes Schweigen, jeder wartete auf den Befehl zur Wende – ein Befehl, der vielleicht nicht vor der ersten Breitseite kam.

»Klar bei Flagge«, sagte Jack leise, dann laut und deutlich: »Jetzt, Mr. Dillon.«

»Leeruder!«

Fast im selben Augenblick schrillte die Bootsmannspfeife. Die *Sophie* drehte praktisch auf der Stelle, hißte die britische Flagge, nahm auf dem neuen Kurs Fahrt auf und hielt hart angebraßt direkt auf die Bordwand des Spaniers zu. Die *Cacafuego* feuerte sofort eine donnernde Breitseite ab, deren Kugeln jedoch nur in die Bramsegel oder darüber hinwegflogen: vier Löcher im Tuch, mehr nicht. Die Sophies jubelten wie ein Mann und warteten weiter, gespannt und einsatzbereit, neben ihren dreifach geladenen Kanonen.

»Volle Erhöhung. Und kein Schuß, ehe wir rammen!« brüllte Jack mit Stentorstimme.

Auf der Fregatte wurden jetzt Geflügelkäfige, Kisten und Bauholz über Bord geworfen. Durch den Rauch sah er Enten aus einem Käfig davonschwimmen und eine Katze in Todesangst auf einer Kiste balancieren. Jetzt rochen sie schon den Pulverdampf, der Qualm zog schnell nach Lee davon. Näher, noch näher heran. Im letzten Augenblick würden ihre Segel von dem großen Spanier abgedeckt werden, aber die Restfahrt sollte reichen ... Jack blickte jetzt direkt in die schwarzen Mündungen der spanischen Kanonen, und während er noch hinsah, detonierten sie mit donnernden Feuerzungen; grell durchstachen die Blitze die großen weißen Rauchwolken, die den Rumpf der Fregatte einhüllten. Wieder zu hoch, registrierte Jack, hatte aber keine Zeit für irgendwelche Gefühle, sondern suchte in den Rauchlücken nach den Großrüsten der Fregatte, gegen die er die *Sophie* setzen wollte.

»Hartruder!« rief er, und als das Krachen kam: »Feuer!«

Die Schebeckenfregatte lag tief im Wasser, aber die kleine *Sophie* lag noch tiefer. Ihre Rahen hatten sich im Rigg der *Cacafuego* verhakt, und ihre Kanonen befanden sich nun unterhalb der Stückpforten des Spaniers. Sie feuerte direkt durch sein Deck, und auf diese kurze Distanz richtete ihre erste Breitseite verheerenden Schaden an. Nach dem Triumphgeschrei auf der *Sophie* trat ein Moment der Stille ein, und in dieser winzigen Pause konnte Jack wirres Gebrüll auf dem spanischen Achterdeck hören. Dann krachten die feindlichen Kanonen erneut; unregelmäßig, aber ungeheuer laut feuerten sie einen Meter über seinen Kopf hinweg.

Die Breitseite der *Sophie* antwortete in exakten Intervallen: eins-zwei-drei-vier-fünf-sechs-sieben, begleitet vom Rumpeln der Lafetten. In der vierten oder fünften Pause packte James den Kommandanten am Arm und schrie ihm ins Ohr: »Sie werden uns gleich entern!«

»Mr. Watt, stoßen Sie ab«, rief Jack durch den nach vorn gerichteten Sprechtrichter. »Sergeant, Achtung.«

Ein Achterstag der *Cacafuego* war auf ihr Deck gefallen und hatte eine Lafette blockiert. Jack klarierte sie, und als er danach aufblickte, hatte sich ein Schwarm Spanier am Schanzkleid drüben versammelt. Die Seesoldaten und bewaffneten Matrosen feuerten eine vernichtende Salve in die geschlossene Menschenmasse, worauf die Enterer zögerten. Die Lücke zwischen den beiden Rümpfen verbreiterte sich in dem Maß, wie der Bootsmann am Bug und Dillons Trupp achtern die *Sophie* mit ihren Spieren abstießen. Trotz des knatternden Musketenfeuers versuchten einige Spanier zu springen, andere warfen Draggen herüber. Ein Teil fiel ins Wasser, der Rest zurück. *Sophies* Kanonen schossen auf drei Meter Distanz mitten in die Reihe der Zaudernden und rissen darin sieben blutige Lücken.

Cacafuegos Bug war abgefallen und zeigte nun genau nach Süden. Die *Sophie* hatte daher all den Wind, den sie brauchte, um wieder zu ihr aufzuschließen. Erneut brüllte das Donnergetöse auf und rollte widerhallend über die See, während die Spanier ihre Kanonen so tief wie möglich zu richten versuchten; mit Musketen und Pistolen feuerten sie wild übers Schanzkleid auf *Sophies* Kanoniere. Sie kämpften mit Todesverachtung – ein Mann balancierte auf der Reling und schoß so lange, bis er dreimal getroffen war –, wirkten aber völlig desorganisiert. Noch zweimal versuchten sie, die *Sophie* zu entern, und jedesmal wich die Slup zurück, mähte die Sprungbereiten reihenweise um und richtete ein furchtbares Blutbad an; fünf oder zehn Minuten blieb sie danach auf Distanz, während ihre Kanonen die Aufbauten unter Feuer nahmen, dann stieß sie wieder vor und ging an dem Spanier längsseits, als wolle sie ihm die Eingeweide herausreißen. Inzwischen waren die Stücke so heiß geschossen, daß sie kaum noch berührt werden konnten; bei jeder Salve bockten sie wie wild gewordene Stiere, und beim Ausputzen zischten die versengten Schwämme. Allmählich wurde die ganze Batterie für ihre Bedienung fast ebenso lebensgefährlich wie für den Feind.

Und in all der Zeit hielten die Spanier den Beschuß aufrecht – unregelmäßig, aber hartnäckig. *Sophies* Großtopp war immer und immer wieder getroffen worden, und nun löste er sich in seine Bestandteile auf: Große Stücke Holz, eiserne Stützen und Hängemattsbündel fielen an Deck. Die Fockrah wurde nur noch von ihren Kettenschlingen gehalten, Riggteile hingen überall herab, und in den Segeln klafften unzählige Löcher. Brennende Wergpfropfen der Spanier flogen immer wieder zu ihnen herüber, und die Leute der Steuerbordbatterie, die nicht ins Gefecht eingriff, rannten die ganze Zeit mit Löscheimern durch die Decks. Aber trotz des Tohuwabohus waren in den Bewegungsabläufen Ordnung und Zielstrebigkeit zu erkennen: Ununterbrochen strömten die Kartuschen aus dem Magazin, gefolgt von den Kugeln; die Stückmannschaften hievten, feuerten, hievten wieder; ein Verwundeter, ein Toter wurden unter Deck geschafft, ihre Plätze wortlos von anderen eingenommen; jeder Mann war voll bei der Sache und schlängelte sich durch den dichten Rauch – ohne Anrempeln, ohne Stolpern, sogar fast ohne Befehle.

Trotzdem werden wir über kurz oder lang eine entmastete Hulk sein, sagte sich Jack. Wie durch ein Wunder waren noch kein Mast, keine Rah von oben gekommen; aber lange konnte das nicht mehr gutgehen. Er beugte sich zu Ellis hinab und sagte dicht an seinem Ohr: »Lauf schnell in die Kombüse und sag dem Koch, er soll all seine schmutzigen Pfannen und Töpfe umgedreht aufreihen. Pullings, Babbington – Feuer einstellen! Stoßt ab, stoßt ab! Bramsegel back! Mr. Dillon, die Steuerbordwache soll sich in der Kombüse das Gesicht schwärzen, sowie ich mit den Leuten gesprochen habe … Männer, Männer«, rief er, als die *Cacafuego* langsam nach vorn davonzugleiten begann, »wir müssen sie entern und erobern. Jetzt kommt's drauf an – jetzt oder nie –, jetzt, weil sie angeschlagen ist. Nehmt fünf Minuten allen Mut zusammen, dann ist sie unser. Holt eure Äxte und Entermesser – und dann auf sie! Die Steuerbordwache schwärzt ihre Gesichter in der Kombüse und geht danach mit Mr. Dillon nach vorn – der Rest folgt mir nach achtern.«

Er stürzte unter Deck. Stephen hatte vier stille Verwundete und zwei Tote im Lazarett.

»Wir entern sie«, informierte ihn Jack. »Ich brauche auch Ihren Assistenten – brauche jeden Mann an Bord. Kommen Sie mit?«

»Nein«, antwortete Stephen. »Aber ich übernehme das Ruder, wenn Sie möchten.«

»Ja, tun Sie das. Los, nach oben!«

Auf dem trümmerübersäten, verräucherten Deck angekommen, sah Stephen das hohe Achterkastell des Spaniers zwanzig Meter an Backbord voraus aufragen. *Sophies* Besatzung war zweigeteilt – die eine Hälfte rannte mit rußigen Gesichtern und bis an die Zähne bewaffnet aus der Kombüse zum Vorschiff, die andere sammelte sich achtern an der Reling, darunter der Zahlmeister, blaß und wütend; der Stückmeister aus dem Batteriedeck, blinzelnd in der ungewohnten Helligkeit; der Koch mit seinem Hackebeil, der Schiffsbarbier und sein Loblollyboy waren ebenfalls dabei. Stephen sah ihn mit seiner Hasenscharte grinsen; er strich über die gebogene Klinge seiner Pike und murmelte in einem fort: »Ich bringe sie um, die Hunde – ich bringe sie um, die Hunde.« Immer noch feuerten einige spanische Kanonen auf die leere See hinaus.

»An die Brassen!« rief Jack, und die Rahen schwangen herum, die Bramsegel füllten sich mit Wind. »Liebster Doktor, Sie wissen, was Sie tun müssen?« Stephen nickte und übernahm das Ruder, fühlte das bebende Leben in den Speichen. Der Quartermaster trat beiseite und griff mit grimmigem Lächeln nach einem Entermesser. »Doktor, wie sagt man auf spanisch ›noch fünfzig Männer mehr‹?«

»Otros cincuenta.«

»Otros cincuenta«, wiederholte Jack und lächelte ihn liebevoll an. »Und jetzt bringen Sie uns bitte längsseits.« Er nickte ihm noch einmal zu, schritt dann zum Schanzkleid, dicht gefolgt von seinem Bootssteurer, und zog sich hinauf, ein massiger, aber gelenkiger Mann. So stand er oben, hielt sich am vordersten Want fest und schwang seine Waffe, einen langen, schweren Kavalleriesäbel.

Trotz aller Löcher füllten sich die Bramsegel wieder. Die *Sophie* schloß zum Feind auf, und Stephen legte hart Ruder: ein Knirschen, ein Krachen, das Knallen eines reißenden Taus, noch ein Ruck, und sie hingen wieder fest. Mit ohrenbetäubendem Gebrüll sprangen die Sophies vorn und achtern auf die Bordwand der Fregatte.

Mit einem Satz schwang sich Jack über das zerschossene Schanzkleid und landete direkt auf einer heißen, qualmenden Kanone. Ein Spanier wollte ihn mit seinem Rammstock umstoßen, aber Jack hieb mit dem Säbel nach seinem Kopf und sprang, als der Mann sich duckte, über dessen Schulter aufs Deck der *Cacafuego*.

»Mir nach, mir nach!« brüllte er und stürzte vorwärts, hackte wütend auf die fliehende Stückmannschaft ein und dann auf die Piken und Messer, die ihn aufhalten wollten. Hunderte, *hunderte* Männer drängten sich an Deck, so schien es ihm, und stellten sich ihm entgegen; er aber brüllte unentwegt: »Mir nach!«

Anscheinend überrascht, wichen die Spanier einen Moment zurück. Mittlerweile war auch der letzte Mann und Junge von der *Sophie* an Bord der Fregatte geklettert. Die Spanier zogen sich vom Achterdeck und vom Großmast in die Kuhl zurück; dort aber versteifte sich ihr Widerstand. Nun entbrannte ein wilder Nahkampf Mann gegen Mann, mit Hauen und Stechen. Es war ein wüstes Knäuel kämpfender Gestalten, die über herabgestürzte Wrackteile stolperten und kaum Platz zum Ausweichen oder Umfallen fanden: Sie stachen, hieben, schossen einander nieder. Und an den Rändern der wogenden Masse verbissen sich einzelne Gegner kämpfend ineinander, tierische Schreie ausstoßend. Jack war etwa drei Meter tief ins Gewühl eingedrungen und sah sich jetzt einem Soldaten gegenüber. Als sich ihre erhobenen Klingen klirrend trafen, stieß ein anderer seine Pike unter Jacks rechtem Arm hindurch, schlitzte ihm das Fleisch über den Rippen auf und zog die Pike zurück, um nochmals zuzustechen. Doch da knallte dicht hinter Jack Bondens Pistole, riß ihm das Ohrläppchen ab und tötete den Pikier auf der Stelle. Jack fintierte gegen den Soldaten mit einem schnellen Doppelhieb und ließ den Säbel dann mit schrecklicher Wucht auf die Schulter seines

Gegners niedersausen. Die Kämpfenden wichen zurück, der Soldat brach zusammen. Jack riß die Klinge aus den Schulterknochen und blickte sich hastig um. »So geht das nicht«, sagte er.

Am Vordeck drängte die Übermacht der dreihundert Spanier, die sich inzwischen von ihrer Überraschung erholt hatten, die Sophies schon durch ihr bloßes Gewicht zurück. Damit schob sich ein Keil aus Feinden zwischen Jacks Gruppe und die Dillons weiter vorn. Der Erste mußte aufgehalten worden sein. Jetzt konnte sich das Blatt jederzeit gegen sie wenden. Jack sprang auf eine Kanone und brüllte so laut, daß es ihm schier die Kehle zerriß: »Dillon, Dillon, das Steuerbord-Seitendeck! Schlagen Sie sich zum Steuerbord-Seitendeck durch!« Einen flüchtigen Moment lang sah er aus dem Augenwinkel Stephen tief unter sich am Ruder der *Sophie* stehen und gefaßt nach oben blicken. *»Otros cincuenta«,* schrie er aufs Geratewohl; Stephen nickte und rief irgend etwas auf spanisch zurück. Da stürzte Jack sich wieder ins Getümmel, den Säbel hoch erhoben, mit der Pistole nach neuen Opfern suchend.

In diesem Augenblick erscholl auf dem Vorschiff schrilles Angstgeschrei. Ein erbittertes Drängen zum Seitendeck setzte ein, das Handgemenge dort nahm an Verbissenheit zu. Irgend etwas brach, gab nach, und die dichte Masse der Spanier in der Kuhl fuhr herum: Schwarze Wilde stürzten sich von hinten auf sie. Wirres Gedränge um die Schiffsglocke, ein Durcheinander von Schreien und Rufen – und dann vereinigten sich, kreischend wie Tollhäusler, die Sophies mit ihren Kameraden von achtern. Schüsse knallten, Stahl klirrte, das dumpfe Getrappel zurückweichender Füße ... Schließlich waren alle Spanier in der Kuhl eingekreist, so dicht gedrängt, daß sie sich nicht mehr wehren konnten. Die wenigen, die auf dem Achterdeck übriggeblieben waren, rannten an Backbord nach vorn, um ihre Kameraden zu sammeln, neu zu gruppieren oder um wenigstens die bisher nutzlosen Seesoldaten herauszulösen.

Jacks Gegner, ein kleiner Matrose, duckte sich hinters Ankerspill, und Jack ließ von ihm ab. Er blickte sich an Deck um. »Bonden«, rief Jack, den Arm seines Bootssteurers packend, »lauf nach achtern und hau die Flaggleine durch.«

Bonden ließ sich das nicht zweimal sagen und sprang im Rennen über die Leiche des spanischen Kommandanten. Jack rief hurra und deutete nach achtern. Hunderte von Augenpaaren wandten sich zum Heck, erstaunt, triumphierend oder verständnislos, und sahen die spanische Nationale fallen – die *Cacafuego* hatte die Flagge gestrichen.

Es war vorbei.

»Feuer einstellen!« rief Jack, und sein Befehl lief durch alle Decks.

Die Sophies lösten sich von den dichtgedrängten Spaniern in der Kuhl, und diese warfen ihre Waffen weg, plötzlich entmutigt, furchtsam, ernüchtert und verraten. Der ranghöchste spanische Offizier drängte sich durch die Masse, in der er bisher hilflos eingekeilt gewesen war, und überreichte Jack seinen Degen.

»Sprechen Sie Englisch, Sir?« fragte Jack.

»Ich verstehe Englisch, Sir«, antwortete der Offizier.

»Die Leute müssen nach unten in den Laderaum, Sir, und zwar sofort«, wies Jack ihn an. »Die Offiziere an Deck – die Leute in den Laderaum. Nach unten in den Laderaum!«

Der Spanier gab die entsprechenden Befehle, und die Besatzung der Fregatte strömte durch die Niedergänge unter Deck. In dem Maß, wie sie sich zurückzog, gab sie die Toten und Verwundeten frei – ein wirrer Haufen mittschiffs, eine große Anzahl auf dem Vorschiff und, verstreut überall auf den Planken, noch viele einzelne Leichen. Aber jetzt wurde auch offensichtlich, wie gering an Zahl die Angreifer gewesen waren.

»Beeilung, Beeilung!« rief Jack, und die Sophies drängten ihre Gefangenen wie eine Herde Schafe in den Pferch, denn sie waren sich genau wie ihr Kommandant der Gefährlichkeit der Situation bewußt. »Mr. Day, Mr. Watt, drehen Sie ein paar ihrer Kanonen – die Karronaden – so, daß sie auf die Niedergänge zielen. Laden Sie sie mit Kartätschen – in den Netzen achtern finden Sie eine Menge davon. Wo ist Mr. Dillon? Ruft Mr. Dillon herbei!«

Sie riefen, aber keine Antwort kam. Dillon lag auf dem Steuerbord-Seitendeck, wo der Kampf am wildesten getobt hatte, nur ein paar Schritte von dem kleinen Ellis entfernt. Als Jack ihn berührte, hielt er ihn zunächst nur für verwundet. Aber dann drehte er ihn um und gewahrte die tiefe Wunde in der Herzgegend.

ELFTES KAPITEL

An Bord H. M. Slup Sophie
vor Barcelona

Sir,
Ich habe die Ehre, Ihnen mitzuteilen, daß die Slup Sophie *unter meinem Kommando, nach einer Verfolgungsjagd und einem hitzigen Gefecht, eine spanische Schebeckenfregatte von 32 Kanonen – 22 langen Zwölfpfündern, 8 langen Neunern und 2 schweren Karronaden – erobert hat. Es handelt sich um die* Cacafuego, *befehligt von Don Martin de Langara und bemannt mit 319 Offizieren, Matrosen und Seesoldaten. Die ungleiche Kräfteverteilung machte es notwendig, gewisse Maßnahmen zu ergreifen, die sich als entscheidend erwiesen. Ich beschloß, die Fregatte zu entern, was fast ohne Verluste auf unserer Seite gelang. Nach heftigem Nahkampf waren die Spanier gezwungen, die Flagge zu streichen. Leider habe ich jedoch den Tod meines Ersten Offiziers, Leutnant Dillon, zu beklagen, der auf dem Höhepunkt des Kampfes und an der Spitze seines Entertrupps fiel; ebenso den Verlust von Mr. Henry Ellis, Proband. Der Bootsmann Mr. Watt und fünf Matrosen wurden schwer verwundet. Worte sind zu schwach, um der selbstlosen Tapferkeit und dem vorbildlichen Kampfgeist Mr. Dillons gerecht zu werden …*

»Ich sah ihn noch kurze Zeit«, hatte Stephen berichtet. »Ich sah ihn durch eine Lücke im Schanzkleid, wo zwei Stückpforten zu einer zerschossen waren. Sie selbst kämpften bei der Kanone, und dann hörte er Sie oben an der Treppe zur Kuhl rufen. Er focht ganz vorn, lauter schwarze Gesichter hinter sich. Ich sah, wie er mit seiner Pistole einen Pikier erschoß und mit dem Degen den Kerl aufspießte, der den Bootsmann niedergeschlagen hatte; dann geriet er an einen Seesoldaten, einen Offizier. Nach einigen schnellen Ausfällen schlug er dessen Säbel mit seiner Pistole beiseite und stach zu. Aber seine Klinge traf entweder das Brustbein oder eine Metallplakette, denn sie bog sich durch und brach. Doch mit dem übriggebliebenen Stumpf von sechs Zoll durchbohrte er den Mann so blitzschnell, daß ich mit den Augen nicht folgen konnte – unglaublich, diese Kraft und Entschlossenheit. Ich kann Ihnen gar nicht beschreiben, wie glücklich er dabei aussah. Sein Gesicht strahlte förmlich vor Glück!«

Erlauben Sie mir noch hinzuzufügen, daß die Crew der Sophie *im Kampf den höchsten Mut und vorbildlichen Gehorsam bewies. Besonders verdient gemacht haben sich Mr. Pullings, Leutnant auf Zeit, den ich für seine große Anstrengung und sein mustergültiges Verhalten der besonderen Aufmerksamkeit Ihrer Lordschaften empfehlen möchte, ebenso wie meine Decksoffiziere, den Bootsmann, den Zimmermann und den Stückmeister.*
Mit aufrichtiger Hochachtung empfiehlt sich Ihnen etc.

Zu Beginn des Gefechts verfügte die Sophie *über insgesamt 54 Offiziere, Matrosen und Schiffsjungen sowie über 14 Vierpfünder. Verluste: 3 Gefallene, 8 Verwundete.*
Die Cacafuego *verfügte zu Beginn des Gefechts über 274 Offiziere, Matrosen und Sonstige sowie über 45 Seesoldaten. Kanonen: 32. Gefallen sind der Kommandant, der Bootsmann und 13 Mann; 41 wurden verwundet.*

Jack las seinen offiziellen Bericht durch, änderte *»Mit aufrichtiger Hochachtung«* um in *»Mit vorzüglicher Hochachtung«*, unterzeichnete mit *»Jno. Aubrey«* und adressierte ihn an *M. Harte, Esqr.* Zu seinem großen Leidwesen konnte er ihn nicht an Lord Keith senden, denn der Admiral befand sich am anderen Ende des Mittelmeers, und während seiner Abwesenheit ging alles durch die Hände des Hafenkommandeurs.

Es war ein brauchbarer Bericht, wenn auch kein brillanter, trotz aller gewissenhafter Verbesserungen; aber Jack war eben kein großes Licht mit der Schreibfeder. Immerhin gab er die Ereignisse wieder – jedenfalls die wichtigsten – und enthielt keinerlei Unrichtigkeiten, bis auf die Datierung »vor Barcelona«, während er in Wahrheit erst in Mahón entstanden war, am Tag nach ihrem Einlaufen. Auch glaubte Jack, darin allen Beteiligten gerecht geworden zu sein, jedenfalls soweit er das konnte, denn Stephen Maturin hatte darauf bestanden, daß er nicht erwähnt wurde. Aber selbst wenn sein Bericht ein Muster seemännischer Formulierungskunst gewesen wäre, hätte er nicht mehr wiedergeben können als einen schwachen Abklatsch der Ereignisse; jedem Marineoffizier, der ihn las, würde das bewußt sein. Zum Beispiel sprach er von dem Nahkampf wie von einem isolierten Vorgang – kühl beobachtet, anständig bewältigt und glasklar erinnert –, obwohl fast alle entscheidenden Ereignisse davor und danach stattgefunden hatten. Und selbst beim Nahgefecht konnte er nicht mehr beschwören, wann was passiert war. Der Zeitablauf nach ihrem Sieg geriet ihm vollends durcheinander: Er erinnerte sich nur verschwommen an nicht enden wollende Arbeit, an unmenschliche Erschöpfung und größte Besorgnis. Dreihundert wütende Gefangene mußten von zwei Dutzend Männern in Schach gehalten werden, die außerdem die sechshundert Tonnen schwere Prise durch rauhe See und widrige Winde nach Menorca zu bringen hatten. Fast das ganze stehende und laufende Gut der Slup war zu erneuern, Masten mußten geschient, Rahen neu aufgebracht und Ersatzsegel angeschlagen werden, wobei der schwerverwundete Bootsmann schmerzlich vermißt wurde. Es wurde eine harte Reise, stets am Rand der Katastrophe entlang, und weder die See noch der Himmel war ihnen gnädig gesinnt.

Eine vage Erinnerung also – und tiefe Niedergeschlagenheit, denn stärker als *Sophies* Sieg empfand Jack die Niederlage der *Cacafuego*. Dazu dieser ständige Zeitdruck bei wachsender Erschöpfung – ihm war, als sei das ganze Leben eine einzige Mühsal: ein dichter Nebel, aus dem nur einige wenige Szenen scharf und klar hervortraten.

Zum Beispiel Pullings auf dem blutigen Deck der *Cacafuego*, wie er in seine tauben Ohren brüllte, daß die Kanonenboote aus Barcelona im Anrücken seien; oder sein verzweifelter Entschluß, die unbeschädigte andere Breitseite der Fregatte auf sie abzufeuern; und seine ungläubige Erleichterung, als sie überraschend abdrehten und am bedrohlichen Horizont immer kleiner wurden. Warum hatten sie aufgegeben?

Dann das Geräusch, das ihn während der Mittelwache geweckt hatte: zuerst ein tiefes Stöhnen, langsam ansteigend in Tonhöhe und Lautstärke bis zu gellendem Geheul, danach eine schnelle Kadenz gesprochener oder gesungener Worte und wieder das anschwellende Geschrei, das mit einem hohen Kreischen endete: Die Iren der Besatzung hielten die Totenklage für James Dillon, den sie mit je einer Laterne zu Häupten und zu Füßen aufgebahrt hatten, ein Kruzifix in den gefalteten Händen.

Und schließlich die Bestattungen: Das Kind Ellis, in seine Hängematte eingenäht, mit der Nationalflagge darüber, sah aus wie ein kleiner Pudding; bei der Erinnerung bekam Jack wieder feuchte Augen. Er hatte geweint, hemmungslos geweint, hatte mit tränenüberströmtem Gesicht die Toten der See übergeben, während die Seesoldaten ihren letzten Salut schossen.

Herrgott, dachte er, Herrgott. Denn beim Abfassen seines Berichts und beim Heraufbeschwören der schrecklichen Bilder überflutete ihn wieder tiefe Trauer. Eine Trauer, die nach dem Ende des Gefechts nicht von ihm gewichen war, bis einige

Meilen vor Kap Mola auch der letzte Windhauch einschlief und sie mit hastigen Kanonenschüssen einen Lotsen und Schlepphilfe herbeirufen mußten. Vom Papier aufblickend, versuchte er sich zu erinnern, wann die Freude durchgebrochen war. Mit dem Flaum der Schreibfeder streichelte er sein verletztes Ohr, während er durch die Heckfenster den stattlichen Beweis für seinen Sieg anstarrte. Die Fregatte lag am Werftkai, mit der unbeschädigten Backbordseite ihm zugekehrt, und im herbstlich blassen Wasser spiegelte sich ihr roter Rumpf mit den vergoldeten Schnitzereien: so schmuck und stolz wie an jenem Tag, als er sie zum ersten Mal erblickt hatte.

Vielleicht war die Wende eingetreten, als er die ersten Glückwünsche des ungläubig staunenden Kommandanten der *Bellerophon* entgegengenommen hatte, dessen Gig ihn als erstes Boot erreichte. Nach Sennet kamen Butler von der *Naiad* und der junge Harvey, dann Tom Widrington und einige Fähnriche, zusammen mit Marshall und Mowett von seinen früheren Prisen; die beiden grämten sich schier krank, weil sie das Gefecht versäumt hatten, sonnten sich aber bereits im Abglanz von *Sophies* Ruhm. Ihrer aller Boote nahmen die Slup und deren stattliche Prise in Schlepp, ihre Männer lösten die erschöpften Seesoldaten und die Freiwächter ab, die die Gefangenen bewacht hatten. Plötzlich senkte sich die Anstrengung der vergangenen Tage wie eine weiche, erstickende Decke auf Jack herab, und er fiel mitten zwischen ihren Fragen in Schlaf. Ja, vielleicht war es dieser köstliche Schlaf gewesen – und sein Erwachen im stillen Hafen, wonach ihm in doppeltem Umschlag eine hastig gekritzelte, ungezeichnete Botschaft von Molly Harte übergeben wurde.

Ja, dies war der Augenblick gewesen. Die große Freude, das intensive, anschwellende Entzücken, hatte ihn schon beim Erwachen erfüllt. Natürlich grämte er sich noch, grämte sich bitterlich über den Verlust seiner Kameraden – hätte seine rechte Hand dafür gegeben, sie lebend um sich zu haben – und verspürte in seiner Trauer um Dillon ein vages Schuldbewußtsein, dessen Quelle ihm verborgen blieb. Die Verlustgefühle eines aktiven Offiziers im Krieg waren intensiv, aber nicht anhaltend. Jacks nüchterner Verstand sagte ihm, daß es bisher nicht viele gleich erfolgreiche Gefechte zwischen zwei Einzelschiffen von so unterschiedlicher Stärke gegeben hatte. Wenn er sich jetzt keine spektakuläre Dummheit leistete, wenn er sich nicht selbst in den Orkus blies, dann würde ihn als nächstes von der Admiralität in London eine Ausgabe der »Gazette« mit seinem Bericht erreichen – und die Beförderung zum Vollkapitän.

Mit etwas Glück würde er eine Fregatte bekommen. An seinem inneren Auge zogen die ruhmreichen, schneidigen Kriegsschiffe wie auf der Parade vorbei: *Emerald, Seahorse, Terpsichore, Phaeton, Sibylle, Sirius,* die glückhafte *Ethalion, Naiad, Alcmene* und *Triton,* der Schnellsegler *Thetis.* Auch *Endymion, San Fiorenzo, Amelia* – es waren Dutzende. Insgesamt über hundert Fregatten hatte die Royal Navy im Dienst. Besaß er das Recht auf eine davon? Nicht unbedingt. Ein Kurierschiff von zwanzig Kanonen, irgend etwas aus der sechsten Kategorie, lag eher in seiner Reichweite. Nein, er hatte keinen Anspruch auf eine Fregatte, auch nicht auf die *Cacafuego.* Nicht einmal das Recht auf Molly Harte, und doch hatte er sie sich genommen. In der Kutsche, in ihrer Gartenlaube und nochmals in einer anderen Gartenlaube hatten sie sich geliebt, die ganze Nacht. Vielleicht fühlte er sich deshalb jetzt so schläfrig, döste so entspannt vor sich hin, blinzelte erwartungsfroh in eine sonnige Zukunft, als wär's ein gemütliches Kaminfeuer.

Und vielleicht taten seine Wunden deshalb so weh. Der Schnitt auf seiner linken Schulter, von dem er nicht wußte, woher er stammte, war an einem Ende wieder aufgeplatzt. Er hatte ihn erst gespürt, als alles vorbei war, und Stephen hatte ihn gleich mit genäht, als er die Pikenwunde über seinen Rippen versorgte (ein Verband für beide) und den Rest seines linken Ohrs irgendwie ankleisterte.

Aber Dösen konnte er sich jetzt nicht leisten. Jetzt mußte er sein Schäfchen ins trockene bringen, sich um eine Fregatte bemühen, mußte Fortuna am Schopf packen, solange sie in Reichweite war. Als erstes wollte er an Queeney schreiben, und nachmittags, vor der Party, mußte er noch einige andere Briefe verfassen, vielleicht sogar an seinen Vater, damit der alte Knabe keinen Narren aus sich machte. Der war ein denkbar schlechter Diplomat, versagte jämmerlich bei der Wahrnehmung seiner Interessen und vertrat nur schlecht ihre bescheidenen Ansprüche gegenüber den illustren Mitgliedern der Familie – eigentlich hätte er's niemals bis zum General bringen dürfen, wenn man's recht bedachte. Trotzdem, zuerst kam sein offizieller Bericht für die Öffentlichkeit. Vorsichtig stand Jack auf und machte sich auf den Weg.

Es war der erste offizielle Landgang seit seiner Rückkehr, und die neugierigen Blicke, das Geflüster und die deutenden Zeigefinger, die sein Erscheinen begleiteten, machten ihn verlegen. Er trug seinen Brief in die Hafenkommandantur, und alles schlechte Gewissen, alle Ansätze von Reue, wenn schon nicht von Schuldbewußtsein, die ihm auf dem Weg durch die Stadt und vollends dann im Vorzimmer zugesetzt hatten, verflogen bei Kapitän Hartes ersten Worten.

»Tja, Aubrey«, sagte der Hafenkommandeur und blieb hinter seinem Schreibtisch sitzen, »da müssen wir Ihnen wohl wieder mal zu Ihrem ganz erstaunlichen Glück gratulieren, nehme ich an.«

»Zu freundlich, Sir«, antwortete Jack. »Ich bringe Ihnen hier meinen offiziellen Bericht.«

»Ah ja«, machte Kapitän Harte affektiert und hielt den Umschlag mit gespielter Nachlässigkeit von sich ab. »Ich leite ihn demnächst weiter. Mr. Brown von der Werft ließ mich wissen, daß es ihm völlig unmöglich ist, auch nur die Hälfte Ihrer Anforderungen zu erfüllen – er schien höchst erstaunt über deren Ausmaß. Wie zum Teufel haben Sie's geschafft, sich so viele Spieren wegschießen zu lassen? Und dann diese unerhörten Mengen an Tauwerk! Ihre Langriemen sollen zersplittert sein? Na, hier gibt's jedenfalls keinen Ersatz dafür. Glauben Sie nicht, daß Ihr Bootsmann ziemlich übertreibt? Mr. Brown sagt, ihm ist auf dieser Station noch keine Fregatte, nicht mal ein Linienschiff untergekommen, das auch nur halb so viele Ersatzteile verlangt hätte.«

»Wenn Mr. Brown mir sagen könnte, wie man eine Fregatte von zweiunddreißig Kanonen erobert, ohne dabei ein paar Spieren einzubüßen, wäre ich ihm sehr dankbar.«

»Ach, wissen Sie, bei einem gut geführten Überraschungsangriff ... Aber wie dem auch sei, Sie werden für das meiste nach Malta gehen müssen. *Northumberland* und *Superb* haben uns hier total leer geräumt.« Hartes Neid und Bösartigkeit waren so offensichtlich, daß seine Worte nicht viel Wirkung erzielten. Aber mit seinem nächsten Hieb unterlief er Jacks Deckung und traf ihn an einer wunden Stelle. »Haben Sie schon an das Ehepaar Ellis geschrieben? So ein Bericht hier«, er tippte mit dem Umschlag auf die Tischplatte, »ist kinderleicht abzufassen; jeder könnte das. Aber um den Brief an Henrys Eltern beneide ich Sie nicht. Wie *ich* ihnen Trost spenden soll, weiß ich beim besten Willen nicht ...«

Er biß sich auf den Daumenknöchel und schoß von unten her einen wütenden Blick auf Jack ab. Plötzlich war dieser überzeugt, daß die finanzielle Einbuße, der drohende Verlust, die Schuldenfälligkeit – oder welches Fiasko sonst – Harte viel mehr aufbrachten als die Entehrung seiner Frau.

In Wahrheit hatte Jack längst an die Ellis geschrieben, ebenso an Dillons Onkel und die Familien der gefallenen Matrosen; es waren die Gedanken an sie, die sein Gesicht verdüsterten, als er durch den Innenhof ging. Eine Gestalt im dunklen Torbogen verhielt den Schritt und schien ihn zu mustern. Im Durchgang zur hellen Straße konnte Jack nur einen Umriß und die beiden Epauletten eines dienstälteren Kapitäns oder Flaggoffiziers erkennen. Zwar salutierte er prompt, war aber immer noch verwirrt, als der andere ins Sonnenlicht hinaustrat und mit ausgestreckter Hand auf ihn zukam.

»Captain Aubrey, nicht wahr?« begrüßte er ihn. »Keats von der *Superb*. Gestatten Sie mir, mein Bester, daß ich Ihnen von ganzem Herzen gratuliere. Das war wirklich ein glorreicher Sieg. Ich habe mich gerade in meiner Barkasse rund um Ihre *Cacafuego* rudern lassen und bin zutiefst beeindruckt Sir. Ganz erstaunlich. Wurden Sie stark beschädigt? Kann ich Ihnen irgendwie aushelfen – mit meinem Bootsmann, Zimmermann, Segelmacher? Und würden Sie mir das Vergnügen bereiten, heute abend bei mir zu speisen – oder sind Sie bereits anderweitig vergeben? Ich muß schon sagen ... Alle Gastgeberinnen in Mahón werden sich um Sie reißen. Was für ein Sieg!«

»Aber nicht doch, Sir ... Meinen allerherzlichsten Dank.« Jacks Wangen erröteten vor unverhohlener Freude, und er erwiderte Kapitän Keats' Händedruck mit solcher Kraft, daß dieser schmerzlich das Gesicht verzog. »Ich bin Ihnen zutiefst verbunden für Ihre freundlichen Worte. Ihr Urteil zählt für mich mehr als jedes andere. Um die Wahrheit zu sagen, ich soll heute abend beim Gouverneur essen und danach für das Konzert bleiben. Aber falls ich Sie tatsächlich bitten dürfte, mir Ihren Bootsmann zu leihen und einen kleinen Arbeitstrupp – meine Leute sind todmüde, total ausgepumpt –, ja, das wäre eine große Hilfe, ein Geschenk des Himmels.«

»Das machen wir mit Freuden«, versprach Kapitän Keats. »Wohin sind Sie unterwegs, Sir? In die Stadt oder zum Hafen?«

»Zum Hafen, Sir. Ich bin verabredet mit – mit einer Person in der Crown.«

»Dann haben wir denselben Weg.« Kapitän Keats nahm Jacks Arm. Als sie die Straße überquerten, um im Schatten weiterzugehen, rief er einem Bekannten zu: »Tom, schau her, wen ich da im Schlepptau habe! Das ist Captain Aubrey von der *Sophie*! Sie kennen doch bestimmt Kapitän Grenville, nicht wahr?«

»Angenehm, höchst angenehm, Sir!« rief der grimmige, narbenübersäte Grenville und grinste über sein ganzes einäugiges

Gesicht. Er schüttelte Jack die Hand und lud ihn prompt zum Essen ein.

Bis Jack sich vor der Crown von Keats trennte, hatte er fünf weitere Einladungen ablehnen müssen. Von Gratulanten, die er respektierte, hatte er so anerkennende Worte gehört wie: »Das tollkühnste Gefecht, das ich kenne«, »Nelson wird begeistert sein« und: »Wenn's auf Erden noch Gerechtigkeit gibt, dann wird die Fregatte von der Regierung angekauft und Captain Aubrey ihr Kommandant.« Auf den Gesichtern der Matrosen und jungen Offiziere, die ihnen unterwegs begegnet waren, hatte er offenen Respekt, freimütige Bewunderung und neidlose Freude gesehen, und zwei dienstältere Kapitänleutnants, die er als eifersüchtig und erfolglos kannte, waren lächelnd zu ihm herübergekommen, um ihm mit Anstand zu gratulieren.

Er betrat den Gasthof, rannte treppauf in sein Zimmer, warf den Uniformrock ab und sank auf einen Stuhl. Ich glaube, das ist es, was man Euphorie nennt, dachte er in dem Versuch, die tremolierende, brennende, ehrfürchtige und fast zu Tränen rührende Glückseligkeit in seiner Brust zu definieren. So saß er da und ließ den Aufruhr in sich toben. Und als Mercedes hereinstürzte, empfing er sie mit wohlwollendem, fast brüderlichem Blick. Sie sprang auf ihn zu, umarmte ihn leidenschaftlich und sprudelte eine Flut katalanischer Worte in sein Ohr, die mit dem feurigen Ausruf endete: »Mein tapferer, tapferer Kapitän – so herzensgut, so mutig und sooo *hübsch*!«

»Danke, danke, liebste Mercy. Ich bin dir wirklich sehr dankbar. Sag mir«, bat er nach einer Anstandspause, in der er eine bequemere Stellung einnahm (dralles Mädchen, gut siebzig Kilo schwer), »*diga me,* bist du jetzt so nett und holst mir einen Krug eisgekühlte Sangria? Ich habe Durst, *soif,* viel Durst, ich verdurste gleich, meine Liebe.«

»Dein Tantchen hatte ganz recht.« Er setzte den beschlagenen Glaskrug ab und wischte sich den Mund. »Das Schiff aus Vinaroz tauchte pünktlich auf, und wir fanden auch den falschen Raguser. Also hier, *aquí,* ist Tantchens Belohnung, das *recompenso de tua tía,* meine Liebe«, er zog einen Geldbeutel aus seiner Tasche, »und hier, *y aquí«,* ein versiegeltes Päckchen folgte, »ist ein kleines Geschenk, *regalo para tí,* meine Gute, für dich.«

»Ein Geschenk?« kreischte Mercedes mit blitzenden Augen und löste vorsichtig Seidenband, Wachspapier und Watte von einer Silberkette mit einem hübschen, brillantenbesetzten Kreuzchen daran. Nach einem Aufschrei des Entzückens küßte sie ihn, rannte zum Spiegel, stieß noch mehr Schreie aus und trat wieder vor ihn hin, die Kette mit dem Kreuz um den Hals gelegt. Sie zog den Bauch ein, drückte die Brust heraus (wie ein balzender Täuberich), bückte sich und hielt ihm ihre Brüste hin, zwischen denen die Brillanten blitzten. »Gefällt dir? Gefällt dir? Gefällt dir?« bestürmte sie ihn.

Jacks Blick verlor alles Brüderliche, seine Stimmritze wurde steif, und sein Herz begann zu klopfen. »O ja, das gefällt mir sehr«, sagte er heiser.

»Timely, Sir, Bootsmann von der *Superb«,* dröhnte eine mächtige Baßstimme in der geöffneten Tür. »Oh, Verzeihung, Sir …«

»Macht nichts, Timely, macht nichts.« Jack richtete sich auf. »Ich bin sehr froh, Sie zu sehen.«

Und vielleicht war's ja auch besser so, dachte er, als er zum zweiten Mal bei der Kaitreppe anlandete, auf der *Sophie* einen vielköpfigen Haufen geschickter, fleißiger Superber zurücklassend, die in den neuen Wanten auf und nieder rannten. Bei all der vielen Arbeit. Aber was für ein süßes Ding sie doch ist …, sinnierte er weiter. Er war jetzt auf dem Weg zu seiner Abendeinladung beim Gouverneur. Oder zumindest war das seine Absicht. Doch sein träumerischer Geist, der das eine Mal in die Vergangenheit, das andere Mal in die Zukunft schweifte, und sein Widerwille gegen das Paradieren in der Hauptstraße führten ihn durch obskure, nach dem jungen, gärenden Wein duftende und vom blauroten Trester verstopfte Hintergassen zur Franziskanerkirche auf dem Gipfel. Hier kehrte er mit einer bewußten Anstrengung in die Gegenwart zurück, nahm eine neue Peilung und schritt nach einem besorgten Blick auf seine Uhr hastig aus, vorbei am Arsenal und an Mr. Floreys grüner Haustür (mit einem schnellen Blick zu den Fenstern hinauf), einen nordnordwestlichen Generalkurs einschlagend, der ihn schließlich zur Residenz des Gouverneurs führen mußte.

Hinter der grünen Haustür saßen ein paar Stockwerke höher Mr. Florey und Stephen bei einem improvisierten Mahl, dessen Bestandteile sie überall verteilt hatten, wo sie auf den verschiedenen Tischen noch Platz fanden. Seit ihrer Rückkehr vom Hospital waren sie mit dem Sezieren eines gut erhaltenen Delphins beschäftigt gewesen, der jetzt auf einer hohen Bank vor dem Fenster lag, neben etwas mit einem Leintuch Bedecktem.

»Manche Kommandanten halten es für die beste Taktik, jeden Mann aufzulisten, der einen Tropfen Blut verloren oder eine Prellung erlitten hat«, sagte Mr. Florey, »weil eine lange Schlachterrechnung in der *Gazette* eindrucksvoller aussieht. Andere wiederum erwähnen keinen Mann, der nicht mausetot ist, weil eine geringe Verlustquote auf einen verantwortungsbewußten Kommandanten schließen läßt. Ich glaube, Ihre Liste liegt in der goldenen Mitte, vielleicht ein bißchen auf der vorsichtigen Seite. Sie sehen das Ganze natürlich aus dem Blickwinkel, der für die Karriere Ihres Freundes am günstigsten ist?«

»Ganz recht.«

»Sicher … Lassen Sie mich Ihnen noch eine Scheibe von dem kalten Braten vorlegen. Dazu reichen Sie mir bitte ein recht scharfes Messer – Rindfleisch muß vor allem hauchdünn geschnitten werden, wenn es munden soll.«

»Das hier ist zu stumpf«, sagte Stephen. »Versuchen Sie's mal mit dem Amputationsmesser.« Er drehte sich zu dem

Delphin um und spähte unter eine Flosse. »Nein, hier ist es nicht … Wo haben wir's nur gelassen? Ah«, sagte er, das Leintuch anhebend, »hier ist noch eins. Wundervolle Klinge, gewiß schwedischer Stahl. Sie haben Ihren Schnitt am Punkt des Hippokrates angesetzt, sehe ich.« Damit hob er das Leintuch noch etwas höher und musterte die junge Frau darunter.

»Vielleicht sollten wir's vorher waschen«, sagte Mr. Florey.

»Ach, Abwischen reicht.« Stephen nahm dazu einen Zipfel des Leintuchs. »Übrigens, woran ist sie gestorben?« fragte er und ließ das Leintuch zurückfallen.

»Das eben ist die Frage.« Mr. Florey schnitt die erste Bratenscheibe ab und trug sie zu dem weißköpfigen Geier, der angebunden in einer Zimmerecke hockte. »Das eben ist die Frage. Ich neige zu der Ansicht, daß sie von der Brandung an den Felsen zerschmettert wurde und nicht durch Ertrinken starb. Diese amourösen Torheiten … Aber wir waren bei der Karriere Ihres Freundes.« Mr. Florey pausierte und musterte die lange, zweischneidige Klinge, ehe er gemessen zu tranchieren begann. »Wer einem Mann Hörner aufsetzt, wird möglicherweise von ihm aufgespießt«, bemerkte er wie nebenbei, beobachtete aber heimlich die Wirkung seiner Worte auf Stephen.

»Sehr richtig.« Stephen warf dem Geier einen Knorpel zu. »Allgemein gilt *fenum habent in cornu.* Aber Sie haben gewiß«, setzte er hinzu, Mr. Florey anlächelnd, »nicht nur ein Klischee über Hahnreis äußern wollen. Möchten Sie sich nicht etwas präziser ausdrücken? Oder beziehen Sie sich etwa auf die junge Person unter dem Tuch? Ich weiß, Sie meinen es gut, und ich versichere Ihnen, auch die größte Offenheit könnte mich nicht verletzen.«

»Tja«, meinte Mr. Florey, »die Sache ist die, daß Ihr junger Freund – unser junger Freund, darf ich wohl sagen, denn ich schätze ihn sehr, und seine Tapferkeit gereicht der Marine zur Ehre, gereicht uns allen zur Ehre –, daß unser junger Freund sehr indiskret war. Das gilt auch für die Dame. Sie können mir folgen, nehme ich an?«

»Oh, gewiß.«

»Der Gehörnte nimmt das übel, und er ist in einer Position, in der sein Haß schaden kann, falls unser Freund nicht vorsichtig ist – ungemein vorsichtig. Der Ehemann wird keine Satisfaktion verlangen, das ist nicht der Stil dieses jämmerlichen Kerls. Aber er könnte ihn in eine Falle locken, ihn zu irgendeinem Ungehorsam verleiten und ihn dafür vors Kriegsgericht bringen. Unser Freund ist bekannt für seinen Schneid, seinen Unternehmungsgeist und seine Fortüne, aber auch für seinen Mangel an striktem Gehorsam. Und einige der dienstälteren Kapitäne hier hat sein Erfolg ziemlich neidisch und nervös gemacht. Mehr noch: Er – oder jedenfalls seine Familie – hängt den Tories an. Der Ehemann und der gegenwärtige Erste Seelord aber sind radikale Whigs, tollwütige liberale Hunde. Sie folgen mir immer noch, Dr. Maturin?«

»Das tue ich, Sir, und ich bin Ihnen sehr dankbar für Ihren Freimut. Sie bestätigen mir, was mich schon lange beschäftigt hat, und ich werde mein Bestes tun, um unserem Freund die Gefährlichkeit seiner Situation vor Augen zu führen. Aber ich gestehe Ihnen«, schloß Stephen bedrückt, »daß es mir manchmal so vorkommt, als würde in diesem Fall nur die radikale Amputation des männlichen Glieds helfen.«

Mr. Florey nickte weise. »Ja, *das* ist meistens der Übeltäter«, seufzte er.

Auch der Schreiber David Richards saß beim Abendessen, aber er nahm es im Schoße seiner Familie ein. »Wie jedermann weiß«, verkündete er der ehrerbietig lauschenden Runde, »ist die Position des Sekretärs auf einem Kriegsschiff die allergefährlichste. Mit Uhr und Schiefertafel steht er die ganze Zeit oben auf dem Hüttendeck und notiert alles, was geschieht. Er ist dem Kommandanten am nächsten, und alle Handfeuerwaffen und die meisten Kanonen konzentrieren ihr

Feuer auf ihn. Trotzdem muß er da oben ausharren und den Kommandanten mit seiner gefaßten Ruhe und seinem Rat unterstützen.«

»O Davy«, rief seine Tante aus, »hat er dich wirklich um Rat gefragt?«

»Ob er mich um Rat gefragt hat, Madam? Verdammt noch mal, das will ich meinen!«

»Nicht fluchen, Davylein«, sagte seine Tante prompt, »das ist nicht fein.«

»›Oh, oh, Mr. Richards‹, sagte er, als der Großtopp das Schutznetz wie Spinnweb zerriß und uns die Splitter um die Ohren flogen, ›oh, ich weiß mir wirklich nicht mehr zu helfen. Was soll ich tun?‹ – ›Da gibt's nur eins, Sir‹, sagte ich. ›Wir müssen entern. Entern wir sie vorn und achtern, und ich gebe Ihnen mein Wort darauf, die Fregatte ist in fünf Minuten unser.‹ Tja, meine Lieben, ich will nicht übertreiben und muß deshalb gestehen, daß wir zehn Minuten brauchten. Aber das war die Sache wert, denn auf diese Weise haben wir die schönste kupferbeschlagene Schebeckenfregatte erobert, die ich jemals gesehen habe. Und als ich nach achtern kam, nachdem ich den Schreiber des spanischen Kommandanten erstochen hatte, schüttelte mir Captain Aubrey die Hand und versicherte mir mit Tränen in den Augen: ›Richards, wir müssen Ihnen alle ewig dankbar sein.‹ – ›Zu gütig, Sir‹, sagte ich, ›doch ich habe nur getan, was jeder pflichtbewußte Sekretär tun würde.‹ – ›Tja‹, antwortete er, ›das war unsere Rettung.‹« Jung-Richards nahm einen Schluck Porter und fuhr fort: »Beinahe hätte ich noch hinzugefügt: ›Ich will Ihnen was sagen, Goldilocks‹ – wir nennen ihn nämlich Goldilocks in der Marine, genau, wie sie zu mir Höllenhund-Davy oder Donnerkeil-Richards sagen –, ›Sie machen mich dafür zum Fähnrich auf der *Cacafuego*, dann sind wir quitt.‹ Morgen hole ich das vielleicht noch nach, denn ich spüre, daß ich das Zeug zum Kommandanten habe … Sie sollte uns zwölf oder dreizehn Pfund pro Tonne einbringen, meinst du nicht auch?«

fragte er seinen Onkel. »Wir haben ihren Rumpf nicht sehr arg zerschossen.«

»Könnte sein«, sagte Mr. Williams nachdenklich. »Wenn sie von der Regierung angekauft wird, sollte das schon herausspringen; und noch einmal soviel für ihre Ladung. Captain A. dürfte nette fünftausend bekommen, ganz abgesehen vom Kopfgeld. Und dein Anteil wäre – mal sehen – rund zweihundertsechzig Pfund. Falls sie von der Regierung übernommen wird.«

»Wieso denn ›falls‹, Nunckie?«

»Na ja, eine *gewisse Person* hier besorgt doch die Ankäufe für die Admiralität. Und diese *gewisse Person* hat eine Frau, die es mit der ehelichen Treue nicht so genau nimmt. Deshalb könnte diese *gewisse Person* scheußlich unangenehm werden. O Goldilocks, Goldilocks, warum die Eskapaden?« klagte Mr. Williams zum sprachlosen Erstaunen seiner Nichten. »Wenn er sich um seine Arbeit gekümmert hätte, statt den Deckhengst zu spielen, dann ...«

»Aber *sie* hat doch das Netz nach ihm ausgeworfen!« rief Mrs. Williams, die ihren Mann niemals einen Satz vollenden ließ, jedenfalls nicht seit seinem Ja in der Dreifaltigkeitskirche von Plymouth im Jahre 1782.

»Oh, diese Schlange!« rief ihre unverheiratete Schwester, und die Augen der Nichten wandten sich nun, noch größer und runder, allesamt ihr zu.

»Eine elende Dirne!« rief Mrs. Thomas. »Der Vetter meiner Pasquita hat die Kutsche gefahren, in der sie zum Kai kam. Ihr könnt euch nicht vorstellen, wie ...«

»Man sollte sie nackt durch die Stadt prügeln und an den Pranger stellen. Ach, hätte ich doch nur eine Peitsche!«

»Na, na, meine Liebe ...«

Mr. Williams schüttelte mißbilligend den Kopf.

»Ich weiß, was du jetzt denkst, Mr. W.«, rief seine Frau. »Hör sofort auf damit! Diese Schamlosigkeit – wie eine läufige Hündin!«

Der Schlange guter Ruf hatte tatsächlich gelitten. Zuviel war in den letzten Monaten über sie geklatscht worden, deshalb empfing die Gouverneursgattin sie so kühl, wie sie's ohne Eklat wagen durfte. Doch Molly Hartes Erscheinung hatte sich verblüffend verändert: Schon immer eine ansehnliche Frau, war sie jetzt eine blendende Schönheit geworden. Mit Lady Warren fuhr sie zum Konzert vor, am Portal schon erwartet von ihren Bewunderern aus Heer und Marine. Die Konkurrenten um ihre Gunst umdrängten sie schnaubend und schwitzend vor Eifersucht, während ihre Frauen, Schwestern und sogar Liebsten sich in farblosen Witwengrüppchen im Hintergrund hielten und schweigend, mit verkniffenen Lippen, die scharlachrote Robe anstarrten, die hinter den vielen Uniformen fast verschwand.

Die Herren wichen zurück, als Jack erschien, und einige gesellten sich wieder zu ihren Frauen, von denen sie sofort verhört wurden, ob sie nicht auch fänden, daß Mrs. Harte stark gealtert, unmöglich gekleidet und überhaupt eine Vogelscheuche sei. Solch ein Jammer, in ihrem Alter, die Ärmste! Sie mußte ja mindestens dreißig oder vierzig, wahrscheinlich sogar fünfundvierzig sein. Das helle Licht war wirklich ungünstig für sie. Und dann Spitzenhandschuhe! Nie kämen sie auf die Idee, Spitzenhandschuhe zu tragen. Überhaupt, war es nicht furchtbar ordinär, sich so klotzig dicke Perlen umzuhängen?

Sie hat wirklich etwas von einer Dirne an sich, dachte Jack und musterte sie voller Wohlgefallen, wie sie hocherhobenen Hauptes dastand, den schwatzenden Frauen trotzig die Stirn bietend. Ja, sie war zu haben, und dieses Wissen steigerte sein Verlangen. Molly gehörte allerdings nur dem Erfolgreichen. Aber eingedenk der *Cacafuego,* die unten im Hafen neben seiner *Sophie* lag, fand Jack das ganz richtig.

Nach einigen Minuten geistloser Konversation – einer Prüfung in Verstellungskunst, die Jack seiner Meinung nach mit Glanz und Gloria bestand – drängte die Gesellschaft schlurfenden Schritts ins Musikzimmer, wo Molly Harte sich dekorativ hinter ihre Harfe plazierte und der Rest sich auf den zierlichen, vergoldeten Stühlen niederließ.

»Was werden wir zu hören bekommen?« fragte gespannt eine Stimme hinter Jack. Herumfahrend gewahrte er Stephen mit frisch gepuderter Perücke und – bis auf das vergessene Hemd – recht respektabel aussehend.

»Etwas von Boccherini für Cello und danach das Stück von Haydn, das wir arrangiert haben. Mrs. Harte wird dabei die Harfe spielen. Kommen Sie, setzen Sie sich zu mir.«

»Tja, das muß ich wohl«, antwortete Stephen, »bei dem Gedränge. Dabei habe ich mich so auf dieses Konzert gefreut. Es ist das letzte, das wir für lange Zeit zu hören bekommen.«

»Unsinn«, sagte Jack zerstreut, »danach kommt noch Mrs. Browns Party.«

»Bis dahin sind wir schon unterwegs nach Malta. Unsere Befehle werden in diesem Augenblick ausgeschrieben.«

»Die *Sophie* ist alles andere als seeklar«, protestierte Jack. »Sie müssen sich irren.«

Stephen zuckte mit den Schultern. »Ich habe es vom Sekretär persönlich.«

»Dieser verdammte Schuft!« rief Jack.

»Pst«, zischte man in ihrer Umgebung. Der erste Geiger nickte, senkte seinen Bogen, und im nächsten Augenblick stürzten sie sich vereint auf die ersten Takte und füllten das Zimmer mit köstlich verwobenen Melodien, die das nachdenkliche Cellomotiv vorbereiteten.

»Alles in allem«, sagte Stephen, »war Malta eine ziemliche Enttäuschung. Immerhin habe ich unten am Strand eine erkleckliche Menge Heuschreckenkrebse gefunden und einen ganzen Weidenkorb voll davon gesammelt.«

»Sie haben recht«, antwortete Jack. »Obwohl ich mich bei Gott nicht beklagen kann, abgesehen von der Sache mit dem armen Pullings. Man hat uns hier sehr großzügig ausgerüstet – bis auf die Langriemen. Niemand hätte entgegenkommender sein können als der Arsenalverwalter ... Und bewirtet haben sie uns wie Könige. Ob einer Ihrer Krebse wohl, ganz allgemein gesprochen, einen Mann wieder aufrichten könnte? Ich bin deprimierter als ein kastrierter Kater – total aus dem Tritt.«

Stephen musterte ihn aufmerksam, fühlte ihm den Puls, ließ sich die Zunge zeigen, stellte einige gezielte Fragen und untersuchte ihn. »Hat sich eine Wunde entzündet?« fragte Jack, von Stephens Ernst erschreckt.

»In gewissem Sinn ist es eine Wunde«, antwortete Stephen, »aber keine aus unserem Gefecht mit der *Cacafuego.* Eine Dame Ihrer Bekanntschaft muß mit ihrer Gunst zu großzügig umgegangen sein, zu wahllos im engeren Sinne.«

»Gütiger Gott!« rief Jack, dem derlei noch nie zugestoßen war.

»Macht nichts«, sagte Stephen, gerührt von Jacks Entsetzen, »wir bringen Sie bald wieder auf die Beine. Früh erkannt, ist die Sache kein großes Problem. Es wird Ihnen nicht schaden, sich zu schonen, nur lindernden Gerstensud zu trinken und Haferschleim zu essen, dünnen Haferschleim – kein Rind- und kein Hammelfleisch, keinen Wein und keinerlei Spirituosen. Wenn das stimmt, was mir Marshall über das westliche Mittelmeer zu dieser Jahreszeit erzählt hat, dann werden Sie, unseren Zwischenaufenthalt in Palermo eingerechnet, mit Sicherheit wieder dazu imstande sein, Ihre Gesundheit, Ihre Karriere und Ihr Glück erneut aufs Spiel zu setzen, wenn wir Kap Mola sichten.«

Er verließ die Achterkajüte mit einem, wie Jack schien, unmenschlichen Mangel an Mitgefühl und begab sich sofort nach unten, wo er einen Trunk und ein Pulver aus dem großen Vorrat mischte, den er (wie alle Marineärzte) ständig zur Hand hatte. Unter dem Ansturm des Nordostwinds, der in Böen vom Delamare Point herabwehte, legte sich die *Sophie* weit nach Lee über, und er verschüttete die Hälfte des Gebräus.

»Der Rest ist immer noch zuviel«, murmelte er, die Schiffsbewegungen schon wie ein alter Salzbuckel ausbalancierend, und goß den Überschuß in eine Phiole. »Aber das macht nichts, dann reicht es noch für den jungen Babbington.« Er verkorkte das Gefäß, stellte es in den passenden Ausschnitt eines Regals, zählte die benachbarten Phiolen mit ihren Namensetiketten und kehrte in die Achterkajüte zurück. Er wußte nur zu gut, daß Jack dem uralten Seemannsglauben *je mehr, desto besser* anhing, und sich ins Jenseits dosieren würde, wenn er nicht scharf beaufsichtigt wurde. Und während der Kommandant unter Würgen und Stöhnen die übelkeiterregende Tinktur schluckte, stand Stephen dabei und dachte über ihre Beziehung nach, in der die Befehlsgewalt nun vom einen auf den anderen überging (oder vielleicht übergehen würde, denn bisher war es zwischen ihnen noch nie zu einem Autoritätskonflikt gekommen).

Sowie Stephen Maturin dank ihrer ersten Prise zu Wohlstand gelangt war, hatte er sich einen großen Vorrat an Teufelsdreck, Bibergeil und anderen widerlichen Substanzen zugelegt, die seine Arzneien in Geruch und Beschaffenheit abstoßender machten als alle anderen seiner Kollegen in der Flotte. Und er fand sich bald darin bestätigt: Seine abgehärteten Patienten schworen seither aus tiefster Überzeugung, daß sie optimal verarztet wurden.

»Dem Kommandanten machen seine Wunden zu schaffen«, sagte er beim Essen. »Deshalb wird er die Einladung der Offiziersmesse für morgen nicht wahrnehmen können. Ich habe ihn zu seiner Kajüte und dünnem Gesöff verurteilt.«

»Ist er schwer verwundet worden?« fragte Mr. Dalziel beeindruckt. Mr. Dalziel war eine der Enttäuschungen von Malta. Jedermann an Bord hatte gehofft, daß Thomas Pullings zum Leutnant befördert werden würde, aber der Admiral hatte ihnen einen eigenen Favoriten geschickt, seinen Vetter Mr. Dalziel von Auchterbothie und Sodds. Mit einer privaten Notiz hatte er diesen Schlag zu mildern versucht, indem er versprach, »an Mr. Pullings zu denken und ihn bei der Admiralität lobend zu erwähnen«. Aber da war nun nichts mehr zu machen – Pullings blieb Mastersgehilfe: der erste Schatten, der auf ihren Sieg fiel. Mr. Dalziel bekam das zu spüren und benahm sich deshalb besonders zuvorkommend ihm gegenüber. Das hätte er allerdings nicht nötig gehabt, denn Pullings war der bescheidenste Mann unter der Sonne und fast peinlich schüchtern, außer auf dem Deck eines Feindes.

»Ja«, antwortete Stephen, »das ist er. Er hat Säbel-, Schuß- und Pikenwunden davongetragen. Und als ich in der tiefsten Wunde sondierte, fand ich noch ein Stück Metall, eine Musketenkugel von der Schlacht bei Abukir.«

»Das würde jedem Mann zu schaffen machen.« Mr. Dalziel hatte, allerdings ohne eigenes Verschulden, noch kein Blutvergießen erlebt und litt sehr unter diesem Manko.

»Ich spreche als Laie, Doktor«, mischte sich der Master ein, »aber brechen Wunden nicht wieder auf, wenn man sich grämt? Es muß ihn doch furchtbar ärgern, daß wir unser Einsatzgebiet noch immer nicht erreicht haben, obwohl die Jahreszeit schon so weit fortgeschritten ist.«

»Aye, das stimmt«, sagte Stephen. Jack hatte guten Grund für seinen Gram, genau wie jeder andere an Bord: Es war eine Schikane, sie bis nach Malta zu schicken, obwohl sie doch ein Recht auf ihren Beutezug in den vielversprechenden westlichen Gewässern besaßen. Und was alles noch schlimmer machte, war das hartnäckige Gerücht über eine Silbergaleone, die vom Schicksal und von Jacks Spionen angeblich für die *Sophie* vorherbestimmt war – eine oder auch mehrere Galeonen, vielleicht sogar ein ganzes Geschwader von Galeonen, die sich just in dieser Minute vollbeladen an der spanischen Küste nach Norden quälen mochten, während die *Sophie* fünfhundert Meilen weit entfernt war.

Mit Ungeduld fieberten sie ihrem Einsatz entgegen, den siebenunddreißig Tagen, die ihnen noch zustanden, siebenunddreißig Tage, um ihr Glück zu machen. Denn obwohl viele an

Bord inzwischen mehr Guineen besaßen, als sie an Land jemals Shillinge ihr eigen genannt hatten, gab es keinen einzigen, den es nicht brennend nach mehr verlangt hätte. Übereinstimmend hatte man sich ausgerechnet, daß der Anteil eines gewöhnlichen Matrosen an die fünfzig Pfund betragen würde; selbst Männern, die im Gefecht geblutet hatten, die zusammengehauen, versengt und beschossen worden waren, schien das ein guter Lohn für die Arbeit eines Vormittags zu sein – weitaus besser als der Shilling pro Tag, den sie an Land vielleicht hinter dem Pflug oder dem Webstuhl verdienen konnten, besser sogar als die acht Pfund pro Monat, die angeblich hart bedrängte Handelsschiffskapitäne zahlten.

Gemeinsam bestandene, erfolgreiche Gefechte, eiserne Disziplin und ein hohes Maß an Kompetenz (abgesehen vom irren Willy, *Sophies* Bordnarren, und einigen wenigen hoffnungslosen Fällen, konnte inzwischen jeder Mann und Junge an Bord steuern und die Segel bedienen) hatten sie zu einer ausgesprochen homogenen Besatzung zusammengeschweißt, die das Schiff und sein Verhalten bis ins kleinste kannte. Das erwies sich auch als nötig, denn ihr neuer Erster war nicht sonderlich firm in Seemannschaft. Sie mußten ihn aus manchem traurigem Dilemma retten, während die Slup sich, so schnell sie konnte, nach Westen kämpfte, durch zwei schreckliche Stürme, durch schweren Seegang und nervenzerrüttende Flauten, in denen sie auf der langen Dünung dümpelte, während der Bugspriet um die ganze Kompaßrose rotierte und die seekranke Bordkatze wie ein Hund kotzte. Sie hatten es eilig, weil die Besatzung seit vier Wochen der spanischen Küste entgegenfieberte und die Offiziere ungeduldig die neuesten Nachrichten aus London erwarteten – die letzte Ausgabe der »Gazette« und die offizielle Reaktion auf ihren Triumph: die Ernennung zum Vollkapitän für Jack und vielleicht eine Beförderung für alle anderen.

Es wurde eine Überfahrt, die den Werftarbeitern aus Malta zur Ehre gereichte und ebenso *Sophies* tüchtiger Besatzung, denn in denselben Gewässern kenterte beim zweiten Sturm die

Sechzehn-Kanonen-Slup *Utile*: Nur zwanzig Meilen südlicher war sie vor dem Wind quergeschlagen und sank mit Mann und Maus. Erst am letzten Tag besserte sich das Wetter und gönnte den Sophies eine frische, stetige Tramontana, in der sie nur die Bramsegel reffen mußten. Am Vormittag stieg das Hochland von Menorca über die Kimm, nach dem Essen setzten sie ihre Erkennungsnummer und rundeten schließlich Kap Mola, noch ehe die Sonne ihren halben Kreisbogen zum westlichen Horizont vollendet hatte.

Völlig wiederhergestellt, allerdings wegen seines Stubenarrests noch etwas blaß, musterte Jack eifrig die Windwolken über dem Gipfel des Toro, die auch für die nächsten Tage anhaltenden Nordwind versprachen, und sagte: »Sobald wir durch die Enge sind, Mr. Dalziel, wollen wir die Boote ausschwingen und die Wasserfässer an Deck schaffen. Noch heute abend beginnen wir mit dem Wasserbunkern, dann sollten wir morgen frühzeitig wieder auslaufen können. Wir haben keine Minute zu verlieren. Aber ich sehe, daß Sie an Rahnokken und Stagen schon die Haken angebracht haben – sehr gut.« Schmunzelnd verschwand er unter Deck.

Dabei hatte der arme Mr. Dalziel das selbst gerade erst bemerkt. Heimliche Helfer, die Jacks Wünsche weitaus besser kannten als er, hatten den Befehl vorausgeahnt; kopfschüttelnd raffte der Erste seinen ganzen Gleichmut zusammen. Er war in einer schwierigen Lage, denn beim Vergleich mit James Dillon konnte er, obwohl ein achtbarer, gewissenhafter Offizier, nur schlecht abschneiden. Der Geist seines Vorgängers war an Bord noch überall zu spüren; schließlich hatte Dillon mitgeholfen, die Besatzung auszubilden, und die Erinnerung verklärte noch seine dynamische Autorität, sein hohes technisches Können und seine gute Seemannschaft.

Auch Jack dachte an Dillon, als die *Sophie* über die lange Hafenreede glitt, vorbei an den vertrauten Bachmündungen und Inselchen. Sie standen gerade querab der Hospitalinsel, und Jack erinnerte sich, daß Dillon bei den Manövern mit viel geringerer Lautstärke ausgekommen war, als er von oben den Anruf »Boot ahoi!« hörte und die ferne Antwort, die den Besuch eines Kapitäns ankündigte. Den Namen verstand er nicht, aber im nächsten Augenblick klopfte Babbington an seine Tür und meldete erschrocken: »Die Barkasse des Hafenkommandeurs geht längsseits, Sir.«

An Deck entstand ein ziemliches Tohuwabohu, weil Dalziel drei Aufgaben gleichzeitig bewältigen wollte und die Ehrenwache für die Seitenpforte sich in höchster Eile präsentabel machte. Kaum ein Kapitän wäre so überraschend hinter einer Insel hervorgeprescht; kaum ein Kapitän hätte ein Schiff behelligt, das gerade an seiner Muringtonne festmachen wollte; und fast jeder Kapitän hätte der Besatzung, selbst in einem Notfall, einige Minuten Zeit zur Vorbereitung gelassen. Aber nicht so Kapitän Harte, der jetzt im Eiltempo die Jakobsleiter erklomm. Die Bootsmannspfeifen trillerten, die wenigen vorschriftsmäßig gekleideten Offiziere nahmen Haltung an, allerdings ohne Hüte, und die Seesoldaten präsentierten ihre Musketen, wobei eine Waffe zu Boden polterte.

»Willkommen an Bord, Sir«, rief Jack, der mit seiner sonnigen Welt so gutgelaunt im Einklang war, daß er sich sogar freute, dieses sauertöpfische, aber immerhin vertraute Gesicht zu sehen. »Ich glaube, es ist das erste Mal, daß Sie uns mit Ihrem Besuch beehren.«

Kapitän Harte grüßte mit einer angedeuteten Bewegung in Richtung Achterdeck und starrte voll demonstrativem Abscheu die schlampige Seitenwache an, die Soldaten mit verdrehten Brustriemen, den Stapel Wasserfässer und vor allem Mr. Dalziels kleine, fette, gelbe Hündin, die auf dem einzigen freien Platz – mit hängenden Ohren, ja mit dem ganzen geduckten Körperchen um Entschuldigung bittend – eine ausufernde Pfütze unter sich ließ.

»Meiner Treu, hier sieht's aus wie in einem Wappinger Puff, nicht wie auf einem Schiff des Königs«, knurrte Harte. »Ist Ihr Deck immer in diesem Zustand, Captain Aubrey?«

»Gewiß nicht, Sir«, antwortete Jack, immer noch bester Laune, denn der Admiralitätsumschlag aus Wachsleinwand, den Harte unterm Arm trug, konnte nur eine Bestallung zum Vollkapitän enthalten und adressiert sein an J. A. Aubrey, Esqr. Anständig von Harte, daß er sie so schnell brachte, dachte er. »Ich fürchte, Sie haben die *Sophie* in einem ungünstigen Moment erwischt. Darf ich Sie in die Kajüte bitten, Sir?«

Die Besatzung hatte alle Hände voll zu tun, als sie sich durch die vielen Schiffe zu ihrer Muringtonne schlängelte, aber sie kannte die Slup und diesen Hafen, und das war ihr Glück, denn alle lauschten mit gespannter Aufmerksamkeit den Stimmen, die aus der Achterkajüte drangen.

»Er kriegt eine Abreibung«, flüsterte Thomas Jones grinsend seinem Nachbarn William Witsover zu.

In der Tat herrschte achtern vom Großmast allgemeine Schadenfreude, denn jeder Mann in Hörweite hatte schnell erraten, daß es dem Kommandanten jetzt an den Kragen ging. Die Besatzung liebte Jack und wäre ihm überallhin gefolgt, aber es belustigte sie, daß er von Harte einen Anpfiff bekam, daß er angeblökt und zur Sau gemacht wurde.

»›Wenn ich einen Befehl gebe, dann erwarte ich prompte Ausführung‹«, wiederholte Robert Jessup leise, aber mit pompösem Mienenspiel für William Agg, den Gehilfen des Quartermasters.

»Ruhe!« rief der Master, der nichts mehr hören konnte.

Aber das kollektive Grinsen verblaßte bald, zuerst auf den Gesichtern der Pfiffigeren am Oberlicht, dann bei denen, die in Sichtweite ihrer verdrehten Augen, vielsagenden Gesten und sauren Mienen waren, und schließlich auch weiter vorn. Als ihr bester Buganker ins Wasser klatschte, hatte es sich schon überall herumgesprochen: kein unabhängiger Einsatz mehr.

Kapitän Harte erschien wieder an Deck. Mit steifem Zeremoniell wurde er in seine Barkasse verabschiedet, und das steinerne, eisern beherrschte Gesicht Captain Aubreys bestätigte die allgemeinen bösen Ahnungen.

Kutter und Barkasse begannen sofort mit dem Wasserbunkern; die Jolle brachte den Zahlmeister an Land, wo er Proviant und Post holte; Bumboote boten ihre üblichen Verlockungen an; und Mr. Watt kam mit den meisten anderen Sophies, die ihre Wunden auskuriert hatten, im Hospitalboot herbeigeeilt, um zu überprüfen, was diese Trottel in Malta mit seiner Takelage angestellt hatten.

Ihnen riefen die an Bord Gebliebenen entgegen: »Wißt ihr was, Kameraden?«

»Was, Kamerad?«

»Also wißt ihr's noch nicht?«

»Spuck's aus, Kamerad.«

»Wir dürfen nicht mehr unabhängig kreuzen! Jetzt wißt ihr's! Es ist aus – Essig, *finito*, sagt der alte Hurensohn ... Unsere Zeit ist um, wir haben sie mit dem Törn nach Malta verbraucht ... Wir fahren Geleitschutz, Geleitschutz nach Gib für das verdammte Paketboot, diese Schnecke ... Adieu und vielen Dank, daß ihr die Köpfe hingehalten habt ... Die *Cacafuego* ist nicht angekauft worden – er hat sie an die beschissenen Mohren verhökert, für'n Ei und 'n Butterbrot, die schönste und schnellste Schebecke weit und breit ... Wir sind zu spät zurückgekommen, sagt er, und: ›Widersprechen Sie mir nicht, Sir, ich weiß es besser!‹ ... Kein Wort über uns in der ›Gazette‹, und auch für Goldilocks hatte der alte Furz keine Beförderung dabei ... Es heißt, sie war kein reguläres Kriegsschiff, und ihr Käpt'n hätte kein Patent gehabt – alles verdammte Lügen ... Oh, wenn ich den bei seinen Eiern erwische, dann zeige ich's ihm aber, dann ...«

An diesem Punkt wurden sie durch eine gebieterische Botschaft vom Achterdeck unterbrochen, die ihnen ein Bootsmannsgehilfe mit dem Tampen noch verdeutlichte; aber ihre leidenschaftliche Empörung, geäußert in einer Lautstärke, die nur sie für Flüstern hielten, schwelte weiter; wäre Kapitän Harte in diesem Moment aufgetaucht, sie hätten ihn in einem Ausbruch von Meuterei ins Hafenwasser geworfen. Sie wüteten um den vergällten Sieg, um ihre eigenen gestohlenen Chancen und um Jacks willen. Und sie merkten genau, daß es den Rügen, die sie dafür von ihren Vorgesetzten bekamen, an ehrlicher Überzeugung fehlte. Der Tampen, mit dem auf sie eingeprügelt wurde, erzielte nicht mehr Wirkung als ein streichelndes Taschentuch. Und selbst der Neuling Dalziel war entsetzt über den Skandal, zumindest über das, was sich ihm davon durch Gerüchte, Andeutungen, heimliches Lauschen, Bumbootklatsch und die Abwesenheit der schnittigen *Cacafuego* offenbarte.

In Wahrheit war die Ungerechtigkeit, mit der sie behandelt wurden, noch skandalöser, als die Gerüchteküche ahnte. Arzt und Kommandant der *Sophie* saßen zwischen Stößen von Papier in der Achterkajüte, wo Stephen Jack mit dem Schreibkram geholfen und auch eigene Briefe verfaßt hatte. Darüber war es drei Uhr morgens geworden. Die *Sophie* wiegte sich leise an ihrer Muringleine, und ihre Besatzung schnarchte sich dichtgedrängt durch die ganze Nacht (ein seltener Luxus, auf die Liegezeit im Hafen beschränkt).

Jack war überhaupt nicht an Land gewesen und hatte auch nicht die Absicht. Die Stille, das Fehlen der gewohnten Schiffsbewegungen, die lange Arbeit mit Tinte und Feder schienen sie in ihrer hell erleuchteten Zelle vom Rest der dunklen Welt zu isolieren. Und so bekam ihr Gespräch, das zu jeder anderen Zeit unziemlich gewesen wäre, etwas ganz Natürliches.

»Kennen Sie eigentlich Martinez?« fragte Jack leise. »Diesen Spanier, der sein Haus an die Hartes vermietet hat?«

»Ich habe von ihm gehört«, antwortete Stephen. »Martinez ist ein Spekulant, ein umtriebiger Neureicher, steht aber finanziell etwas wacklig da.«

»Also, dieser Martinez hat die Lizenz zur Beförderung der britischen Post bekommen – bestimmt ein undankbarer Job – und hat diesen jämmerlichen Kahn, die *Ventura,* als Paketboot angekauft. Sie ist seit ihrem Stapellauf noch nie schneller als sechs Knoten gelaufen, und wir sollen sie nach Gibraltar geleiten. Weiter nichts dabei, sagen Sie. Ja, aber wir sollen den Postsack befördern, ihn kurz vor der Mole an sie übergeben und sofort kehrtmachen. Wir sollen nach Mahón zurücksegeln, ohne mit Gib in Kontakt zu treten oder dort an Land zu gehen. Und ich will Ihnen noch was verraten: Er hat meinen offiziellen Bericht nicht mit der *Superb* weitergeleitet, die zwei Tage nach uns ins Mittelmeer auslief, und auch mit der *Phoebe* nicht, die direkt nach England segelte. Ich halte jede Wette, daß er hier drinsteckt, hier in diesem schmuddeligen Sack. Mehr noch: Ich weiß so sicher, als hätte ich's schwarz auf weiß, daß sein Begleitschreiben nur so strotzt von diesem Quatsch über die Irregularität der *Cacafuego* und ihres Kommandanten, von dieser Haarspalterei über ihren Status als Kriegsschiff. Miesmacherei und Verzögerung ... Deshalb stand noch nichts in der *Gazette*. Deshalb kamen auch keine Beförderungen. Der Admiralitätsumschlag enthielt nur seine eigenen Befehle, die er für den Fall mitbrachte, daß ich auf ihrer schriftlichen Ausfertigung bestand.«

»Gewiß. Seine Absicht ist sonnenklar, selbst für ein Kind. Er hofft, Sie zu provozieren, bis Sie die Beherrschung verlieren. Er hofft, daß Sie sich durch Ungehorsam die Karriere ruinieren. Lassen Sie sich nicht blenden von Ihrer Wut, ich flehe Sie an.«

»Oh, ich mache mich schon nicht zum Narren.« Jack lächelte etwas gezwungen. »Aber was das Provozieren betrifft, muß ich zugeben, daß er damit bewundernswerten Erfolg hatte. Wenn ich daran denke, zittert meine Hand so, daß ich wahrscheinlich nicht mal eine Skala einstellen könnte«, sagte Jack und griff nach seiner Geige. Während er sie auf Schulterhöhe hob, zuckten ihm quälende Gedankenfetzen durch den Kopf, intime Gedanken voller Selbstmitleid: an die vergeudeten Wochen und Monate kostbarer Seniorität – schon waren Douglas von der *Phoebe*, Evans in Westindien und ein gewisser Kapitänleutnant Raitt, den er nicht kannte, laut *Gazette* zu Vollkapitänen befördert worden; damit hatten sie ihn auf der Rangliste unwiderruflich überholt, er würde nun für alle Zeit im Dienstalter unter ihnen stehen. Kostbare Zeit verloren ... Dazu diese beunruhigenden Gerüchte über einen bevorstehenden Friedensschluß. Und vor allem der vage, nicht einmal sich selbst ganz eingestandene Verdacht, daß Lord Keiths Warnung sich erfüllen könnte: Ohne Beförderung war seine Laufbahn schon jetzt zu Ende.

Er klemmte sich die Geige unters Kinn, preßte die Lippen zusammen und hob den Kopf. Aber das reichte bereits, um einen Ansturm der Gefühle in ihm freizusetzen: Röte stieg ihm ins Gesicht, sein Atem kam in schweren Stößen, seine Augen wurden größer und – weil sich die Pupillen stark verengten – intensiver blau. Sein Mund verkrampfte sich noch mehr und mit ihm seine rechte Hand. *Pupillen können sich symmetrisch bis auf den Durchmesser von einem Zehntelzoll zusammenziehen,* notierte sich Stephen auf einem herumliegenden Zettel. Es knackte einmal laut und endgültig, dann folgte ein melancholisches, wirres Klirren – und mit einer Mischung aus Staunen, Zweifel und Pein hielt Jack Stephen seine derangierte Violine hin: Ihr Hals war glatt durchgebrochen.

»Zerknackt!« rief er. »Einfach zerknackt!« Mit unendlicher Zartheit drückte er die Teile an der Bruchstelle wieder zusammen und hielt sie dort fest. »Das hab ich nicht gewollt, bei Gott nicht«, sagte er leise. »Diese Fiedel hat mich begleitet, seit ich meine ersten langen Hosen bekam.«

Die Empörung über das der *Sophie* angetane Unrecht beschränkte sich nicht auf die Slup selbst, war aber dort natürlich am größten. Als die Crew beim Loswerfen ums Ankerspill stapfte, sang sie ein neues Arbeitsshanty, das wahrlich nicht von Mr. Mowetts züchtiger Muse inspiriert war:

Old Harte – old Harte,
That red-faced son of a dry French fart.

Hey ho, stamp and go,
Stamp and go, stamp and go,
Hey ho, stamp and go.

Der Vorsänger, der im Schneidersitz auf dem Spillkopf hockte, ließ seine Querpfeife sinken und stimmte leise das Solo an:

Says old Harte to his missis
O what do I see?
Bold Sophie's commander
With his fiddle-dee-dee.

Und wieder grollte der tiefe, arhythmische Refrain:

Old Harte – old Harte,
That one-eyed son of a blue French fart …

James Dillon wäre dazwischengefahren, aber dem armen Mr. Dalziel sagten die Anspielungen nichts, deshalb ging das Shanty endlos weiter, Strophe für Strophe, bis die Ankertrosse unten in ordentlichen Achten aufgeschossen war, stinkend nach dem Modder von Mahón. Die *Sophie* setzte ihre Stagsegel und braßte die Fockbramrah rund. Sie fiel ab, bis sie auf Höhe der *Amelia* lag, die sie seit ihrem Gefecht mit der *Cacafuego* nicht mehr gesehen hatte. Plötzlich bemerkte Mr. Dalziel, daß die Takelage der Fregatte voller Männer stand, alle mit Hüten auf dem Kopf und der *Sophie* voll zugewandt.

»Mr. Babbington«, sagte er gedämpft aus Sorge, er könne sich irren, denn dies hatte er erst einmal im Leben gesehen, »sagen Sie dem Kommandanten, daß ich glaube, die Besatzung der *Amelia* steht zur Ehrenbezeigung für uns im Rigg.«

Jack kam blinzelnd an Deck, gerade als das erste Hurragebrüll ertönte, ohrenbetäubend bei nur fünfundzwanzig Metern Abstand. Dann folgten das Pfeifentrillern des Bootsmanns drüben und das zweite Hurra mit Hüteschwenken, so präzise vorgetragen wie ihre eigene Breitseite; und schließlich das dritte. Jack und seine Offiziere hatten barhäuptig Haltung angenommen, und sowie der letzte Ruf verhallt war, rief er laut: »Ein dreifaches Hurra für die *Amelia*!« Die Sophies, obwohl bis über die Ohren in Arbeit beim Ablegen, reagierten heldenhaft, stimmgewaltig und geschmeichelt errötend. Sie wußten, was sich gehörte, und legten ihre ganze Kraft in die dreifache Antwort. Dann hieß es auf der *Amelia*, die nun schon weit achteraus lag: »Ein letztes Mal: Hurra!«, und danach wurden die Männer von den Rahen gepfiffen.

Es war ein hübsches Kompliment und ein nobler Abschied, der ihnen Genugtuung bereitete. Aber nichts konnte die Sophies über ihren Gram hinwegtrösten, nichts konnte verhindern, daß sie bei jeder Gelegenheit riefen: »Wir wollen uns're sieb'nunddreißig Tage wiederha'm!«, als eine Art Losungswort unter Deck oder sogar oben bei der Wachablösung, wenn sie's wagen durften. Das war der Pflichterfüllung nicht gerade förderlich, und in den folgenden Tagen und Wochen gab ihre ungewohnte Trödelei öfter Anlaß zu Kritik. Auch die Disziplin hatte unter dem Zwischenspiel in Mahón stark gelitten.

Als Ergebnis ihrer zornigen Zusammenballung zu einem einzigen trotzigen, mißbrauchten Haufen lockerten sich vorübergehend die Befehlsstrukturen (in ihren feineren Verästelungen) an Bord. Unter anderem hatte der Profoß geduldet, daß die zum Dienst zurückkehrenden Verwundeten Tierhäute und Schweineblasen voll Branntwein, Anisschnaps und einer farblosen Flüssigkeit mitbrachten, die ihnen als Gin verkauft worden war. Eine schändliche Anzahl Männer hatte sich dem Trunk ergeben, unter ihnen der Captain des Fockmasts (delirierend) und die beiden Bootsmannsgehilfen. Jack degradierte Morgan und beförderte dafür den stummen Schwarzen Alfred King, wie er schon angedroht hatte – denn ein *stummer* Bootsmannsgehilfe mußte sich mit Sicherheit als die schrecklichste aller Heimsuchungen erweisen, besonders einer mit so dickem Bizeps.

»Außerdem«, sagte Jack zu Mr. Dalziel, »wollen wir endlich eine richtige Gräting am Seitendeck aufriggen. Aus dem Auspeitschen auf dem Ankerspill machen sie sich einen Dreck, aber ich werde diese vermaledeite Sauferei unterbinden, komme, was da wolle.«

»Jawohl, Sir«, antwortete der Erste und setzte nach kurzer Pause hinzu: »Wilson und Plimpton haben mir unterbreitet, daß es für sie äußerst schmerzlich wäre, wenn sie von King ausgepeitscht würden.«

»Natürlich wird es schmerzhaft für sie sein. Ich hoffe sogar, daß es *sehr* schmerzhaft für sie wird. Zu diesem Zweck werden sie ja ausgepeitscht. Sie waren schließlich im Dienst betrunken, oder etwa nicht?«

»Stockbesoffen, Sir. Sie haben ihr Erntedankfest gefeiert, behaupten sie.«

»Wofür in aller Welt hatten die denn dankbar zu sein? Dafür, daß die *Cacafuego* nach Algier verkauft wurde?«

»Die beiden stammen aus den amerikanischen Kolonien, Sir, und anscheinend feiert man dort dieses Fest. Aber es ist nicht die Strafe selbst, gegen die sie Einwände haben, sondern die Hautfarbe des Bestrafenden.«

»Pah«, sagte Jack. »Ich weiß noch einen, der bald ausgepeitscht wird, wenn er so weitermacht.« Er bückte sich und blickte durch ein Heckfenster. »Und zwar der Skipper dieses elenden Paketboots. Machen Sie ihm Beine mit einem Kanonenschuß, Mr. Dalziel, als Ladung eine Kartätsche, und nicht allzu weit hinter sein Heck gezielt. Er soll endlich seine Station halten.«

Das unselige Postschiff hatte seit Mahón Schweres durchgemacht. Sein Skipper hatte erwartet, daß die *Sophie* stracks nach Gibraltar segeln würde, sich weit draußen auf See haltend, außer Sichtweite der Freibeuter und vor allem außer Reichweite der Küstenbatterien. Aber obwohl die *Sophie* trotz aller Verbesserungen immer noch kein Schnellsegler war, konnte sie auf jedem Kurs zum Wind doppelt so schnell segeln wie er, und sie nutzte diese Überlegenheit aus, um zwischendurch immer wieder zur Küste vorzustoßen und in jede Bucht oder Flußmündung zu spähen, wobei ihr Schützling gezwungen war, in geringem Abstand seewärts von ihr zu bleiben, und so ständig in Angst und Schrecken lebte.

Bisher hatte *Sophies* an einen eifrigen Terrier erinnernde Suche weiter nichts erbracht außer einigen schnellen Schußwechseln mit Küstenbatterien, denn Jacks streng restriktive Befehle erlaubten ihm keine Verfolgungsjagd und stellten praktisch sicher, daß er keine Prise erbeuten konnte. Dies schien ihm jedoch das kleinere Übel zu sein: Ihn verlangte es vor allem nach Kampf. Nichts wünschte er sich sehnlicher als eine direkte, unkomplizierte, hitzige Konfrontation mit einem Feind vergleichbarer Größe.

Mit diesen Gedanken erschien er an Deck. Die Seebrise war nachmittags immer schwächer geworden und hauchte jetzt endgültig ihr Leben aus. Obwohl die *Sophie* noch ihre letzten Atemzüge nutzen konnte, lag das Paketboot draußen fast bekalmt in der See. An Steuerbord erstreckte sich das braune, felsige Steilufer nach Norden und Süden. Im Abstand von einer Meile hatten sie eine Art Landvorsprung querab, eine von den Ruinen einer Maurenfestung gekrönte kleine Huk.

»Sehen Sie dieses Kap?« Stephen starrte hinüber, ein offenes Buch mit zwischen die Seiten geklemmtem Finger in der Rechten. »Das ist Kap Roig, die seewärtige Grenze des katalanischen Sprachraums. Ein Stück landeinwärts liegt Orihuela, und dahinter bekommen Sie kein Katalanisch mehr zu hören – nur die barbarischen Laute des Andalusischen. Schon in dem Dorf hinterm Kap palavern sie wie die Mohren – algarabisch, brabbel-brabbel, musch-musch.« Mauren konnte Stephen Maturin, sonst in jeder Hinsicht der liberalste und toleranteste Mensch, nun mal nicht ausstehen.

»Ah, dort gibt es also ein Dorf?« Jacks Augen leuchteten auf.

»Na ja, einen Weiler. Er muß gleich in Sicht kommen.« Eine Pause trat ein, während die Slup flüsternd durchs glatte Wasser glitt und die Landschaft an ihnen vorbeizog. »Von Strabo wissen wir, daß die alten Iren es als Ehre betrachteten, von ihren Verwandten aufgefressen zu werden – als eine Art der Bestattung, bei der die Seele in der Familie blieb«, sagte Stephen, sein Buch schwenkend.

»Mr. Mowett, seien Sie so freundlich und holen Sie mir mein Glas. Entschuldigung, Doktor – Sie sprachen gerade über Strabo.«

»Man könnte behaupten, er sei nur ein wiederauferstandener Eratosthenes – oder sollte ich besser sagen: ein umgeriggter?«

»Ja, unbedingt ... Da oben auf der Klippe, unterhalb der Burg, reitet ein Kerl, als ging's um sein Leben.«

»Er reitet ins Dorf.«

»Stimmt. Ich sehe es jetzt, er kommt hinter den Felsen hervor. Und ich sehe noch etwas anderes«, fügte Jack wie im Selbstgespräch hinzu.

Gemächlich glitt die Slup weiter, und gemächlich entrollte sich die Bucht vor ihnen und gab den Blick auf eine Ansammlung weißer Häuser am Ufer frei. Ein Stück weiter draußen, etwa eine Viertelmeile südlich vom Dorf, lagen drei Fahrzeuge vor Anker: zwei Huaris und eine Pinke, kleinere Handelsschiffe, aber tief weggeladen.

Noch bevor die Slup auf sie zuzuhalten begann, war im Dorf schon große Aufregung zu beobachten. Jedes glasbewehrte Auge an Bord konnte erkennen, wie die Einwohner zum Strand rannten, wie sie Boote ins Wasser schoben und eilig zu den Ankerliegern hinausruderten. Gleich darauf hasteten die Leute an Deck der Handelsschiffe durcheinander, und der Lärm ihrer hitzigen Wortwechsel drang durch die Abendstille bis zur *Sophie*. Es folgte der rhythmische Singsang, mit dem sie die Anker hievten; alle Tücher wurden gesetzt und die Schiffe vierkant auf den Strand gesegelt.

Jack beobachtete die Vorgänge mit kaltem, berechnendem Blick. Falls weder Wind noch Schwell aufkam, mußte es ein leichtes sein, die Fahrzeuge wieder in tiefes Wasser zu warpen – leicht für die Spanier, aber auch für ihn. Zugegeben, seine Befehle ließen ihm keinen Spielraum für einen solchen Überfall. Und doch, der Feind war entscheidend auf die Küstenschiffahrt angewiesen: fluchwürdige Straßen – die Maultierkarawanen ungeeignet für sperrige Güter – keine nennenswerten Pferdewagen ... Lord Keith hatte diesen Punkt nachdrücklich betont. Und es war doch seine Pflicht, zu erobern, zu brandschatzen, zu versenken und zu zerstören.

Die Sophies wandten kein Auge von Jack; sie wußten nur zu gut, was ihm durch den Kopf ging, aber sie hatten auch eine ziemlich genaue Vorstellung von dem, was in seinen Befehlen stand: kein Beutezug, sondern strikter Konvoidienst. Sie starrten ihn an, und der Sand der Zeit rieselte davon. Der Wachtposten Joseph Button, dessen Aufgabe es war, das Halbstundenglas umzudrehen, sobald alle Sandkörner unten angekommen waren, und sofort danach die Glocke anzuschlagen, wurde durch Rippenstöße, Kneifen, den gedämpften Ruf: »Joe, Joe, wach auf, du Trottel!« und schließlich durch Mr. Pullings' scharfe Stimme dicht an seinem Ohr aus der Betrachtung von Captain Aubreys Gesicht gerissen: »Button, dreh das Glas um!«

Als der letzte Glockenschlag verklungen war, sagte Jack: »Drehen Sie ab, Mr. Pullings.«

In einer weichen, eleganten Kurve und unter den vertrauten, fast nicht mehr registrierten Trillersignalen und Kommandos wie: »Klar zur Halse!« – »Auf das Ruder!« – »Gei auf Großsegel!« schwang die *Sophie* herum, nahm Fahrt auf, luvte an und hielt auf das ferne Paketboot zu, das immer noch bekalmt auf der spiegelglatten, violetten See vor sich hin träumte.

Nachdem sie das kleine Kap einige Meilen achteraus gelassen hatte, verlor auch die *Sophie* den Wind und lag mit schlappen, unförmigen Segeln in der Abenddämmerung, während langsam der Tau fiel.

»Mr. Day«, sagte Jack, »bereiten Sie freundlicherweise ein paar Brandfässer vor – sagen wir, ein halbes Dutzend. Mr. Dalziel, falls kein Wind aufkommt, können wir wohl gegen Mitternacht in die Boote gehen und auf Land zuhalten. Dr. Maturin, bis dahin wollen wir uns erquicken.« Ihre Erquikkung bestand darin, Notenlinien zu ziehen und ein geliehenes Duett mit Vierundsechzigstelnoten zu kopieren. »Bei Gott«, seufzte Jack nach einer guten Stunde und blickte mit rotgeränderten, tränenden Augen von seinem Blatt auf, »ich werde zu alt für so was.« Er preßte die Handflächen auf die geschlossenen Lider und blieb eine Weile still sitzen. Dann fuhr er mit völlig veränderter Stimme fort: »Ich mußte den ganzen Tag an Dillon denken. Den ganzen Tag lang, immer und immer wieder. Sie können sich nicht vorstellen, wie sehr ich ihn vermisse. Als Sie von diesem alten Klassiker sprachen, stand er förmlich wieder vor mir – zweifellos weil es um Iren ging. Und Dillon war doch Ire, obwohl man's bei ihm niemals vermutet hätte. Nie ließ er sich's anmerken, daß er betrunken war, nie warf er anderen Schimpfwörter an den Kopf, drückte sich stets aus wie ein Christenmensch: der nobelste Charakter, den man sich denken kann, kein Prahlhans, kein Tyrann … Ach, du meine Güte! Mein lieber Freund, mein liebster Dr. Maturin – ich bitte um Vergebung. Immer wieder entschlüpfen mir solche unsäglichen Bemerkungen – ich bedaure unendlich …«

Stephen, der gerade eine Prise Schnupftabak nahm, wedelte abwehrend mit der anderen Hand.

Jack griff zum Glockenzug und hörte über den gewohnten Schiffsgeräuschen, die bei dieser Flaute ohnehin gedämpfter klangen, das schnelle Trippeln seines Stewards. »Killick«, sagte er, »bring mir zwei Flaschen von dem Madeira mit gelbem Siegel und ein paar Lewiskekse … Ich kriege ihn einfach nicht dazu, mir einen anständigen Gewürzkuchen zu backen«, erklärte er. »Aber diese *pettyfoors* schmecken ganz erträglich und geben zum Wein ein *relievo*. Also, diesen Madeira«, fuhr er fort, genießerisch durch sein volles Glas blickend, »hat mir mein Agent in Mahón besorgt. Er wurde in dem Jahr auf Flaschen gezogen, als unsere Eclipse fohlte. Ich widme ihn Ihnen als Wiedergutmachung für meinen *fauxpas*. Auf Ihre Gesundheit, Sir.«

»Ihr Wohl, mein Bester ... Ja, das ist wirklich ein kostbarer alter Wein. Trocken – und doch sanft wie Öl. Erstklassig.«

»Oft sage ich die taktlosesten Dinge«, sinnierte Jack, während sie die erste Flasche leerten. »Und es wird mir in dem Moment gar nicht bewußt, obwohl ich merke, daß die Leute finstere Gesichter ziehen und die Stirn runzeln, während meine Freunde dauernd ›pst, pst‹ machen. Dann habe ich wieder mal ins Fettnäpfchen getreten. Nach einer Weile fällt es mir selber auf, aber da ist es meist zu spät. Ich fürchte, damit habe ich auch Dillon oft genug verprellt –«, traurig blickte er zu Boden, »aber Sie müssen wissen, ich war nicht der einzige Taktlose. Damit will ich ihn weiß Gott nicht herabwürdigen, ich erwähne es nur nebenbei, als Beispiel dafür, daß auch ein hochkultivierter Mann solche Schnitzer begehen kann. Ich bin sicher, er wollte mich nicht beleidigen. Aber einmal hat mich Dillon doch sehr gekränkt. Er gebrauchte das Wort *kommerziell,* während wir darüber sprachen, wie erstrebenswert es sei, Prisen zu erbeuten. Bestimmt meinte er es nicht böse, genausowenig, wie ich vorhin Sie beleidigen wollte. Aber seine Bemerkung sitzt mir seither doch quer im Hals. Aus diesem Grund bin ich auch so froh, daß ...« Es klopfte an der Tür. »Bitte um Vergebung, Euer Ehren, aber der Loblollyboy ist ganz außer sich. Der junge Mr. Ricketts hat eine Musketenkugel geschluckt, und er kriegt sie nicht wieder raus. Er ist am Ersticken, Sir. Wenn's beliebt ...«

»Entschuldigen Sie mich.« Stephen stellte sein Glas ab und bedeckte es sorgsam mit einem rotgetupften Taschentuch.

»Alles wieder in Ordnung? Haben Sie's geschafft?« fragte

Jack fünf Minuten später.

»Wir Ärzte können vielleicht keine Wunder vollbringen«, antwortete Stephen mit leiser Genugtuung, »aber zumindest können wir ein wirksames Brechmittel verabreichen. Was sagten Sie vorhin, Sir?«

»*Kommerziell* war das Wort«, nahm Jack den Faden wieder auf, »kommerziell. Und deshalb bin ich auch so froh über diesen kleinen Bootsangriff heute nacht. Denn obwohl meine Befehle mir nicht gestatten, mit den Prisen davonzusegeln, muß ich doch warten, bis das Postschiff uns wieder eingeholt hat, und derweil kann ich sie verbrennen. Dabei verliere ich keine Zeit, und selbst der kritischste Geist müßte zugeben, daß dies keine kommerzielle Unternehmung ist. Natürlich kommt sie zu spät – solche Rechtfertigungen kommen immer zu spät –, aber es bereitet mir doch eine große Genugtuung. Wie hätte sich James Dillon darüber gefreut! Es wäre genau sein Stil! Wissen Sie noch, wie er den Bootsangriff in Palamós geführt hat? Und in Palafrugel?«

Der Mond ging unter. Das sternenübersäte Firmament drehte sich um seine Achse, die Plejaden kreisten zu ihren Häuptern. Es war ein Winterhimmel (doch warm und still), unter dem die Barkasse, der Kutter und die Jolle ihre Besatzungen aufnahmen, Männer in blauen Jacken mit weißen Armbinden. Fünf Meilen trennten sie noch vom Dorf, aber alle sprachen bereits im Flüsterton – hier und da ein ersticktes Lachen und ein Klirren der herabgereichten Waffen –, und als sie mit umwickelten Riemen davonpullten, verschmolzen sie so schnell mit der Dunkelheit, daß Stephen sie nach zehn Minuten beim besten Willen nicht mehr ausmachen konnte.

»Sehen Sie sie noch?« fragte er den Bootsmann, der noch an seiner Verwundung laborierte und deshalb vorübergehend die Slup befehligen durfte.

»Ich kann gerade noch die Blendlaterne erkennen, wenn der Kommandant den Kompaß abliest«, antwortete Mr. Watt. »Etwas achterlich vom Kranbalken.«

»Nehmen Sie mein Nachtglas, Sir«, sagte Mr. Lucock, der einzige an Bord verbliebene Fähnrich.

»Ich wollte, es wäre schon vorbei«, seufzte Stephen.

»Ich auch, Doktor«, pflichtete ihm der Bootsmann bei. »Und ich wollte, ich wäre mit ihnen dort draußen. Für die Zurückbleibenden ist es immer schlimmer. Diese Burschen sind alle zusammen und mopsfidel, die Zeit vergeht ihnen im Nu, während wir paar Männchen uns hier die Beine in den Bauch stehen. Wir können nur warten und die Sandkörner im Stundenglas zählen. Es wird uns vorkommen, als seien Jahre vergangen, bis wir wieder von ihnen hören. Denken Sie an meine Worte.«

Stunden, Tage, Wochen, Jahre ... Einmal hörte Stephen ein Schrillen hoch in den Lüften: Flamingos auf ihrem Flug zum Mar Menor oder bis zu den Marschen des Guadalquivir. Ansonsten umgab ihn nur laut- und konturlose Dunkelheit, fast wie eine Negation der Zeit.

Das aufblitzende Musketenfeuer und das anschließende Geknatter kamen nicht von dem Sektor her, auf den sich sein Blick konzentriert hatte, sondern von viel weiter rechts. Hatten sich die Boote verirrt? Waren sie auf Gegenwehr gestoßen? Oder hatte er in die falsche Richtung geschaut?

»Mr. Watt«, fragte er, »sind sie dort, wo sie sein sollten?«

»Auf keinen Fall, Sir.« Der Bootsmann wirkte nicht beunruhigt. »Wie ich den Kommandanten kenne, ist das nur ein Ablenkungsmanöver.«

Das Geknatter dauerte an, und in den kurzen Pausen dazwischen war fernes Geschrei zu hören. Plötzlich leuchtete links davon ein tiefrotes Glühen auf, dann ein zweites und ein drittes. Der dritte Brandherd erweiterte sich, wuchs enorm in die Höhe, wurde zu einer Flammenzunge, die den halben Himmel zu belecken schien, zu einer prächtigen Fontäne aus Licht: eine ganze Schiffsladung brennenden Olivenöls.

»Allmächtiger, erbarme dich«, murmelte der Bootsmann ergriffen.

»Amen«, kam es aus der schweigend starrenden Crew.

Der Feuerschein wurde immer greller. In seinem Licht konnten sie die beiden anderen Brandherde und ihre hellgrauen Rauchwolken erkennen, dazu die Küstenlinie und das Dorf; und davor den Kutter und die Barkasse, die vom Strand wegpullten. Die Jolle strebte quer über die Bucht zu ihnen. Und hinter all dem erhoben sich die braunen Hügel, in gleißendes Licht und scharfe Schatten getaucht.

Zunächst hatte sich die Feuersäule völlig senkrecht gen Himmel gereckt, so kerzengerade wie eine Zypresse. Doch nach der ersten Viertelstunde begann sich ihre Spitze landeinwärts nach Süden zu neigen, auf die Hügel zu, und der Rauch zog sich zu einer langen, von unten beleuchteten Wolkenbank auseinander. Die Helligkeit hatte eher noch zugenommen, und Stephen sah Möwenschwärme zwischen der Slup und den Bränden dahinziehen, alle in Richtung des Feuers. Es muß jedes Lebewesen im Umkreis anlocken, dachte er besorgt. Wie werden wohl die Fledermäuse reagieren?

Allmählich kippten die oberen zwei Drittel der Lichtfontäne deutlich nach Süden ab, und die *Sophie* begann zu rollen; kleine Wellen plätscherten gegen ihren Backbordrumpf.

Mr. Watt riß sich aus seiner ehrfürchtigen Erstarrung und gab die notwendigen Befehle. Als er ans Schanzkleid zurückkehrte, meinte er: »Das wird ein harter Pull für sie, wenn's so bleibt.«

»Könnten wir ihnen nicht entgegenfahren und sie aufnehmen?«

»Nicht bei diesem Wind, der drei Strich umgesprungen ist, und nicht mit diesen Untiefen vor dem Kap. Nein, Sir.«

Ein weiterer Schwarm Möwen flog tief überm Wasser an ihnen vorbei, Richtung Land. »Das Feuer zieht meilenweit im Umkreis alles an, was lebt«, sagte Stephen.

»Keine Sorge, Sir«, beruhigte ihn der Bootsmann. »In einer Stunde oder zwei wird es Tag, dann kümmern sich die Vögel nicht mehr darum.«

»Es erhellt aber den ganzen Himmel«, beharrte Stephen.

Das Feuer erhellte auch das Deck der *Formidable,* eines prächtigen französischen Linienschiffs mit achtzig Kanonen, das im Besan die Flagge von Konteradmiral Linois fuhr. Ihr Kommandant war Kapitän Lalonde. Die *Formidable* stand sieben oder acht Meilen vor der Küste und war unterwegs von Toulon nach Cádiz. In ihrem Kielwasser segelte der Rest des Geschwaders: die *Indomptable,* ebenfalls mit achtzig Kanonen und dem Kommandanten Kapitän Moncousu, die *Desaix* mit vierundsiebzig Kanonen und dem Kommandanten Kapitän Christy-Pallière (einem hervorragenden Seemann); und schließlich die *Muiron,* eine Fregatte von achtunddreißig Kanonen, die bis vor kurzem der Republik von Venedig gehört hatte.

»Wir wollen auf Land zuhalten und nachsehen, was da los ist«, sagte der Admiral, ein kleines, dunkles, rundköpfiges Energiebündel in roter Hose, ganz der erfahrene Seemann. Kurz darauf stiegen farbige Signallaternen zum Besantopp auf. Eines nach dem anderen wendeten die Schiffe mit einer effizienten Lautlosigkeit, die jeder Marine der Welt zur Ehre gereicht hätte; ihre Besatzungen kamen hauptsächlich aus dem Rochefort-Geschwader und waren erstklassige Matrosen, die von tüchtigen Berufsoffizieren kommandiert wurden.

Über Backbordbug und mit halbem Wind liefen sie auf die Küste zu, brachten das Tageslicht mit, und als man sie von Deck der *Sophie* aus sah, wurden sie zunächst mit Jubelrufen begrüßt. Nach langem, anstrengendem Pullen hatten die Boote gerade die Slup erreicht, deshalb wurden die französischen Kriegsschiffe nicht so früh gesichtet, wie es normalerweise der Fall gewesen wäre. Aber gesichtet wurden sie, und das rechtzeitig genug, um jeden Mann Hunger, Müdigkeit, Kälte, Nässe und seine schmerzenden Muskeln vergessen zu lassen. Sofort lief das Gerücht durch die Decks: »Unsere Schatzschiffe sind da!« Mit dem ganzen Reichtum der Karibik, Neuspaniens und Perus – mit Goldbarren als Ballast. Seit die Leute von Jacks Geheiminformationen über die spanische Schiffahrt wußten, war das Gerücht von den Schatzschiffen kursiert, und nun sahen sie es bestätigt.

Die prächtige Feuersäule züngelte immer noch vor der Hügelkulisse, wenn auch etwas blasser, weil es im Osten tagte; aber niemand beachtete sie mehr, denn alle machten voll freudigen Eifers klar zur Verfolgungsjagd. Sooft ein Mann von seiner Arbeit aufsah, warf er gierige, entzückte Blicke auf die drei oder vier Meilen entfernte *Desaix* und auf die *Formidable*, die jetzt ein ganzes Stück achteraus segelte.

Es war schwer zu sagen, wann diese freudige Erregung in Entsetzen umschlug. Jedenfalls berechnete der Steward immer noch die Kosten für die Kneipe an der Hunstanton Road, die er sich für seinen Prisenanteil kaufen wollte, als er dem Kommandanten auf dem Achterdeck einen Becher Kaffee brachte und ihn sagen hörte: »Wir sind in einer verteufelten Lage, Mr. Dalziel.« Da endlich fiel ihm auf, daß die *Sophie* nicht länger auf die vermeintlichen Galeonen zuhielt, sondern, so schnell sie konnte, vor ihnen floh, hart angebraßt, alle Segel gesetzt, Bonnets und Blinde inklusive.

Zu diesem Zeitpunkt stand die *Desaix* schon mit dem Rumpf über der Kimm und die *Formidable* ebenfalls. Hinter dem Flaggschiff zeigten sich die Masttoppen und die Bramsegel der *Indomptable*, und einige Meilen seewärts, in Luv von ihr, lugten die Toppen der Fregatte gerade über den Horizont. Ja, es war eine verteufelte Lage für die *Sophie*. Doch immerhin besaß sie den Luv-Vorteil, die Brise war launisch, und man konnte die Slup mit etwas Glück für eine unwichtige Handelsbrigg halten – ein Fahrzeug, das ein vielbeschäftigtes Geschwader nicht länger als eine Stunde interessieren würde. Deshalb befanden sie sich nicht in unmittelbarer Gefahr, folgerte Jack und ließ sein Fernglas sinken. Aus dem Verhalten der Vordecksgang auf der *Desaix*, ihrer keinesfalls außergewöhnlichen Segelfläche und aus zahllosen anderen Kleinigkeiten zog er das Resümee, daß sie nicht den Eindruck eines ernsthaft zur Jagd entschlossenen Verfolgers machte. Aber dennoch – wie elegant sie dahinglitt! Ihr leichter, hoher, voller Bug und ihre wunderschön geschnittenen, flachen und prallen Segel zogen sie geschmeidig über die Seen, ein Vollblut wie die britische *Victory*. Und sie wurde hervorragend gehandhabt: Wie auf einem ins Wasser gegrabenen, schnurgeraden Pfad segelte sie dahin. Er hoffte, ihren Kurs kreuzen zu können, bevor sie ihre Neugier über das Feuer an Land gestillt hatte, und sie so lange zum Narren zu halten, bis sie aufgab – bis der Admiral sie schließlich zurückrufen ließ.

»An Deck«, rief Mowett vom Ausguck herab. »Die Fregatte hat das Postschiff genommen.«

Jack nickte und schwenkte das Glas zu der unseligen *Ventura* hinüber, dann zurück über den Vierundsiebziger zum Flaggschiff. Nun konnte er nur noch abwarten. Die nächsten fünf Minuten würden entscheidend sein. Tatsächlich, jetzt entfalteten sich bunte Signalflaggen auf der *Formidable*, und ein Kanonenschuß fiel, des Nachdrucks halber. Aber leider war es nicht das erhoffte Rückrufsignal. Die *Desaix* ging sofort höher an den Wind, verlor jedes Interesse an der Küste und setzte ihre Royals. Deren Rahen wurden so schnell und gekonnt hochgehievt, die Segel selbst so effektiv getrimmt, daß Jack unwillkürlich einen anerkennenden Pfiff ausstieß. Nun erschien auch auf der *Formidable* mehr Tuch. Und zuletzt kam sogar die *Indomptable* schnell auf, alle Rahen vor dem draußen frischeren Wind vollgebraßt, eine breite Pyramide.

Damit stand fest, daß die Franzosen vom Postschiff die wahre Identität der *Sophie* erfahren hatten. Ebenso fest stand allerdings, daß die aufgehende Sonne das bißchen Wind schlucken oder zumindest weiter schwächen würde. Jack blickte zu seinen Segeln hoch: Natürlich war alles Tuch gesetzt, und noch zogen sie alle, trotz der launischen Brise. Der Segelmeister stand am Kompaßhaus; Pram, der Quartermaster, war am Ruder und holte alles an Fahrt aus ihr heraus, was sie hergeben konnte, die arme, dicke, alte Slup. Jeder Mann wartete stumm und wachsam auf seiner Station. Für den Kommandanten gab es nichts mehr zu veranlassen oder zu befehlen. Aber sein Blick hing an der fadenscheinigen, ausgebeulten Admiralitätsleinwand, und sein Gewissen setzte ihm höllisch zu, weil er sich nicht die Zeit genommen hatte, rechtzeitig seine privat angeschafften, neuen Toppsegel anzuschlagen, die zwar illegal waren, aber aus bestem Tuch.

»Mr. Watt«, sagte er nach einer Viertelstunde, den Blick auf die glasig glatte See gerichtet, »machen Sie klar zum Ausbringen der Langriemen.«

Wenige Minuten später setzte die *Desaix* ihre Flagge und feuerte einen Warnschuß ab. Als hätte der hallende Doppelknall die stille Luft verwirbelt, fielen die vollen Kurven ihrer Segel in sich zusammen, flatterten kurz, füllten sich wieder und erschlafften endgültig. *Sophies* Brise blieb ihr noch zehn Minuten länger treu, dann erstarb sie ebenfalls. Doch bevor sie alle Fahrt verlor, war jeder Langriemen ausgebracht, den ihnen Malta zugestanden hatte (vier fehlten leider noch), und sie kroch langsam, aber stetig ins Auge des Windes (falls er geweht hätte). Fünf Mann saßen an jedem Riemen, der sich unter der gemeinsamen Anstrengung durchbog: das war Schwerstarbeit, schweißtreibende Schwerstarbeit. Stephen fiel plötzlich auf, daß an fast jedem Riemen auch ein Offizier mitpullte. Er setzte sich auf einen der wenigen freien Plätze, und binnen vierzig Minuten hatte er keine Haut mehr auf den Handflächen.

»Mr. Dalziel, lassen Sie die Steuerbordwache zum Frühstück wegtreten. Ah, da sind Sie ja, Mr. Ricketts: Ich glaube, wir sollten eine doppelte Ration Käse ausgeben – etwas Warmes werden sie so bald nicht kriegen.«

»Wenn Sie mir die Bemerkung gestatten«, antwortete der Zahlmeister mit schiefem Grinsen, »mir schwant, daß wir bald was außerordentlich Heißes zwischen die Zähne kriegen.«

Die abgefütterte Steuerbordwache übernahm das anstrengende Rudern, während sich ihre Kameraden zu einer Mahlzeit aus Zwieback, Käse und Grog setzten, angereichert durch zwei Schinken aus der Offiziersmesse. Es wurde eine kurze, gehetzte Erholungspause, denn draußen war Wind aufgekommen und riffelte die See. Die französischen Schiffe bekamen ihn als erste zu spüren, und es war erstaunlich, wie ihre hohen, in die oberen Luftschichten reichenden Segel sie mit diesem bloßen Hauch vorantrieben. *Sophies* so mühsam errungener Vorsprung war binnen zwanzig Minuten dahin. Noch bevor ihre eigenen Segel sich füllten, warf die *Desaix* schon eine Bugwelle auf, einen weißen Schnurrbart, der vom Achterdeck aus klar zu erkennen war. Dann begannen auch *Sophies* Segel zu ziehen, aber es reichte nur für eine Schleichfahrt, mit der sie niemals entkommen konnten.

»Riemen ein«, befahl Jack. »Mr. Day, werfen Sie die Kanonen über Bord.«

»Aye, aye, Sir«, antwortete der Stückmeister forsch, aber seine Bewegungen wirkten seltsam unnatürlich und verkrampft, als er langsam die Broktaue löste – wie bei einem Mann, der am Rand eines Abgrunds balancierte.

Stephen kam mit Baumwollfäustlingen über seinen wunden Händen an Deck zurück und sah die Mannschaft des achtersten Vierpfünders, Keile und Handspaken in Händen, an Steuerbord bei ihrer Bronzekanone stehen. Mit sorgenvollen, fast furchtsamen Gesichtern warteten sie auf das nächste Rollen des Schiffes. Als es kam, hievten sie ihr auf Hochglanz poliertes Stück vorsichtig übers Schanzkleid – warfen ihre schöne Nummer vierzehn in die See. Sie klatschte genau in dem Moment ins Wasser, als eine Kugel aus der Bugkanone der *Desaix* keine zehn Meter entfernt eine hohe Fontäne aufwarf. Von da an flogen die nächsten Kanonen schneller und mit weniger Zeremoniell über Bord: Vierzehnmal spritzte die See unter dem Gewicht von jeweils einer halben Tonne auf. Anschließend flogen auch die schweren Lafetten über die Reling, und zurück blieben gekappte Broktaue und leere Haken zu beiden Seiten der gähnenden Stückpforten – ein Bild des Jammers.

Stephens Blick wanderte erst nach vorn, dann nach achtern, und schließlich begann er, ihre Lage zu begreifen. Mit gespitzten Lippen zog er sich an die Heckreling zurück. Von so viel Gewicht über der Wasserlinie befreit, wurde die *Sophie* von Minute zu Minute schneller; sie segelte auch aufrechter, krängte weniger am Wind.

Die nächste Kugel der *Desaix* durchschlug das Großbramsegel, aber die beiden folgenden fielen zu kurz. Es blieb noch Zeit für Manöver – für viele Manöver. Vor allem, sagte sich Jack, wäre es sehr überraschend, wenn die *Sophie* nicht doppelt so schnell wenden könnte wie der Vierundsiebziger. »Mr. Dalziel«, verkündete er, »wir wenden und gehen danach gleich wieder zurück auf den alten Kurs. Mr. Marshall, fallen Sie etwas ab, und nehmen Sie tüchtig Fahrt auf.« Es wäre verhängnisvoll gewesen, wenn die *Sophie* sich bei ihrer zweiten Wende mangels Schwungs festgefahren hätte. Sie war normalerweise kein Leichtwindsegler und gab ihr Bestes erst, wenn die Bramsegel mindestens einmal gerefft waren und starker Seegang herrschte.

»Klar zur Wende ...« Die Signalpfeife zwitscherte, die Slup luvte an, ging durch den Wind und nahm über Steuerbordbug erneut Fahrt auf. Ihre Halsen und Schoten standen schon wieder straff wie Harfensaiten, ehe der große Vierundsiebziger seine Wende auch nur eingeleitet hatte. Doch dann begann die *Desaix*, durch den Wind zu drehen: Ihre Segel killten, die Rahen schwangen herum, die gewürfelte Reihe der Stückpforten wurde sichtbar. Jack sah im Fernglas, daß die erste Breitseite gleich kommen würde, und rief: »Sie gehen jetzt besser unter Deck, Doktor.«

Stephen gehorchte, begab sich aber in die Achterkajüte; dort reckte er den Kopf aus einem Heckfenster und sah, wie sich die Bordwand der *Desaix* vom Bug bis zum Heck in Rauchwolken hüllte, vielleicht fünfzehn Sekunden nachdem die

Sophie ihre Rückwende begonnen hatte. Die schwere Breitseite, neunhundertachtundzwanzig Pfund Eisen, fiel querab an Steuerbord in einem breiten Fächer ins Wasser: zu kurz bis auf zwei sechsunddreißiger Kugeln, die durch ihr Rigg heulten, eine Spur gekappten, flatternden Tauwerks hinterlassend. Einen Augenblick schien es, als käme die *Sophie* nicht durch den Wind, als würde sie hilflos wieder zurückfallen und sich der nächsten, diesmal gewiß besser gezielten Breitseite aussetzen. Aber ein gnädiger kleiner Windstoß in ihren backgesetzten vorderen Stagsegeln drückte den Bug herum, bis sie wieder auf ihrem alten Kurs lag und Fahrt aufnehmen konnte, noch ehe die mächtigen Rahen der *Desaix* angebraßt waren – bevor sie ihr Wendemanöver ganz vollendet hatte.

Damit hatte die Slup etwa eine Viertelmeile Vorsprung gewonnen. Aber noch einmal läßt er mir das nicht durchgehen, dachte Jack.

Die *Desaix* segelte wieder über Backbordbug und holte auf. Und die ganze Zeit feuerten ihre Jagdkanonen vorn mit beachtlicher Regelmäßigkeit und Zielsicherheit, trafen immer besser, je mehr der Abstand schrumpfte, verfehlten *Sophies* Segel nur knapp oder streiften sie sogar. Dadurch zwangen sie die Slup zum Hakenschlagen, wobei sie jedesmal etwas Fahrt verlor. Die *Formidable* lag auf dem anderen Bug, um die *Sophie* am Ausbrechen zu hindern, und die *Indomptable* lief nach Westen und erfüllte in einer halben Meile Abstand die gleiche Aufgabe. So bildeten *Sophies* Verfolger hinter ihr eine breite Front und kamen schnell auf, während sie schräg vor ihnen davonlief. Schon hatte das Achtzig-Kanonen-Flaggschiff leicht gedreht, um auf diese nicht ganz aussichtslose Distanz eine Breitseite abzufeuern. Die grimme *Desaix* tat bei jedem ihrer kurzen Schläge das gleiche. *Sophies* Bootsmann und seine Gang waren vollauf mit Knoten und Spleißen beschäftigt, und in ihren Segeln klafften einige traurige Löcher. Aber bis jetzt war noch kein entscheidender Teil getroffen, noch kein Mann verwundet worden.

»Mr. Dalziel«, sagte Jack, »bitte die Vorräte über Bord.«

Sie nahmen die Lukendeckel ab und entleerten die Lagerräume in die See – Fässer voller Pökelfleisch, Schiffszwieback, Trockenerbsen, Hafermehl, Butter, Käse, Essig, sogar Fässer mit Schießpulver und die Kugeln. Sie pumpten ihren kostbaren Wasservorrat außenbords. Ein Vierundzwanzigpfünder durchlöcherte *Sophies* Rumpf ein Stück unter der Gillung, und sofort begannen die Pumpen außer Süßwasser auch Salzwasser zu fördern.

»Sehen Sie nach, wie der Zimmermann vorankommt, Mr. Ricketts«, befahl Jack.

»Alle Vorräte sind über Bord«, meldete der Erste.

»Schön, Mr. Dalziel. Und jetzt die Anker und Spieren. Behalten Sie nur einen Warpanker.«

»Mr. Lamb läßt ausrichten, in der Bilge steht das Wasser zweieinhalb Fuß hoch«, meldete ein keuchender Kadett. »Aber er hat das Einschußloch mit einem Pfropfen verstopft.«

Jack nickte und blickte sich nach dem französischen Geschwader um. Es war hoffnungslos, hoch am Wind entkommen zu wollen. Aber wenn er schnell anluvte und überraschend eine Wende fuhr, dann konnte er vielleicht auf Gegenkurs durch ihre Front brechen. Danach würde die *Sophie* den Wind ein bis zwei Strich achterlicher als querab haben und mit Hilfe der nachlaufenden Seen, dank ihres jetzt geringeren Gewichts und ihrer Wendigkeit vielleicht doch noch entkommen und Gibraltar erreichen. Rigoros geleichtert, tanzte sie wie eine Nußschale übers Wasser und mochte ihnen vor dem Wind davonlaufen. Und mit etwas Glück und einer schnellen Wende konnte sie eine Meile Vorsprung gewinnen, bevor die Linienschiffe auf dem neuen Bug wieder Fahrt aufnahmen. Natürlich würde sie ein paar Breitseiten einstecken müssen, während sie durchbrach ... Aber es war ihre einzige Chance. Auf den Überraschungseffekt kam es an.

»Mr. Dalziel«, sagte Jack, »wir wenden in zwei Minuten, setzen die Leesegel und brechen zwischen dem Flaggschiff und dem Vierundsiebziger durch. Das muß flott gehen, ehe sie Lunte riechen.« Er wandte sich mit diesen Worten an den Ersten, wurde aber sofort von allen Leuten verstanden. Die Toppgasten hasteten auf ihre Plätze und standen bereit, aufzuentern und die Leesegelspieren auszubringen. Auf dem überfüllten Deck machte sich gespannte Erwartung breit. »Noch nicht, noch nicht ...«, murmelte Jack und beobachtete, wie die *Desaix* an Steuerbord querab schnell aufkam. Vor ihr mußte er sich besonders in acht nehmen, denn sie war ständig auf der Hut, und er hätte sie gern mit irgendeinem Manöver beschäftigt gesehen, bevor er den Befehl zur Wende gab. An Backbord lag die *Formidable*, zweifellos überbemannt wie alle Flaggschiffe und deshalb im entscheidenden Moment weniger gefährlich. »Noch nicht – noch nicht«, wiederholte er, wobei er die *Desaix* nicht aus den Augen ließ. Doch unbeirrt setzte sie ihre stetige Annäherung fort. Er zählte bis zwanzig, dann rief er: »Jetzt!«

Das Rad wirbelte herum, die leichtfüßige *Sophie* drehte sich wie ein Wetterhahn und hielt auf die *Formidable* zu. Das Flaggschiff feuerte sofort, aber seine Kanoniere konnten denen der *Desaix* nicht das Wasser reichen. Ihre hastige Breitseite peitschte dort die See auf, wo die Slup eben noch gewesen war. Und die überlegtere Salve der *Desaix* wurde durch die Angst behindert, daß Abpraller oder Querschläger das Flaggschiff treffen könnten. So richtete nur ein halbes Dutzend ihrer Kugeln Schaden an, der Rest war zu kurz gezielt.

Die *Sophie* war durchgebrochen, nicht allzu stark mitgenommen und keinesfalls manövrierunfähig. Ihre Leesegel standen voll, und sie preschte mit achterlichem Wind auf dem Kurs dahin, der ihr am besten behagte. Die Überraschung war gelungen, die beiden Gegner entfernten sich schnell voneinander – eine Meile in den ersten fünf Minuten. Der *Desaix* zweite Breitseite, auf gut tausend Meter Distanz abgefeuert, verriet Irritation und Überstürzung. Ein splitterndes Krachen auf *Sophies* Vorschiff kündete von der totalen Zerstörung der Ulmenpumpe, aber das war auch schon alles. Das Flaggschiff hatte offenbar auf eine zweite Breitseite verzichtet und blieb noch eine Zeitlang auf seinem alten Am-Wind-Kurs, als sei die *Sophie* nicht mehr vorhanden.

Wir könnten es geschafft haben, sagte sich Jack, auf die Heckreling gestützt und ihrem immer länger werdenden Kielwasser mit den Augen folgend. Nach dem gespannten Warten auf die ominösen Breitseiten und der Sorge, was sie seiner *Sophie* antun könnten, hatte er immer noch Herzklopfen, aber sein Puls schlug jetzt mit einer neuen Dringlichkeit. Wir könnten's geschafft haben, wiederholte er. Aber kaum hatte er das gedacht, sah er ein neues Signal auf dem Flaggschiff auswehen, und die *Desaix* begann anzuluven.

Der Vierundsiebziger wendete so schnell wie eine Fregatte. All seine Rahen schwangen gleichzeitig und so regelmäßig herum wie ein Uhrwerk, alle Leinen wurden so zügig gefiert oder belegt, wie das nur eine zahlenmäßig starke und erstklassig ausgebildete Besatzung bewerkstelligen konnte. Zwar besaß auch die *Sophie* eine exzellente Crew, so aufmerksam und geschickt, wie Jack es sich nur wünschen konnte; aber selbst größte Kompetenz konnte die Slup nicht dazu bringen, bei diesem Wind schneller als sieben Knoten zu segeln. Die *Desaix* dagegen beschleunigte nach einer weiteren Viertelstunde schon auf acht Knoten, und das ohne ihre Leesegel. Sie machte sich gar nicht erst die Mühe, sie zu setzen. Als die Sophies das sahen, als mit jeder Minute klarer wurde, daß der Gegner auf diese Hilfe verzichten konnte, begann sie der Mut zu verlassen.

Jack blickte zum Himmel auf. Grenzenlos weit und gleichgültig dehnte er sich über ihm, gesprenkelt mit einigen weißen Wölkchen: Der Wind würde also nachmittags nicht einschlafen. Und die Nacht ließ noch viele Stunden auf sich warten.

Aber wie viele genau? Er blickte auf seine Uhr: vierzehn Minuten nach zehn. »Mr. Dalziel«, sagte er, »ich gehe in meine

Kajüte. Rufen Sie mich bei der geringsten Veränderung. Mr. Richards, richten Sie bitte Dr. Maturin aus, daß ich ihn sprechen möchte. Mr. Watt, besorgen Sie mir ein paar Faden Logleine und drei oder vier Belegnägel.«

In der Kajüte schnürte er ein Päckchen aus seinem in Bleiblech eingebundenen Logbuch und anderen Geheimpapieren, steckte die kupfernen Belegnägel in den Postsack und band ihn fest zu. Dann ließ er sich seinen besten Uniformrock bringen und steckte seine Bestallung in die Innentasche. Stephen trat ein. »Da sind Sie ja, mein Bester«, sagte er. »Also, ich fürchte, daß wir innerhalb der nächsten halben Stunde versenkt oder erobert werden, falls nicht noch ein Wunder geschieht.« Stephen nickte, und Jack fuhr im gleichen Ton fort: »Wenn Sie also etwas von besonderem Wert besitzen, wäre es vielleicht klug, mir das anzuvertrauen.«

»Heißt das, sie rauben ihre Gefangenen aus?«

»Manchmal, ja. Ich wurde nackt ausgezogen, als die *Leander* kapitulieren mußte, und unserem Bordarzt stahlen sie die Instrumente, bevor er unsere Verwundeten versorgen konnte.«

»Dann hole ich jetzt sofort meine Instrumententasche.« »Und Ihre Geldbörse.«

»Na gut, auch meine Börse.«

Jack eilte an Deck zurück und spähte achteraus. Es war unglaublich, um wieviel der Vierundsiebziger in der kurzen Zeit näher gekommen war. »An Ausguck!« rief er. »Was ist in Sicht?«

Sieben Linienschiffe direkt voraus? Die halbe Mittelmeerflotte des Gegners? »Kein anderes feindliches Schiff«, antwortete der Ausguckposten zögernd und nach einer gewissenhaften Pause.

»Mr. Dalziel, sollte mir etwas zustoßen, dann geht das hier über Bord«, sagte Jack und klopfte auf das Päckchen und den Postsack. »Natürlich erst im letzten Moment.«

Schon wurden die sonst so starr festgelegten Bewegungsabläufe auf der *Sophie* deutlich flüssiger. Die Leute blieben ruhig und aufmerksam; die Sanduhr wurde pünktlich umgedreht, und um vier Glasen der Nachmittagswache schlug die Glocke so präzise wie immer. Und doch war ein häufigeres Kommen und Gehen durch den Vorschiffsniedergang zu beobachten, das für diesmal ungerügt blieb: Die Leute zogen ihre besten Kleider an (zwei oder drei Westen übereinander und das Landgangsjackett darüber), baten ihre Vorgesetzten, sich ihres Ersparten oder anderer kurioser Schätze anzunehmen, in der eitlen Hoffnung, sie damit retten zu können – Babbington brachte einen geschnitzten Walzahn an und Lucock den getrockneten Penis eines sizilianischen Bullen. Zwei Männer hatten es schon geschafft, sich einen Rausch anzutrinken – zweifellos mit eifersüchtig gehüteten Vorräten.

Warum schießen sie nicht? fragte sich Jack. Denn die Bugkanonen der *Desaix* schwiegen schon zwanzig Minuten, obwohl sich die *Sophie* seit der letzten Meile in ihrer Reichweite befand; inzwischen hätten sogar Musketenkugeln sie erreichen können. Die Franzosen auf dem Vorschiff waren deutlich zu unterscheiden: Matrosen, Soldaten, Offiziere – ein Mann mit Holzbein. Was für prächtig geschnittene Segel, dachte Jack, und darüber fiel ihm auch die Antwort auf seine Frage ein: O Gott, sie wollen uns mit Kartätschen beharken! Deshalb hatte der Franzose so lautlos die Lücke geschlossen. Jack trat ans Schanzkleid. Über die Finknetze gebeugt, ließ er sein Päckchen und den Postsack ins Wasser fallen und sah ihnen nach, wie sie sanken.

Auf dem Vorschiff der *Desaix* entstand plötzlich Bewegung, wohl als Reaktion auf einen neuen Befehl. Jack trat ans Ruder, übernahm das Rad aus den Händen des Quartermasters und blickte über seine linke Schulter zurück. In den Speichen spürte er *Sophies* Bewegungen wie die eines lebenden Wesens. Und er sah, daß die *Desaix* zur Drehung ansetzte – so wendig wie ein Kutter. Drei Herzschläge, und die siebenunddreißig Kanonen dieser Rumpfseite hatten ihr Ziel aufgefaßt. Jack riß das Ruder herum. Das Aufbrüllen der Breitseite und das Krachen, mit dem *Sophies* Großbramstenge und Fockbramrah brachen, kamen fast gleichzeitig – dann folgte ein Hagel aus Blökken, gerissenen Leinen, Splittern, das gellende Klirren, mit dem Schrotkörner die Schiffsglocke trafen … Und danach Stille. Die meisten Kugeln der *Desaix* schlugen einige Meter vor dem Bug der Slup ins Wasser, aber die Schrotladungen rissen ihre Segel und ihr Rigg in Fetzen. Die nächste Breitseite mußte ihr den Todesstoß versetzen.

»Schoten los«, rief Jack und vollendete die begonnene Drehung, stellte sein Schiff in den Wind. »Bonden, streich die Flagge.«

ZWÖLFTES KAPITEL

DIE ACHTERKAJÜTEN EINES Linienschiffs und einer Kanonenslup unterschieden sich zwar der Größe nach, wiesen aber die gleichen eleganten Kurven auf, die gleiche nach innen geneigte Fensterfront. Bei der *Desaix* und der *Sophie* glich sich auch die Atmosphäre: Hier wie dort war es ruhig und gemütlich. Jack saß da und blickte aus den Heckfenstern des Vierundsiebzigers, über die schön geschnitzte Heckgalerie hinweg, bis nach Green Island und Cabrita Point, während Kapitän Christy-Pallière in seiner Skizzenmappe nach einem Aquarell aus Bath kramte; es war bei seinem letzten Aufenthalt entstanden, als er dort gefangengesetzt, aber auf Ehrenwort beurlaubt gewesen war.

Jetzt hatte ihm Admiral Linois befohlen, zur vereinigten Flotte der Franzosen und Spanier in Cádiz zu stoßen. Diese Order hätte er auch prompt ausgeführt, wenn er nicht in der Straße von Gibraltar erfahren hätte, daß Sir James Saumarez statt mit einem oder zwei Linienschiffen und einer Fregatte mit nicht weniger als sechs Vierundsiebzigern und einem Achtziger die vereinigte Flotte des Gegners beobachtete. Diese Lage verlangte einiges Umdisponieren, deshalb ankerte Linois mit seinem Geschwader hier in der Bucht von Algeciras unter dem Schutz der schweren spanischen Küstenbatterien, gegenüber dem Felsen von Gibraltar.

Jack wußte über diese Situation Bescheid – schließlich war

sie nur allzu offensichtlich –, und während Kapitän Pallière in seinen Zeichnungen und Drucken kramte und dabei »Lansdowne Terrace – Clifton – Pump Room« vor sich hin murmelte, sah er im Geist berittene Kuriere zwischen Algeciras und Cádiz hin und her eilen; denn die Spanier besaßen keine Semaphorentürme, diese optischen Telegraphen. Dabei blieb Jacks Blick jedoch auf Cabrita Point geheftet, die äußerste Landspitze der Bucht. Und alsbald sah er dahinter die Mastspitzen und den Toppwimpel eines Linienschiffs vorbeigleiten. Geruhsam beobachtete er sie zwei oder drei Sekunden lang – bis sein Herz plötzlich einen Schlag aussetzte. Instinktiv hatte er den Toppwimpel als britisch erkannt, noch ehe er das mit dem Verstand erfaßte.

Heimlich warf er Kapitän Pallière einen forschenden Blick zu. Doch dieser rief gerade: »Da ist es ja! Laura Place. Laura Place Nummer sechzehn. Das ist die Adresse, wo meine Christy-Vettern immer absteigen, wenn sie in Bath zur Kur weilen. Und hier, hinter diesem Baum – ohne ihn könnten Sie es genauer erkennen – war mein Schlafzimmerfenster!«

Ein Steward erschien und begann, den Tisch zu decken. Denn Kapitän Pallière besaß nicht nur englische Vettern und perfekte englische Sprachkenntnisse, sondern auch eine genaue Vorstellung davon, wie das ordentliche Frühstück eines Seemanns auszusehen hatte. Zwei gebratene Enten, eine Schüssel Nierchenragout und ein gegrillter Steinbutt von Wagenradgröße wurden aufgetragen und dazu natürlich das Übliche: Schinken, Eier, Toast, Orangenmarmelade und Kaffee.

Jack betrachtete das Aquarell so lange, wie er das, ohne aufzufallen, konnte, und rief dabei: »Ihr Schlafzimmerfenster, Sir? Ganz erstaunlich!«

Das Frühstück in Dr. Ramis' Quartier war dagegen eine karge Angelegenheit und fast schon eine Übung in Enthaltsamkeit: ein Becher Kakao ohne Milch und ein Stück Brot mit sehr wenig Olivenöl. »Ein *bißchen* Öl sollte uns nicht schaden«, sagte Dr. Ramis, den seine Leber marterte. Er war ein sauertöpfischer, magerer, verstaubt wirkender Mann mit hagerem, gelblich-grauem Gesicht und tiefen, violetten Augenringen. Niemand hätte ihm freundliche Gefühle zugetraut, und doch war er vor Freude errötet, als Stephen – der seiner Obhut anheimgegebene Gefangene – bei der Begrüßung ausgerufen hatte: »Doch nicht der berühmte Dr. Juan Ramis, der Verfasser des *Specimen Animalium*?«

Sie waren gerade von ihrer Visite im Bordlazarett der *Desaix* zurückgekehrt, das kaum belegt war, denn Dr. Ramis fühlte sich leidenschaftlich dazu berufen, auch anderer Leute Lebern zu kurieren, und zwar mit Fasten und Alkoholentzug. So lagen da nur ein Dutzend leichtere Fälle: einige Tripper, die vier Invaliden von der *Sophie* und die französischen Verwundeten aus ihrem letzten Gefecht – drei Männer, die Mr. Dalziels kleine Hündin gebissen hatte, als sie sie streicheln wollten; man hatte sie wegen Tollwutverdachts isoliert. Nach Stephens Meinung befand sich sein Kollege hierbei im Irrtum. Ein schottischer Hund, der einen Franzosen biß, war deshalb noch nicht toll, sondern höchstens nicht geschmäcklerisch genug. Doch behielt Stephen diese Meinung für sich und sagte nur: »Ich denke gerade über Gefühle nach.«

»Gefühle?«

»Ja. Über Gefühle und den Ausdruck von Gefühlen. Sie haben doch in Ihrem fünften Buch und in einigen Kapiteln des sechsten den Gefühlsausdruck bei Tieren behandelt, zum Beispiel bei der Katze, dem Rind, der Spinne ... Auch ich habe eine ungewöhnlich variable Brillanz im Blick der Wolfsartigen festgestellt – aber haben Sie jemals ein ähnliches Glühen im Auge der Gottesanbeterin bemerkt?«

»Niemals, werter Kollege. Obwohl Busbequius es einmal erwähnt«, antwortete Dr. Ramis selbstzufrieden.

»Mir scheint aber, daß Gefühle und Gefühlsausdruck durchaus gleichzusetzen sind. Nehmen wir doch einmal Ihre Katze: Angenommen, wir rasieren ihr den Schwanz, so daß sie ihn nicht mehr sträuben kann; dann binden wir ihr ein Brett auf den Rücken, so daß sie ihn nicht mehr krümmen kann. Danach setzen wir sie einem für sie unangenehmen Anblick aus – dem eines angriffslustigen Hundes, zum Beispiel. Jetzt kann sie ihre Gefühle also nicht mehr unbeschränkt ausdrücken. Woraus sich die Frage ergibt: Kann sie sie noch uneingeschränkt fühlen? Natürlich fühlt sie noch etwas, denn wir haben nur die gröbsten Reaktionen unterbunden. Aber fühlt sie *uneingeschränkt*? Sind nicht der Katzenbuckel und das gesträubte Haar ein wesentlicher Bestandteil des Gefühls, nicht nur sein äußerer Ausdruck?«

Dr. Ramis legte den Kopf schräg, kniff Augenlider und Lippen zusammen und fragte: »Aber wie das messen? Man kann es nicht messen. Es ist eine Annahme, gewiß eine interessante Annahme. Aber, mein Bester, wo bleibt die Meßbarkeit? Nein, man kann es nicht messen. Naturwissenschaft beruht auf Meßwerten – keine Erkenntnis ohne Meßwerte.«

»Aber es *ist* meßbar«, rief Stephen eifrig aus. »Kommen Sie, wir wollen einander den Puls fühlen.«

Dr. Ramis zog seine Taschenuhr heraus, eine schöne Bréguet mit zentralem Sekundenzeiger, und bald saßen beide ernsthaft zählend am Tisch.

»Und nun, verehrter Kollege, stellen Sie sich vor – stellen Sie es sich bildhaft vor –, daß ich Ihnen diese Taschenuhr entreiße und sie auf dem Fußboden zertrample. Und ich meinerseits stelle mir vor, daß Sie ein abgefeimter Schurke sind. Kommen Sie, wir wollen die dazu passende Gestik und Mimik simulieren, den Ausdruck heftiger, erbitterter Wut.«

Dr. Ramis' Gesicht verzerrte sich; seine Augen verschwanden fast ganz, zitternd reckte er den Kopf vor; Stephen fletschte die Zähne und schüttelte die erhobene Faust. Ein Steward trat mit einem Krug heißen Wassers ein (eine zweite Portion Kakao war nicht erlaubt), den er vor Schreck beinahe fallen ließ.

»Und jetzt«, sagte Stephen Maturin, »wollen wir unseren Puls noch einmal messen.«

»Dieser englische Doktor ist ein Irrer«, erzählte der Steward später in der Kombüse. »Ein vom Teufel besessener Irrer. Und unsrer ist auch nicht viel besser.«

»Ich behaupte nicht, daß es zwingend ist«, sagte Dr. Ramis. »Immerhin scheint es mir jedoch ungemein interessant. Lassen Sie uns die Sache wiederholen, diesmal verstärkt durch Beleidigungen und Beschimpfungen, aber ohne körperliche Bewegungen, denn diese könnten für eine höhere Pulsfrequenz zumindest teilweise verantwortlich sein. Sie werten unser kleines Experiment als reziproken Beweis für Ihre Annahme, hab ich recht? Höchst interessant.«

»Nicht wahr?« meinte Stephen. »Auf diesen Gedankengang hat mich das Schauspiel unserer Kapitulation gebracht – und manches andere Erlebnis. Aber Sie, Sir, waren mit Ihrer größeren Erfahrung in Marinedingen zweifellos bei viel mehr derart aufschlußreichen Ereignissen zugegen als ich.«

»Kann schon sein«, räumte Dr. Ramis ein. »Zum Beispiel hatte ich bereits die Ehre, Ihr Gefangener zu sein, und das nicht weniger als viermal. Deshalb«, setzte er mit einem Lächeln hinzu, »sind wir besonders froh, Sie jetzt bei uns zu haben. So etwas kommt nicht so häufig vor, wie wir's uns wünschen würden ... Aber darf ich Ihnen noch eine Scheibe Brot vorlegen, eine *halbe* Scheibe Brot – mit etwas Knoblauch? Leicht eingerieben mit dieser heilsamen, entzündungshemmenden Zehe?«

»Zu freundlich, verehrter Kollege. Gewiß sind Ihnen dann auch die starren Mienen der Männer bei ihrer Gefangennahme aufgefallen. Sie sehen immer so stoisch aus, nicht wahr?«

»Ausnahmslos: Zeno, im Verein mit seiner ganzen Schule.«

»Und hatten Sie nicht den Eindruck, daß diese Verdrängung, diese Unterdrückung aller äußeren Anzeichen – aller, wie ich glaube, Verstärker, wenn nicht sogar Mitverursacher ihrer Not –, meinen Sie nicht, daß dieser stoische Ausdruck der Gleichgültigkeit tatsächlich ihre Pein linderte?«

»So könnte es durchaus gewesen sein, ja.«

»Ich denke, es *ist* so. Wir hatten Männer darunter, die ich wirklich genau kenne, und ich bin überzeugt, daß ohne dieses Ritual der Reduktion, wie man es nennen könnte, ihr Herz gebrochen ...«

»Monsieur, monsieur, monsieur«, rief Dr. Ramis' Diener, »die Bucht ist voller Engländer!«

Oben auf dem Hüttendeck stießen sie zu Kapitän Pallière und seinen Offizieren. Alle beobachteten die Manöver der *Pompée*, der *Venerable*, der *Audacious* und, etwas weiter entfernt, die der *Caesar*, der *Hannibal* und der *Spencer*, die sich mit dem leichten, unsteten Westwind mühsam durch die starken, unberechenbaren Strömungen arbeiteten, welche die Enge zwischen Atlantik und Mittelmeer so gefährlich machen. Die britischen Schiffe waren alles Vierundsiebziger, mit Ausnahme von Sir James' Flaggschiff, der *Caesar*, die mit achtzig Kanonen bewaffnet war.

Jack hielt sich mit scheinbar unbeteiligter Miene etwas abseits der französischen Offiziere; an der Reling gegenüber stand das restliche Führungskorps der *Sophie* und versuchte angestrengt, ähnlich taktvoll dreinzublicken.

»Was meinen Sie, werden sie angreifen?« wandte sich Kapitän Pallière an Jack. »Oder glauben Sie, daß sie vor Gibraltar ankern wollen?«

Jack blickte übers Wasser zum hohen Affenfelsen hinüber. »Offen gestanden«, antwortete er, »bin ich ganz sicher, daß sie angreifen werden. Und bitte vergeben Sie mir, wenn ich angesichts des herrschenden Kräfteverhältnisses davon überzeugt bin, daß wir alle den Abend in Gibraltar verbringen werden. Ich muß gestehen, daß ich mich von Herzen darüber freue, denn das wird mir gestatten, mich Ihnen gegenüber für die große Zuvorkommenheit erkenntlich zu zeigen, mit der ich hier empfangen wurde.«

Denn zuvorkommend war er behandelt worden, höchst zuvorkommend – von dem Moment an, als sie den ersten formellen Gruß auf dem Achterdeck der *Desaix* gewechselt hatten und er vorgetreten war, um dem Sieger seinen Säbel auszuhändigen. Kapitän Pallière hatte ihn nicht angenommen, sondern mit schmeichelhaften Worten über *Sophies* Heldenmut darauf bestanden, daß Jack ihn weiterhin trug.

»Tja«, sagte Kapitän Pallière. »Wie dem auch sei, wir wollen uns nicht das Frühstück vergällen lassen.«

»Signal vom Flaggschiff, Sir«, meldete ein französischer Offizier. *»Verholen Sie sich so dicht wie möglich unter die Küstenbatterien.«*

»Bestätigen und ausführen, Dumanoir«, befahl sein Kommandant. »Kommen Sie, Sir. Pflücken wir die Rosen, solange sie blühen.«

Es war ein tapferer Versuch, das Gesicht zu wahren. Mit nobler Ausdauer setzten sie ihr Gespräch in der Kajüte fort und hoben nur die Stimmen, als die spanischen Batterien auf Green Island und dem Festland zu feuern begannen und der Donner der britischen Breitseiten durch die Bucht rollte. Immerhin ertappte sich Jack dabei, daß er Marmelade auf seine Steinbuttschnitte strich und auch etwas zerstreut antwortete. Mit einem splitternden Krachen barsten die Heckfenster der *Desaix*; das gepolsterte Schränkchen darunter, Kapitän Pallières bester Weinbehälter, schoß durch die halbe Kajüte, einen Schauer von Champagner, Madeira und Glasscherben versprühend. Und mitten zwischen den Trümmern eierte eine jetzt kraftlose Kugel der HMS *Pompée* herum.

»Vielleicht gehen wir doch besser an Deck«, meinte Kapitän Pallière.

Die Situation entbehrte nicht der Kuriosität. Es herrschte fast totale Flaute. Die *Pompée* war gerade noch an der *Desaix* vorbeigeglitten, um dicht am Steuerbord-Vorschiff der *Formidable* Anker zu werfen, und feuerte jetzt aus allen Rohren auf dieses französische Flaggschiff, das sich mittels an Land befestigter Trossen über die tückischen Untiefen hinweg näher an die Küstenbatterien heranwarpte. Die *Venerable* ankerte mangels Wind mit einer halben Meile Abstand von *Formidable* und

Desaix und beschoß beide energisch mit ihrer Backbordbatterie, während die *Audacious*, soweit Jack durch die lastenden Rauchwolken erkennen konnte, drei- oder vierhundert Meter weiter draußen frontal vor der *Indomptable* lag. *Caesar, Hannibal* und *Spencer* taten ihr Bestes, um bei der nur gelegentlich von einem schwachen Hauch aus Westnordwest unterbrochenen Flaute zum Zentrum des Geschehens vorzudringen. Die französischen Schiffe hielten ein regelmäßiges Feuer aufrecht, während die spanischen Batterien im Hintergrund, vom Torre del Almirate im Norden bis nach Green Island im Süden, ohne Unterlaß ihren rollenden Donner über die Bucht schickten. Die großen spanischen Kanonenboote, die mit ihrer Wendigkeit in der Flaute und dank der Ortskenntnis ihrer Offiziere jetzt in diesem von Riffen und unberechenbaren Strömungen verseuchten Revier ihren hohen Kampfwert bewiesen, eilten herbei, von ihren Langriemen angetrieben, um die verankerten Feinde zu beharken.

Der Pulverrauch driftete langsam seewärts, mal hierhin, mal dorthin, und verhüllte immer wieder den Felsen von Gibraltar am fernen Rand der Bucht und die drei Schiffe weiter draußen. Doch schließlich kam eine leichte Brise auf, und die prallen Toppsegel der *Caesar* erschienen oberhalb des Gewoges. Sie führte die Flagge von Admiral Saumarez und das Signal *Ankern zur gegenseitigen Unterstützung*. Jack sah, wie sie die *Audacious* passierte und breitseits vor der *Desaix* aufdrehte, nur auf Rufweite entfernt. Dann schlossen sich die Rauchwolken wieder um sie und verbargen sie seinen Blicken. Aber aus dem Qualm schoß eine breite, blendende Flammenzunge hervor, in Kopfhöhe heulte eine Kugel übers Achterdeck der *Desaix* und mähte eine Reihe Seesoldaten um; der ganze Rumpf des mächtigen Linienschiffs erbebte unter den Treffern – mindestens die Hälfte der englischen Breitseite hatte ihr Ziel gefunden.

Hier wird's zu ungesund für einen Gefangenen, dachte Jack, warf noch einen letzten, mitfühlenden Abschiedsblick auf Kapitän Pallière und eilte hinunter aufs Achterdeck. Dort sah er

Babbington und Jung-Rikketts unschlüssig beim Niedergang stehen und rief ihnen zu: »Unter Deck mit euch! Spielt jetzt nicht die Helden! Schön platt würdet ihr aussehen, von unseren eigenen Kettenkugeln in Stücke gerissen.« Denn Kettenkugeln waren es, die jetzt heulend und kreischend übers Wasser geflogen kamen. Jack scheuchte die Jungen ins Kabelgat und drängte sich dann zur Heckgalerie der Offiziersmesse durch: zur Zeit nicht gerade der sicherste Ort, aber in den Decks eines kämpfenden Kriegsschiffes war kein Platz für Zuschauer, und außerdem wollte er unbedingt den Verlauf des Gefechts beobachten.

Die *Hannibal* war an der Reihe französischer Schiffe vorbeigeglitten, die alle mit dem Bugspriet nach Norden zeigten, hatte etwas vor der *Caesar* geankert und feuerte jetzt auf die *Formidable* und die Santiago-Batterie. Die *Formidable* schoß nur noch sporadisch zurück, was kein Fehler war, denn aus unerfindlichem Grund (vielleicht weil ihre Ankerspring zerschossen war) hatte die *Pompée* in der Strömung gedreht und trieb jetzt direkt vor die Breitseite der *Formidable*. Deshalb konnte die *Pompée* im Augenblick nur die Küstenbatterien und die Kanonenboote mit ihrer Steuerbordartillerie unter Feuer nehmen. Die *Spencer* stand immer noch weit draußen in der Bucht – aber auch ohne sie griffen hier fünf englische Linienschiffe drei französische an, und die Dinge standen nicht schlecht, trotz der spanischen Landbatterien.

Dann sah Jack durch eine vom Westnordwest in den Qualm gerissene Lücke, daß die *Hannibal* ihre Ankertrosse gekappt hatte und jetzt die Segel so trimmte, daß sie – sobald sie genug Raum für eine Wende fand – zwischen dem Land und dem französischen Flaggschiff durchstoßen konnte, um sein ungeschütztes Heck zu queren und es der Länge nach zu beharken. Genau wie bei Abukir, dachte Jack – und in diesem Augenblick lief die *Hannibal* auf, lief in voller Fahrt auf eine Untiefe, sehr hart, und lag nun manövrierunfähig genau den schweren Kalibern auf dem Torre del Almirante gegenüber. Die Rauchwolken schlossen sich erneut. Als sie sich endlich wieder hoben, sah Jack Beiboote der anderen englischen Schiffe um die *Hannibal* wimmeln und Warpanker ausbringen. Unterdessen feuerte das gestrandete Schiff aus allen Rohren gleichzeitig auf drei Küstenbatterien, auf die Kanonenboote und mit seinen Backbord-Bugkanonen auch noch auf die *Formidable*. Jacks Hände umkrampften das Geländer so fest, daß es einer bewußten Anstrengung bedurfte, um sie davon zu lösen. Trotzdem war die Lage nicht verzweifelt – ganz im Gegenteil. Der Wind war auf Nordost umgesprungen, hatte aufgefrischt und wehte den erstickenden Pulverqualm jetzt zügig davon. Die *Caesar* kappte ebenfalls ihre Trosse, schob sich an der *Venerable* und der *Audacious* vorbei und deckte jetzt die *Indomptable,* die hinter der *Desaix* lag, mit dem bisher schwersten Feuer des Gefechts ein. Jack konnte nicht erkennen, welche Signale sein Flaggschiff gesetzt hatte, war aber überzeugt, sie lauteten: *Kappen und halsen* sowie: *Ran an den Feind*. Auch der französische Admiral hatte ein Flaggensignal gesetzt – *Kappen und auf Strand setzen* –, denn seit der Wind es den Briten gestattete, direkt in die Bucht zu laufen, zogen die Franzosen eine Strandung immer noch der totalen Vernichtung vor. Außerdem war Linois' Befehl leichter auszuführen als der von Sir James, denn die Franzosen hatten schon ihre Warpleinen zum Land ausgebracht, und vom Ufer eilten Dutzende Boote zu ihrer Unterstützung herbei.

Jack hörte oben an Deck Kommandos und das Getrappel vieler Füße; langsam begann die Bucht mit ihrem Qualm und ihren Bildern der Verwüstung vor seinen Augen vorbeizugleiten, weil die *Desaix* drehte und vierkant auf den Strand zuhielt. Mit einem knirschenden Ruck, der ihn aus dem Gleichgewicht warf, lief sie auf eine Untiefe dicht vor der Stadt. Die *Indomptable,* deren Fockmast von oben gekommen war, lag bereits gestrandet bei Green Island. Von seinem Standort aus konnte Jack das französische Flaggschiff nicht sehen, zweifelte aber keinen Augenblick, daß es ebenfalls auf Grund gesetzt war.

Und dennoch wendete sich plötzlich das Blatt. Die englischen Schiffe unterließen es, tiefer in die Bucht vorzudringen, die gestrandeten Franzosen kampfunfähig oder in Brand zu schießen, geschweige denn, sie auf den Haken zu nehmen und sich mit ihnen davonzumachen. Denn nicht nur, daß der Wind unvermutet einschlief, weshalb die *Caesar*, die *Audacious* und die *Venerable* nicht einmal mehr Ruderfahrt machen konnten – vielmehr waren auch fast alle noch unbeschädigten Beiboote des Geschwaders vollauf damit beschäftigt, die zerschossene *Pompée* nach Gibraltar zu schleppen. Die spanischen Batterien hatten schon seit einiger Zeit mit glühenden Kugeln geschossen, und nun schickten ihnen die gestrandeten französischen Schiffe ihre Stückmannschaften zu Hunderten als Verstärkung. Innerhalb von Minuten wuchsen bei den Küstenbatterien drastisch die Feuerintensität und die Treffsicherheit. Selbst die arme *Spencer*, die nie zum direkten Eingreifen gekommen war, wurde draußen schwer beschädigt. Die *Venerable* verlor ihren Besanmast, und die *Caesar* war anscheinend mittschiffs in Brand geschossen worden. Jack hielt es nicht mehr aus. Er hastete an Deck und kam gerade noch zurecht, sein Geschwader in einer aufkommenden Landbrise über Backbordbug davonsegeln zu sehen, mit Ostkurs auf Gibraltar zuhaltend und die entmastete, hilflose *Hannibal* unter den Kanonen von Almirante ihrem Schicksal überlassend. Noch immer erwiderte sie das Feuer, aber nicht mehr lange. Der letzte ihrer Masten kam von oben, und schließlich strich sie die Flagge.

»Ein heißer Morgen, Captain Aubrey«, empfing ihn Kapitän Pallière.

»Jawohl, Sir«, antwortete Jack. »Ich hoffe nur, daß wir beide nicht zu viele Freunde verloren haben.«

Das Achterdeck der *Desaix* war verwüstet, Blutlachen sammelten sich vor den Speigatten. Die Finknetze hingen zerfetzt herab, und achtern vom Großmast waren vier Kanonen umgestürzt. Das Schutznetz über dem Achterdeck bog sich unter dem Gewicht herabgefallener Splitter und Riggteile. Der

Rumpf saß mit drei oder vier Grad Schlagseite auf felsigem Grund, und falls auch nur der geringste Seegang aufkam, mußte er in Stücke geschlagen werden.

»Viele, viel zu viele«, seufzte Kapitän Pallière. »Aber die *Formidable* und die *Indomptable* haben noch mehr gelitten – auf beiden sind die Kommandanten gefallen ... Heda, was treiben sie dort auf dem eroberten Schiff?«

Die Flagge der *Hannibal* stieg wieder nach oben, ihre eigene Flagge, nicht die französische. Aber sie war verkehrt herum gesetzt, mit der Unionsgösch nach unten.

»Wahrscheinlich haben sie vergessen, eine Trikolore mitzubringen, als sie das Schiff in Besitz nahmen«, fuhr Kapitän Pallière fort und wandte sich ab, um die Befehle zu geben, die für das Freiwarpen seines Schiffes nötig waren. Bald darauf kehrte er zu Jack an die zersplitterte Reling zurück und fragte, den Blick auf die Flottille kleiner Boote gerichtet, die von Gibraltar und der Slup *Calpe* zur *Hannibal* strebten: »Sie glauben doch nicht, daß sie das Schiff zurückerobern wollen, oder? Was haben sie bloß vor?«

Jack wußte nur zu genau, was sie vorhatten: Bei der Royal Navy war die umgekehrt gesetzte Nationalflagge ein verzweifeltes Notsignal. Als die Leute auf der *Calpe* und in Gibraltar es gesehen hatten, hatten sie angenommen, daß die *Hannibal* wieder freigekommen war und nun Schlepphilfe anforderte. Da hatten sie jedes verfügbare Boot mit allen verfügbaren Helfern bemannt – mit überzähligen Matrosen und vor allem mit den sachkundigen Handwerkern der Werft.

»Ja«, sagte er mit der ganzen Ernsthaftigkeit des Seemanns, der einen anderen bluffte, »das beabsichtigen sie wohl. Aber wenn Sie dem ersten Boot einen Warnschuß vor den Bug setzen, drehen sie bestimmt ab. Dann wissen sie, daß alles vorbei ist.«

»Ah, das leuchtet mir ein«, sagte Kapitän Pallière. Ein Achtzehnpfünder wurde quietschend herumgedreht und auf das vorderste Boot gerichtet. »Aber wenn ich's mir recht überlege«, fuhr der französische Kommandant grinsend fort, mit der Rechten das Zündloch abdeckend, »ist es vielleicht doch besser, wir schießen nicht.« Er entließ die Stückmannschaft, und die britischen Boote legten eins nach dem anderen bei der *Hannibal* an, wo die Franzosen ihre Besatzungen diskret unter Deck führten. »Machen Sie sich nichts daraus«, sagte Kapitän Pallière und klopfte Jack auf die Schulter. »Der Admiral signalisiert. Kommen Sie mit an Land, dann suchen wir anständige Quartiere für Sie und Ihre Leute, bis wir die *Desaix* wieder seeklar haben.«

Das den Offizieren der *Sophie* zugewiesene Quartier, ein Haus hoch über den Ausläufern von Algeciras, besaß eine geräumige Terrasse zur Bucht hinaus, von der man Gibraltar zur Linken, Cabrita Point zur Rechten und die ferne afrikanische Küste verschwommen im Süden liegen sah. Der erste Mensch, den Jack dort traf, war Kapitän Ferris von der *Hannibal*; die Hände auf dem Rücken verkrampft, stand er da und blickte auf sein entmastetes Schiff hinunter. Jack war bei zwei Einsätzen sein Bordkamerad gewesen und hatte erst im Vorjahr mit ihm gespeist, und doch erkannte er den Kapitän kaum wieder, so erschreckend war er gealtert und geschrumpft. Als sie das Gefecht noch einmal Revue passieren ließen, die verschiedenen Manöver, unglücklichen Zufälle und durchkreuzten Absichten heraufbeschworen, sprach Ferris langsam, mit seltsam schwerer Zunge, als beträfe das Geschehen nicht ihn selbst und sei gar nicht real.

»Sie waren also an Bord der *Desaix,* Aubrey«, sagte er schließlich. »Wurde sie stark beschädigt?«

»Das schon, Sir, aber nicht bis zur Manövrierunfähigkeit – jedenfalls soweit ich sehen konnte. Sie bekam nicht viele Treffer unterhalb der Wasserlinie ab, und keiner ihrer Untermasten ist ernsthaft geschwächt. Wenn sie nicht volläuft, werden die Franzosen sie bald wieder seeklar haben – es ist eine ungewöhnlich tüchtige Besatzung.«

»Wie viele davon sind gefallen, was schätzen Sie?«

»Bestimmt viele ... Aber hier kommt mein Bordarzt, der weiß sicherlich mehr darüber als ich. Darf ich Ihnen Dr. Maturin vorstellen? Stephen, das ist Kapitän Ferris ... Mein Gott, Stephen!« rief Jack aus und wich entsetzt zurück.

Er hatte schon manches Gemetzel erlebt, aber so etwas war ihm noch nie vor Augen gekommen. Stephen sah aus, als käme er direkt aus einem überfüllten Schlachthaus. Seine Ärmel, das ganze Vorderteil seines Rocks bis hinauf zur Halsbinde und die Binde selbst waren voller Blut, waren durch und durch blutgetränkt und teilweise schon steif getrocknet. Auch seine Kniehose starrte vor Blut und ebenfalls seine Wäsche, soweit sie zu sehen war.

»Bitte um Vergebung«, sagte der Arzt. »Ich hätte mich umziehen sollen, aber anscheinend wurde meine Seekiste zerschossen – alle meine Kleider sind ruiniert.«

»Sie können von mir Hemd und Hose bekommen«, bot Kapitän Ferris an. »Wir haben etwa die gleiche Größe.«

Stephen verbeugte sich dankend.

»Sie haben den französischen Ärzten geholfen?« fragte Jack.

»Richtig.«

»Gab es viel Arbeit für Sie?« fragte Kapitän Ferris.

»Rund hundert Tote und hundert Verwundete«, antwortete Stephen.

»Bei uns sind es fünfundsiebzig und zweiundfünfzig«, seufzte Ferris.

»Sie gehören zur *Hannibal*, Sir?« erkundigte sich Stephen.

»Das tat ich, Sir«, antwortete Kapitän Ferris. »Aber ich habe die Flagge gestrichen«, setzte er wie überrascht hinzu. Und noch während er sie mit erstaunt aufgerissenen Augen anstarrte – erst Jack und dann Stephen –, begann er laut zu schluchzen.

»Kapitän Ferris«, lenkte Stephen ihn ab, »bitte sagen Sie mir, wie viele Gehilfen hat Ihr Bordarzt? Und besitzen sie noch alle ihre Instrumente? Ich gehe nachher ins Kloster hinunter, sowie ich eine Kleinigkeit gegessen habe, und sehe nach Ihren Verwundeten. Aber ich verfüge nur über zwei oder drei Bestecksätze.«

»Zwei Gehilfen, Sir«, antwortete Kapitän Ferris. »Doch über ihr Handwerkszeug bin ich leider nicht im Bilde ... Sie sind zu gütig, Sir, ein wahrer Christ – lassen Sie mich jetzt die Kleider für Sie holen, Sie müssen sich ja verdammt unwohl fühlen.« Mit einem Bündel sauberer Kleider, in einen Morgenrock gewickelt, kehrte er zurück und schlug vor, daß Dr. Maturin in diesem Morgenrock operieren solle, so hätten es auch die Ärzte in der Schlacht am Glorreichen Ersten Juni gemacht, als das saubere Zeug ebenfalls knapp wurde. Nach ihrem hastigen, kargen Mahl, das von furchtsamen, aber neugierigen Dienstmädchen aufgetragen wurde, während rot-gelb uniformierte Soldaten die Türen bewachten, schlug er vor: »Wenn Sie nach meinen armen Burschen gesehen haben, Dr. Maturin – das heißt, falls Sie danach nicht zu erschöpft sind, meine ich –, dann wäre es eine Wohltat für mich, wenn Sie mir eine Arznei auf Mohn- oder Mandragorabasis mischen würden. Ich muß gestehen, daß ich heute ganz durcheinander bin und etwas brauche, das – wie soll ich sagen? – mein inneres Gleichgewicht wiederherstellt. Außerdem werden wir wahrscheinlich binnen weniger Tage ausgetauscht, dann muß ich zu allem anderen noch vors Kriegsgericht.«

»Oh, was das betrifft, Sir«, rief Jack aus und warf sich in seinem Stuhl zurück, »was das betrifft, haben Sie doch nicht das geringste zu befürchten! Nie gab es einen klareren Fall von ...«

»Da seien Sie lieber nicht so sicher, junger Mann«, unterbrach ihn Kapitän Ferris. »Jedes Kriegsgericht ist gefährlich, ob man nun im Recht ist oder im Unrecht. Rechtsprechung hat mit Gerechtigkeit wenig zu tun. Denken Sie nur an den armen Vincent von der *Weymouth*. Oder an Byng, den man wegen einer einzigen falschen Entscheidung – und weil er beim Mob unbeliebt war – füsilieren ließ. Außerdem müssen Sie auch die

Stimmung berücksichtigen, die in Gibraltar herrschen wird und bald auch in England: Sechs unserer Linienschiffe, zurückgeschlagen von nur drei französischen, und eines unserer Schiffe verloren – welche Schande! Die *Hannibal* verloren ...«

Ferris' Pessimismus erklärte sich Jack als eine Art seelischer Verwundung, als Folge seiner Strandung unter dem Feuer dreier Küstenbatterien, eines Linienschiffs und eines Dutzends großer Kanonenboote; als Reaktion darauf, daß sein Schiff stundenlang grausam malträtiert, entmastet und schließlich erobert worden war. Der gleiche Gedanke, nur leicht abgewandelt, war auch Stephen gekommen.

»Was ist das für ein Gericht, von dem er sprach?« fragte er Jack später. »Gibt es das wirklich, oder meinte er's im übertragenen Sinn?«

»Oh, das ist wirklich genug«, antwortete Jack.

»Kapitän Ferris hat sich doch gewiß nicht schuldig gemacht? Niemand kann behaupten, daß er flüchtete oder nicht mit vollem Einsatz kämpfte.«

»Aber er hat sein Schiff verloren. Jeder Kommandant eines Kriegsschiffes, das verlorenging, muß sich dafür vor einem Kriegsgericht verantworten.«

»Verstehe. In seinem Fall zweifellos eine bloße Formalität.«

»In *seinem* Fall ja«, sagte Jack. »*Sein* Pessimismus ist unbegründet. Nur ein Alptraum in wachem Zustand, nehme ich an.«

Doch schon am nächsten Tag, als er mit Mr. Dalziel in die Stadt ging, um die Besatzung der *Sophie* in ihrer umfunktionierten Kirche zu besuchen und sie von der Verhandlung über das Schicksal der Gefangenen zu unterrichten, kam ihm Ferris' Besorgnis nicht mehr ganz so unbegründet vor. Er eröffnete den Sophies, daß sowohl sie als auch die Besatzung der *Hannibal* ausgetauscht werden sollten – schon zu Mittag würden sie in Gibraltar sein und Pökelfleisch mit Erbspüree essen, nicht mehr diesen ausländischen Fraß. Obwohl er als Erwiderung auf den Jubel, den die Nachricht auslöste, lächelnd seinen Hut schwenkte, lastete ein dunkler Schatten auf seinem Gemüt.

Er vertiefte sich noch, als er in *Caesars* Barkasse die Bucht überquerte und danach im Vorzimmer des Admirals warten mußte, um seinen Bericht zu erstatten. Es hielt ihn nicht lange auf seinem Stuhl, immer wieder sprang er hoch, lief auf und ab oder unterhielt sich mit anderen Offizieren, die in dringenden Geschäften vom Schreiber vorgelassen wurden. Es überraschte ihn, daß er immer noch zu seinem Gefecht mit der *Cacafuego* beglückwünscht wurde – ihm schien das schon eine halbe Ewigkeit her zu sein, ein Ereignis wie aus einem anderen Leben. Aber die Gratulationen (obwohl zahlreich und freundlich) hatten etwas von einer Pflichtübung, denn die allgemeine Stimmung war nicht nur ernst, sondern vorwurfsvoll und tief deprimiert, man vergrub sich in harte Arbeit und erging sich in sinnlosen Erörterungen darüber, was hätte anders gemacht werden müssen.

Als er endlich vorgelassen wurde, fand er Sir James fast so gealtert und verbraucht wie zuvor schon Kapitän Ferris. Die seltsamen, von schweren Lidern halb verdeckten Augen des Admirals musterten ihn ohne jeden Ausdruck, als er seine Meldung machte. Sir James unterbrach ihn mit keinem Wort, äußerte weder Lob noch Tadel, und diese Verschlossenheit machte Jack so nervös, daß er in abschweifende Erläuterungen und Entschuldigungen ausgebrochen wäre, hätte er nicht wie ein Schuljunge seine vorbereiteten Stichworte von einem Kärtchen ablesen können, das er in der Handfläche verbarg. Der Admiral war offensichtlich todmüde, erfaßte mit seiner schnellen Auffassungsgabe aber dennoch die wichtigsten Fakten in Jacks Bericht und notierte sie auf einem Blatt Papier.

»Wie beurteilen Sie den Zustand der französischen Schiffe, Captain Aubrey?« fragte er.

»Die *Desaix* ist wieder flott, Sir, und ziemlich intakt, ebenso die *Indomptable*. Bei der *Formidable* und der *Hannibal* bin ich mir nicht sicher, aber alle sind auf keinen Fall voll Wasser gelaufen. In Algeciras geht das Gerücht um, daß Admiral Linois gestern drei Offiziere und einen weiteren heute morgen nach Cádiz gesandt hat, um die Spanier und Franzosen zu bitten, ihn hier herauszuhauen.«

Admiral Saumarez strich sich über die Stirn. Er war überzeugt gewesen, die französischen Schiffe würden nie wieder flottkommen, und hatte dies auch in seinem Bericht nach London geschrieben. »Also vielen Dank, Captain Aubrey«, sagte er nach einer Weile, worauf Jack sich erhob. »Ich sehe, Sie tragen noch Ihren Säbel.«

»Jawohl, Sir. Der französische Kapitän war so freundlich, ihn mir zurückzugeben.«

»Sehr anständig von ihm. Ich bin überzeugt, daß Sie dieses Kompliment verdient haben. Das Kriegsgericht wird zweifellos zu demselben Schluß kommen. Dennoch entspricht es der Etikette, uns Ihre Waffe bis zur Verhandlung auszuhändigen. Wir werden uns Ihrer Sache so bald wie möglich annehmen – der arme Ferris muß natürlich nach England, aber um Sie können wir uns hier kümmern. Sie sind auf Ehrenwort beurlaubt, nehme ich an?«

»Jawohl, Sir. Bis zu einem Austausch.«

»Was für ein Jammer. Ich könnte Ihre Hilfe gebrauchen – das Geschwader ist in solch traurigem Zustand … Nun ja, leben Sie wohl, Captain Aubrey«, schloß er mit dem Schimmer eines Lächelns. »Wie Sie sicherlich wissen, stehen Sie offiziell unter Arrest, also verhalten Sie sich bitte diskret.«

Natürlich war er sich dessen bewußt gewesen, jedenfalls theoretisch. Aber es ausgesprochen zu hören gab ihm einen Stich, deshalb war er düsterster Stimmung, als er durch die überfüllten Gassen von Gibraltar schritt. In seinem Quartier löste er den Säbel vom Gurt, packte ihn ein und sandte ihn mit einem Begleitschreiben an den Sekretär des Admirals. Dann ging er spazieren und fühlte sich dabei seltsam nackt, wollte möglichst von niemandem erkannt werden.

Die Offiziere der *Hannibal* und der *Sophie* waren ebenfalls auf Ehrenwort beurlaubt und nach Gibraltar entlassen worden. Dies bedeutete für sie die Verpflichtung, nichts zum Nachteil Frankreichs und Spaniens zu unternehmen, bis sie gegen französische Kriegsgefangene des gleichen Dienstrangs ausgetauscht wurden. Ihre Lebensumstände waren angenehmer, dennoch blieben sie praktisch Gefangene.

In den nun folgenden Tagen fühlte sich Jack so miserabel wie noch nie. Und sehr einsam, obwohl er viel spazierenging, manchmal mit Kapitän Ferris, manchmal mit seinen eigenen Fähnrichen und Kadetten oder mit Mr. Dalziel und dessen Hund. Er empfand es als befremdend und unnatürlich, in so entscheidenden Stunden vom hektischen Hafenbetrieb und dem Geschwaderdienst ausgeschlossen zu sein, während jeder gesunde Mann und viele andere, die eigentlich noch bettlägerig waren, mit Hochdruck an der Reparatur ihrer Schiffe arbeiteten. Unterhalb des Felsens wimmelte es wie in einem überfüllten Ameisenhaufen, wogegen hier oben auf dem von einer schütteren Grasnarbe bedeckten Plateau, zwischen der Sarazenenmauer und dem Turm über den Affenhöhlen, die Zeit mit Selbstvorwürfen, Zweifeln und Befürchtungen nur langsam verging; ihre Gespräche drehten sich ständig im Kreis. Jack hatte natürlich alle vorhandenen Ausgaben der *Gazette* durchgesehen, aber über die *Sophie* nichts darin gefunden, weder über ihren Triumph noch über ihre Niederlage. Die Tageszeitungen hatten ein oder zwei oberflächliche Meldungen gebracht und das *Gentleman's Magazine* einen Absatz, in dem das Gefecht mit der *Cacafuego* als Überraschungsangriff dargestellt wurde. Das war schon alles. Insgesamt ein Dutzend Beförderungen standen in der *Gazette*, aber keine für ihn oder Pullings, und er hätte schwören können, daß die Nachricht von *Sophies* Kapitulation etwa zur selben Zeit in London eingetroffen war wie die über ihr Gefecht mit der *Cacafuego*. Wenn nicht sogar früher. Denn die Siegesmeldung (immer vorausgesetzt, daß sein Bericht von Harte verzögert und von ihm selbst mit dem Postsack auf neunzig Faden Tiefe vor Kap

Roig versenkt worden war) konnte nur mit den Depeschen von Lord Keith eingehen, der sich weit hinten im östlichen Mittelmeer bei den Türken aufhielt. Deshalb würde es jetzt keine Beförderung für ihn geben, nicht bevor das Kriegsgericht getagt hatte – Gefangene wurden nicht befördert, das war undenkbar.

Und was, wenn die Verhandlung schlecht für ihn ausging? Jacks Gewissen war alles andere als lupenrein. Falls Harte das so geplant hatte, war er damit teuflisch erfolgreich gewesen – und Jack ein Greenhorn erster Güte, ein Schafskopf par excellence. Aber war denn bei diesem jämmerlichen Hahnrei so viel Bosheit vorstellbar, so viel Raffinesse? Jack hätte diese Frage gern Stephen vorgelegt, denn der besaß Verstand. Und Jack war sich zum ersten Mal im Leben nicht sicher, ob er die Lage durchschaute, ob seine angeborene Intelligenz und sein Urteilsvermögen ausreichten. Der Admiral hatte ihm nicht gratuliert: Konnte das bedeuten, daß die offizielle Sicht der Dinge … Aber Stephen hatte keinen Urlaub, der ihn dem Marinehospital ferngehalten hätte. Das Geschwader hatte über zweihundert Verwundete zu beklagen, und Stephen arbeitete Tag und Nacht.

»Gehen Sie nur spazieren«, hatte er Jack geraten, »gehen Sie um Himmels willen tüchtig spazieren, und dabei möglichst viel bergauf. Wandern Sie von einem Ende des Felsens zum andern und wieder zurück, am besten mit leerem Magen. Sie sind viel zu beleibt, Ihr Fleisch wabbelt ja beim Gehen. Sie müssen an die hundert oder hundertzehn Kilo wiegen.«

Jedenfalls schwitze ich wie eine Mähre beim Fohlen, dachte Jack, wischte sich das Gesicht und lockerte den Taillenbund, während er im Schatten eines Felsens saß. Um sich abzulenken, summte er eine Ballade über die Schlacht von Abukir vor sich hin, bis einer der Gibraltaraffen mit Kot nach ihm warf – völlig unprovoziert, wie Jack meinte. Als er sich protestierend halb erhob, drohte ihm das Vieh mit einer runzligen Faust und schnatterte so wütend, daß er sich entmutigt wieder fallen ließ.

»Sir, Sir!« rief ein hochroter Babbington und kam keuchend zu ihm heraufgeklettert. »Sehen Sie die Brigg dort! Hinter der Landspitze, Sir!«

Es war die *Pasley*, wie sie sofort erkannten, eine von der Marine gecharterte Brigg und ein schneller Segler. Sie hatte Vollzeug gesetzt, obwohl sie bei dem frischen Nordwest damit allerhand Bruch riskierte.

»Hier, nehmen Sie das, Sir.« Babbington brach höchst undiszipliniert im Gras zusammen und reichte Jack ein Taschenfernglas aus Messing. Trotz seiner nur geringen Vergrößerung konnte Jack deutlich die Signalflaggen im Masttopp der *Pasley* erkennen: *Feind in Sicht*!

»Und da sind sie schon, Sir.« Babbington deutete auf verschwommene Bramsegel, die in der Enge über der dunklen Kurve des Landes in Sicht kamen.

»Folgen Sie mir!« rief Jack und stolperte weiter bergauf, rannte keuchend und stöhnend, so schnell er konnte, zum Turm, dem höchsten Aussichtspunkt auf dem Felsen von Gibraltar. An dem Bauwerk arbeiteten ein paar Maurer, beaufsichtigt von einem Artillerieoffizier mit einem großmächtigen Teleskop und einigen Soldaten. Entgegenkommend bot der Artillerist Jack sein Fernglas an. Er stützte es auf Babbingtons Schulter, stellte es sorgfältig ein und spähte hindurch. »Da ist die *Superb*«, sagte er, »und dort die *Thames*. Dann kommen zwei spanische Dreidecker – einer davon scheint mir die *Real Carlos* zu sein. Jedenfalls ist es das Flaggschiff eines Vizeadmirals. Zwei Vierundsiebziger ... Nein, ein Vierundsiebziger und wahrscheinlich ein Achtziger.«

»Die *Argonauta*«, sagte ein Maurer.

»Und noch ein Dreidecker. Außerdem drei Fregatten, zwei davon französisch.«

Danach saßen sie schweigend beim Turm und beobachteten die langsame Prozession, wie sie durch die Straße von Gibraltar stetig näher kam: Die *Superb* und die *Thames* hielten ihren Vorsprung eine knappe Meile vor dem vereinigten Geschwader, während die prächtigen spanischen Linienschiffe erster Klasse unaufhaltsam wie die Sonne ihres Wegs zogen. Die Maurer verschwanden zum Mittagessen, der Wind drehte auf West zurück. Der Schatten des Turms wanderte um fünfundzwanzig Grad weiter.

Sobald die *Superb* und die eine Fregatte den Cabrita Point gerundet hatten, hielten sie direkt auf Gibraltar zu, während die Spanier nach Algeciras abdrehten. Und nun erkannte Jack, daß ihr Flaggschiff tatsächlich die *Real Carlos* war, mit einhundertzwölf Kanonen eines der mächtigsten Kriegsschiffe der Welt. Der zweite Dreidecker war genauso stark bewaffnet, und der dritte besaß sechsundneunzig Kanonen: ein höchst eindrucksvolles Geschwader von gewaltiger Kampfkraft – vierhundertsiebzig schwere Kaliber, abgesehen von den rund hundert leichteren der Fregatten. Und die großen Schiffe manövrierten erstaunlich gut. Sie ankerten im Schutz der spanischen Küstenbatterien so akkurat, als sollten sie vom König gemustert werden.

»Hallo, Sir«, sagte Mowett. »Dachte mir schon, daß ich Sie hier oben finde. Ich habe Ihnen einen Kuchen mitgebracht.«

»O ja, danke! Danke vielmals«, rief Jack. »Ich habe einen Bärenhunger.« Sofort schnitt er ein Stück ab und verzehrte es gierig. Erstaunlich, wie sich die Marine verändert hatte, dachte er und bediente sich erneut: Als er noch Fähnrich war, wäre es ihm nicht im Traum eingefallen, seinen Kommandanten so vertraulich anzureden, geschweige denn, ihm einen Kuchen anzubieten.

»Darf ich mich zu Ihnen setzen?« fragte Mowett und ließ sich auf Jacks Felsen nieder. »Ich wette, sie wollen die Franzosen heraushauen. Glauben Sie, daß wir angreifen werden?«

Jack blieb skeptisch. »Die *Pompée* wird auch in drei Wochen noch nicht seeklar sein«, sagte er. »Die *Caesar* ist schwer beschädigt und muß erst drei neue Masten setzen. Aber selbst wenn sie fertig wird, bevor der Feind ausläuft, haben wir damit erst fünf Linienschiffe gegen ihre zehn – oder neun, wenn man die *Hannibal* nicht berücksichtigt. Das wären dann dreihundertsechsundsiebzig Kanonen gegen ihre über siebenhundert, beide Geschwader zusammengerechnet. Außerdem sind wir knapp an Leuten.«

»*Sie* würden trotzdem angreifen, nicht wahr, Sir?« fragte Babbington, und beide Offiziersanwärter lachten vergnügt.

Jack wiegte nur bedenklich den Kopf.

»Wie riesig diese Spanier doch sind«, seufzte Mowett. »Die Besatzung der *Caesar* hat darum gebeten, Tag und Nacht an ihrem Schiff arbeiten zu dürfen, Sir. Tagsüber hat es Kapitän Brenton gestattet, aber nachts sollen sie beim Arbeiten Wache um Wache gehen. Auf der Mole wurden Stapel von Zypressenholz aufgeschichtet, damit sie Licht genug haben.«

Im Schein dieser Feuer stieß Jack auf Kapitän Keats von der *Superb* mit zweien seiner Offiziere und einem Zivilisten. Nach der ersten Überraschung, nach Begrüßung und Vorstellung wurde Jack zum Abendessen auf die *Superb* eingeladen – natürlich nur ein bescheidenes Mal, aber mit echtem Hampshire-Kohl, den die *Astraea* frisch aus Kapitän Keats' eigenem Garten gebracht hatte. Ob Jack sich ihnen gleich anschließen wolle?

Jack schüttelte den Kopf.

»Danke ergebenst für Ihre Güte, Sir«, antwortete er. »Aber ich fürchte, Sie müssen mich entschuldigen. Ich hatte das Unglück, meine *Sophie* zu verlieren, und wage zu behaupten, daß Sie demnächst über mich zu Gericht sitzen werden, gemeinsam mit den meisten anderen Vollkapitänen hier.«

»Oh …«, machte Kapitän Keats, plötzlich sehr verlegen.

»Captain Aubrey hat völlig recht«, sagte der Zivilist wichtigtuerisch. Und in diesem Augenblick rief ein Kurier Kapitän Keats eilig zum Admiral.

»Wer war dieser miese Bastard im schwarzen Rock?« fragte Jack, als ein anderer Bekannter, Heneage Dundas von der *Calpe*, die Treppe herunterkam.

»Sie meinen Coke? Wieso, das ist doch der neue Militärrichter«, antwortete Dundas mit scheelem Blick. Oder blickte er doch nicht scheel? Im Licht der tanzenden Flammen war das nicht genau zu erkennen.

Gegen seinen Willen mußte Jack an den zehnten Kriegsartikel denken: *Jeder Angehörige der Marine, der feige kapituliert oder um Gnade bittet, wird, wenn er dessen durch das Urteil eines Kriegsgerichts für schuldig befunden wurde, mit dem Tode bestraft.*

Jack fuhr sich mit der Hand übers Gesicht. »Kommen Sie mit zum Pub Blue Posts und helfen Sie mir, eine Flasche Portwein zu leeren, Heneage«, schlug er vor.

»Jack«, antwortete Dundas, »nichts würde ich lieber tun, das schwöre ich Ihnen. Aber ich habe Brenton versprochen, ihn zu unterstützen. Ich bin gerade auf dem Weg zu ihm – dahinten wartet mein Arbeitstrupp.«

Damit eilte er die Mole hinunter, dorthin, wo die Feuer heller leuchteten, und Jack zog ziellos weiter: durch die dunklen, steilen Gassen mit ihrem Gestank, vorbei an schäbigen Bordellen und schmuddeligen Kneipen.

Am nächsten Tag stand er im Windschutz der Charles-V.-Mauer, stützte sein Teleskop auf einen Stein und kam sich fast wie ein Spion oder ein heimlicher Lauscher vor, als er beobachtete, wie die *Caesar* (nun nicht mehr Flaggschiff) an den Ausrüstungskai verholt wurde, um ihren neuen Groß-Untermast zu übernehmen, an die fünfunddreißig Meter hoch und fast einen Meter im Durchmesser. Sie setzten ihn so schnell, daß noch vor der Mittagszeit die Stengen, Wanten und Rahen standen; sein Rigg verschwand fast unter der Masse fleißiger Arbeiter.

Tags darauf beobachtete Jack von seinem melancholischen Ausguck aus, voller Schuldbewußtsein wegen seiner Untätigkeit angesichts der fieberhaften, zielstrebigen Aktivität unter ihm (insbesondere an Bord der *Caesar*), wie die *San Antonio*, ein verspäteter französischer Vierundsiebziger, aus Cádiz eintraf und zwischen ihren Verbündeten vor Algeciras Anker warf.

Und am dritten Tag bemerkte er, daß auf der spanischen Seite der Bucht große Betriebsamkeit ausgebrochen war – Beiboote hasteten zwischen den zwölf Schiffen der vereinigten Flotte hin und her, neue Segel wurden angeschlagen und Vorräte übernommen, während auf den Flaggschiffen ein Signal das andere jagte. Die gleiche Betriebsamkeit herrschte auch in Gibraltar, ja, sie wirkte dort sogar noch hektischer. Die *Pompée* schien ein hoffnungsloser Fall zu sein, doch die *Audacious* war fast fertig, während die *Venerable*, die *Spencer* und natürlich die *Superb* voll einsatzbereit aussahen und die *Caesar* sich im letzten Stadium ihrer Aufrüstung befand, so daß sie tatsächlich binnen vierundzwanzig Stunden seeklar sein konnte.

Während der Nacht kam aus Ost ein leichter Levanter auf: ein Gottesgeschenk für die Spanier, denn dieser Wind würde sie – sobald sie erst Cabrita Point gerundet hatten – geradewegs aus der Straße von Gibraltar und nach Cádiz blasen. Zu Mittag setzte der erste ihrer drei Dreidecker sein Fockbramsegel und begann, aus der überfüllten Reede zu gleiten, binnen kurzem gefolgt von den anderen Schiffen. Im Abstand von zehn bis fünfzehn Minuten gingen alle ankerauf und strebten zu ihrem Treffpunkt vor Cabrita Point. Die *Caesar* lag immer noch an der Mole und übernahm Pulver und Kugeln, fast überquellend von Offizieren, Matrosen, Zivilisten und Garnisonssoldaten, die alle mit verbissener Konzentration schufteten.

Schließlich war die ganze vereinigte Flotte unterwegs; selbst ihre Prise, die *Hannibal*, kroch unter Notrigg, von der französischen Fregatte *Indienne* geschleppt, zu der Landspitze hinaus. Da endlich erscholl auf der *Caesar* das gellende Pfeifen und Fiedeln, zu dem ihre Vorschiffsgang ums Ankerspill stampfte und sie von der Mole weg warpte: prächtig getrimmt und klar zum Gefecht. Donnerndes Hurrageschrei erhob sich an Land, pflanzte sich vom überfüllten Kai fort bis zu den Kasematten, Festungsmauern und Felshängen, die alle schwarz vor Menschen waren. Und als der Jubel allmählich verstummte, spielte der Musikzug der Gamison so forsch auf, wie er nur konnte, während sich die Seesoldaten der *Caesar* mit einem flotten Marsch bedankten. Über der ganzen Kakophonie waren immer noch die schrillen Querpfeifen zu hören – da blieb kein Herz ungerührt und kein Auge trocken.

Als die *Caesar* am Heck der *Audacious* vorbeiging, setzte sie wieder Sir James' Flagge und kurz darauf das Signal *Anker lichten – klar zum Gefecht*. Die Ausführung dieses Befehls war vielleicht das schönste maritime Manöver, das Jack jemals gesehen hatte: Alle hatten ihn erwartet und ihre Ankertrossen bereits kurzstag geholt; in unglaublich kurzer Zeit waren die Anker oben und verkattet. Zwischen den Masten und an den Rahen entfalteten sich die hohen, weißen Pyramiden der Segel, als das britische Geschwader – fünf Linienschiffe, zwei Fregatten, eine Slup und eine Brigg – aus dem Windschatten des Felsens glitt und sich über Steuerbordbug zur Schlachtlinie formierte.

Jack entfloh dem Gedränge und hatte schon den halben Weg zum Hospital zurückgelegt, weil er Stephen überreden wollte, mit ihm zum Turm hinaufzusteigen, als er seinen Freund durch die menschenleeren Gassen auf sich zurennen sah.

»Hat sie abgelegt?« rief Stephen ihm schon von weitem entgegen. »Hat die Schlacht begonnen?« Nachdem Jack ihn beruhigt hatte, fuhr er fort: »Das wollte ich nicht versäumen, nicht für hundert Pfund. Dieser verdammte Kerl in Station B mit seinen Wahnvorstellungen, ausgerechnet jetzt ... Der unpassendste Moment, sich die Kehle durchzuschneiden, alberner Kerl.«

»Es eilt nicht – in den nächsten Stunden faßt niemand eine Kanone an«, sagte Jack. »Aber es ist schade, daß Sie nicht gesehen haben, wie die *Caesar* hinausgewarpt wurde – es war wirklich ein glorreicher Anblick. Begleiten Sie mich auf den Felsen hinauf, von dort haben wir die beste Aussicht auf beide Geschwader. Los, kommen Sie. Wir holen nur noch zwei Teleskope aus unserem Quartier und die Mäntel – die Nacht wird kalt.«

Stephen dachte kurz nach. »Also gut«, sagte er schließlich, »ich kann eine Nachricht hinterlassen. Und dann stopfen wir uns die Taschen mit Schinken voll, damit uns Ihre saure Miene und Ihre knurrigen Antworten erspart bleiben.«

»Da segeln sie«, sagte Jack und blieb erneut stehen, um wieder zu Atem zu kommen. »Immer noch über Steuerbordbug.«

»Ich kann sie sehr gut sehen.« Stephen war ihm um hundert Meter voraus und stieg schnell höher. »Halten Sie doch nicht so oft an, ich beschwöre Sie … Los, weiter!«

»O Gott, o Gott«, stöhnte Jack und ließ sich gegen seinen vertrauten Felsen sinken. »Wie schnell Sie klettern! Na also, da unten sind sie.«

»Aye, da sind sie – fürwahr ein nobles Spektakel. Aber warum halten sie auf Afrika zu? Und warum nur unter Mars- und Bramsegeln, bei dieser leichten Brise? Dieser dort drüben stellt sogar sein Großbramsegel back.«

»Das ist die *Superb*. Sie tut es, um auf Station zu bleiben und das Flaggschiff nicht zu überholen. Sie ist nämlich ein superber Segler, der schnellste der Flotte.« Jack schmunzelte über sein Wortspiel.

»Warum setzen sie nicht alle mehr Tuch und stürzen sich auf den Feind?«

»Oh, ein Frontalangriff kommt nicht in Frage – wahrscheinlich fällt überhaupt kein Schuß, solange es hell ist. Es wäre blanker Wahnsinn, ihre Schlachtlinie schon jetzt anzugreifen. Der Admiral will sie ganz aus der Bucht und draußen in der Enge haben, damit sie sich nicht zurück nach Algeciras flüchten können; außerdem braucht er reichlich Seeraum, wenn er sich schließlich auf sie stürzt. Sobald sie draußen sind, wird er ihnen bestimmt den Rückweg abschneiden, falls dieser Ostwind anhält; er sieht mir ganz nach einem echten Drei-Tage-Levanter aus. Da, schauen Sie, die *Hannibal* kommt nicht um die Landspitze, sie müßte eigentlich jeden Augenblick stranden. Die Fregatte hat die Sache verpatzt. Jetzt ziehen sie ihren Bug herum. Immer hübsch langsam – na bitte, es geht ja – die Segel füllen sich wieder – setz doch die Fock, Mann – na endlich. Sie kehrt nach Algeciras zurück.«

Schweigend hielten sie weiter Ausschau, umgeben von Grüppchen anderer Beobachter, die sich über den ganzen Felsen verteilt hatten. Hin und wieder ließ jemand eine Bemerkung fallen: über den auffrischenden Wind, die voraussichtliche Taktik der Gegner, das Metallgewicht der jeweiligen Breitseiten – den hohen Leistungsstandard französischer Artillerie – die Strömungen vor Kap Trafalgar ...

Mit einiger Mühe und häufigem Umtrimmen der Segel hatte die vereinigte Flotte – jetzt neun Linienschiffe und drei Fregatten – sich in Schlachtlinie formiert, mit den beiden größten Spaniern am Schluß. Nun hielten sie vor dem auffrischenden Ostwind genau nach Westen. Kurz zuvor hatte das britische Geschwader auf ein Flaggensignal hin gewendet und lief jetzt unter mäßiger Segelfläche über Backbordbug.

Jack hielt sein Teleskop ständig auf das Flaggschiff gerichtet, und sowie er die bunten Tuchbällchen aufsteigen sah, murmelte er: »Jetzt geht's los.«

Die Signalflaggen wehten aus, und fast im selben Augenblick verdoppelte sich die Segelfläche auf allen britischen Schiffen. Binnen kurzem preschte das Geschwader hinter den Franzosen und Spaniern her und wurde von Minute zu Minute kleiner, bis Jack es kaum noch erkennen konnte.

»O Gott, wie gern wäre ich jetzt bei ihnen«, stöhnte er. Und fügte zehn Minuten später hinzu: »Schauen Sie, die *Superb* setzt sich an die Spitze. Der Admiral muß sie nach vorn beordert haben.« An ihren Royalrahen entfalteten sich die Leesegel wie durch Zauberhand. »Wie sie fliegt«, seufzte Jack, ließ sein Fernrohr sinken und wischte an der Linse herum; doch sie war weder beschlagen noch schmutzig, es lag an dem schwindenden Tageslicht, daß er so wenig sah. Am Fuß des

Felsens dunkelte es schon, bräunlicher Abenddunst hing über der Stadt, in der jetzt überall die Lichter angingen. Nicht lange, und sie sahen Laternen die Felshänge heraufkriechen, unterwegs zu Aussichtspunkten, von wo die bevorstehende Schlacht vielleicht beobachtet werden konnte. Vom anderen Ufer der Bucht blinzelten die Lichter von Algeciras herüber, ein funkelndes Perlenkollier tief unter ihnen.

»Was hielten Sie jetzt von etwas Schinken?« fragte Jack.

Stephen hielt Schinken für ein wertvolles Stärkungsmittel bei Kälte und fallendem Tau. Nachdem sie im Dunkeln, mit über die Knie gebreiteten Taschentüchern, eine Zeitlang schweigend gegessen hatten, meinte Stephen plötzlich: »Man hat mir gesagt, daß auch ich für den Verlust der *Sophie* vor Gericht komme.«

Seit dem frühen Morgen, als sich abzeichnete, daß die vereinigte Flotte ausbrechen würde, hatte Jack nicht mehr an das bevorstehende Kriegsgericht gedacht. Jetzt überfiel ihn der Gedanke daran wie ein Schock, so heftig und unangenehm, daß sich sein Magen verkrampfte. Trotzdem fragte er nur: »Wer hat das gesagt? Die medizinischen Herren im Hospital, nehme ich an?«

»Jawohl.«

»Theoretisch haben sie natürlich recht. Offiziell nennt sich das Ganze Verhandlung gegen den Kommandanten, die Offiziere und die Mannschaften. Die Offiziere werden der Form halber gefragt, ob sie etwas gegen ihren Kommandanten vorzubringen haben. Umgekehrt fragt man den Kommandanten, ob er Beschwerde über seine Offiziere einlegen will. Aber in der Praxis ist es allein mein Verhalten, über das verhandelt wird. Sie haben nichts zu befürchten, mein Ehrenwort darauf. Nicht das geringste.«

»Oh, ich bekenne mich sofort schuldig«, erklärte Stephen. »Ich gebe zu, daß ich zur Zeit des Gefechts mit einer offenen Laterne im Pulvermagazin saß, daß ich mir vorstellte, der König sei tot, daß ich mit meinen medizinischen Geräten Schindluder trieb, eine Pfeife rauchte und das Krankensüppchen mit Wasser streckte ... Was ist das Ganze doch für ein ausgemachter Unsinn«, schloß er lachend. »Ich bin überrascht, daß ein so vernünftiger Mann wie Sie der Sache so viel Bedeutung beimißt.«

»Ach, das tue ich doch nicht«, versicherte Jack.

Wie du lügst, widersprach Stephen liebevoll, aber nur im Geiste.

Nach längerer Pause fuhr Jack fort: »Für Sie zählen wohl Seniorkapitäne und Admiräle nicht unbedingt zu den höheren, intelligenzbegabten Wesen, hab ich recht? Ich erinnere mich an ziemlich abfällige Äußerungen Ihrerseits über Admiräle und wichtige Persönlichkeiten im allgemeinen.«

»Nun ja, schließlich steht fest, daß bei zunehmendem Alter den meisten Ihrer illustren Persönlichkeiten etwas Trauriges zustößt; manchmal sogar schon den Seniorkapitänen: eine Art Atrophie, eine Verkümmerung von Herz und Kopf. Ich denke mir, das kommt von ...«

»Aber wie«, Jack legte seinem Freund eine Hand auf die im Sternenlicht kaum sichtbare Schulter, »wie würde es Ihnen behagen, wenn Sie Ihr Leben, Ihre Karriere und Ihren guten Ruf in die Hände dieser Verkümmerten legen müßten?«

»Oh ...«, rief Stephen aus, aber zu einer Entgegnung kam er nicht mehr, denn am südwestlichen Horizont blitzte es plötzlich mehrfach auf, wie von einem schweren Gewitter. Sie sprangen hoch und legten die Hand hinters Ohr, um das ferne Donnern zu hören, doch der Wind war zu stark. Alsbald ließen sie sich wieder nieder und richteten ihre Teleskope auf die See im Westen. Deutlich konnten sie zwei Zentren des etwa fünfundzwanzig Meilen entfernten Artilleriefeuers ausmachen, die nicht mehr als ein Grad auseinander lagen. Dann wurden es drei, schließlich vier und fünf; zuletzt wuchs ein rotes Glühen empor, das ortsfest blieb.

»Da brennt ein Schiff«, sagte Jack entsetzt. Sein Herz schlug so heftig, daß er den roten Schein kaum in seiner Linse einfangen konnte. »Ich bete zu Gott, daß es keins von unseren ist. Und daß sie ihr Pulvermagazin unter Wasser setzen konnten.«

Ein gewaltiges Aufblitzen erhellte den Himmel, blendete sie und ließ die Sterne verblassen. Fast zwei Minuten später erreichte sie der langgezogene, gravitätisch grollende Donner der Explosion, verstärkt durch den Widerhall von der afrikanischen Küste.

»Was war das?« fragte Stephen endlich.

»Das Schiff ist in die Luft geflogen«, sagte Jack kurz angebunden, denn im Geist erlebte er wieder die Schlacht von Abukir und die Explosion der *L'Orient* mit all ihren Schrecken und aberhundert gräßlichen Details, die er längst vergessen geglaubt hatte. Seine Erinnerungen lähmten ihn immer noch, als eine zweite Explosion die Nacht erschütterte, fast noch stärker als die erste.

Danach Stille und Dunkelheit, sonst nichts. Nicht das kleinste Licht und auch kein Artilleriefeuer mehr. Nur der Wind legte stetig zu, und der aufgehende Mond überstrahlte die schwächeren Sterne. Nach einer Weile begannen einige Laternen vom Felsen bergab zu wandern; die meisten blieben jedoch an ihrem Platz, hier oder da stieg eine sogar höher hinauf. Jack und Stephen rührten sich nicht vom Fleck. Die Morgendämmerung fand sie an ihren Felsen gelehnt vor, und Jack begann wieder, die Enge mit dem Fernglas abzusuchen: Ruhig und verlassen lag sie vor ihm. Neben ihm schlief Stephen Maturin und lächelte im Traum.

Kein Wort, keine Spur von der Schlacht. Nur die schweigende See, der gleichgültige Himmel und ein wieder launischer Wind, umspringend über die ganze Kompaßrose. Gegen halb acht begleitete Jack seinen Freund ins Hospital zurück, erfrischte sich mit etwas Kaffee und stieg wieder bergauf.

Durch seine häufigen Klettertouren kannte er inzwischen jede Biegung des Pfads, und der Felsen, an dem er lehnte, war ihm so vertraut wie ein alter Mantel. Als er sich am Donnerstag nach dem Tee erneut an den Aufstieg machte, sein Abendessen in einem Leinwandbeutel unterm Arm, kamen ihm von oben Dalziel, Boughton von der *Hannibal* und Marshall so eilig entgegengerannt, daß sie auf dem steilen Abhang nicht mehr bremsen konnten. Sie riefen ihm nur zu: »Die *Calpe* läuft ein, Sir« und polterten weiter bergab, während der kleine Hund, vor Freude kläffend, sie umkreiste und fast zu Fall brachte.

Heneage Dundas vom Schnellsegler *Calpe* war ein umgänglicher junger Mann, wohlgelitten bei allen, die seine Stärken kannten und besonders seine Begabung für Mathematik; aber erst jetzt wurde er der gefragteste Mann in ganz Gibraltar. Rücksichtslos setzte Jack seinen schweren Körper und die Ellbogen ein, um sich durch die Menschenmasse zu drängen, die Dundas umgab. Fünf Minuten später kämpfte er sich wieder ins Freie und rannte wie ein Schuljunge durch die Straßen der Stadt.

»Stephen«, rief er und stürzte mit strahlendem, hochrotem Gesicht durch die Tür, »wir haben gesiegt! Kommen Sie sofort mit, und trinken Sie auf unseren Triumph! Freuen Sie sich mit mir über einen glorreichen Sieg, alter Junge«, ihm händeschüttelnd fast die Arme ausreißend, »über einen herrlichen Kampf.«

»Wieso, was ist passiert?« fragte Stephen, wischte langsam sein Skalpell ab und deckte seine maurische Hyäne zu.

»Kommen Sie, das erzähle ich Ihnen alles bei einem Glas Champagner.« Jack zerrte ihn auf die Straße hinaus, die vor schwatzenden, lachenden, schulterklopfenden und händeschüttelnden Menschen überquoll. Von der Neuen Mole unten drangen Jubelrufe zu ihnen herauf. »Los doch! Ich habe einen Durst wie Achilles, nein, wie Andromache. Keats ist der Held des Tages – Keats gebührt die Siegespalme ... Hier rein. Pedro, komm her! Bring uns Champagner ... Auf unseren Sieg! Auf Keats und die *Superb*! Und auf Admiral Saumarez! Pedro, noch eine Flasche. Und noch einmal: Auf unseren Sieg! Keats lebe hoch, hoch, hoch! Hurra!«

»Ich wäre Ihnen zu Dank verpflichtet, wenn Sie mich aufklären würden«, sagte Stephen. »In allen Einzelheiten.«

»Die Einzelheiten weiß ich noch nicht«, rief Jack. »Hier nur das Wichtigste: Keats – erinnern Sie sich, wie wir ihn vorpreschen sahen? – Keats holte kurz vor Mitternacht die spanische Nachhut ein, die beiden Dreidecker. Er paßte den richtigen Moment ab und stürzte sich zwischen sie, mit seinen Breitseiten nach beiden Seiten feuernd – ein Vierundsiebziger gegen zwei Linienschiffe erster Klasse! Danach segelte er einfach geradeaus weiter, nur sein Pulverqualm blieb zwischen ihnen zurück, so dick wie Erbsensuppe. Und dahinein feuerten nun die beiden – beschossen sich gegenseitig! Gingen einander wie wild an die Kehle, bei der Dunkelheit – die *Real Carlos* und die *Hermenegildo*. Irgend jemand, die *Superb* oder die *Hermenegildo*, hatte die Fockmaststenge der *Real Carlos* getroffen, und es war ihr Fockbramsegel, das über die Kanonen fiel und Feuer fing. Nach einer Weile trieb die *Real Carlos* gegen die *Hermenegildo* und steckte auch sie in Brand. Das waren natürlich die beiden Explosionen, die wir sahen. Während sie brannten, war Keats weiter nach vorn geprescht und griff jetzt die *San Antonio* an, die anluvte und es ihm mit gleicher Münze heimzahlte. Aber nach einer halben Stunde mußte sie doch die Flagge streichen, verstehen Sie, denn die *Superb* feuerte drei Breitseiten ab, alle präzise gezielt, während die Spanier in derselben Zeit nur zwei schafften. Also nahm Keats sie in Besitz. Und der Rest des Geschwaders jagte den Feind mit Braßfahrt bei dem starken Wind nach Nordnordwest. Beinahe hätten die Unsrigen sogar die *Formidable* erwischt, aber sie konnte sich gerade noch nach Cádiz hinein flüchten. Und wir hätten fast die *Venerable* verloren, die entmastet auf Grund lief. Doch sie wurde freigeschleppt und ist jetzt unter Notrigg auf dem Heimweg, mit einer Leesegelspiere als Besanmast, hahaha ... Oh, da draußen gehen Dalziel und Marshall vorbei: Ahoi, Dalziel, ahoi! Marshall! Ahoi, ihr beiden! Kommt und trinkt mit uns auf den Sieg!«

Die *Pompée* setzte das Flaggensignal; der Kanonenschuß dröhnte; die Kapitäne versammelten sich zur Sitzung des Kriegsgerichts.

Der Anlaß verlangte feierlichen Ernst. Trotz des strahlend schönen Wetters, des überbordenden Frohsinns an Land und der tiefen Genugtuung an Bord des Flaggschiffs verdrängte jeder Seniorkapitän seine Siegesfreude und trat würdevoll wie ein Richter durch die Seitenpforte, wo er mit geziemendem Zeremoniell empfangen und vom Ersten Offizier in die große Achterkajüte geleitet wurde.

Jack war natürlich schon an Bord, aber sein Fall stand nicht als erster auf der Tagesordnung. Im abgeschirmten Backbordteil des Speiseraums wartete ein gehetzt wirkender Kaplan, schritt nervös auf und ab, führte gelegentlich Selbstgespräche und rang die Hände. Es war mitleiderregend, wie sorgfältig er sich gekleidet und bis aufs Blut rasiert hatte; denn wenn nur die Hälfte von dem stimmte, was über seine Verfehlungen berichtet wurde, gab es für ihn nicht die geringste Hoffnung. Sowie der nächste Kanonenschuß krachte, führte der Profoß den Kaplan hinaus, und nun entstand eine Pause, eine jener großen Lücken, in denen die Zeit stillzustehen oder sich im Kreis zu drehen scheint. Die anderen Offiziere unterhielten sich gedämpft. Auch sie waren mit all der Sorgfalt gekleidet, die ihnen das Uniformreglement, reichlich Prisengeld und die besten Schneider von Gibraltar ermöglichten. Drückte sich darin Respekt vor dem Gericht aus? Oder vor dem Anlaß? Vielleicht war es auch unterschwelliges Schuldbewußtsein, ein Versuch, das Schicksal zu besänftigen. Sie sprachen leise und gleichmütig, nur ab und zu einen Blick auf Jack werfend.

Jeder von ihnen hatte tags zuvor eine offizielle Vorladung erhalten, und aus irgendeinem Grund hatte jeder sie auch mitgebracht, gefaltet oder gerollt. Babbington und Ricketts in ihrer Ecke begannen nach einer Weile, darin alle geeigneten Wörter heimlich zu Obszönitäten zu verballhornen, während Mowett Verse auf die Rückseite seiner Vorladung kritzelte,

Silben an den Fingern abzählte und mit den Lippen lautlos Reime formte. Lucock starrte vor sich hin ins Leere. Stephen beobachtete die eifrige, aber unergiebige Suchexpedition eines dunkelrot glänzenden Rattenflohs auf dem schwarz-weiß gewürfelten Bodenbelag.

Die Tür öffnete sich. Mit einem Ruck kehrte Jack in die Gegenwart zurück, setzte seinen betreßten Hut auf und betrat, sich kurz unter dem Türbalken duckend, die Achterkajüte, gefolgt von der Reihe seiner Offiziere. Mitten im Raum blieb er stehen, klemmte sich den Hut unter den Arm und verbeugte sich vor den Mitgliedern des Gerichts, zuerst vor dem Vorsitzenden, dann vor den Kapitänen zur Rechten und zuletzt vor den Kapitänen zur Linken. Der Vorsitzende neigte leicht den Kopf und forderte Captain Aubrey und seine Offiziere zum Platznehmen auf. Für Jack stellte ein Seesoldat einen Stuhl etwas vor die Front der anderen, darauf ließ er sich nieder, sich unwillkürlich an die Hüfte greifend, um seinen nicht vorhandenen Säbel nach vorn zu schieben. Der Ankläger verlas das Dokument über die Rechtmäßigkeit des hier versammelten Gerichts.

Dies beanspruchte geraume Zeit, und Stephen blickte sich unterdessen geruhsam um, studierte die Kajüte in ihrer ganzen Ausdehnung. Sie erinnerte ihn an eine vergrößerte Ausgabe der Achterkajüte auf der *Desaix* (welch ein Glück, daß die bei der Schlacht davongekommen war), denn sie besaß die gleiche schön geschwungene Fensterfront, die gleichen nach innen geneigten Wände, die gleiche Lichterfülle, die gleichen eng gesetzten, weißgestrichenen, massiven Deckenbalken, die sich in langem, elegantem Bogen quer über den ganzen Raum wölbten. Hier war die übliche häusliche Rechtwinkligkeit außer Kraft gesetzt. An der fernen Wand, der Tür gegenüber, stand parallel zu den Fenstern ein langer Tisch. Hinter ihm, mit dem Licht im Rücken, saßen die Mitglieder des Gerichts, der Vorsitzende in der Mitte, der schwarzgekleidete Ankläger an einem Pult davor und an jeder Seite drei Vollkapitäne als

Beisitzer. Ein kleiner Tisch zur Linken war der Platz des Gerichtsschreibers, und hinter einer Seilabsperrung drängten sich die Zuschauer.

Es herrschte eine Atmosphäre der Strenge und Nüchternheit, alle Gesichter über den blau-goldenen Uniformen blickten ernst. Die vorhergehende Verhandlung und das Urteil waren erschreckend peinlich und schmerzhaft gewesen.

Diesen Gesichtern galt Jacks ganze Aufmerksamkeit. Da sie vor dem Licht saßen, konnte er ihren genauen Ausdruck nicht erkennen, aber die meisten blickten grimmig drein und alle verschlossen. Keats, Hood, Brenton und Grenville kannte er. Zwinkerte Grenville ihm mit seinem einen Auge zu, oder war das nur ein unabsichtliches Blinzeln? Nein, natürlich letzteres, denn jedes heimliche Signal wäre eine eklatante Mißachtung des Gerichts gewesen. Der Vorsitzende wirkte jetzt, nach seinem Sieg, um zwanzig Jahre verjüngt, aber dennoch blieb seine Miene unbewegt, und die schweren Lider verbargen den Ausdruck seiner Augen. Die anderen Kapitäne kannte Jack nur dem Namen nach. Der eine, ein Linkshänder, kritzelte zerstreut Männchen vor sich hin. Jacks Augen wurden dunkel vor Wut.

Die Stimme des Anklägers leierte weiter: »Die ehemalige Slup Seiner Majestät *Sophie* hatte Order, unverzüglich … Und nachdem dargelegt wurde, daß in oder bei 40′ W und 37° 40′ N und bei einer Peilung von Kap Roig in …«, dröhnte er in die allgemeine Gleichgültigkeit hinein.

Dieser Mann liebt sein Geschäft, dachte Stephen. Aber was für eine gräßliche Stimme! Es ist fast unmöglich, ihn zu verstehen. Brabbeln muß bei Anwälten eine Berufskrankheit sein. Er sinnierte gerade über berufliche Entstellungen und über den zersetzenden Einfluß der Selbstgerechtigkeit bei Juristen, als ihm auffiel, daß Jack seine ursprünglich steife, aufrechte Haltung verloren hatte. Während die Formalitäten sich in die Länge zogen, wurde seine Lässigkeit immer auffälliger. Er wirkte mürrisch, seltsam still und gefährlich. Die leichte Vorwärtsneigung seines Kopfes und die trotzige Art, wie er die Beine von sich streckte, bildeten einen scharfen Kontrast zu seiner makellosen Uniform. Stephen überfiel eine starke Vorahnung von unmittelbar bevorstehendem Unheil.

Der Ankläger brabbelte: »... Zu untersuchen das Verhalten von Kapitänleutnant John Aubrey, Kommandant der Slup *Sophie,* und ihrer Offiziere und Mannschaften, inwieweit es ursächlich war für den Verlust besagter Slup am Dritten dieses, erobert von einem französischen Geschwader unter Admiral Linois ...« Und Jacks Kopf sank noch tiefer. Wie weit ist man berechtigt, seine Freunde zu manipulieren? fragte sich Stephen, schrieb: *Nichts würde H. größere Freude bereiten als ein Wutausbruch Ihrerseits vor Gericht* in eine Ecke seiner Vorladung, faltete sie und gab sie dem Segelmeister, auf Jack deutend. Marshall reichte sie über Dalziel an Jack weiter. Der las sie mit gesenktem Kopf, wandte Stephen begriffsstutzig sein grimmiges Gesicht zu, richtete sich aber mit einem Ruck wieder auf.

Gleich danach räusperte sich Charles Stirling, der dienstälteste Kapitän am Tisch, und sagte: »Captain Aubrey, bitte berichten Sie uns jetzt über die Umstände, die zum Verlust Ihrer Majestät Slup *Sophie* führten.«

Jack erhob sich, musterte einmal scharf die Reihe seiner Richter, holte tief Atem und begann viel lauter als gewöhnlich zu sprechen – schnell, mit unnatürlichen Pausen und ungewohnter Betonung. In dieser indolenten, fast aufsässigen Diktion berichtete er so barsch, als hätte er lauter persönliche Feinde vor sich: »Gegen sechs Uhr am Morgen des Dritten befanden wir uns östlich von Kap Roig, als wir drei große Linienschiffe französischer Nationalität und eine Fregatte sichteten, die alsbald die Verfolgung der *Sophie* aufnahmen. Die *Sophie* stand zwischen der Küste und den Verfolgern in Luv der französischen Einheiten. Da der Wind schwach war, versuchten wir, unter Vollzeug und mit Langriemen den Luv-Vorteil zu halten. Nachdem wir aber feststellen mußten, daß die französischen Schiffe trotz aller Anstrengungen unsererseits sehr schnell aufholten, daß sie sich aufgefächert hatten und mit jeder Wende uns gegenüber an Raum gewannen, wurden gegen neun Uhr auf der *Sophie* die Kanonen und anderes Gewicht über Bord geworfen. Bei einer günstigen Gelegenheit, als das nächste französische Schiff fast querab von uns stand, drehten wir, setzten die Leesegel und durchbrachen die französische Formation. Doch abermals waren die Franzosen schneller als wir, obwohl sie auf ihre Leesegel verzichteten. Als das nächste Schiff bis auf Musketenreichweite herangekommen war, befahl ich gegen elf Uhr, die Flagge zu streichen, nachdem wir von mehreren feindlichen Breitseiten getroffen worden waren; zu der Zeit waren unsere Großbramstenge und die Fockbramrah weggeschossen sowie mehrere Stage gebrochen, und das Schiff war bei weiterhin östlichem Wind manövrierunfähig.«

Damit klappte er, als sei er sich der Kargheit seiner Schilderung selbst bewußt, den Mund fest zu und starrte geradeaus vor sich hin, während die Feder des Protokollanten quietschend seinen Worten hinterhereilte. Als sie verstummte, trat eine Pause ein, in der sich der Vorsitzende nach links und rechts umblickte und kräftig räusperte, bevor er wieder zu sprechen anhob. Der Gerichtsschreiber zog schnell einen Kringel unter Jacks Aussage und schrieb hastig weiter mit.

FRAGE:	Captain Aubrey, können Sie irgendeinen Grund erkennen, weshalb Ihre Offiziere oder Ihre Mannschaftsgrade eine Mitschuld trifft?
ANTWORT:	Nein. Jede Person an Bord kämpfte mit höchstem Einsatz.
FRAGE:	Offiziere und Matrosen der *Sophie*, haben Sie irgendeinen Grund, Ihrem Kommandanten schuldhaftes Verhalten vorzuwerfen?
ANTWORT:	Nein.

»Die Beweisaufnahme beschränkt sich auf die Vernehmung des Zeugen Leutnant Alexander Dalziel«, sagte der Ankläger, und alsbald fanden sich die Offiziersanwärter, der Master und Stephen im Speiseraum wieder, wo sie stumm in verschiedenen Ecken Platz nahmen, während von der einen Seite das ferne Geschrei des Kaplans im Lazarett an ihre Ohren drang (er hatte einen entschlossenen Selbstmordversuch unternommen) und von der anderen Seite das Gemurmel der fortlaufenden Verhandlung. Alle Sophies waren von Jacks Sorge, Not und Wut tief berührt, denn sie hatten ihn oft, auch in extremen Situationen, so eisern beherrscht erlebt, daß seine augenblickliche Erregung sie bis ins Innerste erschütterte und verunsicherte. Dann hörten sie seine Stimme, kalt, zornig und viel lauter als die anderen im Raum, den Zeugen fragen:

»Feuerte der Feind mehrere Breitseiten auf uns ab, und wie groß war die Entfernung bei der letzten?«

Mr. Dalziels Antwort war nur ein Murmeln, gedämpft durch das dicke Querschott.

»Diese Verhandlung ist lächerlich«, sagte Stephen Maturin laut und musterte seine kalten, feuchten Handflächen. »Sie ist nur ein weiterer Beweis für die ... Denn so wahr mir Gott helfe, falls sie ihn verdammen wollten, dann hätten sie ihn doch gefragt: ›Wieso waren Sie überhaupt an diesem Ort?‹ Aber schließlich verstehe ich nur sehr wenig von nautischen Dingen.« Trost suchend blickte er zum Master hinüber, fand aber nichts Tröstliches in Mr. Marshalls Gesicht.

»Dr. Maturin!« Der Seesoldat war in der Tür erschienen.

Gemessen trat Stephen vor den Richtertisch und sprach die Eidesformel mit demonstrativer Bedächtigkeit, um sich über die Atmosphäre im Raum klarzuwerden. Das ließ dem Schreiber Zeit, die Niederschrift von Dalziels Aussage zu vollenden, und seine schrille Feder kritzelte:

FRAGE:	Holte sie gegenüber der *Sophie* auf, obwohl ihre Leesegel nicht gesetzt waren?
ANTWORT:	Ja.
FRAGE:	Schien sie viel schneller zu segeln als Sie?

ANTWORT: Ja, auf jedem Kurs zum Wind.

(Dr. Maturin, Schiffsarzt der *Sophie,* wird nun als Zeuge aufgerufen und vereidigt.)

FRAGE: Ist der Bericht Ihres Kommandanten über den Verlust der *Sophie,* den Sie mit anhörten, zutreffend, soweit Sie die Vorgänge beobachten konnten?

ANTWORT: Ich denke schon.

FRAGE: Sind Sie in nautischen Dingen bewandert genug, um beurteilen zu können, ob jede Anstrengung unternommen wurde, den Verfolgern zu entkommen?

ANTWORT: Ich bin ein nautischer Laie, aber ich gewann den Eindruck, daß jede Person an Bord die größtmögliche Anstrengung unternahm. Ich sah den Kommandanten am Ruder, die Offiziere und Mannschaften an den Langriemen.

FRAGE: Waren Sie an Deck, als die Flagge gestrichen wurde, und in welchem Abstand befand sich die Slup zum Zeitpunkt ihrer Kapitulation vom Feind?

ANTWORT: Ich war an Deck. Die *Desaix* befand sich zu der Zeit in Musketenschußweite von der *Sophie* und feuerte auf uns.

Zehn Minuten später zog sich das Gericht zur Beratung zurück. Für die Sophies hieß das wiederum Speiseraum, und beim Vortritt an der Tür gab es diesmal kein höfliches Gerangel, denn Jack und Mr. Dalziel waren ebenfalls zugegen. Alle waren versammelt, und keiner sprach ein Wort. Aber konnte das nebenan Gelächter sein – oder kam das Geräusch aus der Offiziersmesse?

Eine lange Pause. Eine lange, lange Pause. Und dann wieder der Auftritt des Seesoldaten.

»Darf ich bitten, meine Herren.«

Einer nach dem anderen traten sie ein, und Jack vergaß trotz seiner vielen Jahre auf See, sich unter dem Türbalken zu bücken. Er stieß mit der Stirn so hart dagegen, daß eine blonde Haarsträhne und Hautfetzen am Holz klebenblieben und er fast blind vor seine Richter trat; steif blieb er neben seinem Stuhl stehen.

Irritiert durch das Krachen, blickte der Protokollant von dem Wort »Urteil« auf, das er gerade geschrieben hatte, und kritzelte dann hastig weiter, um die Erklärung des Anklägers festzuhalten: »Im Rahmen einer Kriegsgerichtsverhandlung, abgehalten an Bord seiner Majestät Linienschiff *Pompée* in der Rosia-Bay ... verfuhren die Richter (nach ihrer ordnungsgemäßen Vereidigung) gemäß Order von Sir James Saumarez Bart., Konteradmiral der Blauen Flagge ... Und nachdem Zeugen zu dem fraglichen Vorfall vernommen, jeder Begleitumstand reiflich und unvoreingenommen gewürdigt wurde ...«

Die monotone Stimme ratterte unverwandt weiter, und ihr Ton mischte sich so perfekt mit dem Brummen in Jacks Kopf, daß er buchstäblich kein Wort verstand, genausowenig, wie er mit seinen tränenden Augen das Gesicht des Sprechers erkennen konnte.

»Die Anklagevertretung gelangte zu der Ansicht, daß Captain Aubrey, seine Offiziere und Matrosen jede nur denkbare Anstrengung unternahmen, um zu verhindern, daß die Slup *Sophie* in die Hände des Feindes fiel. Daher plädierte sie auf ehrenhaften Freispruch. Und demgemäß lautet auch das Urteil auf ehrenhaften Freispruch«, schloß der Ankläger, und Jack bekam immer noch kein Wort davon mit.

Daß die unhörbare Stimme verstummt sein mußte, erkannte Jacks verschwommener Blick nur daran, daß die schwarze Gestalt wieder Platz nahm. Er schüttelte den brummenden Kopf, biß die Zähne zusammen und zwang seinen benommenen Geist, wieder zu funktionieren. Denn schon erhob sich der Vorsitzende. Jacks sich allmählich klärender Blick glitt von Keats' lächelndem Gesicht zu Captain Stirling, der den vertrauten, leicht schäbigen Säbel vom Tisch aufnahm und ihn an der Klinge, den Griff voran, ihm entgegenhielt, während er mit der Linken ein Papier neben seinem Tintenfaß glättete. Der Vorsitzende räusperte sich laut in die atemlose Stille hinein und sagte mit der klaren Artikulation des Seemanns, in der sich Ernst, Formalität und Heiterkeit aufs schönste verbanden: »Captain Aubrey, es ist mir ein großes Vergnügen, Ihnen gemäß dem Urteil des Gerichts, dessen Vorsitz zu führen ich die Ehre habe, Ihren Säbel wieder auszuhändigen. Gleichzeitig gratuliere ich Ihnen zu dem Umstand, daß er Ihnen von beiden Seiten, Freund wie Feind, in Ehren zurückerstattet wurde, und gebe der Hoffnung Ausdruck, daß Sie ihn noch lange zur ruhmreichen Verteidigung Ihres Vaterlandes führen mögen.«

ERKLÄRUNG
DER SEEMÄNNISCHEN
FACHAUSDRÜCKE

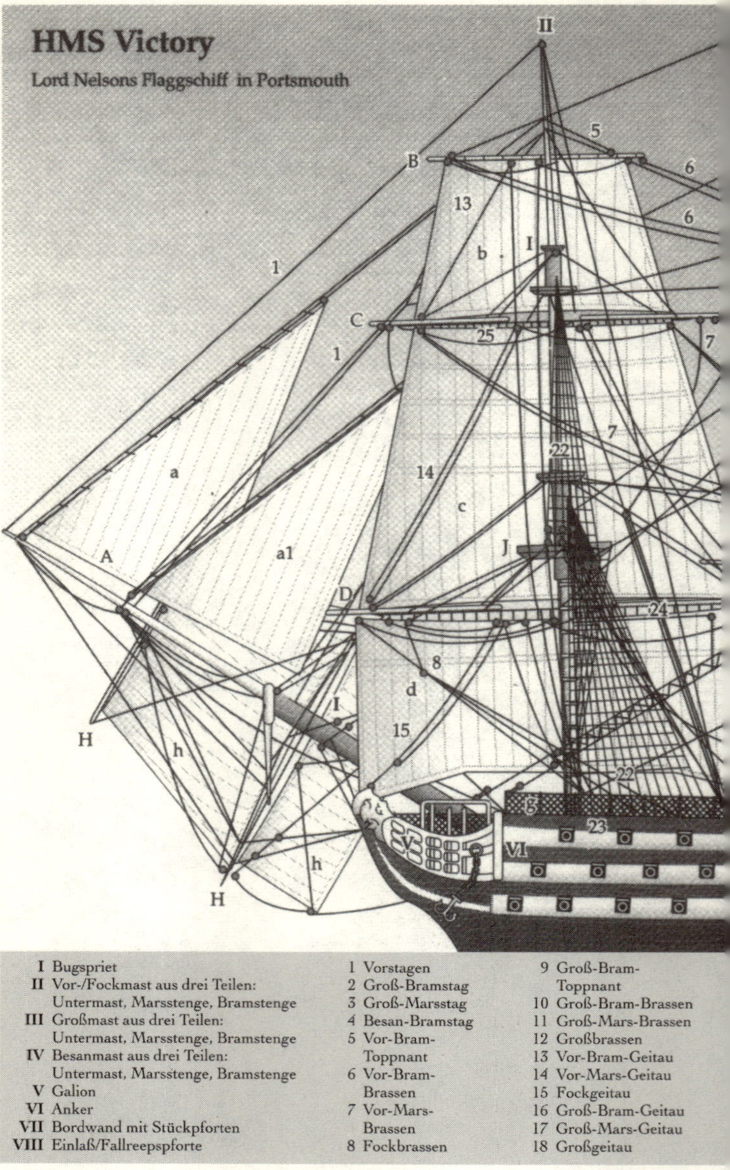

- I Bugspriet
- II Vor-/Fockmast aus drei Teilen: Untermast, Marsstenge, Bramstenge
- III Großmast aus drei Teilen: Untermast, Marsstenge, Bramstenge
- IV Besanmast aus drei Teilen: Untermast, Marsstenge, Bramstenge
- V Galion
- VI Anker
- VII Bordwand mit Stückpforten
- VIII Einlaß/Fallreepspforte

1. Vorstagen
2. Groß-Bramstag
3. Groß-Marsstag
4. Besan-Bramstag
5. Vor-Bram-Toppnant
6. Vor-Bram-Brassen
7. Vor-Mars-Brassen
8. Fockbrassen
9. Groß-Bram-Toppnant
10. Groß-Bram-Brassen
11. Groß-Mars-Brassen
12. Großbrassen
13. Vor-Bram-Geitau
14. Vor-Mars-Geitau
15. Fockgeitau
16. Groß-Bram-Geitau
17. Groß-Mars-Geitau
18. Großgeitau

19 Besan-Bram-Geitau
20 Besan-Mars-Geitau
21 Besan-Bram-Toppnant
22 Wanten mit Webeleinen
23 Rüsten mit Rüsteisen
24 Achterstage mit Pardunen
25 Fußſperde

A Klüverbaum
B Bramrah
C Marsrah
D Fockrah
E Großrah
F Besangaffel
G Besanbaum
H Blinde-Rah
I Bramsaling
J Marssaling mit Püttingswanten

a Außenklüver/Jager
a1 Klüver
b Bramsegel
c Marssegel
d Fock (Breitfock)
e Großsegel
f Besan
g Fink-/Hängemattsnetze
h Blinde

Abukir – Schlacht von A. (engl. Battle of the Nile): Hier vernichtete Admiral Nelson am 1. 8. 1798 eine französische Flotte.
abfallen – von der Richtung wegdrehen, aus der der Wind kommt
achteraus – Richtungsangabe für alles, was sich hinter dem Heck bewegt oder befindet
achterlich – Bezeichnung für den hinteren Sektor eines Schiffes
achtern – hinten an Bord
anluven – auf die Richtung zudrehen, aus der der Wind kommt
aufschießen – eine Leine in Rundungen ordnen; in den Wind drehen

Back – Vorschiff
Backbord – in Fahrtrichtung links
backen und banken – Hauptmahlzeit an Bord einnehmen
Backschaft – Tischgemeinschaft an Bord
backsetzen – Segel, z. B. beim Wenden, in Luv geschotet lassen, so daß der Wind gegen die eigentliche Leeseite weht; erzeugt ein Drehmoment
Ballast – in B.: ohne Ladung, nur mit Gewicht im Rumpf
Bändsel – dünnes Tau
Bargholz – eine Art Stoßdämpfer oder Scheuerleiste am Rumpf
Barkasse – breit und wuchtig gebautes, zweimastiges Beiboot für schwere Lasten und bis zu hundert Personen
Baum – Rundholz an der Unterkante eines Segels
bekleeden – umkleiden zum Schutz gegen Durchscheuern
Belegnagel – Holz- oder Metallstab in einem Lochbrett, an den die Leinen gehängt werden
Bilge – tiefster Hohlraum im Rumpf
Blinde – an einer Rah des Bugspriets gesetztes Zusatzsegel
Block – hölzerne Scheibe zur Umlenkung von Tauen
Bombarde – breites und schweres Segel- oder Ruderschiff, mit großkalibrigen Mörsern bewaffnet

Bonnet – aneinandergeheftete Segeltuchstreifen, die am Fußliek eines Segels befestigt werden
Bramrah – das oberste (reguläre) Rundholz am Mast, an dem das Bramsegel angeschlagen ist
Bramsegel – oberstes (reguläres) Rahsegel
Brassen – Leinen, die eine Rah in die gewünschte Stellung bringen
Brigg – 1) Kanonen- oder Kriegsbrigg, 18./19. Jahrhundert, zwei rahgetakelte Masten, etwa zwanzig Kanonen 2) Zweimastiges Handelsschiff
Bugspriet – den Bug überragende, kurze, kräftige Spiere
Bulin – Leine, mit der das Luvliek eines Segels am Wind nach vorn gespannt wird
Bumboot – Händlerboot mit Waren und Dirnen
Bunsch – Bündel

Cockpit – nur hier: Schiffslazarett

Davit – einfacher Bordkran mit Taljen
Decksoffizier – Unteroffizier
Draggen – Wurfanker mit Greifhaken
Drehbasse – leichtes, schwenkbares Geschütz, meist für Schrotladung
dwars – quer

eintörnen – 1) am Anker zur Ruhe kommen 2) sich in die Koje zurückziehen
Eselshaupt – Teil der Marssaling
Etmal – die von Mittag bis Mittag zurückgelegte Strecke

Fall – 1) Leine zum Setzen der Segel 2) Neigung des Mastes zur Senkrechten in Längsschiffsrichtung
Feluke – galeerenähnliches, kombiniertes Ruder- und Segelschiff arabischen Ursprungs, etwa fünfzehn Meter lang, für die Küstenfahrt im Mittelmeer

fieren – (Tau) ablaufen lassen, nachlassen
Finknetze – Netze oder Taschen am Schanzkleid zur Aufnahme der zusammengerollten Hängematten (Kugelfang)
Fischung – kurze Stücke Bauholz zur Verstärkung
Flaggenparade – vor allem auf Kriegsschiffen: gleichzeitiges Einholen (abends) bzw. Setzen (morgens) der Nationalflaggen aller Schiffe
Fock – das unterste Rahsegel am Fockmast
Foksel – auch Foxel von f'c'sle, engl. forecastle (Vorderkastell, Back): Aufbau, Deck oder Quartier auf dem Vorschiff
Fregatte – (historisch) schnelles Kriegsschiff mit drei rahgetakelten Masten und 28 bis 44 Kanonen. Operierte häufig unabhängig
Freibeuter – (auch Korsar); im Unterschied zum Piraten mit offizieller Lizenz ausgestattetes privates Kampfschiff
Fuß – (Längenmaß) 30,5 Zentimeter
Fußpferd – unterhalb der Rah verlaufende Leine als Halt für die Füße

Gaffel – Rundholz an der Oberkante eines Gaffelsegels
Gat – Öffnung
Geitau – aufholbare Leine zum Reffen eines Rahsegels
Gib – Gibraltar
Gig – leichtes Beiboot, acht bis neun Meter lang, vor allem für den Kommandanten
Gillung – Sektor der stärksten Krümmung am Rumpf
Glasen – Anschlagen der Schiffsglocke beim halbstündlichen Umdrehen der gläsernen Sanduhr
Gräting – Gitter aus Holzleisten
Großmast – Haupt- oder mittlerer Mast
Großsegel – das unterste Rahsegel am Großmast
Grummetstropp – Ring aus Tau

Houari – arabisches Fähr- und Fischerboot mit Steilgaffel
Huk – Landspitze

Hulk – alter Segelschiffsrumpf ohne Takelage
Hüttendeck – begehbares Dach des Aufbaus (Hütte) auf dem Achterdeck, der Schiffsführung vorbehalten

Jawl – anderthalbmastiges Segelschiff, bei dem der achtere kleine Mast (meist) hinter dem Ruder und außerhalb der Wasserlinie steht
Jolle – kleines, einmastiges Beiboot
Judasohr – erste Planke nach dem Vorsteven
Jungfer – runde Holzscheibe mit Löchern darin zum Durchsetzen von Tauen

Kabel – (Kabellänge) rund 185 Meter
Kabine – Wohnraum eines Passagiers
Kajk – einmastiges türkisches Segelschiff, mit Rahsegeln am Großmast und einem Lateinersegel
Kajüte – Wohnraum des Kommandanten
Kammer – Wohnraum eines Offiziers
Katschiff – skandinavisches und holländisches Frachtschiff mit drei Pfahlmasten, etwa 35 Meter lang.
Kausch – innen mit Metallauskleidung verstärkte Tauschlinge
Kielschwein – Längsträger zur Verstärkung des Kiels
killen – flattern
Kimm – sichtbarer Horizont
Klüse – Öffnung in der Bordwand zur Führung von Leinen oder Ketten
Klüverbaum – über den Bug(spriet) hinausragende Spiere für den Fuß der vorderen Segel
Knoten – Geschwindigkeitsangabe: eine Seemeile (rund 1,85 Kilometer) pro Stunde
Kombüse – Schiffsküche
Kommandant – militärischer Schiffsführer (Leutnant, Kapitänleutnant, Kapitän usw.)
Kranflasche – flaschenförmiger Doppelblock am Kranhaken
Kraut – historisch für Schießpulver

Kuhl – offenes Deck, zum Teil mit Kanonen an beiden Seiten, eingefaßt von den beiden Seitendecks sowie von Vor- und Achterdeck

Kutter – einmastiges kleines Segelschiff mit zwei bis drei Vorsegeln und Gaffeltakelung, seetüchtig

Lasching – Verbindung oder Befestigung durch eine mehrfach geschlungene dünne Leine

Last – 1) Gewicht 2) Frachtraum an Bord

Lateinersegel – dreieckiges Segel, das mit der Vorderkante an einer langen, den kurzen Mast überragenden Spiere angeschlagen ist

League – (historisch; bei der britischen Marine:) 5,56 Kilometer; sonst zwischen 3,9 und 7,4 Kilometern

Lee – die vom Wind abgewandte Seite; die Richtung, in die der Wind hinweht

Lenzen – Wasser über Bord befördern

Liek – Kante des Segels

Linienschiff – Kampfschiff von tausend bis dreitausend Tonnen Verdrängung, mit bis zu einhundertzwanzig Kanonen in zwei bis vier Batteriedecks

Loblollyboy – Gehilfe des Schiffsarztes

Logger – (Heringslogger) nordeuropäisches Spezialschiff für den Heringsfang mit Treibnetzen; Anderthalbmaster, 19 bis 24 Meter lang

Luv – die dem Wind zugewandte Seite; die Richtung, aus der der Wind kommt

Marling – aus dünnem Garn zusammengedrehte Leine

Marlspieker – Handwerkszeug aus Hartholz oder Stahl, mit starkem Dorn

Marssegel – mittlere Segeletage

Niedergang – hüttenartig überwölbter Eingang oder Treppe zu einem tiefer gelegenen Deck

Nock – Ende einer Spiere

Part – Abschnitt einer Leine

Pinasse – einfach besegeltes, meist gerudertes schmales Beiboot, zehn bis zwölf Meter lang

Pinke – Küstensegler des westlichen Mittelmeers von zweihundert bis dreihundert Tonnen, mit Rah- oder Lateinersegeln an drei Masten

Pinkompaß – auch Stechkompaß: hölzerne Tafel mit Windrose und Löchern, auf der kleine Pflöcke provisorisch Kurs und Fahrt markieren

Pinne – Ruderpinne; (meist) waagerechter Hebel zur Betätigung des Ruders

Polacca – alter italienischer Segelschiffstyp mit drei Masten und Lateiner-, später mit Rahsegeln

Preventer – Leine zur vorübergehenden seitlichen Abstützung eines Mastes oder einer Stenge

Prise – erbeutetes Schiff

Pütz – Eimer, oft aus Segeltuch

Quartermaster – Steuermannsmaat

Rack – Beschlag als Halterung einer Rah

Rah – bewegliches Querholz am Mast zum Anschlagen der Segel

raum – (Richtungsangabe) von schräg hinten

raumen – (Wind) mehr nach achtern umspringen

Reeperbahn – (hier:) langgestreckte Halle zur Anfertigung von Tauwerk

Reffen – Segelfläche verkleinern

Riemen – Ruderriemen zur Fortbewegung eines Bootes

Rigg – Antriebseinheit eines Segelschiffs mit allem stehenden und laufenden Gut einschließlich Masten und Spieren

Royal – oberste, zusätzliche Segeletage am Mast

Ruder – (hier:) Steuerrad

Schaluppe – großes Beiboot mit ein bis zwei Masten, auch ruderbar, kurz und breit gebaut

schamfilen – reiben, scheuern

Schanzkleid – Brüstung an der Deckskante

Schebecke – schnelles, wendiges Mittelmeerschiff, bis zu vierzig Meter lang, noch ruderbar, ab 1750 mit gemischter Lateiner- und Rahbesegelung

Schiemannsgarn – aus mehreren Garnen zusammengedrehte Leine

Schlappgording – dünne Leine, die das Fußliek eines Rahsegels etwas aufholt, damit man darunter durchblicken kann (nur auf Kriegsschiffen)

Schmarting – geteerte Tuchstreifen zum Bekleeden

Schnau – skandinavischer Handelsschiffstyp mit zwei Masten

Schot – Leine zum Einstellen der Segel

Schott – (hier:) hölzerne (Quer-)Wand, oft entfernbar

Schratsegel – ein Segel, dessen Unterkante in Längsschiffrichtung steht

Schwabber – Marineslang für Feudel bzw. Mop

Schwichtungsleine – schräge Halteleine vom Mast zur Rah

Seemeile – 1,852 Kilometer

Segelmeister – dem Kommandanten beigegebener Unteroffizier, zuständig für Navigation, Segelführung und Seemannschaft

Settie – auch Scitie, der Schebecke verwandtes, altes Mittelmeerschiff mit Lateinersegeln

Sillabub – joghurtähnliches Erfrischungsgetränk

Slup – (hier:) Marine-, Kriegs- oder Kanonenslup, 20 bis 35 Meter, bis zu zwanzig Kanonen mittleren Kalibers, zwei Masten mit kombinierter Rah- und Schratbesegelung

Soldatenloch – Öffnung in der Plattform der Marssaling, durch die Scharfschützen leichter hinaufklettern konnten

Speigatten – Abflußöffnungen am Fuß des Schanzkleids

Spiere – allgemeine seemännische Bezeichnung für Stangen und Rundhölzer jeder Art

Spleiß – handgefertigte Verbindung von Tauen
Sprietsegel – viereckiges Schratsegel, das am Mast angereiht ist und mit einer Spiere (»Spriet«) ausgespannt wird
Sprung – (Decksprung); Linienverlauf des Decks in der Seitenansicht
Squarerigger – rahgetakeltes Schiff
Stag – Tau zur Abstützung des Masts nach vorn und hinten
Stampfstock – Spiere (Stange, Kette) zwischen Bugspriet und Vorsteven
ständig machen – im Wasser auf der Stelle halten
Stek – seemännischer Knoten
Stell – eine Garnitur Segel
Steuerbord – in Fahrtrichtung rechts
Strich – 11,25 Grad, Unterteilung der (alten) Kompaßrose

Takelage – siehe Rigg
Takelung – das Prinzip der Takelage, je nach Schiffstyp
Talje – Flaschenzug
Tampen – Endstück einer Leine
Tartane – im Mittelmeer und in den arabischen Gewässern verbreiteter kleiner Küstensegler des 17. bis 19. Jahrhunderts
Tender – Versorgungsschiff, Beiboot
Tjalk – holländischer Wattsegler mit Spiettakelung, größer auch hochseetüchtig (See-Tjalg)
Toppgast – Vollmatrose, besonders geschult für die Arbeit in der Takelage
Toppnant – Tau von der Rahnock zum Masttopp
Tory – (britisch); Anhänger der hochkonservativen, legitimistischen Partei, auch Reaktionär
Trabakel – bzw. Trabaccolo: adriatischer, speziell dalmatinischer, zweimastiger Küstensegler des 17. und 18. Jahrhunderts.
Tramontana – (örtlich auch Mistral), kalter, nördlicher Mittelmeerwind

Traube – (bei Vorderladern:) Zapfen am hinteren Ende des Rohrs
Traveller – Laufkatze, auf Rollen beweglicher Beschlag
Trensing – Garn, das spiralförmig um ein Tau gewickelt wird, um es vor dem Durchscheuern zu schützen

Vollschiff – Segelschiff mit Rahsegeln an mindestens drei Masten
voll und bei – Stellung der Segel am Wind, bei der sie optimal ziehen

Wahrschau – warnender Ausruf
Want – Tau zur seitlichen Abstützung des Masts
Waschbord – hochstehende Planke an Deck zum Schutz vor überkommendem Wasser
Webeleinen – leiterartige Querleinen zwischen den Wanten
Whigs – (britisch); konservativ gesinnte Liberale, auch Oppositionspartei gegen die Tories
Windsack – Trichter aus Leinwand, der frische Luft unter Deck leitet
Wrangen – gebogene Holzbalken des Rumpfgerüsts

Zoll – 2,54 Zentimeter
Zurring – sichere Befestigung mittels dünner Leine (Bändsel)

Die Chronologie der Jack-Aubrey-Romane – Fortsetzung

Der Lohn der Navy
ISBN 978-3-548-26131-7

Der Triumph des Kommodore
ISBN 978-3-548-25902-4

Der gelbe Admiral
ISBN 978-3-548-25903-1

Mission im Mittelmeer
ISBN 978-3-548-26125-6

»Die besten marinehistorischen Romane, die je geschrieben wurden.« *The New York Times Book Review*

maritim